BASTEI
LÜBBE

Über den Autor:

Christopher Ride ist Geschäftsführer einer australischen IT-Firma. DIE FREQUENZ ist sein viel beachteter Debütroman. Am liebsten schreibt Christopher Ride in seinem Haus am Strand, wo er vom Schreibtisch aus einen malerischen Blick aufs Meer hat. Dort arbeitet er derzeit an seinem nächsten Thriller. Noch wichtiger als das Schreiben ist ihm seine Familie, mit der er in Melbourne lebt.

Christopher Ride

Die Frequenz

Thriller

Aus dem Englischen von
Angela Koonen

BASTEI
LÜBBE

BASTEI LÜBBE TASCHENBUCH
Band 16 382

1. + 2. Auflage: Dezember 2009

Vollständige Taschenbuchausgabe

Deutsche Erstausgabe

Titel der Originalausgabe: »The Schumann Frequency«
Dieses Werk wurde vermittelt durch die
Literarische Agentur Thomas Schlück GmbH, 30827 Garbsen

Lektorat: Wolfgang Neuhaus / Jan F. Wielpütz
Titelillustration: © Artwork HildenDesign, München
unter Verwendung von Motiven von shutterstock/argus
Umschlaggestaltung: HildenDesign, München
Satz: hanseatenSatz-bremen, Bremen
Gesetzt aus der Stempel Garamond
Druck und Verarbeitung: GGP Media GmbH, Pößneck
Printed in Germany
ISBN 978-3-404-16382-3

Dieser Roman ist für Natasha und Jessica.

Mein Dank gilt allen,
die zu seiner Entstehung beigetragen haben.

Zur Information

Die Schumann-Resonanz

Die Schumann-Resonanz ist ein reales Phänomen. Die Angaben zu ihrer Entdeckung, Messung und dem zunehmenden Anstieg ihrer Frequenz in diesem Roman entsprechen den Tatsachen. Eine Internetsuche nach »Schumann-Resonanz« oder »Schumann-Frequenz« ergibt mehr als 26.000 Treffer – Websites, Messstationen, Diskussionsgruppen, wissenschaftliche Arbeiten und Hochschulstudien. Das Phänomen wird offiziell vom Northern California Earthquake Data Center (NCEDC) mit zwei Messstationen überwacht: im antarktischen Arrival Heights und im kalifornischen Parkfield.

Nullpunkt

Alle zweitausend Jahre bewegt die Erde sich aufgrund der Präzession in eine neue Phase – der 26.000-Jahres-Zyklus der Schwankungen der Erde um ihre Rotationsachse und die sich daraus ergebende Sicht von der Erde auf die zwölf Sternbilder des Tierkreises. Dies wurde von vielen alten Kulturen erkannt und spiegelt sich in der modernen Astrologie als bevorstehender Beginn des Zeitalters des Wassermanns wider, der zur Wende des einundzwanzigsten Jahrhunderts eintreten und das Zeitalter der Fische hinter sich lassen soll – eine Ära, von der es heißt, die Religion spiele darin eine große Rolle. Dem Zeitalter der Fische ging das des Widders voraus. Es war eine Zeit der Kriege und Eroberungen, die mit der Geburt Christi endete.

In der alten Kultur der Maya gilt die Wende des einundzwanzigsten Jahrhunderts als Vollendung des fünften Großzyklus und als Beginn eines vollkommen neuen 26.000-Jahres-Zyklus – daher der Begriff »Nullpunkt«. Den Legenden der Maya zufolge werden sich die Magnetpole der Erde beim Nullpunkt kurzzeitig umkehren, was dazu führt, dass die Resonanz der Erde auf einen normalen Wert rekalibriert wird. Vom Nullpunkt heißt es – wie auch vom Zeitalter des Wassermanns –, dass er eine neue Epoche des Lichts und der Freundschaft ankündige, in dem auf Angst beruhende Vorstellungen keinen Platz mehr hätten.

Die Ideen zur Zeitreise in diesem Roman gründen sich auf die Theorien von Albert Einstein, Kurt Gödel, Frank Tipler, Hugh Everett III., Michael Talbot, David Bohm und Stephen Hawking.

1.

Die Berufenen sind die Glücklichen;
sie haben nicht die Last der Entscheidung
und darum nicht die Ablenkung des Rückzugs.

– Barton Ingerson

HOUSTON, TEXAS
POST OAK TOWERS, GEBÄUDE 2, DACHGESCHOSS – 35. ETAGE
25. NOVEMBER 2012
ORTSZEIT: 6.51 UHR
UNTERNEHMEN JESAJA – ERSTER TAG

Ein intensives Licht tränkte den Morgenhimmel in Rosa, Gelb und Orange. Sekunden vor dem neuen Sonnenaufgang verblasste das lebhafte Farbenspiel. Goldene Strahlen schossen vom Horizont empor, besiegten das letzte Dunkel, und die Sonne stieg über die Landschaft. Die Metropole Houston, die viertgrößte Stadt der Vereinigten Staaten, erwachte aus dem Schlummer. Pkw und Lastwagen füllten die Straßen. Menschen eilten über die Bürgersteige. Alles bewegte sich voller Unrast. Es war wie an jedem anderen Tag.

Hoch oben auf einem Wolkenkratzer der Innenstadt gab es einen ungewöhnlichen Luftwirbel.

Blitzend öffnete sich ein Zeitportal.

Zwei rote Elektronen erschienen wie aus dem Nichts und umkreisten einander, lautlos über dem Boden schwebend. Während sie an Größe und Helligkeit zunahmen, verdoppelten sie sich, wurden vier, dann acht, und das Muster der Rotation wurde komplexer. Immer wieder verdoppelten die Elektronen

Anzahl und Geschwindigkeit, bis sie zu Tausenden durcheinanderschwärmten.

Im dreiunddreißigsten Stock von Gebäude 1 der Post Oak Towers ließ eine Büroangestellte ihre Kaffeetasse sinken. Vom Dach des Wolkenkratzers gegenüber ging roter Schein aus. Fasziniert von der zunehmenden Helligkeit lief sie zum Spiegelglasfenster und starrte offenen Mundes hinüber. So etwas hatte sie noch nie gesehen. Sie kniff leicht die Augen zusammen, um klarer zu sehen. *Was ist das?*, fragte sie sich.

Der Nebel der wirbelnden Elektronen knisterte, während aus ihrer Mitte Streifen von Hochspannungselektrizität herausgeschleudert wurden. Ein Metallgeländer begann zu glühen, als der heftige Wind extreme Temperaturen erreichte. Auf dem Dach vibrierte alles. Farbe blätterte ab. Der Asphalt warf Blasen. Die roten Elektronen ballten sich dichter zusammen und bildeten einen leuchtenden Tornado. Das Phänomen pulsierte mit ungeheurer Energie, bis es detonierte, begleitet vom Getöse etlicher Donnerschläge.

Die Frau, die von ihrem Bürofenster aus das Geschehen beobachtete, war fassungslos, als die Hitze der Explosion ihr Gesicht traf. Schützend warf sie die Arme hoch und ließ die Tasse los, die in Zeitlupe fiel und einen lethargischen Weg in die Tiefe nahm, ehe sie vor ihren Füßen auf dem Teppich aufprallte. Heiße Tropfen der braunen Flüssigkeit – kleine perfekte Kugeln – wurden in gemächlichem Bogen aus der Tasse geschleudert und landeten sanft auf dem Fußboden.

Alles in der Stadt bewegte sich zum Klang eines tiefen Dröhnens mit einem Viertel der normalen Geschwindigkeit.

Dabei wurden die nunmehr Millionen roter Elektronen Tausende Meter weit in sämtliche Richtungen gesprengt. Eines nach dem anderen schwangen sie in einer vorherbestimmten Bahn zurück zum Ausgangspunkt und vereinten sich zu einer fließenden Masse, aus der eine Gestalt materialisierte. Diese Gestalt, die menschliche Umrisse zeigte, bildete sich von innen nach außen: Knochenmark, Knochen, Muskeln, Haut, Kleidung.

Nachdem sämtliche Elektronen aufgenommen waren, war ein schwarz gekleideter Mann zu sehen. Er hing mit ausgebreiteten Armen in der Luft. Der heiße Wind, der wie ein Tornado um ihn her wirbelte, hielt ihn in der Schwebe und zerrte an seinen Haaren. Doch die sengende Temperatur machte ihm nichts aus.

Begleitet von einem goldenen Lichtblitz legte sich der Wind, und der Mann fiel wenig elegant rücklings auf den schwelenden Asphalt. In diesem Augenblick schlug die Zeit zu normaler Geschwindigkeit um, der Lärm der Stadt schwoll zum gewohnten Maß an.

Der Transport war abgeschlossen.

Im Büro blickte die Frau fassungslos auf die Kaffeetasse am Boden. Was war geschehen? Ihr Blick schweifte zum gegenüberliegenden Dach. Der rote Schein war erloschen. Sie fasste sich an die Stirn – sie hatte Brandblasen auf der Haut.

Auf dem Dach lag blass und reglos ein Zeitreisender. Über ihm schwebte weißer Rauch in der stillen Morgenluft. Plötzlich überzog ein feines Netz von Blitzen seinen leblosen Körper und bewirkte, dass seine Augen sich unter den Lidern hin und her bewegten. Seine linke Hand zuckte, dann die rechte. Seine Brust schwoll an, als er einatmete. Dann schlug er die Augen auf.

Wilson Dowling war erfolgreich fast siebzig Jahre in der Zeit zurückgesprungen. Er hatte keine Schmerzen, und sein Atem fand rasch den gewohnten Rhythmus. Eine leichte Benommenheit dämpfte seine Sinne, sodass ihm das Denken schwerfiel, und so blieb er erst einmal liegen und hob den Kopf noch nicht vom Dachbelag. Er starrte durch den Rauch in den blauen Himmel und versuchte, in Gedanken alles zusammenzufügen.

Langsam stellten sich die Erinnerungen ein. Er hatte GM

und Jasper im Hauptkontrollraum gesehen, kurz vor dem endgültigen Transport. Es gab keinen Zweifel, dass die Dinge sich im letzten Moment überaus kompliziert hatten. *Eine Untertreibung.* Und irgendwie wusste Wilson, dass er Glück gehabt hatte, hier gelandet zu sein, in der Vergangenheit.

Wenn sie den Transport hätten aufhalten können, hätten sie es getan.

Wie auch immer – wichtig war nur, dass er hier war. Das Unternehmen Jesaja war sein neuer Schwerpunkt, und die Erledigung dieser Aufgabe war sein einziger Weg nach Hause. Zögernd hob er den Kopf und sah sich um. Das Dach war versengt. Hunderte Rauchfahnen wie von Räucherstäbchen schwebten in der reglosen Luft. Aus dieser Lage war es unmöglich festzustellen, wo genau er sich befand.

Als seine Sinne allmählich zurückkehrten, spürte er die Hitze des Dachbelags durch die Kleidung. Schweißtropfen liefen ihm übers Gesicht und er wusste, dass es Zeit war, aufzustehen. Hinter seinen Augen pochten Kopfschmerzen. Er brauchte seine ganze Kraft, um auf die Knie zu kommen, dann auf die Füße und bis ans Geländer zu taumeln.

Er war auf einem sehr hohen Gebäude.

Eine rötliche Smogschicht hatte in seiner Blickrichtung die Skyline weggewischt. In der Ferne drang Sonnenschein zwischen den dicht stehenden Hochhäusern der Innenstadt durch. Wohin er auch sah, herrschte lebhafter Verkehr. Die Bürgersteige wimmelten von Menschen. Es war genau wie in den alten Filmen und auf den Fotos, die er gesehen hatte, genau wie in seiner Recherche. Wilson empfand einen seltsamen Trost, als er zum ersten Mal Luftverschmutzung roch und auf der Zunge schmeckte. Die Stadt war laut, viel lauter, als er es von irgendeiner anderen Umgebung kannte. In diesem Moment wurde ihm klar, dass Barton es geschafft hatte. *Sie* hatten es geschafft! Das musste Houston sein, Houston zu Anfang des Jahrhunderts. Der Transport war gelungen, es gab keinen Zweifel.

Ein Scheppern hallte von der Klimaanlage herüber, als der große Kühlventilator auf dem Dach den Betrieb aufnahm. Gleichzeitig wurden Wilsons Gedanken klarer. Diese Welt war potentiell feindselig, erinnerte er sich. Er würde ruhig bleiben müssen. Daran denken, was er gelernt hatte. Zielstrebig sein, optimistisch sein, auf den Augenblick fixiert. *Ist alles ganz einfach,* sagte er sich.

Mit knirschenden Gelenken, als wäre sein Körper eine Ewigkeit nicht bewegt worden, ging er über das verkohlte Dach zur Feuertreppe. Die Situation kam ihm irgendwie lustig vor. Er war durch die Zeit gereist – *Wilson der Zeitreisende.* Unbegreiflich.

Nachdem er noch einen ungläubigen Blick auf den qualmenden Dachbelag geworfen hatte, stieg er eine staubige Treppe hinunter und öffnete die Tür zu einem Fahrstuhlfoyer. Es gab sechs Aufzüge, drei auf jeder Seite des Treppenabsatzes, und auf einem Schild stand *34. Etage.* Das Gebäude war wirklich sehr hoch. Seine magnetische Signatur musste gewaltig sein. Das war sicher der Grund, weshalb sein Körper gerade wiederhergestellt worden war.

Es klingelte, und eine der Fahrstuhltüren glitt zur Seite. Leise klassische Musik wehte Wilson entgegen. Neugierig näherte er sich dem Spiegel an der hinteren Wand des Lifts und musterte sich aufmerksam aus verschiedenen Blickwinkeln. Sein ziemlich langes, hellbraunes Haar war zerzaust, und er kämmte es mit den Fingern zurück, um den Anschein von Ordentlichkeit zu erwecken.

Sein Spiegelbild brachte ihn zum Lächeln; nichts hatte sich geändert. Seine Augen zeigten das vertraute Dunkelblau, seine Haut die dunkle Bräune aus den Tagen vor seinem Transport, die er in der Sonne verbracht hatte.

»Das läuft ja alles ziemlich gut«, sagte er zu sich. Seine Kopfschmerzen wurden schlimmer, doch er ignorierte sie. Aus dem Wandlautsprecher kam eine Computerstimme: »Abwärts.«

Wilson drehte sich um, drückte den Knopf zur 1. Etage und wartete, dass die Tür sich schloss. Das alles war zu einfach. *Barton Ingerson ist ein Genie,* ging es ihm durch den Kopf. Offenbar war das Verfahren der Zeitreise ein vollständiger Erfolg, und es gab Grund zum Optimismus.

Wilson nahm nicht wahr, dass alles im Begriff stand, sich aufzulösen, und dass er nichts dagegen tun konnte.

Auf der Fahrstuhlanzeige rollte ein Datum vorbei:

25. November 2012

Das erste echte Anzeichen seiner fatalen Lage war erschienen. Dem Datum nach war er gut sechs Jahre über das Ziel hinausgeschossen.

Als die Fahrstuhltüren sich schlossen, kam ein Polizist aus dem Toilettenraum, rückte sein Holster zurecht und stapfte mit einer Zeitung unterm Arm über den Flur. In einer Stunde endete sein Dienst. Er bemerkte den Brandgeruch, blieb einen Moment stehen, überlegte kurz und rannte die staubige Treppe hinauf in die Morgensonne.

Officer Frank McGuire wurde blass, als er den Dachbelag sah. Er war von Brandflecken übersät, und Rauchschwaden hingen in der Luft. McGuire war nur fünfzehn Minuten weg gewesen. Er griff nach der Waffe, zog sie aus dem Holster und drehte sich einmal nervös im Kreis, ob sich irgendwo etwas bewegte. Er sah, dass die Farbe von den Mauern geblättert war. Das Geländer war geschmolzen. McGuires Plastikstuhl war nur noch eine Pfütze heißer grüner Soße.

Sein Herz klopfte so laut, dass er sich kaum selbst denken hörte. Er drückte den Sprechknopf seines Walkie-Talkies. »Hier Posten neun.« Nahezu sprachlos drehte er sich noch einmal im Kreis. »Hier ist was passiert. Irgendeine Explosion …« Das Funkgerät knackte.

»Hier Basis. Wiederholen Sie.«

»Posten neun!«, wiederholte der Mann eindringlicher. »Eine

Explosion! Auf dem Dach!« Er hatte Mühe, ruhig zu bleiben. »Ich weiß nicht, wie … Ich kann nicht erklären, was passiert ist!«

»Posten neun, haben Sie jemanden gesehen?«

»Ich würde nicht mehr leben, wenn ich hier gewesen wäre«, antwortete der Mann. Einen Moment herrschte Stille; dann knisterte das Funkgerät wieder.

»Bleiben Sie in Stellung, Posten neun. Wir schicken Verstärkung. Ich wiederhole: Bleiben Sie in Stellung.«

Wilson starrte auf das Datum, das alle paar Sekunden durchlief. Leise Musik spielte im Hintergrund. Er versuchte zu ergründen, ob seine sechsjährige Verspätung das Unternehmen beeinträchtigte. Die Schumann-Resonanz war zweifellos höher, aber was war mit den Auswirkungen? Er schloss, dass Barton einen entscheidenden Fehler gemacht hatte. Die Temperatur des Transportbehälters musste zu niedrig gewesen sein.

Der Fahrstuhl hielt unerwartet an.

24. Etage.

Die Türen glitten zur Seite. Auf dem Flur stand ein bewaffneter Wachmann und blickte eindringlich in Wilsons Richtung. Der Mann war untersetzt, hatte einen dicken Hals und feiste Hängebacken. Seine hellgrüne Uniform spannte über der gewölbten Brust, die schwarzen Hosen waren ein bisschen zu kurz für seine stämmigen Beine, sodass die weißen Sportsocken zu sehen waren.

Er hat ein Gesicht wie eine Bulldogge, dachte Wilson. Am Hemd steckte ein Schild, auf dem »Sicherheitsdienst« und der Name der Firma standen. Sein frisch rasiertes Kinn und die ordentlich gekämmten Haare legten nahe, dass sein Dienst gerade erst anfing.

Wilson blickte weg und versuchte, gelassen zu wirken, doch er merkte, dass der Mann ihn weiterhin musterte. Im Gürtel des Wachmanns steckte ein Revolver, und Wilson wagte einen kurzen Blick – es war das erste Mal, dass er eine Handfeuerwaffe aus dieser Nähe sah.

»Abwärts«, erklang es aus dem Lautsprecher.

Die Ansage erwies sich als Auslöser.

Der Wachmann sprang in den Aufzug und griff an.

Es war kein Platz zum Ausweichen! Es gab kein Entkommen!

Bartons Worte hallten Wilson durch den Kopf: *Nach der Zeitreise werden Sie nur wenig Kraft haben, und durch Ihre Augen werden Sie gefährdet sein. Das ist sehr wichtig. Wenn Sie nicht befolgen, was ich sage, kann es Sie das Leben kosten.*

Mit dem vollen Körpergewicht stieß der Wachmann Wilson gegen die Fahrstuhlwand. Wilson trieb es die Luft aus den Lungen. Er japste, krümmte sich zusammen, um sich gegen die wütenden Schläge und Tritte zu schützen. In gewisser Weise fühlte er sich wie ein Zuschauer; es war unvorstellbar, dass ihm das *wirklich* passierte. Er wurde totgeschlagen!

Beide Männer stürzten zwischen die sich schließenden Aufzugtüren, die sich sofort wieder öffneten. Als Wilson endlich zur Besinnung kam – so, als tauchte er aus einem Albtraum auf –, begann er sich zu wehren. Kleidung riss, Muskeln zitterten. Ungeschickt schlug er zu, bekam jedoch einen wuchtigen Schlag am Kopf ab und gleich noch einen. Die Männer ächzten vor Anstrengung, als der unelegante Zweikampf weiterging. Das war urtümlicher Kampf in seiner primitivsten Form. Dem Wachmann flog der Speichel aus dem Mund, als er Wilsons Kopf gegen den Teppich knallte.

Der Mann war zu stark!

Mühsam presste Wilson einen Befehl hervor: »Aktiviere Überlast.«

Ein vertrautes Zittern durchlief ihn, als eine Mischung aus Adrenalin, Testosteron und Endorphinen seinen Körper durchströmte. Das Blatt würde sich gleich wenden. Als Wilson spürte, wie seine Kraft sich verzwanzigfachte, schleuderte er seinen Angreifer aus dem Aufzug ins Foyer. Er glaubte, der Wachmann werde bei diesem Beweis überlegener Kraft den Rückzug antreten, doch sein Gegner fing sich und griff furchtlos wieder an. Wilson schleuderte ihn diesmal mit solcher Kraft weg, dass der Mann auf der anderen Seite gegen einen Aufzug prallte und zusammensank.

Doch innerhalb von Sekunden kam er wieder zu sich, und wie von einem unaufhaltsamen Zwang getrieben, stürmte er auf Wilson zu, wobei er aus vollem Hals brüllte. In einer blitzartigen Bewegung sprang Wilson zum Gegenangriff ins Foyer, nahm seinen Gegner in den Schwitzkasten und hielt ihn fest. Der stämmige Mann schlug um sich, kratzte und versuchte zu beißen, doch Wilsons Griff war wie ein Schraubstock. Die Sekunden verstrichen, und die Gegenwehr glitt in die Bewusstlosigkeit.

Wilson schloss, dass das Verhalten des Mannes von einer optischen trakenoiden Reaktion verursacht sein musste. Es konnte nicht anders sein. Die Kontaktlinsen, die Wilson trug, um solch einen Effekt zu verhindern, funktionierten offenbar nicht. Aus der Brusttasche des Wachmanns ragte eine dunkle Sonnenbrille. Wilson nahm sie an sich.

Die Türen glitten zu, und er war wieder im Aufzug eingeschlossen. Die ruhige Musik spielte weiter, in völliger Nichtbeachtung der Situation. Es war beinahe ärgerlich. Wilson straffte die Schultern und fühlte sich todmüde. Die Nachwirkungen des Überlastbefehls kündigten sich an. Angst stieg in ihm auf – es fühlte sich immer so an, als würde einem das Rückgrat mitsamt den Nerven ausgerissen. Zuerst kamen der kalte Schweiß und das Zittern. Das war die erträgliche Phase. Dann setzten die qualvollen Schmerzen ein – als würde Säure durch seine Adern fließen. Er biss die Zähne zusammen und unterdrückte den Drang zu schreien.

Man konnte nicht wissen, wie lange die Schmerzen anhielten, aber es fühlte sich jedes Mal an wie eine Ewigkeit, während es in Wirklichkeit nur Sekunden waren. Wilson nahm sich einen Moment, um sich zu beruhigen und seine Lage einzuschätzen. Seine Kleidung war zerrissen und verschwitzt. Er war so schwach, dass er kaum stehen konnte. Seine Unterlippe blutete. Die einzige gute Nachricht war, dass seine Kopfschmerzen offenbar vorbei waren. Er blickte auf die dunkle Sonnenbrille in seiner Hand; sie war sein einziges Mittel, um weiteren Konfrontationen zu entgehen.

Der Fahrstuhl hielt.

14. Etage.

»Oh nein«, flüsterte Wilson. Er setzte sich die Sonnenbrille auf, strich sich den Anzug glatt, wischte sich das Blut von den Lippen und wich nervös in die hinterste Ecke zurück. Wenn ihn jetzt einer angriff, hätte er nicht mehr die Kraft, sich zu wehren.

Die Türen gingen zischend auf, und ein Büroangestellter stand davor, durchschnittlich groß, weißes Hemd, blaue Krawatte. Er widmete Wilson einen flüchtigen Blick und wandte sich dem Papierstapel zu, den er in der Hand hielt. Er trat in den beengten Raum. Der Fahrstuhl sank ein Stockwerk nach unten, die Türen öffneten sich, und er trat ohne Zwischenfall auf den Flur.

Zu Wilsons großer Erleichterung blieb er allein. Er beobachtete die roten Ziffern, die nacheinander aufleuchteten. Als die Türen sich im 1. Stock endlich öffneten, drang Stimmengewirr zu ihm. Ein beeindruckendes Marmoratrium überspannte die Eingangshalle des Gebäudes. Helle Morgensonne schien durch die Glasdecke. Die Luft war unangenehm warm.

Wilson näherte sich vorsichtig dem Geländer. Unten im Parterre strömten die Angestellten durch die Doppeltüren und liefen zu den Aufzügen. Hunderte von Menschen, lauter potentielle Mörder, dachte er.

Eine Empfangsdame hinter ihrem Schalter schaute Wilson an. Eine attraktive Frau. Als sie ihn nicht weiter beachtete, sondern ihr Telefongespräch fortsetzte, ging er davon aus, dass die Sonnenbrille etwas nützte. Leicht hinkend stieg er die weiße Marmortreppe hinunter und näherte sich den Menschenmengen. Die Situation machte ihn ängstlich, doch es schien keine negativen Reaktionen auf ihn zu geben. Als er auf den sonnigen Vorplatz trat, fühlte er die kühle Morgenluft im Gesicht und tat erleichtert einen wohlverdienten, tiefen Atemzug.

Doch ein schrilles Zwitschern unterbrach seinen Seufzer.

Polizeisirenen hallten von den Mauern wider, als vier Einsatzwagen mit Blaulicht und kreischenden Reifen auf dem Parkplatz hielten. Polizisten sprangen heraus und rannten die Stufen des Vorplatzes herauf auf ihn zu. Wilson begriff nicht gleich, was vor sich ging, machte aber instinktiv kehrt und bewegte sich im Strom der Leute auf das Gebäude zu. Nichts an der Situation war verständlich. Der Zwischenfall mit dem Wachmann war erst Sekunden her – kaum genug Zeit, dass die Polizei deswegen in solcher Zahl erschien.

Die Polizisten rannten an ihm vorbei und nahmen vor den Eingängen Aufstellung.

»Niemand betritt das Gebäude!«, brüllte einer von ihnen.

»Alle zurückbleiben!«, rief ein anderer.

Die ankommenden Personen wurden zurückgeschickt, und Wilson wurde mit der Menge die Treppe hinuntergetragen. Zwei neue Einsatzwagen trafen an beiden Enden der Straße ein, wo der Verkehr vom Gebäude weggeleitet wurde. An jeder Ecke wurden Wachposten mit Gewehren aufgestellt. Die Operation wirkte gut organisiert.

Eine Limousine mit getönten Scheiben hielt am Bürgersteig, und ein schwarz uniformierter Polizist beeilte sich, die hintere Tür zu öffnen. Kurz darauf stieg ein hünenhafter Mann mit roten Haaren aus. Der Mann neben ihm wirkte wie ein Zwerg. Jeder in der Menschenmenge, auch die Polizisten, wurden durch sein Erscheinen abgelenkt. Wilson sah eine Gelegenheit zu entkommen. Er rannte über die Straße und in eine Gasse.

Mit ernster Miene blickte Commander Visblat zum Dach hinauf. Er war der höchste Polizeibeamte der Stadt. Mit seinen zwei Metern war er eine imposante Erscheinung in einem locker sitzenden schwarzen Anzug. Visblat war fünfundvierzig Jahre alt, hatte volle, wellige rote Haare und einen Überbiss, der sein kräftiges Kinn betonte. Seine Haut war blass, und unter den Augen hatte er dunkle Ringe vom Schlafmangel.

Visblat betrachtete das Gebäude genau. *Hier ist es also passiert.* Bei einem suchenden Blick in die Umgebung sah er kurz Wilsons Schatten an einer Hauswand auf der anderen Straßenseite, nur für eine Sekunde, dann war er verschwunden.

Eine Stimme unterbrach ihn in seiner Konzentration. »Hier entlang, Commander.«

Visblat blickte auf den Mann hinunter.

Officer Benson zeigte in die andere Richtung. »Der Eingang ist da drüben.«

»Ist ein Sondereinsatzkommando auf dem Dach?«, fragte Visblat unwirsch.

»Noch nicht, Commander. Sie sind unterwegs. Wir waren als Erste hier. Offenbar gab es eine Explosion. Ich habe das Bombenentschärfungskommando angefordert.«

Das konnte Visblat am allerwenigsten brauchen. Aber das war belanglos. Seine Beute war nah, das spürte er. »Keiner geht von hier weg, ehe ich ihn nicht gesehen habe, haben Sie verstanden?« Er deutete gebieterisch über die Straße. »Lassen Sie die Gasse durchsuchen. Ich glaube, ich habe da etwas gesehen.«

»Ja, Commander.« Officer Benson gab die Anweisung umgehend an einen der Wachposten weiter.

Visblat blickte über die Menschenmenge. »Das ganze Gebiet absperren. Ist mir egal, wie laut sie sich beschweren. Niemand verlässt den Platz.«

»Ja, Commander.«

»Ich will den Mann sprechen, der das Dach bewachen sollte.«

Benson beugte sich näher heran. »Ich habe Befehl gegeben, Officer McGuire zu isolieren, wie Sie es verlangt haben.«

»Ich will ihn allein sprechen«, sagte Visblat leise. »Kein Wort zu irgendjemandem. Haben Sie verstanden?«

»Ja, Commander.«

Visblat wartete oben an der Treppe, als eine Gruppe Uniformierter sich pflichtgemäß drei Reihen tief um ihn scharte. Er gab nach links und rechts Befehle. »Sie da, bringen Sie die Leute weiter weg. Und Sie kontrollieren die Lieferantenzufahrt.« Bewaffnete Männer entfernten sich in Abständen, um ihre Aufgabe anzugehen. »Ich will im Umkreis von einer Meile Kontrollpunkte haben.« Visblat schwenkte den Arm.

Ein Untergebener hob die Hand und sagte: »Commander, das sind Dutzende von Straßen und Gassen. Wir haben nicht die Leute, um alles abzudecken.«

Visblat bedachte ihn mit einem stechenden Blick. »Tun Sie einfach nur Ihr Bestes.«

Visblats Blick verursachte dem Polizisten eine Gänsehaut.

»Ja, Commander«, sagte er eingeschüchtert.

Visblat stand aufrecht da. »Männer, das ist der Augenblick, auf den wir gewartet haben. Finden Sie den Flüchtigen, und bringen Sie ihn zu mir. Bewegung!« Die Polizisten eilten in verschiedene Richtungen davon. Visblat schaute noch einmal zu der Gasse und überlegte, was er gesehen hatte, ehe er das Bürogebäude betrat.

Wilson verlangsamte seine Schritte. Er brauchte Zeit zum Nachdenken. Das Versagen seiner Kontaktlinsen – seiner *speziell gefertigten* Kontaktlinsen – hätte ihn das Leben gekostet, hätte er den Überlastbefehl nicht gegeben. Wie konnte Barton einen so kritischen Fehler begangen haben? Und warum kam die Polizei mit solch einem Aufgebot? Konnte es sein, dass sie nach ihm suchten?

Am Ende der Gasse rauschte ein steter Strom von Fahrzeugen in Richtung Innenstadt.

Wilson musste an das wütende Gesicht des Wachmanns denken. Er hatte sich noch nie geprügelt, geschweige denn jemanden bis zur Bewusstlosigkeit gewürgt. Die Schumann-Resonanz hatte hier ernsthafte Schwankungen – die Reaktion des Wachmanns war der Beweis dafür. Wilson war übel; der Gedanke, dass noch einmal jemand über ihn herfallen könnte, verunsicherte ihn.

Unerwartet hallten schnelle Schritte in der Gasse. Wilsons schlimmste Ängste wurden wahr, als er sich umdrehte und einen Polizisten mit gezogener Waffe heranlaufen sah. Es dauerte einen Moment, bis Wilson reagierte – er konnte nicht begreifen, was vor sich ging.

»Polizei! Bleiben Sie stehen!«, rief der Mann. »Halt!«

Vor Schreck war Wilson losgelaufen. Er sprintete zur nächsten Ecke. Wenn er die Sonnenbrille absetzen müsste, wozu es sicher kommen würde, wäre er in noch größeren Schwierigkeiten. Der Verkehr floss schnell, und Wilson rannte die Straße hinunter und wartete auf eine Gelegenheit, auf die andere Seite zu gelangen. Der Überlastbefehl hatte viel Energie gekostet, dennoch rannte er aus Leibeskräften. Sowie er eine Lücke sah, fädelte er sich durch den Verkehr und wich einem Wagen aus, der seine Flucht beinahe beendet hätte.

Trotzdem kamen die Schritte des Polizisten näher.

Eine Ladentür stand offen. Wilson huschte hinein. Der Duft von frischen Donuts zog durch die Luft. Die Leute drehten sich nach ihm um, als er an ihnen vorbeistürmte. Er rannte in den hinteren Teil des Ladens, sprang über die Theke und schoss zur Hintertür hinaus. Ein Holzzaun. Wilson warf sich hinüber. Eine steile Böschung. Er stürzte sich hinunter. Noch ein hoher Zaun, Maschendraht. Er stieg daran hoch und landete schwer auf der anderen Seite. Eine stark befahrene Schnellstraße lag vor ihm wie ein stählerner Strom, der sich der Überquerung verweigerte. Die Autos fegten in beiden Richtungen vorbei, vier Spuren auf jeder Fahrbahnseite, auf der die Wagen mit wahnsinniger Geschwindigkeit dahinschossen.

Der Polizist schaffte es bis zum Zaun. Er schnaufte. »Stehen bleiben ... sofort!«, rief er, während er den Revolverlauf ungeschickt durch die Zaunmaschen stieß.

»Warum ... sind Sie ... hinter mir her?«, stammelte Wilson und hob die Hände.

Der Mann keuchte und versuchte, zu Atem zu kommen. »Hinlegen ... auf den Bauch! Hände ... hinter ... den Kopf!«

Wilson war mit seinen Gedanken bei dem permanenten Dröhnen und Rauschen des Verkehrs hinter ihm.

»Hinlegen!«, brüllte der Officer wieder.

Da es nur eine Hoffnung auf Entkommen gab, drehte Wilson sich um und rannte an der Betonabsperrung der Schnellstraße entlang. Plötzlich tat sich im Verkehr eine Lücke auf. Wilson nutzte die Gelegenheit und sprintete über den glatten Asphalt. Hupen dröhnten. Reifen kreischten. Beinahe erwischte ihn eine Stoßstange. Jemand kreischte einen Fluch durch das offene Fenster eines Wagen, der an ihm vorbeischoss.

Der Polizist stieg über den Zaun und landete auf den Füßen.

Wilson schaffte es in die relative Sicherheit der mittleren Leitplanke.

Der Fahrzeugstrom floss weiter in beide Richtungen.

»Stehen bleiben, oder ich schieße!«, brüllte sein Verfolger und zielte zwischen den fahrenden Wagen hindurch.

Wilson sprang über die Leitplanke auf die andere Seite. Eine Spur nach der anderen, sagte er sich. Der Verkehr stadteinwärts war dichter und sogar noch schneller als der Strom der Wagen, der sich aus der Stadt hinaus bewegte. Ein Wagen verfehlte ihn um Zentimeter. Der bloße Luftzug brachte Wilson aus dem Gleichgewicht. Hupen gellten. Er schleppte sich voran. Die Wagen wichen auf beiden Seiten aus.

Der Polizist sprintete los und schaffte es bis an die Leitplanke.

Wilson machte den nächsten Schritt, als das schrille Kreischen von Reifen plötzlich seine Wahrnehmung beherrschte. Er konnte nirgendwohin! Ein Außenspiegel traf ihn am Rücken und schleuderte ihn in die Luft. Seltsamerweise tat es nicht weh. Es gab ein entsetzliches Geräusch, als im selben Augenblick der Polizist hinter ihm umgefahren wurde.

Glas splitterte. Metall riss.

Wilson fand sich mit dem Gesicht auf der Straße wieder. Schleudernde Fahrzeuge rasten auf ihn zu. Eine Abfolge von Bildern schoss ihm durch den Kopf: der prächtige Rembrandt im Sitzungssaal der Enterprise Corporation, das Gemälde eines schlafenden Kindes in der Wiege, behütet von der Mutter, Gesichter von Freunden: Professor Author, Jenny Jones, sein Großvater, die berühmten Schriftrollen vom Toten Meer, eindrucksvoll ausgebreitet in eigens angefertigten Vitrinen, der Blick vom Mount Whitney, eine Gebirgslandschaft von unbeschreiblicher Schönheit. Weiße, bauschige Wolken zogen hoch oben vorbei. Barton Ingerson war da und sah aus wie ein Gott. Er trug seinen Mercury-Team-Laborkittel und schärfte Wilson ein, wie wichtig seine Aufgabe war.

»Da ist kein Platz für Selbstgefälligkeit«, sagte Barton. »Wenn Sie versagen, wird diese Realität für Sie verloren sein. Ein Paralleluniversum wird ihren Platz einnehmen.«

Im Augenblick des Aufpralls wurde es in Wilsons Verstand dunkel.

Und damit war alle Hoffnung auf Zukunft vorbei.

2.

Houston, Texas
Memorial Apartments, 16. Etage
25. November 2012
Ortszeit: 7.11 Uhr
Unternehmen Jesaja – erster Tag

Warmes Sonnenlicht flutete durch das hohe Erkerfenster.

Helena lag auf der Bettdecke. Ihr Flanellpyjama war vom unruhigen Schlaf verdreht. Sie hob das Glas Wasser vom Nachttisch, warf sich eine rote Pille in den Mund und spülte sie hinunter. *Ich hasse Pillen,* dachte sie. Die am Abend machten sie schlapp und müde, die am Morgen sollten sie munter machen.

Als sie sich den ausgewachsenen Pony hinters Ohr schob, fiel ihr der ungewöhnliche Traum ein, der sie in der Nacht gequält hatte. Sie nahm ein Kissen und drückte es an sich wie eine Lieblingspuppe. Die Bilder waren grotesk und dabei sehr realistisch gewesen.

Das Telefon klingelte. Die Nummer auf dem Display gehörte der Familie. Helena fasste sich, ehe sie abnahm. Sie tat ihr Bestes, um munter zu klingen.

»Guten Morgen, Dad.«

»Wie geht es dir, meine Liebe?«

»Ausgezeichnet.« Das Gegenteil war der Fall. »Und dir?«

»Gut, gut.« Das sagte Lawrence immer.

»Ist alles in Ordnung?«, fragte sie.

»Ja, ja. Kann nicht klagen. Ich rufe nur an, um zu fragen, wie es dir geht.«

»Mir geht's gut«, sagte sie knapp. Sie wünschte sich sehr,

ihm erzählen zu können, was sie gerade durchmachte, aber sie wusste, das würde alles nur verschlimmern.

»Kommst du heute ins Büro?«, fragte er.

Helena war seit mehr als einer Woche nicht mehr da gewesen; zögernd antwortete sie: »Ja, wahrscheinlich.«

»Großartig!« Er klang freudig überrascht. »Wir können die Pläne für das Recida-Village-Projekt abschließen. Freitag ist letzter Termin. Das weißt du, nicht wahr?«

»Hast du mich deshalb angerufen? Um mir zu sagen, ich soll zur Arbeit kommen? Das ist *ungeheuerlich*!«

Lawrence' Stimme wurde hart. »Helena ... entspann dich.« Es folgte ein langes Schweigen. »Ich wäre dir dankbar, wenn du nicht so reagieren würdest. Das war nicht der Grund meines Anrufs.«

»Und was ist der Grund?«

Wieder herrschte Schweigen. Dann sagte ihr Vater freundlich, als hätte er sich eigens Zurückhaltung abgerungen: »Ich wollte fragen, wie es mit deinen Therapiesitzungen bei Dr. Bennetswood läuft.« Seine Stimme klang vorsichtig.

Die Frage ließ Helenas Zorn auflodern, doch diesmal hielt sie ihn zurück. Schließlich sagte sie: »Es geht mir schon viel besser. Wirklich.« Das war keine überzeugende Antwort, und sie wusste es.

»Wann gehst du wieder zu ihm?«

»Am Freitag, denke ich.«

»Schläfst du?«

»Nicht viel.«

Erneutes Schweigen.

»Glaubst du, die Sitzungen nützen etwas?«

»Was soll das werden, Dad? Ein Verhör?«

In entschiedenem Tonfall erwiderte er: »Warum bist du immer so ausweichend?«

»Du hast dich noch nie für meine Therapie interessiert«, sagte sie. »Ich weiche nicht aus.« Auf ihren Vater wütend zu sein war keine Lösung. »Ich muss jetzt los, Dad. Wir sehen uns im Büro.« Ohne auf eine Antwort zu warten, legte sie auf. Das war die einfachste Methode, mit der Situation fertig zu werden.

Helena verbrachte die nächsten paar Minuten damit, ihre Unterhaltung Wort für Wort durchzugehen. Es ärgerte sie, dass ihr Vater anrief, um über Geschäftliches zu reden und sofort nach ihrer Behandlung zu fragen, als sie sich darüber aufgeregt hatte. *Er hält mich für verrückt. Er hat keine Ahnung, was ich durchmache. Niemand will mir helfen.* Sie berichtigte sich: *Niemand kann mir helfen.*

Sie warf das Kissen beiseite und sprang aus dem Bett.

Sie fühlte sich allein.

Die Aussicht aus dem sechzehnten Stock war herrlich: der weite Rasen des Emerald Parks gesprenkelt mit Bäumen, durchzogen von schwarz geteerten Fahrradwegen. Die Morgensonne stand tief am Himmel und warf lange Schatten nach Westen. In der Ferne markierte eine Gruppe Wolkenkratzer das Geschäftsviertel Houstons.

Helena blieb am Fenster stehen und schaute hinaus. Sie wollte Antworten, mehr nicht. Die Antwort darauf, warum sie diese hartnäckigen, unerklärlichen Träume hatte.

Sie wusste nicht, dass der Grund für ihre verrückten Halluzinationen nur ein paar Kilometer entfernt um sein Leben rannte – Wilson Dowling, der durch die Zeit in Helenas Welt gereist war. Dadurch sollten die Dinge noch viel verrückter werden.

Helena wandte sich ab und stieg die Stufen zum Badezimmer hinauf, knöpfte den Pyjama auf und ließ ihn auf den Boden fallen. Helena Rainsford Capriarty betrachtete sich im Spiegel. Rainsford war der Mädchenname ihrer Mutter, und Helena nannte ihn mit Stolz, wann immer sich die Gelegenheit ergab. Ihre Haare waren blond, ziemlich hell im Ton und schulterlang geschnitten – wie bei ihrer Mutter –, und ihr Lächeln enthüllte makellose weiße Zähne. Sie warf kritische Blicke auf ihre nackte Haut, um nach einer Unvollkommenheit zu suchen. Doch da war nicht viel zu finden. Jahrelanges Schwimmen und Joggen hatten ihren 29-jährigen Körper in Bestform gebracht. Doch ihre gute Form war geerbt, wie alles andere auch. Sie aß, was ihr schmeckte, einschließlich Junkfood. Sie drehte sich um und musterte ihre Rückseite. Ein paar Stunden pro Woche auf dem Laufband waren nötig, befand sie.

Es duftete nach frischen Blumen, als sie in die Glaskabine griff und das Wasser aufdrehte. Es schoss heiß aus dem Duschkopf und hüllte die Kabine in Dampf, noch bevor Helena hineinstieg. Sie gab nicht gern zu, dass sie Probleme hatte – nie. Darum drehte sie die Dinge so, wie sie ihr passten. Sie hatte keine Probleme, nur Fragen. Nach der gleichen Methode beurteilte sie sich als resolut, nicht stur. Willensstark, nicht aufbrausend. Lebhaft, nicht überspannt.

Während das dampfende Wasser auf ihre Schultern prasselte, überdachte sie ihre Situation. Die Träume machten es unmöglich, zur Ruhe zu kommen. Manchmal waren die Visionen furchterregend. Seit Wochen hatte sie nicht mehr als drei Stunden an einem Stück geschlafen. Sie stellte das Wasser ein bisschen heißer ein, sodass es sie fast verbrühte. Der Schlafmangel machte sie reizbar, und jeder in ihrer Umgebung bekam das zu spüren. Ihre Beziehung mit Jensen war in die Brüche gegangen; infolgedessen war ihr Sexualleben auf dem Nullpunkt.

Ein paar Minuten später kam Helena in einem schwarzen Flanellmorgenmantel aus dem Bad, die Haare ordentlich zurückgekämmt. Dr. Bennetswood vertrat die Theorie, dass ihre Halluzinationen durch posttraumatischen Stress verursacht seien. Wenn sie emotional Abstand nahm, verstand sie, dass das für ihn ein logischer Schluss war, doch sie wusste, dass er sich irrte. Es war eine bewusste Entscheidung, den Vorfall mit ihrer Mutter auszublenden. Helena hatte ihr Leben unter Kontrolle – so glaubte sie – und nahm es jedem übel, der etwas anderes andeutete.

Ein Frühstückstablett stand jetzt auf ihrem Nachttisch – Müsli, frisches Obst, Vollkorntoast. So stand es jeden Morgen um 7 Uhr da.

Helena flüsterte: »Vielleicht werde ich verrückt.«

»Du bist nicht verrückt«, widersprach unerwartet eine weibliche Stimme.

Helena fuhr erschrocken herum.

»Ich wollte dich nicht erschrecken, Bambina.« Julia Jimenez hatte einen spanischen Akzent und eine lebensbejahende Einstellung. »Aber dir fehlt Unterhaltung. Deshalb bin ich hier.« Julia war eine gemütlich wirkende Frau, klein und kräftig. Obwohl Ende fünfzig, hatte sie noch immer lange dunkle Haare mit ein paar grauen Strähnen, die sie zu einem ordentlichen Knoten frisiert hatte. Sie trug ein schwarzes Dienstbotenkleid mit einer schlichten weißen Schürze.

Julia arbeitete schon seit über zwanzig Jahren für die Capriartys. »Ich habe schon auf dich aufgepasst, als du noch ein Baby warst«, sagte sie immer. »Du hattest hübsche Pausbäckchen.« Als Helena damals von zu Hause ausgezogen war, hatte Lawrence entschieden, dass Julia seine Tochter begleiten solle. Das war jetzt gut drei Jahre her. Julia hatte keine eigenen Kinder und behandelte Helena, als gehöre sie zur Familie. Helena empfand genauso, doch Julia konnte ihr häufig auf die Nerven gehen, und manchmal war die Stimmung gereizt. Sie kannten sich zu gut, um auf Förmlichkeit Wert zu legen, und so wurde es manchmal hitzig.

Helena reagierte unvermittelt. »Warum machst du das jedes Mal?«, rief sie. Es war zermürbend, wenn Julia erschien, ohne sich vorher bemerkbar zu machen. Helena tat ihr Ausbruch sofort leid. »Bitte entschuldige.« Verlegen schlug sie die Hände vor den Mund. »Ich wollte dich nicht anschnauzen.«

Julia zog Helena in den Arm. »Du kannst nichts dafür, was los ist. Es ist nicht deine Schuld.« Helena wurde steif wie ein Brett; sie mochte es nicht, angefasst zu werden. Peinliches Schweigen setzte ein, bis Julia sie losließ und auf das Tablett zeigte. »Du musst essen, *si*?«

Helena strich ihren Morgenmantel glatt. »Ich gehe heute zur Arbeit.«

»Du gehst zur Arbeit?« Julia wirkte überrascht.

Helena nickte. »Das habe ich vor.«

»Du musst dich entspannen. Schlafen. Sieh dir was im Fernsehen an.«

»Heute nicht. Ich gehe zur Arbeit.« Helena ging eilig ins Ankleidezimmer. Sie zwang sich, an das Recida-Village-Projekt zu denken. Ihr Vater hatte recht – sie hinkte weit hinterher. Das war okay. Sie mochte es, unter Druck zu stehen; das befreite sie von dem Übel, zu viel nachzudenken.

Sie betrachtete ihr Gesicht im Spiegel. *Ich sehe müde aus*, stellte sie fest. »Aber damit ist es gleich vorbei«, flüsterte sie. »Make-up schafft alles.« Sie setzte ihren eiskalten Blick auf. *Ich kann das.*

Helena suchte sich ihre Sachen zusammen, stieg die Stufen hinunter und warf sie aufs Bett. Als sie sich die Bluse anzog und zuknöpfte, blickte sie zur Uhr: 7.27. Wenn der Verkehr nicht so dicht war, konnte sie um Viertel nach acht im Büro sein.

Ganz plötzlich fühlte sie sich desorientiert.

Zuerst war es nur ein leichtes Schwindelgefühl, aber dann wurden ihre Beine schlapp, und sie fand sich auf den Knien wieder, die Hände auf den Teppich gestemmt, um nicht umzukippen. Ein roter Dunst beherrschte ihr Blickfeld. Dann bekam sie lebhafte Halluzinationen. Es war beängstigend. Sie wehrte sich gegen die Bilder, doch je heftiger sie sich dagegensetzte, desto klarer wurden sie.

In dem roten Dunst sah Helena sich selbst auf der Flucht. Entsetzt riss sie die Augen auf, um das vertraute Schlafzimmer vor sich zu sehen. Es war schwer, sich zu konzentrieren. Die Bilder schoben sich vor die Wirklichkeit.

Wie kann das sein?

Ein Polizist verfolgte sie! Helena rannte um ihr Leben.

Wie ist das möglich?

»Hilfe!«, rief sie und presste sich die Hände vors Gesicht, wie um die Bilder auszulöschen. »Hilf mir!«

Julia hörte sie und rannte zurück ins Schlafzimmer.

Der Polizist holte auf, mit gezogener Waffe! Helena bekam kaum noch Luft. »Ich sehe Dinge ...«, jammerte sie, als sie Julia hinter sich spürte. »Jay Jay, ich sehe Dinge. O Gott!« In ihrer Vision kletterte sie einen hohen Maschendrahtzaun hinauf und ließ sich auf die andere Seite fallen.

Julia hielt sie fest. »Atme, Bambina. Atme!« Sie wiegte die zitternde junge Frau. »Bei mir bist du sicher, Bambina, du musst nur atmen.« Sie wiederholte das Mantra mit gleichmäßiger, ruhiger Stimme.

Die Worte klangen in Helenas Ohren und beruhigten sie.

Sie lief über eine stark befahrene Straße – eine Schnellstraße. Die Autos rasten an ihr vorbei, verfehlten sie nur um Zentimeter. Sie taumelte, stürzte hin, schrie vor Angst. In diesem Moment begriff sie, dass sie durch die Augen eines anderen sah, durch die Augen eines Mannes. Sie sah seine Beine und Füße. Er wischte sich übers Gesicht. Seine Hand war blutig.

Dann schleuderten Wagen auf ihn zu.

Der sichere Tod.

So plötzlich die Vision begonnen hatte, so plötzlich setzte sie wieder aus, und der rote Dunst verschwand.

Helena öffnete versuchsweise die Augen.

»Er ist tot«, flüsterte sie, als würde sie alles begreifen.

»Wer?«

»Der Mann.«

»Welcher Mann?«

»Der Mann, den ich gesehen habe.«

Julia zog die kraftlose Helena aufs Bett und deckte sie zu, als wollte sie sie mit dem weichen Bettzeug beschützen.

Mit kräftiger, zuversichtlicher Stimme, die ihre Besorgnis

verbarg, sagte Julia: »Du bist hier sicher, Bambina.« Sie zog die Bettdecke glatt und steckte sie unter der Matratze fest. »Das ist nur ein schlechter Traum. *Si.* Wir werden nicht mehr darüber sprechen.«

Helena starrte an die Decke. Bisher hatte sie nur im Schlaf geträumt, doch jetzt kamen die Träume auch, wenn sie wach war. Seltsamerweise fühlte sie sich gelassen. Was sie gesehen hatte, war so *wirklich* gewesen. Und wenn es wirklich war, konnte sie damit umgehen.

Julia öffnete eine orangefarbene Glasflasche und schüttete sich zwei weiße Kapseln in die Hand. »Nimm die. Davon wirst du schlafen.«

Helena drehte sich weg. »Nein, ich will keine Pillen.«

Julia blieb eisern. »Du musst.«

»Nein, Jay Jay, ich will sie nicht!« Helena brauchte Zeit zum Nachdenken. Sie kannte die Stelle, wo sich der Unfall ereignet hatte. War es möglich, dass alles, was sie gesehen hatte, wirklich passiert war? Hatte sie eine telepathische Verbindung zu jemandem? War sie Hellseherin?

Julia hielt das Telefon hoch. »Dann rufe ich Dr. Bennetswood an!«

Helena sah die resolute Miene ihrer Haushälterin. Julia meinte es ernst. »Ich schlucke die Pillen«, sagte Helena, nahm sie und steckte sie in den Mund.

Julia legte das Telefon wieder hin. »Dann rufe ich nicht an, aber ich sollte! Du schläfst jetzt, *si*?«

Helena trank einen großen Schluck Wasser. *»Si.«*

»Gut.«

Als Julia sich umdrehte, spuckte Helena die Pillen unters Kopfkissen. Sie brauchte jetzt einen klaren Kopf. Über ihre Visionen gab es etwas herauszufinden.

Auf einen Schalterdruck schoben sich die automatischen Vorhänge über das Fenster und schlossen den hellen Morgen aus. Das Zimmer wurde fast stockdunkel. Julia zog sich einen Sessel ans Bett, setzte sich und strich Helena sanft über die Stirn. Das hatte sie immer getan, als ihr Schützling noch klein gewesen war.

Dabei führte Helena sich das Bild der Schnellstraße vor Augen. Sie wusste, wo der Unfall passiert war; sie war sich ganz sicher – in der Nähe der Westheimer-Überführung. Helena seufzte tief und machte die Augen zu. Zum ersten Mal seit Wochen fühlte sie sich in vieler Hinsicht entspannt.

3.

Houston, Texas
Memorial Apartments, 16. Etage
25. November 2012
Ortszeit: 17.52 Uhr
Unternehmen Jesaja – erster Tag

Helena schlug die Augen auf und schaute durch das geräumige Schlafzimmer, dann auf die Uhr auf dem Nachttisch. Sie hatte neun Stunden geschlafen. *Neun Stunden.* Das war das erste Mal, dass sie ohne Schlaftabletten geschlafen hatte. Julia schlief im Sessel. Ihrer Erscheinung nach zu urteilen, tat sie das schon eine ganze Weile. Als Helena behutsam die Füße auf den Teppich setzte, ließ sie sich einen Moment Zeit, um ins Gleichgewicht zu kommen; dann ging sie ins Ankleidezimmer, zog eine verblichene blaue Jeans und ein schwarzes Polohemd an und setzte sich auf den Bettrand, um die Schuhe anzuziehen.

Julia regte sich. Sie klang schläfrig. »Bist du wach?«

»Ich kann nicht glauben, dass ich so lange geschlafen habe«, antwortete Helena.

»Gute Medizin, *si*?«

Die Bemerkung rief ein seltenes Lächeln hervor. »*Si,* Julia. Gute Medizin.«

Die Haushälterin zog sich von ihrem Ruheplatz hoch und versuchte, die Knitter aus ihrem schwarzen Kleid zu streichen. »Dein Vater hat angerufen. Ich habe gesagt, dass du schläfst.« Sie ging zur Tür. »Komm, ich mache dir das Abendessen.« Auf einen Knopfdruck glitten die Vorhänge zur Seite. Die Sonne stand tief im Westen.

»Ich habe etwas Wichtiges zu erledigen«, sagte Helena.

Julia blieb stehen und machte ein unglückliches Gesicht. »Ich will nicht, dass du gehst!«

Helena stolzierte an ihr vorbei und klemmte sich den langen Pony hinters rechte Ohr. »Ich mache nur eine kurze Fahrt mit dem Wagen, um einen klaren Kopf zu bekommen.« Sie nahm eine schwarze Lederjacke aus dem Schrank und zog sie an. »Ich bleibe nicht lange weg.«

Julia schwenkte missbilligend den Zeigefinger. »Nein, nein – wir kochen zusammen das Abendessen.« Sie zeigte in Richtung Küche.

Helena schloss den Wandschrank auf. Der Geruch von Waffenöl wehte heraus. Die Schubladen waren eigens eingebaut worden. Mindestens zwanzig Schusswaffen verschiedener Fabrikate lagen darin, jede mit dem Griff nach oben. Die Munition und das Reinigungszeug befanden sich in der Schublade darunter. Helena traf ihre Auswahl: eine schwarze Colt-Pistole, von der es noch eine zweite gab. Sie schob das Magazin in den gummierten Griff; es rastete hörbar ein.

Julia wurde wütend. »Ich lasse dich nicht gehen ...«

»Nur eine halbe Stunde. Du kannst schon mal anfangen, das Abendessen zu kochen, wenn du willst.« Sie nahm den Wagenschlüssel von der Konsole.

Julia versperrte ihr den Weg. »Du bleibst hier! Du hast es versprochen!«

Helena richtete die Waffe auf den Boden und blickte am Lauf entlang. »Ich habe nicht versprochen, ewig im Bett zu bleiben.« Sie steckte die Waffe in die Jackentasche. »Alles wird gut, Julia.«

»Und wenn du nun wieder träumst? Vielleicht während du fährst?«

Helena schob sie sanft beiseite. »Ich bleibe nicht lange weg. Versprochen.«

Julia stand allein im Schlafzimmer. »Ich bin eine alte Frau!«, rief sie aus. »*Si!* Deinetwegen bekomme ich einen Herzanfall!«

Es kam keine Antwort.

Julia nahm das Telefon und wählte. »Mr. Capriarty, bitte«, sagte sie. »*Si,* hier ist Julia. Ich muss ihn dringend sprechen. *Si,* dringend. Es geht um Helena.«

Helena drehte den Zündschlüssel, und der Mercedes sprang mit dem gewohnt heiseren Brummen an. Sie sah zu, wie die rote Nadel des Drehzahlmessers pendelte, als sie aufs Gaspedal trat. Wie immer schob sie den Lauf der Pistole unter den linken Oberschenkel. Da war die Waffe leicht zu greifen, und Helena spürte sie die ganze Zeit am Körper.

Die Uhr zeigte 18.14 Uhr, doch sie ging ein bisschen vor.

Helena hatte sich noch nicht entschieden, ob sie die Tiefgarage verlassen sollte. In knapp zwanzig Minuten würde es dunkel sein. Aber wenn sie nicht losfuhr, würde sie die ganze Nacht darüber grübeln, ob ihre Vision der Wirklichkeit entsprach.

Die Räder des schwarzen SL 55 kreischten, als sie die Rampe hinauf und auf das Wachhäuschen zujagte. Ein asiatisch aussehender Mann in Uniform winkte hinter seiner kugelsicheren Scheibe, als sie gefährlich schnell vorbeifuhr. Helena erwiderte die Geste nicht. Der Mercedes schoss schlingernd auf die Hauptstraße und beschleunigte in Richtung Innenstadt. Ringsum bekam der klare Abendhimmel einen hellroten Schein.

Helena erinnerte sich, was sie bei der Vision gesehen hatte. Tief im Innern wusste sie, dass es wahr war. Es musste so sein. Stadtauswärts wälzte sich ein steter Strom von Fahrzeugen und bildete mit blendenden Scheinwerfern eine lebendige Lichterkette. In Houston war man bei Dunkelheit nicht sicher, das wusste Helena nur allzu gut. Drogenhändler, Straßengangs, verzweifelte Obdachlose … Bei dem Gedanken fuhr sie sofort schneller.

In der Ferne loderte die Sonne so hell wie noch nie, ehe sie hinter einem dünnen Wolkenband am Horizont verschwand. *Wunderschön,* dachte Helena. Die Schönheit in den Dingen zu sehen war eine Gabe, die sie noch nicht lange besaß. Heute war alles irgendwie anders. Warum, wusste sie nicht.

Je näher sie ihrem Ziel kam, desto heftiger schlug ihr Herz. Nur zwei Gebäudeecken noch, dann geradeaus auf den Scheitelpunkt der Brücke zu. Sie beschleunigte auf Höchstgeschwindigkeit, trat hart auf die Bremse und kam schlitternd zum Stehen. Sie durfte keinen Augenblick verlieren.

Helena ließ den Motor laufen, nahm die Pistole, drückte die Tür auf und ging vorsichtig die sieben, acht Schritte zum Geländer. Sie entsicherte und spähte über den Rand auf die mehrspurige Schnellstraße unter ihr.

Was sie dort sah, ließ auf eine Massenkarambolage schließen. Ein Gewirr von Bremsspuren auf dem Asphalt wie verbrannte Spaghetti. Glassplitter funkelten im Scheinwerferlicht des Gegenverkehrs. Das zeigte ihr, dass sie nicht den Verstand verlor. Wenn das die Stelle war, konnte sie einer Sache sicher sein: Der Mann, den sie gesehen hatte – der Mann aus ihrer Vision – war tot. Niemand hätte solch einen Unfall überlebt. Mit dieser Erkenntnis überkam sie eine Mischung aus Angst und Erleichterung.

Warum habe ich das gesehen?, fragte sie sich. *Warum jetzt?* Es gab so viele Fragen.

Die Sonne sank hinter den Horizont, die Straßen wurden rasch dunkel. Der Himmel nahm einen kupfernen Farbton an, und nur die hellsten Sterne ließen sich blicken. Hinter Helena leuchteten die Scheinwerfer des Mercedes in die Dunkelheit. Ihr Mobiltelefon klingelte, doch sie achtete nicht darauf.

Ab und zu rumpelte ein Auto vorbei, doch niemand wagte anzuhalten. Helena konnte ungehindert von der Überführung spähen, während sie mit dem Pistolenlauf gegen das hüfthohe Stahlgeländer klopfte, sodass der metallische Laut in die Dunkelheit hallte.

Den Blick auf die Lichter des Stadtzentrums gerichtet, überlegte sie: *Was soll ich als Nächstes tun?*

4.

Kalifornien, Amerikanischer Kontinent
Enterprise Corporation, Mercury Building, 2. Etage
9. Mai 2081
Ortszeit: 16.52 Uhr
14 Tage vor dem Transporttest

Ein dreidimensionales Hologramm eines menschlichen DNA-Strangs schwebte in der Luft. Das komplexe Bild bestand aus Tausenden farbiger Kugeln, roten, blauen, gelben, grünen, die durch kleine weiße Stäbe miteinander verbunden waren. Diese Bestandteile bildeten eine komplizierte Struktur mit Informationen, die Barton erkennen ließen, dass er ein ernstes Problem hatte.

Es muss noch einen anderen Weg geben, dachte er.

Barton Ingerson saß unter dem Hologramm in einem strahlend weißen Laborkittel. Das eng anliegende Kleidungsstück aus gestärkter ägyptischer Baumwolle wirkte mit dem hohen, militärisch anmutenden Kragen steif und modern. Jedes Mitglied des Mercury-Teams trug so einen. An jeder Kragenecke hatte Barton ein kleines schwarzes Rechteck mit einem weißen Stern in der Mitte, der erkennen ließ, dass er der Leiter war. Während er fieberhaft an seinem Computer tippte, modifizierte er das Hologramm; dann schob er die digitalen Unterlagen auf seinem Schreibtisch hin und her in dem Bemühen, das Rätsel, mit dem er konfrontiert war, zu begreifen.

Barton war Anfang fünfzig und seit über vierzig Jahren Forscher bei Enterprise Corporation, dem größten Unternehmen der Welt. Da er ein Wunderkind gewesen war, hatte er sich mit acht Jahren beim Förderprogramm der Firma eingeschrieben.

Einige der Einberufenen waren sogar erst sechs gewesen; aber wenn man es recht bedachte, war Barton einer der wenigen Erfolge dieses Programms. Manche sagten, der nicht gereifte Verstand könne nicht allzu viel Wissen verarbeiten; andere meinten, es läge an der hohen Leistungserwartung. Doch wie auch immer, die Misserfolgsquote war stets hoch. Das ursprüngliche Einarbeitungsprogramm war seitdem angepasst worden, und die Aufnahme war auf Kinder ab zwölf begrenzt.

Barton schrieb seine berufliche Langlebigkeit zum Gutteil seiner Leidenschaft fürs Angeln zu. Er sagte immer, dass es ihn entspanne, sodass er sich auf das Wesentliche konzentrieren könne; deshalb reiste er in die entlegensten Ecken der Welt auf der Suche nach kristallklaren Bächen und seiner bevorzugten Beute, der Regenbogenforelle.

Barton war zierlich, wie es bei Denkern häufig der Fall ist, sah gut aus und hatte klare hellbraune Augen. Die ihn kannten, würden das bestätigen. Sie würden hinzufügen, dass er ruhig war, außerordentlich ruhig. Das war in seinem Beruf zwingend, denn Barton war der Leiter jener berühmten Gruppe von Wissenschaftlern, die als das Mercury-Team bekannt war. Im Lauf der Jahre hatten ihre Entdeckungen die Welt verändert, wie es hieß, doch für die Millionen Menschen, deren Leben sie verbessert hatten, waren sie eine anonyme Gruppe. Barton war bei Enterprise Corporation der führende Wissenschaftler – mit der Aufgabe betraut, höchst komplexe Probleme ungewöhnlicher Art zu lösen. Er besaß Macht und Prestige. Doch Erfolg hat seinen Preis, und Bartons Hingabe hatte in den weißen Haaren und den tiefen Falten seines gebräunten Gesichts ihre Spuren hinterlassen.

Als er von seinem Schreibtisch aufblickte, sah er sich suchend um. Eine Wand seines großen Büros war voll verglast und gewährte eine Aussicht auf üppigen grünen Wald so weit das Auge reichte. Am anderen Ende des Raumes standen sechs blaue Sofas, zu einem großzügigen Kreis arrangiert: sein Diskussionsbereich. Rechts befand sich ein sechseckiger Sitzungstisch mit zwölf Stühlen, einer für jedes Mitglied seines Teams. An den Wänden standen Zimmerpflanzen. Der Boden bestand aus glänzend schwarzem Granit. Die Umgebung war immer ruhig, bis auf das leise Rauschen der Wellen, die an den tropischen Strand rollten: ein Geräusch, das ihm beim Nachdenken half.

Barton nahm sich einen Moment Zeit, um seine Gedanken zu klären; dann blickte er noch einmal auf den bunten DNA-Strang. *Da muss eine Lösung sein.* Während er wieder die digitalen Blätter auf seinem Schreibtisch herumschob, hoffte er, bald zu einem Fortschritt zu kommen.

Leise schwang die Glastür zum Büro auf, und zwei elegante Herren in Nadelstreifenanzügen betraten den Raum. Der deutlich ältere der beiden, der mit dem Elfenbeinstock, war Godfrey Martin Tredwell, Vorstandsvorsitzender und Hauptaktionär der Enterprise Corporation. Für jeden anderen außer seiner Frau war Godfrey Martin als »GM« bekannt. Manche nannten ihn God, aber nie in seinem Beisein, da sie fürchteten, er werde die Ironie nicht schätzen. Es hieß, er würde so verehrt, dass das jüngere Personal schon in Panik gerate, wenn er sich nur näherte. Weit über hundert Jahre alt, stand er länger in der Verantwortung, als jemand zurückdenken konnte, und während all der Zeit florierte das Unternehmen. Tredwell war es gewesen, der den Erwerb oder Untergang fast aller Konkurrenten gelenkt hatte – feindliche Übernahmen waren seine Spezialität. Als Folge davon war GM einer der reichsten Männer der Welt – ein Geschäftsmann, den man weder beeinflussen noch bestechen konnte.

Der alte Mann war ein Selfmademan, der sich auch als Politiker betätigte. So hatte er das Unternehmen zu dem gemacht, was es heute war. Er besaß alles: hervorragende Logik, bemerkenswerten Instinkt, unfehlbares politisches Geschick. Es hatte eine Zeit gegeben, da er sich den Regeln gebeugt hatte, aber diese Tage – und die Notwendigkeit – waren vorbei. Das Einzige, was er nicht zu seinen Gunsten beeinflussen oder unter seine Kontrolle bringen konnte, das war sein fortgeschrittenes Alter. Und kein Geld der Welt konnte verhindern, dass er älter wurde, obwohl er sich täglich eine Bluttransfusion leistete, um seine Lebensqualität zu verbessern. Er war eine wahrhaft erfolgreiche Führungskraft am Abend einer langen Karriere.

GM und Barton kannten sich seit über vier Jahrzehnten. Barton hatte GM schon immer gemocht. Sie waren Freunde – soweit man mit einem der mächtigsten Männer der Welt befreundet sein konnte.

Der Mann hinter GM war sein Enkel Jasper Tredwell, Geschäftsführer und Thronanwärter des Unternehmens. Trotz der fünfzig Jahre Altersunterschied war die Familienähnlichkeit bestechend. Bei schummrigem Licht konnte man sie fast miteinander verwechseln. Jasper war der Sohn von GMs ältester Tochter. Er war ein paar Zentimeter größer als sein Großvater und besaß den langen Oberkörper der Tredwells. Die Gesichtszüge, besonders die Nase, waren scharf, die Brauen dunkel und buschig. Nur seine Haare, braun und kurz geschnitten, waren etwas fülliger.

Bei aller Ähnlichkeit waren sie im Charakter verschieden. Jasper war kein geselliger Mensch, und er drohte anderen, um seine Ziele zu erreichen. Barton vertrat häufig die Theorie, dass Jasper sich durch die tägliche Zusammenarbeit mit GM dazu getrieben sah, ständig seinen Vorteil zu suchen. Es hieß, dass es auf Erden keinen dunkleren Platz gebe als den Schatten GMs. Infolgedessen gebrauchte Jasper seine Macht bedenkenlos, und wenn seine Pläne behindert wurden, fuhr er aus der Haut. Man konnte mit Sicherheit behaupten, dass Bartons Beziehung zum stellvertretenden Chef der Firma eisig war.

Doch Barton räumte widerstrebend ein, dass Jasper auch seine Stärken hatte. Er besaß die Disziplin eines Offiziers und ein scharfes Auge für Profit, und er bewies Vorsicht, wo sein Großvater zu Leichtsinn neigte. In vieler Hinsicht waren sie ein gutes Gespann. Guter Junge, böser Junge. Optimist, Pessimist. Philanthrop, Bilanzprüfer. Zusammen waren die Tredwells: der alte Herr und der tyrannische Protegé, auf jeden Fall eine Allianz von Weltrang.

Als Barton endlich bewusst wurde, dass die Tredwells in seinem Büro standen, schaltete er sofort das über ihm schwebende Laserbild weg. Auch das Rauschen der Wellen verstummte. Barton behielt seine fünf Sinne beisammen und schlug einen ruhigen Ton an.

»Ich habe Sie heute nicht erwartet, GM. Was verschafft mir die Ehre dieses spontanen Besuchs?« Barton kam hinter dem Schreibtisch hervor und bot den Tredwells die beiden Besuchersessel an. GM schob Barton mit seinem Stock beiseite und ging an ihm vorbei.

»Ich bin wegen Ihres Mercury-Projekts hier«, sagte er und begab sich hinter den Schreibtisch, um Bartons Platz einzunehmen. Barton überraschte das nicht. GM machte bei allem seine Autorität geltend. Was ihn allerdings beunruhigte, war Jasper, der aufmerksam den Stapel vertraulicher Unterlagen betrachtete, die auf dem Schreibtisch lagen.

GM nahm einen digitalen Marker und balancierte ihn zwischen seinen gebrechlichen Fingern. Er kam wie immer gleich zur Sache, mit seidenglattem Ton und perfekter Rhetorik. »Jasper meint, es sei Zeit für uns, das Mercury-Projekt 81-07 zu beenden. Es ist bedauerlich.«

Barton blieb ruhig.

»Ich glaube, er hat recht«, fuhr GM fort. »Ja. Ich glaube, wir müssen das Mercury-Team jetzt auf eine Schwierigkeit ansetzen, auf die wir in der Plutoniumfabrik 27 gestoßen sind.« Er blickte auf den Marker. »Wir müssen mehr elektrische Leistung erzielen. Sie ist überlastet. Und ich werde sie auf keinen Fall umbauen. Das wird das Projekt 81-08 sein.«

»Können Sie nicht jemand anderen daransetzen?«, fragte Barton mit einem verschleiernden Lächeln.

»Ich brauche die Besten.«

»Es gibt andere Teams, die besser ausgestattet sind, um ein Energieproblem zu lösen. Außerdem bin ich gerade mit ein paar anderen Dingen beschäftigt.«

»Ich bin mit dem Projekt 81-07 nicht mehr zufrieden«, sagte GM ernst.

Auf diese Eventualität war Barton vorbereitet – schon von Anfang an. Es war nur eine Frage der Zeit gewesen, bis Tredwell so reagieren würde. »Warum möchten Sie es beenden, wenn Sie doch genau wissen, dass es eine nie dagewesene Bedeutung hat?«

GM lehnte sich zurück.

»Die Idee der Zeitreise«, fuhr Barton fort, »erfordert mehr Forschung. Das wissen Sie. Bedenken Sie, was wir alles erfahren könnten, wenn ...«

GM hob seine schmale Hand, und Barton verstummte.

Sie sahen sich in die Augen.

»Es ist zu gefährlich«, sagte GM.

Bartons Blick blieb fest. »Es kommt nicht ohne Grund in den Qumran-Rollen vor.«

Der alte Mann schloss die Faust um den Marker. »Zwei Jahre.«

»Bedeutende Forschung braucht Zeit.«

»Ich habe Milliarden ausgegeben.«

Barton verdrehte die Augen. »Es kann sich nicht ums Geld drehen. Warum also der plötzliche Sinneswandel?«

Eine Pause entstand. Schließlich antwortete GM: »Sie erfinden einen Mechanismus, um durch die Zeit zu reisen, Barton. Meiner Ansicht nach setzt mich das einem Risiko aus – und infolgedessen auch das Unternehmen.«

Barton lächelte. »Sie sind nie ängstlich gewesen.«

Der alte Mann heuchelte Gekränktheit. »Dann halten Sie mich für dumm?«

»Das würde ich niemals.«

Jasper ließ sich zum ersten Mal vernehmen. »Die Enterprise Corporation ist nicht zufällig das größte Unternehmen auf diesem Planeten«, sagte er. »Der Grund dafür ist, dass wir es verstehen, unser Risiko abzuschätzen. Dieses Experiment hat ein schlechtes Risikoprofil.«

»Ich stimme mit Jasper überein«, sagte GM. »Für Enterprise Corporation springt außer kolossalen Kosten nichts dabei heraus.«

»Ich bin Wissenschaftler«, merkte Barton an. »Das Risikoprofil zu erstellen obliegt Ihnen und Jasper. Und das haben Sie offenbar getan.«

Der alte Mann lächelte; er hatte einen heftigeren Streit erwartet.

Barton rieb sich das Kinn. »Sie haben recht, wenn Sie besorgt sind, GM. Ich bin es auch. Aber eines Tages werden Sie die Zeitmaschine brauchen, aus irgendeinem Grund. Ihre Erwähnung in den Schriftrollen hat einen Zweck – einen göttlichen Zweck, vermute ich.« Er zuckte die Achseln. »Ich baue die Maschine nur für Sie.«

Die Auseinandersetzung währte noch zehn Minuten. Immer wenn GM Barton zur Konfrontation zwingen wollte, wich dieser geschickt aus. Und dabei wurde er jedes Mal ein bisschen energischer.

»Die beste Zeit, einen Baum zu pflanzen, ist vor zwanzig Jahren«, sagte Barton. »Die zweitbeste Zeit ist jetzt. Es hat keinen Sinn, den Test zu verschieben. Das hätte nur zur Folge, dass wir später darauf zurückkommen müssen.«

GM war beeindruckt von Bartons Selbstbeherrschung. Einen Streit mit dem Vorstandschef zu vermeiden, wenn dieser es darauf anlegte, war eine schwierige Sache.

»Wir haben das Schicksal auf unserer Seite«, meinte Barton zuversichtlich. »Wir könnten hundert Zeitmaschinen bauen – ich glaube, das würde gar nichts ändern. Alle Zeit existiert simultan. Sie ist nicht wie ein Faden, der durchgeschnitten werden kann. Die Zeit ist eine mehrdimensionale Kugel, die sowohl von der Vergangenheit als auch von der Zukunft beeinflusst wird.«

»Sie wissen, ich verabscheue philosophische Diskussionen«, erwiderte GM.

Barton fuhr sich durch seine weißen Haare. »Eine Betrachtung dieses Projekt ist immer philosophisch.«

»Darum verabscheue ich jedes Gespräch, das wir darüber führen. Das ist esoterischer Mist! Sagen Sie mir einfach, wie viel Geld ich damit machen kann.«

Barton wurde wieder ernst. »Es geht hier nicht ums Geldverdienen, GM. Ich stehe kurz vor einem Transporttest. Ich bin fast am Ziel. Und Sie haben bereits in dieses Projekt investiert – und ich meine nicht das Geld.«

»Was meinen Sie dann?«

Treib es nicht zu weit, sagte sich Barton, *die Tredwells spüren selbst die leiseste Verzweiflung.* Er räusperte sich und sagte: »Das Gefühl, dass Sie derjenige sind, der es wahr gemacht hat.«

»Du meine Güte!«, seufzte GM.

Barton hob den Zeigefinger. »Ich meine es ernst! Gemeinsam würden wir eines der größten Rätsel der Menschheit lösen. Stellen Sie sich das vor. Wir würden beweisen, dass Einsteins Relativitätstheorie fehlerhaft ist. Dass ihr eine Dimension fehlt. Wir würden beweisen, dass Zeitreisen möglich sind.«

»Es haben schon bessere Verkäufer versucht, mein Ego für sich zu nutzen«, sagte GM unbeirrt. »Ich sollte mich durch Ihren ungeschickten Ansatz beleidigt fühlen.«

Barton verschränkte die Finger. Er sah, dass er zu weit gegangen war. »Treiben Sie keine Spielchen mit mir, GM«, wechselte er die Taktik. »Ich habe zwei Jahre darauf verwendet. Sie müssen mich das durchziehen lassen. Ich bin schon zu weit gekommen.« Er blickte aus dem Fenster. »Viel zu weit.«

Schweigen senkte sich herab.

Irgendwann beugte Jasper sich zu GM und legte ihm flüsternd die Optionen dar, bis beide nickten.

»Also gut, wir geben Ihnen noch zwei Wochen«, sagte der alte Mann.

Angesichts dieses Zeitrahmens brach Barton der kalte Schweiß aus. »Zwei Wochen reichen nicht.«

GM schüttelte den Kopf. »Zwei Wochen oder gar nichts. Sie haben gesagt, Sie sind kurz vor dem Ziel. Also entscheiden Sie sich.«

Bartons Herz klopfte, als wäre er zehn Treppen hinaufgerannt. Seine Beine waren taub, und er hatte ein leeres Gefühl im Magen. Es gab noch sehr viel Ungeklärtes, und der Druck war gewaltig. Er wusste, wenn er sich mit Bedingungen einverstanden erklärte, die nicht zu handhaben waren, wären die Auswirkungen unabsehbar. »Wenn Sie sich wegen des Risikos Sorgen machen«, sagte Barton, »warum dann diese Eile? Das wäre eine törichte Entscheidung.«

»Wir wollen das Experiment beenden«, erwiderte GM kalt. »Treffen Sie Ihre Entscheidung.«

Die Tredwells schienen sich in ihrem Vorgehen völlig einig zu sein.

Barton stellte sich eine Frage: War es möglich, das Unternehmen Jesaja in nur vierzehn Tagen zu starten? In der kurzen Zeit, die ihm zur Verfügung stand, berücksichtigte er so viele Variablen wie möglich. Am Ende blieb ihm keine andere Wahl, als nach Gefühl zu entscheiden. Er antwortete: »Wenn es das ist, was Sie wollen … dann gebe ich mich geschlagen.« Die Wirklichkeit sah so aus, dass GM das Projekt sofort beenden konnte, und darauf durfte Barton es nicht ankommen lassen. Und je mehr er dagegen kämpfte, desto wahrscheinlicher wäre es.

»Keine Verlängerung«, sagte Jasper, als wäre das nicht längst klar.

Barton wahrte eine Fassade ruhiger Distanziertheit. »Ich werde einen Transporttest durchführen, meine Arbeit dokumentieren und abschließen.« Das alles hatte ein Gutes, erkannte Barton. Der Zeitdruck machte es leichter, gegen die Regeln zu verstoßen.

»Ich bin froh, dass Sie kooperieren«, sagte GM.

»Aber ich brauche völlige Handlungsfreiheit«, verlangte Barton. »Sie garantieren es mir, und ich werde das Projekt pünktlich abschließen.«

GM runzelte fragend die Stirn. »Sie haben dieselben Befugnisse wie immer, und die sind bereits umfassend.« Er stemmte seinen Stock auf den Boden und erhob sich langsam aus dem Sessel. »Und wenn die Zeit um ist«, er zeigte mit dem Marker auf ihn, »ziehen wir den Stecker raus, ob Sie fertig sind oder nicht.« Als er auf Barton zuging, zeigte sich ein Lächeln im Gesicht des alten Mannes, das seine Runzeln vertiefte. »Ich vertraue Ihnen, mein Freund. Sorgen Sie dafür, dass das Projekt bis zum Termin abgeschlossen ist. Und jetzt gehen Sie wieder an die Arbeit.« Wie immer hatte GM die Grundregeln absolut klargemacht. Mit erhobenem Zeigefinger sagte er schließlich noch: »Denken Sie daran, Barton – zwei Wochen.« Dann hinkte er aus dem Büro, gefolgt von Jasper.

In dem großen Raum herrschte Stille.

Barton blieb, wo er stand. Vierzehn Tage, mehr hatte er nicht. Es würde eine unglaubliche Anstrengung erfordern, das Unternehmen Jesaja in dieser Zeit abzuschließen. Ein Wunder, genau genommen. Aber er war als ein Mann bekannt, der Wunder vollbringen konnte. Und die positive Seite war klar: Bald würde es mit den Geheimnissen und Lügen vorbei sein.

Barton drückte auf das Gegensprechgerät am Aufschlag seines Kittels und sprach in das kleine Mikrofon. »Karin, trommeln Sie das Team zusammen. Holen Sie jeden aus dem Urlaub.« Er hob den Finger; dann fiel ihm etwas ein, und er drückte noch einmal den Sprechknopf. »Rufen Sie Andre Steinbeck an und bestellen Sie ihn her. Ich werde ihn ins Team holen. Rufen Sie seine Mutter an. Machen Sie eine große Sache daraus.

Sie wird ein paar Papiere unterschreiben müssen, damit es offiziell wird.«

»Kein Problem«, antwortete eine forsche Frauenstimme. »Übrigens … was wollten die Tredwells eigentlich?« Karin entging nie etwas, und Barton erwartete auch nichts weniger von ihr.

5.

Kalifornien, Amerikanischer Kontinent
Enterprise Corporation, Mercury Building, 2. Etage
9. Mai 2081
Ortszeit: 17.30 Uhr
14 Tage vor dem Transporttest

Das Rauschen der fernen Wellen pulsierte wieder leise im Hintergrund.

Barton blickte auf die digitalen Unterlagen, die auf seinem Schreibtisch ausgebreitet waren. Es war keine Zeit mehr, auf alle Fragen einzugehen. Er schob die losen Blätter in eine leere Schublade und schloss die Augen. *Konzentrieren.*

Eine attraktive Brünette mit weißem Laborkittel betrat selbstbewusst den Raum. Ihre Körperhaltung war perfekt. »Alle sind unterwegs«, sagte sie. »Und jetzt sag mir: Was haben die Tredwells gewollt? Ich kann Geheimnisse nicht ausstehen, das weißt du.«

Karin Turnberry gehörte zu den Taktikern des Mercury-Teams. Sie war Mitte dreißig, eins siebenundsiebzig groß, eine sinnliche Erscheinung. Ihre klugen Augen bemerkten alles, und sie hatte die Fähigkeit, drei Unterhaltungen gleichzeitig zu folgen, wenn sie interessiert daran war. Ursprünglich hatte sie in der Forschungsabteilung von General Electric gearbeitet, dem Hauptkonkurrenten von Enterprise Corporation. Nachdem sie mit achtundzwanzig ihre Scheidung hinter sich hatte, bewarb sie sich als Sekretärin bei Barton Ingerson. Seitdem war sie mit dessen Hilfe die Firmenleiter hinaufgeklettert und gehörte nun dem Mercury-Team an. Für eine junge Frau, die nur einen Highschoolabschluss hatte, war das erstaunlich.

»Sie kommen nie ohne besonderen Grund ins Mercury Building«, sagte sie. Da sie nicht sofort Antwort erhielt, fragte sie: »Soll ich Data-Tran aktivieren?« Barton nickte, und sie ging ans Ende des Raumes, wo sie den Empfänger auf den Schoß nahm und den Aktivierungsbefehl eintippte.

Data-Tran war ein weltweites Netz von Großrechnern, die zusammengeschaltet waren, um eine umfassende Datenbank zu bilden. Die meisten enthaltenen Informationen waren streng geheim, doch das Mercury-Team hatte unbeschränkten Zugang zu allen Plattformen. Data-Tran war das hauptsächliche Instrument für ihre Simulationen.

Ein holographischer, dreidimensionaler Bildschirm leuchtete über dem Besprechungstisch auf. Er reichte bis zur Decke und verstellte den Blick auf die Zimmerpflanzen an der hinteren Wand. Egal aus welchem Winkel man sich näherte, es entstand immer der Eindruck, als stünde man gerade davor.

»Ich brauche deine Zugangsberechtigung«, sagte Karin, während sie geschmeidig wie eine Katze zu Barton ging und den Empfänger auf den Schreibtisch stellte. Barton rieb sich die Augen; dann gab er das Passwort ein. Das Bild am anderen Ende des Raumes wurde aktiv, und eine angenehme Männerstimme verkündete: »Autorisierung abgeschlossen.«

Karin blickte zur Tür; dann sah sie Barton an. »Geht es dir gut?« Sie klang ehrlich mitfühlend. Seit über sechs Jahren arbeitete sie für ihn und war von Anfang an seine Geliebte gewesen. Ihre Beziehung basierte gleichermaßen auf Intellekt und Sex, und was noch wichtiger war: Sie füllte eine Leere in Bartons Leben, die er auf andere Weise nicht ausgleichen konnte. Für ihn war Karin die tägliche Gefährtin, Vertraute und Freundin. Sie war das Risiko für seinen Ruf und seine Ehe immer wert gewesen. Auch für Karin war es das perfekte Arrangement: Sie war jeden Tag und viele Nächte mit dem Mann zusammen, den sie liebte.

Barton blickte sie an. »Wir haben ein Riesenproblem.«

»Was wollten die Tredwells?«

»81-07 abbrechen.«

»Das ist nicht dein Ernst.«

»Wir haben nur noch zwei Wochen, um alles abzuschließen.«

»Das schaffen wir nie«, meinte sie ernst. Es war immer Karins Traum gewesen, beim Zeitreiseprogramm mitzuarbeiten. Und sie hatte gehofft, dass man sie als Kandidatin für den Transport auswählen würde, wenn alles reibungslos lief. »Sie können doch jetzt nicht die Arbeit einstellen lassen?«

Barton starrte ins Leere. »GM kann tun, was er will. Er macht sich Sorgen wegen des Risikos.«

»Dich zur Eile anzutreiben ist viel riskanter.«

»Das habe ich auch gesagt. Aber sie betrachten es als Bedrohungsrahmen. Also setzen sie den Rahmen auf null, und das Problem ist gelöst.« Er zuckte die Achseln. »Offenbar können sie mit einem Zweiwochenrisiko leben.«

»Das ist sehr kurzsichtig gedacht.« Karins grüne Augen richteten sich auf einen Punkt an der Wand. Ein paar Sekunden herrschte Schweigen. »Steckt Jasper dahinter?«, fragte sie.

»Ich bin mir nicht sicher.«

»Ich könnte ihn bewegen, es noch einmal zu überdenken.«

Die Bemerkung rief bei Barton Bilder wach, die ihm gar nicht gefielen. »Ich will nicht, dass du direkt mit ihm zu tun hast. Ich habe dir schon mal gesagt: Bleib auf Distanz.«

»Aber es wird unmöglich sein, alles in zwei Wochen zu erledigen.«

Unmöglich. Barton hasste das Wort. »Uns bleibt nichts anderes übrig, Karin. Und eine Verlängerung wird es auch nicht geben. GM hat das ausdrücklich betont.«

»Wir brauchen mehr Zeit.«

Barton nahm die Herausforderung an. »Wir haben zwei Wochen. Und weißt du was? Ich glaube, wir können es schaffen.« Er hatte keine andere Wahl, als optimistisch zu sein.

Karin trat hinter seinen Stuhl und massierte ihm die Schultern. »Darum willst du Andre Steinbeck?«

»Ich werde deinen Rat befolgen, Karin. Wir werden alle Ressourcen nutzen. Eine frische Perspektive könnte den entscheidenden Fortschritt bringen.« Andre hatte mit dem Mercury-Taktiker Davin Chang erfolgreich an zwei kleineren Projekten gearbeitet, und Barton hatte seine Entwicklung eine Zeitlang beobachtet. »Unter den Umständen glaube ich, es lohnt sich, ihn einzubeziehen. Seine Ergebnisse beim dreidimensionalen Zion-System waren erstaunlich.«

Die Glastür des Büros schwang auf. Karin nahm hastig die Hände von Bartons Schultern. Zwei Leute kamen herein: ein Asiate mittleren Alters und ein Jugendlicher.

Davin Chang grinste fröhlich. »Na, weshalb sind wir heute hier?« Er trug den gleichen weißen Kittel wie Karin, mit den schmalen schwarzen Balken an den Aufschlägen, die ihn als einen der Taktiker auswiesen. Er war klein, untersetzt, neununddreißig Jahre alt und trug eine dicke Brille und einen langen, schwarzen Pferdeschwanz. Er kam aus einer strengen chinesischen Familie in Hongkong. Nachdem ihm ein Stipendium für Genetik gewährt worden war, hatte er mit einundzwanzig eine Stelle bei Enterprise Corporation bekommen. Chang war ein Veteran des Mercury-Teams, ein robuster Kerl. Er hatte eine Wohnung innerhalb des Mercury-Forschungsgebäudes, und das war sein Leben. Als einer der Spitzengenetiker der Welt war er ein Freidenker und Bartons wichtigster Mann.

Der Jugendliche war Andre Steinbeck, ein schlaksiger Junge von vierzehneinhalb. Er beherrschte den Partytrick, einem augenblicklich die genaue Anzahl von Tagen, Stunden und Minuten seit seiner Geburt mitzuteilen. Er war das uneheliche Kind einer Jüdin, Jane Steinbeck, die ihn mit achtzehn bekommen hatte. Jane hegte große Pläne für ihren Jungen, und zusammen arbeiteten sie hart daran, dass sein Verstand ihn so weit wie möglich brachte. Andre befand sich in dem linkischen Stadium, das alle Jungen durchlaufen, wo ihre Hände und Füße zu groß für sie zu sein scheinen. Akne breitete sich auf den Wangen aus. In seinem braunen Trainingsanzug wirkte er ein wenig unpassend gekleidet, doch sein Blick war aufgeweckt, und er schien voller Tatendrang zu sein.

Barton begrüßte ihn herzlich. »Danke, dass Sie beide sofort gekommen sind.«

»Ich wusste, es ist dringend, als Karin sagte, ich bekomme Kekse, wenn ich schnell bin.« Davin suchte den Raum nach seiner Belohnung ab.

Barton lächelte. »Nehmen Sie Platz, ich bin gleich wieder da.«

Wie versprochen holte Karin eine Packung Schokoladenkekse hervor. Davin riss sie sofort auf und steckte sich einen Keks in den Mund. Seine Reaktion war typisch. »Nur eine Schachtel?«

Karin schüttelte den Kopf. »Sie sind ein Gierhals.«

Davin grinste noch breiter.

Einer nach dem anderen trafen die Mitglieder des Mercury-Teams ein, elf an der Zahl, und versammelten sich um die DataTran-Anzeige. Barton zog den verbliebenen freien Stuhl unter dem Tisch hervor. »Darf ich um Aufmerksamkeit bitten …« Alle wurden still. »Ich bestelle Andre Steinbeck ins Mercury-Team. Zum ersten Mal in unserer Geschichte haben wir dreizehn Mitglieder.«

Mit unbewegter Miene stand Andre auf und machte eine knappe Verbeugung. »Sie werden es nicht bedauern.« Die reife Antwort wirkte seltsam aus dem Mund eines Jungen, doch Master Steinbeck war kein gewöhnlicher Junge.

»Ich ernenne ihn zum dritten Taktiker«, fuhr Barton fort. Die Taktiker waren das Spitzenpersonal. Sie leiteten die Projekte und ernteten letztendlich das Ansehen und beträchtliche Tantiemen, wenn alles gut lief.

Davin drückte Andres Arm. »Das ist eine große Ehre. Gut gemacht.«

»Ja«, schloss Barton sich an. »Gut gemacht, Andre. Du hast es verdient.« Es gab höflichen Applaus, der sofort verstummte, als Barton weitersprach. »Das laufende Mercury-Projekt ist bedroht. Wir haben jetzt eine zeitliche Begrenzung. Innerhalb von vierzehn Tagen müssen wir einen Gen-EP-Kandidaten bestimmen und einen Transporttest durchführen.«

»Das kann nicht Ihr Ernst sein!«, platzte Davin heraus, sodass ihm zwei Kekskrümel aus dem Mund flogen. »Es dauert allein zwei Wochen, einen Gen-EP zu aktivieren, geschweige denn einen Kandidaten auf den Test vorzubereiten.« Er schluckte. »Es hat fast einen Monat gedauert, um die Maus zu konvertieren. Und das war ein Misserfolg.«

»Was soll die Eile?«, fragte einer der anderen Wissenschaftler.

»Sie wissen, wie gefährlich es ist, wenn wir versuchen, die Dinge zu beschleunigen«, sagte ein anderer.

Karin schaltete sich ein. »Wir sollen an ein neues Projekt gesetzt werden. 81-07 wird beendet.« Barton blickte sie ärgerlich an. So hatte er die Sache nicht angehen wollen. »Du hast keine andere Wahl«, raunte sie ihm zu.

Barton holte tief Luft – sie hatte recht, wenn sie gleich zum Kern der Sache kam. »In zwei Wochen müssen wir alles abgeschlossen haben«, sagte er. »Eine andere Möglichkeit haben wir nicht.«

Davin murmelte: »Hmm, das ist etwas anderes.«

Andre kam nicht ganz mit. »Was ist ein Gen-EP?« Die Einzelheiten sämtlicher Mercury-Projekte waren streng geheim. Davin blickte zu Barton, ehe er antwortete.

»Ist in Ordnung«, erklärte Barton. »Sie können es ihm sagen. Darum ist er ja hier.«

Davin wischte sich die Krümel von den Fingern, nahm einen Laserstift und zeichnete auf dem Data-Tran-Bild, während er erklärte. »Ich fange ganz vorn an. Wie wir alle wissen, besteht ein lebender Organismus aus Chromosomen – dreiundzwanzig

Paare bei einem Menschen –, die zu einem Strang, der DNA, geordnet sind. Die DNA enthält die Gene, die die Form und Funktion aller Lebewesen bestimmen.« Eine Albinomaus erschien auf dem Bildschirm. »Ein Gen-EP ist eine der Nukleotidketten, die die Stränge der DNA bilden. An Nukleotiden gibt es im Wesentlichen vier verschiedene: Adenin, Guanin, Cytosin und Thymin. Ein Gen-EP ist ein lebender Organismus mit einem DNA-Strang, der Nukleotide in einem bestimmten Muster aufweist.« Die Strukturformeln erschienen in allen Einzelheiten.

»Und warum wollen wir so einen lebenden Organismus?«, fragte Andre.

Barton antwortete. »Damit wir seine DNA mit einem Partikelzerstäuber auftrennen können – um sie dann wieder zusammenzusetzen.«

Andre verstand noch immer nicht. »Aber warum?«

»Das ist erforderlich, wenn man jemanden durch die Zeit schicken will«, sagte Davin.

Der Junge schaute ratloser als zuvor.

Barton fuhr fort: »Beim Mercury-Projekt 81-07 geht es um Zeitreise.«

Andres zweifelnder Gesichtsausdruck veranlasste Davin, die unfassbare Behauptung zu bestätigen. »So ist es, Andre. Zeitreise.«

Andre war von der bloßen Vorstellung überwältigt. »Ich dachte, eine Zeitreise ist unmöglich, weil Materie die Lichtgeschwindigkeit nicht überwinden kann.«

Barton schüttelte den Kopf. »Offenbar doch.« Er blickte in die übrigen Gesichter. »Wir sind ziemlich sicher, dass es geht.«

Ein Ausdruck plötzlicher Klarheit erschien in Andres Augen. »Daran möchte ich arbeiten!«, sagte er, als hätte er jetzt alles verstanden. »Sie haben die richtige Entscheidung getroffen, als Sie mich hierher geholt haben.« Zum ersten Mal an diesem Tag wirkte er glücklich. Jeder andere Wissenschaftler im Raum empfand bei diesem Projekt genauso. Es war weltfremd, und sie liebten die Herausforderung. Die Auswirkungen bedachten sie nicht. Sie konzentrierten sich auf die Entwicklung. Und das Ziel.

Barton musterte das Gesicht des Jungen. »Wir sind hier, um die Zeitreise-Theorie zu beweisen«, führte er weiter aus. »Und wir haben nur vierzehn Tage, um das Projekt zu verwirklichen. Das erfordert besondere Anstrengungen.« Es wurde still, als sie gemeinsam die Situation überdachten.

Einer der Wissenschaftler meldete sich zu Wort. »Wie können wir einen Gen-EP-Kandidaten in ein paar Tagen schaffen, wo wir normalerweise Monate dazu brauchen?«

»Wir müssen einen Weg finden«, erwiderte Barton.

Andre hob die Hand. »Können Sie keinen anderen Molekültyp senden?«

»Man nennt es das Humpty-Dumpty-Syndrom«, antwortete Karin. »Wir können alles zerlegen, was wir wollen … nur nicht wieder zusammensetzen. Selbst ein Gen-EP ist nicht perfekt. Das hat sich an einer Maus gezeigt.«

»Wie funktioniert die Zeitmaschine? Beschreiben Sie es mir.«

Davin deutete auf den Simulationsschirm, auf dem ein detaillierter Plan erschien: *Collider – Imploder – Inflator – Differentiator.**

Alle technischen Algorithmen standen ausführlich auf dem Schirm. Es waren Tausende Datenreihen. »Wie gesagt«, erklärte Davin, »der Schlüssel zur Zeitreise besteht darin, Materie über die Lichtgeschwindigkeit zu beschleunigen.«

»Ich habe nicht geglaubt, dass das möglich ist«, meinte Andre.

»Wir auch nicht«, sagte Barton, »und Albert Einstein erst recht nicht. Seine Relativitätstheorie besagt, dass Materie nicht über Lichtgeschwindigkeit hinausgelangen kann. Das schien eine magische Barriere zu sein, die nicht zu überwinden war.«

* How to Build a Time Machine, Paul Davies, Allen Lane/Penguin, 2001, S. 78 f.

»Wie tun Sie es dann?«

»Wir wissen inzwischen, dass wir Materie dazu bringen können, sich mit 0,99999-facher Geschwindigkeit des Lichts zu bewegen, indem wir sie departikelisieren«, erläuterte Barton. »Aber das genügt noch nicht, um Warp-Zeit zu erreichen. Das bremst lediglich die Zeit entsprechend dem Dilatationseffekt.«

»Ich will dir ein Beispiel geben«, sagte Davin. »Sagen wir, wir schicken Karin in einem Raumfahrzeug – einem hypothetischen natürlich – mit 0,99999-facher Lichtgeschwindigkeit auf die Reise zum nächsten Stern, Proxima Centauri, 4,22 Lichtjahre entfernt. Für uns würde das grob fünf Jahre dauern, um hinzugelangen, und fünf Jahre, um zurückzukommen. Logisch. Aber hier wird es interessant, denn für Karin, die mit annähernder Lichtgeschwindigkeit reist, dauert die Reise nur 8,5 Tage. Das ist bekannt als Zeitdilatation aufgrund von Geschwindigkeit.«*

Die Zeitdilatationsformel erschien auf dem Schirm: *Quadratwurzel von Geschwindigkeit dividiert durch Lichtgeschwindigkeit hoch zwei subtrahiert von 1 = Dilatationsfaktor.*

Barton fügte hinzu: »Einstein stellte diese Theorie vor hundertzwanzig Jahren auf. Zeit ist relativ zu Geschwindigkeit. Die Frage ist: Wie überwindet man die Lichtgeschwindigkeit, und was passiert dann?«

»Inzwischen wissen wir mehr«, sagte Karin. »Wir wissen, dass wir bei Einführung eines starken Magnetfelds, verbunden mit der Rotation des Universums, die Entfernung, die die Materie zurücklegt, dehnen können, sodass sie die Lichtgeschwindigkeit übersteigt, weil die Entfernung, die sie zurücklegt, sich vergrößert.«

»Das nennt man den Schwarzes-Loch-Effekt«, sagte Davin. »Kurt Gödel, der österreichische Logiker, stellte diese Theorie 1947 auf, hatte aber keine Möglichkeit, sie praktisch zu bewei-

* ebd. S. 16

sen. Ich zitiere: In der Theorie kann man reisen, wann und wohin man will, vorausgesetzt, man kann Materie dazu bringen, sich schneller als das Licht zu bewegen.«

»Wir verstehen jetzt, warum«, sagte Karin. »Wir haben festgestellt, dass wir einen Partikelzerstäuber und ein Laserstroboskop über fünf Terawatt in geordneter Sequenz auf einen Gegenstand feuern und ihn innerhalb eines Magnetfelds z-pinchen können. Das zermalmt die Materie zu Müonen, subatomare Partikel, die Quark-Gluonen-Plasma genannt werden und die sich knapp unterhalb der Lichtgeschwindigkeit bewegen. Das ist der Prozess von Kollision und Implosion.«

»Dann transportieren wir das Gluonen-Plasma durch das Magnetfeld der Erde«, erklärte Barton weiter, »indem wir eine Verschlüsselungsfrequenz anwenden, und dehnen den Raum, um die Geschwindigkeit zu erhöhen.« Er zeigte auf den Schirm. »Hier sehen Sie den Inflator und den Differentiator. Wenn die Frequenzen der Moleküle mit den externen Frequenzen der Erde übereinstimmen, fügt der transportierte Körper sich wieder zusammen.«

»Man ist durch die Zeit gereist«, schloss Karin.

»Die einzige Molekularstruktur, die diese Neuzusammensetzung bewerkstelligen kann, ist ein Gen-EP«, sagte Davin. Während er sich einen Keks in den Mund steckte, blickte er auf den Bildschirm. »Verblüffend, nicht wahr?« Ihm fielen Krümel aus dem Mund und auf den Tisch.

Andre staunte. »Wie haben Sie das entdeckt?«

»Haben wir gar nicht«, erwiderte Barton. »Die Entwürfe für die Transportsequenz entstammen alten hebräischen Handschriften.«

»Antike Handschriften?«

»Ja, aus Teilen der Qumran-Rollen.«

»Die Schriftrollen vom Toten Meer?« Andre blieb der Mund offen stehen. »Das kann nicht Ihr Ernst sein!«

»Im Augenblick musst du es mir einfach glauben, Andre.«

Barton rieb sich das Kinn, wie er es immer tat, wenn er ernst war. »Was wir jetzt brauchen, ist ein Gen-EP-Kandidat.«

»Zeitreise«, murmelte Andre. »Ich kann es nicht glauben. Ich meine … ich wusste, dass Sie an erstaunlichen Dingen arbeiten, aber das ist unglaublich.«

»Es ist möglich, einen einzelnen DNA-Strang in einer Woche neu zu erschaffen«, sagte Davin, »aber einen lebenden Organismus komplett wieder zusammenzusetzen würde mindestens zwei Monate brauchen. Ich sehe einfach nicht, wie wir das in unserem Zeitrahmen schaffen sollen. Nicht mit der normalen Methode.«

Karin wischte die Krümel vom Tisch. »Wie wär's, wenn wir den Nukleotidpool mischen? Vielleicht können wir den Gen-EP-Prozess beschleunigen, wenn wir ein bisschen herumspielen.«

Einer der älteren Wissenschaftler, Stuart Gamin, sagte: »Ich habe ein paar genetische Simulationen durchgeführt.«

»Das ist ein guter Anfang«, gestand Barton zu.

Stuart erklärte, was er getan hatte.

Eine andere Wissenschaftlerin hob die Hand. »Ich habe Untersuchungen an der molekularen Aufspaltungssequenz vorgenommen.« Der Prozess wurde ausführlich diskutiert – Vorteile, Nachteile, neue Theorien. Davin leitete das Gespräch, während Barton still nachdachte.

Nach einer halben Stunde lebhafter Diskussion sagte Davin: »Ich würde sagen, wir haben genug, um weiterzumachen.« Die Gruppe wurde in drei Teams aufgeteilt, und sie schrieben eifrig auf ihren Handhelds, während die Einzelheiten in kleinen Segmenten auf dem Data-Tran-Schirm erschienen. »Das Ganze ist größer als die Summe seiner Teile«, zitierte Barton immer gern. Darum war das vereinte Mercury-Team so ein wirkungsvolles Problemlösungsinstrument. Jeder war für sich genommen ein Genie – zusammen bildeten sie ein Supergenie.

Simulationen und Algorithmen wurden durchgeführt, Zahlen wurden analysiert. Das Data-Tran-System verglich ständig ein Segment mit dem anderen und beschleunigte den Prozess, der so komplex war, dass ein normaler Mensch nur unlesbare, nutzlose Informationsstränge darin sehen würde. Von allen Seiten wurden Fragen gestellt. Die Energie im Raum war greifbar.

Andre saß reglos auf seinem Stuhl – sein Data-Tran-Segment war leer. Barton beobachtete ihn aufmerksam und fragte sich, ob er überfordert war. War das alles zu viel für ihn?

Schließlich meldete Andre sich zu Wort. »Wie wäre es mit jemandem oder etwas, das wir *nicht* wieder zusammensetzen müssen?« Alle hielten inne und blickten den Jungen an. »Ich meine, kann es nicht irgendwo einen natürlichen Gen-EP geben?«

Barton lief es kalt den Rücken runter. »Hat schon mal jemand daran gedacht?«

Alle schwiegen.

Davin gab Andre einen Keks. »Das ist eine ausgezeichnete Idee, mein Junge.«

Es war eine einfache Lösung und genau auf Bartons Erfordernisse zugeschnitten. Um ein Gen-EP in der kurzen Zeit zu erschaffen, bräuchte es ein Wunder – und Barton brauchte einen Menschen, keine Maus. Das mochte die beste Lösung sein, auf die er hoffen konnte. Barton wandte sich an Davin. »Wie stehen die Chancen?«

»Einen menschlichen Gen-EP zu finden? Sind wir bereit, einen Menschen zu benutzen?«, fragte Davin zweifelnd.

»Das war für den letztendlichen Test ohnehin vorgesehen«, erwiderte Barton.

Jemand sagte: »Genetische Daten von Menschen sind auf Data-Tran verfügbar.«

»Sie sind bereit, einen Menschen zu schicken?«, fragte Davin erneut.

»Wir haben keine andere Wahl«, antwortete Barton.

»Aus dem Stegreif kann ich sagen, dass es grob neun Milliarden verschiedene DNA-Stränge gibt«, entgegnete Davin. »Das ist das maximale Ausmaß des DNA-Potentials. In der Realität sind es wahrscheinlich etwa zwei Milliarden, weil viele Basisstrangtypen mit menschlichen Missbildungen verbunden sind. Sie wurden beim pränatalen Scanning eliminiert. Also können wir sie abziehen.«

»Ist ein Gen-EP ein seltener DNA-Strang?«, fragte Karin.

»Nicht mehr als andere. Das ist ganz beliebig.« Davin blickte zur Decke. »Mal sehen ... die Erde hat eine Bevölkerung von ungefähr acht Milliarden Menschen. Zwei Milliarden DNA-Strang-Typen. Das ergibt grob eine Chance von eins zu vier.«

»Ja«, sagte Karin, »aber wir finden vielleicht einen Gen-EP-Kandidaten, der hundertzwanzig Jahre alt ist. Oder drei Jahre.«

Barton lächelte zu Andre hinüber. Der Junge hatte sich für ihn eingesetzt.

»Gut«, sagte Karin. »Worauf warten wir noch?« Ihre Finger schwebten über dem Data-Tran-Empfänger. Davin schickte ein Simulationsmodell an alle Mitglieder des Mercury-Teams, und innerhalb von Minuten waren sie mit der Kriterienanalyse so gut wie fertig.

»Es besteht kein Zweifel, dass die Testperson blaue Augen hat«, sagte Davin. Das wusste er aus der Auswertung, die er bereits vorgenommen hatte. Die Augen waren die komplexeste Komponente der Chromosomentabelle – bei der Maus, die umgewandelt worden war, waren aus den roten Augen blaue geworden.

Wieder flossen detaillierte Informationen auf den Schirm. Die Liste kam allmählich zustande. Karin hörte auf zu tippen und zeigte darauf. »Data-Tran hat die Gen-EP-Modelle abgeglichen, die wir simuliert haben.« Die körperlichen Merkmale waren links auf dem Bildschirm aufgelistet.

Barton ertappte sich, wie er kurz auf Karins Körper starrte. Sie hatte etwas an sich, das ihn verlockte – besonders wenn sie unter Druck arbeiteten. Er schüttelte den Kopf, als wollte er den Gedanken loswerden. Jetzt war nicht der Augenblick, sich ablenken zu lassen.

»Hier sind die Einzelheiten«, sagte Karin aufgeregt. »Blaue Augen. Blutgruppe AB negativ, also die seltenste. Das könnte hilfreich sein.« Die Liste, die die Eigenschaften bis hin zu molekularen Fixpunkten nannte, reichte bis zum unteren Bildschirmrand. Die nächste Information überraschte sie. »Nach den Data-Tran-Simulationen wird ein Gen-EP einen Fleck im linken Auge haben.« Sie war sprachlos. »Zwei blasse Streifen im unteren Bereich der Iris.«

Barton richtete sich abrupt auf. Das war ein verblüffend genaues Kennzeichen. So etwas hatte er noch nie gesehen. Er verfolgte den Informationsfluss zurück zu einem seiner Teammitglieder, Dez Lewis. Sie war eine junge Molekularbiologin, die seit vier Jahren zum Team gehörte. »Gut gemacht, Dez. Das ist eine ausgezeichnete Simulation.« Er wandte sich an Karin. »Lassen Sie die Augenfarbe und die Blutgruppe durch Data-Tran laufen. Dann vergleichen Sie das mit den Augenfarbeneinträgen in der Datenbank. Mal sehen, was uns das bringt.«

»Bin schon dabei.«

Wegen der Individualität der menschlichen Iris erfasste man alle Neugeborenen in einem optischen Register. Data-Tran hatte Zugriff auf alle Krankenhauscomputer. Wenn es ein Gegenbild gab, würden sie es finden.

Es gab 1.235.000 Entsprechungen zur Augenfarbe und der Blutgruppe. Die optischen Register würden die Liste weiter eingen. Eine Uhr zeigte an, dass die Suche eine Stunde und siebenundzwanzig Minuten dauern würde.

»Fangen Sie bei den Angestellten von Enterprise Corporation an«, sagte Barton. »Wenn es einen Kandidaten gibt, arbeitet er hoffentlich schon für uns.«

»Wir haben eine Analyse der Suche unter den Beschäftigten«, gab Karin schnell bekannt. »Schlechte Nachrichten, fürchte ich – keiner bei Enterprise Corporation entspricht den optimalen Kriterien. Die Suche läuft weiter.«

Andre tippte einen Befehl in sein Handheld ein und übertrug

es an Karin. »Das sollte die Sache ein wenig beschleunigen«, sagte er selbstgefällig. Die Suche würde jetzt nur noch eine Stunde und sechs Minuten dauern.

Barton lächelte. »Ich habe schon gehört, dass du bei DataTran ein Genie bist.«

Jeder vom Mercury-Team führte auf seinem Handheld Simulationen durch, trotzdem verging die folgende Stunde nur langsam. Die Spannung war quälend, während die Data-Tran-Computer Zehntausende optische Registrierungen nach einem passenden Gegenstück durchsuchten.

Endlich sagte Karin mit großer Erwartung: »Da kommt das Ergebnis.«

Barton wandte sich ab; er wollte nicht hinsehen.

Es gab ein kollektives Aufatmen.

»Wir haben zwei Kandidaten«, sagte Karin. »Beides Männer. Einer ist einunddreißig Jahre alt und lebt im Pazifik, der andere ist fünfundvierzig und lebt in Europa. Toll!«

Alle lächelten.

Man gratulierte sich.

Barton wäre am liebsten jubelnd durch den Raum gelaufen, stattdessen riet er: »Freuen wir uns nicht zu früh.« Ihm war klar, dass noch ein Berg an Arbeit vor ihnen lag. »Wir brauchen eine Bestätigung für den Fehler im linken Auge. Wir müssen sicher sein.«

»Welchen Kandidaten nehmen wir?«, fragte Karin.

Ohne Zögern antwortete Barton: »Bringen Sie sie beide her. Treffen Sie sich persönlich mit ihnen, Karin. Bringen Sie sie zu Enterprise Corporation, wenn sie das genetische Merkmal haben.« Wenn Barton nur einen von den beiden Gen-EPs überzeugen könnte, ihm zu helfen, wäre er wieder im Rennen.

Karin sah Barton in die Augen, und er erwiderte den Blick länger als normal. Er wollte sie nur ansehen und ihren gemeinsamen Erfolg genießen. Es war ein Ritual zwischen ihnen, das nie jemandem aufzufallen schien. Barton lächelte; dann ging er zur Tür. »Davin, setzen Sie die Leute an die Transportsysteme.« Er blieb kurz stehen. »Wie heißen die beiden eigentlich?« Fotos und Stammdaten erschienen auf dem Bildschirm.

»Der Jüngere heißt Wilson Dowling. Er studiert Jura an der Universität Sydney in Pacifica. Er ist im fünften Jahr der Promotion.«

»Das ist eine lange Zeit für eine Dissertation«, meinte Andre. Er selbst hatte die Arbeit in sechs Monaten absolviert.

»In seiner Freizeit fliegt er alte Flugzeuge«, fügte Karin hinzu. »Er ist gesund. Durchschnittliche akademische Erfolge.«

Dez Lewis legte den Kopf schräg. »Er sieht gut aus.«

»Und der andere?«

»Magnus Kleinberg. Er ist politischer Kriminologe, wohnt außerhalb von Prag. Gesund. Gute akademische Erfolge. Sehr groß.« Karin nickte. »Das ist gut.«

»Kleinberg«, sagte Andre. »Das klingt wie eine ausgezeichnete Wahl. Meine Mutter sagt, die Juden sind die Auserwählten.«

»Beide scheinen geeignet zu sein«, meinte Karin.

Barton starrte auf das Foto von Magnus Kleinberg. Dann wurde Wilson Dowling dem gleichen prüfenden Blick unterzogen. Barton rieb sich das Kinn und verkündete: »Bringen Sie beide hierher. Gehen wir kein Risiko ein. Je mehr Optionen, desto besser.«

Barton war der Einzige, der die ganze Geschichte verstand; nicht einmal Karin wusste, worum es wirklich ging. Die Textstellen in den Schriftrollen waren sehr konkret gewesen; er sollte die Wahrheit über das Unternehmen Jesaja für sich behalten – vorerst.

6.

Sydney, Pacifica
Frazer House, Universität Sydney
10. Mai 2081
Ortszeit: 11.01 Uhr
13 Tage vor dem Transporttest

Heller Sonnenschein fiel durch den holographischen Fernseher an der Wand von Wilsons Arbeitszimmer. Durch das computergenerierte Bild wirkten die spärlichen Abmessungen des Zimmers größer. Es hatte keine Fenster, und die Luft war kühl. Wilson saß im künstlichen Sonnenschein in einem alten Ledersessel. Ringsherum stapelten sich Bücher, Hunderte, und lagen auf jeder verfügbaren Fläche einschließlich des Fußbodens.

Im Hintergrund erklang klassische Musik.

Wilson klappte den Roman zu, den er gerade gelesen hatte, und betrachtete den Einband. Ohne sich zu erheben, legte er das Buch weg und griff wahllos ein anderes. Als er sah, dass er eine ledergebundene Ausgabe von Dickens' *Geschichte aus zwei Städten* erwischt hatte, leuchteten seine Augen auf. Das hatte er schon immer lesen wollen.

Wilson schlug die erste Seite auf und las die ersten Worte laut.

»Es war die beste und die schlimmste Zeit …«

Während er die Seiten überflog, rührte er in seinem Sessel kein Glied. Ab und zu verriet sein Gesicht den Anflug eines Lächelns und manchmal ein leichtes Stirnrunzeln, als er Tausende perfekt gesetzter Worte in sich aufnahm. Im Laufe von zwei Stunden las er ohne Unterbrechung und war restlos in das Buch vertieft.

Ein Klopfen an der Tür störte seine Konzentration. Er ignorierte das Geräusch, doch es wiederholte sich ein wenig lauter. Widerstrebend, mit leicht tauben Beinen stand er auf und fädelte sich durch das Labyrinth von Bücherstapeln und Möbeln zur Tür, um nachzusehen, wer da war.

Als er die Tür aufmachte, traf sein Blick auf ein breites Lächeln und gelbliche, schiefe Zähne. Der Besitzer dieses unschönen Grinsens, Bernie Muhandis, Kurier und Postbote der Universität, stand stolz in seiner grauen Uniform da, neben sich einen dreirädrigen Handwagen mit Briefen und Päckchen. Da er aus Mittelasien stammte, hieß er eigentlich Bagwan mit Vornamen, aber den hatte er in Bernie umgeändert, als er nach Pacifica auswanderte; man passte viel besser nach Australien, wenn man ein Bernie und kein Bagwan war, hatte er sich gesagt.

»Valentinstag!«, sagte Wilson wie immer und streckte die Arme aus, als erwartete er den ganzen Inhalt des Handwagens.

Bernie hob abwehrend die Hände. »Mr. Wilson, es ist ganz sicher nicht Valentinstag! Wie oft muss ich Ihnen das noch sagen?« Obwohl Bernie seit fünfunddreißig Jahren in Pacifica lebte, sprach er noch mit starkem Hindi-Akzent.

»Was haben Sie diesmal für mich?«, fragte Wilson erwartungsvoll und beäugte die Päckchen.

»Diesmal ist nichts für Sie dabei, mein Freund, nicht mal ein Brief.«

»Warum haben Sie dann geklopft?«

»Ich finde gerade heraus, was Sie vorhaben«, antwortete er. Wilson machte den Versuch, ihm die Sicht zu versperren, doch Bernie streckte den Kopf an ihm vorbei und spähte in das kleine Arbeitszimmer. »Du meine Güte, es ist wahr! Die halbe Bibliothek ist auf Ihren Namen ausgeliehen! Sie müssen verrückt sein.«

»Ich stelle nur ein paar Recherchen an.«

Bernie legte seine dunkelhäutige Hand auf Wilsons Schulter. »Mr. Wilson, niemand, nicht einmal so ein unglaublicher

Mensch wie Sie, kann so viele Bücher lesen. Was führen Sie hier drin im Schilde?«

Wilson schaute hinter sich. »Ich lese gern, das ist alles.«

Bernie kicherte. »Wie Sie wollen, geheimnisvoller Wilson. Ich weiß, dass Sie nur so tun, als würden Sie die vielen Bücher lesen. Also erwarten Sie nicht, dass ich sie für Sie abgebe, wenn Sie fertig sind. Sie werden einen Laster bestellen müssen.«

Es stimmte: Wilson hatte mehr Bücher, als ein normaler Mensch in einem Monat lesen konnte. Doch zuletzt hatte er sich ohne Schwierigkeiten durch zwei bis drei am Tag durchgekämpft. Seine Aufnahmefähigkeit war erstaunlich gewachsen.

Bernie zeigte auf seinen Postwagen. »Jedenfalls ist keine Valentinskarte für Sie dabei«, sagte er fröhlich.

»Nächsten Februar bekomme ich jede Menge Karten, Sie werden sehen«, sagte Wilson zuversichtlich.

»Wahrscheinlich bekommen Sie keine einzige, genau wie dieses Jahr.«

»Ich habe Ihnen doch gesagt, dass sie auf dem Postweg verloren gegangen sind.«

»Ich verstehe Ihr Problem«, erwiderte Bernie als Auftakt zu ein paar väterlichen Ratschlägen. »Sie sind zu wählerisch beim schönen Geschlecht. Das ist meine fachkundige Meinung. In meinem Land waren früher arrangierte Ehen üblich. Grandios! Das ist die bei weitem beste Methode für junge Männer und Frauen, sich zu begegnen und zu verlieben. An manchen Orten gibt es das noch, wissen Sie. Das ist eine überlegene, sehr viel zivilisiertere Art, junge Leute zusammenzubringen. Einem Mann wie Ihnen würde das guttun.« Bernie lächelte, sodass seine hässlichen Zähne wieder erschienen.

»Hört sich sehr modern an«, sagte Wilson ruhig.

»Auf diese Weise habe ich meine Frau kennen gelernt«, fuhr Bernie fort. »Was war sie ein hübsches Ding! Hinreißend!« Er geriet ins Schwärmen. »Mein Vater kam zu mir und sagte: Ich habe ein Mädchen für dich gefunden. Und er hatte recht.« Bernie legte die Hand aufs Herz und warf den Kopf zurück wie Julie Andrews in *The Sound of Music.*

Wilson sah auf die Armbanduhr und konnte kaum noch verbergen, dass er gelangweilt war. »Bagwan«, sagte er mit Nachdruck. »Hören Sie, ich würde gerne noch weiterplaudern, aber ich habe viel Arbeit.« Er deutete ins Zimmer. »Muss noch viele Bücher lesen.«

»Ich rede wohl zu viel«, sagte Bernie verlegen.

»Nein«, widersprach Wilson. »Ich bin nur sehr beschäftigt. Beim nächsten Mal müssen Sie mir alles erzählen. Ich bin schon sehr gespannt.«

»Es wird mir ein Vergnügen sein …«, rief Bernie, während die Tür sich vor ihm schloss.

Dann öffnete sie sich wieder, und Wilson erschien.

»Ach, und Bagwan«, sagte er, »nächstes Mal klopfen Sie nur, wenn die verloren gegangenen Valentinskarten für mich da sind.«

Bernie grinste. »Sie sind ganz schön frech, Mr. Wilson.«

Wilson blickte ein zweites Mal auf die Uhr, und dabei fiel ihm etwas ein. Er war spät dran für seinen Vortrag bei Jenny Jones! Der Unterricht hatte schon begonnen.

Er stieß einen Schwall Schimpfwörter hervor, während er ins Zimmer eilte und sich durch die Bücherstapel schlängelte. Er schnappte sich sein Ausweiskärtchen vom Tisch, huschte nach draußen, knallte die Tür hinter sich zu und sauste an Bernie vorbei den Gang entlang.

»Ihretwegen komme ich zu spät, Bagwan!«, rief er über die Schulter. »Jenny wird sauer auf mich sein!«

»Dann ist ja alles, wie es sein sollte, Mr. Wilson«, rief Bernie zurück.

Der Universitätshof bestand aus einem Acre gepflegten Rasens. Er war auf allen Seiten von Fußgängerwegen umgeben. Die Leute lagen auf Decken im Freien und genossen die Herbstsonne. Einige lasen, andere plauderten. Die Atmosphäre war ruhig, beinahe idyllisch, bis Wilson über die Steinmauer sprang und quer über die Grünfläche sprintete, wobei er Leuten auswich oder über sie hinwegsprang.

Ein Sensor ertastete den Sicherheitsausweis, und die Glastüren öffneten sich, als er sich näherte. Schnaufend rannte er durch die leeren Korridore. Seine Schritte hallten. Noch einmal sah er auf die Uhr; dann stolperte er durch die Doppeltür und spürte sofort den Blick sämtlicher Studenten, die von den gestaffelten Sitzreihen herabsahen. Die digitale Tafel war mit Notizen bedeckt, und Jenny Jones – die böse Hexe des Westens – stand neben dem Podium, die Hände in die Hüften gestemmt.

»Nett, dass Sie kommen«, war ihr nicht einmal lauwarmer Empfang.

Jenny war eine attraktive Brünette von fünfunddreißig Jahren mit einem Hochschulabschluss in Rechtswissenschaften. Sie war geistreich und rechthaberisch, hatte eine gute Figur und ein kokettes Lächeln – und wenn es nach Wilson gegangen wäre, würde er diese Schlange in seinem ganzen Leben nicht wiedersehen.

Wilson konnte ihr ansehen, dass sie sauer war, ehe er sich den gut fünfzig Studenten zuwandte, die ausdruckslos in seine Richtung blickten. In der vierten Reihe fiel sein Blick auf Jennys Freund. Es schien, dass Alfy – Alfred Souza – wieder beim Unterricht hospitierte.

Wilson konnte Alf so gut leiden wie das Gefühl, wenn einem mit der Zange die Nägel ausgerissen werden. Das war durchaus vergleichbar, fand Wilson. Alf zu sehen war höchstens noch ein bisschen schlimmer.

Warum?

Jenny und Wilson hatten mal eine feste Beziehung gehabt. Professor Author sagte, Wilsons Gefühle, die er noch immer für sie hatte, beruhten allein darauf, dass Jenny gut im Bett sei. Doch Wilson war sich da nicht so sicher. Es musste mehr sein als das. Wilson hatte sich entschieden, Jenny jetzt, wo sie nicht zusammen waren, zu verachten – es ging nur so oder so, meinte er; einen Mittelweg gab es nicht. Was die Dinge so komplizierte, war der Umstand, dass sie nicht nur gemeinsam eine Doktorarbeit über Handelsrecht schrieben, sondern auch gemeinsam unterrichten mussten. Deshalb verbrachten sie zehn quälende Wochenstunden im Hörsaal vor Studenten des ersten Jahres.

»Der Auftritt ist wichtig«, verkündete Wilson vor der Klasse. »Ein *gelassener* Auftritt. Passen Sie auf, denn ich zeige Ihnen jetzt, wie man nicht in Panik gerät, wenn ein Kollege sauer auf einen ist.« Wilson gab Jenny einen Klaps auf die Rückseite, um sie vom Podium wegzuschieben.

»Du Mistkerl«, flüsterte sie.

»Hör auf, du liebst das doch«, flüsterte er zurück.

Während Wilson sich das Mikrofon richtete, sagte er: »Beachten Sie, wie ruhig ich bin.« Seine Stimme kam jetzt aus den Lautsprechern. Einen Moment blickte er Jenny in die Augen und machte sie schmal, um noch einmal Salz in die Wunden zu streuen; dann wandte er sich an sein Publikum. »Aber Spaß beiseite, Leute«, sagte er. »Tut mir leid, dass ich zu spät gekommen bin. Es gab einen schrecklichen Unfall mit einem Eislaster. Er brach durch meine Bürotür, und ich musste mich nach draußen schlecken.« Er rieb sich den Bauch und stieß einen leisen Rülpser aus, der durch den Hörsaal hallte. »Aber das tue ich gern für Sie.«

Die Studenten grinsten, nur Jenny und ihr Freund schienen für seinen Humor unempfänglich.

Wilson blickte auf die Notizen an der Tafel. Er kannte sich in dem Stoff aus.

»Handelsrecht«, sagte er. »Knien wir uns einfach mal rein. Wie stellen wir sicher, dass zwei Länder mit unterschiedlichen Gesetzen und Rechtssystemen einen Streit lösen können, wenn er sich ergibt? Eine spannende Frage …«

Karin Turnberry saß in der dritten Reihe. Sie hatte zwanzig Minuten lang geduldig auf Wilson gewartet. *Ein Witzbold,* dachte sie, *wie interessant.* Nachdem sie den vermutlichen Gen-EP-Kandidaten eindeutig identifiziert hatte, stieg sie zuversichtlich die Stufen hinunter zum Podium.

»Mr. Dowling, mein Name ist Karin Turnberry.« Sie deutete auf die Doppeltür zur Rechten. »Ich muss Sie für einen Moment sprechen.«

Wilson sah fragend zu Jenny hinüber, als wäre das ein übler Streich; dann blickte er die Fremde an, die vor ihm stand. Er hatte sie noch nie gesehen; andernfalls würde er sich erinnern. Sie war attraktiv und hatte eine kurvenreiche Figur, die in einem weißen Overall steckte, der – abgesehen von der Farbe – militärisch anmutete.

Wilson ging dicht an Jenny heran und flüsterte ihr ins Ohr: »Eine Stripperin! Willst du mich auf den Arm nehmen?« Doch angesichts ihrer feindseligen Reaktion war ihm klar, dass sie nichts damit zu tun hatte.

Wilson drehte sich wieder zu der Fremden um in dem Bewusstsein, dass die Studenten jede seiner Bewegungen verfolgten. Die Frau streckte die Hand aus und hielt ihm eine Geschäftskarte hin. Darauf standen in geprägten Buchstaben zwei Worte: Enterprise Corporation.

»Bitte, Mr. Dowling«, sagte Karin. »Ich mache es ganz kurz..«

»Ich bin sofort wieder da«, sagte er verwirrt zu den Studenten.

Jenny schäumte. »Soll ich warten, Wilson?«

»Mach schon mal weiter«, flüsterte er.

Wilson folgte der kurvenreichen Brünetten auf den leeren Flur. Enterprise Corporation konnte nur eines bedeuten: Ärger.

»Wie war noch mal Ihr Name?«, fragte er, da er beim ersten Mal nicht richtig zugehört hatte, und auf der Karte stand kein Name.

»Ich heiße Karin Turnberry«, sagte sie in professionellem Tonfall. »Ich arbeite für Enterprise Corporation.«

Wilson hielt die Karte hoch. »Dezent … das gefällt mir.«

Karin musterte ihn von oben bis unten, umkreiste ihn einmal und zog dabei ein kleines schwarzes Gerät aus der Tasche. Es hatte eine optische Linse an der Vorderseite. »Erlauben Sie, dass ich mir Ihr linkes Auge mal ansehe?«, bat sie freundlich. »Es dauert nur einen Moment.«

Die Bitte war so ungewöhnlich, dass Wilson einen Schritt zurückwich. »Warum wollen Sie das?«

»Einfach nur ein genetischer Test. Dauert bloß eine Sekunde.«

Wilson brauchte keinen Doktortitel, um zu erkennen, dass sie log. Eine Frau wie sie wurde nicht *einfach nur* durch die Gegend geschickt.

»Mr. Dowling?«, sagte sie ungeduldig und unterbrach den Strom seiner Gedanken.

Er spähte auf den kleinen schwarzen Apparat. »Erklären Sie mir, warum.«

»Dazu ist jetzt keine Zeit.«

»*Sie* haben vielleicht nicht die Zeit. Aber glauben Sie mir, *ich* habe jede Menge Zeit. Und *ich* bin es, der mitten aus einer Vorlesung geholt wurde.« Er zeigte auf die Tür. »Also, tun Sie mir den Gefallen …«

Karin zog pflichtbewusst ein digitales Dokument aus ihrer Mappe und reichte es ihm. Es war von der Universität Sydney und an ihn adressiert. Es hatte nur drei Zeilen und regte eindringlich an, auf Miss Turnberrys Wunsch einzugehen. Er konnte zwischen den Zeilen lesen: Sein Stipendium würde zurückgezogen, wenn er nicht kooperierte. Die Situation erschien nicht mehr ganz so zufällig.

»Ich brauche nur ein paar Minuten Ihrer Zeit«, versicherte Karin mit entwaffnendem Lächeln und deutete auf eine Bank an der Wand. »Ich versichere Ihnen, es geht ganz schnell und ist völlig schmerzlos.« Da Wilson keine Wahl hatte, setzte er sich. Karin stellte sich zwischen seine Beine, um behutsam mit dem Zeigefinger sein Kinn anzuheben. »Schauen Sie geradeaus.«

Ein roter Lichtstrahl drang in sein linkes Auge, doch er war kurz abgelenkt durch Karins Parfüm und die Nähe ihres Körpers. Plötzlich war das Licht erloschen, und Karin trat zurück, den Blick fest auf ihr Display gerichtet. Ihrem Gesicht war nichts anzusehen, weder Gutes noch Schlechtes.

In dem Moment klingelte ihr Telefon. Karin zog den hauchdünnen Empfänger von ihrem Gürtel und blickte auf die Anzeige. Es war Barton, der wahrscheinlich wissen wollte, wie die Sache lief. Karin schaltete den Anruf weg, sah auf und begegnete Wilsons Blick.

»Was halten Sie davon, mit mir zu unserer Zentrale zu reisen?«, fragte sie. »Reisen Sie gern?«

Wilson überlegte, was diese Frau in seinem Auge gesucht haben könnte. Es war ihm völlig unbegreiflich. »Was für ein Gerät ist das?«, fragte er.

Karin steckte den geheimnisvollen Computer wieder in die Handtasche. »Enterprise Corporation braucht Sie, Mr. Dowling.«

»Tatsächlich? Aber ich brauche Enterprise Corporation nicht.«

»Es wird sich für Sie lohnen.«

Wilson kicherte. »Das ist lächerlich.«

Ihr Tonfall wurde nachdrücklicher. »Ich bedaure, Mr. Dowling, aber Sie haben keine Wahl.«

Wilson blickte sich mit gespielter Überraschung um. »Bitte, Karin«, rief er aus und schaute sie wieder an. »Nennen Sie mich einfach Wilson. Jedes Mal, wenn Sie Mr. Dowling sagen, habe ich das Gefühl, mein Großvater steht hinter mir.«

»Meine Anweisung lautet, Sie zur Zentrale zu bringen«, sagte sie entschlossen.

»War nett, Sie kennen zu lernen«, war seine abweisende Antwort. »Schönen Tag noch.« Wilson ging auf die Tür des Hörsaals zu, doch Karin trat ihm in den Weg.

»Ich habe eine Klasse zu unterrichten«, sagte Wilson.

»Sie kommen mit mir.«

»Fehlanzeige.« Er ging an ihr vorbei.

Karin griff nach seinem Arm. »Stellen Sie sich vor, Sie brauchen nie wieder zu arbeiten.«

Bei Wilson schrillten die Alarmglocken. Enterprise Corporation musste von seinem Geheimnis erfahren haben!

»Kommen Sie mit mir zum Hauptsitz in Amerika. Am Flughafen wartet ein Privatshuttle. Ich muss Sie mit Barton Ingerson bekannt machen. Er ist ein bedeutender Mann.« Sie schenkte Wilson ein Lächeln, das mehr als ein bisschen verführerisch war. »Wir haben den besten Wodka an Bord. Ich versichere Ihnen, es lohnt sich. Und ich mixe einen phantastischen Wodka-Martini.«

Sie weiß, dass ich Wodka trinke, dachte Wilson.

»Enterprise Corporation kann sehr großzügig sein«, meinte sie. »Oder ganz das Gegenteil, falls nötig.«

Ihm schien, als würden seine schlimmsten Ängste wahr: Es drehte sich eindeutig um Professor Authors Omega-Programmierung. Ihm brach der kalte Schweiß aus.

»Sind Sie einverstanden?«

»Ich komme liebend gern mit«, sagte Wilson mit gekünsteltem Lächeln.

Karin wirkte erfreut. »Gut. Sehr schön.«

»Ich bin noch nie in einem Privatshuttle gewesen.«

»Es wird Ihnen gefallen. Die Reise dauert nur vier Stunden.« Ihrem Tonfall nach waren sie jetzt die besten Freunde. »Die Sterne sind wirklich sehenswert.« Airbusshuttles waren die neuste Form des Überschalltransports. Sie beschleunigten knapp außerhalb der Ionosphäre ins All, um den Flug zu verkürzen. Die bei weitem schnellste Art, um von A nach B zu gelangen, von einer Seite der Welt zur anderen. Man konnte also auch bei Flügen am Tag die Sterne funkeln sehen.

»Ich kann es kaum erwarten«, sagte Wilson, der seine wahren Gefühle verbarg. *Ich werde ihn umbringen, wenn ich ihn in die Finger kriege,* dachte er. *Er hat mich da reingezogen.*

»Es wird Spaß machen, und wir werden Martinis trinken.« Karins Smalltalk war noch ärgerlicher als ihre Verhandlungsmethoden. »Wir treffen uns in einer Stunde am Hauptausgang«, sagte sie. »Da wartet ein Wagen auf uns.« Karin schaute auf ihren Handheld. »Ich weiß, dass Sie gern zu spät kommen, Wilson. Also ist es besser, Sie sind in einer Dreiviertelstunde dort.«

Es schien, als wüsste sie alles über ihn.

Wilson überlegte einen Moment. »Können Sie mir einen Gefallen tun?«, fragte er dann und zeigte auf die Hörsaaltür. »Es würde mir eine Menge bedeuten.«

Karin zögerte, ehe sie antwortete: »Das wird sicher möglich sein.«

»Es ist nur eine kleine Bitte. Gehen Sie rein und sagen Sie der Dozentin, Miss Jones, dass ich heute nicht mehr zurückkomme. Sagen Sie ihr, dass ich mit Ihnen wegfahre. Sie wird froh sein, wenn Sie erfährt, was los ist. Erzählen Sie ihr von dem Shuttle.« Karin warf ihre schulterlangen Haare mit einer Bewegung zurück, die bei Wilson die Stripperin-Assoziation hervorgerufen hatte.

»Werde ich tun«, sagte sie selbstbewusst.

Wenn Wilson sich Jennys Reaktion auf diese Neuigkeit vorstellte – und auf die Frau, die sie ihr überbrachte –, kam er zu dem Schluss, dass es auch am finstersten Himmel einen Lichtblick gab.

7.

HOUSTON, TEXAS
BEZIRKSRETTUNGSDIENST 33,
ECKE KIRBY DRIVE & MCNEE ROAD
25. NOVEMBER 2012
ORTSZEIT: 20.02 UHR
UNTERNEHMEN JESAJA – ERSTER TAG

Eine schrille Sirene hallte durch die Straßen, und ein alternder weißer Rettungswagen erschien; die blau-roten Dachlampen flackerten in der Dunkelheit. Es war früher Abend, und die Straßen waren verlassen. Ohne vor der roten Ampel abzubremsen, fuhr der Wagen weiter, holperte über einen Buckel, legte sich in eine scharfe Rechtskurve und beschleunigte wieder.

In der hinteren Kabine brachte der Ruck Wilson wieder zu Bewusstsein. Er war verwirrt, und ihm war übel. Er versuchte die Augen zu öffnen, sah aber nur Dunkelheit. Ein seltsam vertrauter Geschmack lag ihm auf der Zunge. Es war schwierig, sich zu bewegen, und wenn er es versuchte, schoss Schmerz durch seinen Körper. Offenbar waren seine Hände gefesselt. Ringsherum war Bewegung. Wilson zerrte an den Fesseln.

»Strengen Sie sich nicht an, Junge«, rief eine männliche Stimme. »Sie machen es nur schlimmer.« Der Mann war Amerikaner und hatte einen starken Südstaatenakzent. Dennoch versuchte Wilson, sich aufzusetzen, und die Schmerzen wurden noch heftiger. Dann erkannte er den Geschmack, den er im Mund hatte: Blut – klebriges Blut.

»Ich sagte doch, nicht bewegen«, meldete sich die Stimme wieder. Der Sanitäter zog den Gurt um Wilsons Brust straffer, damit er sicherer auf der Liege lag.

Wilson war an Oberkörper, Kopf und Beinen dick verbunden. Seine Kleidung war überall zerrissen. Er hatte mehrere Brüche – Rippen, Oberschenkel –, und seine Beine waren geschient. Am rechten Arm bekam er eine Infusion. Mehr als die Hälfte seiner Hautflächen war abgeschürft, weil er bei dem Unfall unter einem Fahrzeug mitgeschleift worden war.

Der Sanitäter bereitete die Injektion eines Beruhigungsmittels vor.

»Ich kann nichts sehen«, sagte Wilson.

»Wie heißen Sie?«, fragte die Stimme. »Sagen Sie mir Ihren Namen.«

»Ich kann nichts sehen«, wiederholte Wilson.

»Keine Bange, ist nur der Verband. Sie haben einen Schlag auf den Kopf bekommen. Jetzt antworten Sie. Das ist sehr wichtig: Sind Sie krankenversichert?«

»Versichert?«, murmelte Wilson. Er schmunzelte – seine Versicherung würde frühestens in fünfzig Jahren gelten. Das fand er irgendwie lustig.

»Sind Sie versichert?«, fragte der Mann wieder.

Eine Schmerzwelle brandete durch Wilson hindurch, stechender als vorher, als würden ihm tausend Messer in den Rücken und in die Beine gestoßen und langsam herumgedreht. Insgesamt fand er die Situation doch nicht so lustig.

»Sie werden sich wünschen, Sie hätten eine«, sagte die Stimme.

Der Rettungswagen fuhr in eine enge Kurve, und Wilson wurde gegen die Gurte gedrückt. Augenblicklich schmerzten ihn ein paar zusätzliche Körperstellen. Er sehnte sich die Bewusstlosigkeit zurück.

Der Sanitäter betrachtete seinen Patienten von oben bis unten; angesichts der Menge an Morphium, die er ihm schon verabreicht hatte, war es erstaunlich, dass der Mann überhaupt noch sprechen konnte. Noch einmal 15 ml sollten ihren Zweck erfüllen, entschied er. Er tippte gegen die Kanüle, damit die Luftbläschen aus der Flüssigkeit wichen, stemmte sich gegen die Fahrbewegungen und setzte die Nadel an den Schlauch an, der von Wilsons linkem Arm hing.

Die Schmerzen kamen und gingen in Wogen, stärker und stärker, und zwangen Wilson zu kurzen, flachen Atemzügen. Mehr konnte er im Augenblick nicht tun. Gleichzeitig wünschte er sich, von der permanenten Qual befreit zu werden. Egal wie.

»Ich sollte nicht einmal hier sein«, wimmerte er.

Der Rettungswagen rumpelte über eine Bodenfurche.

Die Schmerzen waren überwältigend …

Sydney, Pacifica
Billboard Nightclub, Glebe Point Road, Glebe
23. Mai 2080
Ortszeit: 23.27 Uhr
281 Tage vor dem Transporttest

Im Hintergrund wummerte laute Musik. Der Club war überfüllt und verraucht. Wilson saß auf einem Barhocker neben Professor Julius Author. Ringsherum tanzten Leute bei schummriger Beleuchtung. An der Decke blitzten Disco-Lampen zur Musik von *Bony M.* Es war Oldie-Nacht – Hits aus dem vergangenen Jahrtausend.

Ohne zu fragen goss der Barkeeper zwei Gläser Wodka ein und schob sie nach vorn. Wilson spürte, wie die interaktive Kreditkarte in seiner Tasche vibrierte und ihn wissen ließ, dass ihm zwei weitere Drinks berechnet wurden.

»Warum muss ich immer bezahlen?«, fragte er.

Professor Author antwortete: »Weil Sie das Vergnügen meiner illustren Gesellschaft genießen.«

»Sie sind betrunken.«

»Ja, Wilson. Ich glaube, Sie haben recht.«

Julius Author war Stammgast im Billboard. Drei Abende die Woche konnte man ihn auf demselben Hocker sitzen sehen, wo er doppelte Wodkas mit Eis in sich hineingoss. Der »Professor«, wie er sich gern ansprechen ließ, war ein brillanter Mann. Doch mit Brillanz geht häufig Exzentrik einher, und er hatte von beidem reichlich. Die Universität Sydney, an der er als Neurologe forschte, war mit ihm in Hassliebe verbunden. Man fand, er sei zu begabt, um ohne ihn auszukommen, aber viel zu befremdlich, um ihn auf die Studenten loszulassen. Wilson würde dem als Erster zustimmen.

Der Professor war Anfang fünfzig und nicht gerade der bestaussehende Kerl der Welt. »Unschön« nannte Wilson ihn. Seine krausen, von Grau durchzogenen Haare standen ab, als hätte er gerade in eine Steckdose gefasst.

Albert Einstein, mit dem er eine verblüffende Ähnlichkeit hatte, war das Vorbild des kleinen Mannes. Wie dieser trug er stets die gleiche Kleidung: dunkelblaue Hosen, weißes Oberhemd, weiße Sneaker, weiße Socken. Auch seine Unterwäsche war immer gleich. Er besaß von allem sieben Stück. Er zitierte gern den Nobelpreisträger und sagte, er habe dadurch eine Entscheidung weniger am Tag zu treffen, und wenn man das über eine Lebensspanne addiere, seien das Millionen von Gedankengängen, die man auf etwas Wichtigeres verwenden könne.

Wilson kannte den Professor seit vielen Jahren, seit er sich um eine Stelle als Laborassistent beworben hatte. Damals war er darauf angewiesen, nebenher Geld zu verdienen, und hatte sich um einen Platz in der neurologischen Abteilung beworben. Er bekam die Stelle nicht, doch von dem Tag an wurden sie feste Freunde. Freundschaften sind manchmal seltsam. Die beiden waren in vieler Hinsicht verschieden. Abgesehen von zwanzig Jahren Altersunterschied hatten sie unterschiedliche Begabungen, stammten aus verschiedenen Gesellschaftsschichten, und es gab auch keine gemeinsamen Interessen – und doch waren sie hier. Jeden Freitag trafen sie sich im Billboard, tranken die gleichen Drinks und führten die gleichen Unterhaltungen und Auseinandersetzungen.

Wilson hielt sein Glas hoch. »Das ist mein letzter, dann verschwinde ich. Ich habe für morgen eine Vertretung übernommen.«

»Jura ist so langweilig!«, äußerte der Professor. »Wie schaffen Sie es, wach zu bleiben?«

»Das liegt an meinem Gehirn«, erwiderte Wilson und stellte sein Glas ausgetrunken auf die Theke.

»Allerdings.« Der Professor nickte. »Da haben Sie recht.« Das war keinesfalls ein Kompliment. »Jeder verabscheut Juristen, wissen Sie das? Sie sind Parasiten.«

»Das ist mein Stichwort«, sagte Wilson und stand auf. »Ich bin dann mal weg!«

»Nein!«, widersprach der Professor energisch. »Wir müssen noch über einige Dinge reden.« Er zog Wilson wieder zu dem Hocker.

»Ich kann es mir nicht mehr leisten, mit Ihnen zu trinken, Professor. Es liegt nicht am Geld; es ist zu hart für mein Ego.«

»Die nächste Runde geht auf mich«, nuschelte der Professor.

»Sie würden nicht mal auf Ihrer Beerdigung einen ausgeben.«

»Ach, Unsinn!« Er bedeutete dem Barkeeper, Wilson noch einen einzuschenken.

»Hören Sie, ich muss gehen«, sagte Wilson. »Wirklich, ich muss noch einiges durcharbeiten. Ich bin mächtig in Verzug.« Der frische Drink wurde trotzdem über die Theke geschoben.

Der Professor beugte sich zu Wilson vor und blickte ihn starr an. »Situation normal, Junge. Und wissen Sie was … das können wir ändern.«

Wilson hatte das Gefühl, er würde wieder einen Weltanschauungssermon zu hören bekommen.

Und schon ging es los …

»Wissen Sie, was eine Gottesschatulle ist?«

Wilson krümmte sich – nicht die Gottesschatulle!

»Sie sitzt in Ihrem rechten Schläfenlappen.« Der Professor zeigte auf Wilsons Stirn. »Sie ist bei Leuten aktiv, die brillant sind. Jeder Mensch hat eine Gottesschatulle, aber nur die sehr begabten haben die Fähigkeit, sie zu nutzen.« Der Professor tätschelte Wilson den Kopf. »Ihre Gottesschatulle ist hier, vor Ihrem Gehirn.«

Verärgert ob der Berührung, wich Wilson zurück.

»Haben Sie gewusst«, fuhr der Professor fort, »dass der durchschnittliche Mensch nur zehn Prozent seiner Hirnkapazität nutzt? Da bleiben neunzig Prozent, die nichts zu tun haben. Das ist enorm viel Brachland.«

Wilson kannte den nächsten Satz auswendig: *Die Gottesschatulle ist der Schlüssel. Sie ist eine Quelle mentaler Kraft.*

»Die Gottesschatulle ist der Schlüssel«, sagte der Professor. »Sie ist eine Quelle mentaler Kraft.«

»Sie ist illegal, erinnern Sie sich!«, platzte Wilson heraus.

Der Professor blickte bestürzt drein. »Wer hat Ihnen das eingeredet?«

»Sie.«

»Die Gottesschatulle wird häufig erwähnt, Wilson.« Der Professor kam nicht aus dem Takt. »Sie ist so wirksam, dass jeder, der sie sich nutzbar zu machen lernt, unbegreifliche Fähigkeiten erlangt.«

»Klar«, warf Wilson ein, der mit seiner Geduld am Ende war. »Und vor drei Jahren hat die medizinische Gemeinschaft Experimente an diesem Bereich des Gehirns verboten. *Sie* haben das auch erwähnt.«

Der Professor sah sich schwankend in der Bar um. »Wann hat uns das je abgehalten?« Wilson machte Anstalten, aufzustehen, aber der Professor drückte ihn wieder auf den Sitz. »Ich habe eine neue Theorie. Jawohl, eine neue Theorie!«

Wilson schluckte den letzten Wodka und knallte das Glas auf

die Theke. Seine Kreditkarte vibrierte unerwartet; der Barmann hatte schon die nächste Runde eingeschenkt. Wilson beugte sich zu ihm und zog sich demonstrativ die Handkante über die Kehle. »Das ist mein letzter! Ich möchte zahlen!«

»Ich mache Ihnen das größte Angebot Ihres Lebens«, sagte der Professor und stach mit dem Finger auf Wilsons Arm ein.

»Das könnte uns beide ins Gefängnis bringen. Oder noch Schlimmeres.« Wilson zeigte auf die anderen Gäste und fügte hinzu: »Ich bin der einzige Freund, den Sie haben! Wenn Sie mein Gehirn zu Bohnenstroh machen, werden Sie hier allein sitzen müssen. Jawohl, ganz allein.«

»Ich würde Sie trotzdem mitnehmen.«

»Oh, das ist tröstlich.«

»Ja, das werde ich!« Die Blicke des Professors huschten wieder durch die Bar. »Es ist ungefährlich, wissen Sie.« Er beugte sich vor und flüsterte Wilson ins Ohr: »Weil ich eine Methode gefunden habe, die Gottesschatulle ohne Chirurgie zu stimulieren.«

Wilson hatte Mühe, ihn zu verstehen. »Warum reden Sie so leise?«

»Die Universität hat überall Spione«, flüsterte der Professor weiter.

»Wer sollte Sie denn hier hören können?« Die Musik war wummernd laut. »Und überhaupt ... kommen Sie nicht so nah. Ihr Atem ist nicht der frischeste.« Es war eine üble Mischung aus schalem Alkohol und Zwiebeln.

Doch der Professor beugte sich noch näher heran. »Ich habe letzte Woche ein bisschen nichtinvasive Omega-Programmierung betrieben«, erzählte er weiter. »An einer Ratte, Wilson. Sie hätten sehen sollen, was passiert ist.«

»Ich will es gar nicht wissen ...«

»Sie werden körperliche Fähigkeiten haben, die Sie sich nicht einmal vorstellen können.« Der Professor kippte sein Glas hinunter und wandte sich dem nächsten zu. »Jedenfalls ist das etwas völlig Neues für mich. Für jeden ist das etwas völlig Neues. Es ist ein zerebrales Programm – das heißt, keine Gefahr der Abstoßung.«

»Wissen Sie noch, was beim letzten Mal passiert ist, als ich Ihnen bei einem Experiment geholfen habe?« Wilson nickte übertrieben. »Ich hatte einen Monat lang Kopfschmerzen! Ja, das wissen Sie noch, nicht wahr? Ich jedenfalls habe es nicht vergessen!«

Der Professor fegte die Bemerkung wie ein lästiges Insekt beiseite. »Das war ein Fehler, ich gebe es zu. Aber diesmal ... diesmal ist es das Richtige. Verstehen Sie nicht? Die Gottesschatulle ist diesmal nur die Kraftquelle. Sie werden fähig sein, ihre körperliche Leistung zu beeinflussen, indem Sie ein paar Befehle aussprechen. Ich habe die Forschung abgeschlossen! Es wird keine Nebenwirkungen geben – jedenfalls keine allzu schlimmen. Kommen Sie, Wilson. Ich würde Sie nicht bitten, wenn ich nicht wüsste, dass es völlig sicher ist.«

»Lassen Sie mich überlegen.« Wilson sah an die Decke. »Hmm.« Er schwieg ein paar Augenblicke. »Okay, Professor ... die Antwort lautet Nein.«

Enttäuscht ließ der kleine Wissenschaftler die Stirn auf die Theke sinken.

»Ich bin Ihr Freund«, sagte Wilson. »Aber diesmal ... auf keinen Fall.«

Der Professor packte Wilsons Arm. »Mein Freund, ich weiß, dass es klappt!« Er versuchte zu lächeln, war aber zu betrunken. »Ich kann doch unmöglich auf die Straße gehen und einen Freiwilligen anwerben!« Sein Gesicht wurde noch zerknautschter. »Diese gemeinen Hunde an der Universität«, wieder senkte er die Stimme, »versuchen, mir meine Arbeit zu stehlen. Ich weiß es!« Er konzentrierte sich. »Ich bitte Sie um einen Gefallen, Wilson.«

»Warum können Sie nicht um einen normalen Gefallen bitten?«

»Ein Gefallen ist ein Gefallen.«

»Das ist ein Gehirnexperiment!«

»Na und?«

Wilson schüttelte den Kopf. »Sie sind noch betrunkener, als ich dachte.«

»Werden Sie es tun?«

»Ich dachte, wir sind Freunde«, sagte Wilson und versuchte es auf die Moralische.

Der Professor stand auf. »Vielleicht sind wir es doch nicht!« Er war ein wenig wacklig auf den Beinen. »Wissen Sie was? Es hat seine Gründe, dass Jenny Jones Sie verlassen hat. Ich weiß, warum. Ich werde es Ihnen sagen, weil Freunde ehrlich miteinander sein sollten. Sie sind *mittelmäßig*, Wilson! Sie sind *langweilig!* Ihr Stipendium läuft schon seit …« Er zählte an den Fingern ab. »Fünf Jahren! Sehen Sie sich an, Mann. Jenny Jones hat recht, wenn sie Sie wegen diesem Kerl verlassen hat.«

Die Musik wummerte weiter.

»Der andere Kerl ist nämlich interessanter als Sie«, fügte der Professor hinzu.

»Er ist auch Jurist!«

»Ich kann nicht glauben, dass ich Ihnen sechs Monate lang zugehört habe, wie Sie über«, er machte mit den Fingern Anführungszeichen in die Luft, »Jenny Jones reden, Ihre große Liebe. Es war eine Tortur, Junge. Sie war also eine gute Nummer, na und?«

»Ich bin nicht langweilig!«, konterte Wilson. »Nehmen Sie das zurück.«

»Ich gebe auf, Wilson. Ja, ich geb's auf.« Der Professor verschwand zwischen den Gästen.

Wilson starrte auf die Eiswürfel in seinem Glas. Minuten verstrichen. Konnte da etwas Wahres dran sein? Vielleicht war es Zeit, über seinen Platz in der Welt nachzudenken. Er lief immer in derselben Spur – das war ihm klar – wie eine springende

Plattennadel, die ständig dieselbe Liedzeile abspielt. Eigentlich wusste er, wenn er ganz ehrlich war, dass etwas fehlte, etwas Entscheidendes; er wusste nur nicht, was es war, oder vielleicht auch: wer.

Stunden später ging Wilson nach Hause. Er wohnte in der Nähe des Campus in einem ehemaligen Bürohaus, das in ein Studentenwohnheim umgewandelt worden war. Alles war so vertraut, dass er nicht einmal zum Aufzug schaute, an dem ein Schild hing: »Außer Betrieb«. Solange er dort wohnte, hatte das Ding nicht funktioniert.

Wilson strebte auf die Treppe zu und stieg die vierzehn Stockwerke zu Fuß hinauf. Als er seine Tür aufschloss, saß Professor Author da und rauchte eine Zigarette.

»Oh, wunderbar …« Wilson gab sich Mühe, nicht überrascht zu erscheinen. »Wie sind Sie hereingekommen?« Er prüfte das Schloss, aber es schien in Ordnung zu sein. »Ich verstehe … ein kleiner Teil meines Egos ist noch intakt, darum ist Ihre Arbeit noch nicht erledigt.«

Der Professor schwang mit dem Drehstuhl herum. »Das ist eine großartige Aussicht.«

Wilson blickte über die Skyline von Sydney, die in der Ferne leuchtete. »Ja, es lohnt sich immer wieder, sich diese verdammten Treppen hochzuschleppen.«

»So weit würde ich nicht gehen«, meinte der Professor, »aber es hält Sie fit, nehme ich an.«

Das geräumige Einzimmerapartment war sparsam möbliert. Es gab ein Sofa, einen Flachbildfernseher und einen Kühlschrank voller Bier. Auf dem Boden stapelten sich Pizzakartons und Magazine. Auf einem Bücherregal standen drei Bilderrahmen, ein Foto von Wilsons Pflegeeltern, Jean und Ian Stradbroke, vor Uluru. Ein zweites von seinem Großvater – seinem leiblichen Großvater, William Dowling, aufgenommen kurz vor seinem Tod. Wilson hing sehr an diesem Foto. Der dritte Rahmen war leer. Das Foto von Jenny Jones hatte er zerrissen und in den Mülleimer geworfen.

Der Professor schnippte die Asche der halb gerauchten Zigarette auf eine Untertasse. »Das ist eine Bruchbude hier.« Er redete gar nicht mehr wie ein Betrunkener. »Danken Sie dem Himmel für die Aussicht.« Er zog an der Kippe.

»Sie machen mir andauernd Komplimente heute Abend.«

»Ich bin hergekommen, um mich zu entschuldigen.«

»Gut. Entschuldigung angenommen. Und jetzt verschwinden Sie.« Wilson zeigte auf die Tür, aber der Professor rührte keinen Muskel.

»Im Ernst – es tut mir leid, was ich gesagt habe. Ich bin zu weit gegangen.«

»Sie haben gesagt, ich bin langweilig!«

»Ja. Tut mir leid.«

»Langweilig!«

»Es tut mir leid!«

Wilson schüttelte den Kopf. »Wissen Sie, was mich sauer macht?« Er hielt inne und überlegte, wie ehrlich er sein sollte. »Dass Sie vielleicht recht haben könnten. Das ist wirklich ärgerlich.«

»So spielt das Leben.« Der Professor lächelte. »Es bringt mich zum Lachen.«

»Mich bringt es zum Weinen.« Wilson nahm zwei Bier aus dem Kühlschrank, eins für jeden.

»Meine Omega-Programmierung«, sagte der Professor ruhig, »Sie müssen Sie für mich testen.« Rauch schwebte von seinen Lippen. »Ich schwöre Ihnen, die Universität hat den Verdacht, dass ich mit meiner Forschung fast am Ziel bin. Sie wollen sie mir wegnehmen. Die gemeinen Hunde.«

»Wissen Sie«, Wilson ließ ein Lächeln aufblitzen, »Sie sind viel fesselnder, wenn Sie nüchtern sind.«

Der Professor brauchte dreißig Minuten und sechs Zigaretten, um Wilson zu erklären, wie das Verfahren funktionierte.

Die Programmierung war nichtinvasiv, also ohne Operation; die Gottesschatulle wurde aktiviert, indem mit hochfrequentem Ultraschall auf die Stirnlappen des Gehirns gezielt wurde. Wilson erfuhr von einem Marinesoldaten am Radargerät, der wegen einer Fehlfunktion seiner Anlage auf See kodierten Ultraschallwellen ausgesetzt wurde. Als er nach drei Monaten zurückkehrte, hatte sein IQ sich enorm erhöht. Die Marine hatte eine vorläufige Untersuchung durchgeführt, die allgemein bekannt war, doch als Folge hatte die Weltgesundheitsorganisation sämtliche Gehirnuntersuchungen verboten.

Der Professor setzte die Forschungen dort fort, wo die Marine aufgehört hatte. Er hatte die Apparaturen, die finanziellen Mittel, das Können und – was noch wichtiger war – die Anonymität, um zu tun, was er wollte. So hatte er sich in den letzten zwei Jahren mit der Frage beschäftigt, wie die Ultraschallwellen zu programmieren waren, um die gewünschten Ergebnisse zu erzielen.

Wilson traute der Universität einen Ideendiebstahl zu, besonders wenn man dort der Meinung war, die riskante Phase sei abgeschlossen, und nun könne man ans Geldverdienen denken. Es hörte sich an, als hätte die Sache militärischen Nutzen. Wilson rauchte eigentlich nicht, griff jedoch nach einer Zigarette und steckte sie sich zwischen die Lippen.

»Gut, dass einem die Dinger nicht schaden«, meinte er. »Wenn ich im Stress bin, kann ich eine ganze Packung rauchen.« Bis vor fünfundzwanzig Jahren hatte das Rauchen Krebs erzeugt; dann hatte Enterprise Corporation die gefährlichen Stoffe aus der Zusammensetzung entfernt.

»Sie haben mir besser geschmeckt, als sie noch geschadet haben«, erwiderte der Professor. »Für mich hatte es einen Reiz, etwas Krebserregendes zu rauchen. Aber ich schätze, es ist ein schlechtes Geschäft, wenn man seine besten Kunden umbringt.«

»Augenscheinlich schmecken sie noch genauso«, sagte Wilson und inhalierte.

»Diese Blutsauger bei Enterprise Corporation haben den ganzen Spaß verdorben. Sie haben die Triebfeder des Rauchens vernichtet. Die sollten alle eingesperrt werden, weil sie es so harmlos gemacht haben. Was für eine Verschwendung.«

»Warum haben Sie so einen Hass auf die Firma?«

Der Professor musste nicht lange überlegen. »Sie repräsentieren das Establishment, Wilson. Glauben Sie mir – man darf ihnen nicht trauen. Die wollen uns alle in Watte packen, damit wir unsere medizinischen Ausgaben senken, ein makelloses Leben führen, zwei, drei Kinder in die Welt setzen und niemals Ärger machen. Das ist widerlich! Ich bin Anhänger der Chaostheorie: leben, lachen, verwegen sein, bis zum Äußersten gehen. Carpe diem.« Er legte eine Pause ein. »Darum will ich, dass Sie diese Omega-Sache für mich tun. Verstehen Sie denn nicht – das ist unsere Chance, es den Bürokraten so richtig zu zeigen. Und ich würde Sie nicht bitten, wenn ich nicht überzeugt wäre, dass es klappt. Wir beide können etwas bewirken.«

»Und wenn es nicht klappt?«

»Es klappt ganz sicher. Vertrauen Sie mir!«

»Mir gefällt Ihre Zuversicht, Professor, aber manchmal ist sie fehl am Platz.« Eigentlich war Wilson vom Selbstvertrauen des kleinen Mannes verblüfft. Er scherzte häufig, Professor Authors Selbstbild sei so phantastisch, dass er glaubte, ein Gesicht wie Errol Flynn und den Körper eines Olympioniken zu haben. Leider lag die Wahrheit ein bisschen daneben. So weit daneben, dass man sie mit dem Fernglas nicht mehr ausmachen konnte.

»Sie sollten das wirklich für mich tun«, sagte der Professor. »Es ist Ihr Schicksal, mein Freund zu sein. Und glauben Sie mir – manchmal kann ich verstehen, dass es sehr schwer ist. Vielleicht ist es auch Ihr Schicksal, mir bei dieser Sache zu helfen.«

Schicksal ... Diese Bemerkung löste etwas aus, und Wilson kamen unerwartete Erinnerungen in den Kopf. Er ging an den Schreibtisch, zog die oberste Schublade auf und holte eine große

Silbermünze hervor. »Mein Großvater hat sie mir geschenkt, als ich noch klein war. Er sagte, das ist meine Schicksalsmünze.« Wilson starrte auf das glänzende Metall, mit dem mehr Fragen als Antworten verbunden waren.

Der Professor schnappte ihm die Münze weg.

»Das ist ein ägyptisches Pfund«, sagte Wilson. Auf der Vorderseite waren die Pyramiden von Gizeh aufgeprägt. Die andere Seite war stark eingedellt, als hätte jemand sie mit einem Hammer bearbeitet.

»Was ist damit passiert?«

Wilson schaute hin. »Keine Ahnung. Ich glaube, mein Großvater wusste es auch nicht.« Wilson zeigte auf die entstellten Umrisse eines Gesichts. »Das ist die damalige Königin von England. Elizabeth II. Sie sieht ein bisschen zerrupft aus.« Wilson nahm die Münze und rieb sie liebevoll zwischen den Fingern. »Mein Großvater sagte immer: Die Münze wird dich führen. Seltsam, nicht?«

»Wir sollten sie werfen. Mal sehen, was kommt«, sagte der Professor begeistert.

Wilson blickte auf die Münze, und sein Herz schlug schneller. Bisher hatte ihr wichtigster Verwendungszweck darin bestanden, ihm bei der Entscheidung zwischen Pizza und chinesischem Essen zu helfen. Nicht gerade lebenswichtig. Es war seltsam, aber sein Großvater hatte stets behauptet, die Münze würde sich nie irren, und er solle dem Schicksal vertrauen, das sie ihm bescherte.

»Wenn ich gewinne«, sagte Wilson, »bitten Sie mich nie wieder um diese Omega-Sache. Das meine ich ernst. Nie wieder!«

»Und wenn ich gewinne«, sagte der Professor, »unterziehen Sie sich der Programmierung.«

Wilson wollte nicht allzu eingehend über die Konsequenzen nachdenken, falls er verlor. Doch so irrational es auch war, aus irgendeinem Grund vertraute er der Münze und seinem

Großvater und war zutiefst überzeugt, dass beide auf ihn aufpassten.

»Die Königin ist Kopf«, sagte Wilson. »Die Pyramiden sind Zahl. Sie sind dran.«

Er warf die Münze hoch, und die Stimme des Professors durchdrang die Stille …

»Zahl.«

Die Münze schien unnatürlich lange in der Luft zu schweben; das Licht blitzte auf ihrer glänzenden Oberfläche. Im Fallen drehte sie sich um sich selbst. Wilson fragte sich flüchtig, ob dies der Scheideweg seines Lebens war, doch ehe er zu einer Antwort fand, fing er die Münze auf und schlug sie auf seinen Handrücken. Nachdenken nützte jetzt nichts mehr – sein Schicksal war besiegelt.

»Zahl, Zahl, Zahl«, beschwor der Professor sein Glück.

Wilson hob die Hand – die Pyramiden von Gizeh lagen oben.

Houston, Texas
Bezirksrettungsdienst 33, Stirling Drive, Harris County
25. November 2012
Ortszeit: 20.16 Uhr
Unternehmen Jesaja – erster Tag

Der Rettungswagen bremste ab, als Wilson aus seinem Traumzustand erwachte. Starke Schmerzen durchrasten ihn, und er konnte nichts sehen. In einem Moment geistiger Klarheit flüsterte er seinen Omega-Befehl: »Aktiviere Nachtigall.«

Augenblicklich bekam er das Gefühl, in einem sehr heißen Bad unterzutauchen. Wilsons Blutdruck verdreifachte sich, als eine Mischung aus Animoseren, Dopamin und Protein durch seinen Körper strömte. Endorphine dämpften seine Sinne, als seine Produktion von roten und weißen Blutkörperchen in den Schnellgang schaltete. Die qualvollen Schmerzen verschwanden wie von Zauberhand.

»Das ist Ihre letzte Gelegenheit«, sagte die Stimme. »Ich brauche Ihren Namen.«

Der Rettungswagen wendete; Wilson spürte die Richtungsänderung. Dann schwangen die Hecktüren auf, und kalte Nachtluft strömte ins Innere. Die Räder seiner Liege rasteten klickend aus. Irgendwo hörte er ein Kind weinen.

Der Rettungswagen war am Harris-Bezirkskrankenhaus angekommen. Der Sanitäter blickte nach draußen, wo eine Schlange von Menschen am Eingang der Notaufnahme stand. Viele waren blutüberströmt von Schusswunden; es waren Männer, Frauen und Kinder. Ein vierjähriger Junge rief nach seiner Mutter und jammerte verzweifelt.

Ein müde aussehender Arzt in einer blutbespritzten Plastikschürze näherte sich dem Rettungswagen.

»Was ist los?«, fragte der Sanitäter.

»Wir hatten eine Schießerei im Einkaufszentrum«, berichtete der Arzt. »Das dritte Mal diesen Monat.« Er zog sich die Handschuhe aus und warf sie beiseite. »Ein heilloses Chaos. Aber egal, was haben wir hier?«

Der Sanitäter unterschrieb ein Formular; dann bemerkte er plötzlich, dass etwas nicht stimmte. Darauf stand: *Ms Winter, Geschlecht: w, Alter: 42, ohne festen Wohnsitz.*

Er blickte hastig auf das Schild um Wilsons Handgelenk. Darauf stand: *John Doe.*

Das verkehrte Formular!

»Was ist?«, fragte der Arzt ungeduldig. »Auf mich warten Patienten.«

Der Sanitäter blickte auf die Uhr; es war fast Feierabend. Das falsche Formular bedeutete auf jeden Fall eine Fahrt zum

Mercy-Krankenhaus, um den Fehler zu beheben. Und wenn sie dort das richtige Formular und den falschen Patienten hatten – das wäre dann noch schlimmer.

»Alles in Ordnung«, antwortete der Sanitäter, während er die Angaben mit blauem Kugelschreiber überschrieb: *John Doe, Geschlecht: m, Alter: unbekannt, ohne festen Wohnsitz.*

Es spielte sowieso keine Rolle; keiner von beiden war krankenversichert. »Ein John Doe, überstellt von der Mercy-Privatklinik«, sagte er. »Soviel ich weiß, wurde ihm in den letzten zwölf Stunden bei drei Krankenhäusern die Behandlung verweigert.«

»Da hat er aber Glück, dass er in dieses Höllenloch geschickt wird«, meinte der Arzt sarkastisch.

»Er hat keinen Ausweis bei sich und ist nicht versichert.« Der Sanitäter übergab das Formular. »Nach allem, was ich von den Pflegern im Mercy aufschnappen konnte, wurde er heute Morgen überfahren. Scheint einen Schädelbruch zu haben. Und seine Beine sind gebrochen. Ich vermute, das Pflegepersonal hat ihn gut geschient. Ein paar Rippen sind auch gebrochen, dazu hat er Hautabschürfungen, aber er wird es überleben. Er hat Kochsalzlösung, Nährstoffe und alle dreißig Minuten 25 ml Morphium bekommen.«

»Innere Verletzungen?«

»Nicht sicher. Ich weiß nur, dass weder eine Röntgenaufnahme noch eine Kernspintomographie gemacht wurde. Der arme Kerl ist unterwegs zu Bewusstsein gekommen. Ich habe versucht, seinen Namen zu erfahren, aber er schien nicht ganz bei sich zu sein, darum habe ich ihm noch eine Dosis Morphium gegeben – 15 ml.«

Der Arzt klemmte das Formular an sein Notepad. »Ich hoffe, das genügt, damit er bewusstlos bleibt, denn bei diesem Andrang wird er lange warten müssen, bis wir ihn drannehmen können.«

»Daran können wir nichts ändern«, sagte der Sanitäter wegwerfend.

Im Hintergrund rief das Kind weinend nach seiner Mutter.

Der Arzt winkte, um die Aufmerksamkeit einer Krankenschwester zu erlangen; dann zeigte er auf Wilsons Rollbahre. »Bringen Sie den Patienten …«, er blickte auf seine Warteliste und teilte ihm die nächste Nummer zu, »den Patienten 456 in einen Warteraum auf Stock eins. Er wird warten müssen, bis wir den Rückstau abgearbeitet haben.« Der Arzt blickte auf das Gewühl in der Notaufnahme. »Könnte sich jemand um den weinenden Jungen kümmern?«, rief er. »Er macht mich noch wahnsinnig!«

Der Sanitäter schloss die Hecktüren und sprang auf den Beifahrersitz. »Was für ein Murks«, sagte er. »Wir haben wieder den falschen Patienten bekommen.« Die beiden wechselten einen vielsagenden Blick. »Bloß weg hier, bevor jemand uns zur Rede stellt.«

8.

Houston, Texas
Sam Houston Parkway
25. November 2012
Ortszeit: 20.17 Uhr
Unternehmen Jesaja – erster Tag

Zwei grellweiße Xenon-Scheinwerfer stachen in die Dunkelheit. Mit brüllendem Motor und kreischenden Reifen raste der Mercedes um die Ecke und beschleunigte auf der leeren Schnellstraße. Es waren keine anderen Fahrzeuge unterwegs; alles wirkte so still wie auf einem Foto. Helena war benebelt. Straßenlampen leuchteten in Abständen vor der Schwärze des Nachthimmels, und der Wind pfiff an den fest geschlossenen Fenstern vorbei.

Die Umrisse ihres Wohnhauses tauchten vor ihr auf, als sie herunterschaltete und auf einer breiten Zufahrtsrampe hielt. Das gewellte Stahltor schimmerte im Scheinwerferlicht. Helena drückte auf die Fernbedienung, klappte ihre Sonnenblende herunter und besah sich im Spiegel. Ihre Augen waren gerötet; sie sah erschöpft aus. Während sie in ihren Anblick versunken war, merkte sie nicht, wie die Zeit verging. Das Garagentor war längst hochgefahren und begann soeben, sich wieder zu schließen. Sie trat aufs Gas, der Motor heulte auf, und der Mercedes jagte mit rauchenden Reifen die Rampe hinunter, um gerade noch unter der Torkante durchzuflitzen.

Der heisere Klang des High-Tech-V-8 wurde lauter, als sie die verschiedenen Rampen hinunterfuhr, an den edelsten Wagen vorbei, die man für Geld kaufen konnte. Ein freier Parkplatz tauchte auf – »Capriarty« war in gelben Buchstaben auf den Beton schabloniert. Helena bog in dem exzentrischen Bemühen, ihre Reaktionsschnelligkeit zu testen, mit aberwitziger Geschwindigkeit auf den Platz ein. Alle vier Räder blockierten gleichzeitig, das ABS stotterte, und der Wagen kam zwei Zentimeter vor der Wand zum Stehen.

In einer Pförtnerkabine neben den Aufzügen saß ein alter Mann hinter einer kugelsicheren Scheibe. Seine Uniform war frisch gestärkt. Auf den Überwachungsbildschirmen hatte er Helena vorbeijagen sehen und er hätte ihr gern gesagt, dass ihr Fahrstil gefährlich sei, doch er traute sich nicht. Stattdessen stand er auf und grüßte zackig. Helena beachtete ihn nicht, was ungewöhnlich war, doch der Mann dachte sich nichts dabei.

Die Fahrstuhltüren öffneten sich, und Helena kehrte in die vertraute Umgebung ihrer Wohnung zurück. Bestürzt sah sie zwei Leibwächter im Marmorfoyer stehen. Ihre Jacketts beulten sich über der Pistole. Das bedeutete, dass ihr Vater gekommen war. Als sie seine Stimme aus dem Wohnzimmer hörte, überlegte sie, ob sie das Gespräch belauschen sollte. Normalerweise hätte sie es getan, doch die Leibwächter würden sie dabei beobachten. Mit schnellen Schritten ging sie an ihnen vorbei und murmelte gedämpft einen Gruß. Die Männer sollten merken, dass es ihr nicht gut ging.

Helenas Erscheinen wurde mit überraschtem Luftschnappen aufgenommen. Julia und Lawrence sprangen aus dem Sessel auf. Im Kamin brannte ein Holzscheit; man hörte leise Musik. Draußen hinter den hohen Erkerfenstern funkelten die Lichter von Houston.

Lawrence Capriarty war ein alter Mann mit dichtem braunem Haar, das an den Schläfen grau wurde. Er trug es ziemlich lang und nach einer Seite gescheitelt. Seine Nase war kantig, die Augen blau, typische Merkmale der Capriartys. Sein schwarzer Brioni-Anzug war maßgeschneidert, seine italienischen Schuhe neu und glänzend.

Lawrence war kontrollsüchtig, wie er selbst zugab, sowohl im privaten wie im geschäftlichen Leben, und es wurde täglich schlimmer. Er war ein Selfmademan, und seine Grundstückserschließungsfirma umspannte den gesamten Globus. Er hatte Büros in jeder bedeutenden Metropole – siebenunddreißig, um genau zu sein. Lawrence stammte aus einer texanischen Familie der Mittelschicht; ein einfacher Junge aus Houston, der es zu etwas gebracht hatte, so pflegte er stolz zu sagen. Der Schlüssel zu seinem Erfolg war, dass er keine Hindernisse zuließ, und er setzte alle Mittel ein, legale und andere, um die gewünschten Ergebnisse zu erzielen. Das musste sein, um in diesem Geschäft Erfolg zu haben. Lawrence war ein Produkt seiner Branche – betrügerisch, aggressiv und habgierig. Doch wenn es um Helena ging, war er ein Mustervater, und er sorgte sich um sein einziges Kind, wie der ehrlichste Mann es täte. Vielleicht sogar mehr.

»Was machst du hier, Dad?«, fragte Helena.

Lawrence zeigte mit dem Finger auf sie. »Wir haben dich vor einer Stunde angerufen, junge Dame! Ich habe Leute rausgeschickt, die dich suchen!« Er ließ ihr keine Zeit, etwas zu erwidern. »Julia und ich waren krank vor Sorge! Das geht so nicht!«

»Ich kann auf mich selbst aufpassen«, meinte Helena abweisend.

»Himmel, Helena, bist du verrückt geworden?«

»Diese Bemerkung ist nicht hilfreich, Dad.«

»Hilfreich wäre es, wenn du zur Abwechslung mal tun würdest, worum ich dich bitte!«

»Ich sagte schon: Ich kann selbst auf mich aufpassen!« Damit schlug sie den Weg zum Schlafzimmer ein.

Lawrence trat ihr in den Weg. »Du gehst nirgendwohin …«

»Komm mir nicht mit einer Strafpredigt, Dad. Ich bin nicht in der Stimmung.«

»Du wirst tun, was ich dir sage!«

Sie zog die Pistole aus der Jacke und hielt sie hoch. »Du hast mir befohlen, eine Waffe mitzunehmen … und das tue ich!« Ihre Emotionalität war seiner mindestens ebenbürtig. »Du sagst mir ständig, was ich tun soll. Das ist nicht hilfreich! ›Sei vorsichtiger‹ und ›Tu dies, tu jenes nicht‹.« Sie wedelte mit der Pistole.

Als Lawrence seiner Tochter zusah, wurde ihm das Herz schwer. Sie war ihrer Mutter in vieler Hinsicht sehr ähnlich. Und seltsamerweise liebte er Helenas Sturheit – sie machte ihn bloß krank vor Sorge. Doch ihm war die Sturheit lieber, als wenn sie sich einschüchtern ließe. Menschen, die nicht stark waren, kamen unter die Räder. Lawrence gab sich Mühe, ruhig zu werden, und senkte die Stimme.

»Ich bin nur froh, dass du wohlauf bist«, sagte er. »Und ich freue mich, dass du die Pistole trägst.« Wenn es nach ihm gegangen wäre, hätte er ihr Tag und Nacht einen Leibwächter zugeteilt, doch Helena wollte nichts davon hören. Er würde damit zufrieden sein müssen, dass sie bewaffnet war und Selbstverteidigung trainiert hatte. »Ich weiß, wie viel du durchgemacht hast«, sagte Lawrence milde. »Aber du musst vorsichtiger sein.« Er nahm seine Tochter bei der Hand und führte sie zum Sofa. »Helena, ich weiß, ich bin kein Arzt, aber wir müssen über diese Träume sprechen, die du neuerdings hast.«

Helena schoss Julia einen Blick zu. »Was hast du ihm erzählt?«, schäumte sie.

»Sie hat das Richtige getan«, ging Lawrence dazwischen.

»Du hast es ihm erzählt!«, rief Helena aus. »Wie konntest du mich so verraten!«

»Ich habe mir Sorgen gemacht!«, erwiderte Julia und stampfte mit dem Fuß auf. »Ich hatte Panik! Du bist einfach weggelaufen!«

»Julia hat das Richtige getan«, sagte Lawrence noch einmal.

»Du hättest es ihm nicht erzählen müssen!«, schrie Helena.

»Wenn du wegrennst, ohne etwas zu sagen, dann rufe ich ihn an«, bekräftigte Julia. »Dann berichte ich ihm! *Sì!*«

Lawrence ging zwischen sie. »Es reicht!«, brüllte er.

Eine unangenehme Stille setzte ein.

»Julia, bring mir einen Scotch mit Eis«, sagte Lawrence. »Noch besser, bring drei Gläser, und wir trinken etwas zusammen.« Das war seine Methode, Julia für einen Moment aus dem Zimmer zu schicken.

»Sie hätte es dir nicht sagen sollen!«, stritt Helena weiter.

»Ich rufe ihn an!«, fauchte Julia aufsässig. *»Sì!«*

Lawrence wies mit der einen Hand aufs Sofa, mit der anderen zur Tür. »Helena, setz dich hin! Julia, hol die Drinks! Euch beiden beim Streiten zuzuhören, kann ich im Augenblick wirklich nicht ertragen!« Helena ließ sich aufs Sofa fallen, und Julia stürmte aus dem Zimmer.

Endlich allein mit seiner Tochter, sagte Lawrence: »Ich mache mir Sorgen um dich.«

»Das brauchst du nicht, Dad.«

»Du solltest einige Zeit in Dr. Bennetswoods Klinik verbringen. Das wird dir gut ...« Er konnte den Satz nicht zu Ende bringen, denn Helena sprang auf.

»Du meinst, ich soll in eine psychiatrische Klinik?« Ihr Gesicht war rot vor Zorn. »Hast du mal in Erwägung gezogen, dass *du* das Problem sein könntest? Du willst mein Leben beherrschen, *das* ist mein Problem!«

Lawrence trat zurück und beobachtete, wie Helena wütend auf und ab ging. Sie hatte auf seine Forderungen stets heftig reagiert, besonders wenn es um ihre Behandlung ging – und der Ausbruch war im Grunde beruhigend. So war sie seit Camillas Tod. Eine ruhige Antwort gäbe wahrscheinlich mehr Anlass zur Sorge.

»Es ist nur zu deinem Besten«, sagte Lawrence resigniert.

Helena wusste, dass eine Auseinandersetzung mit ihrem Vater keine Lösung war. »Bitte, zwing mich nicht, zu Conroe zu gehen, Dad. Das bringt überhaupt nichts.« Ihr Blick wurde trübselig – und ausnahmsweise spielte sie ihm nichts vor. Es waren Empfindungen, die sie eigentlich nicht zeigen wollte.

»Ich will nicht dorthin. Da gibt es nur Verrückte. Mir geht es schon viel besser. Ich habe heute Nachmittag lange geschlafen.«

»Dann sag mir, was los ist«, bat er. »Vielleicht kann ich dir helfen.«

»Das will ich gerne tun, Dad, aber ich sag dir klipp und klar: Ich werde nicht zu Conroe gehen. Auf keinen Fall.«

Lawrence sah ihr in die Augen. »Erzähle es mir ...«

»Es hört sich verrückt an, das weiß ich, aber ...« Sie atmete tief durch. »Ich sehe Szenen ... durch die Augen eines anderen. Ich habe einen Autounfall gesehen. Ich bin zur I-610 an der Westheimer-Überführung gefahren. Überall waren Bremsspuren und Glassplitter, genau an der Stelle, die ich in meiner Vision gesehen habe.« Helena spürte die Zweifel ihres Vaters und verschärfte ihren Tonfall. »Der Unfall ist heute Morgen passiert, Dad. Ein Mann ist ums Leben gekommen. Ich weiß es genau.«

Lawrence küsste seine Tochter auf die Stirn und bedeutete ihr, sich zu setzen. Sie schien einigermaßen klar zu sein. Er schritt vor dem Kamin auf und ab. Orange Flammen leckten über das Holz, und es duftete nach Kiefern. Das erinnerte ihn an seine Hütte am See. Er war seit Camillas Tod nicht mehr dort gewesen. Camilla fehlte ihm, das merkte er jetzt. Doch er verscheuchte diese Gedanken. Sie waren schwach und dumm – Gedanken, die er nicht oft durch seinen Panzer hindurchließ.

»Willst du nichts dazu sagen?«, fragte Helena.

»Wann hast du diese Visionen?«

»Zuerst nur im Schlaf. Aber heute kam sie, als ich wach war. Es ist, als ob ich einen Film ohne Ton sehe. Und die Bilder sind von einem roten Dunst überlagert.« Sie wischte sich die Tränen ab.

Lawrence betrachtete sie. Er liebte Helena sehr, und das machte ihn verwundbar.

»Der Autounfall ist tatsächlich passiert«, versicherte sie noch einmal. »Und das beweist, dass es Wirklichkeit ist, was ich sehe. Mir ist klar, dass das verrückt klingt. Aber ich bin nicht verrückt. Ich bin nicht dabei, den Verstand zu verlieren. Was ich gesehen habe, hat sich wirklich ereignet.«

»Wo hast du den Unfall gesehen?«

»Auf der I-610 an der Südseite der Westheimer-Überführung.« Wenigstens hörte er ihr zu. »Ein Mann kam dabei um«, fügte sie hinzu. »Ein Polizist war da.«

Lawrence griff nach dem Telefon. »Um welche Uhrzeit?«

»Kurz nach halb acht.«

Julia kam mit einem silbernen Tablett herein. »*Si,* Mr. Capriarty, es war kurz nach halb acht.«

Lawrence wählte eine Nummer und hielt sich den Apparat ans Ohr.

»Captain Olsen bitte«, sagte er und wartete einen Moment. »Hallo John, hier Lawrence Capriarty. Ich muss Sie um einen kleinen Gefallen bitten. Es geht um einen Autounfall von heute Morgen. Ja, auf der 610 unter der Westheimer-Überführung, gegen halb acht.« Er wartete; dann sagte er: »Das wäre großartig.«

Helena trank von ihrem Scotch, um ihre Nerven zu beruhigen. Ihr Vater würde gleich den Beweis haben, dass sie nicht den Verstand verlor.

Lawrence hielt die Hand über die Sprechmuschel. »John ist bei der Kripo. Er schuldet mir ein paar Gefälligkeiten.« Schließlich blieb Lawrence stehen und sagte: »Ich bin dran, John. Was haben Sie für mich?«

Helena zog Julia am Arm zu sich aufs Sofa.

»Nichts …«, sagte Lawrence leise. »Sind Sie sicher?« Er drehte sich mit zweifelnder Miene zu seiner Tochter um und sah ihr an, dass sie genauso perplex war. »Könnte es sein, dass er nicht gemeldet wurde?« Er schwieg. »Gut. Klar. Danke, John. Rufen Sie mich an, wenn Sie etwas hören.«

»Die Bremsspuren sind da!«, platzte Helena heraus. »Die

Glasscherben liegen da! Das kannst du selbst überprüfen. Lass uns hinfahren, ich kann sie dir zeigen! Der Unfall ist *passiert!* Ich weiß es genau!«

»Helena«, sagte Lawrence ruhig. »Die Bremsspuren können schon seit Wochen da sein. Wie könnte das etwas beweisen?«

»Weil ich es gesehen habe«, beharrte Helena und zitterte am ganzen Körper. »Bitte, lass uns hinfahren. Sofort.«

»Das ist verrückt, Helena. Das hat doch keinen Sinn. Ich möchte, dass du dich beruhigst …«

Ehe er weiterreden konnte, war sie ins Schlafzimmer verschwunden und hatte die Tür zugeknallt. Nachdem er seinen Scotch in einem Zug hinuntergekippt hatte, wählte er eine andere Nummer.

»Hier Lawrence Capriarty. Piepsen Sie Dr. Bennetswood an und richten Sie ihm aus, er soll mich schnellstmöglich auf meinem Mobiltelefon anrufen.« Er drehte sich zu Julia um. »Hast du mit ihm darüber gesprochen, was heute vorgefallen ist?«

»Sie wollte nicht, dass ich den Arzt anrufe«, antwortete Julia.

»Helena muss mit jemandem sprechen«, sagte er. »Dr. Bennetswood ist dafür der Beste.«

Julia schenkte ihnen beiden Scotch nach.

»Julia, warum passiert das?«, fragte Lawrence. »Ich meine es ernst: Was hältst du davon? Sind ihre Visionen real?«

»Sie vermisst ihre Mutter sehr«, sagte Julia mitfühlend.

Das war nicht die Antwort, die Lawrence hören wollte. Er ging zum Fenster und spürte die Hitze des Feuers an seinen Beinen. In der Ferne leuchteten die Lichter von Houston. Lawrence hatte seine Frau bei einer schrecklichen Tragödie verloren, was er selbst zu vergessen versuchte – und nun schien es, als sollte er auch Helena verlieren. Das war das Schlimmste, was er sich vorstellen konnte. Ihre Selbstzerstörung mit anzusehen zerriss ihm das Herz. Sie war alles, was er noch hatte, alles, was er liebte. Er würde alles tun, um sie zu schützen. Er würde dafür töten, wenn es sein musste. Sein Geld und die Macht, die er während seines Lebens angehäuft hatte, schienen hier gar nichts bewirken zu können. Er war hilflos – eine Situation, die ihm nicht gefiel.

9.

Houston, Texas
HPD-Zentrale
25. November 2012
Ortszeit: 21.26 Uhr
Unternehmen Jesaja – erster Tag

Commander Visblat näherte sich dem Besprechungsraum. *Ruhig bleiben*, ermahnte er sich. Er trug einen dicken Stapel Unterlagen hinter seinem Rücken versteckt. Sein Anzug war verknittert, seine Krawatte gelockert und schief. Es war ein langer, frustrierender Tag gewesen.

Als er in der Tür erschien, verstummte das Gemurmel augenblicklich.

Da standen mehr als sechzig erfahrene Polizisten aus jedem Dezernat der Houstoner Polizei. Es gab keine Sitzplätze. Manche waren in Uniform, andere in Zivil. Visblat schritt rasch nach vorn und stellte sich hinter den Schreibtisch des Diensthabenden. Seine massige Gestalt ragte fast bis an die Decke – die flimmernde Deckenbeleuchtung betonte seine Haarfarbe und seinen düsteren Gesichtsausdruck.

Einen Moment lang stand er nur da und schaute. Dann stemmte er seinen langen Fuß gegen die Kante des Schreibtisches und trat dagegen, dass das Möbelstück polternd umkippte. Niemand zuckte auch nur zusammen, als Stifte und Papiere in die Versammelten flogen.

»Ich habe nicht mehr verlangt, als einen Mann zu fassen!« Er schritt vor den Kollegen auf und ab. »Wir haben heute Morgen unsere Chance gehabt, aber wir haben sie vertan.« Seine zornige Stimme dröhnte bis in den hintersten Winkel. »Wissen

Sie, was ich denke? Ich werde es Ihnen verraten. Es ist mir egal, wie lange wir darauf gewartet haben, dass diese lächerliche Situation eintritt. Sie ist endlich eingetreten – und genau, wie ich es vorausgesagt habe.«

Alle Blicke waren auf Visblat gerichtet, aber niemand sah ihm in die Augen. Er hatte eine Art, die selbst altgediente Polizisten verlegen machte. Da war niemand in der Einsatzgruppe, einschließlich des Bürgermeisters, der nicht vor ihm auf der Hut war. Meist wirkte Visblat vernünftig, doch während der letzten paar Monate war sein Verhalten immer extremer geworden, als stünde er kurz vor dem Durchdrehen.

»Jeder nimmt sich eine Kopie«, sagte er streng und hielt einem Polizisten in der vorderen Reihe seinen Papierstapel hin. »Das ist der Flüchtige, den wir suchen.« Es war ein Phantombild eines dunkelhaarigen Mannes Anfang dreißig mit ebenmäßigen Zügen und blauen Augen – ein exaktes Porträt Wilson Dowlings.

Commander Visblat schritt weiter auf und ab, während die Blätter verteilt wurden.

»Jeder nimmt sich eine Kopie«, wiederholte er. »Prägen Sie sich das Gesicht ein, meine Damen und Herren.« Im Vorbeigehen fasste er jeden einzelnen Polizisten ins Auge, und sein durchdringender Blick sicherte ihm die volle Aufmerksamkeit. »Wir haben eine eindeutige Beschreibung des Mannes. Also seien wir uns im Klaren über die Situation. Unter uns – wenn einer von Ihnen mich noch mal enttäuscht, ist er ein für alle Mal aus der Ermittlungsgruppe draußen. Haben Sie mich verstanden?« Er wartete einen Moment, um seine Worte wirken zu lassen. »Und für die, die ihn schnappen, gibt es Auszeichnungen, die Sie sich nicht einmal erträumen.«

Er schaute über die Köpfe und verschränkte die schwitzenden Hände auf dem Rücken. »Ich werde Ihnen jetzt alles über die bemerkenswerte Abfolge der Ereignisse von heute Morgen berichten. Der Flüchtige hat um 6.57 Uhr auf dem Dach eine

Bombe gezündet. Der Kollege, der dieses Gebäude bewachen sollte, saß gerade auf dem Klo.« Es waren sieben Gebäude im Post-Oak-Viertel, die er rund um die Uhr hatte bewachen lassen.

»Ist das nicht grandios? Der Mann – sein Name soll ungenannt bleiben – ging kacken und las dabei die Zeitung. Grandios! Währenddessen begibt sich der Flüchtige in den vierundzwanzigsten Stock und schlägt grausam zu. Er bringt beinahe einen Sicherheitsmann um, dann steigt er lässig in den Fahrstuhl zum ersten Stock und läuft die Treppe zum Erdgeschoss runter, wo er durch den Vordereingang nach draußen marschiert.«

Visblat hob die Hände wie ein Prediger.

»Dann verschwindet er! Können Sie sich vorstellen, was ich davon halte? Vierzehnhundert Einsatzleute über die Innenstadt verteilt, und wir sind blind.«

Ein paar Augenblicke war es still.

»Aber ich habe auch eine gute Nachricht«, sagte er sarkastisch. »Zehn Stunden nach der Tat haben wir das endlich ermittelt. Was für ein sagenhaftes Team von Idioten Sie sind!« Er tat sein Bestes, um sich zu beruhigen, ehe er fortfuhr: »Einer unserer Männer, Officer Tolle, hat kurz nach halb acht zu Fuß die Verfolgung des Flüchtigen aufgenommen. Ja, heute Morgen! Er hatte keine Verstärkung und hat niemandem gesagt, was er tut. Er hielt sich für einen Helden.«

Visblat schnalzte mit der Zunge. »Meine Damen und Herren, Officer Tolle wurde bei einem Autounfall um 7.36 Uhr getötet. Er versuchte die I-610 zu überqueren, zu Fuß, um den Flüchtigen zu verfolgen, und kam bei einem Auffahrunfall um, an dem mehr als zehn Fahrzeuge beteiligt waren. Es scheint, dass der Flüchtige ebenfalls verletzt wurde.«

Visblat wischte sich den Speichel aus den Mundwinkeln.

»Wir nehmen an, dass er ins Krankenhaus gebracht wurde. Das Problem ist nur – wir wissen nicht, in welches. Das ist eine Komödie der Irrungen, *aber sie ist nicht zum Lachen*! Wegen eines Verwaltungsfehlers – jemand hat Formulare durcheinandergebracht, wurde mir gesagt – wurde er von einem Krankenhaus ins nächste gefahren, weil keine Personenangaben über ihn existierten. Bisher haben wir drei Notaufnahmen durchgekämmt, ohne ihn zu finden. Bis wir ihn aufspüren, habe ich Befehl erteilt, sämtliche Informationen über den Auffahrunfall vertraulich zu behandeln. Niemand lässt hier irgendetwas durchsickern. Ich will nicht die Presse auf den Fersen haben. Ist das klar?«

Detective John Olsen stand hinten im Raum. Das ist genau der Unfall, überlegte er, nach dem Lawrence Capriarty gefragt hat. Jetzt ist klar, warum im Computer nichts darüber zu finden war.

Commander Visblat schritt in dem Besprechungsraum auf und ab wie ein gefangener Tiger. Seine Haare waren zerzaust, seine Bewegungen ungestüm. Und seine seltsamen Augen … Olsen schauderte, wenn er nur an sie dachte. Er beschloss, Lawrences Anruf für sich zu behalten. Der konnte sowieso nichts mit der Verfolgung zu tun haben. Und für ihn wäre zweifellos mehr zu gewinnen, wenn er Lawrence Capriarty schützte, als wenn er ihn hineinzöge.

»Wie kann ich Ihnen klarmachen, dass dieser Wahnsinnige gefasst werden muss? Es ist mir egal, was Sie dafür tun müssen«, sagte Visblat eindringlich. »Ich will, dass Sie ihn schnappen! Lebend! Haben Sie verstanden?«

Corporal Jeremy Bishop, der in der dritten Reihe stand, kratzte sich an der Nase. Visblat entging diese winzige Bewegung nicht. Sie war genau das, was er brauchte: ein Grund zu zeigen, wie ernst es ihm war. Er drängte sich zwischen den Kollegen durch und baute sich drohend vor dem Mann auf. »So, es gibt also Wichtigeres, als mir zuzuhören, wie?«

Bishop stand stramm, den Blick auf einen Punkt an der Wand gerichtet. »Nein, Commander«, antwortete er.

»Werden Sie alles tun, was ich verlange?«

»Ja, Commander«, sagte er hastig.

Visblat trat noch näher und setzte seinen starren Blick ein. Bishop sah ihm in die Augen und fing unwillkürlich zu zittern an.

»Reden Sie«, verlangte Visblat. »Was meinen Sie, warum der Flüchtige entkommen ist? Sagen Sie, was Sie denken.«

»Sir ... ich«, stammelte Bishop, »ich möchte das lieber nicht sagen.«

»Ich will wissen, was Sie denken.« Die begleitende Geste schloss alle Anwesenden ein. »Wir alle wollen es wissen.«

Der Corporal hatte Mühe, die Worte herauszubringen. Schweißperlen erschienen auf Stirn und Oberlippe. Schließlich antwortete er: »Sir, wir haben da gewartet. In der Innenstadt, meine ich, seit Jahren. Ich glaube nicht, dass wir vorbereitet waren ...«

»Warum nicht?«, fragte Visblat.

»Ich glaube, keiner von uns hat damit gerechnet, dass er auf diese Weise auftaucht. Die Situation hat uns überrascht. Keiner konnte verstehen, warum wir da oben auf den Dächern stehen sollten. Was seine Motive waren ...«

Visblat nahm dem Corporal den Revolver ab, trat einen Schritt zurück und zielte damit auf Bishops Stirn.

»Sie vertrauen mir nicht, stimmt's?«, fragte er.

Alle schauten entsetzt zu.

An der Rückwand des Raumes stellte sich Detective Olsen auf die Seite für den Fall, dass die Waffe losging. Sein Herz raste. Er hatte gehört, dass Visblats Verhalten in den vergangenen sechs Monaten immer unberechenbarer geworden war. Man redete hinter vorgehaltener Hand darüber.

Sollte ich etwas unternehmen?, überlegte er. *Kann ich etwas sagen, um die Situation zu beenden?* Olsen schluckte. Seine Kehle war so trocken, als wäre sie voll Sand.

Visblat spannte den Hahn. Das Klicken klang überlaut in der Stille. »Ich brauche Leute, auf die ich mich verlassen kann!«, brüllte er. Er blickte am Lauf des Revolvers entlang auf den Polizisten. »Was haben Sie zu Ihrer Verteidigung zu sagen?«

Bishop war blass geworden. Schweiß lief ihm übers Gesicht. Er war gelähmt vor Angst. Er brachte nicht mal den Willen auf, um sein Leben zu bitten.

Visblat hob die Waffe und schoss über Bishops Kopf hinweg in die Decke. Der Knall war ohrenbetäubend. Hinten im Raum fielen Putzstücke zu Boden.

Der Geruch von Kordit zog durch die Luft.

»Was haben Sie jetzt zu Ihrer Verteidigung zu sagen?«, fragte Visblat.

»Ich vertraue Ihnen, Commander«, sagte Bishop apathisch.

»Das ist die richtige Antwort.« Visblat schob die Waffe zurück ins Holster, klemmte sie fest und gab ihr einen väterlichen Klaps. »Wo war ich?« Er ging zurück zu dem umgekippten Schreibtisch. »Richtig – der Flüchtige darf nicht verletzt werden. Man darf ihm unter keinen Umständen seine Sonnenbrille abnehmen. Das ist ein Befehl. Sie darf nicht abgenommen werden. Ein strenger Befehl!«

Niemand verstand diese Forderung, und niemand war so mutig, nach dem Grund zu fragen. Sie diente nur als weiterer Beweis für Visblats bedenklichen Geisteszustand.

Die Tür ging auf. Ein uniformierter Beamter eilte zu Visblat und flüsterte ihm etwas ins Ohr. Alle waren noch immer entsetzt über das, was soeben geschehen war.

»Das ist eine gute Nachricht«, flüsterte Visblat zurück. »Sagen Sie CIP, dass alles geheim bleiben muss. Los!« Der Polizist stürmte aus dem Raum.

Visblat wandte sich den Versammelten zu. Sein Tonfall wurde noch eindringlicher.

»Wir haben die Krankenhäuser weiter eingegrenzt. Bleiben Sie alle in Bereitschaft. Wir sind nahe dran.« Er nahm ein Blatt mit dem Phantombild und hielt es hoch. »Um es noch einmal deutlich zu sagen.« Er zeigte auf das Bild. »Ich will den Mann lebend! Gehen Sie kein Risiko ein. Er ist schwer verletzt, trotzdem müssen Sie sich ihm mit Vorsicht nähern.« Visblat ließ den Blick ein letztes Mal über die Gesichter schweifen. »Gehen Sie auf Ihre Posten.«

Eine kleine Pause entstand, weil niemand der Erste sein wollte, der sich bewegte, doch eine heftige Geste des Commanders genügte, um Leben in die Versammlung zu bringen.

Während der Raum sich leerte, sah Visblat auf das Blatt Papier. »Bald wird der ganze Alptraum vorbei sein«, murmelte er vor sich hin. »Ich bin es leid, Mr. Dowling. Sie haben mich zu lange warten lassen.«

10.

Houston, Texas
Harris-Bezirkskrankenhaus, 2. Etage
16. November 2012
Ortszeit: 1.01 Uhr
Unternehmen Jesaja – zweiter Tag

Siebzehn Stunden nach seinem Unfall wickelte Wilson sich den Verband von den Augen. Nach und nach kam die dunkle Umgebung in sein Blickfeld. Er lag auf dem Rücken in einem Krankenhausbett mit einer Infusion im Arm. Es roch stark nach Desinfektionsmittel. Er hatte einen Verband um den Oberkörper; seine Beine steckten in schweren Plastikschienen. Was er von seiner Kleidung sehen konnte, war blutverkrustet und zerrissen.

Das Krankenhauszimmer war dunkel; nur durch ein kleines Fenster in der geschlossenen Tür fiel ein wenig Licht. Durch dieses Fenster konnte er ab und zu die Schatten von Leuten sehen, die draußen auf dem Gang vorbeiliefen. Zum Glück hatte er keine Schmerzen, doch er wusste, dass er von der Wirkung des Nachtigall-Programms ein wenig betäubt war. Er spürte nur das konstante Brennen, das dieser Befehl immer nach sich zog. Als er sich an der Taille in die Haut kniff, sah er zumindest, dass sein Speck aufgezehrt war. Das Heilungsprogramm hatte seine Reserven aufgebraucht. Und wenn es sich noch länger fortsetzte, würde er nicht mehr die Kraft zum Gehen haben, geschweige denn zur Flucht.

Er durchsuchte seine Taschen und stellte fest, dass die Sonnenbrille fehlte.

»Beende Nachtigall«, flüsterte er.

Das Brennen ließ langsam nach, und Wilson wappnete sich für das Kommende. Er rechnete mit etwas Unerträglichem, doch die Wirkung schien nur gering zu sein – ein ziehender Schmerz im unteren Rücken und in den Beinen, ein bisschen Muskelkater, wahrscheinlich durch die Bildung von Milchsäure. Die Frage war: Hatte er dem Heilungsprozess genug Zeit gelassen?

Er rückte bis an die Bettkante. Auf seiner Haut spannten die verschorften Stellen, als er die Beine zögerlich zum Boden balancierte. Nachdem er sich die Kanüle aus dem Arm gezogen hatte, setzte er sich versuchsweise auf und machte sich daran, die Oberschenkelschienen abzuschnallen. Er setzte die nackten Füße auf den Boden, prüfte, ob sie ihn trugen, und stellte sich hin.

Wilson war zutiefst erschöpft. Und obwohl er keine starken Schmerzen verspürte, erkannte er an den blutigen Verbänden, dass er ernsthafte Verletzungen hatte. Der Moment des Aufpralls, als der Wagen ihn erwischt hatte, schoss ihm durch den Kopf, und er zuckte zusammen.

Er hatte verdammtes Glück gehabt.

Am rechten Handgelenk befand sich einer roter Draht mit einer Haftelektrode; er führte zum Herzmonitor auf dem Nachttisch. Ein kleines Licht zeigte einen Puls von hundert Schlägen pro Minute an. Während Wilson darauf achtete, dass die Elektrode sich nicht löste – möglicherweise wurde dadurch ein Alarm ausgelöst –, humpelte er zur Tür und spähte durch das Sichtfenster. Gegenüber vom Gang saßen zwei Frauen hinter einem hohen Pult. Wilson konnte nur die Haare sehen und ihre Stimmen hören. Er sank auf ein Knie, mehr aus Schwäche denn aus Vorsicht, und zog die Tür einen Spalt weit auf, als am Stationsempfang das Telefon klingelte.

»Schwesternzimmer«, meldete sich eine der Frauen. Es folgte eine lange Pause. »Ich werde nachsehen«, sagte sie. Wilson hörte sie tippen. »Ja, Patient 456 liegt gegenüber auf dem Gang. Warum fragen Sie?« Wilson blickte auf das Formular am Bettende. Da stand: *Patient 456*.

»Ja!«, sagte die Frau überrascht. »Zimmer 22a. Er liegt auf dem Gang gegenüber, im ersten Stock des B-Flügels.«

Jemand fragte nach ihm, begriff Wilson. Er sah sich in seinem Zimmer um und versuchte hastig, sich einen Fluchtplan auszudenken – einen Weg, wie er lebend nach draußen gelangen könnte.

Die Frauenstimme redete weiter. »Ich rufe seine Werte auf.« Wieder folgte eine Pause. »Ich verstehe. Ja, er ist am Leben. Kommen Sie nur so schnell Sie können.«

Wieder schaute Wilson sich hastig um. Da standen ein einzelnes Bett, ein Nachttisch, ein Herzmonitor und ein Stuhl. Die Deckenfliesen waren zu hoch, als dass er sie erreichen könnte, selbst wenn er den Stuhl aufs Bett stellte und hinaufstiege. Er hätte sowieso nicht die Kraft. Wilson überlegte, sich einen Kissenbezug überzuziehen und sich aus dem Staub zu machen. Doch je mehr er darüber nachdachte, desto dümmer kam es ihm vor. Sein Blick fiel auf die Steckdosen an der Wand und auf die tropfende Infusionsnadel.

Ihm kam eine Idee.

Wilson humpelte zum Nachttisch und schob ihn zur Seite. Die Hälfte der Steckdosen war mit blauen Verkleidungen gekennzeichnet, die anderen mit roten – zwei unabhängige Stromnetze. Er griff nach dem Injektionsschlauch, führte die Kanüle in eine blaue Steckdose und drückte auf den Beutel mit der Salzlösung, sodass die Lösung in die Steckdose lief; dann verfuhr er mit einer roten Steckdose genauso. Er schloss die Augen, einen Finger an jedem Schalter, und schaltete beide ein.

Ein greller Blitz schlug aus der Wand und versengte ihm die Arme. Japsend sprang er zurück. Auf dem Gang erlosch das Licht. Alles war stockdunkel.

»Aktiviere Opossum«, befahl er.

Das Blut floss zu den lichtempfindlichen Zellen im Augenhintergrund, zur Macula lutea, und verstärkte sich zum maximalen Druck. Seine Iris dehnte sich voll aus, als die natürlichen Reserven von Vitamin A den Sehnerv anregten. Sein nächtliches Sehvermögen wurde verstärkt, und das Zimmer wurde in Grauabstufungen sichtbar.

Zeit war entscheidend. Als Wilson durch das Sichtfenster auf den Gang spähte, sah er die beiden Schwestern, wie sie sich ängstlich aneinander festhielten. Leise zog er die Tür auf und humpelte hinaus.

»Hast du das gehört?«, fragte eine, die offenbar ein gutes Gehör hatte.

»Er kann nicht laufen. Er ist zu schwer verletzt«, flüsterte die andere.

Wilson schlich mit ein paar Metern Abstand auf die Treppe zu. Alles kam ihm wie ein bizarrer Traum vor. Durch die Zeit hierher gereist zu sein war schon absurd, die blutigen Verbände um seine Brust waren geradezu lächerlich. Seine zerrissene Kleidung – und dass er jetzt im Dunkeln sehen konnte – war so verrückt wie ein albernes Kinderspiel. Trotzdem gab er sich verzweifelt Mühe, die Situation nüchtern zu betrachten. *Konzentrieren,* ermahnte er sich immer wieder. *Konzentrieren.*

Humpelnd gelangte er zur Treppe und griff ans Geländer. In dem Moment schnauzte eine Männerstimme von unten: »Bewegung! Bewegung!« Es folgten der Klang schneller Schritte und Geschrei.

Wilson spähte über das Geländer. Unter ihm tanzten die Strahlen von Taschenlampen durch den Hausflur.

»In den ersten Stock!«, brüllte jemand. »Im Laufschritt!«

Es war eine Gruppe Soldaten, die sich näherte. Jeder trug ein Gewehr und eine helle Stablampe, deren Strahlen wie Laser durch die Dunkelheit schnitten. Wilson wich vom Geländer zurück und auf einen angrenzenden Flur, wo er sich erschöpft in eine kleine Nische neben einen Wasserspender drückte. Er konnte nicht rennen, selbst wenn er gewollt hätte. Die Lichtkegel kamen näher. Er musste sich die Augen zuhalten, um sie vor der Helligkeit zu schützen.

Eine schrille Stimme schrie: »Hierher!«, und die Lampen schwenkten in die andere Richtung. »Beeilen Sie sich«, rief die Schwester und zeigte über den Flur. »Er ist da drin.«

Der Polizeisergeant sammelte seine Leute im Halbkreis um die Tür von Nummer 22a. »Denken Sie daran: Er darf nicht verletzt werden. Nicht schießen!« Alle Lampen richteten sich auf die Tür mit Ausnahme von einer, die ständig in das Gesicht der Krankenschwester leuchtete, die ihnen den Weg zeigte. Der Sergeant wollte sich vergewissern. »Ist er allein da drin?«

»Ja.«

Der Sergeant hielt drei Finger in die Höhe. »Auf mein Zeichen. Drei … zwei … eins!«

Krachend flog die Tür nach innen.

Wilson tat alles weh, als er die letzte Treppe zum Erdgeschoss hinunterschlich. Je länger er auf den Beinen war, desto schlechter ging es ihm. Die Glastür, die vor ihm lag, trug eine Aufschrift in roten Buchstaben: *Achtung! Diese Tür ist alarmgesichert. Nur im Notfall benutzen.*

»Das ist eindeutig ein Notfall«, flüsterte er.

In dem Moment, als er die Tür aufstieß, schrillte der Alarm. Ein nervtötender Lärm, der jedoch verstummte, als die Tür hinter ihm zuschlug. Draußen in der nächtlichen Kälte verwandelte sein Atem sich in weißen Dunst, während er sich einen faustgroßen Stein in den Blumenbeeten suchte. Plötzlich sah er flackernde Lichtflecke in den Krankenhausfenstern; dann war das Haus wieder voll erleuchtet. Die Helligkeit schmerzte in seinen lichtempfindlichen Augen, und ihm blieb nichts anderes übrig, als seinen Omega-Befehl zu widerrufen.

Schwer atmend humpelte Wilson auf den Parkplatz, wo mindestens achtzig Wagen standen. Er sammelte seine letzten Kräfte und schlug bei dem Wagen, der ihm als Erster ins Auge fiel, mit dem Stein die Scheibe auf der Beifahrerseite ein. Das Glas zersplitterte und fiel auf den Sitz. In der Ferne hörte er Polizeisirenen heulen, als er das Handschuhfach durchwühlte. Zu seiner großen Erleichterung fand er das Gesuchte: eine dunkle Sonnenbrille. Die Brieftasche, die er ebenfalls an sich nahm, war ein Bonus.

Wilson zog sich aus dem Wagen zurück, drückte die Tür zu und legte sich auf den Boden. In dieser Deckung wickelte er sich hektisch die Verbände ab. Erstaunlicherweise kamen keine Verletzungen zum Vorschein. Überhaupt keine. Der einzige Rückstand war angetrocknetes Blut auf der Haut.

Am anderen Ende des Parkplatzes näherten sich leuchtende Taschenlampen. Wilson blickte suchend um sich. Sie kamen von überall! Alles war so schnell gegangen – Wilson hatte noch keinen Moment Zeit gehabt, sich zu fragen, warum er verfolgt wurde. Er knüllte das Verbandszeug zusammen und warf es von sich, so weit er konnte. Er wollte rennen, doch die Lichter schienen jeden Fluchtweg anzuschneiden.

Ein Polizist des Sondereinsatzkommandos schlich zwischen den parkenden Wagen hindurch. Er trug eine schwarze Uniform – Kevlar-Weste, Cargohosen, Mütze und Handschuhe. Am Lauf seines Sturmgewehrs war eine leistungsstarke Lampe befestigt. Plötzlich knirschten Scherben unter seinen Stiefeln.

Er drückte das Mikro an seinem Headset. »Hier Alpha Drei«, sagte er leise. »Ich habe etwas gefunden.«

Innerhalb von Sekunden war ein Dutzend Männer bei ihm, teils Spezialkräfte, teils örtliche Polizisten. Alpha Drei zeigte mit dem Gewehrlauf auf die eingeschlagene Scheibe. »Da ist Blut auf dem Sitz«, sagte er.

Captain Ronald Hall, Leiter der Sondereinsatzkräfte, drängte sich zum Wagen und spähte hinein. Mit zackiger Handbewegung befahl er seinen Leuten, weiterzumachen. Sie gehorchten, ohne zu fragen, und verschwanden in der Dunkelheit. Bei einem vollen Personaleinsatz wie diesem führte er das Kommando. Es war seine Aufgabe, den Flüchtigen zu fassen.

»Die anderen zurück zum Krankenhaus!«, rief er.

Überall war Polizei.

Halls Headset knisterte. »Hier Alpha Fünf. Ich habe etwas gefunden.«

Scheinwerfer richteten sich keine zehn Meter weiter auf einen Kollegen. Er zeigte mit dem Gewehr auf den Boden. »Verbandszeug«, sagte er, zog sich einen Handschuh aus und drückte den Handrücken an die Verbände. »Ist noch warm.«

Der Flüchtige konnte nicht weit sein.

Ein Polizist, der aus der Nähe zusah, lehnte sich lässig gegen den Kofferraum eines rostigen weißen Fords. Unter seinem Gewicht schnappte das Schloss ein.

Der Mechanismus schloss sich direkt über dem Kopf des erschrockenen Wilson. Er hatte keine Zeit mehr gehabt, den Deckel zu schließen. War er entdeckt? Er verhielt sich vollkommen still in dem engen Raum und wagte kein Geräusch zu machen.

»Konzentrieren Sie die Suche Richtung Alpha Fünf«, sagte Captain Hall in sein Headset. Als er den Sprechknopf losließ, drehte er sich zornig zu dem Polizisten um. »Ich sagte, zurück zum Krankenhaus! Das ist ein Befehl!« Er konnte die Polizei des Harris County nicht leiden – sie waren arrogant und verweichlicht und kamen einem dauernd in die Quere.

Der Angesprochene deutete nervös auf den Kofferraum des Ford und blickte fragend auf das Schloss. »Ich glaube, das sollten Sie …«

Captain Hall packte den Mann am Hemd, um jedes Missverständnis auszuschließen. »Ich sagte, zurück zum Krankenhaus! Ich weiß, was ich tue!« Er stieß ihn in die entsprechende Richtung. »Das ist ein Befehl!« Er war nicht in der Stimmung, sich auf der Nase herumtanzen zu lassen.

Wie befohlen lief der Polizist zu dem Gebäudekomplex.

Wilson wagte nicht, sich zu rühren, als dünne Lichtstrahlen durch die rostigen Löcher des Autoblechs schienen. Die Sekunden tickten. Aus irgendeinem Grund hatten sie ihn noch nicht entdeckt. Der Kofferraum war beladen mit kleinen Pappschachteln. Leise hielt er eine in einen der Lichtstrahlen. Die Aufschrift lautete: *Pharmazeutisches Morphium, fünfzig Ampullen.*

Draußen huschten die Einsatzkräfte über den Parkplatz zur Rückseite des Krankenhauskomplexes. Sie bewegten sich schnell und verstohlen, fanden aber nichts. *Der Flüchtige muss schwer verletzt sein,* dachte Hall. *Wie kann er sich dann so schnell fortbewegen?*

»Wir müssen die Wagen durchsuchen«, schlug Lieutenant Goodman vor. »Er muss hier noch irgendwo sein.«

Hall sah auf die Uhr; dann nickte er. »Aber schnell. Uns läuft die Zeit davon.«

Kurz darauf standen Polizisten paarweise mit gezogener Waffe an jeder strategischen Ecke des Hauptgebäudes. Durch die Doppeltüren wurde eine Schar von Krankenhausangestellten in die kalte Nacht geschickt.

»Warum schleppen Sie uns nach draußen?«, fragte einer.

»Wer soll sich um die Patienten kümmern?«, wollte ein anderer wissen.

Es waren Ärzte, Schwestern, Pfleger und Verwaltungspersonal – alle, die im Notaufnahmeflügel Dienst taten.

Lieutenant Goodman sprach die Versammelten an. »Meine Damen und Herren, wir müssen den Parkplatz absuchen. Sie werden sich vor Ihren Wagen stellen, und wir werden ihn durchsuchen. Das dient Ihrer eigenen Sicherheit.«

Die Tür des Krankenhauses schwang auf, und ein dünner schwarzer Mann mit einer Baseballkappe der Houston Astros wurde nach draußen gezwungen. George T. Washington hatte schulterlange Rastalocken und goldene Ohrringe. Er trug ein lila T-Shirt, eine graue Pflegerjacke, blaue Jeans und Sneaker. Sein hervorstechendstes Merkmal war der fehlende Schneidezahn.

George hatte noch nie so viel Polizei auf einmal gesehen und folgerte rasch, dass es eine Falle sein musste. Das lag sicherlich auch daran, dass er genug gestohlenes Morphium im Kofferraum hatte, um halb Houston zu betäuben. Zweiunddreißig Schachteln, um genau zu sein. Er hatte sie vorgestern mitgehen lassen.

»Ich hab doch gesagt, ich hab keine Karre!«, beteuerte er nervös. »Kapiert? Keinen Wagen! Wer hat hier das Sagen? Ich will wissen, wer hier der Boss ist!« Doch trotz seiner Mätzchen wurde er zu den anderen geschoben.

»Ich kann Autos nicht ausstehen!«, schimpfte er weiter. »Sie verschmutzen die Umwelt und machen haufenweise anderen Mist. Sie durchlöchern die Ozonschicht, Mann.« Grimassen schneidend, schlenderte er mit den anderen mit. »Ja, Mann! Umweltverschmutzung! Wisst ihr, zwei Dinge kann ich wirklich nicht ausstehen: Bullen, die Minderheiten unterdrücken, und Karren, die zu viel Benzin saufen! Beides Produkte der kapitalistischen Heuchelei.« Jethro Nixon, ebenfalls Pfleger, packte George beim Arm.

»Was machst du denn?«, fragte er leise.

Georges wachsamer Blick kletterte an dem dreihundert Pfund schweren Schwarzen hoch. Jethro war ein Riese und gebaut wie ein Wrestler. Dann richtete George seine Aufmerksamkeit auf die versammelten Leute – alle wussten, wer er war.

»Dein Wagen steht da drüben«, sagte Jethro mit fragender Miene. Er zeigte auf den rostigen weißen 79er Ford Impala mit den abgefahrenen Reifen.

»Jethro«, flüsterte George. »Du bist der Sieger beim Fett-und-dämlich-Wettbewerb, jawohl.« Ihm blieb nichts anderes übrig, als seine Spuren zu verwischen. »Ich hab kein Auto«, verkündete George. »Ich hab einen Ford Impala! Wenn ein Bulle mich fragt, ob ich einen Wagen habe, sage ich: Nee, Mann, ich fahr 'nen Ford Impala, kapiert?« Wenn es darum ging, Blödsinn zu reden, war George T. Washington einsame Spitze. Darum behauptete er auch, das T in seinem Namen stünde für »Truthful«, der Wahrheitsliebende.

Lieutenant Goodman stand stramm, die Hände auf dem Rücken. Hinter ihm huschten Scheinwerfer über den dunklen Nachthimmel. »Wir suchen einen flüchtigen Mörder«, gab er bekannt. »Vor fünfzehn Minuten war er noch in Ihrem Krankenhaus.«

»Phantastisch«, murmelte George. »Ein flüchtiger Mörder, einfach phantastisch.«

»Wir haben Grund zu der Annahme, dass er in diese Richtung geflohen ist.« Der Lieutenant zeigte auf den Parkplatz. »Sie alle gehen jetzt zu Ihren Wagen. Die Fahrzeuge werden durchsucht und anschließend auf die andere Seite des Gebäudes gefahren. Wir müssen den Platz so schnell wie möglich räumen.«

Die Angestellten verteilten sich langsam. Nur George blieb still stehen und hoffte, dass keiner ihn bemerkte.

»Er steht hier drüben!«, rief eine vertraute Stimme. Jethro zeigte auf Georges rostigen Ford, mitten in dem Durcheinander.

George hätte seinem Kollegen am liebsten einen Schlag auf seinen dummen schwarzen Schädel verpasst.

Ein Polizist kam zurückgelaufen. »Wo steht Ihr Wagen, Sir?«

George kratzte sich am Kinn. »Ich weiß nicht mehr.« Er sah in die andere Richtung. »Ich glaube, da drüben bei der Notaufnahme.«

Der Polizist zeigte auf den weißen Ford. »Ist er das?«

George machte ein verblüfftes Gesicht. »Mann, da ist er ja!«, sagte er zärtlich. »Ich verlaufe mich hier manchmal. Ich bin neu hier in Harris County.« Auch eine Lüge. In dem Moment beschloss George, Jethro umzubringen, sobald er aus dem Knast raus war – denn wenn es so weiterging, würde er genau dort landen.

Der Ausblick war besorgniserregend. Sein Wagen wurde von Polizisten umstanden. Das sah entschieden nach einer Falle aus. George zog nervös eine Zigarette hinter dem Ohr hervor. »Ich sollte mir einen Job in ’ner Imbissbude besorgen«, murmelte er zu sich selbst, »Slush-Drinks und so ’n Zeug verkaufen. Wäre zumindest was Anständiges. Entlaufene Mörder verpassen diesem Krankenhaus einen schlechten Ruf.«

Einer nach dem anderen wurden die Wagen durchsucht und weggefahren.

Überall war Polizei.

George zog nervös an seiner Zigarette. »Ich hätt’s lassen sollen«, sagte er zu sich. »Wäre besser gewesen.« Jethro, der dämliche Idiot, hatte ihm geholfen, das gestohlene Morphium in den Kofferraum zu laden.

»Schließen Sie auf«, verlangte ein Staatspolizist und stieß George mit der Stablampe an. »Wird’s bald!«

George suchte zögerlich in seinen Taschen. »Moment, Moment, ich hab den Schlüssel gleich, Mann.« Er drehte sich einmal im Kreis und tat verwirrt. Der Polizist wurde wütend und riss ihm die Zigarette aus dem Mund.

»Warum haben Sie das getan?«, jammerte George.

»Öffnen Sie den Wagen, Sir!«

»Verdammtes Gesocks«, murmelte George.

»Was haben Sie gesagt?«

»Ich sagte: verdammtes Schloss.«

Ehe der Polizist an Rache denken konnte, brachte George einen Schlüsselbund zum Vorschein, gut dreißig Schlüssel, die mit einer alten Schnur zusammengebunden waren.

»Aha … welcher ist es?«, fragte der Polizist.

»Ich sag Ihnen, da ist nichts drin.« Da ihm nichts anderes übrig blieb, zeigte George auf einen abgenutzten Autoschlüssel.

Nachdem der Polizist sich mit dem Schloss abgemüht hatte, zog er die Fahrertür auf und leuchtete das Wageninnere ab. In dem Moment kam Captain Hall vorbei.

»Sehen Sie auch in den Kofferraum, wer weiß …«, befahl er.
»Da ist nichts drin«, fiel George ihm ins Wort.
»Maul halten!«, schnauzte der Captain.
Der Staatspolizist beugte sich in den Wagen, klappte das Handschuhfach auf und drückte mehrmals den Knopf für den Kofferraum, doch nichts passierte. Er richtete sich wieder auf. »Welcher Schlüssel gehört zum Kofferraum?«, fragte er.
George war verwirrt.
Der Mann hielt ihm den Schlüsselbund hin. »Welcher?«
»Das Schloss ist schon seit Jahren kaputt«, erklärte George glücklich. »Es wurde mal aufgebrochen. Hier, sehen Sie.« Er rannte zum Kofferraum und zeigte auf das aufgebohrte Schloss.
Captain Hall inspizierte es. »Ich will, dass der Kofferraum durchsucht wird!«, brüllte er und schlug mit der Faust auf das Blech. »Öffnen Sie ihn!«
»Der Wagen ist ein Sammlerstück!«, sagte George verzweifelt. »Bitte, tun Sie das nicht …« Doch Lieutenant Goodman schob ihn zur Seite und setzte unter dem Kofferraumdeckel eine Brechstange an.
Über ihnen verstärkte sich ein schwaches Grollen zum Dröhnen eines Polizeihubschraubers, der in dreißig Meter Höhe über dem Krankenhaus schwebte. Sekunden später leuchtete ein Scheinwerferkegel herab. Captain Hall drehte sich gegen den Abwind und überdachte seine Lage: Der Flüchtige war ihm durch die Finger geschlüpft, und jetzt kam Commander Visblat. Die Lage hatte sich dramatisch verschlechtert.
Lieutenant Goodman ließ die Brechstange sinken und trat zu seinem Captain. Sie waren beide im Besprechungsraum gewesen und hatten mit angesehen, wie Visblat mit Bishop umgegangen war. Daher waren sie entsprechend argwöhnisch.
»Was soll ich tun?«, fragte Goodman.
Der Hubschrauber setzte soeben zur Landung an.
Hall legte die Hände um den Mund. »Bringen Sie die rest-

lichen Wagen schnellstmöglich von hier weg. Sichern Sie den Platz. Ich erstatte dem Commander Bericht.« Er winkte Goodman weg.

Als der Hubschrauber aufsetzte, wirbelten Staub und Unrat empor, und George hielt seine Baseballkappe fest. Hinten in der Kabine konnte er einen großen, rothaarigen Mann zu ihm hinunterspähen sehen. Er war einer der imponierendsten Männer, die ihm je untergekommen waren.

Lieutenant Goodman stieß George zu seinem Ford. »Bewegung«, befahl er.

»Wer ist das?«, fragte George argwöhnisch.

»Commander Visblat«, war die Antwort, und sie klang sehr nach einer Drohung.

Sobald der Hubschrauber gelandet war, öffnete der große Mann die Plexiglastür und stieg aus. Da er sofort auf Blickkontakt ging, durchlief George eisige Furcht. Dasselbe Gefühl hatte er oben in einem Hochhaus, wenn er aus dem Fenster sah – er litt unter Höhenangst. Er fummelte den Wagenschlüssel ins Schloss und drehte ihn. Der Motor sprang rasselnd an. Es war Zeit, die Mücke zu machen.

Eine Abgaswolke drang in den Kofferraum, und Wilson tat sein Bestes, nicht zu husten. Er spähte durch eines der Rostlöcher in der Seite und sah eine bekannte Gestalt: einen großen Mann mit roten Haaren. Ein Irrtum war ausgeschlossen. Den Mann hatte er bereits am Tag seiner Ankunft gesehen.

»Das ist ja ein irrer Typ«, sagte George zu sich. »Die Bullen werden immer hässlicher.« Der Wagen beschleunigte, und George bemerkte, dass sein Packen Scheine verschwunden war.

Jemand hatte ihm sein Geld geklaut!

Er warf entrüstet den Kopf zurück.

Er hatte zweihundert Dollar gebunkert.

»Was ist nur aus der Welt geworden«, murmelte er, »wenn

Bullen einen armen, glücklosen schwarzen Mann beklauen! Das ist kriminell. Ich glaube, ich nehme mir den Rest der Nacht frei.« Er zündete sich eine Zigarette an, während MC Hammer mit voller Lautstärke aus den Stereoboxen dröhnte: »Can't touch this, der der der der …«

George sang mit: »Can't touch this …« und rollte dazu die Schultern. »Can't touch this!«

Es hätte schlimmer kommen können, befand er. Wenigstens war er diesmal nicht festgenommen worden, und sein erbeutetes Morphium war erst mal sicher. Und Jethro Nixon, na ja – es war Zeit, sich einen Partner mit mehr Grips, aber nicht zu viel Grips zu besorgen. Seiner Erfahrung nach waren schlaue Partner auch entsprechend gefährlich.

11.

Houston, Texas
Richey Road, Bordersville
26. November 2012
Ortszeit: 2.35 Uhr
Unternehmen Jesaja – zweiter Tag

Mit quietschenden Bremsen bog der Ford Impala nach links ab. George nahm die Kurve viel schneller, als er wollte, weil das Pedal schon halb durchgetreten war, als die Bremse reagierte. Die Beläge mussten erneuert werden, und wie alles, was in seinem Leben getan werden musste, hatte er es seit Monaten aufgeschoben.

Der Richtungswechsel riss Wilson aus seiner Kohlenmonoxidbenommenheit. Als er versuchte, sich aufzusetzen, stieß er sich heftig den Kopf und hätte sich beinahe selber ausgeknockt.

Bei dem Knall befand George, dass sein geschätzter Ford auch hinten neue Stoßdämpfer brauchte. Als er in seine Auffahrt einbog, tollten zwei ausgewachsene Dobermänner im Licht der Scheinwerfer, als wären sie noch Welpen. George lächelte. »Wie geht's denn meinen Babys? Habt ihr Daddy vermisst?« Er freute sich, die Hunde zu sehen. Während der Wagen noch rollte, drehte er die Zündung ab, und der Motor brummte noch ein paar Takte, ehe er verstummte.

»Stealth Fighter eins setzt zur Landung an«, sagte er, während der Wagen die Auffahrt hinunterrollte und genau vor seinem Heim zum Stehen kam.

George drückte die Fahrertür auf. Die zwei Hunde drängten ungestüm den Kopf herein, um ihrem Herrn die Hand und das Gesicht zu lecken, was sie mit standhafter Begeisterung taten.

In Babysprache, die nur seinen geliebten Tieren vorbehalten war, erzählte er ihnen von den Ereignissen des Abends.

»Daddy hat heute ein paar komische Wichser erlebt. Jo, Mann, ganz komische Wichser.« Visblats Gesicht stand ihm vor Augen. »Er war hübschhässlich. Ihr hättet ihn nicht gemocht. Ganz bestimmt nicht. Nein.« Als George aus dem Wagen stieg, sprangen die Dobermänner, ein Männchen und ein Weibchen, stürmisch an ihm hoch. Sie waren groß, schlank und kräftig, hatten schmale Gesichter und spitze Ohren. Sie waren schwarz, bis auf einen braunen Fleck an der Brust und eine braune Zeichnung an den Wangen.

George blickte zitternd auf die lindgrüne Tür seines Wohnwagens. »Wo ist Mama?«, flüsterte er. »Wir wollen sie nicht aufwecken, egal was wir tun ...«

Die Hunde knurrten; sie hörten etwas im Kofferraum.

George schimpfte leise mit ihnen. »Pssst! Wollt ihr mich in Schwierigkeiten bringen?« Die Tiere beharrten auf ihrer Entdeckung, und er hob ein wenig die Stimme. »Still, alle beide!« Auf den strengen Ton setzten sie sich gehorsam auf die Hinterläufe und machten keinen Mucks.

»Leise!«, verlangte George erneut. »Keinen Laut.« Es war ungewöhnlich, dass die Hunde so reagierten, doch nichts wollte er so dringend vermeiden, wie seine Frau Thelma zu wecken.

»Vielleicht schläft die Schlampe weiter«, flüsterte er, als er auf Zehenspitzen zur Vordertür ging.

Plötzlich hallte von drinnen eine Stimme.

»Warum zum Teufel bist du nicht auf der Arbeit?«

George erstarrte vor Schreck. Er wusste, das Spiel war aus. »Sie ist wach!« Seine erste Regung war, sich davonzustehlen, doch die Außenbeleuchtung flammte auf, und die Tür wurde aufgestoßen, ehe er sich entschieden hatte. Eine vollschlanke schwarze Frau erschien, die Hände in die Hüften gestemmt.

»Ich habe gefragt, warum du nicht auf der Arbeit bist.«

George setzte sein lieblichstes Lächeln auf. »Süße, Liebling, du wirst nicht glauben, was passiert ist.« Er erzählte ihr die ganze Geschichte, aber Thelma glaubte ihm kein Wort. Thelma Washington hatte eine Theorie: Wenn es irgendwo Ärger gab, tappte George T. hinein. Wenn es irgendwo Arbeit gab, brach George T. sich den Arm, um ihr zu entgehen. Wenn es irgendwo Geld gab, egal welche Summe, würde George T. versuchen, es zu stehlen. Bei George T. gab es keine Wahrheit, nur Lügen. In ihren Augen war er ein fauler, diebischer, arroganter, chauvinistischer Drecksack.

Sie führten eine interessante Beziehung.

George konnte bei Thelma nicht gewinnen, und er versuchte es auch nicht allzu sehr. Er wusste, wie es lief. Und nach einem hitzigen Wortwechsel verlief der Streit wie immer im Sande. Der unbehagliche Waffenstillstand im Hause Washington trat wieder in Kraft, und die Außenbeleuchtung wurde ausgeschaltet.

Die beiden Dobermänner liefen zum Kofferraum des Wagens. Einer beschnüffelte die Ecken. Doch obwohl sie beunruhigt waren, wagten sie nicht anzuschlagen. Das Männchen sprang aufs Wagendach. Seine Krallen kratzten über den rostigen Lack, als er sich um die eigene Achse drehte. Dann ließ es sich nieder und legte den Kopf zwischen die Pfoten. Das Weibchen setzte sich wachsam hin, beobachtete und lauschte.

In seinem Versteck eingeschlossen, hörte Wilson die Bewegungen, war aber zu erschöpft, sich darum zu kümmern. In seinem Kopf pochte es, und er ertastete eine große Beule an der Stirn, wo er sich gestoßen hatte. Er rückte seinen müden Körper zwischen den Pappschachteln zurecht, bis er bequem lag, und fiel in einen tiefen Schlaf.

12.

Houston, Texas
Richey Road, Bordersville
26. November 2012
Ortszeit: 11.36 Uhr
Unternehmen Jesaja – zweiter Tag

Die Sonne stand hoch am Himmel, bevor das erste Blau erschien. Es wurde doch noch ein schöner Tag. Ein leichter Wind wehte von Westen und strich über das lange dünne Gras neben der Auffahrt. Ein silbernes Flugzeug flog donnernd vorbei und zog einen Dampfschweif hinter sich her.

Der weiße Ford Impala stand auf der Lichtung direkt vor Georges Vordertür. Das Grundstück war ein Saustall, überwuchert von Stauden und voller Müll. Zerbrochene Stühle, Autoteile und das Gehäuse eines Fernsehers lagen zusammen mit anderem Abfall im Hof herum. Ein alter Toilettensitz hing am Ast eines Baumes – George hoffte, eines Tages Verwendung dafür zu finden.

Das Zuhause der Washingtons war ein großes grünes Mobilheim, das auf einem Betonsockel stand. Daneben gab es einen Wellblechschuppen, der sich gefährlich zur Seite neigte. Was ihn vor dem Umkippen bewahrte, war der Betonwassertank, an den er sich lehnte.

George kam selten vor elf Uhr aus dem Bett, und dieser Tag brachte keine Ausnahme. Seine Frau ging wochentags früh zur Arbeit – sie hatte eine Stelle in einer Konservenfabrik –, was bedeutete, dass er den Tag für sich allein hatte, und das war ihm gerade recht. Er trug noch dieselben Sachen wie in der Nacht, als er an der Fliegengittertür erschien, und steckte sich sofort eine

Zigarette an. Die Hunde sprangen auf und rannten aufgeregt jaulend zu ihm.

George war verdutzt, als sie ihn eifrig an der Kleidung zupften, um ihn irgendwohin zu ziehen. Er war noch schläfrig. »Seid ihr verrückt geworden?«

Die Tiere fingen an, am Kofferraum zu kratzen, um ihren Herrn auf den blinden Passagier aufmerksam zu machen.

»Da ist nur 'ne Ladung Morphium«, sagte George verschlafen.

Unerwartet drang eine gedämpfte Stimme aus dem Innern. »Äh, hallo …«

Vor lauter Schreck fiel George die Zigarette aus seinem Mund.

»Würden Sie mich rauslassen?«, bat Wilson. »Bitte, lassen Sie mich raus.« Er hatte stundenlang überlegt, was er sagen sollte und wie er es sagen sollte.

»Ich werd nicht mehr«, war Georges Antwort. Er war nicht der Typ, der eine Zigarette verglimmen ließ, und bückte sich, um sie sich wieder zwischen die Lippen zu stecken.

Im Kofferraum faltete Wilson flehend die Hände. »Bitte, lassen Sie mich raus«, sagte er wieder. Die Luft war verbraucht, und er hatte Kopfschmerzen, die wahrscheinlich vom Stoß gegen die Haube und von der starken Austrocknung kamen. »Bitte …«, stöhnte er.

George spähte unter den Wagen, um sich zu vergewissern, dass es dort kein Entkommen gab. »Sie sind der Serienmörder, den alle suchen, hab ich recht?«

»Ich versichere Ihnen, ich bin kein Serienmörder«, widersprach Wilson.

George rieb sich das unrasierte Kinn. »Was tun Sie dann in meinem Kofferraum?« Es blieb still. »Sie antworten mir nicht – was machen Sie in meinem Wagen?«

»Lassen sie mich raus, dann erzähle ich es Ihnen«, sagte Wilson und versuchte, sich zu sammeln. »Ich versprech's.«

George klopfte mit den Knöcheln auf das Blech. »Was tun Sie da drin?«, fragte er nachdrücklicher.

Die Antwort überraschte ihn. »Sind Sie Drogenhändler?«

George zog gemächlich an der Zigarette und zählte zwei und zwei zusammen. »Oh, Sie meinen das Morphium. Das ist eine kleine Nebenbeschäftigung. Völlig legal. Nur um über die Runden zu kommen, verstehen Sie.«

»Also *sind* Sie Drogenhändler.«

George umkreiste sein Auto und analysierte die Lage. »Bin ich nicht, Junge. Und übrigens ist es nicht anständig, dass Sie jetzt den Spieß rumdrehen.«

Die gedämpfte Stimme fuhr fort: »Da Sie kein Drogenhändler sind und ich kein Serienmörder, können Sie mich doch rauslassen. Dann besprechen wir alles.«

»Da müssen Sie sich etwas Besseres einfallen lassen«, erwiderte George lachend.

»Ich gebe zu, dass die Polizei hinter mir her ist«, sagte Wilson. »Aber ich versichere Ihnen, dass ich kein Serienmörder bin.«

»Das reicht mir nicht! Wissen Sie, was ich denke? Ich denke, ich fahre Sie zur nächsten Polizeiwache und gebe Sie da ab. Vielleicht ist eine hübsche Belohnung für mich drin.« Georges Phantasie ging mit ihm durch: Er sah sich als bejubelten Helden, der eine fette Belohnung kassierte – Tausende Dollar. Der Bürgermeister überreichte ihm die Schlüssel der Stadt und so weiter.

Wilsons Stimme unterbrach die Träumerei. »Das wollen Sie nicht.«

George lächelte. »Aber sicher.«

»Nein, bestimmt nicht.«

»Und warum nicht?«

Wilson war schnell mit der Antwort. »Weil ich denen von Ihrem kleinen Morphiumproblem erzählen werde.«

Georges Träume verpufften. »Die wollen Sie viel dringender als mich«, hielt er ihm entgegen. »Das waren ziemlich viele Cops, die Sie letzte Nacht gesucht haben – wie Küchenschaben bei 'ner Grillparty. Haben das ganze Krankenhaus auf den Kopf gestellt.«

»Aber ich bin kein Serienmörder. Und wenn denen einfällt, dass sie Sie als nette Dreingabe schnappen wollen?«

George schob sich die Rastalocken aus dem Gesicht. »Wie wär's, wenn ich Sie einfach noch ein paar Tage da drinnen lasse? Bis Sie verhungert sind? Dann kann ich Sie vor der Polizei abladen und einen Zettel dranmachen. Mann, ich könnte dahinten auch ein Loch graben und mir das Benzin sparen. Da fällt mir ein, ich könnte mir auch zwei Wochen lang das Hundefutter sparen, wenn ich Ihre Leiche richtig aufbewahre.«

»Sind Sie sicher, dass Sie mich hier drin behalten wollen?«, fragte Wilson. »In zwei, drei Tagen kann ich viel Schaden anrichten.« Er rappelte mit einer der Schachteln, sodass die Morphiumampullen klirrten. »Die sehen sehr verlockend aus.«

Ein Jet donnerte über das Grundstück hinweg, und George wartete, bis der Lärm verklungen war. »Wie wär's, wenn ich Ihnen ein paar Löcher mache? Das kostet mich höchstens zwei, drei Ampullen, die dabei kaputtgehen. Und dann hole ich ein paar Lappen, um das Blut wegzuwischen.«

Wilson antwortete: »Ja, das können Sie vermutlich. Aber Sie sollten mich nicht erschießen – Sie sollten mir danken.«

»Ihnen danken? Wofür?«

»Meinetwegen sitzen Sie jetzt nicht im Gefängnis. Ich war es, der den Schließmechanismus abgekoppelt hat. Sie hätten jetzt mächtig Ärger am Hals, wäre ich nicht gewesen. Außerdem wollen Sie nicht diesen feinen Wagen ruinieren, indem Sie einen Haufen Löcher reinschießen, oder? Sie haben selbst gesagt: Der Wagen ist ein Sammlerstück.« Wilsons Imitation war perfekt.

George lachte, als ihm die Bemerkung einfiel. »Ich hab drauflosgequatscht, um meine Haut zu retten! Ich würde meine

Großmutter verkaufen, wenn ich glauben würde, dass es mir Schwierigkeiten erspart.«

»Dank mir stecken Sie nicht in Schwierigkeiten.«

»Ich kann auch ohne Ihre Hilfe den dämlichen Bullen ausweichen!«

»Ich finde, Sie schulden mir einen Gefallen.«

George trat seine Kippe aus. »Ich schulde Ihnen gar nichts. Sie sind nicht der Grund, warum ich davongekommen bin.« Wieder sah er Visblat vor sich. »Es war ein irre aussehendes Monster, das mit einem Polizeihubschrauber angeflogen kam.« Er verzog das Gesicht. »Ich meine, ich bin auch nicht gerade ein Künstlermodell, aber – wow! Dieser Kerl war hässlich wie die Nacht. Potthässlich.«

»Der große Kerl mit den roten Haaren?«, fragte Wilson neugierig.

»Ja, Commander sowieso.« George zündete sich eine neue Zigarette an. »Sie kennen ihn?«

»Wenn ich Ihnen die Wahrheit erzähle, lassen Sie mich dann raus?«

»Wenn ich Ihnen glaube, warum dieses Monster hinter Ihnen her ist, haben Sie vielleicht 'ne Chance.«

Wilson war klar, dass er eine ausgefeilte Geschichte präsentieren musste, um freizukommen. »Der rothaarige Kerl … er jagt mich wegen einer Frau.« Wilson stockte und beschloss, die Geschichte auszudehnen. »Ich sollte Ihnen das eigentlich nicht verraten«, sagte er verschämt.

Georges Neugier war geweckt. »Kommen Sie, verraten Sie's mir.«

»Ich habe schon zu viel gesagt.«

»Ach, kommen Sie!«

»Sagen wir einfach, ich habe ein paar sehr hässliche Dinge getan.«

George rückte näher an den Kofferraum. »Welche? Erzählen Sie!«

Nach einer wohlbemessenen Pause, antwortete Wilson: »Ich habe mit seiner Frau geschlafen. Deshalb ist er jetzt hinter mir her.«

»Sie wollen mich verarschen.«

»Es ist wahr.«

Georges Phantasie bevölkerte sich mit umständlichen Sexszenen. »War es gut?«

»Oh ja!«

»Was ist passiert?«

Wer A sagt, muss auch B sagen, dachte Wilson. »Wir haben es auf dem Küchentisch getrieben, als der Herr des Hauses uns erwischte. Ich war gerade mittendrin, mit Schlagsahne und allem, das volle Programm. Seitdem bin ich auf der Flucht.«

»Wie beschissen dieser Kerl aussieht!«, sagte George enthusiastisch. Er war froh, das endlich bei jemandem loswerden zu können. »Sie haben wirklich Mumm in den Knochen, Mann! Oder sollte ich sagen, *Mumm im Schwanz*? Ha! Mehr Mumm als ich! Ich würde mich nicht in die Nähe der Alten von diesem Monster trauen.« Er stellte sich Visblat wütend vor, sehr wütend. »Sie müssen verrückt sein!«

»Lassen Sie mich hier raus«, stöhnte Wilson. »Habe ich nicht schon genug durchgemacht?«

Die Bitte traf auf ungerührtes Schweigen.

Wilson spähte durch die Rostlöcher an der Seite. Es schien, dass sein Gesprächspartner verschwunden war. Plötzlich hallte ein metallischer Laut durch den Kofferraum, und Wilson war so geistesgegenwärtig, sich noch rechtzeitig die Sonnenbrille aufzusetzen. Der Kofferraumdeckel schwang auf, und frische Luft und Sonne strömten herein. Es gab einen Augenblick der Angst, als er auf dem Rücken liegend die Umrisse eines Mannes mit Rastalocken über sich sah.

»Ich bin froh, dass Sie kein Schwarzer sind!« George grinste, als er Wilson auf die Beine zog. »Sie sehen total beschissen aus, Junge. Sind Sie verletzt?«

»Ich habe nur ein paar anstrengende Tage hinter mir.«

»Das können Sie laut sagen«, murmelte George, der seinen Gast musterte. In Wilsons Haaren klebte angetrocknetes Blut. Seine Kleidung war zerrissen. Er hatte keine Schuhe mehr.

»Weiber vögeln und dann um sein Leben rennen. Mann, Sie sind bescheuert!«

Wilson schwankte, und George stützte ihn. »Ein schwarzer Mann weiß immer, wie er sich Ärger vom Leib hält. Besonders wenn es um Weiber geht. Wie auch immer, ich bin George T. Washington – kein Verwandter des Präsidenten, nur falls Sie sich wundern. Willkommen in meinem Heim – *Vista del George.«* Er streckte zur Begrüßung die Hand hin.

Wilson schüttelte sie kraftlos. »Nett, Sie kennen zu lernen. Ich bin Wilson, der Idiot, der sich in Ihrem Kofferraum eingeschlossen hat.« Sein Blick wanderte zu den beiden Dobermännern, die im Gras lauerten. Sie wirkten überhaupt nicht freundlich.

George lächelte zu den Hunden hinüber. »Halten Sie sich von denen fern, wenn Sie schlau sind. Aber das sind Sie anscheinend nicht.« Er lachte. »Die beiden mögen Fremde nicht besonders, schon gar keine Weißen.«

Als Wilson sich zu den Tieren herumdrehte, spannten sie sich an und zeigten knurrend die scharfen weißen Zähne. »Keine Sorge, ich werde nicht in ihre Nähe kommen.«

»Hoffen wir, dass *sie* nicht in *Ihre* Nähe kommen.« George klopfte Wilsons Kleidung ab. »Mann, sieht aus, als wären Sie durch die Hölle gegangen. Woher stammt der ganze Dreck an Ihnen?«

Wilson sah an sich hinunter. Überall hatte er getrocknetes Blut an sich. An Brust und Beinen trug er noch Verbände. Wie sollte er diesen absonderlichen Aufzug erklären?

Mit trockenem Mund gelangte er schließlich zu einer Antwort. »Sie wollte, dass ich so tat, als wäre ich verletzt.« Etwas Besseres fiel ihm auf die Schnelle nicht ein. Ihm war klar, dass es dämlich klang, aber es war so dämlich, dass es schon wieder glaubwürdig war.

»Sie spielt gerne Krankenschwester«, fuhr er fort. »Wollte mich retten, wissen Sie.« Er zwinkerte George zu.

»Sie hat Ihnen Verbände angelegt?« George warf die Arme hoch. »Das ist ja eine kranke Tussi, mit der Sie da rumgemacht haben!« Er grinste wieder und beschwor angestrengt ein Bild herauf. »Ich dachte, mir wäre nichts mehr fremd, aber dass die Alte Sie mit Dreck und Blut beschmiert und dann die Retterin spielt …« Er schob die Zungenspitze durch die Zahnlücke und leckte sich über die Oberlippe. »Die muss pervers sein. Ich wette, die ist hässlich, oder?«

»Eigentlich sieht sie toll aus«, sagte Wilson. Wenn er schon eine Frau erfand, mit der er ein schäbiges Verhältnis hatte, sollte sie wenigstens schön sein. Er ahnte nicht, dass seine leichtfertige Bemerkung über ihr tolles Aussehen Georges Leben ein für alle Mal verändern würde.

»Keine Frau ist es wert, dass man sich Blut auf die Hose schütten lässt!«, wandte er ein. »Warum sollte man sich in so eine Lage bringen?« George roch an seiner Hand und verzog das Gesicht. »Nehmen Sie's mir nicht übel, Mann, aber Sie *stinken!*«

Wilson zog sich sein Hemd unter die Nase – der Geruch war schrecklich.

George streckte abwehrend die Hände von sich. »Puh, Mann! Das riecht schlimmer als meine Füße! Die Hunde werden Sie fressen, die stehen auf Gammelfleisch. O Gott! Kommen Sie mit.«

Wilson folgte dem schmächtigen Mann hinter das Mobilheim.

George dachte laut. »Diese Frau muss 'ne kranke Schlampe sein. Ihr Mann ist … na ja …« Er wurde langsamer. »Es ist schwer zu beschreiben, aber der Kerl sieht seltsam aus.« George wusste, dass er Angst vor ihm hatte, wollte es aber nicht zugeben. »Na, egal. Sie sind jedenfalls mutiger als ich.«

Wilson wurde zu einem separaten Betonbau geführt. Die kleine Duschkabine sah aus, als wäre sie lange Zeit nicht benutzt worden. Der Weg war mit hohen Gräsern zugewachsen, und George musste ein paar Spinnennetze vor dem Eingang wegfegen, ehe er die Tür auftrat.

»Ich würde Ihnen ja die Dusche im Haus überlassen, aber dazu stinken Sie mir zu sehr. Ich kann keinen Ärger mit Thelma gebrauchen. Davon hab ich schon genug.« George zeigte auf die Dusche hinter der Tür. »Hier gibt's kein heißes Wasser, aber es geht auch ohne.«

»Ich bin Ihnen wirklich dankbar für Ihre Hilfe«, sagte Wilson.

»Sie sind nicht von hier, stimmt's? Sie haben so 'n komischen Akzent.«

Wilson stutzte; dann antwortete er: »Ich stamme aus Australien.« Fast hätte er gesagt »aus Pacifica«, aber bis zu diesem Namen waren es noch fünfzig Jahre.

Ein Lächeln stahl sich auf Georges Lippen. »Tag, Kumpel!«, sagte er, wobei er den Akzent nachahmte.

»Tag«, antwortete Wilson.

»He, Pfundskerl! Leg noch eine Garnele auf den Grill.«

Wilson blickte George ratlos an.

»Paul Hogan ... *Crocodile Dundee!*«

»Ach ja, natürlich«, sagte Wilson. Er wusste, dass Paul Hogan ein australischer Schauspieler gewesen war, ein Komiker, aber er kannte keinen seiner Filme. »Ich mag ihn auch. Er ist großartig.«

George lächelte breit und entblößte seine Zahnlücke. »Ja, saukomisch!« Dann schilderte er begeistert eine Szene. »Als dieser Kerl versucht, ihm sein Geld zu stehlen, in New York, und Crocodile Dundee sein langes Messer zieht und sagt: Das ist kein Messer – *das* ist ein Messer! Das war geil!« Er lachte.

Obwohl Wilson so erschöpft war, musste er schmunzeln.

»Sind alle Australier so lustig?«

»Jo, Mann, alle«, antwortete Wilson trocken.

Plötzlich kam George ein ernster Gedanke. Mit gerunzelter Stirn sagte er: »Wie sind Sie überhaupt in meinen Kofferraum gekommen?«

»Der Deckel war offen.«

»Was für ein Deckel?«

»Der Kofferraumdeckel.«

»Moment mal!«, sagte George anklagend. »Haben Sie mein Geld aus dem Handschuhfach genommen?«

Wilson streckte die Arme aus, um seine Unschuld zu beteuern. »Nein. Ich schwöre! Der Kofferraumdeckel war nicht ganz zu, und ich bin reingeklettert zu den Morphiumschachteln. Das ist alles.«

George musterte Wilsons Gesicht – jeder Dieb rühmt sich, seinesgleichen zu erkennen. Es entstand eine längere Pause. »Diese verdammten Bullen! Man kann ihnen einfach nicht trauen, oder?«

George schlug Wilson auf den Rücken.

»Der Kofferraum springt manchmal auf, wenn ich zu schnell fahre. Wenn ich auf Mario Andretti mache, bricht die Karre auseinander!« Er lachte; dann drehte er sich um. »Ich hole Ihnen ein Handtuch und was zum Anziehen. Seife sollte auf der Ablage sein.« Die lag immer da für den Fall, dass George mal Glück hatte und sich die Spuren abbrausen musste. Als er ins Haus ging, roch er noch mal an seinen Händen. »Puh, das ist heftig! Bespritzt einen mit Blut. Ich kann's nicht glauben! Die Weiber sind krank heutzutage.«

Das Grundstück war von einem Stacheldrahtzaun umschlossen. An manchen Stellen war er heruntergedrückt und leicht zu übersteigen. Dahinter war offene Wiese ohne Bäume oder andere Deckung. Wilson zog in Erwägung, abzuhauen, aber er fühlte sich schwach, und die Dobermänner waren gefährlich nahe. Eine Dusche war jedenfalls die richtige Priorität. Wilson konnte an nichts anderes denken, als am Brausekopf zu trinken und nicht mehr aufzuhören. Er wollte Wasser, so viel wie möglich. Ihm taten sämtliche Gelenke weh, als er sich vorsichtig auszog, die Verbände abnahm und auf einen Haufen warf.

Er blickte auf seine schmutzverkrustete Haut. Sein Körperfett war verschwunden. Ohne die Sonnenbrille abzunehmen – Wilson wollte kein Risiko eingehen – wartete er, dass das Wasser durch die Leitung kam. Als der Strahl ihn traf, raubte ihm die Kälte den Atem. Er schluckte, bis er das Gefühl hatte, sein Magen würde platzen.

Ein steter Strom bräunlichen Wassers wirbelte in den Abfluss, als Wilson sich abschrubbte, bis nur noch hellrosa Narben an den Unfall erinnerten. Zum zweiten Mal dachte er, welches Glück er gehabt hatte, dass er noch am Leben war. Aus den Augenwinkeln sah er eine Bewegung und zuckte zusammen, dann aber wurde ihm klar, dass nur ein Handtuch und frische Sachen über die Duschwand geschwungen wurden. George Washington war ein echter Glücksfall.

Wilson atmete tief durch und versuchte zu entspannen. Der Seifenduft kam ihm bekannt vor, und unerwartete Erinnerungen stiegen in ihm auf. An seine Kindheit in Sydney. Die langen heißen Tage ... endlose Tage. Damals steckte er ständig in Schwierigkeiten. Er lächelte. Das Leben war einfach gewesen.

Als er so heftig zitterte, dass er sich kaum aufrecht halten konnte, drehte er das Wasser zu, nahm die Sonnenbrille ab und drückte sich das weiche, weiße Handtuch vors Gesicht.

Plötzlich begann der Raum sich zu drehen. Wilson brach zusammen.

Als das Schwindelgefühl nachgelassen hatte, machte er die Augen auf. Dicht bei ihm, Nase an Nase, hockte einer der Dobermänner, das Weibchen.

Das Tier hatte die Ohren angelegt – es würde jeden Moment angreifen!

Wilson war nackt, kauerte auf allen vieren, dem Hund zugewandt. Seine Sonnenbrille lag neben ihm. Er blickte dem Hund in die Augen und versuchte, sich nicht zu rühren. Unerklärlicherweise leckte der Dobermann ihm übers Gesicht. Wilsons Herz hämmerte, als er sich neben ihn sinken ließ.

»Du blöder Köter hast mich zu Tode erschreckt.« Der Hund sah ihn bloß an. Schließlich streichelte Wilson ihn. Dafür wurde ihm erneut das Gesicht geleckt. Offenbar hatte er einen neuen Freund. Die ganze Situation war verrückt. Die Reaktion entsprach überhaupt nicht der eines Wachhunds, im Gegenteil.

Während ihn der große Hund zufrieden beobachtete, inspizierte Wilson den Inhalt der gestohlenen Brieftasche. Sie enthielt drei Dollarnoten, einen Führerschein und eine grüne American-Express-Karte. Wilson las den Namen im Führerschein: Jack Bolten. Das Bild hatte keine Ähnlichkeit mit ihm – ein Glatzkopf Mitte fünfzig. Er schob den Plastikausweis in einen Wandspalt dicht über dem Boden, besah sich die Kreditkarte und drehte sie zwischen den Fingern, um die verschnörkelte Unterschrift zu betrachten.

Dann faltete er die Dollarscheine auseinander und war verblüfft: George Washington, Präsident George Washington, prangte auf der Vorderseite. Ein Zufall? Wilson drehte den Schein um, und sein Herz setzte einen Schlag aus. Auf der Rückseite waren zwei Abbildungen, eine Pyramide und ein Adler, beides Symbole des Großen Siegels der Vereinigten Staaten. Wilson war sich der Ironie durchaus bewusst. Die Pyramide: das Bauwerk, das bei seiner Aufgabe hier eine zentrale Rolle spielen sollte. Und der Adler: die Standarte der römischen Legion in Judäa während des ersten jüdischen Aufstands.

Bartons Worte gingen ihm durch den Kopf: *Der Zufall ist nur der Wegweiser des Schicksals. Gib acht, Wilson. Er wird dich führen.*

»Welche Größe hat Ihr langer weißer Fuß?«, rief George.

Wilson rückte die Sonnenbrille zurecht und trat vollständig bekleidet aus der Dusche, das Handtuch um die Schultern geschlungen. Auf dem orangefarbenen T-Shirt, das er anhatte, stand in leuchtenden Buchstaben »Love Machine«. Die blaue Trainingshose war ihm viel zu klein. Er kam sich schrecklich albern vor, aber was konnte er daran ändern? Wenigstens waren die Sachen sauber.

Ein Linienjet dröhnte direkt über sie hinweg, als sie zum Haus gingen. Wilson konnte nicht glauben, wie tief die Maschine flog. Als es wieder still war, beantwortete er Georges Frage. »Größe elf, glaube ich.«

George öffnete einen von vier Schuhkartons, die er draußen auf den Tisch gestellt hatte. »Wir sind keine Meile vom Flughafen entfernt«, erklärte er. »Je nach Windrichtung fliegen die direkt über unseren Kopf hinweg. Keiner will hier wohnen.« Während er weiterredete, verschwand er kurz in den Schuppen. »So gefällt es mir ... schön einsam.«

Einer der Hunde schmiegte sich an Wilsons Bein; er sah, dass es das Weibchen war. Es wedelte mit dem Schwanz.

George rief erschrocken: »Weg von den Hunden! Das sind Bestien!«

Wilson streichelte dem Tier vertrauensvoll den Kopf. »Ist schon okay.«

George starrte seinen Hund an. »Da hab ich dir aber ganz was anderes beigebracht. Du bist nett zu Weißen?« Er richtete seinen verblüfften Blick auf Wilson. »Was haben Sie mit ihr gemacht?«

»Ich hab gar nichts gemacht!«

George warf ihm ein Paar weiße Joggingschuhe vor die Füße. »Reden Sie keinen Quatsch! Kann nicht anders sein!«

»Der Hund ist bloß freundlich.«

»*Freundlich*? Meine Hunde sind Killer!«

Wilson zuckte die Achseln.

»Haben Sie ihr was zu fressen gegeben?«

»Nein.«

»Was dann?«

»Sie hat mir das Gesicht geleckt.«

George packte den Dobermann am Halsband und zog ihn weg. »Das Gesicht geleckt? Aber sie *hassen* Weiße!« Er sah dem Hund in die Augen. »Du hasst doch Weiße, stimmt's?«

»Wären Sie zufriedener, wenn der Hund mich angegriffen hätte?«

George überlegte einen Moment. »Ja.«

Wilson schaute auf seine brandneuen Joggingschuhe. »Woher haben Sie die?«

George befahl den Hunden, sich vor ihn zu setzen, und gab ihnen einen leichten Schlag an den Kopf. »Aufwachen! Alle beide!« Dann beantwortete er Wilsons Frage. »Von einem toten Kerl. Hab Dutzende davon.«

»Was für ein toter Kerl?«

»Wenn Leute im Krankenhaus sterben und dann in der Leichenhalle liegen – wenn sie neue Sachen anhaben, nehme ich sie mit. Ich finde, sie brauchen die Klamotten dann nicht mehr. Was nützen ein Paar Nikes, wenn keiner damit läuft?«

»Nicht viel.« Wilson zog sich die Schuhe an.

George konnte es einfach nicht begreifen. »Was haben Sie mit den Hunden gemacht?«, fragte er wieder. »Das sind Bestien!«

»Ich sagte doch, ich habe gar nichts gemacht. Sie kam zu mir und leckte mir übers Gesicht.« Wilson stand auf und prüfte seine neuen Schuhe – sie passten perfekt. Er hoffte nur, sie würden ihm mehr Glück bringen als dem Vorbesitzer.

George lachte schallend. »Love Machine! Das ist perfekt!« Wilsons Hose war zu eng, und das T-Shirt ließ ein Stück vom Bauch frei.

»Sie finden das lustig, was?«, sagte Wilson trocken.

»Ja, allerdings«, kicherte George.

Wilson betrachtete sein grinsendes Gesicht mit der Zahnlücke. In einer Welt, in der schwer zu beurteilen war, wem man trauen konnte und wem nicht, war dieser Rastalockenkopf zweifellos eine angenehme Überraschung.

»Ich finde, die Sachen stehen mir richtig gut«, sagte Wilson.

George lachte noch lauter. »Ja, klar!« Er grinste von einem Ohr zum anderen. »Wie wär's mit was zu essen, Aussie?«

Schon bei dem Gedanken lief Wilson das Wasser im Mund zusammen.

»Kommen Sie ins Haus. Thelma ist ein Miststück, aber kochen kann sie.«

George wärmte ein paar Reste auf, und sie unterhielten sich und lachten, während Wilson alles verschlang, was ihm vorgesetzt wurde. Sie redeten über die verschiedensten Dinge, von Politik bis Sport. Wilson versuchte, möglichst viel über Georges Welt zu erfahren – über eine Welt, in der die Schumann-Resonanz zweifellos außer Kontrolle war.

»Erzählen Sie mir über das Leben hier«, bat Wilson. »Wie ist es so?«

»In Houston?«

»Kann man hier gut leben?«

»Es ist ein Höllenloch! Haben Sie das noch nicht gemerkt?«

»Erzählen Sie es mir. Ich bin neugierig.«

George zündete sich eine Zigarette an. »Es ist ganz anders als da, wo Sie herkommen – mit glücklichen Kängurus und so. In Houston gibt's überall Verbrechen. Man kann niemandem trauen. Wenn man einem den Rücken zudreht und nicht aufpasst, wird man kaltgemacht.«

»Warum bleiben Sie dann hier?«

»Mann, ich kenne mich mit Australien nicht aus, aber hier in Amerika ist das so. Jeder hasst jeden. Die Reichen werden reicher, die Armen ärmer. Die Schwarzen hassen die Weißen. Die Hispanos hassen die Schwarzen. Die Hinterwäldler hassen die Hispanos. Die Muslime hassen die Christen. Ich verliere den Überblick ...« Er stockte und zählte mit den Fingern. »Lassen Sie mich überlegen. Die Armen hassen die Reichen. Die Reichen hassen die Armen. Hatte ich das schon gesagt? Jedenfalls hasst jeder irgendwen. Ich werde Ihnen ein kleines Geheimnis anvertrauen.« George beugte sich vor. »Man hat nur eine Chance, sich aus dem Konkurrenzkampf rauszuhalten. Man muss einfallsreicher sein als die anderen … hinterlistiger. Nur damit verhindert man, in dieser stinkenden Stadt unterzugehen.«

»Hat es auch was Gutes, hier zu leben?«

George überlegte einen Moment. »Die Zigaretten. Aber sie bringen mich um. Wissen Sie was? Die Tage rasen so schnell vorbei, als würden sie ineinander übergehen, und das ist gut. Ich hab nicht die Zeit, mir ständig wegen nichts Gedanken zu machen.«

Wilson sah die Ironie der Lage – das war genau das, was er hier ändern sollte. »Die Zeit vergeht schneller, wenn man älter wird, nicht wahr?«, fragte er.

Georges Augen leuchteten auf. »Das sage ich die ganze Zeit! Es bringt nichts, sich über das Morgen Gedanken zu machen, weil es schneller da ist, als man meint. Und dann muss man schon wieder an den nächsten Tag denken.« George zog die Brauen hoch, als wäre es der tiefsinnigste Spruch seit langem.

Wilson lächelte. »Tja, ich bin froh, dass Sie da sind, George Washington. Sie haben mir wirklich geholfen.«

George zog genüsslich an seiner Zigarette. »Ich weiß. Sie werden es kaum glauben, aber ich hab nicht viele weiße Freunde, wo ich doch so charmant bin.«

»Ist das wahr?«

George wirkte nachdenklich. »Ja.«

»Nun, George Washington, es sieht so aus, als hätten Sie jetzt einen mehr.«

George warf die Rastalocken zurück und bedachte Wilson mit einem kühlen Blick. »Werden Sie nicht eingebildet, Love Machine. Ich hab nie gesagt, dass wir Freunde sind.«

13.

Houston, Texas
Memorial Towers, 14. Etage
26. November 2012
Ortszeit: 13.26 Uhr
Unternehmen Jesaja – zweiter Tag

Jetzt war es offiziell, schloss Helena, ihre Medizin war vollkommen nutzlos. In der vergangenen Nacht hatte sie zwei Beruhigungspillen genommen, weil Julia darauf bestanden hatte, doch die Pillen hatten die Visionen nicht verhindert und ihr stattdessen zusätzlich eine Migräne beschert. Sie war wütend. Zwei Monate ging das schon so. *Zwei Monate!*

Helena schritt vor der Glaswand auf und ab und drückte sich ein schnurloses Telefon ans Ohr. Sie wartete seit mehr als zwanzig Minuten und wurde von einem Dezernat ins nächste verbunden. Schließlich bekam sie Detective Olsen an den Apparat. Er war mehr als entgegenkommend.

Ihre Stimme war wie Sirup. »Vielen Dank, Detective, ich weiß das wirklich zu schätzen. Wie gesagt, es war nur ein kleiner Unfall, und ich brauche die Einzelheiten für meine Versicherung, wenn es möglich wäre.« Sie hatte den ganzen Vorfall erfunden, um an die Informationen zu gelangen, die sie haben wollte.

»Wirklich, es macht mir nichts aus zu warten.« Helena wechselte aufs andere Ohr. »Komm schon«, murmelte sie. Bei einem Blick auf die Uhr sah sie, dass Dr. Bennetswood jeden Moment erscheinen würde.

Die Bilder waren lückenhaft, doch sie erinnerte sich an einen alten weißen Ford. Aus irgendeinem Grund gehörte das Nummernschild – DRO-735 – zu den wenigen Details, die Helena sich ins Gedächtnis rufen konnte. Die Medizin erschwerte die Erinnerung, und sie fürchtete, dass sie Fakten verdrehte, wenn sie sie erzwingen wollte. Doch da sie sich ein bisschen mit Autos auskannte, vermutete sie, dass es ein Ford Impala gewesen war, wahrscheinlich ein spätes 70er Modell.

Nach ihren Visionen der vergangenen Nacht hatte der Mann, den sie immer sah, den Unfall irgendwie überlebt. Das war die einzige Erklärung. Er war am Leben, wenn auch schwer verletzt – und sie war noch mit ihm verbunden.

Die Minuten verstrichen.

Helena biss sich auf die Lippen und hörte sich die Musik in der Leitung an. Die monotone Melodie machte das Warten noch nervtötender. Dann kam er wieder an den Apparat.

»Ja, ich bin noch dran«, sagte Helena. »Ich habe einen Stift.« Sie wiederholte die Angaben. »Zugelassen auf einen George Washington, 23 Richey Road, Bordersville.« Die Autonummer entsprach genau der, die sie gesehen hatte.

»Sind Sie sicher, dass das stimmt?«, fragte sie, als fiele es ihr doch noch schwer, ihm zu glauben. »Vielen, vielen Dank für Ihre Hilfe. Ich werde es meinem Vater sagen, versprochen.« Helena wollte schon auflegen, doch Olsen bot an, noch mehr für sie zu tun. »Nein, Detective, es ist nicht nötig, dass Sie jemanden hinschicken. Ich bin sicher, meine Versicherung wird die Sache erledigen. Wie gesagt, es geht nur um eine Beule in der Stoßstange.«

Olsen wollte einen Streifenwagen nach Bordersville schicken. Offenbar war Mr. Washingtons Fahrzeugschein seit ein paar Jahren abgelaufen, und er hatte Tausende Dollar an Strafzetteln offen.

»Detective«, sagte Helena bestimmt. »Es ist nicht nötig, etwas zu unternehmen, vielen Dank. Das ist keine Sache für die Polizei.«

Er wollte kein Nein akzeptieren.

»Es ist mir egal, was mein Vater möchte!« Sie wurde immer wütender. »Unternehmen Sie nichts. Sie haben genug getan. Vielen Dank!« Ohne auf Wiedersehen zu sagen, legte sie auf. »Zur Hölle mit dem Kerl!« Nach ihrer Erfahrung war die Polizei nie da, wenn man sie brauchte, und jetzt drängte sie sich geradezu auf.

Helena schaute aus dem Fenster über die Stadt. Wenn die Polizei in Bordersville auftauchte, würde das die Sache komplizieren.

Es klingelte an der Tür. Helena fluchte.

Julia bat Dr. Bennetswood herein, der zum Wohnzimmer schlenderte. Er war ein glatzköpfiger Mann Mitte vierzig mit gewölbter Brust und kurzen Beinen. In der Rechten hielt er eine schwarze Arzttasche. Mit seiner goldenen Rolex und dem klotzigen Solitärring von mindestens drei Karat wirkte er auf den ersten Blick abstoßend reich. Sein Anzug und die Krawatte waren olivbraun. Sehr trendy. Kein Anzug für jemanden, der nicht auffallen wollte. »Armani«, gab er stolz bekannt, wenn man ihn fragte.

Dr. Bennetswood war in der feinen Gesellschaft wohl bekannt; man betrachtete ihn als einen Psychiater, der Erfolge erzielte. Er hatte eine treue Kundschaft, und seit kurzem lief sein Geschäft besser denn je. Psychische Erkrankungen nahmen zu, sodass seine Lage sich von gut zu bestens steigerte.

Helena reagierte nicht auf sein Erscheinen. Sie schaute aus dem Fenster und dachte: bleiben oder gehen? Sie musste vorsichtig sein, das war ihr klar. Wie Dr. Bennetswood sie beurteilte, würde darüber entscheiden, ob sie den Weg in die Klinik und zu Conroe antreten musste, oder ob sie die Zeit haben würde, herauszufinden, was wirklich vor sich ging. Der Doktor setzte sich aufs Sofa und schlug die Beine übereinander. Er würde nichts sagen, nur beobachten und warten, dass sie zuerst sprach. Seine Methode war ihr vertraut.

Helena lächelte würdevoll. »Wie geht es Ihnen, Doktor?«

»Guten Tag, Helena. Mir geht es gut. Aber wie geht es Ihnen?« Er deutete an, sie möge ebenfalls Platz nehmen.

Helena beschloss, zu kooperieren. So würde es einfacher sein. Sie gab sich Mühe, überzeugend zu klingen. »Unter den gegebenen Umständen recht gut.«

»Hmm.« Es folgte längeres Schweigen. »Arbeiten Sie mit mir. Sie stellen sich eine Zahl zwischen eins und zehn vor. Können Sie mir sagen, welche Zahl das ist?«

»Zehn«, sagte Helena rasch.

»Warum zehn?«

»Weil ich die Dinge gerne perfekt habe.«

»Aber warum zehn?«

»Warum nicht?«

Wieder folgte ein längeres Schweigen. »Wie fühlen Sie sich?«, fragte er.

»Stärker.«

»Stärker?«

»Ja.«

Er zog eine Augenbraue hoch, als stellte er ihre Fähigkeit in Frage, die Wahrheit zu sagen. »Sie sehen müde aus. Ein bisschen dunkel um die Augen.«

Helena konnte es nicht leiden, wenn ihr die Leute so etwas sagten. Bei solchen Bemerkungen wird man sofort müde, dachte sie – er sollte das wissen! »Ja. Mag sein, dass ich ein bisschen müde bin«, antwortete sie und biss sich auf die Zunge.

Er zückte seinen goldenen Mont Blanc. »Wie schlafen Sie?«

»Nicht so gut.«

»Nehmen Sie Ihre Medizin?«

»Ausnahmslos.«

»Träumen Sie?«

»Ja, Doktor. In der Hinsicht wirkt die Medizin nicht so gut.«

»Tatsächlich?« Er wirkte überrascht und machte sich eine Notiz.

Helena wurde ungeduldig. Sie musste nach Bordersville, und sie bezweifelte, dass sie dieses Gespräch noch eine Stunde lang ertragen würde.

»Wie viele Tabletten und wann?«, fragte der Doktor.

»Gestern Abend habe ich zwei genommen.«

Er verzog das Gesicht. »Das hätte genügen sollen.«

Die Sitzung ging noch gut zwanzig Minuten so weiter, und Helena gab sich alle Mühe, überzeugend zu erscheinen. Doch je mehr er mit ihr sprach und sie ausfragte, desto mehr Angst hatte sie, das Haus zu verlassen.

»Ihr Vater sagt mir, Sie hätten gestern Visionen gehabt, während Sie wach waren.« Dr. Bennetswood drehte seinen Brillantring am Finger. »Warum erzählen Sie mir nicht davon?«

Helena war überzeugt, er würde daraus schließen, dass sie sich die Vorfälle aufgrund ihres früheren Traumas bloß einbildete.

»Möchten Sie nicht darüber sprechen?«

»Tut mir leid, Doktor. Vielleicht können wir uns morgen wieder treffen …?«

»Sagen Sie mir, was Sie empfinden. Das könnte Ihnen helfen.«

Das Letzte, was Helena zugeben wollte, war die übersinnliche Verbindung mit einem Mann, den sie gar nicht kannte – den sie zuerst für tot gehalten hatte und der es offenbar nicht war. Deshalb antwortete sie: »Tut mir leid, Doktor. Ich weiß nicht, was ich Ihnen sagen soll.«

»Versuchen Sie es, Helena. Es könnte nützlich sein.«

»Entschuldigen Sie, Doktor«, seufzte sie. »Ich bin erschöpft. Bitte, können wir einen Termin für morgen vereinbaren?« Sie stand auf, um die Sitzung zu beenden.

Bennetswood wirkte verständnisvoll. »Ich finde, wir sollten das Gespräch fortsetzen. Sie wissen, dass ich in zwei Wochen Urlaub habe. Ich werde gut einen Monat lang weg sein. Wir sollten die Gelegenheit nutzen. Es wäre viel besser, wir würden fortfahren.« Er verschränkte die Arme und richtete sich auf ein längeres Gespräch ein. »Ich meine, es ist an der Zeit, wieder über Ihre Mutter zu sprechen.«

Helena konnte sich nicht zurückhalten und verdrehte die Augen.

»Wir müssen darüber reden, Helena. Es ist Zeit, dass Sie sich dem stellen, was passiert ist.«

Helena drehte sich weg. Sie wollte, dass er ging, damit sie nach Bordersville fahren und diesen George Washington finden konnte. Sie gähnte demonstrativ.

»Doktor, ich weiß, wie wichtig das ist. Wirklich. Aber im Augenblick fühle ich mich nicht danach. Bitte verzeihen Sie.« Sie ging auf ihr Schlafzimmer zu.

»Ehe Sie hineingehen …« Er griff in seine Tasche, holte eine orangefarbene Plastikflasche mit Tabletten heraus und stellte sie auf den Sofatisch. »Die sind ein bisschen stärker als die anderen. Damit werden Sie ganz bestimmt schlafen.« Er erklärte genau, welche Wirkstoffe sie enthielten und was sie bewirkten. »Wenn Sie eine genommen haben, dürfen Sie achtundvierzig Stunden lang nicht Auto fahren oder schwimmen. Und auch keine schweren Maschinen bedienen.« Er grinste sie an, als wäre das besonders lustig. »Aber das wird kaum vorkommen, würde ich sagen.«

Helena dankte ihm würdevoll und beschloss zugleich, keine einzige Pille zu nehmen.

Der Doktor schaute auf seine Rolex. »Ich werde einfach hier warten, wenn's recht ist. Ihr Vater wird bald hier sein. Ich wollte ihn kurz auf den neuesten Stand der Dinge bringen.«

Der bloße Gedanke, dass diese beiden Männer über ihre Zukunft redeten, machte Helena wütend, doch sie brachte eine höfliche Erwiderung zustande. »Fühlen Sie sich wie zu Hause.«

Sie blickte zu dem Fläschchen mit den Beruhigungspillen, und die Zeit verlangsamte sich zum Schneckentempo. *Ich muss mein Leben in den Griff bekommen,* dachte sie, als wäre das eine neue Offenbarung. Widerwillig nahm sie die Pillen vom Tisch. Wenn ihr Vater erst da war, würde sie das Haus nicht mehr verlassen können. Vom Schlafzimmer kam man nur durchs Wohnzimmer nach draußen. Sie würde sich beeilen müssen, denn Lawrence kam häufig früher.

»Ich werde mit Julia sprechen und für morgen einen Termin abmachen«, sagte Dr. Bennetswood. »Wann passt es Ihnen?«

»Der Nachmittag wäre mir lieber«, sagte sie.

»Und machen Sie sich keine Sorgen«, fügte er hinzu. »Gemeinsam werden wir herausfinden, warum Sie nicht schlafen können.«

Helena verließ das Zimmer, warf die Pillen aufs Bett und zog eine schwarze, dreiviertellange Jacke an. Sie schloss den Waffenschrank auf, wählte eine Pistole, drehte sie geschickt um den Zeigefinger und steckte sie in das Holster, das in den Jackensaum eingenäht war.

Es war Zeit, die Wahrheit herauszufinden.

Helena holte tief Luft und betrat das Wohnzimmer. Auf ihr Erscheinen richtete sich der Doktor verblüfft auf.

»Ich dachte, Sie seien müde.«

»Ich mache nur einen kleinen Spaziergang. Ich brauche ein bisschen frische Luft.«

Ehe er etwas dazu sagen konnte, war sie durch die Wohnungstür verschwunden und im Aufzug.

Der Mercedes jagte aus der Tiefgarage und auf die Schnellstraße. Mit durchgetretenem Gaspedal und heruntergelassenen Scheiben gab sie die Adresse in das Navigationsgerät ein. Dann setzte sie sich die Sonnenbrille auf.

Innerhalb von Sekunden hatte sie eine hohe Geschwindigkeit erreicht und fädelte sich durch den dichten Verkehr. Die Bürobauten der Innenstadt wurden höher; die frühe Nachmittagssonne spiegelte sich in den Glasflächen. Helena blickte rasch nach links und rechts und überfuhr eine Kreuzung bei Rot. Der Wind toste durch den Wagen. Die blonden Haare wehten ihr um den Kopf.

»Ich werde herausfinden, was los ist«, sagte sie sich.

In den letzten beiden Tagen waren ihre Visionen klarer geworden. Vorher war sie im Schlaf mit seltsamen Symbolen überschwemmt worden und hatte ein beständiges Grollen gehört, wie von fernem Donner. Das Geräusch hätte sie beinahe verrückt gemacht, doch es hatte wunderbarerweise aufgehört. In den letzten beiden Tagen hatte sich alles geändert, und Helena war sicher, dass sie tatsächlich durch die Augen eines anderen sah. Es musste eine Art übersinnliche Verbindung sein. Allerdings begriff sie nicht, wieso. Zumindest schien jetzt alles in gewisser Weise real zu sein, auch wenn es dadurch nicht weniger absurd wurde. Würde sie den Mann aus ihren Visionen finden, würde sie sicherlich mehr verstehen. Und noch wichtiger war ihr die Bestätigung, dass sie nicht den Verstand verlor.

Der Mercedes ging mit hoher Geschwindigkeit in die Kurve, jagte in eine Unterführung und schoss wieder hinaus in den hellen Sonnenschein.

Hatte dieser Unbekannte eine besondere Bedeutung für sie? Helena grübelte über die Frage nach und stellte fest, dass sie kaum etwas empfand. Nur Gleichgültigkeit. Die einzige Empfindung, deren sie sicher sein konnte, war ihr Zweifel an der Wirklichkeit des Ganzen. Konnte dieser George Washington der Mann sein? Konnte er der Grund sein, dass ihr Leben aus den Fugen geriet, trotz der vielen Therapiesitzungen und der Medikamente, die sie akzeptiert hatte, um es durch die langen, quälenden Nächte zu schaffen? Schon bei dem bloßen Gedanken wurde ihr schlecht.

Während der Wind durch den Wagen wehte, wurde im Radio einer ihrer Lieblingssongs gespielt. Helena sang laut mit und versuchte, sich zu entspannen, doch bald drängten sich die gleichen Gedanken in den Vordergrund. Sie war wütend. Sie wollte wissen, warum ihr das alles passierte. Musste sie jemandem die Schuld daran geben? War es das? Ja, schloss sie, sie brauchte einen Feind. *Wir Capriartys wissen, wie mit Feinden umzugehen ist.*

Sie atmete tief durch und erkannte, dass es unklug war, voreilige Schlüsse zu ziehen. Trotz allem bestand die Möglichkeit, dass es Symptome von posttraumatischem Stress waren, wie Dr. Bennetswood immer behauptete. Zuerst galt es zu ergründen, ob es den Mann aus ihren Visionen wirklich gab. Dann wäre sie einen entscheidenden Schritt weiter.

Der Wagen begann zu vibrieren, als er mit Höchstgeschwindigkeit über die leere Autobahn jagte. Bordersville lag nördlich des internationalen Flughafens, und die Erwartung, etwas herauszufinden, spornte sie an, den Wagen bis an seine Leistungsgrenze zu treiben. Sie schoss über die Ausfahrt und trat auf die Bremse, sodass der Wagen schlingerte. »Richey Road«, sagte sie leise, als sie die schmale Straße hinunterfuhr.

Auf diesem Abschnitt der Straße gab es nur ein Haus – die Nummer 23, wie Detective Olsen gesagt hatte. Der Wagen kam am Straßenrand zum Stehen, und Helena schaute zu dem Grundstück. Hohe Sträucher und Unkraut versperrten die Sicht. Es waren nur die Umrisse eines grünen Mobilheims zu erkennen. Sie stieg aus dem Wagen und blickte in beide Richtungen, wo weder Autos noch Menschen zu sehen waren. Sie zog die Waffe, entsicherte sie und lief die Zufahrt hinauf.

Tief hängende Äste warfen fleckige Schatten auf den Boden. In den Büschen hingen zwei handgemalte Schilder: »Achtung, bissiger Hund!« und »Eindringlinge werden erschossen!«

Als Helena auf das Grundstück vordrang, schärfte sie ihre Sinne und griff fester um den Pistolenknauf. Ein Linienjet donnerte nur fünfzig, sechzig Meter hoch über die Baumwipfel hinweg. Das ohrenbetäubende Dröhnen umschloss sie. Alles bebte. Sie drehte sich hastig um die eigene Achse, ob jemand sie im Schutz des Lärms angreifen wollte. Endlich wurde es wieder ruhig, und Helena wartete einen Moment, bis ihr wild pochendes Herz sich beruhigt hatte.

Sie schlich bis zur Tür und klopfte gegen das Holz.

»Ist jemand zu Hause?«, rief sie. »Hallo? Ist da jemand?« Die Pistole hielt sie am Oberschenkel. Bis auf den Wind, der zwischen den hohen Gräsern flüsterte, herrschte auf dem verwahrlosten Grundstück Stille.

Auf Zehenspitzen versuchte sie, durch eine schmutzige Scheibe zu spähen, doch die Jalousien waren heruntergelassen. Sie öffnete die Fliegengittertür und drehte den abgegriffenen Türknauf. Es war abgeschlossen.

Sie sah sich um, ob sie etwas entdecken könnte, das ihrem Gedächtnis auf die Sprünge half. Nichts kam ihr bekannt vor. Gar nichts. Das Gefühl der Hilflosigkeit wuchs wie ein Geschwulst nagenden Zweifels in ihr. Vielleicht hatte sie eine Beruhigungspille zu viel geschluckt. Während sie über das Grundstück schlich, huschte ihr Blick von einem Gegenstand zum anderen. Schließlich blieb sie stehen. Was tat sie hier eigentlich?

Vielleicht werde ich doch verrückt.

Während sie sich an einen Wassertank lehnte und die Sonne warm auf ihre Jacke schien, überkam sie ein Gefühl tiefer Unsicherheit. Mit nichts dazustehen, nachdem sie so große Erwartungen gehegt hatte, machte sie wütend. Sie war sprachlos, dass überhaupt nichts dabei herauskam. Ein weiterer Linienjet brauste über sie hinweg, und sie sah ihm nach, bis er in der Ferne verschwunden war. Plötzlich wurde ihr bewusst: Dasselbe Bild hatte sie schon einmal gesehen! Gespannt lief sie zur Rückseite des Grundstücks. Das erste Puzzlestück fand seinen Platz.

Die Pistole vor sich haltend, schlich sie auf das Duschhäuschen zu und spähte durch die Tür. Der Boden war nass. Eine runde Mülltonne fiel ihr ins Auge. Als sie den Deckel mit dem

Pistolenlauf anhob, fand sie ein schwarzes Kleiderbündel darin. Sie stocherte und wich vor dem fauligen Gestank zurück.

»Was ist das?«, murmelte sie und versuchte, sich an etwas zu erinnern. Sie ging auf ein Knie und spähte in einen Spalt am Fuß der Wand. Da hatte jemand etwas hineingesteckt. Das war der Moment, wo sie ohne jeden Zweifel wusste, dass sie nicht verrückt wurde. Sie zog einen Führerschein aus seinem Versteck und las den Namen: Jack Bolten.

Genau der Name, den sie erwartet hatte.

Das bedeutete, dass alles, was sie gesehen hatte, Wirklichkeit war.

Sie steckte die Plastikkarte in die Jackentasche, als ihr dämmerte, dass gerade diese Karte sie vor der psychiatrischen Anstalt bewahren könnte. Helena wollte vor Freude laut loslachen, starrte aber nur auf die Kleidungsstücke in der Mülltonne. Der Mann aus ihren Visionen – Jack Bolten vielleicht? – hatte den Unfall auf der 610 überlebt; seine zerrissenen Sachen waren der Beweis. Wie war das möglich? Wie hatte er diese Gewalteinwirkung überstehen können? Und noch wichtiger: Wo war er jetzt? Nach dem bisherigen Verlauf der Dinge zu urteilen, würde sie es bald durch eine Vision erfahren – höchstwahrscheinlich, wenn sie ihre Medikamente vollständig absetzte.

Schon ein wenig entspannter ging Helena über die Auffahrt zu ihrem Wagen. Sie konnte ein Lächeln nicht unterdrücken, als erneut ein Jet über sie hinwegdonnerte.

Kaum war das Geräusch verklungen, hörte sie es im Gras knurren. Einen Augenblick später sprangen zwei Dobermänner aus einem Gebüsch, um sie anzugreifen. Helena zielte abwechselnd auf die knurrenden Tiere. Gerade als sie abdrücken wollte, rief jemand: »Stopp!«

Die Hunde machten so abrupt Halt, dass sie sich beinahe überschlagen hätten. Helenas Finger entspannte sich. Ihr Blick schweifte zu einem schmächtigen schwarzen Mann mit Rastalocken, der eine doppelläufige Schrotflinte vor der Brust hielt. Er zog beide Hähne zurück, um seine Ansprüche zu verdeutlichen.

»Wer sind Sie, Frau?«

Während Helena weiter auf die nervösen Hunde zielte, warf sie einen Blick auf die Flinte. Sie war in einem erbärmlichen Zustand; der Lauf rostete.

»Was tun Sie auf meinem Grundstück? Antworten Sie, Frau!«

»Ich habe Sie schon mal gesehen«, sagte Helena freundlich. Sie schob sich die Sonnenbrille auf die Stirn, um den Mann besser betrachten zu können.

In diesem Moment hörten die Dobermänner zu knurren auf und trotteten zu ihrem Herrn, um sich zu seinen Füßen ins Gras zu legen.

»Nicht schon wieder!«, stöhnte George.

»Sie heißen George Washington, nicht wahr?«

»Runter von meinem Grundstück!«, rief er und versuchte, seinen Schreck zu verbergen.

Helena sah jetzt hinter ihrem Wagen einen weißen Ford an der Straße stehen. Es war der Ford aus ihrer Vision. »Im Kofferraum Ihres Wagen ist ein Mann mitgefahren, Mr. Washington. Sie haben ihn duschen lassen – da drüben.« Sie zeigte auf das Duschhäuschen.

»Runter von meinem Grundstück!«, brüllte George.

»Erst wenn Sie mir gesagt haben, was ich wissen will.«

»Zwingen Sie mich nicht, die Waffe zu benutzen!«

»An Ihrer Stelle würde ich damit sowieso nicht schießen«, sagte sie ruhig. »So wie das Ding aussieht, stehen die Chancen gut, dass die Ladung eher Ihnen ins Gesicht fliegt als mir.«

George schaute bestürzt auf seine Flinte. »Was stimmt nicht damit?«

Helena senkte die Waffe. »Ich will Ihnen nicht schaden, Mr.

Washington. Erzählen Sie mir nur, was aus dem Mann geworden ist, der in Ihrem Kofferraum lag.«

»Welcher Mann?«

»Sie mussten ihn mit einer Brechstange öffnen.«

»Brechstange? Ich weiß nichts von einer Brechstange.«

»Sie haben Schachteln mit Morphium im Wagen, nicht wahr?« Ihr fiel alles wieder ein.

»Sie haben mich beobachtet!«, schnauzte er und zeigte auf die Sträucher.

Nachdem Helena nun sicher war, dass alles der Wahrheit entsprach, fühlte sie sich seltsam leer und erschöpft. »Ich heiße Helena Capriarty«, sagte sie. »Und ich versichere Ihnen, ich bin genauso verwirrt wie Sie.«

Georges Hunde liefen ihm um die Beine und genossen die Sonne. Er blickte sie frustriert an. »Zwei Mal an einem Tag! Was ist nur mit euch los? Ich besorge mir zwei neue Hunde. Jawohl, echte Hunde, die mich und mein Haus bewachen! Mit euch beiden bin ich fertig!« Die Tiere neigten den Kopf zur Seite, als wollten sie verstehen, was er redete.

»Der Mann, der heute bei Ihnen war – wo ist er hin?«, fragte Helena.

»Sagen Sie es mir.«

»Heißt er Jack Bolten?«

Perplex verzog George das Gesicht. »Was reden Sie denn da? Der einzige Jack Bolten, den ich kenne, arbeitet in der Radiologie.«

Dann musste der Führerschein gestohlen sein. Helena kam eine verschwommene Erinnerung. Darum wurde er in den Wandspalt gesteckt!

»Sie arbeiten im Krankenhaus, nicht wahr?«, fragte sie.

»Das können Sie mir nicht nachweisen.«

»Daher haben Sie das Morphium.«

»Das können Sie alles nicht beweisen!«

»Das Morphium interessiert mich nicht, das kann ich Ihnen

versichern. Sagen Sie mir nur, wo der Mann ist. Der Mann, der voller Blut war. Darum bin ich hier. Wo ist er?«

»Ich sage Ihnen gar nichts.«

Plötzlich starrte George die junge Frau offenen Mundes an.

»Moment mal!«, sagte er anklagend. »Sie sind das! Sie haben einen Mann mit roten Haaren, stimmt's? Ja, Sie sind die verdorbene Schlampe!«

Die Bemerkung war Helena unbegreiflich.

Er zeigte auf sie. »Sie sind das, stimmt's?« In allen Einzelheiten sah er sie auf dem Küchentisch vor sich – nackt, voller Schlagsahne, das volle Programm. »Sie sind die, von der Wilson mir erzählt hat.«

»Er heißt Wilson?«

»Kommen Sie mir nicht so, Frau. Sie wissen, dass er so heißt!«

»Wo ist er?«, fragte sie noch einmal.

George blickte auf seine Uhr. »Sie kommen zu spät, Gott sei Dank! Wilson ist nicht mehr hier, Sie Lügenprinzessin!« George drohte ihr herablassend mit dem Finger. »Er hat mir alles über Sie erzählt – über die Schlampe, die ihn mit Blut begossen hat. Ihren Mann habe ich auch gesehen! Der ist wirklich hässlich. Sind Sie blind oder was?«

Helena hob die Pistole. »Sagen Sie mir, wo Wilson ist!«

»Fass!«, schrie George. *»Fass!«*

Helena wappnete sich.

Doch nichts geschah.

Die beiden Tiere waren offensichtlich unruhig, doch ihre Aufmerksamkeit galt allem, nur nicht Helena und der Pistole, die sie auf ihren Herrn gerichtet hielt.

»Fasst, ihr dämlichen Köter!«

Seltsamerweise reagierten die Hunde gar nicht.

Helena nutzte die Gelegenheit zu einem Ausfall und entwand George die Flinte, die sie auf den Boden warf. »Sie haben mich sehr wütend gemacht, Mr. Washington.« Sie hob die Waffe und zielte auf seine Stirn. »Sie werden mir alles sagen, was ich wissen muss. Ist das klar? Ich will Auskunft haben, und ich will sie jetzt!«

George hob zögerlich die Hände hoch. »Wilson hatte recht«, brummte er. »Sie sind ein durchgeknalltes Miststück.«

14.

Houston, Texas
Hauptbahnhof
26. November 2012
Ortszeit: 14.59 Uhr
Unternehmen Jesaja – zweiter Tag

In Gedanken vertieft war Wilson sich der Umgebung kaum bewusst, als er die breite Treppe zum Seiteneingang hinaufstieg. Er fror und war müde. Er trug Kleidung, die nicht passte und zudem lächerlich bunt war. Und er war definitiv keine »Love Machine«. Er kam sich albern vor, *sehr albern.* Das war nicht das glanzvolle Unternehmen, das er sich vorgestellt hatte. Wie sein Großvater immer zu sagen pflegte: Wenn man vorher zu viel darüber nachdenkt, sind die Dinge selten so, wie man sie sich vorgestellt hat.

Ein klarer blauer Himmel umrahmte die Mauern des Bahnhofsgebäudes. Aus einiger Entfernung wirkte er wie ein Ort der Ruhe, stattlich, üppig, überlebensgroß. Doch die hohen Mauern nahmen eine Gemeinschaft menschlicher Verzweiflung in sich auf, die unmöglich zu beschreiben und für den unvorsichtigen Reisenden gefährlich war.

In Wilsons Kopf jagte ein Gedanke den anderen. Warum hatte die Polizei nach ihm gesucht? Warum kamen sie mit solch einem Aufgebot? Und die Reaktion des Dobermannweibchens war verblüffend. George Washington war ein erstaunlicher Typ. Eine ungewöhnliche Entdeckung in dieser verrückten Welt. Ehrlich auf hinterlistige Art – eine seltsame Mischung.

Der unverwechselbare Gestank menschlicher Exkremente stieg Wilson in die Nase, als er sich dem Treppenabsatz näherte.

Er blickte genauer hin.

Die Treppe endete zwischen drei düsteren Granitmauern, doch es war der Anblick der Leute dort, bei dem Wilson der Atem stockte. Hunderte lagerten zusammengekauert in einer Pappkartonsiedlung. Manche hielten sich mit Zeitungen warm, andere lagen unter schmutzigen Decken. Überall türmten sich Berge von Abfällen, zwischen denen schmale Pfade hindurchführten. Dazwischen standen alte Einkaufswagen, manche bis zum Rand gefüllt mit rätselhaften Dingen.

Ein kalter Wind pfiff über die Mauerkanten. Wilson betrachtete das Meer schmutziger, ungekämmter Köpfe, die seine Ankunft verfolgten. Ja, sie musterten ihn eingehend. Die Zukunft, das wusste er, war ganz anders. Er war sprachlos. Da hausten Frauen und Kinder in den Pappbauten. Ihre Blicke waren leer, als wäre kein Leben mehr in ihnen. Es war das Deprimierendste, was Wilson je gesehen hatte. Was war das für eine Welt, wo so vielen Menschen so wenig gelassen wurde? Eine tiefe Traurigkeit machte sich in ihm breit. Dann wechselte seine Stimmung. Er erinnerte sich, welche Macht ihm zur Verfügung stand. Wenn er die Schumann-Resonanz korrigierte, würden sie in Zukunft diese Art Leben hoffentlich nicht mehr führen müssen.

Ein Tuten in der Nähe – wahrscheinlich ein Zug – riss Wilson aus diesen Gedanken. Nachdem er einen Augenblick stehen geblieben war, sah er sich nun von ein paar fürchterlich stinkenden Männern umringt, die sich ihm genähert hatten, als er in Gedanken versunken war. Sie zupften an seiner Kleidung.

Einer sagte mit krächzender Stimme: »Geld, Mister. Gib mir 'n paar Kröten.«

Ein anderer: »Gib mir Knete, gib mir Knete.«

Wieder ein anderer: »Ich brauch Zaster, Mann, nur 'n Dollar oder zwei.«

Sie griffen nach seinen Taschen, schubsten ihn, stießen ihn. Er tat sein Bestes, um das Wenige, was er hatte – drei Dollarscheine und eine Kreditkarte – zu behalten, doch die Übergriffe wurden zudringlicher. Vor allem wollte Wilson seine Sonnenbrille behalten. Langsam zog er sich zurück. Doch je mehr er den Männern auswich, desto enger umstellten sie ihn. Er kam sich vor wie eine Beute in einer Meute hungriger Wölfe. Unweigerlich wurde ihm die Brille von der Nase geschlagen. Es gelang ihm noch, sie aufzuheben, und er setzte sie hastig wieder auf.

Doch seine Augen waren gesehen worden.

Ein alter Mann mit verfilztem, grauem Bart stand jetzt unter dem Bann einer trakenoiden Reaktion.

Alles ging in Zeitlupe über, als in den Augen des Alten eine Wut von beängstigender Intensität aufleuchtete. Die Männer bedrängten ihn immer heftiger, während Wilson zurückzuweichen versuchte. Aus der Ferne waren Pfiffe zu hören. Wilson wusste nicht, was sie zu bedeuten hatten. In dem wirren Gedränge hatte er bereits die Orientierung verloren. Dann bekam er einen Schlag auf den Kopf, und noch einen. Als er sich nach dem Täter umsehen wollte, schlug ihm einer die Faust ins Gesicht. Der Alte mit dem grauen Bart drosch auf ihn ein.

Graubarts Pupillen waren zusammengeschrumpft, genau wie bei dem Wachmann am Morgen zuvor. Der nächste Schlag traf Wilson an der Seite des Kopfes. Er konnte sich nicht gleichzeitig wehren und seine Brille festhalten. Er überlegte rasch, zog seine drei Dollarscheine aus der Tasche und stopfte sie dem Schläger ins Hemd.

Wie aufs Stichwort verlegte sich das Gerangel auf den neuen Besitzer.

Wilson löste sich aus der Menge, doch Graubart drängte ihm hinterher, angetrieben von dem unbezwingbaren Impuls anzugreifen. Obwohl ihm die anderen Bettler ins Hemd griffen und daran rissen, dass die Knöpfe absprangen, war Graubart nur auf eines aus: Wilson um jeden Preis zu fassen zu bekommen.

Ein Dollarschein rutschte aus seinem Hemd und segelte zu Boden. Augenblicklich stürzten sich einige Männer darauf wie Footballspieler auf den Ball.

Das war Wilsons Chance. Er rannte so schnell er konnte, sprang über zwei am Boden kriechende Bettler und entkam Graubarts ausgestreckten Händen.

Die schrillen Pfiffe kamen derweil näher.

Wilson landete auf den Füßen und war frei. Über Pappkartons sprintete er auf die Bahnhofstür zu und stieß wenigstens drei Bettler um, die ihm in die Quere kamen. Mit einem verzweifelten Satz hechtete er in die Drehtür, verlor das Gleichgewicht und rutschte auf dem Bauch in die leere Halle.

Schwer atmend, das Gesicht auf dem glänzend glatten Boden, blieb er liegen. Durch die schmutzigen Scheiben der Drehtür sah er vier kräftige, gut gekleidete Sicherheitsleute mit langen schwarzen Schlagstöcken. Im Mund hatten sie silberglänzende Pfeifen, durch die sie fortwährend bliesen. Jeder Vagabund, der sich der Drehtür nähern wollte, wurde gnadenlos niedergeschlagen.

Wilson blickte sich nach Graubart um, doch der war nirgends zu sehen.

Unerwartet sprach jemand ihn an. »Geht es Ihnen nicht gut?«

In der spiegelnden Glasscheibe konnte Wilson zwei Polizisten in schwarzer Uniform hinter sich sehen, mit gezogener Waffe. Während er sein Schnaufen mühsam unterdrückte und die Sonnenbrille zurechtrückte, drehte er sich zu ihnen um. Dabei spähte er hinter seinen dunkel getönten Gläsern nach dem nächsten Ausgang.

»Geht es Ihnen nicht gut?«, fragte der Sergeant noch einmal.

Wilson rieb sich den Hinterkopf. »Die Kerle wollten mich ausrauben.«

»Der Haupteingang ist viel sicherer«, empfahl der Sergeant und zeigte in die entgegengesetzte Richtung. »Besser, Sie gehen von jetzt an dort rein.« Wilson ahnte nicht, dass in der Brusttasche des Polizisten das Fahndungsbild eines Flüchtigen steckte, das ihm genau glich.

Draußen auf dem Vorplatz schien alles wieder seinen gewohnten Gang zu nehmen, und Graubart war aus dem Blickfeld verschwunden. Vor der Tür standen Sicherheitsleute. Die Angreifer hatten sich in ihre Pappbehausungen zurückgezogen, um drei Dollar reicher.

Wilson stand vorsichtig vom Boden auf, und ein Polizist half ihm auf die Beine.

»Denen gefiel Ihr Aufzug nicht besonders, Love Machine«, merkte er erheitert an.

Wilson schaute neugierig an sich hinunter. »Das ist ein Geschenk.«

»Die Typen können ein bisschen heikel sein, was Mode angeht«, meinte der Polizist.

Der Sergeant steckte seine Waffe weg; dann zeigte er auf Wilsons Mundwinkel. »Sie bluten da ein bisschen.«

Wilson wischte sich über die Stelle und hatte einen blutigen Streifen in der Handfläche, worauf er den Ärmel auf die Lippe drückte, um das Blut zu stoppen.

»Sie müssen demnächst durch den Haupteingang kommen«, sagte der Sergeant noch einmal.

Wilson versuchte, ganz ruhig zu bleiben. »Ja, klar, den werde ich bestimmt nicht wieder benutzen.« Schweiß auf der Stirn, schlich er auf die Schalterhalle zu. Sobald er um die Ecke gebogen war, atmete er wieder heftiger. Er war mit den Nerven am Ende.

Vor dem Fahrkartenschalter stand niemand, und er klopfte ungeduldig gegen die Scheibe, bis eine korpulente schwarze Frau von ihrem Schreibtisch aufstand und zu ihm gewatschelt kam. Er legte die Kreditkarte in die Schalterablage.

»Einfache Fahrt nach Mexico City«, verlangte er und blickte nervös zur Wanduhr.

»Mexico City?«, wiederholte sie mit tiefer Stimme und beäugte ihn dabei mit einem Blick, den er als Zweifel deutete. Er wischte sich Schweiß und Blut vom Kinn und erwiderte ihren Blick so kühl wie ein Nachrichtensprecher.

»Gibt es ein Problem?«, fragte er.

Sie wandte sich kurz ihren Fingernägeln zu. »Nein … nein, kein Problem.« Die Frau tippte etwas in den Computer ein, wobei sie sehr darauf achtete, nicht zu fest auf die Tasten zu drücken.

»Geben Sie mir ein Erster-Klasse-Ticket, wenn's recht ist.« Es kam ihm passend vor, ein bisschen heitere Gelassenheit auszustrahlen, um seine jämmerliche Lage zu überspielen.

»Der nächste Zug geht um 15.50 Uhr«, sagte die Frau. »Sie steigen in San Antonio um.« Träge nahm sie die Kreditkarte aus dem Fach. »Haben Sie einen Reisepass?«

In diesem Moment plärrte eine Stimme über den Lautsprecher: »Meine Damen und Herren …«

Bei dem Klang zog Wilson den Kopf ein wie ein Kind, das eine Ohrfeige erwartet.

»Der Zug nach Dallas fährt von Bahnsteig 21. Letzter Aufruf.« Er hallte durch das Gebäude und verklang.

Die Frau beugte sich zur Scheibe vor. »Ich habe gefragt, ob Sie einen Reisepass haben.«

Wilson blickte sich ängstlich nach Graubart um, sah ihn aber nirgends. Zum Glück war auch keine Polizei in der Halle. Wilson straffte die Schultern und fasste sich, so gut es ging. »Ja, ich habe einen Reisepass«, antwortete er.

»Kann ich ihn bitte sehen?«

Er griff in seine Taschen. »Äh … meine Frau hat ihn wohl eingesteckt. Sie kommt jede Minute.«

»Möchten Sie auch ein Ticket für Ihre Frau?«

Wilson brachte ein blutbeschmiertes Lächeln zustande. »Nein, Judy, meine Frau kommt nicht mit.« Er hatte das Namensschild der Fahrkartenverkäuferin gelesen.

Die Frau war von der Namensgleichheit unbeeindruckt und steckte die Kreditkarte in ein Lesegerät. *Klick-klick,* dann schob sie einen Zettel und einen Kuli unter der Scheibe durch.

»Das macht 210 Dollar.«

Wilson unterschrieb und gab beides zurück. Die Frau verglich die Unterschriften mit kritischem Blick – sie sahen ziemlich ähnlich aus – und griff dann nach dem Telefon. »Ich muss das genehmigen lassen.«

»Ihre Nägel sind sehr schön«, sagte Wilson.

Das Kompliment veranlasste sie, sofort ihre Finger zu betrachten, als müsse sie noch mal ein eigenes Urteil fällen. Die Nägel waren hellrot, sehr lang und bildeten einen starken Kontrast zu ihrer dunklen Haut.

Sie blickte auf. »Wirklich?«

»Ja, sehr elegant.«

»Das sind Porzellannägel.«

In dem Moment fiel ihr ein, wo sie das Gesicht dieses großen weißen Kerls schon mal gesehen hatte: im Fernsehen! Er wurde wegen Mordes gesucht oder so ähnlich. Ihre Finger umklammerten die Kreditkarte. Sie legte das Telefon zurück auf die Station und schob Kreditkarte und Ticket unter der Scheibe durch. Mit leicht schwankender Stimme sagte sie: »Bahnsteig achtunddreißig liegt in dieser Richtung.« Sie zeigte lächelnd ihre Zähne und wies nach links. Ihre Hand zitterte sichtlich.

»Vielen Dank«, sagte Wilson verhalten. »Sie sind sehr freundlich.« Er spürte ihre plötzliche Anspannung, und das Zittern war ein verräterisches Zeichen.

Nachdem die Frau gewartet hatte, bis ihr Kunde um die Ecke gebogen war, griff sie zum Telefon. »Geben Sie mir die Polizei«, sagte sie leise. »Es ist dringend.«

Wilson spähte durch die Bahnhofshalle. Mehrere gut gekleidete Leute liefen umher, und alles wirkte ruhig. Trotzdem fühlte er sich wie eine Katze in der Hundehütte. Irgendetwas stimmte nicht. Judy war plötzlich nervös geworden. Aber warum? Wieder wischte er sich Blut vom Mund. Vielleicht lag es an der Platzwunde.

Durch die hohen Fenster schien eine kräftige Nachmittagssonne in die Halle und erfüllte das Gebäude mit warmem Licht. Wilson versank in Erinnerungen. So vieles war in den vergangenen zwei Wochen geschehen …

Kalifornien, Amerikanischer Kontinent
Enterprise Corporation, Mercury Building, 3. Etage
10. Mai 2081
Ortszeit: 19.45 Uhr
13 Tage vor dem Transporttest

Die untergehende Sonne warf scharfe Rechtecke auf die Wand des Besprechungsraums, und der Duft von frischen Blumen hing in der Luft. In der Mitte stand ein glänzender Eichentisch mit zwanzig hochlehnigen Chefsesseln. Eine prachtvolle Sammlung weltbekannter Rembrandts, Van Goghs, Picassos und Renoirs hing an den langen weißen Wänden.

Diese Leute haben viel zu viel Geld, dachte Wilson. Er hatte gut zwanzig Minuten gewartet, und so genussvoll der Blick auf die Gemälde auch war, so wenig hatten sie seine Besorgnis zerstreuen können. Dieser Raum war so gestaltet, dass Besucher sich eingeschüchtert fühlen sollten, und das funktionierte.

Wilson drehte eine neue Runde und versuchte zu erahnen, welcher absonderliche Vorfall als Nächstes käme. Vor jedem Sessel lag eine platingraue Schreibunterlage. In die Oberfläche war eine Weltkarte samt Längen- und Breitengraden eingraviert. Darüber stand der Name der Firma, als gehörte ihr der ganze Globus. »Enterprise Corporation«, las Wilson. Meine Güte, was waren die arrogant!

In diesem Augenblick schwangen die Türflügel auf, und ein Mann im weißen Kittel kam herein. Er streckte Wilson die Hand hin. »Sie sind also der Mann, von dem Karin mir so viel erzählt hat«, sagte Barton.

Wilson antwortete nicht.

»Meine Name ist Barton Ingerson. Ich freue mich sehr, Sie kennen zu lernen, Mr. Dowling. Hatten Sie eine angenehme Reise?«

Wilson musterte den Mann, der vor ihm stand. Er hatte silbergraue, glänzende, füllige Haare, ein regelmäßiges, sonnengebräuntes Gesicht, klare Augen – hellbraun wie ein Fuchspelz – und ein entwaffnendes Lächeln. Er war schlank und gut proportioniert und trug eine weiße, dreiviertellange Jacke mit perfektem Sitz. Wilsons erster Eindruck von Barton war, dass er ein guter Kerl sein mochte; auf der anderen Seite konnte man in diesem Unternehmen nicht Karriere machen, wenn man kein harter Knochen war. Großen Firmen darf man nicht trauen, hatte Professor Author immer wieder gesagt.

Wilson las, was auf Bartons Jackenschildchen stand: *Mercury-Team.* Wie passend, den Namen des römischen Gottes zu wählen, war er doch für Eloquenz, Gewandtheit und Diebereien bekannt.

»Mr. Wilson?«, sagte Barton. »Hatten Sie eine angenehme Reise?«

»Ja ... ich meine, nein«, antwortete Wilson und wich einen Schritt zurück, als hätte die Welt einen heftigen Schlenker vollführt. »Heute Morgen war ich noch in Sydney und habe mich prächtig amüsiert. Sydney ist in Pacifica, falls Sie es nicht wissen. Und jetzt wurde ich um den halben Globus verfrachtet, und ausgerechnet zu Enterprise Corporation!« Wilson zeigte mit dem Finger auf den Boden. »Und um die Sache noch schlimmer zu machen, die Frau, die Sie geschickt haben, damit sie mich herbringt, wollte mir nicht einmal sagen, warum. Sie hat mir gedroht, mir mein Stipendium wegzunehmen!« Wilson tippte sich an die Schläfe. »Was würden Sie denken, wenn Ihnen das passiert?«

»Karin durfte Ihnen nicht sagen, worum es geht.«

»Und das hat sie voll und ganz geschafft«, konterte Wilson.

»Ich kann verstehen, dass Sie verärgert sind, Mr. Dowling. Aber Sie werden gleich völlige Klarheit erhalten.«

Wilson fasste mit beiden Händen an die Rückenlehne eines Sessels, als wollte er ihn als Schild benutzen. »Ich verlange, dass Sie mir sagen, warum ich hier bin. Und bitte nennen Sie mich Wilson«, fügte er hinzu und ahmte spöttisch Bartons übertriebenen Charme nach.

»Es gibt keinen Grund zur Beunruhigung«, sagte Barton. »Ich möchte mich nur mit Ihnen unterhalten.«

»Sie haben mich nicht den ganzen Weg hierher bringen lassen, nur um mich kennen zu lernen. Sagen Sie mir, was Sie von mir wollen.«

»Alles zu seiner Zeit«, erwiderte Barton. »Ich möchte Sie zuerst etwas fragen: Sind Sie religiös?«

»Was hat das damit zu tun?«

»Bitte, Mr. Dowling, ich …«

»Ich sagte doch schon, nennen Sie mich Wilson.«

»Sind Sie religiös, Wilson?«

»Warum sagen Sie mir nicht, ob Sie selbst es sind?« Wilson blickte auf Bartons Handheld und überlegte, was Religion mit seinem Hiersein zu tun haben konnte. Er sah keinen möglichen Zusammenhang.

Barton setzte sich gegenüber an den Tisch und bedeutete Wilson, Platz zu nehmen. »Bitte, Wilson, tun Sie mir den Gefallen. Beantworten Sie meine Frage.«

»Ich bin religiöser Fanatiker«, sagte Wilson und ließ sich in einen der bequemen Sessel sinken. »Ich habe die Absicht, eine eigene Kirche zu gründen. Das scheint mir eine gute Idee zu sein. Ja, meine eigene Kirche. Die Wilson-Kirche. Die Welt braucht den Wilsonismus.« Barton war deutlich anzusehen, dass er an diese Art Humor nicht gewöhnt war. »Warum stellen Sie mir eigentlich eine so blöde Frage?«

Barton verzog keine Miene. »Soviel ich weiß, studieren Sie Jura an der Universität Sydney. Wie läuft es so?«

»Gut.«

Barton blickte nicht auf. »Ihre Doktorarbeit zieht sich in die Länge.«

»Ich bin Perfektionist. Ich erledige die Dinge gern einwandfrei.«

Es folgte eine lange Pause. »Sie fliegen altmodische Flugzeuge, wie ich höre. Mit Propellern.«

»Kommen Sie, Barton!«, platzte Wilson heraus. »Gegen meine bisherige Erfahrung würde ich sagen, Sie sehen aus wie ein prima Kerl. Also, was soll ich hier? Sie haben doch alle Informationen über mich in Ihrem Computer.«

Barton sah von seinem Handheld auf. »Sie wollen also sagen, Sie sind nicht religiös?«

»Was soll diese Frage?«

»Antworten Sie einfach. Sind Sie religiös? Ich meine es ernst.«

»Nein, ich bin nicht religiös«, gab Wilson zu.

»Glauben Sie an Gott?«

»Ob ich an Gott glaube? Das ist ein bisschen zu persönlich, finden Sie nicht?«

Barton saß gleichmütig da und wartete auf Antwort.

»Um die Wahrheit zu sagen, weiß ich eigentlich gar nicht, was ›Gott‹ sein soll. Für meinen Geschmack gibt es zu viel Streit, wenn es um religiöse Dinge geht. Jeder hat eine andere Ansicht. Und nicht alle können recht haben. Aber … ja, wahrscheinlich glaube ich an Gott.«

»Das ist sehr interessant.« Barton tippte auf seiner Tastatur.

»Werden Sie mir jetzt sagen, was das alles soll?«

Die einzige plausible Erklärung, weshalb Wilson in einem Besprechungsraum des mächtigsten Unternehmens der Welt saß, war Professor Authors Omega-Programmierung. Hinter der mussten sie her sein. Und wo war der Professor jetzt? Wahrscheinlich saß er zu Hause in Sydney auf dem Sofa.

»Nun …« Barton, der gedankenversunken in die Ferne geschaut hatte, konzentrierte sich wieder auf den Augenblick und sagte: »Ihr Körper ist aus einem Baustein gemacht, den wir Gen-EP nennen. Das ist einzigartig, denn im Gegensatz zu anderen kohlenstoffbasierten Bausteinen kann ein Gen-EP in eine einfache molekulare Form zerlegt und dann wieder in die ursprüngliche Gestalt gebracht werden.«

»Und das bedeutet?«

»Ihr Körper kann zerlegt und wieder zusammengesetzt werden«, erklärte Barton.

»Und das wiederum bedeutet?« Es ging eindeutig um Authors Omega-Programmierung. Das Ganze war nur eine Masche, damit sie ein paar Tests mit ihm machen konnten.

»In molekularer Hinsicht ist der Körper unkompliziert«, sagte Barton. »Wir müssen ein Experiment vornehmen, um zu sehen, ob es möglich ist, Sie zu zerlegen und wieder zusammenzufügen.«

Wilson musste lachen. Er fragte sich, wieso Barton sich solche Mühe mit der Ablenkungsgeschichte gab. »Warum wollen Sie das überhaupt tun?«

»Ich muss beweisen, dass Zeitreisen möglich sind.« Barton kratzte sich nicht an der Nase, wich seinem Blick nicht aus, blinzelte nicht einmal. Er war ganz gelassen.

»Das ist nicht Ihr Ernst«, sagte Wilson.

»Mein völliger Ernst.«

»Aber durch die Zeit zu reisen ist *unmöglich*.«

»Wer hat Ihnen das gesagt?«

»Die Relativitätstheorie besagt, dass Materie keine Lichtgeschwindigkeit erreichen kann. Deshalb *kann* es nicht gehen. Sagen Sie mir, warum ich wirklich hier bin.«

»Wieso kennen Sie sich mit dieser Frage aus?«

Wilson lächelte im Stillen. Professor Author posaunte ständig Einsteins Theorie in die Welt hinaus – aber jetzt war nicht die Zeit, seinen Namen fallen zu lassen.

»Keine Ahnung, woher ich so schlau bin«, antwortete Wilson. »Ist vielleicht genetisch bedingt.«

»Materie kann Lichtgeschwindigkeit erreichen«, sagte Barton. »Vergessen Sie, was Sie bisher zu wissen glaubten, und gehen Sie davon aus, dass es wahr ist, was *ich* sage.« Er schwieg eine Zeitlang, damit Wilsons Neugier wachsen konnte. »Das hört sich phantastisch an, nicht wahr?«

Barton ahmte Wilsons Körpersprache nach, und Wilson setzte sich anders hin, um zu sehen, ob der Wissenschaftler es auch tat. Er tat es tatsächlich. Also stand Wilson auf und ging ans Fenster. »Ich würde eher sagen, es hört sich lächerlich an«, widersprach er.

»Es wird sich für Sie lohnen, bei uns mitzuarbeiten«, sagte Barton.

Wilson fasste sich an die Brust. »Warum ich?«

»Das sagte ich schon. Ihr Körper ist aus einem seltenen Baustein gemacht, den ich im Moment nicht selbst erzeugen kann.«

In den nächsten zehn Minuten erklärte Barton, wie die Zeitreise ablaufen sollte, sprach über die Zeitdilatationsformel und darüber, dass sich gezeigt habe, dass der Raum gedehnt werden könne, um der Materie zu Lichtgeschwindigkeit zu verhelfen. »Das ist einfache Quantenphysik«, schloss er.

Wilsons unterdrückter Sarkasmus schrie auf: *Oh ja, das hört sich ja sooo einfach an!* Doch wenn er ernsthaft darüber nachdachte, konnte er nicht beurteilen, ob es stimmte oder nicht. Barton klang überzeugend. Und der Rembrandt an der Wand – allem Anschein nach ein echter – zwang ihn, in Erwägung zu ziehen, dass die Idee vielleicht doch nicht so abwegig war, wie sie zunächst erschien. Er zeigte auf das Gemälde. »Ist der echt?«

Barton blickte über die Schulter auf das Kunstwerk: ein Säugling in seiner Wiege, daneben die sorgende Mutter, darüber ein halbes Dutzend Engel, die im Dunkeln über ihn wachten.

»Ja«, sagte Barton. »Die heilige Familie. Rembrandt hat es 1635 in Holland gemalt. Es ist neu hier. Enterprise Corporation hat es von der Eremitage in St. Petersburg erworben.«

»Warum ich«, flüsterte Wilson für sich.

»Was sagten Sie?«, fragte Barton.

»Ich habe mit mir selbst gesprochen. Das ist doch erlaubt, oder?« Es folgte ein längeres Schweigen. »Sie wollen also beweisen, dass Sie einen Menschen durch die Zeit schicken können?«

»Ja.« Barton tippte auf seine Uhr. »Und die Ironie ist, dass die Zeit drängt.«

Ich werde erst mal mitspielen, dachte Wilson. »Haben Sie das schon mal gemacht?«

»Nein. Das wurde noch nie gemacht.«

Wilson schritt vor dem Fenster auf und ab. Offenbar war er das bevorzugte Meerschweinchen, wenn irgendjemand geheimnisvolle Experimente machte.

»Wir können ein finanzielles Arrangement treffen, das Ihre kühnsten Träume übersteigt«, sagte Barton. »Sie werden nie wieder arbeiten müssen. Sie werden dieses Stipendium gar nicht mehr brauchen.«

Wilson war klar, dass es Wertvolles nicht umsonst gab. »Was nützt einem Geld, wenn man nicht mehr am Leben ist, um es auszugeben?«

»Wir werden jede Vorsichtsmaßnahme ergreifen.«

»Können Sie für meine Sicherheit garantieren?«

Barton seufzte tief. »Nein.«

Wenigstens war er ehrlich. Wilson starrte aus dem Fenster. Die Sonne war ein oranger Glutball, der sich dem Horizont näherte. Ringsum war der Himmel eine glühende Farbenpalette. »Es tut mir leid, Barton, ich mag Sie – keine Ahnung, wieso –, aber ich mache dabei auf keinen Fall mit. Nichts wird mich umstimmen. Ich kenne meine Rechte. Ich möchte jetzt hinausgebracht werden.«

Barton ging zur Tür. »Treffen wir eine Vereinbarung, Wilson: Sie geben mir noch zwanzig Minuten. Entweder liefere ich Ihnen einen bestechenden Grund zur Mitarbeit, oder Sie können gehen. Ihr Stipendium bleibt unangetastet. Abgemacht?«

Perfekt. In zwanzig Minuten würde Wilson auf dem Heimweg sein und die ganze verrückte Geschichte hinter sich haben. Anders konnte es nicht kommen.

»Barton, Sie sind ein harter Verhandlungspartner«, sagte Wilson. »Aber Sie haben Glück, ich akzeptiere.«

15.

Kalifornien, Amerikanischer Kontinent
Enterprise Corporation, Mercury Building
10. Mai 2081
Ortszeit: 20.21 Uhr
13 Tage vor dem Transporttest

Wilson folgte Barton Ingerson durch ein Labyrinth von Gängen und Treppenfluchten an verschiedenen Kontrollstellen vorbei ins Innere des Gebäudes. Sie gingen fünf Minuten lang. Barton hatte kein Wort gesagt, seit sie den Besprechungsraum verlassen hatten – es schien, als gäbe er sich keine Mühe mehr, freundlich und zuvorkommend zu sein. Das Schweigen war zermürbend.

Schließlich blieb der Wissenschaftler stehen und drückte die Handfläche auf ein rechteckiges Sicherheitsfeld. Ein grünes Licht leuchtete auf, und eine Stahltür hob sich vom Boden. Sie betraten einen kleinen, leeren Raum. Wilson wusste nicht, was er erwarten sollte, als die Tür sich zischend hinter ihnen schloss. Er spürte irgendetwas Ungewöhnliches und rieb nervös die Finger gegeneinander. Die Luft war pulvertrocken.

Barton trat vor die Tür an der gegenüberliegenden Wand. »Wir befinden uns in einer Luftentfeuchtungskabine.«

Das würde es erklären – aber warum? Als die zweite Stahltür sich hob, schlug Wilson eine seltsame Energie entgegen. Er fühlte ein Flimmern in der Brust, ein Beben im Herzen. Das Licht war so grell, dass Wilson die Augen zusammenkniff. Er wurde in einen großen, hell erleuchteten Kuppelraum gezogen. Reihenweise Glastische – Vitrinen – standen dort sorgfältig ausgerichtet wie gleichmäßig gekippte, riesige Dominosteine.

In den Vitrinen lagen Hunderte bräunlicher Dokumente aus Pergament und Leder, flachgedrückt von Glasscheiben. Manche besaßen eine eigentümliche Form, andere waren stark beschädigt. Jeder Quadratzentimeter ihrer spröden Oberfläche war mit alten Schriftzeichen in schwarzer Tusche bedeckt. Es waren hebräische Buchstaben.

Barton beendete das Schweigen. »Die Schriftrollen vom Toten Meer. Die neununddreißig Bücher des Alten Testaments. Das ist der Grund, warum wir beide hier sind.«

Wilson legte die Hände auf einen der Glastische.

»Diese Schriftstücke sind über zweitausenddreihundert Jahre alt«, sagte Barton. »Man kann sagen, sie sind die bedeutendsten Dokumente der Weltgeschichte.«

Wilson kannte die Schriftrollen und ihre Bedeutung genau. Er hatte viel darüber gelesen. »Ich dachte, sie lägen im Rockefeller Museum in Jerusalem.«

»Das ist richtig«, bestätigte Barton. »Und es liegen auch Pergamente im Schrein des Buches.« Der Schrein des Buches in Jerusalem war eigens zur Aufbewahrung sakraler Schriften errichtet worden. »Beide Institutionen haben Kopien – zeitweise zumindest. Diese hier sind die Originale.«

Wilson betrachtete einen hebräischen Text. »Wie ist das möglich?«

»Das Rockefeller Museum gehört der Enterprise Corporation«, antwortete Barton. »Und die übrigen Rollen sind aus dem Schrein des Buches entliehen – wir sind dessen größte Gönner. Es ist das erste Mal in der Geschichte, dass sich die komplette Schriftrollensammlung außerhalb des Nahen Ostens befindet, seit sie 1947 in den Höhlen am Toten Meer entdeckt wurde.«

Ohne es zu wissen, blickte Wilson auf das Buch Jesaja. Die Rolle war acht Meter lang und nur fünfundzwanzig Zentimeter breit. Sie lag in einer einzigen Vitrine. Da er wusste, dass Hebräisch von rechts nach links geschrieben wurde, ging er an das rechte Ende und betrachtete die Schriftzeichen. Die Ausführung war unglaublich. Wilson holte tief Luft. Er spürte, dass eine Energie davon ausging, die in seinem Kopf zu summen schien. Die Schriftrollen mussten echt sein. Eine andere Erklärung gab es nicht.

»Sie wurden von einem Beduinen entdeckt«, sagte Barton, »von einem Jungen namens Mohammad. Er suchte nach einer verirrten Ziege. Das Gebiet bei Jericho, nordwestlich des Toten Meeres, ist als die Wüste von Judäa bekannt. Der Junge warf einen Stein in eine Höhle zwischen den hohen Felsen. Zu seinem Erstaunen hörte er den Klang von Tonscherben in der Tiefe. Bei weiterer Nachforschung fand der Junge mehrere große Krüge mit Lederrollen, die in Leinen gewickelt waren. Die Krüge waren luftdicht verschlossen gewesen, und der Inhalt befand sich nach mehr als 1900 Jahren in ausgezeichnetem Zustand. Diese Höhle bekam die Nummer eins unter den Qumran-Höhlen.«

Es wurden insgesamt elf Höhlen entdeckt, die mehr als vierzigtausend Fragmente in unterschiedlichem Erhaltungszustand enthielten. Sie gehörten zu über fünfhundert einzelnen Abschriften der neununddreißig Bücher des Alten Testaments.*

Wilson stellte sich das Bild vor … die felsige Wüste in Israel, den Hirtenjungen in der traditionellen Beduinenkleidung, die hohen Tonkrüge mit den alten Schriftrollen. Er fragte sich, was der Junge gedacht haben mochte, als er in die dunklen Höhlen hinuntergeklettert war.

Barton fuhr fort: »Die Schriftrollen wurden von heiligen Männern geschrieben, der Bruderschaft von Khirbet Qumran, zwischen 200 vor Christus und 68 nach Christus. Die Legende behauptet, diese Männer seien Heilige gewesen, die auf die Erde gekommen seien, um die Lehren Gottes aufzuzeichnen, gelehrte Männer von unermesslicher Weisheit, die sich der Keuschheit, der Armut und der Lehre Gottes verpflichtet hatten. Sie arbeite-

* The New Evidence that Demands a Verdict, Josh McDowell, Thomas Nelson, Nashville 1999, S. 78

ten vierzehn Stunden am Tag, sieben Tage die Woche.« Barton schwieg kurz. »Es hieß, ihren Lohn würden sie nach dem Tod empfangen.« Er machte eine weit ausholende Geste. »Ihr Leben ist in der Damaskusschrift und den Gesetzesvorschriften dargelegt, die ebenfalls hier liegen.«

Wilson stellte sich vor, wie die hochgebildeten Männer aussahen, ihre geschorenen Köpfe, die blasse Haut, wie sie in fließenden weißen Gewändern an ihrer Staffelei saßen und das Wort Gottes niederschrieben.

»Das Faszinierende an diesen Schriften ist ihr Alter«, sagte Barton. »Es sind die ältesten noch existierenden Bibelhandschriften, von denen wir wissen.« Er hielt kurz inne. »68 nach Christus drangen römische Soldaten in die heilige Siedlung von Qumran ein, als direkte Folge des ersten jüdischen Aufstands von 66 nach Christus, als das jüdische Heer, geführt von Josephus, die zwölfte Legion besiegte, die Garnison in Jerusalem. Für die Römer war das eine demütigende Niederlage. Ihre Soldaten wurden allesamt erschlagen, und die Standarte der zwölften Legion, ein Adler aus massivem Gold, wurde erbeutet. Kaiser Nero war erzürnt über die jüdische Vergeltungsmaßnahme und setzte die ganze Macht Roms ein, um sich zu rächen. Er schickte Vespasian, seinen besten Heerführer, und die fünfte, zehnte und fünfzehnte Legion, mehr als 16.500 Berufssoldaten, damit sie Judäa überrollen und die Herrschaft über die Region zurückgewinnen. Während dieser Ereignisse wurden die Schriftrollen in den Höhlen versteckt. Dort blieben sie unangetastet – zweitausend Jahre lang.«

Römische Legionen mit dem Auftrag, Judäa zurückzuerobern, die alles vernichten, was ihnen in den Weg kommt – einschließlich der Siedlung von Qumran, der Heimat der Schriftrollen. Wilson starrte auf die Schriftzeichen auf dem Pergament, und unerklärlicherweise entnahm er den Worten ihren Sinn.

Es hätte ihn erschrecken müssen. Stattdessen kam es ihm ganz natürlich vor.

Er las einen Namen laut: »Tobit …« Wilson schlenderte zu einer anderen Vitrine. »Leviticus …« Und zu einer weiteren. »Psalmen …« Er konnte den hebräischen Text mühelos lesen!

»Sie haben soeben drei Schriftrollen benannt«, sagte Barton verblüfft. »Woher können Sie das?«

Wilson war fassungslos. Er wusste es selbst nicht.

Barton näherte sich der Vitrine mit fragendem Blick. »Woher können Sie das?«, fragte er noch einmal.

Wilson stand schweigend da, mit ratloser Miene. »Ich weiß auch nicht …«

»Sie haben es jedenfalls nicht *erraten* können.« Die Vitrinen waren nicht beschriftet.

»Ich weiß es nicht!« Wilson rieb sich die Augen. »Das muss ein Zufall gewesen sein.«

»Meiner Erfahrung nach gibt es so etwas nicht«, erwiderte Barton ernst. »Der Zufall ist nur ein Wegweiser des Schicksals.« Unerwartet zeigte er ein warmes Lächeln.

Wilson schritt die gesamte Länge der Jesaja-Vitrine ab und blieb am Textende stehen. Er wollte Abstand von Barton. Er konzentrierte sich auf die Buchstaben und übersetzte mühelos: »Denn wie der neue Himmel und die neue Erde, die ich schaffen will, vor mir bestehen werden, spricht der Herr, so wird euer Geschlecht und euer Name bestehen bleiben. Neumond um Neumond …«

Er konnte den Text verstehen!

Wilson fuhr zu Barton herum. »Was haben die Qumran-Rollen mit Zeitreisen zu tun? Oder wollen Sie mich nur mit Ihrem Geld beeindrucken?«

Barton zeigte zur anderen Seite des Raumes. »Die Antwort liegt dort – im Buch Esther.«

In der letzten Reihe lag in einer Vitrine eine sehr gut erhaltene Schrift, wahrscheinlich die am besten erhaltene der ganzen Sammlung.

Wilson trat näher heran. »Ich dachte, das Buch Esther fehlte bei den Qumran-Funden.* War das nicht das einzige Buch des Alten Testaments, das nicht bei den anderen lag?«

»Ich muss schon sagen, Sie stecken voller Überraschungen, Wilson.« Barton schien beeindruckt. »Sie haben vollkommen recht. Es wird allgemein angenommen, dass das Buch Esther in Jerusalem gefunden wurde. Aber das ist nicht der Fall. Es ist ein wohl gehütetes Geheimnis, dass auch eine Abschrift in den Höhlen am Toten Meer gefunden wurde.«

»Warum sollte man daraus ein Geheimnis machen?«

»Weil Esther die umstrittenste der Schriften ist ... und in mancher Hinsicht auch die bedeutendste.«

Wilson legte die Hände auf die Glasscheibe und las in dem vollständig erhaltenen Text. Es war tatsächlich das Buch Esther, wie Barton gesagt hatte.

»Und wieso ist es die bedeutendste Schrift?«, fragte Wilson.

»Weil das Geheimnis der Zeitreise darin enthalten ist. Verschlüsselt in dem Text befindet sich die detaillierte Beschreibung, wie man ein Zeitportal baut und es mit Hilfe des Magnetfelds der Erde benutzt.«

Wilson starrte Barton an, als hätte er einen Verrückten vor sich. In diesem Moment, als er vor den legendären Qumran-Rollen und dem Buch Esther stand, das eigentlich gar nicht existieren dürfte, begriff Wilson, dass es nicht um seine Omega-Programmierung ging. Hier ging es um etwas anderes, etwas unglaublich Bedeutendes.

Barton wirkte ernster denn je. Dann blickte er auf die Uhr. »Übrigens, Wilson, Ihre zwanzig Minuten sind um.«

* The New Evidence that Demands a Verdict, Josh McDowell, Thomas Nelson, Nashville 1999, S. 80

Houston, Texas
Hauptbahnhof
26. November 2012
Ortszeit: 15.13 Uhr
Unternehmen Jesaja – zweiter Tag

Eine Nachricht plärrte durch die Lautsprecher und riss Wilson aus seinem Tagtraum. Selbst jetzt empfand er noch tiefe Ehrfurcht, wenn er daran dachte, wie er zum ersten Mal vor den Qumran-Rollen gestanden hatte. Dass er sie hatte lesen können – vor zwei Wochen, siebzig Jahre in der Zukunft – machte ihn noch immer fassungslos. Es war ein Augenblick gewesen, der sein Leben völlig verändert hatte.

Er hinkte zum Bahnsteig achtunddreißig, während sein Magen knurrte. Die Mahlzeit bei George hatte seinen Hunger kaum stillen können. Hoffentlich gab es im Zug etwas zu essen.

Vom unbeleuchteten Durchgang aus stieg er langsam die Treppe hinauf. Die Wände waren mit Graffiti besprüht, und ein stechender Gestank hing in der Luft. Die Sonne blitzte auf den Schienen, als ein orangefarbener Pendlerzug auf einem anderen Gleis einfuhr. Seine Türen öffneten sich, die Wagen waren leer.

Die Türen schlossen sich wieder, und der Zug rollte aus dem Bahnhof.

Eine weggeworfene Zeitung, die im Wind flatterte, erregte Wilsons Aufmerksamkeit. Auf der ersten Seite war ein vertrautes Gesicht abgebildet.

Ein sehr vertrautes.

Wilson blickte auf sein eigenes Konterfei – eine Zeichnung seines Gesichts!

»Was soll das denn?«, flüsterte er.

Die Schlagzeile des *Houston Chronicle* lautete: *Fahndung nach Serienmörder.* Darunter stand:

Ein Mann, der für den Tod von vierzehn Menschen im Südwesten der Vereinigten Staaten verantwortlich ist, hält sich an-

geblich in Houston auf. Der Täter, der schwer verletzt sein soll, hat seit seinem Erscheinen erneut zugeschlagen. Officer Tolle von der Polizei in Houston kam ums Leben, als er bei einem vorsätzlichen Angriff überfahren wurde.

Vierzehn Menschen? Vorsätzlicher Angriff? Wilson schaute nervös über die umliegenden Bahnsteige. Zum Glück blickte niemand in seine Richtung. *Sie glauben, ich bin verletzt. Darum wurde ich vor dem Bahnhof nicht festgehalten.* Er las weiter: »Commander Visblat, Chef der Houstoner Polizei, sagte: ›Dieser Mann ist ein gemeiner Mörder. Wir werden ihn mit allen Mitteln verfolgen.‹«

Da war noch ein Mann abgebildet.

Wilson hatte dieses unvergessliche Gesicht schon gesehen – zweimal. Es war der rothaarige Hüne.

Während er auf das Bild starrte, überlegte er, warum ein so hochrangiger Polizist – Commander Visblat – sich solch eine Lüge ausdenken sollte.

Dann fiel ihm die Fahrkartenverkäuferin ein. Ihre Hände hatten vor Angst gezittert. Hier stimmte etwas nicht – er war in eine Falle gelaufen! Er hinkte an die Bahnsteigkante, sprang hinunter und verschwand in der Dunkelheit des Eisenbahntunnels.

16.

Houston, Texas
Polizeizentrale
26. November 2012
Ortszeit: 15.24 Uhr
Unternehmen Jesaja – zweiter Tag

Commander Visblat saß allein in seinem Büro. Die Jalousien waren heruntergelassen, und es herrschte ein düsteres, trübes Licht. Der holzfurnierte Schreibtisch vor ihm war überhäuft mit Zeitungen und Notizblöcken, mit farbigen Kugelschreibern, die man in dieser Menge in einem Jahr nicht verbrauchen kann, mit Wasserflaschen und alten Fastfoodtüten. In dem ganzen Durcheinander des Zimmers gab es nichts Persönliches außer ein paar Büchern über die ägyptischen Pyramiden, die in ein überfülltes Regal gestopft waren.

Auf einem kleinen freien Platz in der Mitte des Schreibtischs lag ein sorgfältig geschriebener Brief des Bürgermeisters, in dem dieser seinen Abscheu über die Behandlung von Corporal Jeremy Bishop ausdrückte: »Mit der Waffe auf einen Kollegen zu zielen ist unter keinen Umständen hinnehmbar, und schon gar nicht, eine Kugel in die Decke des Besprechungsraumes zu schießen.«

Visblat verzog spöttisch das Gesicht – es gab wichtigere Dinge, als bei der Polizei den Laufpass zu bekommen. Aber das war schon die zweite Abmahnung in drei Monaten wegen »ungebührlichen Verhaltens«. Er war jetzt offiziell auf Bewährung. Noch ein Regelverstoß, und er war ein für alle Mal draußen – egal wie wertvoll er für die Stadt war.

Visblat blickte auf die Nachmittagsausgabe des *Houston Chro-*

nicle. »Fahndung nach Serienmörder« stand da. Er war wütend, dass Einzelheiten an die Presse durchgesickert waren, und das gegen seine ausdrückliche Anordnung. Er wurde sogar wörtlich zitiert! Seine stechenden Augen richteten sich auf das schwarze Telefon. Er suchte nach einem Ventil für seine aufgestaute Wut. Schließlich sprang er aus seinem Sessel, packte das Telefon und riss das Kabel aus der Wand. Mit dem Apparat in der Hand stürmte er aus seinem Büro, das Kabel hinter sich herziehend. Wie erwartet stoben die Leute in sämtliche Richtungen davon, als er mit grimmig entschlossener Miene den Gang hinunterstapfte.

Die Polizeizentrale war ein betriebsames, überlaufenes Bürogebäude im Geschäftsviertel Houstons. Mehr als tausendachthundert Menschen arbeiteten dort in wechselnden Schichten rund um die Uhr. Möbel und Ausstattung stammten aus den 1950er Jahren – vieles war aus Holz –, und es gab wenig Tageslicht in dem Labyrinth der Korridore und Bürozellen. Obwohl hier dem Gesetz Geltung verschafft wurde, war alles und jeder von einem Gefühl der Vergeblichkeit durchdrungen. Egal wie sehr die Polizei sich bemühte – die Verbrechensrate stieg und stieg.

Visblat stapfte durch den Gang, den Blick nach vorn gerichtet. Aus der Einsatzzentrale erklang Stimmengemurmel. Visblat riss die Tür auf und schleuderte das Telefon in den Raum. Es flog über die Köpfe hinweg, krachte gegen die Wand und zerbrach in Stücke, die über den Boden sprangen.

Die Gespräche verstummten abrupt. Es wurde totenstill.

An einer Seite des Raumes, auf einem dreistufigen Podest, befand sich das Team für die laufenden Ermittlung. An den Wänden hingen Einsatzdiagramme, die den Aufenthaltsort jeder Polizeieinheit im gesamten Distrikt anzeigten. Hier wurde die Fahndung nach Wilson Dowling koordiniert und jeder Hinweis gesammelt. Ringsherum saßen an die dreißig Telefonisten, die den Einsatz sämtlicher Streifenwagen koordinierten. Hier herrschte schon normalerweise viel Betrieb, aber in den letzten vierundzwanzig Stunden war das Chaos ausgebrochen.

»Wer ist dafür verantwortlich, mich auf dem Laufenden zu halten?«, brüllte Visblat.

Stille.

»Also gut. Wer ist der Diensthabende?«

»Ich, Commander.«

Ein stämmiger, kompetent wirkender Mann mit kurzen braunen Haaren trat vor und salutierte. Detective Craig Robinson war nach Visblat der ranghöchste Polizeibeamte im Raum. Er war seit über zwanzig Jahren im Dienst, ein stolzer Texaner, der sich für zäh und ehrlich erachtete. Sein Onkel und sein Bruder waren ebenfalls bei der Houstoner Polizei. Detective Robinson war im vergangenen Monat befördert worden. Er trug jetzt keine Uniform mehr, sondern einen Anzug.

»Sir, ich wollte Ihnen gerade Bericht erstatten«, sagte Robinson.

Visblat stapfte die Stufen hinauf und stellte sich dicht vor Robinson, um ihm mit dem Zeigefinger aufs Revers zu tippen. »Wissen Sie, was es heißt, mich auf dem Laufenden zu halten?«, flüsterte er. »Das heißt, dass Sie mir gefälligst melden, was läuft!«

»Es tut mir leid, Commander.« Robinsons Blick huschte nervös durch den Raum. Alle beobachteten ihn. Er bemühte sich um einen ruhigen Tonfall. »Es wird nicht wieder vorkommen.«

»Wenn ich in meinem Büro sitze und das Telefon nicht klingelt«, fuhr Visblat fort, »frage ich mich, ob Sie meine Anweisung befolgen. Nun?«

Detective Robinson hatte soeben seine Zwölfstundenschicht angetreten und während der ersten Viertelstunde die Hinweise geprüft, um einen detaillierten Bericht zu verfassen. »Es wird nicht wieder vorkommen, Commander«, sagte er. Er war kein Mann, der etwas auf andere schob oder Ausflüchte machte.

Visblat wandte sich den Einsatzdiagrammen zu. »Berichten Sie, was Sie haben«, verlangte er barsch. Daraufhin setzte das Stimmengewirr der Beamten wieder ein.

Robinsons Beförderung bedeutete, dass er nun regelmäßiger mit Visblat zu tun haben würde – eine wenig erfreuliche Aussicht. Doch Robinson war pragmatisch: Er musste seinen Commander nicht mögen, er musste ihm nur Bericht erstatten. Außerdem, was blieb ihm anderes übrig? Das gehörte nun einmal dazu. Visblats Reaktion war zu erwarten gewesen; er würde immer heftig reagieren, wenn er feststellte, dass Einzelheiten einer Fahndung an die Presse durchgesickert waren.

»Wir haben den Bahnhof gründlich abgesucht«, sagte Robinson. »Und wir haben noch hundertfünfundzwanzig Männer in der unmittelbaren Umgebung postiert, bisher ohne Ergebnis. Der Tipp, den wir von der Fahrkartenverkäuferin bekommen haben, scheint richtig gewesen zu sein. Ein Mann, auf den die Beschreibung passt, hat die Kreditkarte benutzt, die vor dem Krankenhaus gestohlen wurde.« Robinson wies auf die Einzelheiten, die an der Weißwandtafel standen. »Eine grüne American-Express-Karte, die einem gewissen Jack Bolten gehört, angestellt im Harris-Bezirkskrankenhaus. In seinen Wagen wurde eingebrochen.« Er zögerte. »Aber was ich nicht verstehe, ist Folgendes: Die Kollegen im Bahnhof und die Fahrkartenverkäuferin berichten, der Verdächtige sei bei guter Gesundheit gewesen – bis auf eine blutende Oberlippe. Diese kleine Verletzung zog er sich offenbar bei einer tätlichen Auseinandersetzung vor dem Bahnhof zu. Er trug ein T-Shirt mit der Aufschrift ›Love Machine‹.« Robinson stockte erneut. »Nicht gerade unauffällig. Deshalb sollten wir die Möglichkeit in Betracht ziehen, dass dieser Mann nicht der Gesuchte ist. Eine Ablenkung vielleicht?«

»Unmöglich«, widersprach Visblat. »Er arbeitet allein.«

»Sir, betrachten Sie die Fakten.« Robinson zeigte in den roten Kreis auf dem Stadtplan an der Wand – die rote Zone, wie sie genannt wurde. »Unsere Berichte bestätigen, dass der Flüchtige gestern Morgen bei einem Autounfall schwer verletzt wurde – auf der I-610 unter der Westheimer-Überführung. Wirklich schwer verletzt, ich habe das Krankenblatt gelesen.«

»Das weiß ich alles.«

Robinson holte tief Luft. »Seine Verletzungen – gebrochene Beine – würden eine Flucht zu Fuß natürlich ausschließen. Dennoch wurde eine gründliche Durchsuchung des Krankenhauskomplexes und seiner Umgebung vorgenommen. Wie Sie wissen, wurde der Mann nicht gefunden. Das heißt, der Verletzte muss der Flüchtige sein. Warum sonst hätte er auf diese Weise verschwinden sollen? Folglich ist der Flüchtige fraglos verletzt. Ich schließe daraus, Sir, dass er einen Komplizen haben muss.«

»Er hat keinen Komplizen«, beharrte Visblat.

»Der Mann am Bahnhof war in guter Verfassung – also stimmt irgendetwas nicht. Nach meiner Ansicht ist der Flüchtige aus dem Krankenhaus mit einem Wagen entkommen. In Anbetracht seiner Verletzungen ist das der einzig mögliche Schluss. Er muss einen Komplizen haben.«

»Da habe ich meine Zweifel«, sagte Visblat. »Er macht alles alleine.«

Robinson wischte sich den Schweiß von der Stirn. Der Druck, dem er sich durch den Commander ausgesetzt sah, war unerwartet groß. »Eines ist sicher«, sagte er. »Der Flüchtige ist ziemlich erfinderisch. Wie er die Stromversorgung des Krankenhauses lahmgelegt hat, war genial. In diesem Gebäudeteil gab es zwei Stromnetze. Er hat es geschafft, sie gleichzeitig kurzzuschließen, sodass das Licht und die Sicherheitssysteme ausfielen.«

»Ich gebe zu, das war überraschend«, sagte Visblat. »Aber mich interessiert viel mehr, wie er an den zwanzig Sondereinsatzleuten vorbeigekommen ist. Zumal in seinem schlechten körperlichen Zustand.«

Robinson rieb sich die Schläfen. »Entweder sind die Angaben über seine Verletzungen falsch, oder sie wurden eigens gefälscht. Oder, wie ich schon sagte, dieser Mann hat einen Komplizen. Vielleicht sogar einen aus dem Krankenhaus.« Er zeigte auf einen Lageplan der Gebäude. »Der Flüchtige ist wahrscheinlich über den Ostparkplatz geflohen.« Er zeigte auf einen anderen Plan an der Wand. »Hier haben wir die Verbände gefunden. Dort stand auch der Wagen mit der eingeworfenen Scheibe, aus dem die Kreditkarte gestohlen wurde.« Auf einem Schreibtisch liefen in einem kleinen Fernsehgerät Videoaufnahmen. »Wir haben die Überwachungsaufnahmen überprüft. Sie wurden unterbrochen, als der Strom ausfiel, aber wir haben festgestellt, dass diese die einzigen Wagen waren, die an dem Abend rein- und rausgefahren sind.« Robinson zeigte auf die Tafel, auf der ungefähr sechzig Namen und Adressen verzeichnet waren.

Visblat las die Namen der Angestellten. »Ich verstehe. Also gut«, sagte er widerstrebend, »lassen Sie alle Fahrzeuge erneut durchsuchen. Wenn Ihre Theorie stimmt, muss einer von denen ihm zur Flucht verholfen haben. Und Sie werden herausfinden, wer.«

»Jawohl, Commander.«

»Holen Sie Captain Hall. Er muss etwas Wichtiges übersehen haben. Reden wir mit ihm.«

»Jawohl, Commander.«

Visblat nahm die Unterlippe zwischen Daumen und Zeigefinger. »Wir müssen auch in Erwägung ziehen, dass der Flüchtige nicht so schwer verletzt ist wie angenommen.« Er zeigte auf den Stadtplan von Houston. »Ich will, dass die Posten an jedem Flughafen und Aerodrom im Umkreis von zweihundert Meilen verdoppelt werden. Dort wird er seinen nächsten Schritt unternehmen.«

»Wie können Sie da sicher sein, Commander?«

Visblats Muskeln spannten sich. »Tun Sie, was ich gesagt habe! Ich will zusätzliche Leute an allen Flughäfen, auch an den kleinen. Er wird vielleicht ein Kleinflugzeug stehlen. Versetzen Sie alle in Alarmbereitschaft. Ich will Wachposten hier, hier und hier.« Er tippte auf drei Stellen auf dem Stadtplan. »Halten Sie jeden an, der dem Kerl auch nur entfernt ähnlich sieht.« Er hielt inne. »Wenn dieser Mann diesmal wieder entkommt, Detective, mache ich allein Sie dafür verantwortlich.«

Robinson fand es lächerlich, davon auszugehen, der Flüchtige könne unverletzt sein, doch er drehte sich zu den Kollegen um. »Sie haben gehört, was der Commander gesagt hat. Verdoppeln Sie die Teams an den Flughäfen. Nehmen Sie jeden fest, der auch nur entfernt ...«

Urplötzlich fuhr Visblat zu einer Telefonistin herum, die hinter ihm gesessen hatte. »Was haben Sie gesagt?«, schnauzte er sie an und baute sich drohend vor ihr auf. Die Telefonistin war eine große, blonde Frau, die ganz vorn in der Reihe saß. »Ich will wissen, was Sie gesagt haben!«, brüllte er ungeduldig. Die Frau blieb stumm und starr. »Was haben Sie gesagt? Antworten Sie!«

Als Annie McDonald in die Augen des Commanders sah, war ihr erster Impuls, davonzurennen, doch sie war wie gelähmt.

Visblat drehte sich zu Robinson um. »Bringen Sie die Frau zum Reden! Los! Ehe ich die Geduld verliere!«

Robinson ging zu der jungen Kollegin und stellte sich zwischen sie und den Commander. »Sagen Sie es ihm, Annie. Was haben Sie eben gesagt?« Annie antwortete nicht, starrte nur sprachlos den Commander an. »Annie, Sie müssen antworten.«

»Es war nur eine Kennzeichenanfrage«, sagte sie mit zittriger Stimme.

»Weiter«, brummte Visblat im Hintergrund.

»Bei einem weißen Ford«, fügte sie zögernd hinzu.

Robinson verstand nicht, warum Visblat so grob reagierte. Anscheinend wurde dieser Mann immer ungenießbarer.

»Der Wagen gehört einem George Washington«, brachte die junge Frau endlich hervor. »Aus Bordersville. Es ging nur um das Kennzeichen«, sagte sie nervös. »Detective Olsen hat danach gefragt. Er sagte, der Wagen sei heute Morgen in einen Unfall verwickelt gewesen.«

Visblats Mundwinkel hoben sich zu einem Lächeln, während

er sich der Weißwandtafel näherte. Er schlug mit der flachen Hand auf die Liste der Krankenhausangestellten. »Was für ein Zufall«, sagte er. »George Washington aus Bordersville.« Der Name stand in blauer Tinte an der Tafel. »Er hat zweifellos damit zu tun«, stellte er zufrieden fest. »Wo Rauch ist, ist auch Feuer.«

Detective Robinson nahm all seine Energie zusammen. »Sämtliche Einsatzwagen in Sektor vier werden sofort nach Bordersville geleitet. Alle anderen Anweisungen gebe ich unterwegs. Los!« Er zeigte auf seinen Assistenten. »Informieren Sie die Sondereinsatzkräfte, dass wir sie sofort brauchen – Alarmstufe Rot, das gilt für alle!«

»Widerrufen Sie den Befehl!«, rief Visblat. »Lassen Sie meinen Hubschrauber klarmachen.« Er stach Robinson mit dem Finger vor die Brust. »Wäre ich nicht hergekommen, wäre dieser Mann uns durch die Lappen gegangen. Halten Sie alle zurück – ich erledige das selbst.«

17.

Houston, Texas
Richey Road, Bordersville
26. November 2012
Ortszeit: 15.36 Uhr
Unternehmen Jesaja – zweiter Tag

Mit beiden Händen zielte Helena auf den schmächtigen schwarzen Mann, aber der lächelte bloß. George saß breitbeinig und mit verschränkten Armen auf einer Bank vor der Tür seines Heims. Er sah nicht beunruhigt aus, kein bisschen. Helena hatte ihm unzählige Mal gedroht, hatte ihn eindringlich gebeten, hatte versucht, nett zu sein, und doch nichts aus ihm herausbekommen.

Die beiden Dobermänner saßen lässig im hohen Gras, als wäre das Ganze ein Picknick. Helena achtete sehr darauf, die Tiere nicht unnötig aufzuschrecken, doch es schien sie gar nicht zu interessieren, was vor sich ging.

»Um Himmels willen«, flehte Helena bestimmt zum zehnten Mal. »Machen Sie die Sache doch nicht so schwer.«

»Sie sind die kranke Schlampe«, entgegnete George. »Kein Zweifel.«

»Wieso meinen Sie das? Sagen Sie es doch!«

George verzog das Gesicht, als hätte er faulen Fisch gerochen. »Als Nächstes wollen Sie noch mit mir Krankenschwester spielen!« Er schüttelte sich übertrieben. »Auf keinen Fall! Diese kranken Spielchen machen Sie nicht mit mir, Frau. Ich arbeite in ’nem Krankenhaus, kapiert? Ich weiß genau, wie abgedreht diese Blut-Fetisch-Sache ist.«

»Ich weiß wirklich nicht, wovon sie reden«, stöhnte Helena. »Warum wollen Sie mir nicht glauben?«

»Weil Sie nicht vertrauenswürdig sind.«

»Nicht vertrauenswürdig? Ist das Ihr Ernst?«

»Ich bin immer ernst. Ich bin ein Washington!«

»Sie müssen mich mit jemandem verwechseln. Können Sie das nicht einsehen?«

»Ich habe Ihren Mann gesehen! O GOTT!« Wieder verzog George das Gesicht. »Der Typ ist hässlich wie *King Kong*!«

»Ich bin nicht verheiratet!«

»An Ihrer Stelle würde ich das auch abstreiten«, meinte George. »Ich kenne euch alle. Meine Frau leugnet auch, dass sie mich geheiratet hat. Und *sie* sagt, ich bin nicht vertrauenswürdig! Das ist gelogen! Ihr Frauen seid nämlich die Lügner.«

Helena wollte nichts mehr über Georges Eheleben hören. Er war schon oft genug auf dieses Thema ausgewichen. »Hören Sie, Mr. Washington, ich sage die Wahrheit. Sie müssen mir glauben.«

George bohrte ungeniert mit dem kleinen Finger in der Nase. »Wie kann ich Ihnen trauen, wenn die Mündung auf mich zeigt?«

Helena holte tief Luft. »Wollen Sie Geld? Ist es das? Sie griff in die Tasche und zog ein Bündel Zwanziger heraus. »Das löst Ihre Zunge, möchte ich wetten.« Sie warf ihm das Bündel in den Schoß.

George betrachtete die Scheine. »Sehe ich wie 'n Spitzel aus?« Er warf das Geld zurück. »Ich brauche kein Bares von 'ner abgedrehten Bullenbraut!«

»Soll das ein Witz sein?«

»Ganz bestimmt nicht!«

Helena kam zu dem Schluss, dass der Mann verrückt war und höchstwahrscheinlich auf Drogen.

»Ich mache keine Witze, wenn ein Packen Knete im Spiel ist«, sagte George. »Ich berufe mich auf den fünften Zusatzartikel.«

»Ich möchte nur den Mann finden, der in Ihrem Kofferraum gelegen hat.«

»Klar doch.«

»Ich will ihm nichts tun.«

George schüttelte den Kopf. »Und wenn Sie ein Engel aus dem Himmel wären, würde ich Ihnen nichts sagen.« Ein Linienjet brauste über sie hinweg und verschwand in der Ferne – der sechste in zehn Minuten. George sah ihm hinterher; dann fragte er beiläufig: »Was dagegen, wenn ich rauche? Ich möchte mich entspannen … im Gegensatz zu Ihnen.«

Resignierend zuckte Helena die Achseln. »Warum nicht.« Sie trat ein paar Schritte zurück, ließ die Waffe sinken und ging in die Hocke. »Ich geb's auf, Mr. Washington. Aber ich kann beim besten Willen nicht begreifen, warum Sie sich so verhalten. Sie wissen doch nicht einmal, wer ich bin.«

»Ich würde niemals einen Freund verraten«, erklärte George. Das war es; das wurde ihm gerade klar. Wilson war sein Freund, und er würde für ihn tun, was er konnte, selbst wenn es ihn einen Packen Zwanziger kostete.

»Aber Sie haben diesen Wilson erst heute kennen gelernt. Warum machen Sie solch ein Geheimnis aus ihm?«

George nahm einen langen Zug von der Zigarette. »Das geht nur ihn und mich was an.«

Einer der Dobermänner trottete zu Helena und setzte sich neben ihre Füße. Sie streichelte das Tier am Kopf.

George war verwirrt, als er sah, wie sein Wachhund diese Aufmerksamkeit genoss. Er inhalierte und blies den Rauch durch die Zahnlücke. »Sie heißt Esther«, sagte er.

Eine nasse Zunge fuhr Helena über den Handrücken.

»Der Große heißt Tyson.«

»Hübsche Tiere«, meinte sie.

»Ich kapiere das einfach nicht. Die beiden waren die gemeinsten Viecher der Welt. Besonders bei Weißen.« Er stockte. »Und jetzt sehen Sie sich die beiden an. Das ist unbegreiflich.«

»Hunde haben eine gute Menschenkenntnis, Mr. Washington. Vielleicht eine bessere als Sie.«

George nahm einen weiteren Zug. »Das bezweifle ich.«

»Dieser Wilson hat Informationen, die ich brauche«, begann Helena von Neuem. »Darum bin ich hier.« Sie deutete auf das Mobilhaus. »Ich habe Ihr Haus gesehen, und Sie auch – durch seine Augen. Ich habe gesehen, wie er geduscht hat, dahinten. Ich habe ihn den Hund streicheln sehen.«

George musterte Helena fasziniert. Er wollte ihr gerne glauben, doch seine Logik untersagte es ihm. Sie *war* die schöne weiße Frau, von der Wilson ihm erzählt hatte. Es musste so sein.

»Dieser Wilson ist kein gewöhnlicher Mann«, fuhr sie fort. »Er hat Dinge getan, die sich nicht erklären lassen ...« Sie ließ den Satz unvollendet, da sie sah, dass es keinen Zweck hatte. »Ich werde ihn finden«, sagte sie eher zu sich selbst.

»Ich habe Ihnen alles gesagt«, behauptete George. »Ich weiß gar nichts.«

Helena stand auf. »Würde es etwas nützen, wenn ich Ihnen noch einmal drohe?«

George blies den Rauch durch die Nasenlöcher und kicherte.

»Wahrscheinlich nicht«, sagte Helena und steckte die Pistole weg. »Ich weiß, Sie wollen ihn nur schützen, aber Sie irren sich.« Wie es schien, war ihr Ausflug nach Bordersville eine Sackgasse. »Auf Wiedersehen, Mr. Washington. Leben Sie wohl.«

George schlug die Beine übereinander. »War nett, Sie kennen zu lernen. Kommen Sie mich mal wieder besuchen.« Seiner Meinung nach brachten weiße Frauen immer nur Ärger.

Helena entfernte sich rückwärtsgehend, wobei sie ein wachsames Auge auf George hielt. Schließlich drehte sie sich um und ging zu ihrem Wagen. Das Dobermannweibchen trottete friedlich neben ihr her.

Helena war in gewisser Hinsicht zufrieden. Sie kannte jetzt Wilsons Namen, was eindeutig bewies, dass der Mann existierte, den sie gesehen hatte. Doch um mehr herauszufinden, würde sie auf eine neue Vision warten müssen – sofern eine käme.

Von Westen näherte sich ein Dröhnen, das diesmal nicht von einem Flugzeug stammte. Helena drehte sich nach dem anschwellenden Lärm um. Ein schwarzer Hubschrauber mit der Aufschrift »Polizei« erschien über den Bäumen.

Offenbar hatte Detective Olsen den Helikopter geschickt.

George, der das Schlimmste vermutete, sperrte den Mund auf, und die Zigarette fiel ins Gras. Der Mann der Blonden war da! Die schwarze Hightech-Maschine legte sich in die Kurve und wurde langsamer. Direkt hinter dem Grundstück auf dem offenen Gelände setzte sie zur Landung an.

Begleitet vom Getöse der Rotorblätter sank sie rasch herab und landete in einer Wolke auffliegenden Staubs. Die hinteren Türen öffneten sich, und vier Männer stiegen aus. Alle waren bewaffnet.

Helena drehte sich weg, als eine Staubwand auf sie zuraste.

George erspähte sein Gewehr im Gras, doch es war bereits zu spät. Tyson sprang auf die Eindringlinge zu. George versuchte, ihn zurückzuhalten, aber der große Hund schlüpfte ihm durch die Hände.

Während Helena sich den Staub aus den Augen rieb, erkannte sie einen der Männer. Sie hatte ihn ein paarmal in der Zeitung und im Fernsehen gesehen; die roten Haare und die imposante Körpergröße waren unverwechselbar. Der Mann war Commander Visblat von der Polizei Houston. Diese Reaktion hätte sie von Olsen nicht erwartet.

Tyson hetzte den Männern knurrend entgegen.

Visblat hob ruhig seine Dienstwaffe. Ein gedämpfter Schuss übertönte das Jaulen der Hubschrauberturbinen. Der Hund krümmte sich in der Luft und stürzte ins wehende Gras.

»Neiiin!«, schrie George, rannte mit ausgestreckten Armen los und warf sich neben sein verwundetes Tier ins Gras. Es atmete nicht mehr.

Aus dem wirbelnden Staub trat Visblat hervor. »Wo ist Wilson Dowling?«, brüllte er.

Georges Blick verschleierte sich vor Tränen. »Fahr zur Hölle!«, rief er. Auch er hatte Mühe, dem Blick des Commanders zu begegnen.

»Ich frage Sie noch einmal.« Visblat zielte auf den Mann, der vor ihm im Gras kniete. »Wo ist Wilson Dowling?«

»Sie haben meinen Hund erschossen!« Mit überschäumender Wut blickte George über die Schulter zu Helena. Sie ging in die Hocke, um Esther am Halsband festzuhalten. Sie rief etwas, doch beim Getöse der Rotoren konnte George nichts verstehen.

Visblat fasste die Frau ins Auge. »Eine Freundin von Ihnen?«

Der Polizeichef deutete schroff in Helenas Richtung, und seine drei Begleiter richteten die Waffe auf sie. George durchfuhr ein Schauder. In diesem Moment begriff er, dass Visblat sie gar nicht kannte – sie waren nicht Mann und Frau, wie er geglaubt hatte. Helena hatte die ganze Zeit die Wahrheit gesagt.

»Ich frage Sie zum letzten Mal!«, brüllte Visblat. »Wo ist Wilson Dowling?«

George nahm seinen Mut zusammen und blickte dem Commander in die Augen – der Kerl war noch größer und hässlicher als in seiner Erinnerung. »Ich habe eine Nachricht für Sie«, sagte er feixend.

Gespannt neigte Visblat sich herab.

»Wilson hat gesagt, ich soll Ihnen was ausrichten. Er hat gesagt«, und dann brüllte George aus Leibeskräften, »dass Sie ihn *niemals* kriegen, Sie ARSCHLOCH!« Er lachte hysterisch. »Er fand es geil, Ihre Frau zu ficken!«

Visblat schlug ihm mit der Waffe ins Gesicht. Das Blut spritzte aus der Platzwunde, und George kippte bewusstlos zu Boden.

Helena stand jetzt dem Commander Auge in Auge gegenüber. Houstons ranghöchster Polizist wirkte wie ein Besessener. Er strahlte etwas aus, das Helena in Panik versetzte. Esther begann zu knurren und zerrte an der Leine, doch Helena hielt sie fest.

Wäre es besser, aufzugeben?

Dann fiel ihr ein, was sie sich vor langer Zeit geschworen hatte: Sie würde sich niemals der Gnade eines anderen ausliefern, ganz gleich, um wen es sich handelte. Nicht einmal der Polizei.

»Ich will die Frau lebend!«, brüllte Visblat.

Die drei Polizisten liefen auf Helena zu, die Gewehre im Anschlag.

Helena hob die Pistole und gab einen Warnschuss ab. Die Männer tauchten ins hohe Gras. Plötzlich flogen Staub und Pflanzenteile in alle Richtungen, als der Hubschrauber sich ein Stück über den Boden erhob. *Jetzt oder nie,* dachte Helena, drehte sich um und rannte so schnell sie konnte zu ihrem Wagen. Esther sprang neben ihr her.

Der Hubschrauber landete wieder, und Commander Visblat sprang hinein. »Los!«, befahl er und deutete mit dem Daumen nach oben. »Ich will die Frau festnehmen!«

Der Pilot reagierte nervös. »Was ist mit ihm?« Er zeigte auf den Bewusstlosen im Gras.

Die blonde Frau erreichte soeben ihren Wagen. Visblat schlug dem Piloten gegen den Helm. »Egal! Diese Schlange hat auf uns geschossen! Fliegen Sie los!«

Der Pilot drückte einen Knopf und sprach ruhig in sein Helmmikrofon. »P-27 erbittet dringend Starterlaubnis. P-27 erbittet …«

Visblat packte den Piloten beim Helm und drehte dessen Kopf zu sich herum. *»Abheben!«*

»Sir, wir befinden uns im Bereich der Flugkontrolle! Der Wind ist …«

Visblat zog das Funkkabel heraus. »Bringen Sie die Maschine vom Boden weg, sofort! Das ist ein Befehl!«

Helena hörte das Rattern des Hubschraubers, als sie in den Wagen sprang. Bei einem Blick über die Schulter sah sie die drei Polizisten durch die Sträucher auf sich zurennen. Sie gab einen Schuss in die Richtung ab.

Esther sprang überraschend auf den Beifahrersitz. Es schien, als wollte der Dobermann beim nächsten Ausflug dabei sein. Da jetzt nicht der Moment für Diskussionen war, legte Helena den Rückwärtsgang ein und trat das Gaspedal durch. Der Motor heulte auf, als der schwarze Mercedes in einer Staubwolke zurücksetzte. Mit durchdrehenden Rädern lenkte Helena den Wagen in die andere Richtung, legte den Gang ein und schoss in Schlangenlinien mit voller Beschleunigung davon.

Es kam ihr vor, als würde sie seit zwei Minuten zum ersten Mal Luft holen. Sie beschloss, schnellstmöglich zu ihrem Vater zu fahren; er würde wissen, was zu tun war. Sie schaltete ihr Mobiltelefon ein und wartete auf die Funkverbindung.

»Ich brauche einen besseren Winkel!«, brüllte Visblat. Er lehnte sich gefährlich weit aus der Tür des Hubschraubers, als sie den Sportwagen in Richtung Autobahn verfolgten. »Näher!«, brüllte er in die Kabine. »Sie darf nicht entkommen!«

Der Pilot ging auf Baumhöhe hinunter.

Der schwarze Mercedes kam Visblat vors Visier.

Er schoss.

Plötzlich strich ein massiger Schatten über den Himmel. Das Dröhnen war ohrenbetäubend. Für einen Moment wurde die Sonne verdeckt, als eine Boeing 767 mit ausgeklapptem Fahrwerk und offenen Landeklappen direkt über den Hubschrauber hinwegdonnerte.

Der Pilot neben Visblat arbeitete fieberhaft. Er riss das Höhenruder zurück, um so viel Höhe wie möglich zu gewinnen. Der Hubschrauber schoss aufwärts, sodass Visblat auf den Rücksitz stürzte. Die Kabine schwenkte ruckartig zur Seite und gierte sogleich zur anderen. Die Luftwirbel von den Tragflächen des Flugzeugs hatten eine katastrophale Wirkung.

Die Nase des Helikopters kippte nach vorn.

Es kam zu einem Flammabriss.

Helena machte eine Vollbremsung. Der Wagen schlingerte, doch der Sicherheitsgurt hielt Helena fest im Sitz. Durch die Windschutzscheibe sah sie entsetzt, wie der Hubschrauber abstürzte. Die Glaskanzel prallte mit unglaublicher Wucht auf die Straße. Die Rotorblätter zersprangen in tausend Stücke, die in alle Richtungen schossen, während die Kabine mitten auf der Straße schlitternd zum Liegen kam.

Ein paar Sekunden lang hielt das Bombardement der Stahlteile an.

»Großer Gott.« Helena starrte entsetzt auf die Reste der mehrere Millionen Dollar teuren Maschine. Ihr Blick schweifte zu einem Einschussloch in der rechten oberen Ecke der Windschutzscheibe. Dann blickte sie auf den Dobermann neben ihr. »Die haben versucht, uns umzubringen.«

Der Hund blickte sie verständnisvoll an.

Plötzlich rührte sich etwas in den Trümmern des Hubschraubers.

Die hintere Tür sprang auf, und Visblat stieg aus dem zerbeulten Rumpf. Aus einer Schnittwunde an der Stirn strömte ihm Blut übers Gesicht und aufs Hemd. Er hob die Waffe und taumelte vorwärts, hinkend und deutlich desorientiert.

Helena schnappte erschrocken nach Luft. Beim Anblick der stechenden blauen Augen Visblats stellten sich ihr die Haare auf. Sie trat das Gaspedal durch und raste mit halsbrecherischer Geschwindigkeit auf ihn zu.

In letzter Sekunde schwenkte sie ab.

Visblat zielte und feuerte, doch die Kugel schlug weit links in den Asphalt ein.

18.

Houston, Texas
George Bush Intercontinental Airport
27. November 2012
Ortszeit: 6.11 Uhr
Unternehmen Jesaja – dritter Tag

Der Himmel war schwarz, es schien kein Mond. Dünne Nebelschleier hingen in der schweren Luft.

Jenseits der weiten Asphaltfläche strahlten die Lichter des Flughafens wie Brillanten auf schwarzem Samt. Vor der Abflughalle standen zahllose Flugzeuge verschiedener Gesellschaften; alle paar Minuten landeten und starteten neue. Es war einer der belebtesten Flughäfen im Süden der Vereinigten Staaten. Über den Gebäuden auf dem Kontrollturm blinkte ein kräftiges rotes Leuchtfeuer gleichmäßig in die Dunkelheit.

Auch das Flugfeld war mit Lichtern gesprenkelt – eine Hälfte blau, die andere rot –, welche die Start- und Landebahnen markierten. Jenseits des Absperrzauns war nichts als finstere Nacht.

Dort schleppte sich eine dunkle Gestalt heran, deren Atem zu weißem Dunst kondensierte. Es war Wilson. Sein Blick war auf ein gelbes Patrouillenfahrzeug gerichtet, das an der Grenze des Flughafens entlangfuhr. Im Gebüsch versteckt ließ er den Van ein paar Meter an sich vorbeirollen und in der Ferne verschwinden.

Wilson zog sich mühsam über den hohen Maschendrahtzaun und ließ sich auf der anderen Seite ins Gras fallen. Nachdem er seine Sonnenbrille zurechtgerückt hatte, lief er über die weite Betonfläche auf das Terminal zu. Seine Beine brannten, und seine Kopfschmerzen waren schlimmer denn je, doch unermüdlich setzte er seinen Weg fort. Der kleine Van wiederholte seine Runde gegen den Uhrzeigersinn ungefähr alle zehn Minuten, und Zeit war von wesentlicher Bedeutung.

Von Norden näherte sich ein Passagierflugzeug und querte mit hochgezogener Nase und leuchtenden Tragflächenlichtern den Grenzbereich des Flughafens. Das Fahrgestell quietschte, als es am Boden aufsetzte, und die Turbinen schalteten in den Umkehrschub. Ein ohrenbetäubendes mechanisches Brausen ertönte über dem Flugfeld, als der Jet abbremste und in träger Kurve auf Wilson zurollte. Wilson lief schneller, doch die Scheinwerfer schwenkten über den Beton und erfassten ihn unausweichlich.

Hoch oben im Cockpit entdeckte der Flugkapitän der TWA-Maschine einen Mann auf dem Rollfeld, der einen verräterischen langen Schatten hinter sich herzog.

Der Kapitän wandte sich an den Kopiloten. »Den Burschen solltest du lieber melden.«

»TWA 437«, sagte der Kopilot mit monotoner Stimme. »Melde unbefugte Person. Einzelner Mann überquert Rollfeld 26 links. Haben Sie verstanden?«

»Roger, 437«, antwortete der Tower. »Wir kümmern uns darum.«

Ohne einen weiteren Gedanken an den Mann auf dem Rollfeld zu verschwenden, wandten die Piloten sich ihrem Landecheck zu.

Egal wie schnell Wilson rannte, er konnte dem blendend weißen Licht nicht ausweichen. Es war rings um ihn herum. Er hatte mehrmals die Richtung gewechselt, um zu entkommen, als die sichere Dunkelheit ihn plötzlich wieder verschluckt hatte. Der große Jet war zur anderen Seite des Terminals geschwenkt.

Während Wilson sein Bestes tat, die Schmerzen zu ignorieren, joggte er die letzten paar Hundert Meter zu einer geparkten Boeing. Sie stand im Vorfeldwartebereich abseits der Abflughalle. Die Lichter waren gelöscht, die Bremsklötze vor die riesigen Räder geschoben. Wilson lief langsamer, teils aus Erschöpfung, teils aus Respekt. Der silberne Flügel der Passagiermaschine hing über ihm, die zylindrischen Turbinen darunter. Es war das erste Mal, dass er eine Boeing 747 aus der Nähe sah. Flugzeuge wie dieses waren schon lange vor seiner Geburt ausgemustert worden.

Der Geruch von Kerosin drang ihm in die Nase – ein unvergesslicher, beinahe angenehmer Geruch, der ihn an glücklichere Zeiten erinnerte. Wilsons Großvater, William Dowling, hatte ihn ermutigt, alte Propellermaschinen zu fliegen. Er hatte ihm den Unterricht bezahlt, da er auf diese Weise viel Zeit mit seinem Enkel verbringen konnte; so hatte Wilson es jedenfalls in Erinnerung.

»Wenn du in den Himmel steigst und durch die Wolken fliegst, tanzt du mit den Engeln«, pflegte William zu sagen. Er war ein sentimentaler alter Kauz gewesen.

Wilson musste schmunzeln, als er an seinen ersten Soloflug in der alten Piper Warrior zurückdachte – eine richtige Schrottmühle mit hundertfünfzigtausend Flugstunden auf dem Buckel. Er wusste noch, wie stark er damals an den Händen geschwitzt hatte. Es war windig, und der Vierzylindermotor vibrierte bedrohlich bis in die Kabine. Der Himmel war klar. Wenn Wilson heute die Augen schloss, konnte er seinen Großvater vor sich sehen, wie er mit stolzem Lächeln, die Daumen nach oben gereckt, auf dem Rollfeld stand, während sein Enkel zur Startbahn rollte. Im Nachhinein war es seltsam, dass er sich mehr Sorgen gemacht hatte, den Großvater unten zurückzulassen, als um einen Absturz, bei dem er selbst ums Leben käme.

Wilson kehrte zum Fahrgestell der 747 zurück. Das hintere hatte acht riesige Räder, größer als er selbst. Im Vergleich zu dieser Maschine wirkten all die kleinen Flugzeuge und Gleiter, die Wilson geflogen hatte, belanglos – sie war schlichtweg unvergleichlich.

Plötzlich flammten in der Dunkelheit zwei Autoscheinwerfer auf, und nur wenige Meter entfernt bremste ein gelbes Patrouillenfahrzeug. Wilson wollte in Deckung gehen, doch es war bereits zu spät.

Ein Mann sprang vom Fahrersitz und schwenkte einen Revolver.

»Sie sind festgenommen!«, rief der Sicherheitsmann. »Keine Bewegung!« Das Brummen des Wagenmotors hallte in den stillen Morgen. »Hände hoch!«

Ein Schweißfilm überzog Wilsons Gesicht. Sein Herz klopfte wild. Hinter seiner Sonnenbrille spähte er in die Dunkelheit und versuchte den Fluchtweg abzuschätzen.

»Lassen Sie die Waffe fallen!«, rief eine Frauenstimme.

Wilson linste verwirrt ins Scheinwerferlicht.

»Ich sagte, Waffe fallen lassen!«, befahl die Frau dem Wachmann. »Sind Sie taub?«

Der Wachmann gehorchte, und die Waffe landete hörbar zwischen seinen Füßen auf dem Beton. »Was soll das?«, fragte er aufgebracht. »Dieser Kerl wird überall gesucht! Er gehört mir!«

»Halten Sie den Mund!«, erwiderte die Unbekannte.

Eine junge Frau mit einem Revolver schob sich aus der Dunkelheit: schlanke Figur, blonde Haare, südlicher Akzent. Sie bewegte sich rasch und geschmeidig. Mit beiden Händen hielt sie die Waffe auf den Wachmann gerichtet. »Rühren Sie sich nicht!«, warnte sie. Dann sah sie zu Wilson. »Wie heißen Sie?«

Wilson starrte sie nur sprachlos an.

»Wie heißen Sie?«, fragte sie noch einmal. »Ihr Name ist Wilson, nicht wahr?«

Wilson stand nur da.

»Was ist, Sie Idiot?«, schnauzte sie. »Sind Sie Wilson oder nicht?«

»Soviel ich weiß«, antwortete er schließlich.

Helenas Visionen hatten sie endlich zu ihm geführt. Wilson existierte. Leider war ihr der Wachmann zuvorgekommen. Als sie Wilson musterte, war sie enttäuscht. *Und der hält sich für eine »Love Machine«?*, dachte sie. *Na toll!* Sie hatte wieder mal Pech – der Bursche war ein Trottel.

In dieser Sekunde griff der Wachmann nach seiner Waffe. Mit lautem Knall spritzte eine Kugel neben Wilsons Füßen über die Betondecke, sodass er wie eine erschrockene Katze in die Luft sprang. Instinktiv warf er sich in Deckung und kroch auf allen vieren hinter die Räder der Boeing. Er suchte die Dunkelheit ab, sah sich jedoch unerwartet dem Wachmann gegenüber, der in die gleiche Richtung gesprungen war.

Die Zeit schien stillzustehen, als Wilson in die Mündung blickte.

Plötzlich flitzte ein großer schwarzer Hund heran, schnappte nach der Waffenhand des Wachmanns und riss den schreienden Kerl zu Boden. Sofort war die blonde Frau zur Stelle und schlug dem Wachmann mit ihrem Revolver auf den Hinterkopf.

»Esther, lass ihn los!«, rief sie und zog den Hund am Halsband.

Der Dobermann gehorchte sofort.

Esther?

Wilson konnte die rätselhafte Unbekannte zum ersten Mal deutlich sehen. Ihre Haare hatten die Farbe von hellem Honig. Sie war ziemlich groß und hatte ein ebenmäßiges Gesicht mit einem Schönheitsfleck über dem linken Mundwinkel. Sie war attraktiv, sah man über ihre finstere Miene hinweg – der Typ Frau, der einem von Hochglanzmagazinen entgegenblickte, nicht über den Lauf eines Revolvers auf einem nächtlichen Rollfeld. Wilson versuchte, sich unbemerkt in die Dunkelheit zu verdrücken, doch sie winkte ihn mit der Waffe zurück.

»Sie stecken in ganz schönen Schwierigkeiten, mein Freund«, sagte sie.

»Danke. Wäre mir gar nicht aufgefallen.« Wilson schaute mit erhobenen Händen über den Flugplatz.

»Ich hoffe, Sie können das Ausmaß einschätzen.«

»Kann ich, vielen Dank. Darf ich fragen, woher Sie meinen Namen kennen?«

»Sind Sie ein Serienmörder?«, fragte sie.

»Warum glaubt das eigentlich jeder?«, fauchte er und sah sich nervös um. Das war nicht der Zeitpunkt für solche Geplänkel. Der Dobermann weckte seine Neugier; er hechelte ihn an. Er sah aus wie der Hund von George Washington. Wilson zeigte auf das Tier. »Sie haben nicht zufällig einen schwarzen Kerl mit Rastalocken getroffen?«

»Mr. Washington wurde gestern Nachmittag vor seinem Haus von der Polizei bewusstlos geschlagen. Ich konnte es nicht verhindern. Die Beamten haben ihn mitgenommen und eingesperrt.«

»Sie kennen George Washington?«

»Erst seit gestern«, sagte sie. »Ich habe nach Ihnen gesucht.«

Das erklärte zumindest, wieso sie seinen Namen kannte. Wilson gelangte zu dem Schluss, dass die rätselhafte Frau nicht abdrücken würde, sonst hätte sie es längst getan. Er nahm die Hände herunter und ging.

»Ich bin Helena Capriarty«, sagte sie. »Ich möchte einige Dinge von Ihnen erfahren.«

»Tut mir leid, Helena.« Wilson stieg über den bewusstlosen Wachmann hinweg. »Ich weiß zwar nicht, was Sie von mir wollen, aber Sie sollten mich lieber allein lassen. Die Polizei ist hinter mir her.«

»Ich stecke genauso in Schwierigkeiten wie Sie!« Sie stellte sich ihm in den Weg. »Ich muss Sie ein paar Dinge fragen.«

Wilson ging um sie herum. »Lassen Sie mich in Ruhe. Sehen Sie denn nicht, dass alles ein Riesenirrtum ist?«

Helena folgte ihm durch eine Gruppe leerer Gepäckwagen in Richtung Hauptterminal. »Wohin wollen Sie?«, fragte sie.

»Sie können einfach nicht hören, wie?«

»Sie müssen mir ein paar Fragen beantworten. Das ist meine einzige Chance, dass ich endlich verstehe, was vor sich geht!«

»Was gibt es da zu verstehen?«, erwiderte Wilson wegwerfend.

»Warum ich Visionen habe ... warum ich durch Ihre Augen sehe!«

Er wurde langsamer. »Sie sehen *was*?«

»Ich kann durch Ihre Augen sehen!« Sie tippte sich mit dem Lauf an die Schläfe. »Es gibt eine übersinnliche Verbindung zwischen uns. Mehr weiß ich nicht. Aber so viel kann ich sagen: Sie haben ein paar sehr seltsame Dinge getan, Wilson, oder wie Sie auch heißen. Ich habe Sie bei dem Unfall auf der I-610 gesehen. Ich habe Ihre Flucht aus dem Krankenhaus gesehen.« *Zum Teil jedenfalls.* »Und Ihren Besuch bei diesem dämlichen George Washington.« Sie wusste, dass Wilson ihr endlich zuhörte. »Ich will das begreifen. Und ich gehe nicht eher, ehe ich nicht ein paar Antworten von Ihnen bekommen habe.«

Wilson wollte nicht glauben, was er da hörte.

Helena griff in die Tasche, holte den gestohlenen Führerschein hervor und hielt ihn Wilson unter die Nase. »Erinnern Sie sich an Jack Bolten?«

In der Ferne fuhr eine Flotte Polizeiwagen durch ein Tor des Flugplatzes und schwärmte aus. Blau-rote Lichter blitzten im Morgendunst. Bei ihrem Anblick rannte Wilson los.

»Warten Sie!«, rief Helena.

Wilson suchte hektisch nach einer Propellermaschine; ein Turbinenflugzeug konnte er nicht fliegen.

Hinter ihm näherten sich die Polizeifahrzeuge.

Links neben ihm hielten die Blonde und der Dobermann mit ihm Schritt. Als er um eine Ecke bog, sah er ein kleines, silbernes Flugzeug, eine Saab 340 Turboprop. Verglichen mit den Jets war sie winzig. Am Heck stand »Texas Air«. Wilson blieb in Deckung stehen und nahm sich einen Moment Zeit, die Maschine näher zu betrachten. Im Innern war Licht, und die Passagiertreppe war an den Rumpf geschoben. Dieses Modell hatte er noch nicht geflogen, doch er kannte sich gut genug aus, dass er sicher war, die Maschine in die Luft zu bekommen. Sie war für den Kurzstreckenverkehr gebaut, mit zwei Turboprop-Triebwerken und niedrigen Tragflächen, und konnte außer dem Flugpersonal zwanzig Passagiere befördern. Das Bodenpersonal lud gerade die letzten Koffer aus und verriegelte die hinteren Frachtraumtüren. Wilson schloss, dass die Maschine gerade gelandet war und die Passagiere bereits von Bord gegangen waren.

Esther legte sich zwischen Wilsons Beine, während er in der Dunkelheit auf den geeigneten Augenblick wartete. Helena spähte ebenfalls zu dem Flugzeug hinüber. Ihr war unbehaglich.

»Sie wollen ein Flugzeug entführen?«

Er gab keine Antwort.

»Haben Sie vor, es selbst zu fliegen?«

»Ich bin ziemlich sicher, dass ich es kann«, antwortete er.

»Entweder Sie können es, oder Sie können es nicht.«

»Ich kann es.«

»Nichts für ungut, Love Machine, aber Sie sehen nicht aus wie ein Pilot.«

Ein Polizeiwagen schwenkte plötzlich in ihre Richtung. Wilson fasste Helena am Ärmel und zog sie neben sich ins Dunkel. Der Wagen fuhr nur wenige Meter entfernt an ihnen vorbei und suchte mit den Scheinwerfern den Platz vor dem Terminal ab. Unterdessen drückte Helena die Revolvermündung in Wilsons Leistengegend.

»Wenn Sie vorhaben, mich zu erschießen, zielen Sie ein bisschen höher«, sagte er und schob ihre Hand ein Stück nach oben. Schließlich verschwand die Polizei hinter einer Ecke, und Helena stieß Wilson mit der flachen Hand von sich.

»Fassen Sie mich nie wieder an!«, zischte sie.

»Bleiben Sie mir vom Hals, dann wird es nicht nötig sein!«

Wilson wandte sich wieder der Saab 340 zu. Er konnte mindestens eine Person im Cockpit sehen.

»Warum tragen Sie eine Sonnenbrille?«, fragte Helena. »Es ist dunkel.«

Ohne darauf einzugehen, sagte er: »Dieses Flugzeug ist das beste Fluchtmittel.«

»Sie haben den Führerschein in der Mauerritze versteckt«, sagte Helena, »und ich habe ihn gefunden. Sie scheinen nicht mal überrascht zu sein!«

»Keine Sorge, ich bin durchaus überrascht. Aber wie Sie sehen, habe ich im Moment andere Dinge im Kopf. Ich schlage Ihnen eine Abmachung vor: Sie helfen mir, die Maschine zu steuern, und ich werde Ihnen alles erzählen, was Sie wissen wollen.« Er hielt kurz inne. »Wie finden Sie das?«

»Woher weiß ich, dass ich Ihnen trauen kann?«

Er schwieg einen Moment. »Das können Sie nicht wissen. Aber wenn Sie mir helfen, das Flugzeug zu stehlen, werde ich Ihnen alles erklären.«

»Sie sind sicher, dass Sie es fliegen können?«

»Vorausgesetzt, es ist aufgetankt.«

Helena kaute auf der Unterlippe. »Ich werde es wahrscheinlich bereuen.«

Damit rannte sie zur Metalltreppe und die Stufen hinauf.

Sie spähte in die leere Passagierkabine, dann ins Cockpit. Ein Pilot saß allein vor dem Armaturenbrett. Die Kontrolllämpchen leuchteten. Sie tippte dem Mann lässig mit dem Lauf des Revolvers auf die Schulter. Vier Streifen.

»Captain«, sagte sie. »Ich requiriere dieses Flugzeug.« Der Mann drehte sich ausdruckslos um und blickte in die Mündung. »Sie haben doch nichts einzuwenden, oder?«

»Nein, Ma'am«, sagte er bereitwillig mit schreckgeweiteten Augen.

»Ist sonst noch jemand an Bord?«

»Nein, Ma'am.«

»Wenn Sie tun, was ich Ihnen sage, geschieht Ihnen nichts.«

Wilson nahm Esther am Halsband, während Helena den Piloten die Treppe hinunter begleitete.

»Sind Sie sicher, dass wir niemanden brauchen, der das Ding fliegt?«, fragte sie.

»Ganz sicher«, antwortete Wilson.

Helena befahl dem Piloten, loszurennen, und der Mann sprintete der Sicherheit des Terminals entgegen. Währenddessen stieg Wilson die Treppe hinauf und stellte sich in die Tür.

»Sie sollten Ihr Glück mit der Polizei versuchen«, sagte er, im Begriff, ihr die Tür vor der Nase zuzuziehen.

Helena schossen die Erinnerungen an die letzten vierundzwanzig Stunden durch den Kopf. Sie würde sich auf keinen Fall von ihm abhängen lassen. Sie zwängte sich an ihm vorbei.

»Ich habe mächtig Ärger am Hals«, sagte sie. »Bei Ihnen zu bleiben ist für mich immer noch am besten – Gott steh mir bei.« Sie schob ihn beiseite und zog die geschwungene Tür heran. »Ich bleibe!« Der große rote Griff wurde gegen den Uhrzeigersinn gedreht, und die Drucktür schloss sich.

»Das sehe ich«, sagte Wilson. Er zeigte in die Passagierkabine. »Schauen Sie noch mal nach, ob wirklich niemand an Bord ist.« Er betrat das Cockpit.

Als Erstes überprüfte er den Treibstoffstand. Beide Tanks waren halb voll. Das würde reichen müssen. Er überflog die Skalen und Schalter: Navigationscomputer, künstlicher Horizont, Höhenmesser, Geschwindigkeitsanzeige. Er sprang auf den linken Sessel und blieb einen Moment so sitzen. Man bekam nicht oft die Gelegenheit, ein Flugzeug zu stehlen, und schon gar nicht mit einem so guten Grund. Wilson schaute durch die Windschutzscheibe. Überall an den Fenstern des Terminals liefen die Leute zusammen und starrten zu ihm hinauf. Es war Zeit, abzuhauen.

Helena warf sich in den Kopilotensitz, als der Kabinendruck stieg. »Es ist niemand an Bord«, sagte sie und bemerkte bei einem Blick nach vorn die vielen Gesichter, die sie beobachteten. »Wie ich sehe, haben wir Zuschauer.«

Wilsons Hände flogen über die Schalter und Hebel. »Das muss wohl so sein, wenn man direkt vor dem Terminal ein Flugzeug klaut.«

Helena schnallte sich an. »Die halten uns wahrscheinlich für Terroristen.« Sie dachte einen Moment über die Konsequenzen nach. »Wir stecken in ernsten Schwierigkeiten.«

Wilson überprüfte die Batterieladung; dann schaute er zu den Deckeninstrumenten. Ein kleines blaues Licht zeigte Betriebsbereitschaft an. Er drückte ein paar Knöpfe und legte den Starthebel für Motor eins um.

Ein Heulen erklang, und Vibrationen durchliefen das Flugzeug. Die Lichter wurden einen Moment gedämpft, ehe der linke Motor ansprang. Der große Propeller drehte sich neben Wilsons Fenster. Er liebte dieses Gefühl. Es war über zehn Jahre her, dass er in einem Pilotensessel gesessen hatte. Der Fahrtscheinwerfer flammte auf – alles lief perfekt. Zeit, den zweiten Motor zu starten.

Eine Antiterroreinheit der Polizei, in schwarze Uniformen gekleidet, stand am Fenster des Terminals. Helena sah, wie sie ihren Einsatz planten und dann zu den Ausgängen rannten. »Bewaffnete im Anmarsch!«, sagte sie.

Wilson sah die Männer, als der zweite Motor ansprang. Nachdem er Hydraulik und Enteisung eingeschaltet hatte, trat er beide Fußpedale gleichzeitig, und die hydraulische Bremse löste sich. Er packte den Steuerhebel, drehte ihn so weit wie möglich nach rechts und drückte die Gashebel nach vorn. Die General-Electric-Turboprops drehten sich schneller, doch aus irgendeinem Grund rührte das Flugzeug sich nicht vom Fleck.

»Die Bremsklötze!«, rief Helena. Sie hatte sie von der Treppe aus gesehen. »Geben Sie mehr Gas!«

Die Polizisten sprinteten übers Rollfeld, Maschinenpistolen im Anschlag.

Wilson schob behutsam die Gashebel weiter vor. Das Dröhnen der Motoren wurde ohrenbetäubend. Eine Erschütterung ging durch die Kabine. Dann, mit einem spürbaren Satz, hüpfte das Flugzeug über die Blockierung und beschleunigte.

Draußen riss es die Polizisten von den Füßen, als der linke Tragflügel an ihnen vorbeisauste und heftige Winde ihnen entgegenschlugen.

Eine Männerstimme krächzte über Funk: »An den Piloten von Texas Air 6965. Kehren Sie zum Terminal zurück. Wiederhole: An den Piloten von Texas Air 6965 ...«

Wilson legte einen Schalter um, und die Stimme verstummte. »Wissen die nicht, dass ich mich konzentrieren muss?« Er fuhr die Landeklappen aufs Maximum aus. »He ... wo ist denn die Startbahn?« Die Bodenlichter erschienen wie ein buntes Wirrwarr. Von ferne rasten Polizeiwagen auf sie zu. Sie würden in ein paar Sekunden bei ihnen sein.

»Da!«, rief Helena. »Da drüben!«

Wilson nahm Kurs auf ein orange-blaues Lichtermeer. Das Flugzeug beschleunigte zusehends. Ein schwarzer Asphaltstreifen erstreckte sich in die Dunkelheit. Wilson drückte die schweren Gashebel so weit es ging nach vorn, und der Schub verzehnfachte sich, sodass sie in ihre Sitze gedrückt wurden.

Polizeiwagen, mindestens vier, wichen den Rädern der Maschine gefährlich knapp aus.

»STOPP!«, schrie Helena.

Ganz oben im rechten Fenster stachen zwei weiße Scheinwerfer durch den Dunst. Ein Flugzeug kam auf einer anderen Landebahn herein.

Sie waren auf Kollisionskurs!

Wilson blickte auf den Luftgeschwindigkeitsanzeiger – er hatte seine Drehungsgeschwindigkeit noch nicht erreicht.

»Warum sehen die uns nicht?«, schrie Helena und zog ihren Gurt strammer.

»Ups«, murmelte Wilson.

»Was soll das heißen, ups?«

Wilson schaltete das Kennfeuer ein. Die Außenlampen leuchteten auf, und der herannahende Jet brach seine Landung ab und schoss in letzter Sekunde himmelwärts.

Doch sie waren schon zu nah dran!

Indem er den Steuerknüppel nach vorn drückte, versuchte Wilson sein Flugzeug am Boden zu halten und unter dem Jet hinwegzuschießen.

Warnlampen blinkten auf.

Kollisionsalarm blökte.

Helena schloss die Augen und hoffte auf ein Wunder.

Dröhnend zog der Linienjet über sie hinweg. Die Turbulenzen erfassten sie Augenblicke später, rissen die Saab zur Seite und schleuderten zwei Polizeiwagen von der Rollbahn ins Gras. Wilson zog den Steuerknüppel hart zurück, und sie schossen mit ächzenden Tragflächen himmelwärts durch die orkanartig wirbelnde Luft. Durch das brutal schnelle Abheben wurde Esther aus dem Cockpit in die Passagierkabine geworfen und rollte durch den Gang zwischen den Sitzreihen.

Es dauerte ein paar Augenblicke, bis Wilson begriff, dass alles in Ordnung war, während er beobachtete, wie der Höhenmesser stieg. Die Kabine bebte. Die Skalen sämtlicher Anzeigen im Cockpit waren in heftiger Bewegung.

Durch das Seitenfenster sah Wilson die Lichter des Flughafens kleiner werden. Er drosselte die Treibstoffzufuhr. Als das Flugzeug in die Waagerechte kam, prüfte er die Anzeigen. Zufrieden, dass alles bestens war, begann er, an den Instrumenten herumzuspielen, um ein Gefühl für die Reaktionen der Maschine zu bekommen. Er musste grinsen. »Das hat man nicht alle Tage«, meinte er.

»Ich kann nicht glauben, dass Sie sich freuen! Sie haben gerade ein Verkehrsflugzeug gestohlen!«

Wilson musterte die Fremde neben ihm. Sie sah ein bisschen blass aus. »*Wir* haben es gestohlen, schon vergessen?«

Zwei Polizeiwagen hielten am Ende der Startbahn. Ihre blauroten Lichter zuckten in der Dunkelheit. Zwei Männer stiegen aus und trafen sich im Scheinwerferkegel. In der Ferne verklang das Dröhnen des Propellerflugzeugs.

»Visblat wird sich furchtbar aufregen«, meinte der eine.

»Ich möchte nicht derjenige sein, der es ihm melden muss«, sagte der andere.

Das Brummen der Motoren vibrierte durchs Cockpit, während Wilson das Armaturenbrett studierte. Das Flugzeug war dem Aero Commander, das er als Junge geflogen hatte, ziemlich ähnlich. Die Frage lautete jetzt: Hatten sie genug Treibstoff?

»Wer sind Sie?«, fragte Helena, die ihn von der Seite musterte.

»Das könnte ich Sie auch fragen«, erwiderte Wilson und blickte sie an. Er war genauso neugierig, welche Rolle sie in diesem Stück spielte.

Die Küstenlinie von Galveston näherte sich rasch.

»Erzählen Sie mir von Ihren Visionen?«

»Ich kann Ereignisse sehen.« Helena lehnte sich gegen die Kopfstütze. Sie schwieg eine Zeitlang, um ihre Gedanken zu ordnen. »Ich sehe durch Ihre Augen, was Sie tun …«

»Weiter.«

»Ich weiß, es hört sich verrückt an.«

Wilson rang sich eine Notlüge ab. »Nein, gar nicht.«

»Es fühlt sich an, als wäre ich in Ihnen, in Ihrem Kopf.« Sie atmete tief durch. »Wenn ich durch Ihre Augen sehe, ist alles von einem roten Dunst umgeben. Nach allem, was ich gesehen habe, ist es ein Wunder, dass Sie noch leben.«

»Erzählen Sie weiter …«

»Die Visionen haben vor zwei Monaten angefangen, mit verschwommenen Bildern, rumpelnden Geräuschen, Symbolen. Zuerst blieb alles verschwommen. Dann, während der letzten zwei Tage, sind Sie erschienen. Und zum ersten Mal sah ich etwas Vernünftiges … falls man das vernünftig nennen kann.«

»Wann haben Sie diese Visionen? Können Sie auch jetzt etwas sehen?«

»Ich habe keine Kontrolle darüber.« Helena schloss die Augen und konzentrierte sich. »Aber ich bekam einen flüchtigen Blick, als wir vorhin abhoben.«

»Das haben Sie mit *meinen* Augen gesehen?«

»Nur ganz kurz. Es ist desorientierend. Ich verliere das Gleichgewicht, weil Ihre Perspektive sich mit meiner überlagert.« Sie schwieg längere Zeit, als sie an die Erlebnisse der vergangenen Tage dachte. »Es dauerte einige Zeit, bis ich begriff, was geschah. Ihnen sind ein paar eigenartige Dinge passiert, Wilson.« Sie schüttelte den Kopf. »Ich hätte Sie schon eher gefunden, aber mein Psychiater hatte mich ruhiggestellt. Er hält mich für unzurechnungsfähig.«

Wilson blickte sie an. »Und Sie sind zum Flugplatz gekommen, um mich zu treffen?«

»Ich bin gestern zu George Washington gefahren. Dabei lief ich ausgerechnet Commander Visblat in die Arme. Wie es scheint, werden Sie vom Polizeichef persönlich gejagt.« Sie blickte Wilson durchdringend an. »Warum? Weil Sie mit seiner Frau geschlafen haben?«

»Das hat George Ihnen erzählt, ja?«

»Stimmt es?«

»Natürlich nicht!«

»Werden Sie gesucht, weil Sie ein Serienmörder sind?« Sie beobachtete sein Gesicht.

»Wenn Sie solche Visionen haben, müssten Sie die Antwort kennen«, erwiderte Wilson.

Die Saab 340 flog an der Küste entlang über das schwarze Wasser des Golfs. In der Ferne zauberte die Sonne einen wunderschönen glutroten Schein an die Horizontlinie.

»Ich verstehe nicht, warum Visblat hinter mir her ist«, sagte

Wilson. »Das ist mir alles unbegreiflich. Er verbreitet in der Presse Lügen über mich … behauptet, ich hätte Leute umgebracht.« Wilson rieb sich die Wange und wollte weiterreden, als der Dobermann ins Cockpit kam. »Wo ist eigentlich der andere Hund, der große?«

»Er hieß Tyson. Visblat hat ihn erschossen.«

»Er ist tot?«

»Ja.«

»Und George?«

»Er hat einen Schlag auf den Kopf bekommen. Aber er war bloß bewusstlos. Ich habe bei der Polizei angerufen. Sie wollten nichts weiter sagen, als dass sie ihn verhaftet haben.« Helena betrachtete Wilsons Profil. »Nachts eine Sonnenbrille zu tragen ist ein bisschen eigenartig, meinen Sie nicht? Wurde sie Ihnen verschrieben?«

»Je weniger Sie über mich wissen, desto besser.«

»Sie haben gesagt, wenn ich Ihnen helfe, erzählen Sie mir alles. Ich habe meinen Teil der Abmachung erfüllt.«

»Okay, die Brille wurde mir verschrieben«, behauptete Wilson. »Ohne kann ich gar nichts sehen.« Er würde alles behaupten, damit sie aufhörte, Fragen zu stellen. Er hatte von Anfang an nicht vorgehabt, ihr die Wahrheit anzuvertrauen.

Wilson drückte den Steuerknüppel nach vorn. Die Drehzahl stieg, bis das Flugzeug zitterte. Der Luftgeschwindigkeitsmesser ging in den roten Bereich. Ein Warnton erklang.

Luftverkehrskontrolle
Houston Intercontinental Airport
27. November 2012
Ortszeit: 6.45 Uhr
Unternehmen Jesaja – dritter Tag

Ein Team von sechs Männern und Frauen umringte eines der vielen runden Überwachungspulte in der Houstoner Luftverkehrskontrolle. Der große Bildschirm wies sämtliche Flugbewegungen über den Vereinigten Staaten aus. Zahlreiche kleine, grüne Quadrate und dünne Linien mit Daten waren darauf zu sehen – Flugnummern, Flugzeugtypen, Zielflughafen –, die sich langsam in verschiedene Richtungen bewegten. Doch alle Augen achteten nur auf die Bewegung einer einzigen Maschine: die rot markierte Texas Air Saab 340.

»Das können keine Terroristen sein«, meinte ein Fluglotse. Er hatte vier Kugelschreiber in der Brusttasche. »Sie fliegen aufs offene Meer zu.«

»Wir sollten nichts ausschließen«, erwiderte der Chef der Flugverkehrskontrolle. Er war der Einzige, der einen Anzug trug.

»Die Fluggeschwindigkeit sinkt«, sagte einer der Flugkoordinatoren. »Er verliert an Höhe.«

»Da stimmt etwas nicht. Ich verliere ihn«, sagte ein anderer.

»Wenn er unter fünfhundert Fuß sinkt, haben wir ihn nicht mehr auf dem Radar.«

Der Fluglotse zeigte auf den Kenncode. »Da. Wir haben noch sein Transpondersignal. Keine Sorge. Er fliegt Nordnordost, aber Sie haben recht, er verliert beträchtlich an Höhe.«

Das rote Transpondersymbol verschwand plötzlich. Die Umstehenden blickten sich an. Das Flugzeug war verschwunden.

»Sie müssen abgestürzt sein!«, sagte jemand.

»Informieren Sie sofort die Küstenwache.« Der Chef der Luftverkehrskontrolle wischte sich nervös die Stirn. »Machen Sie schnell!«

Über dem Golf von Mexiko
Saab 340 Turboprop
27. November 2012
Ortszeit: 6.46 Uhr
Unternehmen Jesaja – dritter Tag

Wilson zog die Sicherung des Transponders ab und warf sie beiläufig über die Schulter. »Die brauchen wir nicht mehr.« Er zog den Steuerknüppel wieder zurück, und das Flugzeug flog waagerecht nach Südosten über das glasige Wasser. Wilson wusste, dass in dieser Höhe ihre Höchstgeschwindigkeit begrenzt und ihre Reichweite gefährdet war, aber das war der Preis dafür, dass sie vom Radar verschwunden waren.

Die Sonne stieg über den Horizont, und ein goldener Schein milderte das Licht nach allen Seiten. Wilson blickte Helena an, die gehörig schockiert war.

»Sie müssen mir einen Gefallen tun«, sagte er. »Ich möchte, dass Sie für einen Augenblick das Ruder übernehmen.« Dabei schaltete er den Autopiloten ein, damit das Flugzeug nicht unter hundert Fuß sank.

Helena blickte ihn empört an. »Das soll wohl ein Witz sein!«

»Halten Sie es nur ruhig. Wenn Sie meinen, dass Sie wo gegenfliegen, brauchen Sie den Knüppel nur zurückzuziehen. Ist ganz leicht.«

»Auf keinen Fall!«

»Ich bitte Sie nur um einen Gefallen.«

»Sie sind nicht in der Position, mich um irgendetwas zu bitten!« Wilson ließ den Steuerknüppel los, und das Flugzeug neigte sich langsam nach links. »Halten Sie ihn fest«, schrie Helena, doch Wilson lächelte bloß und rührte keinen Finger. Die Tragflächen neigten sich weiter. Da sie keine andere Wahl hatte, schob Helena ihren Revolver unter den linken Oberschenkel, fasste beide Griffe und richtete das Flugzeug aus.

»So ist's besser, nicht wahr?«, sagte er.

»Steuern Sie!«, rief Helena.

»Nein.«

»Los! Wir stürzen sonst ab!«

»Sie machen das ganz prima.«

»Übernehmen Sie es wieder!«

Er schnallte sich ab und stand auf. »War ein schrecklicher Tag heute, finden Sie nicht?«

»Sie sind ein Arschloch!«

»Wenn Sie meinen.« Wilson erklärte ihr, was sie wissen musste, ohne auf den Autopiloten einzugehen; dann zeigte er auf den Höhenmesser. »Sorgen Sie dafür, dass wir unter dreihundert Fuß bleiben, sonst erscheinen wir auf irgendeinem Radar. Und Sie wissen ja – das wollen wir nicht.«

»Ich kenne mich doch gar nicht aus.«

»Sie fliegen die Kiste bereits«, meinte er ermunternd. »Nur Mut.«

Helena saß vor den Instrumenten einer Propellermaschine und flog mit 250 km/h über die Meeresoberfläche. In diesem Moment stieg ein leuchtender Ball über den Horizont und überflutete das Wasser mit hellem Gold. In gewisser Weise war Helena da, wo sie sein wollte, zum ersten Mal seit vielen Monaten. Ihre Suche war vorbei, und die Erklärung für alles war greifbar nahe.

Es war verrückt, aber sie lächelte.

Wilson zeigte durch die Windschutzscheibe. »Fliegen Sie weiter in die Sonne. Das bringt uns nach Südosten.« Er spürte, wie Helenas Selbstvertrauen wuchs. »Ach, und noch was«, sagte er. »Fliegen Sie nicht gegen eine Bohrinsel. Die stehen hier überall herum.«

Helena verging das Lächeln.

19.

Houston, Texas
Polizeizentrale
27. November 2012
Ortszeit: 7.15 Uhr
Unternehmen Jesaja – dritter Tag

Es klopfte an der Bürotür.

»Herein«, rief Visblat. Seit seiner Entlassung aus dem Krankenhaus hatte er so dagesessen. Er trug einen Heftpflasterverband an der Stirn und hatte Blutergüsse im Gesicht. Beim Hubschrauberabsturz hatte er mehrere Verletzungen davongetragen. Er hatte sich das linke Handgelenk gebrochen – es war bis zum Ellbogen eingegipst –, ein paar Rippen angeknackst und eine Verstauchung im linken Fußgelenk. Es war ein Wunder, dass er so glimpflich davongekommen war. Der Pilot hatte nicht so viel Glück gehabt.

Die Tür ging auf, und Detective Robinson trat ein. Visblat musterte ihn von oben bis unten. »Was tun Sie denn noch hier?« Robinsons Schicht war um halb vier in der Frühe zu Ende gewesen.

»Wagner hat sich krankgemeldet, Sir. Ich springe für ihn ein, bis der Ersatz kommt.« Robinson kannte allerdings den Bericht von den Vorfällen in der Richey Road und war entsprechend vorsichtig. Visblat hatte den Piloten gezwungen, aufzusteigen, ohne Flugerlaubnis abzuwarten; die Folge war der Absturz gewesen. Es ging das Gerücht, dass der Bürgermeister Visblats Kündigung unterschreiben würde, sobald er am Morgen ins Büro käme. Es war nur eine Frage von Stunden, bis der Commander offiziell aus dem Dienst entlassen wurde. Bis dahin würde Robinson jedoch das normale Dienstverhalten an den Tag legen müssen.

»Was wollen Sie?«, fragte Visblat.

»Ich bin gekommen, um Sie auf den neuesten Stand zu bringen, Sir.«

»Und?«, fragte Visblat ungeduldig.

Robinson machte sich auf eine schroffe Reaktion gefasst. »Sir … wie es aussieht, ist der Flüchtige entkommen. Sie hatten recht. Er hat vom Flughafen eine Maschine entführt … ein Regionalflugzeug von Texas Air.«

»Sie haben mir gesagt, dass er schwer verletzt ist!«, hielt Visblat ihm vor.

»Unsere Erkenntnisse waren falsch.«

»Wie ist das möglich?«

»Er war offenbar nicht der Mann, der in den Unfall verwickelt war, Commander.«

Visblat ignorierte seine Schmerzen und stand von seinem Schreibtischsessel auf. Die Wut kochte in ihm hoch. »Ich hatte Ihnen gesagt, dass er entwischt, stimmt's? Ich hab's Ihnen gleich gesagt!«

Robinsons Herz klopfte heftig. »Wir vermuten, das Flugzeug könnte abgestürzt sein, Sir«, sagte er zögernd. »Nach dem Start flog es nach Nordosten über den Golf, dann verschwand es vom Radar. Kurz darauf verlor die Flugkontrolle das Transpondersignal. Das kann nur eins bedeuten: Die Maschine ist ins Meer gestürzt.«

Visblat war plötzlich wieder ruhig. »Haben Sie Zeugen?«

»Wohl nicht, Commander. Noch nicht.« Es schien, dass Visblat die Neuigkeit außerordentlich gut aufnahm. Er sah beinahe zufrieden aus. *Der Commander muss verrückt geworden sein,* schloss Robinson.

»Ehe es keine Bestätigung dafür gibt«, sagte Visblat, »ist das Flugzeug *nicht* abgestürzt. Verstehen Sie? Das ist ein Trick. Wilson fliegt nach Süden, nach Mexiko, höchstwahrscheinlich so tief, dass er auf dem Radar nicht zu sehen ist.« Er tippte sich mit dem Daumen an die Unterlippe. »So würde ich es machen.«

Eine lange Pause entstand; dann fragte Robinson: »Der Flüchtige heißt Wilson? Sie nannten gerade diesen Namen. Soll ich das in meinen Bericht schreiben?«

Visblat hob den Blick. Seine Stirn war gerunzelt; offenbar dachte er über die Frage nach. »Nein, nicht nötig, Detective. Ich habe mir den Namen für ihn ausgedacht.« Er ging ans Fenster und zog die Jalousie hoch. Heller Sonnenschein drang durch die schmutzigen Scheiben. Es war das erste Mal seit vielen Monaten, dass er Tageslicht ins Zimmer ließ. »Zum Kotzen, dass er wieder entwischt ist«, murmelte er.

»Commander, ich habe noch andere Neuigkeiten.« Robinson straffte sich. »Ich wurde hergeschickt, um Ihnen mitzuteilen, dass … äh, die Fahndung nicht mehr in Ihre Zuständigkeit fällt.«

Visblat drehte sich um. Im harten Morgenlicht sahen seine Gesichtsverletzungen noch schlimmer aus. »Lassen Sie mich raten«, sagte er. »Der Fall ist jetzt Sache des FBI.«

»Ja, Sir. Ich habe einen Anruf von dort bekommen. Sie haben die Ermittlungen übernommen. Ich hatte nichts damit zu tun. Man hat mich eben erst unterrichtet.«

»Ich verstehe.« Visblat zwang sich zu einem Lächeln. »Das ist bei einer Entführung normal.« Er humpelte zum Schreibtisch. »Sagen Sie mir, was am Flughafen passiert ist.«

»Er war mit einer Frau zusammen, einer Blondine. Sie ist seine Komplizin. Sie haben das Flugzeug zusammen entführt.«

»Waren Passagiere an Bord?«

»Nein, Sir. Sie sind zu zweit.«

Visblat kniff die Augen zusammen. »Eine Propellermaschine?«

»Ja, Sir. Einer von beiden kann sie offenbar fliegen.«

Visblat lachte wie ein Wahnsinniger; dann runzelte er plötzlich die Stirn. »Nur aus Neugier: Was wissen wir über diese Frau?«

Robinson fühlte sich in Visblats Gegenwart noch unbehaglicher als sonst. Dessen wechselnde Launen machten ihn extrem nervös. »Sir«, antwortete er, »es scheint dieselbe Frau zu sein, die Sie auf der Richey Road angetroffen haben.«

Visblat stützte sich mit beiden Händen auf den Schreibtisch und starrte auf das Durcheinander. »Das verstehe ich nicht.« Er lachte und stockte abrupt. Sein Gesicht verzerrte sich. »Finden Sie alles über diese Frau heraus, und bringen Sie mir die Informationen.«

»Aber Sir, das FBI ist jetzt zuständig, und ...«

Visblat zog eine Schublade auf, holte seine .44 Magnum heraus und legte sie behutsam auf den Schreibtisch. »Widersetzen Sie sich meiner Anordnung?« Beim Anblick der großkalibrigen Waffe bekam Robinson noch heftigeres Herzklopfen.

»Nein, Sir, ganz bestimmt nicht.«

»Dann tun Sie, was ich sage.« Visblat suchte in der Schublade nach der Munition. Als er aufsah, war er überrascht, Robinson noch immer dastehen zu sehen. »Gibt es ein Problem?«

»Ich sollte Ihnen die Informationen nicht beschaffen. Wir sind nicht mehr dafür zuständig.«

»Bis das FBI hier ist, sind wir es noch«, widersprach Visblat. »Ich übernehme die Verantwortung. Haben Sie verstanden?«

»Jawohl, Commander.«

Visblat humpelte zur Tür und führte Robinson auf den Gang. »Ich brauche die Informationen so schnell wie möglich. Kommen Sie in zehn Minuten ins Kellergeschoss und bringen Sie alles mit, was Sie haben. Beeilen Sie sich«, sagte er leise. »Das ist ein Befehl.«

Das war ein ungewöhnlicher Treffpunkt, doch Robinson schob seine Bedenken beiseite. Erst einmal war er froh, wegzukommen.

Visblat schloss die Tür und stand allein in dem kleinen Büro. Er überlegte. Es schien, dass Wilson am Leben war. Gott sei Dank. Doch alles andere war ihm unverständlich. Es passte nicht in das psychologische Profil, das er bekommen hatte. Wilson war angeblich ein durchschnittlicher Bursche und leicht zu schnappen. Doch das war keineswegs der Fall. Visblat hielt sich zugute, schnell umdenken zu können, und da er jetzt mehr über seine Beute wusste, würde er sich darauf einrichten. Er würde den Zeitreisenden nicht noch einmal unterschätzen. Und anscheinend hatte Wilson Freunde – Komplizen. Leute wie George Washington, die bereit waren zu schweigen. Es war unbegreiflich – das Gegenteil sollte der Fall sein –, und doch bekam Wilson Hilfe von anderen.

Visblat zog erneut die Schublade auf und kramte darin. Am wichtigsten war, dass Wilson noch lebte. Niemand sonst würde eine Propellermaschine stehlen und zur Täuschung nach Nordosten fliegen. Plötzlich stieg wieder Wut in ihm auf. Seine Stimmungswechsel waren in den letzten Monaten sprunghafter geworden. *Ich werde Mr. Dowling eine Lektion erteilen, wenn ich ihn in die Finger kriege,* dachte er. *Er hat mich als Trottel hingestellt!*

Visblat leerte eine ganze Schachtel Munition in die Jackentasche – je mehr, desto besser. Es war Zeit, die Sache selbst in die Hand zu nehmen. Er richtete sich so gerade auf, wie seine gebrochenen Rippen es zuließen, und knöpfte sich die Jacke zu. Noch einmal schaute er sich im Raum um, da er nie wieder hier sitzen würde. *Wirklich schade, wo ich doch so gerne Verbrecher jage,* dachte er. Bei der Verbrecherjagd hatte er sich immer hervorgetan. Sein Blick fiel auf die Abmahnung vom Bürgermeister. Er knüllte sie zusammen und warf sie auf den Boden.

Vorläufig habe ich noch das Sagen, dachte er, *und niemand kann mich aufhalten.*

Pünktlich nach zehn Minuten betrat Detective Robinson das Kellergeschoss. Visblat stand bereits auf dem leeren Flur und schwenkte die Wagenschlüssel an der Kette. Er sah müde aus, fand Robinson. Seine Blutergüsse verfärbten sich bereits, und die Abschürfung am Kinn verschorfte. Der eingegipste Arm sah schlimm geschwollen aus.

Visblat ließ die Schlüssel in die Jackentasche gleiten. »Was haben Sie für mich?«, fragte er dann.

Robinson wies eine Handvoll Unterlagen vor. »Wir haben ein verlassenes Fahrzeug am Flughafen gefunden, einen schwarzen Mercedes. Es ist der Wagen aus der Richey Road. Er hat ein Einschussloch in der Windschutzscheibe. Ich habe die Nummer prüfen lassen, er gehört einer Miss Helena Capriarty. Sie ist zufällig die Tochter von Lawrence Capriarty, dem Multimillionär. Sie werden sich vielleicht erinnern: Seine Frau wurde vor ein paar Jahren umgebracht. Es ging durch die gesamte Presse.«

Visblat nickte. »Ja, ich erinnere mich.«

»Hier ist eine Kopie ihres Führerscheins.« Visblat nahm den Fotoausweis und betrachtete das Foto. Robinson reichte Visblat ein weiteres Blatt. »Das ist der Flugzeugtyp, eine Saab 340. Bisher gab es keine Meldung von einer Absturzstelle. Sie könnten recht haben, Commander. Vielleicht war es ein Trick.«

Visblat warf nur einen kurzen Blick auf die Propellermaschine.

»Sie sind nur zu zweit an Bord. Es scheint, dass der Flüchtige der Pilot ist. Er hat beide Motoren gestartet, dann ist das Flugzeug über die Bremsklötze gehüpft und hätte beinahe mehrere Männer von der Antiterroreinheit erwischt, die den Start verhindern wollten.«

Visblat wirkte nicht überrascht. »Was ist mit seinen Verletzungen?«

»Wir haben fünfzig Augenzeugenberichte. Der Flüchtige macht einen völlig gesunden Eindruck. Das beweist, dass er mit dem Unfall auf der I-610 nichts zu tun hat.«

Visblat betrachtete noch einmal das Foto im Führerschein. »Was haben Sie sonst noch?«

Robinson hielt ihm ein weiteres Blatt hin. »Hier ist etwas sehr Interessantes: das Protokoll des Flughafenwachmanns. Er sagt aus, dass Miss Capriarty den Flüchtigen ›Wilson‹ nannte.« Robinson tippte auf das Blatt, wo der Name stand. »Sie haben ihn auch so genannt.«

Visblat blickte ihn an. »Da haben Sie recht.«

»Woher wussten Sie, wie er heißt?«

»Das nennt man Ermittlung!«, blaffte Visblat und gab die Unterlagen zurück. »Detective«, sagte er ein wenig ruhiger. »Sie haben gute Arbeit geleistet. Ich werde das bei Ihrer nächsten Bewertung zur Sprache bringen. Das könnte Ihnen zu einer Beförderung verhelfen.«

Robinson lächelte in sich hinein. Visblat würde man in Kürze entlassen, und mit ein bisschen Glück könnte Robinson dann sogar selbst an die Spitze vorrücken. »Danke, Commander.«

Visblat deutete auf den Eingang der Asservatenkammer hinter sich. »Ich will mir ein paar Beweisstücke ansehen. Sie müssen mit mir unterschreiben.« Er schritt zielstrebig auf die kugelsichere Scheibe zu.

Robinson war plötzlich besorgt. Die Asservatenkammer war der bestbewachte Raum der Polizeizentrale. Dort waren ständig zwei Bewaffnete postiert, und auf den Eingang war eine Kamera gerichtet. Das kleine Lager enthielt alle Beweisstücke einschließlich beschlagnahmter Gelder, Drogen und Waffen. Zugang bekamen nur hochrangige Kollegen, die zu zweit sein mussten. Nicht einmal Visblat wurde allein eingelassen.

»Bitte um Einlass«, sagte Visblat in das Mikrofon an der Tür. »Detective Robinson ist mein Begleiter.«

Der Wachposten notierte ihre Namen; dann drückte er auf den Sprechknopf. »Welche Beweise wollen Sie sehen, Sir?« Sein Stift schwebte über dem Formular.

»Machen Sie die Tür auf!«, schnauzte Visblat.

Robinson blickte den Wachposten an, dann seinen Commander. Das Letzte, was er wollte, war eine Auseinandersetzung – zumal an Visblats letztem Tag. Was konnte es noch schaden? Da drinnen konnte er wahrscheinlich weniger anrichten als woanders.

»Ich werde Ihnen zeigen, woher ich Wilsons Namen kenne«, bot Visblat an. »Dabei können Sie was lernen.«

Robinson war neugierig. War es möglich, dass dort Beweise lagerten, von denen nur Visblat wusste? »Geht in Ordnung, Jeff«, sagte er ins Mikrofon. »Öffnen Sie. Wir füllen die Unterlagen später aus.«

Der Türöffner summte. Visblat drückte die schwere Stahltür mit dem eingegipsten Arm auf und trat ein. Robinson grüßte die beiden Wachposten; er kannte sie ziemlich gut. Die Tür schloss sich automatisch mit einem dumpfen Laut. Die Asservatenkammer hatte einen charakteristischen Geruch, der nicht angenehm war: Es roch nach Geld.

Visblat blickte über die endlosen Regalreihen, die bis unter die Decke vollgestopft waren.

»Wonach suchen Sie, Commander?«, fragte Robinson, doch Visblat war schon in einem der Gänge verschwunden und antwortete nicht. Robinson drehte sich zu den beiden Kollegen um und zuckte die Achseln.

Visblat griff sich einen schwarzen Lederkoffer aus dem Regal. Auf dem Schild stand neben der Beweisstücknummer »2,3 Millionen US-Dollar«. Damit humpelte er zurück zum Ausgang. »Öffnen sie die Tür«, verlangte er.

Robinson war entsetzt. Er zeigte auf den Aktenkoffer. »Das dürfen Sie nicht mitnehmen, Commander. Sie haben keine Vollmacht.«

»Es muss sein«, sagte Visblat energisch.

Anspannung und Zweifel standen im Raum.

»Ich kann Sie damit nicht rauslassen«, sagte einer der Wachposten mit schwankender Stimme.

Visblat stellte den Koffer ab, hielt Blickkontakt mit den drei Männern und zog die Waffe. Seine Gegner hoben die Hände.

»Bitte tun Sie das nicht«, sagte Robinson. Doch sein Commander hatte einen Ausdruck in den Augen, der es ihm unmöglich machte, einen Finger zu rühren – als stünde er unter einem schrecklichen Bann. Das war der schlimmste Alptraum, den Robinson sich vorstellen konnte. Ihm war klar, dass er etwas tun musste, nach seiner Waffe greifen und sich verteidigen, doch Visblats Blick ließ ihn erstarren, als hätte er Beton in den Adern. Er wollte schreien, doch nicht einmal das konnte er.

»Es tut mir leid«, sagte Visblat ernst. »Ich habe keine andere Wahl.«

Er schoss und verspritzte Robinsons Blut auf die Innenseite der Stahltür. Noch ehe die Patronenhülse auf den Boden klirrte, fuhr er zu den schreckensstarren Wachposten herum. Der Knall der nächsten beiden Schüsse hallte von den Wänden.

Visblat steckte gelassen die Waffe weg; dann nahm er den Koffer. Ein Rauchfaden zog durch die Luft, während er ungerührt um die blutigen Leichen herumging. Er riss das oberste Blatt vom Anmeldeblock; dann griff er mit dem Papier in der Hand an den bespritzten Türknauf, um keine Fingerabdrücke zu hinterlassen. In der Stille rutschte ein Stück herausgesprengtes Fleisch die Wand hinunter.

Die Situation war bedauerlich, fand Visblat, doch es war nicht zu ändern. Es gab keinen anderen Weg.

Vor dem Aufzug drückte er den Aufwärtsknopf.

Auf dem Flur zeigte eine Überwachungskamera direkt auf ihn. Visblat lächelte hinauf. Ein perfektes Verbrechen, stellte er fest. Es gab keine Zeugen und dank seiner Raffinesse keine Bandaufnahme – er hatte die Stromzufuhr der Kamera vor fünfzehn Minuten unterbrochen.

Es war alles ziemlich einfach.

20.

Über dem Golf von Mexiko
Saab 340 Turboprop
27. November 2012
Ortszeit: 7.52 Uhr
Unternehmen Jesaja – dritter Tag

Die Triebwerke dröhnten im Hintergrund. Die Kabine zitterte leicht.

In dem kleinen Waschraum wischte Wilson sich die Rasierschaumreste aus dem Gesicht. Er hatte wieder ein wenig Farbe bekommen und sah besser aus, fand er. Noch nicht hundertprozentig wiederhergestellt, doch auf einem guten Weg. Er strich sich mit nassen Händen die Haare zurück. In der Hauptkabine hatte er einen Reisekoffer gefunden, der wahrscheinlich dem Piloten gehörte, hatte ein weißes Oberhemd darin entdeckt und es angezogen. Es passte wesentlich besser als die lächerlichen Klamotten von George. Vor allem war es eine Erleichterung, aus dem Love-Machine-T-Shirt herauszukommen.

Wilson betrachtete sich im Spiegel. Seit seiner Ankunft war alles wie ein Traum gewesen; dennoch war es keiner. Eines war sicher: Ohne seine Omega-Programmierung wäre er längst tot, so viel stand fest. Es schien, dass der Wurf seiner Schicksalsmünze damals in der Wohnung von Professor Author sich als die klügste Entscheidung seines Lebens erwies. Was für eine Ironie.

Seine Gedanken schwenkten zeitweise zu Helena zurück wie eine Kompassnadel nach Norden. Ihre Rolle bei dem Abenteuer war unerwartet ins Spiel gekommen. Und doch sagte ihm der Name Esther – der des Dobermanns –, dass alles so war, wie es sein sollte.

Wilson runzelte die Stirn. Helenas telepathische Verbindung verstand er noch nicht ganz. Sie sagte, ihre Visionen hätten vor zwei Monaten begonnen, er war aber erst seit knapp drei Tagen hier. Dennoch glaubte er ihr, ganz unwillkürlich, trotz der widersprüchlichen Fakten. Alles an ihr, besonders der Ausdruck ihrer Augen, zeigte ihm, dass sie die Wahrheit sagte. Schmunzelnd fiel ihm wieder ein, wie sie entsetzt den Mund aufgesperrt hatte, als er meinte, sie solle nicht gegen eine Bohrinsel fliegen. Aber was das betraf, bestand keine Gefahr: Der Autopilot war eingeschaltet, und so tief flog die Maschine nicht.

Wahrscheinlich war Helena die energischste Frau, der er je begegnet war, und das wollte etwas heißen, wenn man bedachte, wie Jenny Jones und Karin Turnberry sich aufführten. Helena konnte einen in Rage bringen, und wie sie diese Waffe handhabte, war beunruhigend, gelinde gesagt.

Wilson überlegte, wie es zu der telepathischen Verbindung gekommen sein konnte. Vielleicht hatte seine molekulare Rekonstruktion ihn empfänglicher dafür gemacht, oder seine Omega-Programmierung hatte es ausgelöst. Beides klang nach einer möglichen Erklärung. Aber im Grunde tappte er im Dunkeln – er konnte nur raten. Konnte Barton gewusst haben, dass das alles passieren würde? War es möglich, dass in dieser Welt alles durch die Prophezeiung in der Qumran-Rolle vorherbestimmt war?

Er suchte in seinem Gedächtnis nach einer Antwort …

Kalifornien, Amerikanischer Kontinent
Enterprise Corporation, Mercury Building, 2. Etage
11. Mai 2081
Ortszeit: 11.14 Uhr
12 Tage vor dem Transporttest

Barton saß an seinem Schreibtisch. Hinter ihm an der Wand prangte das Firmenlogo von Enterprise Corporation. Alles im Raum war ein Muster an Ordnung und Perfektion. Digitale Arbeitsunterlagen waren präzise gestapelt, seine Lasermarker lagen aufgereiht auf der Tischplatte. Der mit Teppichboden ausgelegte Teil war in geraden Strichen gesaugt, die Fenster und Tischflächen glänzten ebenso wie Bartons Schuhe. Selbst die Pflanzen entlang der Wände waren gleich groß und in demselben gepflegten Zustand. Es war tatsächlich ein bisschen störend, so als ob nichts berührt werden dürfte oder sollte, damit die Perfektion erhalten blieb.

»Sagen Sie mir, was Sie denken«, forderte Barton ihn auf.

Wilson hielt es für das Beste, nicht wahrheitsgemäß zu antworten. Sie begegneten sich erst zum zweiten Mal. Das erste Gespräch hatte sechs Stunden gedauert, worauf Wilson den Rest der Nacht kein Auge zugetan hatte, weil er sich Sorgen machte und alles immer wieder von Neuem überdachte.

»Sie werden verstehen, dass das eine Menge Informationen sind, die ich zu verarbeiten habe«, sagte Wilson ein wenig müde. Sein Blick wanderte zu einer prachtvollen Glaskugel auf dem Sideboard, die halb so groß war wie ein Basketball. Er wusste, er sollte sie nicht anfassen, doch aus Faszination streifte er seine Hemmungen ab, hob sie hoch und spielte damit herum, als wäre sie billiger Nippes.

»Bitte, gehen Sie vorsichtig damit um«, bat Barton und rutschte bis an die Sesselkante, als wollte er gleich aufspringen, um die Kugel aufzufangen.

Wilson nahm sie in beide Hände. Als er sie näher betrachtete, fielen ihm die zahllosen Lichtbrechungen darin auf, die aussahen, als steckten in der Kugel geheimnisvolle Kräfte. Es war ein fesselnder Anblick.

»Das ist der DuPont-Preis. Ich habe ihn für …«

»… die Erfindung des Ozonregenerators bekommen«, vollendete Wilson den Satz.

»Wie sind Sie darauf gekommen?«, fragte Barton verblüfft. »Das ist kaum bekannt.«

Wilson musste lächeln. »Durch schlichte Genialität.«

Da er meinte, Barton genug gequält zu haben, setzte Wilson die Kugel zurück in ihren Ständer und zeigte auf die feine Schrift, die ins Glas geätzt war. »Hier steht es: Ozonregenerator. Sie sind ein bisschen aufgeregt, nicht wahr?«

»Verzeihung.« Barton schaute verlegen. »Es ist nur so, seit Sie gestern Abend die hebräischen Schriftzeichen entziffert haben … nun, ich wunderte mich …«

Nach einigem Nachdenken war Wilson darauf gekommen, wieso er die alte Schrift hatte lesen können. Vor drei Wochen hatte er Strongs Konkordanz der King James Bibel überflogen, ein Nachschlagewerk, das man beim Übersetzen alter Texte gebrauchte. Darin waren alphabetisch alle vorkommenden Wörter aufgeführt und mit Nummern versehen. Vor allem bot die Konkordanz erschöpfende Einzelheiten über die hebräischen, aramäischen und griechischen Texte, denen die Wörter entnommen waren, einschließlich einer Darstellung der Buchstaben und Symbole.* Wie es schien, hatte Wilson die Informationen in einem verblüffenden Ausmaß unbewusst aufgenommen – und dafür war zweifellos seine Omega-Programmierung verantwortlich.

»Wie haben Sie das gemacht?«, fragte Barton.

»Was gemacht?«

* Strong's Exhaustive Concordance of the Bible, James Strong, Hendricson 1993

»Die alten Texte gelesen.«

»Ich sagte bereits, ich habe sie nicht gelesen. Es ist abwegig zu glauben, dass ich es könnte.«

Barton rieb sich das Kinn. »Dann haben Sie bewundernswert gut geraten.«

»Wann bekomme ich meinen Vertrag?«, fragte Wilson, um das Thema zu wechseln. Er hatte mit Barton ein finanzielles Arrangement ausgehandelt und wollte es schriftlich, um sicher zu sein, dass das Angebot ernst gemeint war.

Barton sah auf die Uhr. »Er wird heute Nachmittag fertig sein.«

Die Unterhaltung währte noch zehn Minuten, in denen Barton darlegte, was geschehen sollte. Er lehnte sich in seinem Ledersessel zurück. »Sie werden die Köpfe des Mercury-Teams kennen lernen. Die Taktiker. Das sind die Wissenschaftler, die Sie durch die Zeit schicken werden.« Ein kurzes Läuten drang aus Bartons Handheld. Er holte scharf Luft und stand auf. Ohne Erklärung legte er den Finger an die Lippen und winkte Wilson, ihm zu einer Tür zu folgen. Sie führte in ein schickes Badezimmer aus schwarzem Marmor und glänzendem Holz mit einem großen rechteckigen Whirlpool, von dem man nach draußen in den Wald blickte.

Wilson trat hinter ihm ein, war aber misstrauisch.

Barton schloss leise die Tür. »Das Läuten, das Sie gehört haben, verrät mir, wann mein Büro abgehört wird. Jemand versucht, unser Gespräch zu belauschen.«

»Sie haben also Geheimnisse vor den anderen«, meinte Wilson herablassend.

»Im Badezimmer gibt es keine Abhörvorrichtung.«

»Das ist gut.« Wilson blickte auf die schwarze Porzellantoilette. »Privatsphäre kann nicht hoch genug geachtet werden, auch nicht bei Enterprise Corporation.«

Barton lehnte sich gegen das Waschbecken. »Wilson, ich glaube, es ist wichtig, dass wir von jetzt an ehrlich miteinander sind.« Er wirkte mit einem Mal gestresst, was gar nicht zu seiner Rolle passte. »An diesem Punkt wird die ganze Sache nämlich kompliziert.«

»Ist es möglich?«, erwiderte Wilson lachend. Er lachte immer, wenn er nervös wurde. »Was könnte abenteuerlicher sein als das, was Sie mir bereits offenbart haben? Man findet nicht jeden Tag heraus, dass die Qumran-Rollen Bauanweisungen für eine Zeitmaschine enthalten.«

Barton rieb sich das Kinn. »Die Wissenschaftler des Mercury-Teams wissen eigentlich nicht, was vor sich geht. Sie glauben, dass ich Sie nur um ein paar Minuten in die Zukunft schicke.«

Wilson wurde misstrauisch. »Aha.«

»Aber das wird nicht der Fall sein, sollten wir zu einer Einigung kommen.«

Wilson setzte sich auf den Toilettendeckel. »Was haben Sie stattdessen vor?«

Der Wissenschaftler blickte ihm direkt in die Augen. Er bot wieder ein Bild kühlen Selbstvertrauens. »Ich werde Sie in die Vergangenheit schicken.«

Wilson lächelte im Stillen. Bartons Art, mit ihm zu sprechen, wirkte viel verlockender als seinerzeit Authors betrunkenes Geschwafel. »Sie meinen das ernst, nicht wahr?«

Barton schürzte die Lippen. »Wie ernst es mir damit ist, haben Sie wahrscheinlich noch gar nicht begriffen.«

»Jetzt aber mal Scherz beiseite«, sagte Wilson. »Ich bin auch dafür, dass wir ehrlich sein sollten. Sagen Sie mir einfach die Wahrheit. Worum geht es wirklich?«

Barton rieb sich das Kinn wie immer, wenn er etwas Wichtiges zu sagen hatte. »Ich habe vor, Sie fünfundsiebzig Jahre in die Vergangenheit zu schicken.«

Wilson schauderte unwillkürlich; um es zu überspielen, lehnte er sich an die Wand und verschränkte die Hände hinter dem Kopf. »Gehen wir mal davon aus, Sie könnten mich tatsächlich in der Zeit zurückschicken – was ich ernsthaft bezweifle.

Wie werde ich dann an mein Geld kommen? Was meinen Sie? Sie werden da noch gar nicht geboren sein.«

»Sie werden irgendwann in die Gegenwart zurückkehren«, sagte Barton vollkommen ruhig. »Sie werden Ihr Geld von mir bekommen, die eine Hälfte jetzt, die andere später.« Er schwieg kurz. »Ich erwarte nicht, dass Sie sofort zustimmen. Begrifflich ist die Sache sehr schwer zu verstehen, das ist mir klar. Ich habe selbst meine Schwierigkeiten damit.«

Wilson kratzte sich am Kopf. »Warum fünfundsiebzig Jahre zurück? Sie müssen einen bestimmten Grund haben.«

»Allerdings.« Barton überlegte eine ganze Weile, ehe er fortfuhr. »Das Ziel ist, einen geheimen Auftrag zu erfüllen.«

Wilson grinste breit. »Oh, ein geheimer Auftrag! Warum haben Sie das nicht gleich gesagt? Lassen Sie mich raten. Sie wollen, dass ich in der Vergangenheit jemanden umbringe, wie im Film, wenn der Mörder jemandes Urgroßmutter und ihren Stammbaum auslöscht.«

Barton fand das gar nicht lustig. »Nichts dergleichen, Wilson. Ich schlage vor, Sie hören mir zu und sparen sich die Witzeleien.« Es folgte ein längeres Schweigen, bei dem sich die Männer anblickten und keiner als Erster weggucken wollte. Schließlich sagte Barton: »Das Mercury-Team weiß nichts von diesem Unternehmen. Sie glauben, ich versuche, die Theorie der Zeitreise zu beweisen.« Er zögerte. »Ich weiß, das klingt alles sehr ungewöhnlich …«

»Eigentlich passiert mir das dauernd.«

Barton überhörte die Bemerkung. »Es hat mit dem dreiundzwanzigsten Buch des Alten Testaments zu tun, dem Buch Jesaja.«

»Ich dachte, die Baupläne stünden bei Esther, dem siebzehnten Buch.«

»Wilson, man errichtet kein Zeitportal, wenn man nicht einen sehr guten Grund hat, es zu benutzen. Das können Sie verstehen, nicht wahr?«

»Und was ist der Grund?«

»Einen Auftrag zu erfüllen. Einen Auftrag, der im Buch Jesaja beschrieben ist. Das ist der Grund, warum das alles passiert, warum meine Welt und nun auch Ihre auf den Kopf gestellt wurde.«

Unerwartet drang eine Stimme aus dem Nebenraum.

»Entschuldigen Sie … hallo!«

Barton riss die Tür auf. Am anderen Ende des Büros stand ein Teenager im braunen Trainingsanzug. Barton blieb äußerlich ruhig, doch Wilson konnte spüren, wie sehr er durch die Unterbrechung erschüttert war.

»Andre … was tust du hier?«, fragte Barton.

Der Junge kam zu ihm. »Ich muss meiner Mutter sagen, wann sie mich abholen soll.«

Wilson suchte in Andres Gesicht nach einem Anzeichen, dass er ihr Gespräch belauscht hatte, doch er sah nur Unschuld in den jugendlichen Zügen.

»Sag ihr, wir sorgen dafür, dass du nach Hause kommst, einverstanden?«, bot Barton an. »Du kannst auch hier übernachten. Wie fändest du das?«

»Geht klar.«

»Andre, ich möchte dir Wilson Dowling vorstellen.«

Wilson rang sich eine Floskel ab. »Nett, dich kennen zu lernen.« Sie schüttelten sich die Hand, und Wilson ließ sofort los – der Junge hatte schweißnasse Hände, die beinahe tropften. Hieß das, er verbarg etwas? Oder waren seine Hände immer feucht?

»Ich hatte gehofft, Sie kennen zu lernen«, bekannte Andre mit Stolz. »Es war meine Idee, Sie aufzuspüren. Ich war es, der daran gedacht hat, einen natürlichen Gen-EP zu beschaffen.«

»Erwarte nicht, dass ich dir danke«, scherzte Wilson, während er sich die Hand abwischte.

»Andre ist einer der gescheitesten jungen Leute, die wir bei Enterprise Corporation haben«, sagte Barton, wobei er absichtlich übertrieb. »Er ist neu im Mercury-Team.«

»Wo ist dein Laborkittel?«, fragte Wilson.

»Den bekomme ich morgen«, sagte Andre, der ihn anstarrte.

Eine unbehagliche Stille setzte ein, während die drei im Kreis standen und einander anschauten. Wilson wollte nichts sagen, um das Gespräch nicht zu verlängern.

Schließlich wies Barton zur Tür. »Wir sehen uns in einer Stunde im Besprechungsraum, Andre. Wie hört sich das an?«

»Ich werde so lange zu Davin gehen«, sagte Andre. »Hat mich gefreut, Sie kennen zu lernen, Sir.«

Barton wartete, bis Andre gegangen war; dann dirigierte er Wilson ins Badezimmer und machte hinter sich die Tür zu. Das Büro wurde vielleicht weiter abgehört. Barton stand neben dem Waschbecken und schaute durchs Fenster ins Grüne. Wilson hatte schon bemerkt, wie analytisch der Wissenschaftler war, und nahm an, dass er soeben die Entfernung zur Tür, die Stärke des Holzes und ihre Lautstärke beim Sprechen abschätzte, und ob Andre sie von der Stelle aus, wo er gestanden hatte, gehört haben konnte.

»Meinen Sie, er hat etwas mitbekommen?«, fragte Wilson.

»Da kann man nicht sicher sein.«

»Erzählen Sie mir mehr über den Auftrag«, bat Wilson, der weitermachen wollte.

»Ja, der Auftrag.« Barton blickte zur Tür; dann senkte er die Stimme. »Im Buch Esther wird angegeben, wie man durch die Zeit reist. Im Buch Jesaja steht, warum das geschehen soll. Als ich den Esther-Text zum ersten Mal übersetzt habe, wurde mir klar, dass ich eine phantastische Entdeckung gemacht hatte. Dann fand ich die Verknüpfung mit Jesaja, und mein Leben war nicht mehr dasselbe.« Er öffnete die Tür zum Büro, spähte hinaus und schloss sie wieder. »Das Buch Jesaja ist ein machtvolles Dokument, ein sehr machtvolles. Seit über zwei Jahren halte ich es vor allen geheim und entschlüssele von Hand den Text so schnell ich kann.«

»Aber mir verraten Sie jetzt alles?«

»Ein Mensch ist eine Ausnahme. Der Jesaja-Text nennt ihn den Aufseher.«

Wilson war verwundert. »Den Aufseher worüber?«

Barton verschränkte die Arme. »Der entschlüsselte Text erzählt von der Berufung eines Mann, der das Gleichgewicht wiederherstellen wird.« Sein Blick wurde intensiver, als suchte er in Wilsons Augen nach dem Gen-EP-Merkmal. »Die Wahrscheinlichkeit ist groß, dass Sie dieser Aufseher sind.«

Wilson grinste nervös. »Das bin ich ganz bestimmt nicht.«

»Es ist möglich.«

»Ich kann es nicht sein ... ich komme aus Sydney!«

»Trotzdem.«

»Niemand aus Sydney ist Aufseher. Ein Surfer vielleicht ... aber ein Aufseher? Nie im Leben.«

»Sie haben das Gen-EP-Merkmal, und das heißt, dass wir Sie durch die Zeit senden können. Und das Buch Jesaja beschreibt den Aufseher als einen Mann ohne Religion.«

Wilson wartete auf mehr, doch Barton sagte nichts.

»Das ist alles?«, fragte Wilson.

Barton nickte.

»Mehr haben Sie nicht? Das war's?«

»Ich gebe zu, ich kann nicht völlig sicher sein, dass Sie es sind. Aber von den Milliarden Menschen auf der Erde haben Sie die richtigen genetischen Merkmale. Das muss etwas bedeuten. Meine Meinung ist die: Wenn es uns gelingt, Sie in die Vergangenheit zu senden, müssen Sie der Genannte sein.«

Wilson konnte nicht anders, er kicherte. »Wie passend – ich stehe direkt neben dem Klo! Wissen Sie, ich glaube, das ist ein Zeichen! Sie haben selbst gesagt: Es gibt keine Zufälle.«

Wilson ging auf den schwarzen Fliesen nervös auf und ab. Er würde wahrscheinlich auch diese Nacht nicht einschlafen können. »Die ganze Geschichte ist höchst seltsam. Das ist Ihnen klar, oder?« Was ihm am meisten Sorge machte, war, dass ihm die Sache gefiel – die Vorstellung, jemand Besonderer zu sein. Ein Abenteuer zu erleben.

»Stellen wir uns mal vor, Sie könnten mich tatsächlich in die Vergangenheit schicken«, sagte er. »Ich soll niemanden umbringen, wenn ich dort bin, sagen Sie. Aber was soll ich dann für Sie tun?«

Barton rieb sich die Schläfen. »Ich habe noch nicht alle Informationen entschlüsselt, aber so viel kann ich Ihnen schon sagen: Der Aufseher ist dazu bestimmt, in der Zeit zurückzureisen, um drei Energieportale zu aktivieren, die den Fluss der magnetischen Energie durch die Erdatmosphäre regulieren.«

Wilson kam nicht mehr mit. »Äh … und das heißt?«

»Sie sind wie große Uhrwerke, die die Zeit steuern.«

»Ich soll fünfundsiebzig Jahre in die Vergangenheit reisen, um ein paar große Uhren in Gang zu bringen? Das ist doch lächerlich!«

»Sie können sich darüber lustig machen, so viel Sie wollen, aber was Sie sagen, ist im Wesentlichen korrekt. Das ist der Auftrag von Jesaja … ein Auftrag, der in der Qumran-Rolle prophezeit wurde.«

Wilson setzte sich wieder auf die Toilette. Ihm war, als müsste er sich gleich übergeben. »Warum müssen die magnetischen Kräfte der Erde reguliert werden, oder was immer Sie da gesagt haben? Und sagen Sie es in der Laien-Version.«

Ein Leuchten trat in Bartons Augen. »Es wird Ihnen gefallen. Haben Sie sich je gefragt, warum jeder Tag kürzer erscheint als der vorige? Warum die Zeit umso schneller vergeht, je älter Sie werden?«

»Ja.«

»Sie verstehen, was ich meine?«

»Ja. Jeder empfindet das so.«

»Genau. Der Grund ist der: Die Magnetfrequenz in der Erdatmosphäre nimmt zu. Und als Folge davon läuft die Zeit schneller.«

»Die Atomuhr-Theorie besagt, dass Zeit konstant ist.«

Barton verzog spöttisch das Gesicht. »Eine Atomuhr ist in derselben Weise beeinträchtigt wie alles andere. Ich gebe Ihnen ein Beispiel: Wir nehmen zwei hoch präzise Atomuhren, die auf dieselbe Zeit eingestellt werden, stellen eine neben Ihnen auf den Boden, die andere in ein Airbus-Shuttle, fliegen sie dreimal mit Höchstgeschwindigkeit um die Erde und bringen sie hierher zurück. Wenn wir die Geräte vergleichen, werden wir feststellen, dass die Atomuhr, die um die Erde geflogen ist, langsamer gelaufen ist als die, die neben Ihnen gestanden hat. Ein paar Hundert Nanosekunden langsamer – genauso viele, wie Einsteins Zeitdilatationsformel vorhersagt.«*

»Und was beweist das?«

»Das beweist, dass Zeit dehnbar ist. Sie kann sich ausdehnen und zusammenziehen.«

»Also gut, Barton. Was passiert, wenn die Zeit schneller läuft?«

Barton rieb sich das Kinn. »Wenn die Zeit eine bestimmte Geschwindigkeit erreicht, wird die ganze Welt und alles, was darin lebt, wahnsinnig. Die Folgen sind unabsehbar, sowohl psychologisch wie biologisch und in globaler Hinsicht. Ob Sie es glauben oder nicht, der Auftrag von Jesaja besteht darin, die Zeit auf das erforderliche Maß zu bremsen und uns alle zu schützen.«

Wilson wollte nicht zu sehr darüber nachdenken, was er da hörte. So viel Information konnte er nicht verarbeiten. »Und ich bin der Aufseher?«, fragte er in einem Tonfall, der die Absurdität der Behauptung deutlich machen sollte.

»Ja. Ich glaube, dass Sie es vielleicht sind.«

Es war das Vielleicht, das bei Wilson hängenblieb. Nacheinander ging er seine Optionen durch. Eins: Barton war total verrückt. Zwei: Enterprise Corporation war doch hinter der Omega-Programmierung her – aber das hielt er für eher un-

* How to Build a Time Machine, Paul Davies, Allen Lane, Penguin 2001, S. 10

wahrscheinlich. Drei: Professor Author hatte ihm das Gehirn püriert, und er bildete sich das alles nur ein. Und schließlich vier: Barton sagte die Wahrheit. Wilson dachte einen Moment nach. Das erschreckendste Szenario war Option vier.

»Verhandeln wir noch einmal neu«, verlangte Wilson. Es war Zeit, die Hürde höher zu legen, um zu sehen, wie Barton reagierte. »Erinnern Sie sich an den Rembrandt in Etage drei? Das schlafende Baby mit seiner Mutter? Das Gemälde lege ich auf die Bezahlung drauf.«

Über dem Golf von Mexiko
Saab 340 Turboprop
27. November 2012
Ortszeit: 7.55 Uhr
Unternehmen Jesaja – dritter Tag

Ein plötzlicher Ruck riss Wilson in die Wirklichkeit zurück.

Er setzte die Sonnenbrille auf, trat aus dem Waschraum und ging zurück ins Cockpit. Die Turbulenzen schienen stärker zu werden, und er musste sich gegen die Bewegungen des Flugzeugs stemmen. Er tätschelte Esther den Kopf, als er an die schmale Türöffnung kam. Der Hund wirkte unter den gegebenen Umständen recht zufrieden und völlig unbeeindruckt von dem, was vorging.

Die Morgensonne war vom Horizont verschwunden, stattdessen türmten sich Wolkenberge auf. Das Wetter war rasch umgeschlagen. Helenas Fingerknöchel waren weiß vor Anspannung, während sie die Turboprop einem Sturm entgegensteuerte. Sie hatte Mühe, die Fassung zu wahren.

Wilson glitt an ihr vorbei und sprang in den Pilotensitz.

»Das wurde aber auch Zeit!«, fuhr sie ihn an.

Wilson schnallte sich an. »Das sieht nach einem Höllenspaß

aus.« Das Flugzeug hüpfte und sackte mitunter hundert Fuß ab.

»Ich dachte, Sie kommen gar nicht wieder!«

Manchmal flogen sie so tief, dass Wilson den Schaum auf den Wellen sehen konnte. »Vielleicht sollte ich jetzt das Ruder übernehmen«, sagte er trocken. »Wo Sie gar keinen Pilotenschein haben.«

Helena schoss ihm einen funkelnden Blick zu. »Der Sturm war plötzlich da! Es war unmöglich, das Flugzeug ruhig zu halten. Und dann kommen Sie und machen Witze.«

»Sie haben Esther zu Tode erschreckt. Sehen Sie nur, das arme Tier ist völlig durcheinander.« Wilson zog den Steuerknüppel sanft zurück, und die Saab 340 gewann rasch an Höhe.

Helena verstand nicht, was Wilson tat. Sie war vierzig Minuten lang unter dreihundert Fuß geblieben. »Was ist mit dem Radar? Wir müssen doch unter dem Radar bleiben.«

»Wir sind jetzt von allem meilenweit weg.« Wilson schaute über die Armaturen. »Hier draußen gibt es keinen Radar, das versichere ich Ihnen.«

»Wissen Sie, wie stressig es ist, so tief zu fliegen?«

»Sie haben das großartig gemacht.«

Helena nahm ihre Waffe und drückte sie Wilson an die Schläfe. »Es ist Zeit, dass Sie mir meine Fragen beantworten!« Sie zwang seinen Kopf zur Seite.

»Glauben Sie nicht, dass es bessere Mittel gibt?«, erwiderte er.

»Von jetzt an stelle ich die Fragen, und Sie geben Antwort! Also, wer sind Sie eigentlich? Und was tun wir hier?«

Wilson deutete auf die wogende Wolkenformation. »Falls es Ihnen noch nicht aufgefallen ist: Der Sturm ist gefährlich, sehr gefährlich. Solches Wetter kann gewaltige Abwinde erzeugen.« Wie aufs Stichwort schlug ein Blitz ins Wasser ein, und das grelle Licht zuckte durch die Kabine. »Ich werde uns von hier wegbringen, okay?«

»Wechseln Sie nicht das Thema!«

Die Mündung an der Schläfe, lenkte Wilson das Flugzeug nach rechts, nach Westen, einem klareren Himmel zu, und die Turbulenzen ließen langsam nach. Natürlich war ihm klar, dass die Kursänderung die Treibstoffsituation kritischer machte.

»Hören Sie, ich weiß, wie Sie sich fühlen«, sagte er.

»Ich will eine Antwort! Zwingen Sie mich nicht, etwas Dummes zu tun!«

»Nur damit ich es richtig verstehe – Sie halten es nicht für dumm, mir eine Waffe an den Kopf zu drücken?« Wilson hatte schon genug Schwierigkeiten. Er war mehr als tausend Kilometer von seinem Ziel entfernt und hatte ein Treibstoffproblem, und er hatte noch nicht herausgefunden, wie der Navigationscomputer zu bedienen war. In Houston war die Polizei aus unerfindlichen Gründen hinter ihm her, und er hatte vor zwei Tagen knapp einen Auffahrunfall überlebt. Es reichte ihm jetzt. Verärgert schob er den Lauf der Waffe beiseite. »Wenn Sie mich erschießen, wer soll dann das Flugzeug landen? Sie?«

Mit dieser schlichten Logik ließ er Helena eine Weile schmoren.

»Sie erinnern mich an meine Exfreundin«, sagte er schließlich.

Helena biss die Zähne zusammen, um einen frustrierten Aufschrei zu unterdrücken. »Wohin fliegen wir?«, fragte sie.

Wilson deutete auf die Waffe. »Gehen Sie mit anderen Leuten immer so um?«

»Mit Idioten ja!«

»Verhandlungen mit Ihnen müssen die Hölle sein. Arbeiten Sie in dieser Branche?«

»Werden Sie mir sagen, was ich wissen will?«

»Nein.«

Während der nächsten Viertelstunde redete Helena kein Wort und rührte sich nicht. Das einzige Geräusch im Cockpit war das Dröhnen der Motoren. Wilson nutzte die Gelegenheit, um herauszufinden, wie der Navigationscomputer funktionierte. Es dauerte einige Zeit, aber schließlich gab er die Koordinaten ein und berechnete den Treibstoff. Es würde eng werden. Doch sie konnten es schaffen, wenn das Wetter schön blieb.

Froh, dass die Aussichten besser wurden, wandte er sich Helena zu und sagte: »Ich heiße Wilson Dowling. Ich komme aus Australien. Wir fliegen mit einer Saab Turboprop fünftausend Fuß über dem Meeresspiegel in südwestlicher Richtung nach Mexiko.«

»Wohin in Mexiko?«

»Zur Halbinsel Yucatán.«

Helena blickte ihn zum ersten Mal an, seit er ihren Revolver weggeschlagen hatte, und musterte sein Profil. Er hatte sich rasiert und trug jetzt ein weißes Oberhemd und eine schwarze Hose. Diese Kleidung saß viel besser. Er sah wahrscheinlich sogar gut aus, aber im Augenblick war sie eher geneigt, ihm das übel zu nehmen.

»Warum dorthin?«, fragte sie.

»Das ist alles, was ich Ihnen verrate.«

Sie schnaubte ärgerlich. »Gerade haben Sie sich mal einen Moment lang ordentlich benommen!«

Beim Anblick weiterer Wolken vor ihnen drückte Wilson einen Knopf des Bordcomputers, und das Flugzeug stieg automatisch auf, was ihre Flugentfernung vergrößerte. Dadurch hatte er kaum noch die Möglichkeit, Helena vorher irgendwo abzusetzen. Sie würde mitkommen müssen – eine unangenehme Entwicklung.

»Ich will nach Chichén Itzá«, sagte er.

»Zu der Ruinenstadt?«

»Nein, zu der Imbissbude.«

»Es spielt keine Rolle, auf welchem Flugplatz wir landen. Die Behörden werden uns auf jeden Fall stellen. Das mag sich für Sie komisch anhören, weil Sie ein Idiot sind, aber ich bin ziemlich sicher, dass Texas Air das Flugzeug zurückhaben will.«

»Wir landen auf keinem Flugplatz«, erwiderte er. »In der Mitte der Ruinenstadt gibt es einen grasbewachsenen Platz. Der sollte für eine Landung lang genug sein.«

»Sind Sie verrückt?«

»Ich bin sehr wohl imstande, das Flugzeug zu landen, ohne uns umzubringen. Haben Sie ein bisschen Vertrauen.«

»Haben Sie ein bisschen Vertrauen!« Sie verdrehte die Augen und warf sich in ihren Sitz zurück. »Was mache ich hier eigentlich?«

Helena saß da und starrte ins Leere.

»Und um es noch einmal deutlich zu sagen, es hat mir nicht gefallen, wie Sie mir die Waffe an den Kopf gehalten haben. Tun Sie das nie wieder«, sagte er bestimmt.

Helenas Gedanken wanderten zu ihrem Vater und was er jetzt wohl gerade dachte. Seine einzige Tochter war in eine Flugzeugentführung verwickelt. Er würde wütend sein, würde fluchen, dass sie es mit ihrer Aufsässigkeit zu weit getrieben hatte – und er würde krank sein vor Sorge, sie könnte endgültig unzurechnungsfähig sein.

Helena drehte sich zu Wilson um. »Während Sie weg waren, hatte ich eine Vision, wie Sie sich im Waschraum im Spiegel betrachten. Was haben Sie da gedacht?«

Wilson gab sich Mühe, sich sein Erstaunen nicht anmerken zu lassen. »Ich habe über die Ereignisse nachgedacht, die mich hierher geführt haben.«

Irgendetwas sagte Helena, dass er die Wahrheit sprach; sie spürte es. Sie atmete tief durch. In gewisser Weise war es, als würde sie Wilson kennen, und obwohl er sie ständig ärgerte, empfand sie ein unerklärliches Vertrauen. Es gab keine Grundlage dafür, doch sie vertraute ihm. »Ich schlage Ihnen einen Handel vor: Sie sagen mir die Wahrheit, und ich helfe Ihnen.«

Wilson wollte sich auf keinen Handel einlassen. Er wollte Helena sicher aus seinem Leben heraushalten, damit er sich auf seinen Auftrag konzentrieren konnte.

Helena steckte ihren Revolver in die Jacke und ließ den Blick über das Cockpit schweifen. »Was Sie tun, muss wichtig sein. Sonst hätten Sie kein Flugzeug gestohlen.«

»Ich habe es gestohlen, weil die Polizei hinter mir her war.«

»Ja, aber auch, um irgendwohin zu fliegen. Sie haben einen Grund dafür, das weiß ich genau.«

21.

Chichén Itzá, Mexiko
Saab 340 Turboprop
27. November 2012
Ortszeit: 10.55 Uhr
Unternehmen Jesaja – dritter Tag

Feine Regenschleier schwebten über Chichén Itzá.

Inmitten von dichtem Wald befanden sich dort Grasplätze und verschiedene Steinbauten, die seit neunhundertfünfzig Jahren nicht mehr bewohnt wurden. In der Mitte dieses unheimlichen, einst so bevölkerten Ortes stand eine einzelne graue Pyramide, ein Wunder der Technik, ein wahrhaft gewaltiges Bauwerk: El Castillo. Neben diesem Kalksteinriesen mit der abgeplatteten Spitze, der die Wälder der Halbinsel bedrohlich überragte, sah alles andere winzig aus.

Die Stadt war ausgestorben. Die alten Könige und ihre Krieger, die Handwerker und Bauern waren lange tot. Chichén Itzá, einst das Zentrum des Maya-Universums, hatte jetzt den Status einer Touristenattraktion in Mexiko – und einer beliebten noch dazu. Jedes Jahr kamen Tausende von Menschen, um die Architektur zu bewundern und die fesselnde Geschichte dieser einst großen und mitunter grausamen Kultur zu hören.

Ein weißer Ibis glitt friedlich durch den schwülen Regen. Er wechselte sofort die Richtung, als das Brummen einer anfliegenden Propellermaschine die Morgenstille störte. Erschrocken stieß er in den Schutz des Waldes hinab.

Eine Texas Air Saab 340 flog einen tiefen Kreis über die verlassene Stadt und wieder zurück in die Wolken, dann eine weite Kehre, worauf sie unterhalb des Dunstes erschien und in der anderen Richtung über die Stadt brauste. Von den Flügelspitzen wehte eine Gischtschleppe, als das Flugzeug erneut in die Wolken aufstieg. Ächzend fuhr das Fahrwerk aus und rastete ein. Die Flügelklappen stellten sich auf, und die Maschine setzte zur Landung an.

»Sie sind total wahnsinnig«, sagte Helena. »Das wissen Sie doch, oder?« Sie zog ihren Sicherheitsgurt so stramm, wie es ging. »Das ist eine schlechte Idee. Eine ganz schlechte Idee.« Sie schaute zu dem Dobermann, der hinter ihr auf dem Notsitz saß. Die letzten fünfzehn Minuten hatte sie versucht, das Tier anzuschnallen, indem sie ihm zwei Sicherheitsgurte über die Brust führte.

Wilson klopfte gegen die Treibstoffanzeigen. Beide zeigten leere Tanks an. Nichts. Ein zweiter Vorbeiflug war riskant, aber es war immer noch besser, als blind anzufliegen. Er ging in Gedanken das Landemanöver durch: Luftklappen, Luftbremse, Störklappen, Gas wegnehmen. Und er wusste, er würde hart bremsen müssen, sobald sie aufsetzten.

In den Wolken nahmen die Turbulenzen zu.

Die Triebwerke brummten. Die Sichtweite lag bei null. Wassertropfen fegten über die Windschutzscheibe. Plötzlich tauchte die berühmte Stadt aus dem Dunst auf. Es musste schon seit einiger Zeit regnen, denn auf dem Platz stand das Wasser. An manchen Stellen hatten sich große Pfützen gebildet, und die Bewässerungsgräben waren überflutet.

»Das ist gar nicht gut«, sagte Helena.

»Das ist die beste Gelegenheit, die wir kriegen werden«, widersprach Wilson. Er drosselte noch einmal den Treibstoff, und das Brummen der Triebwerke wurde tiefer. »Aber ich muss sagen, auf den Fotos sah sie größer aus.«

»Was meinen Sie damit?«

Um sich selbstsicher zu geben, ließ er den Steuerknüppel mit einer Hand los und zeigte nach draußen. »Keine Sorge, ich weiß, was ich tue. Ich werde über den Baumwipfeln dort runtergehen.« Tatsächlich, in der Mitte der Stadt erstreckte sich ein flacher Grasplatz wie eine Landebahn.

Helena rückte nervös auf ihrem Sitz hin und her. »Seien Sie bloß vorsichtig. Es ist auch mein Leben, mit dem Sie spielen.«

»Wir brauchen so viel Landestrecke wie möglich. Um die Wahrheit zu sagen, mit Regen habe ich nicht gerechnet. Das könnte ein kleines Problem sein.«

»Wenn ich sterbe, bin ich stinksauer auf Sie«, stöhnte Helena.

Der Bordcomputer gab lautstark eine Treibstoffwarnung aus.

Die Triebwerke stotterten.

Ein beunruhigendes Zittern – das Todeszittern, wie die Piloten es nannten – durchlief die Kabine. Ein Propeller kam zum Stehen. Wilson dachte eben, dass zum Glück der andere noch lief, als auch der zweite Propeller mangels Treibstoff seine letzte Umdrehung tat und aussetzte. Offenbar war seine Entscheidung, noch einmal über die Stadt zu fliegen, schlecht gewesen.

Die Fluggeschwindigkeit nahm rapide ab, und Wilson drückte den Steuerknüppel nach vorn. Ihm blieb nichts anderes übrig, als den Anflug steiler zu machen. Sie näherten sich den Baumwipfeln. Alles ging rasend schnell. Der Platz geriet hinter den Bäumen außer Sicht.

»Schrecklich, Wilson. Einfach schrecklich!«, rief Helena aus.

Der Regen prasselte heftig gegen die Scheibe.

Der Wind pfiff über die Tragflächen.

Mit groteskem, blechernem Kratzen tauchte das Flugzeug in das obere Laubwerk der Bäume ein und rasierte die Wipfel ab. Äste schlugen gegen den Rumpf. Dann stieß der Bug ins Freie, gefolgt vom Fahrgestell, das den letzten Baum mit beträchtlicher Wucht traf. Wilson und Helena wurden gegen ihre Gurte geschleudert, als die Maschine durch krachende Äste und wirbelnde Blätter ins Freie brach.

Indem er die Fußpedale durchtrat, versuchte Wilson das Flugzeug auf Kurs zu halten, das mit wahnsinniger Geschwindigkeit über das klitschnasse Gras schleuderte. Sie sausten an der großen Pyramide und dem Kriegertempel vorbei.

Sie waren viel zu schnell!

Am Ende des Platzes ragte eine dicke Steinmauer auf.

»Nicht gut«, wiederholte Helena in einem fort, doch sie flüsterte nur noch. Zu allem Überfluss schob sich, in roten Dunst getaucht, ein Blick durch Wilsons Augen vor ihr Gesichtsfeld.

Die Kabine ratterte und hüpfte über den Platz.

Wilson brüllte: »Komm schon!«, als forderte er einen unsichtbaren Gegner heraus.

Die Saab 340 traf einen Bewässerungsgraben, der halb voll Wasser stand, und verlor das Bugrad, als die Spitze in den aufgeweichten Boden tauchte. Glas splitterte. Schlamm spritzte über die Windschutzscheibe. Eine gewaltige Erschütterung durchlief den beschädigten oberen Rumpf.

Wilson, jetzt nur noch Passagier, sah die Mauer auf sich zukommen. Sie bestand aus dicken Steinblöcken.

Das Flugzeug wurde langsamer – aber würde es rechtzeitig zum Stehen kommen?

Es drückte eine immer tiefere Furche in den Boden. Braunes Wasser spritzte unaufhörlich gegen die Scheibe. Die Maschine prallte gegen eine zweite Böschung; die Kabine kreischte und buckelte. Dann, es fehlten nur Zentimeter, blieb sie liegen, mit der Windschutzscheibe vor der Mauer.

Alles war still.

Zu seiner Mitreisenden gewandt, setzte Wilson ein breites Grinsen auf. »Perfekt, was?«

Helena schlug die Hände vors Gesicht. »O Gott!«

»Na gut, fast perfekt.«

Die vordere Tür des verstümmelten Flugzeugs schwang auf, und Wilson streckte den Kopf ins Freie. »Ich hab ja gesagt, es geht gut.« Ein feiner Regenschleier sprühte ihm auf die Haut.

»Eigentlich müssten wir jetzt tot sein«, stellte Helena fest. Sie war überhaupt nicht beeindruckt – zumindest wollte sie Wilson das glauben lassen. »Sie sind wahnsinnig. Sie müssen wahnsinnig sein.« Ihre telepathische Verbindung war wieder abgerissen, die – wie Helena nun erkannte – offenbar durch lebensbedrohliche Situationen ausgelöst wurde, von denen Wilson in letzter Zeit mehr als genug erlebt hatte.

Eine begeisterte Esther sprang ins nasse Gras. Der Hund war entzückt, festen Boden unter den Pfoten zu haben, als wüsste auch er, welches Glück sie gehabt hatten.

»Wir leben noch, oder?«, hielt Wilson ihr entgegen.

»Sie *sind* wahnsinnig!«

»Wer ein Omelett braten will, muss ein paar Eier zerbrechen.« Das war ein französisches Sprichwort, das Professor Author zitierte, wenn er etwas kaputt gemacht hatte. Wilson hatte es oft gehört.

»Das hier ist mehr als ein paar aufgeschlagene Eier.«

Wilson sah zum dunklen Himmel auf; dann blickte er zu den Ruinen hinüber. »Hoffentlich hält das miese Wetter die Touristen fern.« Es war keine Menschenseele zu sehen. Ungewöhnlich für diese Jahreszeit, so kurz vor der Hauptsaison. Wilson nahm eine Stablampe von der Wand und reichte sie Helena. »Halten Sie mal bitte.« Er kramte in der Bordküche und stopfte sich dabei die Taschen mit Keksen voll. Endlich fand er, was er gesucht hatte: eine armlange Eisenstange, mit der die Trolleys gesichert wurden. Sie war ziemlich schwer.

Helena gab ihm die Stablampe zurück. »Ich komme nicht mit.«

Wilson überlegte kurz. »Soll mir recht sein«, sagte er und sprang durch die Tür ins Gras.

»Himmel, Wilson! Was tun wir hier? Sagen Sie es mir!«, verlangte Helena. Da keine Antwort kam, folgte sie ihm widerwillig nach draußen. Der Geruch des Dschungels stieg ihr in die Nase, und sie begriff, dass sie Welten von dem Leben entfernt war, das sie kannte. Sie konnte sich nicht vorstellen, was Wilson an diesem fremden Ort wollte. Helena schaute zu den einsamen Ruinen hinüber, als ein Sonnenstrahl durch eine Wolkenlücke brach: ein Sonnenschauer. Für Helena bedeutete das Glück – ihre Mutter hatte fest daran geglaubt.

Wilson drückte die Hand gegen ein verformtes Propellerblatt; zwei von den vier waren nach hinten gebogen. Die Unterseite des Rumpfes war schlammbespritzt, das Bugrad fehlte, an den Tragflächen waren einige Klappen abgerissen. Aus den Ansaugöffnungen der Triebwerke ragten Zweige und Blätter. Wilson krümmte sich innerlich – der Schaden war beträchtlich. Der Bug hatte eine tiefe Furche in den Rasenplatz gedrückt, als hätte sich eine Riesenschlange durch die Stadt gewälzt.

»Texas Air wird sauer sein«, sagte er zu sich selbst.

»Das können Sie laut sagen«, meinte Helena, die Hände in die Hüften gestemmt.

»Sie wollen, dass ich es lauter sage?«

»Ich dachte, George Washington sei der ärgerlichste Mensch, dem ich je begegnet bin. Bis ich Sie getroffen habe.«

»Texas Air wird mächtig Schwierigkeiten haben, die Kiste von hier wegzubringen.«

Helena fühlte, wie ihr der Regen in den Nacken rann. »Was tun wir hier, Wilson? Bitte, sagen Sie es mir.« Zur Abwechslung klang sie beinahe freundlich.

»Ich gehe zu der Pyramide da drüben«, erklärte er. »Sie wird El Castillo genannt. Das ist spanisch und heißt Schloss.«

Dichte Schichtwolken zogen über die Stadt, als Helena zu dem massigen Bauwerk blickte, auf dessen Spitze ein quadratisches Gebäude zu sehen war. »Und warum tun Sie das?«

»Das ist ein bisschen schwierig zu erklären.«

»Versuchen Sie's.«

»Kommen Sie mit, und sehen Sie selbst. Mehr kann ich Ihnen nicht anbieten.«

»Wozu die Eisenstange?«

»Ist auch schwierig zu erklären.«

Helena schaute zu den unheimlich wirkenden Bauten ringsherum. Sie staunte, dass sie tatsächlich hier in Mexiko stand. Es kam ihr vor wie ein Traum. Und dass sie noch am Leben war, machte ihn zu einem ziemlich guten Traum.

Wilson dachte an die detaillierten Informationen, die Barton ihm vor knapp zwei Wochen gegeben hatte: Die Maya hatten Chichén Itzá ohne Metallwerkzeuge, Lasttiere und sogar ohne Rad gebaut, und doch hatten sie alles mit unglaublicher Präzision und Kreativität zustande gebracht. Während in Europa noch dunkles Mittelalter herrschte, zeichneten die Maya Sternenkarten, entwickelten die einzige echte Schrift unter den Ureinwohnern des Kontinents und wurden Meister der Mathematik. Ihre Gesellschaft bestand aus vielen unabhängigen Staaten, jeder mit einer bäuerlichen Gemeinschaft und einer großen Stadt, die um eine zeremonielle Mitte erbaut war – im Allgemeinen eine Pyramide. In Chichén Itzá lebte ein König, der die Maya regierte, doch es gab noch andere solcher Städte: Tikal, Copán und Uxmal.

Der oberste Gott war Kukulkan, eine gefiederte Schlange. Es hieß, er sei zweitausend Jahre zuvor aus dem Himmel gekommen, halb Mensch und halb Gott – der Vogel repräsentierte den Himmel, die Schlange die Erde. Weißhäutig und bärtig war er, der Gott des Lebens und der Weisheit.

»Chichén Itzá heißt ›Mund des Brunnens der Itzá‹«, sagte Wilson. »Der Brunnen der Itzá ist eine Quelle am Nordende der Stadt.« Während sie an den Ruinen vorbeigingen, erklärte er kurz, welche Funktion sie für die Gesellschaft gehabt hatten: das Nonnenkloster, der Kriegertempel, die Halle der tausend Säulen … lauter staunenswerte Bauwerke, alle verschieden und sehr kunstvoll.

Wilson zeigte auf den großen Ballspielplatz, eine weite Rasenfläche mit hohen Mauern an jeder Seite. »Da wurden Ballspiele ausgetragen, die Tage dauerten. Hunderte Männer auf beiden Seiten. Das Problem war: Das Verlierer-Team wurde den Göttern geopfert.« An den Mauern waren die Massaker am Ende des Spiels dargestellt. Ein kunstvolles Podest für die Sieger befand sich an einem Ende des Platzes, geschmückt mit Hunderten eingemeißelter Schädel. »Das nenne ich Motivation.«

»Offenbar waren sie Barbaren«, meinte Helena.

»Menschen mit seltsamen Bräuchen, ja, aber keine Barbaren.«

Der Wind fuhr durch die Bäume, als Helena die Pyramide betrachtete. »Ist sie so alt wie die ägyptischen?«

Wilson schüttelte den Kopf. »Die ägyptischen sind ein paar Tausend Jahre älter.« Er drehte sich einmal im Kreis. Es waren keine Touristen zu sehen. »Ich kann nicht glauben, dass niemand hier ist«, sagte er.

»Warum ist hier so viel freier Platz?«, fragte Helena. Es sah aus wie auf einem gut gepflegten Golfplatz, überall Rasen.

Wilson sprang über die Furche, die das Flugzeug gezogen hatte. »Das war mal eine dicht bewohnte Stadt«, sagte er. »Mehr als zwanzigtausend Menschen haben hier gelebt. Dieser Platz war voller Zelte und Marktstände und Unterkünfte aller Art. Mit der Zeit sind die kleineren Gebäude verfallen.«

Esther trabte fröhlich an Wilsons Seite, als machten sie einen ganz normalen Spaziergang.

»Wo sind diese Menschen alle geblieben?«, fragte Helena.

»Vor neunhundertfünfzig Jahren war die Stadt verlassen.«

»Haben die Spanier die Leute vertrieben?«

Wilson schüttelte den Kopf. »Sie denken an die Azteken. Die Maya-Kultur war verschwunden, bevor Hernando Cortez und die Konquistadoren kamen. Das war im frühen 16. Jahrhundert. Diese Stadt war vierhundert Jahre vorher ausgestorben.«

»Was ist passiert?«

»Niemand weiß, was aus den Maya geworden ist. Hier gibt es jede Menge Wasser und Nahrung. Es gibt auch keine Hinweise auf Krankheiten. Diese Gesellschaft ist untergegangen, ohne dass wir den Grund dafür kennen.«

Wieder setzte leichter Regen ein.

Helena spähte zu dem dichten Wald hinüber, der die Stadt umgab. »Wie seltsam«, flüsterte sie. Die Pyramide ragte immer höher auf, als sie darauf zugingen. Helena legte ehrfurchtsvoll den Kopf in den Nacken. »Sie ist gigantisch.«

»Die Maya haben ihre Pyramiden so hoch gebaut, um näher bei ihrem Gott Kukulkan zu sein, sagt die Legende.« Die große Pyramide hatte die typische Maya-Form: zehn gestufte Ebenen, die mit zunehmender Höhe kleiner wurden; an jeder der vier Seiten befand sich eine breite Treppe, die zur obersten Ebene führte, auf der ein quadratisches Gebäude stand. Die Treppen bestanden aus einundneunzig Stufen plus einer umlaufenden Stufe am Ende, insgesamt dreihundertfünfundsechzig – für jeden Tag des Sonnenjahres eine. Wilson lief zur Haupttreppe an der Nordseite, wo neben den extrem steilen Stufen zwei Schlangen der Länge nach herausgemeißelt waren, der Schwanz am oberen, der große, aggressive Kopf jeweils am unteren Ende.

Wilson holte tief Luft. »Das ist der Schlangenberg – so nannten die Maya ihre Pyramide.«

»Entzückend«, meinte Helena. »Was jetzt?«

»Wir steigen hoch.«

Esther sprang aus eigenem Antrieb hinauf.

Mit jedem Höhenmeter lag die Stadt eindrucksvoller da. »Wie sollen wir wieder in die Zivilisation zurückkehren?«, dachte Helena laut. »Wir sind mitten im Nirgendwo. Und wir brauchen früher oder später etwas zu essen.« Der Wald erstreckte sich in alle Richtungen, so weit das Auge reichte. »Nach dem, was Sie mit dem Flugzeug gemacht haben, werden wir kaum wegfliegen können.«

Wilson kratzte sich am Kinn, während er über die Stadt schaute. Dass nirgendwo Touristen waren, wunderte ihn sehr. Vielleicht waren die Straßen versperrt, vielleicht überflutet.

»Ich muss gestehen, ich weiß nicht, wie wir von hier wegkommen sollen«, sagte er. »Witzig, nicht wahr?« Der ursprüngliche Plan war gewesen, mit einem Touristenbus mitzufahren.

»Sind Sie jemals ernst?«, fragte Helena.

»Selten.«

Sie wartete, dass er sie einholte. »Sie wissen, früher oder später wird jemand wegen des Flugzeugs kommen, und dann stecken wir in ernsten Schwierigkeiten.«

»Da könnten Sie recht haben.«

Sie blickte ihn böse an. »Und ich werde *Ihnen* die ganze Schuld geben.«

»Ich würde nichts anderes erwarten.« Je höher sie kamen, desto windiger wurde es. Wilson wischte sich die Regentropfen von der Sonnenbrille, als sie die letzte Stufe genommen hatten, die doppelt so hoch war wie die übrigen. Graue Wolken jagten scheinbar dicht über ihren Köpfen dahin. Die Aussicht war wunderbar, die fluguntüchtige Saab trug zu dem ungewöhnlichen Anblick bei.

Wilson beschwor ein Bild, wie die Stadt vor tausend Jahren ausgesehen haben mochte. Es musste ein Fest der Farben gewesen sein – der Platz angefüllt mit Zelten und Holzhäusern, Menschenscharen, die auf den Märkten einkauften, Krieger, die zu zweit umhergingen, braunhäutig und barbrüstig, mit kunstvollem Federschmuck auf dem Kopf. Es dürften Tausende Menschen gewesen sein. Haustiere wie Ochsen, Hühner und Hunde liefen frei herum. Kochdünste zogen durch die Stadt. Von weitem hörte man Jubel von den Mannschaften auf dem großen Ballspielplatz, die wussten, dass es eines Tages ein Spiel auf Leben und Tod geben würde. Hier oben auf der Pyramide war es ein paar privilegierten Männern, Priestern und Königen, vorbehalten, das Treiben zu beobachten und die Gesellschaft zu bewundern, die sie geschaffen hatten …

Helenas Stimme brach in Wilsons Gedanken ein.

»Und was ist das da hinter uns?«

Wilson drehte den Kopf zu dem bescheidenen Gebäude mit drei Eingängen, das die Pyramide krönte. »Das ist der Tempel des Kukulkan«, sagte er.

Zwei hohe Steinsäulen trennten die drei Eingänge. Jede hatte die Gestalt einer gefiederten Schlange mit gebleckten Zähnen. »Da sehen Sie ihn«, sagte Wilson. »Den Gott der Maya.« Er tätschelte einer Schlange den Bauch; dann ging er einmal um den Tempel herum, um möglichst viel zu erfahren. Von den Wandbemalungen war das Meiste im Laufe der Zeit verwittert.

Helena lehnte sich gegen einen hüfthohen Säulenfuß neben dem mittleren Eingang und wrang sich den Regen aus den Haaren.

Wilson bog um die Ecke. »Ich würde mich an Ihrer Stelle nicht daraufsetzen«, meinte er.

»Warum?«

»Das ist ein Opferaltar.«

Helena sprang auf und fixierte den narbigen Steinblock mit der stummen Frage, wie viele Menschen an dieser Stelle geschlachtet worden waren. »Das hätten Sie mir auch eher sagen können!« Ihr war, als spürte sie die letzten Augenblicke fremden Entsetzens.

»Es heißt, dass die Maya ihre Feinde opferten, damit alle es sehen konnten. Dann warfen sie die enthaupteten Leichen zwischen den Riesenschlangen die Treppe runter. Das war ihre Art zu sagen: Das ist unser Tempel, und keiner darf ihn entweihen.«

Helena schauderte, als sie sich die Szene vorstellte. »Gibt es noch etwas, das ich wissen sollte?«

Wilson spähte durch den mittleren Eingang in einen kleinen, leeren Raum. »Das ist ein bisschen kompliziert«, antwortete er geistesabwesend.

Diesiges Sonnenlicht fiel durch die Türöffnung. Wilson ging hinein. Weiter drinnen stützten vier sauber gemeißelte Säulen zwei dicke Holzbalken, auf denen das Dach ruhte. Die vier Meter langen Harthölzer wogen bestimmt ein paar Tonnen. Die Rückseite des Raumes bildete eine unscheinbare, mit Schimmel überzogene Ziegelwand.

Wilsons Blick wurde von einer Stelle in der rechten oberen Ecke angezogen. Er begann zu zählen: neun Ziegel nach unten, sieben Ziegel zur Seite. Dort drückte er den Finger gegen den fehlerhaften Stein. Nachdem er mit dem Nagel eine Linie in den Schimmel gekratzt hatte, konnte er den Stein eindeutig identifizieren. Dann nahm er die Eisenstange und rammte sie dagegen. Splitter sprangen nach allen Seiten, während er mit aller Kraft hämmerte.

»Was tun Sie denn da?«, rief Helena.

Als Wilson ihren Schatten neben sich sah, schlug er noch härter zu.

»Lassen Sie mich raten«, sagte sie. »Zu schwierig zu erklären. Oder sind Sie bloß ein Vandale?«

Beim nächsten wuchtigen Schlag bewegte sich der Stein. »Klar, das Flugzeug war nur zum Aufwärmen«, sagte er. Noch ein Schlag, und der Ziegel fiel in die Wand und war verschwunden. Wilson wich zurück. Gleich würde er wissen, ob seine Reise in die Vergangenheit umsonst gewesen war.

Es war still.

»Sind Sie jetzt völlig übergeschnappt?«, platzte Helena heraus. »Was soll …« Sie stockte, denn die Wand begann zu zittern, und das Beben wurde rasch stärker.

Wilson rannte ohne ein Wort zum Ausgang.

Allein in dem Raum spürte Helena das Beben nun unter den Fußsohlen.

Der Boden vibrierte heftig.

Ein Erdbeben!

Ganz langsam, als ginge sie auf sehr dünnem Eis, wich Helena zurück. Als sie endlich aus ihrer Entsetzensstarre erwachte, sah sie, dass Wilson und Esther schon halb die Treppe hinuntergelaufen waren. »He!«, rief sie. »Wartet auf mich!«

Wilson sprang die Stufen hinunter, so schnell er konnte. Er musste auf kürzestem Weg in die innere Pyramide. Barton hatte sich unmissverständlich ausgedrückt: War der Auslöser erst einmal betätigt, konnte man nicht wissen, wie lange sie noch hielt. Die große Pyramide war in Wirklichkeit die Hülle einer kleineren. Am Fuß der Nordtreppe gab es einen Eingang. Diese Besonderheit war in den späten 1990er Jahren von Archäologen mit Sonargeräten entdeckt worden. Mit unglaublicher Plumpheit hatten sie in die Außenmauer ein Loch gehämmert und waren auf die Treppe gestoßen, die zur inneren Kammer führte.

Wilson sprang die letzten zwei Stufen hinunter. Das nasse Gras patschte unter seinen Füßen, als er sich dem primitiven Zugang näherte. Dahinter war es stockfinster. Er schaltete die Stablampe ein und spähte in den sechseckigen Treppengang, der im Fünfundvierzig-Grad-Winkel aufwärts führte. Der Boden war glitschig. Das Innere war feucht vom Wasser, das durch Hunderte verborgene Risse und Nischen der Außenpyramide eingesickert war.

Esther blieb unten auf dem Gras stehen und schaute zum Himmel. Ihre Ohren zuckten nervös. Helena kniete sich neben sie.

»Was ist, Mädchen? Spürst du etwas?« Sie blickte zum Waldrand, dann zu dem Eingang, durch den Wilson verschwunden war.

Alles vibrierte, als Wilson das Ende der Treppe erreichte und in die Doppelkammer trat. Es war heiß und feucht, und er spürte einen Anflug von Platzangst. Ein schimmliger Geruch wie von feuchten Lappen hing in der Luft.

Seine Lampe warf einen Lichtstrahl in die Dunkelheit.

Voraus versperrte ein Gittertor den Weg. Auf der anderen Seite befanden sich zwei kleine Räume mit einem Chac-mool, der toltekischen Statue eines rundlichen nackten Mannes, der mitten auf dem Boden lag. Die Maya hatten ihn als Opferaltar benutzt. Münzen, die Touristen als Glücksbringer hineingeworfen hatten, lagen auf seinem flachen Bauch und ringsherum auf dem Boden.

In dem zweiten Raum stand der Thron des Roten Jaguars. Die Jadeaugen des Tieres und die Reißzähne aus Pyrit leuchteten drohend im Lichtschein.

Das Tor war durch ein Vorhängeschloss gesichert.

Wilson schob die Eisenstange in die Kette und drehte sie herum. Das Metall ächzte. Er drehte weiter und weiter, bis es knallte und das Tor quietschend aufschwang.

Das ist jetzt eine Frage des Glaubens, sagte er sich.

Wilson ging um die toltekische Statue herum und näherte sich dem Thron des Roten Jaguars. Die Sitzfläche befand sich in Hüfthöhe; von außen war er blutrot. Das Tier mit den Jadeaugen und Jadeflecken am ganzen Körper stand an der Seite.

Das Rütteln und Schütteln ging unverändert weiter.

Wilson leuchtete die Wände ab.

Ungefähr in drei Viertel der Höhe waren, freigelegt durch das Beben, zwei Löcher entstanden, jedes so groß wie eine Faust. Wilson stieg auf den Rücken des Jaguars, sodass die Öffnungen sich in Brusthöhe befanden, und klemmte sich die Stablampe zwischen die Knie.

Er wusste, was er zu tun hatte, zögerte jedoch. Es widersprach jedem Instinkt, die Hände in diese schwarzen Löcher zu schieben. Er hatte Bartons Worte noch im Ohr: *Drehen Sie im Uhrzeigersinn. Tun Sie es, ohne nachzudenken.* Wilson rieb sich die Hände; dann stieß er sie furchtlos hinein.

Etwas Kaltes, Metallisches zog an seinen Fingerspitzen. Einen Moment lang fragte er sich, ob hier sein Leben enden würde – gefangen an einer verwünschten Mauer in Mexiko. Seine Arme wurden gestreckt, seine Brust so stark gegen die Wand gezogen, dass er kaum atmen konnte. Vielleicht würde es ihm die Hände abreißen! *Das ist eine Frage des Glaubens,* sagte er sich wieder und kämpfte gegen die drohende Panik.

Mit aller Kraft drehte er die Hände im Uhrzeigersinn.

Nichts rührte sich.

Wilson drehte weiter, fester. Mit rauem Knirschen lösten sich endlich die Siegel, und seine Arme kamen frei. Er verlor das Gleichgewicht und fiel rücklings in den Raum. Seine Stablampe rollte über den staubigen Boden.

Steinsplitter sprangen von der Wand ab, als über dem roten Jaguar ein großer, kreisrunder Stein von einem Meter Durchmesser sich zu drehen begann wie das Glücksrad in einem Kasino. Immer schneller wurde die Drehbewegung. Der Stein leuchtete flackernd auf. Doch jetzt war nicht die Zeit, dies zu bestaunen, denn mit einem Mal taten sich, wie in Zeitlupe, Risse an der Decke auf, und Staub wölkte träge in den Raum.

Wilson rannte zu der toltekischen Statue und machte einen Satz nach draußen, als die Deckenbalken hinter ihm herabstürzten. Die Deckensteine schlugen laut polternd auf den Boden. Die innere Kammer war versperrt und in Dunkelheit getaucht.

Während Wilson blind die Treppe hinunterhetzte, lief die Zeit wieder schneller. Noch einmal gab es ein lautes Poltern. Die Decke der äußeren Kammer stürzte ebenfalls ein, der entstehende Druckstoß erreichte Wilson. Er verlor den Halt auf den glitschigen Stufen und stürzte kopfüber in die Tiefe.

Ungefähr zweihundert Meter entfernt kniete Helena mit Esther an ihrer Seite in einem Mauerdurchgang und spähte zu der Pyramide hinüber. Einen Moment lang hatte sie durch Wilsons Augen gesehen. Allmählich kam sie mit der desorientierenden Wirkung der ineinander übergehenden Bilder zurecht, so oft hatte sie es nun schon erlebt.

Eine dichte Staubwolke schoss aus dem Eingang der Pyramide, und Wilson kollerte ins Gras. Helena war erleichtert, ihn sicher draußen zu sehen.

Wilson sah sie am Fuß des Schneckenturms kauern; er erkannte den charakteristischen Kuppelbau wieder. Sein Sturz war heftig gewesen, sodass er überall Abschürfungen hatte, und ihm dröhnte der Schädel. Über der Stadt war der Himmel dunkler geworden. Wolken zogen sich zusammen, drohende Wolken. So etwas hatte er noch nie gesehen.

Über dem Wald stieg kreischend eine Schar weißer Ibisse auf. Heftiger Regen setzte ein. Plötzlich war so viel Wasser in der Luft, dass man kaum atmen konnte. Binnen eines Augenblicks war alles grau. Das Prasseln des Regens übertönte jeden Laut, und die Sicht betrug nur noch wenige Meter. Wilson rannte in die Richtung, wo er Helena entdeckt hatte.

Der Schneckenturm, erbaut auf einem Steinplateau, war einst das Observatorium gewesen. Die Maya hatten es errichtet, um die Bahn der Venus bei ihrem 584-Tage-Zyklus aufzuzeichnen. Wie eine moderne Sternwarte hatte es an der Außenseite eine Beobachtungsplattform und rechteckige Fenster in der Kuppel, die an bestimmten Punkten am lunaren und am Himmelshorizont ausgerichtet waren.

Wilson beschirmte sein Gesicht gegen den Wolkenbruch und konnte schwach die Umrisse des Schneckenturms ausmachen. Er platschte durch das Wasser, das bereits knöcheltief war und mit jeder Sekunde stieg.

Blitze zuckten über den schwarzen Himmel.

Donner rollte.

Hinter Wilson fuhr ein Blitz aus den Wolken. Er spürte die sengende Elektrizität im Rücken.

Kurz sah er seinen Schatten auf der Wasserfläche.

Dann zuckte noch ein Blitz.

Gewaltige Entladungen trafen die Pyramide in dichter Folge. Der Himmel loderte. Wilson sprintete über den Platz und sprang mit weiten Sätzen zur Plattform hinauf und dem Turmeingang entgegen. Verästelte Blitze zuckten über den Himmel und krachten zwischen den Gebäuden. Wilson stürzte durch die Türöffnung auf trockenen Boden, und Helena zog ihn vom Eingang weg, gerade als das stehende Wasser draußen tödlich zischend die Ladung weiterleitete.

Es blitzte und donnerte ununterbrochen.

Die Pfeile himmlischen Feuers trafen mit schrecklicher Wucht. Unterdessen starrte Wilson Helena an, wie sie dem Unwetter zusah und das zuckende Licht ihr Gesicht beschien. Sie war eine schöne Frau, wurde ihm klar. Ja, eine sehr schöne Frau. Es war ein seltsamer Moment für eine Offenbarung dieser Art.

Sie wandte ihm das Gesicht zu. »Haben Sie das ausgelöst?«, fragte sie vorwurfsvoll. »Durch das, was Sie in der Pyramide getan haben?«

Im ersten Moment war Wilson verdutzt; dann antwortete er energisch: »Aber nein. Wie könnte ich?«

»Sie haben die Pyramide zum Beben gebracht! Die Blitze werden von ihr angezogen!« Nach dieser Bemerkung war es still. Der Sturm war so plötzlich vergangen, wie er angefangen hatte, und zog eine gespenstische Ruhe nach sich. Die beiden Besucher standen starr und lauschten, warteten, ob etwas passierte. Doch bis auf den Regen, der mit verminderter Stärke weiter fiel, war nichts zu vernehmen.

»So etwas habe ich noch nie erlebt«, meinte Helena.

Wilson wischte sich die Brillengläser trocken. »Haben Sie die Elektrizität in der Luft gespürt?« Die Härchen an seinen Armen hatten sich aufgerichtet.

Helena schaute ihn an und musterte den violetten Bluterguss an seiner Stirn. »Sie haben sich den Kopf gestoßen.«

Er betastete die Beule. »Ich bin ein paar Stufen runtergefallen.«

»Ich weiß«, erwiderte sie. »Ich habe Sie in der Pyramide gesehen. Das Gittertor … den Jaguar. Ich habe gesehen, wie die Wand zu leuchten anfing! Und diesen kreisenden Stein! Das Dach ist eingestürzt! Also erzählen Sie mir keinen Mist, der Sturm hätte nichts damit zu tun!«

Wilson stand vom Boden auf. Seine Kleidung war klitschnass.

»Wollen Sie mir nicht antworten?«

Er blickte sie unbeeindruckt an. »Die Antwort würde Ihnen nicht gefallen.«

»Probieren Sie's aus.«

»Zu kompliziert, um ...«

»... es zu erklären«, beendete sie den Satz. »Großartig.«

Wilson ging nach draußen. Die Wolken lösten sich bereits auf. Der Platz stand mindestens einen Fuß tief unter Wasser, und der böige Wind zog Wellenmuster auf die Oberfläche. Die Pyramide hatte Dutzende schwarzer Flecke von den Blitzeinschlägen. Es war ein unheimliches Bild. Plötzlich wurde Wilson klar: Er hatte das Portal aktiviert. Seine Erleichterung war unbeschreiblich. Das System schien zu funktionieren, und das machte ihn zuversichtlich, dass er eines Tages in seine Zeit zurückkehren könnte.

Dann hörte er ein Fahrzeug näher kommen, und ein Lächeln erschien auf seinem Gesicht. In der Ferne tauchte zwischen den Bäumen ein grüner Geländewagen auf. »Sie wollten wissen, wie wir von hier wegkommen ...« Er drehte sich nach Helena um, doch sie hatte sich hinter den Eingang zurückgezogen und hielt Esther am Halsband fest. »Unsere Mitfahrgelegenheit ist da«, sagte er.

Helena zog nervös ihren Revolver. »Sie wissen nicht, wer das ist.«

»Das werden Touristen sein. Wir könnten uns mitnehmen lassen.«

»Vorher sollten wir feststellen, was das für Leute sind«, meinte sie vorsichtig.

»Unsinn.« Wilson hob die Hand und winkte dem Wagen. Der rollte langsam über den Platz, das Wasser spritzte unter den Rädern auf. Schließlich schwenkte er in seine Richtung.

Helena war mulmig. »Sie wissen doch gar nicht, wer das ist«, wiederholte sie, und ihre Blicke folgten einer Wendeltreppe zur Kuppel der Sternwarte. Sie lief hastig die brüchigen Stufen hinauf und auf den Balkon des Turms, wo sie sorgsam in Deckung blieb und Esther an ihrer Seite hielt.

Ein Satellitentelefon klingelte.

Der Fahrer des Geländewagens reichte seinem Beifahrer den Apparat. Auf der anderen Seite des Platzes stand ein einsamer Mann und winkte.

Der Fahrer fuhr vorsichtig über den überschwemmten Boden.

In dem Wagen saßen vier Männer, zwei vorn, zwei hinten, alle Ende zwanzig mit Kurzhaarschnitt und sonnengebräunter Haut. Die zwei Männer auf der Rückbank prüften ihre Militärwaffe und verbargen sie dann unter dem Hemd.

Lieutenant Diaz wartete, ehe er den Anruf entgegennahm. »Fahren Sie direkt auf ihn zu«, sagte er. »Alle bereithalten. Wir schnappen ihn ohne Aufhebens.«

Er nahm den Anruf entgegen. »Hallo.«

»Haben Sie ihn?«, fragte eine tiefe Stimme. Im Hintergrund war ein beständiges Brummen zu hören.

»Wir sind gerade angekommen.« Diaz musterte die Umgebung. »Es hat ein Unwetter gegeben. Das hat uns ein bisschen aufgehalten.« Er konnte sich die schwarzen Flecke an der Pyramide nicht erklären und versuchte es auch gar nicht. »Ich habe gute Neuigkeiten. Wir sehen einen Mann, der uns zuwinkt. Die Beschreibung passt.« Der Geländewagen rollte langsam weiter. »Er scheint allein zu sein.«

Visblat saß im Fond eines Hubschraubers und drückte sich ein Satellitentelefon ans Ohr. Dunkle Sturmwolken drohten in der Ferne. »Lieutenant Diaz«, sagte er. »Es könnte eine Frau bei ihm sein. Sie ist gefährlich und wahrscheinlich bewaffnet. Halten Sie die Augen offen.« Der schwarze Lederkoffer aus der Asservatenkammer stand zwischen seinen Füßen, das Lagerschildchen war entfernt.

»Ja, Sir«, antwortete Diaz.

»Und denken Sie daran«, sagte Visblat eindringlich. »Ich will ihn unverletzt. Was Sie mit der Frau machen, bleibt Ihnen überlassen.«

Der Geländewagen fuhr um die Pyramide herum, und die Saab 340 kam ins Blickfeld, doch Diaz verlor kein Wort darüber, nahm nur alles in sich auf. »Bis Sie hier sind, haben wir ihn festgenommen.« Er zögerte. »Vergessen Sie nicht, das Geld mitzubringen.«

Das Telefon knisterte. »Ich habe das Geld. Sorgen Sie dafür, dass er Ihnen nicht entkommt. Und denken Sie daran: Die Sonnenbrille darf ihm unter keinen Umständen abgenommen werden. Haben Sie mich verstanden?«

»Ja, Sir.« Wilson war jetzt keine fünfzig Meter mehr entfernt. »Wir haben ihn gleich. Ich rufe Sie dann an.«

»Seien Sie vorsichtig«, riet Visblat. »Er kann gerissen sein.«

»Ja, Sir.«

Die Rangers waren ein selbstbewusstes Grüppchen, besonders Diaz. Er beendete das Telefonat und reichte den Apparat nach hinten. »Wir brauchen diesen Schwachkopf nur zu schnappen und streichen einen Batzen Geld ein.«

»Das ist zu schön, um wahr zu sein«, meinte der Fahrer.

»Denken Sie daran: Er darf nicht getötet werden«, sagte Diaz. »Und seine Sonnenbrille darf ihm unter keinen Umständen abgenommen werden. Verstanden?«

»Ja, Sir«, antworteten die drei Männer unisono.

»Möglich, dass er eine Frau bei sich hat«, fügte Diaz hinzu. »Also halten Sie die Augen offen. Sie ist vielleicht bewaffnet. Falls nötig, erschießen Sie die Frau.«

Wilson beobachtete, wie der Geländewagen neben ihm hielt und der Beifahrer das Fenster herunterkurbelte. Ein junger Mann mit hübschen weißen Zähnen lächelte ihn an.

»Danke, dass Sie anhalten«, sagte Wilson.

»Was können wir für Sie tun?«

Wilson spähte in den Wagen. Alle vier Männer trugen Sommerkleidung – Shorts und Tennisschuhe. Sie machten einen netten Eindruck. Amerikaner. »Ich hatte ein Motorproblem bei meinem Flugzeug da drüben«, antwortete Wilson. »Ich musste notlanden.« Der junge Mann stieg aus. Es schien ihm nichts auszumachen, dass er bis zu den Knöcheln im Wasser stand. Wilson wurde misstrauisch.

»Ja. Hab ich gesehen. Sind Sie unverletzt?«, fragte Diaz.

Wilson wich bis zur Treppe zurück. »Ja, ich habe nichts abbekommen. Nur die Landung war ein bisschen holprig.«

Diaz lächelte. »Sind Sie allein?«

Bei Wilson schrillten die Alarmglocken. »Ja, ich bin allein.«

Diaz nickte. »Und Sie mussten eine Notlandung machen?«

»Motorprobleme«, wiederholte Wilson. »Sie machen hier Urlaub?« Er sah, wie der junge Mann die Umgebung absuchte. Das war mehr als touristische Neugier.

Diaz winkte die anderen aus dem Wagen. »Das kann man so sagen.« Ihm fiel der Bluterguss an Wilsons Stirn auf. »Sie sind ja doch verletzt.«

»Das ist nichts«, meinte Wilson. »Sind Sie und Ihre Freunde geschäftlich oder zum Vergnügen hier?«

»Ein bisschen von beidem«, antwortete Diaz, während seine Männer sich über die Stufen verteilten.

»Was für Geschäfte betreiben Sie?«, wollte Wilson wissen.

Diaz lächelte nicht mehr. »Nennen wir es Beschaffung.«

Helena hockte auf der Beobachtungsplattform des Turms. Sie konnte jedes Wort verstehen.

Wilson brauchte kein Genie zu sein, um zu erkennen, dass er in Schwierigkeiten steckte, die zusehends größer wurden.

Einer der Männer blickte kurz in den Eingang. Ein anderer zog eine große Pistole. »Nehmen Sie die Hände hoch. Sofort.« Er war sehr ruhig. Das waren sie alle.

Diaz legte Wilson eine Hand auf die Schulter. »Ich frage Sie noch einmal: Sind Sie allein?«

Wilson wich einen Schritt zurück. »Was soll das?«

Auch Diaz brachte eine Pistole zum Vorschein und ließ Wilson in die Mündung blicken. »Sind Sie allein?«

»Ja. Das sagte ich doch schon.«

»Wo ist die Frau?«

»Ich habe sie auf einer Landepiste in Texas abgesetzt«, sagte Wilson ohne Zögern. »Sie war eine Nervensäge. Ich hab ihr gesagt, sie soll verschwinden. Aber was soll das eigentlich alles?«

Diaz zeigte ein makelloses Lächeln. »Wir haben noch nie so leicht unser Geld verdient wie mit Ihnen, mein Freund.« Die vier Fremden brachen in Gelächter aus. »Mein Name ist Diaz. Wir sind Rangers vom Fort Bennington. Und auf Sie, Pechvogel, ist ein Kopfgeld ausgesetzt.« Er rieb Daumen und Zeigefinger aneinander. »Ein beträchtliches Sümmchen.«

Wilson betete darum, dass sie ihm nicht die Sonnenbrille abnähmen. »Leute, ich bin sicher, wir können uns einigen. Ich kann euch mehr bezahlen.«

Auf der Beobachtungsplattform verfolgte Helena gebannt den Wortwechsel.

»Das bezweifle ich«, widersprach Diaz. »Eine Million Dollar ist ein Haufen Geld.«

Plötzlich stieß Wilson einen Mann beiseite und rannte los. Er sprang vom Plateau drei Meter tief in kniehohes Wasser. Die vier Männer gingen ruhig an den Rand der Treppe, während Wilson hektisch durchs Wasser watete und versuchte, um die Ecke zu gelangen.

»Schnappen Sie ihn«, befahl Diaz. »Aber vorsichtig.«

Ein Schuss peitschte durch die Ruinenstadt. Die Kugel riss Wilson den Oberschenkel auf.

Helena packte den Griff ihrer Waffe entschlossener.

Halb unter Wasser liegend presste Wilson die Hand auf die Wunde. Sie blutete heftig. Er zitterte teils vor Schreck, teils vor

Schmerzen. Es war ein glatter Durchschuss. Er sah mal scharf und mal verschwommen, während zwei Männer ihn auf die Treppe vor der alten Sternwarte schleppten, wobei er eine Blutspur hinter sich herzog.

»Ich schlage vor, Sie tun das nicht wieder«, warnte Diaz.

Helena schlich auf Zehenspitzen die Wendeltreppe hinunter. Sie stellte sich so in den Eingang, dass sie nicht zu sehen war, schloss die Augen und atmete tief durch. Dann entsicherte sie, sprang nach draußen und rief: »Waffen fallen lassen!« Die vier Soldaten drehten sich mit ernsten Gesichtern zu ihr um. Keiner sah ängstlich aus. »Ich habe gesagt, Waffen fallen lassen!«, rief Helena noch einmal.

Diaz deutete gelassen auf den Boden, und seine Leute ließen ihre Pistolen fallen. Sie waren Profis, das konnte Helena erkennen. Sie näherte sich rasch, beide Hände am Revolver. »Hände hoch!«, rief sie und trat die erste hingeworfene Waffe zur Seite. In diesem Moment schwenkte der Mann das Bein unter sie und fegte sie von den Füßen. Er war so schnell, dass Helena den Tritt nicht einmal kommen sah. Sie überschlug sich und landete mit einer Gesichtshälfte am Boden.

Lieutenant Diaz kicherte. »Dummes Weib. Sie hätte sich nicht zwischen uns und die Million stellen sollen.«

Die Söldner lachten.

Wilson quoll das Blut durch die Finger. »Lassen Sie die Frau in Ruhe«, stöhnte er. Helena schien bewusstlos zu sein. Einer der Männer drehte sie auf den Rücken, ein anderer nahm ihr die Waffe weg. »Lassen Sie sie in Ruhe«, flehte Wilson. »Sie hat mit der Sache nichts zu tun.«

»Ausziehen und Hände hinter dem Rücken fesseln«, befahl Diaz.

Wilson setzte sich auf. *»Sie sollen sie in Ruhe lassen!«*

»Wir können unseren Spaß mit ihr haben, wenn sie zu sich kommt«, sagte Diaz.

Einer der Männer riss Helenas Bluse auf.

»Sie machen einen großen Fehler!«, drohte Wilson und gab sich Mühe, beherrscht zu klingen. »Lassen Sie die Frau in Ruhe!« Als Antwort bekam er einen Tritt vor die Brust, dass ihm die Luft wegblieb.

»Schnauze!«, herrschte der Soldat ihn an. »Sie gehört jetzt uns.«

Nach Atem ringend, kroch Wilson auf die Knie. »Ich habe etwas, das ich Ihnen zeigen kann«, bot er an. Doch niemand achtete auf ihn. Aller Aufmerksamkeit war auf Helena gerichtet, die allmählich zu sich kam. Zwei Soldaten rissen ihr das Hemd vom Körper.

»Rangers sind Tunten!«, schrie Wilson. »Das weiß doch jeder!«

Wie ein Mann warfen die vier ihm einen rachsüchtigen Blick zu – und das war alles, was Wilson brauchte.

Er zog die Sonnenbrille ab und warf sie zur Seite.

Blickkontakt!

Wie erwartet griffen die Männer wild an. Wilson wartete bis zum letzten Moment; dann gab er den Omega-Befehl. »Aktiviere Überlast.« Den ersten Angreifer stieß er weg, den zweiten streckte er mit einem Fausthieb nieder. Doch ehe er erneut zuschlagen konnte, fielen die anderen beiden über ihn her, schlugen und traten ihm ins Gesicht. Mit einem Urschrei stieß er die beiden gegeneinander, kam jedoch aus dem Gleichgewicht. Zu dritt taumelten und fielen sie aufeinander.

Wilson lag unter seinen Gegnern. Sie waren jünger und stärker als er, und aus irgendeinem Grund wirkte sein Omega-Befehl schwächer als sonst.

Plötzlich hallte wütendes Hundegebell über den Platz. Esther kam vom Turm herangehetzt und schlug die Zähne in Diaz' Nacken. Schrille Schreie gellten, als sie ihn wegzerrte.

Es gelang Wilson, seinen zweiten Gegner wegzutreten, doch jeder Schlag, den er einsteckte, kostete ihn ein bisschen mehr von seiner Kraft. Er versuchte freizukommen, aber vergeblich.

Beim nächsten heftigen Schlag ins Gesicht verschwamm ihm die Sicht.

Dann knallten zwei Schüsse über den Platz.

Peng, peng.

Wilson hob den Kopf und sah Helena, die halb nackt, einen Arm vor den Brüsten, Diaz den Revolvergriff über den Schädel zog. Die vier Soldaten lagen blutend am Boden. Nur einer bewegte sich noch und wand sich vor Schmerzen. Helena kam auf die Beine, hielt sich mit der anderen Hand die zerschrammte Wange, und gab dem Soldaten einen Tritt an den Kopf. Der Mann erschlaffte.

»Esther, komm her!«, rief sie. Der Hund ließ von Diaz' zerfleischter Schulter ab. In diesem Moment blickte Wilson Helena in die Augen.

Blickkontakt!

Eine optische trakenoide Reaktion.

In Panik versuchte Wilson auf allen vieren zu entkommen. Er hätte die Brille wieder aufsetzen müssen, das wusste er, und nun war es zu spät. Helena stürzte sich auf ihn. Ihre Pupillen schrumpften, ihr Gesicht wurde ausdruckslos.

Wie in Zeitlupe flog sie auf ihn zu.

Wilson wollte Helena auf keinen Fall verletzen. Sie hatte ihm eben das Leben gerettet. Ihre ausgestreckten Finger griffen nach seinem Gesicht.

Aber sie tat nicht, womit er gerechnet hatte.

»Bewegen Sie sich so wenig wie möglich«, sagte sie mit beruhigender Stimme. »Alles wird gut.« Und sie richtete ihn auf.

22.

MEXIKANISCHE KÜSTE BEI MERIDA
BELL 430 JETRANGER
27. NOVEMBER 2012
ORTSZEIT: 11.56 UHR
UNTERNEHMEN JESAJA – DRITTER TAG

Ein schwarzer Hubschrauber donnerte auf die mexikanische Küste zu. In der Ferne zogen dunkle Sturmwolken über den Himmel. Der Hubschrauber flog über den weißen Sandstrand und dann landeinwärts dicht über den Bäumen.

Visblat fläzte sich auf dem Rücksitz, das Headset auf dem Kopf, das Gesicht voller Blutergüsse. Der Hubschrauber war nicht dafür gebaut, Männer von seiner Körpergröße zu transportieren, und so hatte Visblat die Beine schräg unter den gegenüberliegenden Sitz gestreckt. Er riss sich den Heftpflasterverband von der Stirn, und eine nässende, fleischige Wunde kam zum Vorschein. Er wollte keinen Verband im Gesicht – er sah damit schwach aus, fand er. Der Gipsarm war schon genug.

Visblats Blicke blieben auf den dichten Wald gerichtet, der am Fenster vorbeihuschte. Das Brummen der Turbine erfüllte die Kabine. Im Geiste ging der Commander verschiedene Szenarien durch. Wenn alles gut ging, würde Wilson Dowling jeden Moment gefasst werden. Visblat war zappelig und tat sein Bestes, seine hämische Freude zu unterdrücken. Sein Puls stieg mit der Erwartung. Bald würde er Gelegenheit haben, allen zu zeigen, wie klug er gehandelt hatte.

Er blickte auf die Uhr. »Sie sagten, es ist nur zwanzig Minuten entfernt!«, polterte er los. »Das war vor einer halben Stunde!«

Der Navigator rückte sein Headset zurecht und sah den Piloten an; dann drehte er sich nach hinten. »Wir nähern uns jetzt Chichén Itzá. Es gab eine Reihe von Gewittern, die wir nicht durchfliegen konnten.«

Sie waren Amerikaner, die Visblat in San Antonio beauftragt hatte. Sie waren nervös, denn sie hatten ohne Erlaubnis in den mexikanischen Luftraum eindringen müssen, und alles war inoffiziell einschließlich der Bezahlung.

»Ich habe gesagt, Sie sollen auf direktem Weg hinfliegen!«, schnauzte Visblat in sein Mikrofon. »Keine Kursabweichungen. Ich hab's eilig.« Seine Worte kamen knackend und knisternd bei den Piloten an.

»Es ging nicht anders«, erwiderte der Navigator. »Das Unwetter war zu heftig.«

Ohne die Verbindung abzuschalten, stieß Visblat laute Flüche aus. Er griff nach seinem Mobiltelefon, als wollte er es an die Wand werfen, bezwang sich dann aber und legte es behutsam auf den Sitz. Es war nicht nötig, sich aufzuregen. Mr. Dowling würde gleich in seiner Obhut sein.

»Chichén Itzá kommt in Sicht«, meldete der Navigator.

Visblat richtete sich auf und schaute über die Ruinenstadt. Die große Pyramide war mit Hunderten schwarzer Brandflecken übersät, und der Platz lag unter einer schimmernden Wasserfläche. An einem Ende stand eine schwer beschädigte Saab 340. Visblats stechende blaue Augen suchten die Ruinen nach Wilson ab. Schließlich blickte er zu dem alten Observatorium. Dort standen Leute auf dem Plateau. Er lächelte zufrieden. Das war der Augenblick des Sieges. Doch als der Helikopter zu den Ruinen hinabflog, erstarb Visblats Lächeln.

Der Pilot sprach in sein Mikrofon. »Sehen Sie sich das an!« Die rätselhaften schwarzen Flecke an der Pyramide waren ihm unerklärlich.

Visblat zeigte zum Boden. »Bringen Sie uns runter. Da drüben.«

»Wir können nicht im Wasser landen«, sagte der Pilot.

»Wenn Sie Ihr Geld wollen, werden Sie landen«, blaffte Visblat. »Also tun Sie's.« Er schleuderte sein Headset auf den Sitz. »Landen!«, brüllte er.

Besorgt blickte der Pilot seinen Navigator an, aber der sagte: »Tu, was er verlangt.«

Der Pilot senkte die Maschine so sacht wie möglich, und sie landeten in einer Gischtwolke. Visblat trat ins Nasse und blickte durch die gebogene Windschutzscheibe. »Warten Sie hier!«

Der Pilot schaltete die Sprechanlage ab. »Der Auftrag war deine Idee.«

Der Navigator verzog keine Miene. »Sei still und konzentriere dich auf deinen Job. Wir wollen nicht in den Schlamm einsinken.«

Mit hängenden Schultern stapfte ein entmutigter Visblat durch das knöcheltiefe Wasser und den Nieselregen auf die Männer zu, die auf den Stufen zu der Turmruine auf ihn warteten. Die Rangers hatten versagt, wie Visblat jetzt sah. Lieutenant Diaz blutete am Hals. Der Mann neben ihm presste die Hand augenscheinlich auf eine Schusswunde. Dem dritten lief das Blut übers Gesicht.

Visblat schüttelte das Wasser von seinen Lederschuhen und stieg die Steinstufen hinauf, während er es darauf anlegte, Blickkontakt herzustellen.

»Was ist passiert?«, fragte er.

»Die Frau«, antwortete Diaz, »sie hat zwei meiner Leute niedergeschossen, das ist passiert!«

Visblat musterte den vierten Soldaten, der auf dem Rücken lag, die Augen glasig vor Schmerzen. Er hatte eine Kugel in die Hüfte bekommen.

»Es war ein Hinterhalt. Wir hatten keine Möglichkeit, uns zu verteidigen.«

»Das haben Sie nun von Ihrem überzogenen Selbstvertrauen«,

brummte Visblat und starrte Diaz durchdringend in die Augen, bis dieser den Blick senkte. »Ich habe Sie davor gewarnt.«

»Wir sind nur Ihretwegen hierhergekommen!« Diaz war in Mexiko auf Urlaub gewesen, als Visblat ihn angerufen und ihm den lukrativen Auftrag angeboten hatte. »Zwei meiner Männer wurden angeschossen, verdammt noch mal! Jeffries hat einen Schädelbruch. Alles ist schiefgegangen.«

Der Hubschrauber dröhnte auf dem Platz; das Wasser trieb in immer neuen Kreisen von der Maschine weg. Visblat zog einen Umschlag hervor und warf ihn Diaz zu. »Das wird helfen. Das ist Ihre Anzahlung, wie abgemacht. Fünfundzwanzig Riesen.«

Diaz nahm den Umschlag. »Meine Männer sind verwundet.« Er prüfte das Gewicht. »Das reicht nicht.«

Visblat drehte sich einmal im Kreis. »Fünfundzwanzig Riesen fürs Herkommen, so war es abgemacht. Sie haben sich die Million nicht verdient – selbst schuld. Ich habe gesagt, Sie sollen vorsichtig sein.« Er warf einen Blick in die Runde. »Sie sagen, es war ein Hinterhalt. Wie ist es passiert?«

Diaz machte ein paar unbestimmte Gesten; er war sich nicht sicher. »Die Frau kam wie aus dem Nichts. Sie hatte einen Revolver. Was danach geschah, ist ein bisschen verschwommen.«

Visblat zeigte auf einen großen Blutfleck auf der Treppe. »Woher kommt das?« Die Menge des Blutes schien ihm nicht zu den Verletzungen von Diaz' Leuten zu passen.

Der Lieutenant trat nervös einen Schritt vor. »Der Kerl wurde beim Schusswechsel getroffen. Es war ein Versehen«, sagte er abwehrend. »Nur ein Versehen.«

»Ich habe doch gesagt, dass ihm nichts passieren darf!«, explodierte Visblat.

»Die Kugel ist durchs Bein gegangen«, erklärte Diaz mitleidlos. »Er wird es überleben, das versichere ich Ihnen.«

»Wir hatten uns darauf verständigt, dass er nicht verletzt wird!«

»Es war ein Versehen!«

»Das reicht nicht!« Visblat versuchte, seine wachsende Wut zu bezwingen. »Sie haben sich von einer Frau überwältigen lassen! Ich kann es nicht glauben!«

Diaz konnte sich nicht genau erinnern, was eigentlich passiert war, nachdem Wilson die Sonnenbrille abgenommen hatte. Er hatte einen Filmriss. Er wusste nur noch, dass er zu sich gekommen war und seine Männer verletzt am Boden lagen.

Visblat bekam seine Emotionen unter Kontrolle. »Sie haben Ihren Wagen mitgenommen, richtig?«

»Einen grünen Geländewagen.«

»In welche Richtung sind sie gefahren?«

»Da entlang.« Plötzlich bekam Diaz' Stimme einen leicht optimistischen Beiklang. »Wenn wir Ihren Hubschrauber nehmen, können wir sie noch erwischen! Sie sind erst seit einer halben Stunde weg. Sie können noch nicht weit sein.«

»Vergessen Sie's«, sagte Visblat mit einem Blick auf das blutende Quartett. »Sie können inzwischen sonst wo sein.« Er spähte in die Umgebung. Der heilige Brunnen sprudelte, und eine dicke Dunstsäule stand in der Luft. Visblats Blick blieb an der großen Pyramide hängen, die einen schwarzen Ausschlag bekommen hatte.

Wie es schien, hatte Wilson das erste Portal erfolgreich geöffnet.

»Wir können sie immer noch einholen!«, beharrte Diaz. »Der Versuch lohnt sich bestimmt! So viele Straßen gibt es hier nicht.«

»Sie haben Ihre Chance gehabt, Lieutenant«, entgegnete Visblat mit versteinertem Gesicht. Er drehte sich um und ging zum Hubschrauber. Wilson Dowling entpuppte sich als schwierige Beute, und diese Helena Capriarty als unvorhergesehene Komplikation.

»Sie können uns hier nicht zurücklassen!«, brüllte Diaz. »Unser Telefon liegt im Wagen. Wir können keine Hilfe rufen!« Mit einem knappen Wink brachte Diaz seine Männer in Bewegung. Die noch stehen konnten, zogen ihre Waffen und stellten sich neben ihren Lieutenant. »Wir wollen unser Geld«, rief Diaz. »Wir wollen die ganze Summe!«

Mit neuer Wut drehte Visblat sich auf dem Absatz um und schritt drohend auf die Männer zu, mit eingezogenen Schultern und geballten Fäusten. Er näherte sich furchtlos, während er den Männern nacheinander starr in die Augen sah. Ein paar Meter entfernt blieb er stehen. »Erschießen Sie mich, wenn Sie können!«, forderte er sie heraus. »Na los!« Er wusste, es war unmöglich.

Diaz' Puls beschleunigte sich. Kalter Schweiß trat ihm auf die Stirn. Er hatte Angst, schreckliche Angst. Er war unfähig, sich zu bewegen.

Visblat blieb einen Moment lang so stehen, genoss seine überwältigende Wirkung und sorgte dafür, dass die Soldaten starr wie Statuen blieben. »Werfen Sie die Waffen weg«, verlangte er dann.

Als stünden sie unter seinem uneingeschränkten Befehl, ließen die Soldaten ihre Waffen fallen.

»So ist es gut«, sagte Visblat grinsend. »Sie warten hier. Ich hole über Funk Hilfe.« Doch er hatte keineswegs die Absicht. Erneut trat er in das knöcheltiefe Wasser und stapfte über den Platz zum Hubschrauber.

Visblat verschwand in der Kabine und zog die Tür hinter sich zu.

Der Navigator drehte sich zu seinem Passagier um. »Was jetzt?«

»Bringen Sie mich nach Mexiko City«, war die Antwort.

»Da müssen wir erst einen Flugplan einholen.«

»Dann tun Sie das!«, schnauzte Visblat. »Es kümmert mich nicht, was Sie tun müssen!«

»Was wird aus denen?« Der Navigator deutete auf die Männer auf dem Plateau vor der Turmruine. »Sie sind in keiner guten Verfassung.«

»Ich bezahle Sie nicht als Rettungsdienst«, sagte Visblat. »Ich habe Ihnen von Anfang an gesagt: Tun Sie Ihren Job und stellen Sie keine Fragen.«

Der Navigator sah kurz in Visblats Augen und drehte abrupt den Kopf weg. Was er gesehen hatte, verursachte ihm eine Gänsehaut. Er deutete mit der Hand aufwärts. »Du hast es gehört«, sagte er zum Piloten. »Mexiko City, Vollgas.« Seine Stimme schwankte von unerwarteter Angst. »Wir müssen zurück«, er räusperte sich, »in den amerikanischen Luftraum. Ich werde einen Flugplan einholen.«

Der Hubschrauber stieg auf.

Visblat ballte immer wieder die Fäuste, um sich zur Ruhe zu zwingen, als sein Blick auf das Satellitentelefon fiel, das neben ihm auf dem Sitz lag. Er nahm es, drückte die Wahlwiederholung und hielt es sich ans Ohr. Einen Versuch war es wert.

23.

Kalifornien, Amerikanischer Kontinent
Enterprise Corporation, Mercury Building, 2. Etage
14. Mai 2081
Ortszeit: 10.00 Uhr
9 Tage vor dem Transporttest

Barton setzte die Handflächen auf die Schreibtischplatte und sah Wilson fragend an. Er versuchte, den Grund für die Forderung zu verstehen, die an ihn herangetragen wurde. Sein Gegenüber saß mit verschränkten Armen im Besuchersessel. »Warum wollen Sie die Schriftrollen noch einmal sehen?«, fragte Barton. »Sie können doch gar nichts damit anfangen.«

»Das möchte ich gerne selbst entscheiden«, erwiderte Wilson.

»Ich werde mitkommen, wenn Sie möchten.«

Wilson schüttelte den Kopf. »Wenn Sie nichts dagegen haben, würde ich gerne allein gehen.«

»Können Sie Hebräisch lesen?«, fragte Barton.

»Nein, kann ich nicht, das sagte ich doch schon.«

»Warum wollen Sie die Rollen dann noch einmal sehen?«

»Ich weiß es nicht genau.«

Barton zeigte auf den Boden. »Ich habe über ein Jahr lang an den Übersetzungen gearbeitet. Ich versichere Ihnen, ich habe getan, was ich konnte.«

Wilson überlegte kurz. »Diese Texte sind der Grund, weshalb ich hier bin, Barton. Vielleicht habe ich nie wieder die Gelegenheit, sie mir anzuschauen. Und was kann es denn schaden?«

»Es könnte zu diesem Zeitpunkt unklug sein, zu viel Aufmerksamkeit darauf zu lenken«, gab Barton zu bedenken.

Wilson schloss für einen Moment die Augen; dann sah er Barton wieder an. »Sie haben gesagt, jeder weiß von der Bauanleitung und woher sie stammt.«

»Jeder im Mercury-Team.«

»Wo liegt dann das Problem? Sie werden meine Neugier doch verstehen.«

So gesehen schien die Bitte durchaus verständlich.

»Also gut, Wilson, wenn Sie unbedingt wollen«, sagte Barton. »Aber ich habe ein ungutes Gefühl bei der Sache. Absolvieren Sie die letzten Tests, die wir vorbereitet haben, und ich gewähre Ihnen den Zutritt. Aber seien Sie bitte diskret. Wir können in dieser Hinsicht keine weitere Aufmerksamkeit gebrauchen.«

»Ich verstehe.« Wilson stand auf.

Barton fragte sich kurz, ob er Wilson zu früh vom Auftrag Jesajas erzählt hatte. Das engte die Optionen mehr ein, als ihm lieb war. Doch es war geschehen, und nun hatte es keinen Zweck, darüber zu grübeln.

»Haben Sie viel geschlafen?«, fragte Barton.

»Was denken Sie?« Wilson verdrehte die Augen.

»Wahrscheinlich nicht.« Barton drückte auf das Sprechgerät an seinem Revers. »Davin … Wilson ist bereit für den physischen Test. Nehmen Sie auch eine psychologische Einschätzung vor. Gehen wir die letzten Hürden an.«

Die Antwort hallte durch den Lautsprecher. »Kein Problem, Chef.«

»Psychologische Einschätzung?«, fragte Wilson. »Wollen Sie mir damit etwas sagen?«

»Nein. Das gehört zur Vorbereitung.«

Wilson zog eine Augenbraue hoch. »Welche Vorbereitung? Die, von der jeder weiß? Oder die andere, von der nur Sie und ich wissen?«

Bartons Blick schwenkte besorgt zu seinem Handheld – zum Glück leuchtete das grüne Lämpchen, und sie wurden im Moment nicht abgehört. »Ich habe Ihnen gesagt, Sie sollen aufpassen, was Sie sagen, Wilson.« Barton blickte ihn missbilligend an. »Bitte, geben Sie sich Mühe.«

Wilson schaute sich misstrauisch um. »Sie haben recht, es tut mir leid.«

Barton musterte seinen Kandidaten. »Was glauben Sie denn, was die psychologische Einschätzung mir verraten wird?«

»Sie wird nicht erfreulich sein«, sagte Wilson, noch immer wachsam. »Ich meine, welcher vernünftige Mensch würde so etwas für Geld tun?«

Das war eine interessante Antwort. »Was noch?«

»Dass ich Situationen unvorbereitet angehe. *Offensichtlich.* Und dass ich ein bisschen unorganisiert bin.« Wilson überlegte. »Ach ja, und ich habe eine Schwäche für schöne Frauen – welcher Mann nicht?« Er zwinkerte Barton zu, um die Stimmung zu heben. »Ich bin auch ein ziemlicher Witzbold.«

»Wird die Einschätzung auch etwas Gutes über Sie erbringen?«

»Das war das Gute.«

»Ich verstehe.« Barton ließ ein seltenes Lächeln sehen. »Nun, dann bin ich auf das Ergebnis gespannt.«

Wilson schaute auf das Firmenlogo an der Wand, und plötzlich legte sich ein Ausdruck der Beklemmung auf sein Gesicht. »Die ganze Situation ist phantastisch.«

»Da haben Sie vollkommen recht, Wilson.« Barton blickte wieder auf sein Handheld – es war Zeit zu gehen. In zwanzig Minuten war er mit Magnus Kleinberg verabredet. Er bereitete beide Kandidaten auf das Unternehmen vor, um sich bis zum letzten Moment möglichst viele Optionen offenzuhalten.

24.

Kalifornien, Amerikanischer Kontinent
Enterprise Corporation, Mercury Building, 2. Etage
14. Mai 2081
Ortszeit: 19.59 Uhr
9 Tage vor dem Transporttest

Im Hintergrund war die Brandung zu hören, als Barton eine dampfende Tasse mit grünem Tee an die Lippen setzte. Ein holographisches Bild leuchtete über seinem Schreibtisch. Sicherheitsstufe eins war aktiviert. Auf dem Schirm war Wilson Dowling zu sehen, wie er sich systematisch zwischen den Vitrinen bewegte, in denen die Qumran-Rollen lagen. Er hatte die verlangten Tests absolviert; im Gegenzug hatte Barton ihn in diesen Raum hineingelassen.

Wilson blieb vor einem weiteren Pergament stehen – aus dem Buch Jesaja – und überflog es von rechts nach links und von oben nach unten. Barton hakte die Liste auf seinem Handheld entsprechend ab. Bisher hatte sein Gen-EP-Kandidat mehr als sechzig Pergamente betrachtet, die alle zur Esther- und zur Jesaja-Rolle gehörten. Irgendwie schien er zu wissen, um welche Texte es sich handelte.

Im Kuppelsaal blickte Wilson in die Dämmerung hinaus. Er hielt einen Moment inne, als spürte er etwas; dann machte er weiter.

Seit einer guten halben Stunde blickte Barton auf den Bildschirm. Wilson las die Texte offenbar doch. Aber wie war das möglich? Hebräisch war eine sehr schwierige Sprache, besonders in alten Schriften, die keine Punktation und Wortzwischenräume hatten. Barton hatte sich bei der Universität Sydney erkundigt – Wilson hatte diese Sprache nicht gelernt. Keinen Moment lang, auch nicht am ersten Tag, hatte Barton geglaubt, dass es bloß ein Zufall war, als Wilson die hebräischen Namen las. Es gab keine Zufälle. Interessanterweise machte es dieses Kunststück umso wahrscheinlicher, dass Wilson der Aufseher war. Andererseits war es eine Überraschung, und dafür hatte Barton nichts übrig.

Karins Stimme kam über den Lautsprecher. »Davin und Andre sind hier. Wollen Sie sie sprechen?«

Barton tippte an sein Revers. »Schicken Sie sie herein.« Während er sich zu seinem Schreibtischmonitor umdrehte, flüsterte er: »System, G-1-SS beenden.« Das Überwachungsbild über seinem Schreibtisch verschwand.

Die Glastür schwang auf, und die Angekündigten kamen hastig herein, beide in Laborkitteln. Andre kaute auf den Nägeln und las dabei etwas auf seinem Handheld.

»Wir haben ein Problem«, sagte Davin und hob eine Handvoll digitaler Unterlagen. »Es geht um Wilsons EEG.«

»Ein großes Problem«, fügte Andre hinzu.

»Das EEG weicht stark ab«, berichtete Davin. Er gab Barton die Werte. »Verstärkte Alpha- und Beta-Wellen. Wirklich ungewöhnlich. Sehen Sie selbst.« Während Barton die Arbeitsblätter überflog, sagte Davin: »Ich habe es durch Data-Tran laufen lassen und konnte nichts Vergleichbares finden. Ich dachte, es könnte von einem Hirntumor kommen oder von einem Aneurysma, aber die Kernspintomographie zeigt nichts dergleichen an.«

Barton rieb sich das Kinn. »Interessant.«

»Was wollen Sie jetzt tun?«, fragte Davin und rückte seine Brille zurecht.

Barton legte die Unterlagen ordentlich auf den Schreibtisch und richtete sie nach den anderen aus. »Nichts«, sagte er.

Andre war verblüfft. *»Nichts?«*

»Wie hat er sich bei den anderen Tests geschlagen?«, fragte Barton.

Ein wenig überrascht von Bartons mangelnder Besorgnis, schaute Davin auf seinen Handheld. »Nun … seine körperliche Verfassung scheint gut zu sein. Keine Krankheiten oder Infekte. Die Knochendichte ist gut. Immunsystem ausgezeichnet. Der Bursche ist ziemlich fit. Geschicklichkeit überdurchschnittlich. Psychologisch erscheint er ruhig. Die Auswertung sagt sogar, dass er mit dem Druck gut zurechtkommt.«

»Wir können ihn nicht transportieren, wenn seine Alpha- und Beta-Wellen so stark abweichen«, sagte Andre.

Barton lächelte zuversichtlich. »Keine Sorge. Wir werden das überprüfen – ich selbst übernehme das.«

Andre schürzte die Lippen. »Ich finde, wir sollten ihn nicht nehmen.«

»Ich werde das berücksichtigen, Andre, danke. Wenn es einen biologischen Grund gibt, nicht weiterzumachen, gebe ich Bescheid.« Barton stand auf. »Bei Enterprise Corporation gibt es niemanden, der einem Risiko abgeneigter ist als ich.«

»Das ist mehr als ein Risiko!« Andre hörte sich ein bisschen panisch an. »Seine Alpha- und Beta-Wellen sind völlig unnormal!«

Barton blickte den pickeligen Teenager an. »Ich verstehe, was du sagst. Danke. Aber eine ungewöhnliche Wellenform wie diese muss einen Grund haben.«

»Das behagt mir nicht, Barton.« Es klang seltsam aus dem Munde eines Teenagers. »Meiner Ansicht nach schließt das Wilson von der nächsten Phase aus. Er erfüllt nicht die Kriterien, die Sie selbst für den Transporttest festgesetzt haben. Wir sollten Kleinberg in die engere Wahl ziehen. Seine Ergebnisse sind alle normal. Die Folgen sind offensichtlich.«

»Andre hat recht«, sagte Davin. »Diese Ergebnisse sind wirklich sonderbar.«

Barton hatte eine solche EEG-Kurve schon einmal gesehen, in einem geheimen Bericht der Marine. Es bestand kein Zweifel, dass Wilson gelogen hatte, was seine Fähigkeiten betraf. »Sie haben recht«, lenkte Barton ein. »Ein solches Ergebnis schließt Wilson von der nächsten Phase aus. Danke, dass Sie mir das deutlich gemacht haben. Aber sicherheitshalber werde ich den Test persönlich wiederholen. Nur um unsere Optionen offenzuhalten.«

Er hielt Davin mit eindringlichem Blick fest, bis er sicher war, dass seine Nummer zwei der Anweisung fraglos gehorchte.

»Komm, Andre«, sagte Davin, der den Hinweis verstanden hatte. »Wir sollten uns sowieso nicht um diese Dinge kümmern. Gehen wir wieder ins Labor. Ich habe eine interessante Aufgabe für dich.« Die zwei verließen den Raum, während Davin ununterbrochen redete.

Die Tür schloss sich, und Barton war allein. Der Klang sanfter Wellen strömte wieder in den Raum. Der Wissenschaftler setzte sich und blickte auf Wilsons EEG. Das erklärte eine Menge. Er tippte den Sicherheitscode ein. »System, G-1-SS, Etage B3, Vitrinensaal. Wilson Dowling.« Das holographische Bild leuchtete über seinem Schreibtisch auf. Wie zuvor las Wilson Zeile für Zeile den Jesaja-Text.

Er war jetzt sein bevorzugter Kandidat für den Transporttest. Nicht weil er intelligenter oder jünger oder kooperativer war – es gab keinen rationalen Grund. Es war eine Kombination aus dem EEG-Ergebnis, seinem merkwürdigen Verhalten hinsichtlich der Schriftrollen und einer simplen Ahnung Bartons: Wilson war der eine – er war der Aufseher. Nach dem Rückschlag mit dem EEG würde es schwierig sein, das Mercury-Team von seiner Wahl zu überzeugen, aber nicht unmöglich.

Wilson las weiter. Er ahnte nicht, dass die endgültige Entscheidung über ihn bereits gefallen war.

Barton las die Auswertung des psychologischen Tests, der ebenfalls eine interessante Enthüllung enthielt. Wie es schien, war an Mr. Wilson Dowling gar nichts normal. Und das war gut so, befand Barton. Nur ein außergewöhnlicher Mensch sollte zu einem solchen Unternehmen ausgeschickt werden.

25.

Waldgebiet im Osten Mexikos
120 Kilometer westlich von Cancún
27. November 2012
Ortszeit: 12.13 Uhr
Unternehmen Jesaja – dritter Tag

Wilsons Umgebung kam ihm zu Bewusstsein, als tauchte sie aus einem Nebel auf. Alles bewegte sich. Üppige Pflanzen flitzten am Fenster vorbei. Es nieselte. Die Scheibenwischer waren eingeschaltet. Da saß eine Frau am Steuer, die er kannte. Nach und nach stellten sich Erinnerungen seiner Reise ein: Er war in Mexiko, lag im Fond eines gestohlenen Geländewagens, und das war kein Traum. Er hatte Schmerzen im rechten Bein – eine Schusswunde – und eine schreckliche Migräne, als hätte tagelang eine Percussionband in seinem Schädel gespielt.

Helena fuhr einen schlammigen Weg durch den Dschungel. An der rechten Wange hatte sie einen großen Bluterguss. Esther, der Dobermann, streckte den Kopf durch das Fenster auf der Beifahrerseite und spähte glücklich schnuppernd ins Grüne. Ab und zu leckte sie sich den Regen von der Schnauze, ohne ihre Wache zu unterbrechen.

Wilson hatte eine kräftige Tracht Prügel bezogen. Sein Kinn war aufgeschlagen und stark geschwollen. Die unteren Schneidezähne waren locker. Um den rechten Oberschenkel trug er einen provisorischen Verband – Helena hatte ein Hemd in Streifen gerissen, das sie hinten im Wagen gefunden hatte. Gott sei Dank war die Blutung gestillt.

Wilson betrachtete seine Begleiterin einen Moment lang. »Danke für die Rettung«, sagte er, als er die Stimme wiederfand.

Sie drehte den Kopf zu ihm; die honigblonden Haare fielen ihr ins Gesicht.

»Sie sind wach.« Sie runzelte die Stirn, als sie die Platzwunde unter seinem rechten Auge sah. »Sie und ich, wir müssen uns ernsthaft unterhalten. Eine Million Dollar Kopfgeld … ausgebildete Killer auf Sie angesetzt. Ich finde, es ist Zeit, dass Sie mir erklären, was los ist.« Sie bremste und hielt an. »Erzählen Sie's mir.«

Als Wilson bewusst wurde, dass er die Sonnenbrille nicht aufhatte, schnappte er sie vom Sitzpolster und schob sie auf die Nase, trotz seiner Erfahrung, die er mit Helena auf den Stufen der Turmruine gemacht hatte. Sie hätte ihn angreifen müssen, als sie seine Augen sah, doch sie schien gegen eine trakenoide Reaktion immun zu sein – was nach Bartons Worten unmöglich sein sollte.

»Warum versuchen alle, Sie umzubringen?«, fragte sie.

»*Sie* haben es nicht versucht.«

»Diese Männer haben sich auf Sie gestürzt und wollten Sie zu Tode prügeln. Warum?«

Wilson griff in die Tasche und holte vier Päckchen Kekse hervor. Sie waren völlig zerkrümelt. »Geben Sie mir nur eine Minute Zeit, ich komme bestimmt gleich darauf.«

»Sie sollten offener zu mir sein«, sagte sie.

Stöhnend richtete Wilson sich auf und öffnete ein Päckchen, um sich den Inhalt in den Mund zu schütten. Das Kauen tat weh, doch er brauchte Nahrung. Er zeigte nach vorn auf die Straße und sagte mit halb vollem Mund: »Ich finde, Sie sollten weiterfahren.«

Als magere Entschädigung reichte er Helena die verbliebenen Päckchen nach vorn und ließ sich wieder auf die Rückbank sinken. »Esther muss Hunger haben.« Wilson starrte aus dem Fenster, doch es war nicht der dichte Dschungel, der seine Gedanken beschäftigte. Er schweifte in Erinnerungen ab, um eine Erklärung zu finden …

Kalifornien, Amerikanischer Kontinent
Mercury Building, Etage B3 – Vitrinensaal
14. Mai 2081
Ortszeit: 20.50 Uhr
9 Tage vor dem Transporttest

Wilson stand unter der Kuppel des Vitrinensaals. Die Luft war trocken – ohne jede Feuchtigkeit. Er war seit über zwei Stunden dort, und in seinem Kopf hämmerte es. Es gab drei Erklärungsmöglichkeiten. Eins: Er war ausgetrocknet. Zwei: Er hatte zu viele Informationen für einen Tag aufgenommen. Drei: Sein Gehirn stand vor dem Platzen.

Bis auf wenige Worte konnte er die Texte tatsächlich lesen, fast mühelos. Es konnte keinen Zweifel mehr geben, dass dies durch seine Lektüre der Konkordanz kam. Wilson konnte sich an jedes aufgeführte Wort erinnern – es waren 12.858 – und er wusste *alle* Bedeutungen. Das war ein Beleg für die Macht von Authors Omega-Programmierung, obwohl sie eigentlich nicht für solche Zwecke gedacht war.

Wilson war mit dem Buch Esther fertig. Es ging darin um die Befreiung der Juden aus Persien und den Verrat an König Ahasveros – Xerxes I. – durch seinen Minister Haman. Wilson hielt inne und dachte darüber nach, was er gelesen hatte. Verrat war in seinen Augen das schlimmste Verbrechen, weil es von einer Vertrauensperson begangen wurde. *Es ist nicht immer leicht, seine Feinde zu erkennen,* dachte er.

Wilson las jetzt das Buch Jesaja. Er ging zwei Schritte nach links und beugte sich über ein weiteres, stark beschädigtes Stück Pergament. Die ganze Zeit war er sich bewusst, dass in dem Text mehr stand als die biblischen Geschichten. Er enthielt die Anweisungen zur Errichtung eines Zeitportals und die Einzelheiten eines Auftrags, der vor mehr als zweitausend Jahren erteilt worden war.

Eine vertraute Stimme erklang in der Stille. »Was tun Sie, Wilson?« Barton trat ins Licht. »Sie haben gesagt, dass Sie das nicht lesen können«, hielt er ihm anklagend vor.

Wilson fasste sich. »Ich sehe sie mir nur an.« Das war eine so schlechte Lüge, dass es beinahe demütigend war, sie vorzubringen.

»Sie haben die gesamte Esther-Rolle gelesen und die meisten Jesaja-Texte.«

Wilson tat überrascht. »Wirklich?«

»Woher wissen Sie, welche Rolle welchen Text enthält?«

»Nehmen wir mal an, ich könnte die Texte lesen. Was heißt das für Sie?«

Barton lehnte sich gegen eine Vitrine. »Abgesehen davon, dass Sie ein schrecklicher Lügner sind?«

»Ja, abgesehen davon.«

»Das heißt, dass mehr in Ihnen steckt, als ich mir vorgestellt habe.« Barton griff in seine Kitteltasche und holte sein Handheld heraus. Er warf einen Blick auf das Display, um zu sehen, ob niemand mithörte. »Wie ich die Sache sehe, kann das nur positiv sein. Um ehrlich zu sein, muss ich nur wissen, dass wir einander verstehen, dass wir aufrichtig sind. Für mich ist das viel wichtiger als alles andere. Wirklich, es ist mir gleich, ob Sie die Schriftrollen lesen können oder nicht. Sie haben offensichtlich Gründe, Ihre sprachlichen Fähigkeiten geheim zu halten. Ich will Sie auch nicht daran hindern.«

»Vielleicht sollten wir wirklich darüber reden«, meinte Wilson.

Bartons hellbraune Augen blickten gelassen. »Wirklich, es ist mir nicht wichtig. Aber ich will Ihnen etwas sagen ... was immer Sie getan haben, um Ihre Intelligenz zu steigern, es hatte Auswirkungen auf Ihr Gehirn. Ihr EEG zeigt verstärkte Alpha- und Beta-Wellen um Ihre Schläfenlappen. Das ist für uns beide ein Problem. Mir ist dieses Phänomen erst einmal begegnet, und Sie und ich wissen, dass zerebrale Programmierung verboten ist. Also sprechen wir nicht weiter darüber.«

Wilson war sprachlos.

Der Chefwissenschaftler von Enterprise Corporation blickte noch einmal ruhig auf sein Handheld. »Wenn wir zur nächsten Phase dieses Unternehmens übergehen wollen – was ich gerne tun würde –, müssen wir zusammenarbeiten. Von jetzt an können Sie nicht mehr unbewacht herumlaufen und alte hebräische Texte lesen. Jemand könnte Sie beobachten. Also tun Sie mir den Gefallen und versuchen Sie, ein bisschen dümmer zu erscheinen. Würden Sie das für mich tun?«

»Ich glaube, das lässt sich machen«, antwortete Wilson kleinlaut. Offenbar war Barton stets einen Schritt voraus.

»Sind Sie hier fertig?«, fragte er.

Wilson warf noch einen Blick auf die restlichen Pergamente der Jesaja-Rolle. Er würde auf eine andere Gelegenheit warten müssen. »Ja.«

»Gut.«

»Darf ich Sie etwas fragen?«, begann Wilson, während sie zur Tür gingen.

»Sicher.«

»Wie haben Sie die Texte entschlüsselt?«

Barton spähte auf sein Handheld. »Wie wär's, wenn wir uns draußen unterhielten? Es ist ein schöner Abend. Es ist riskant, das Gespräch hier fortzusetzen.«

Sie standen schweigend im Aufzug.

Als die Türen sich öffneten, bedachte Barton den Sicherheitsposten mit einem beiläufigen Gruß. Sie durchquerten die hell erleuchtete Eingangshalle, um nach draußen in die Nachtluft zu treten.

»Ich liebe diese Jahreszeit«, sagte Barton. »Schön und warm.« Sie schlenderten einen Weg entlang, der zu einem dreistufigen Garten hinter dem Mercury Building führte. Es ging kein Wind, und die Sterne strahlten hell am pechschwarzen Himmel. Schließlich sagte Barton: »Haben Sie je von der Kupferrolle gehört?«

Wilson schüttelte den Kopf. »Sollte ich?«

Barton rieb sich das Kinn. »Die Kupferrolle ist wesentlich für unser Unternehmen. Sie wurde am 20. März 1952 in Höhle 3 gefunden, zusammen mit einigen Pergamentrollen. Die Kupferrolle besteht tatsächlich aus Kupfer – als einzige –, und das ist sehr ungewöhnlich. Anfangs glaubten die Gelehrten, es handle sich um eine Schatzkarte. Die Einritzungen geben Dutzende unterirdischer Verstecke an, die angeblich Schätze aus dem Jerusalemer Tempel enthalten. Es hieß, dort lägen die prachtvollsten Reichtümer der hebräischen Welt ... Tausende Stücke aus Gold, Silber und Edelsteinen sind aufgelistet. Der Schatz sei angeblich versteckt worden, als Vespasians Legionen im März 70 nach Christus Jerusalem belagerten. Sie erinnern sich, ich habe das am ersten Tag unserer Bekanntschaft erwähnt.«

»Ich weiß.«

»Interessanterweise führte die Kupferrolle nie zu irgendeinem Schatz. Nicht zu der kleinsten Kostbarkeit. Und das ist ein Rätsel seit hundert Jahren. Der Grund ist folgender: Die Kupferrolle ist gar keine Schatzkarte. In ihr habe ich die Algorithmen gefunden – ein Gigabit verschlüsselter Daten –, die die Geheimnisse in den Büchern Esther und Jesaja entschlüsseln.«

»Und keiner weiß das?«, fragte Wilson.

»Keiner. Jeder hält sie für eine Schatzkarte, die zu keinem Schatz geführt hat. Stattdessen enthält sie ein Gigabit verschlüsselter Daten. Alle glauben, ich wäre selbst auf die Algorithmen gekommen. Ich bin intelligent, aber nicht so intelligent. Das ist niemand.«

»Wie kamen Sie darauf, sich die Kupferrolle anzusehen?«

»Wir haben sie vom Archäologischen Museum in Amman ausgeliehen«, sagte Barton, »als zeitweiliges Ausstellungsstück für das Foyer des Hauptfirmensitzes. Sie ist wirklich erstaunlich. Eine auf Hochglanz polierte Kupferröhre. Prachtvoll.«

Barton schaute zum Himmel. Sein Blick wurde vom Polarstern angezogen, der über dem Horizont strahlte. »Da habe ich die Rolle zum ersten Mal berührt.« Er streckte den Zeigefinger aus, als läge sie noch einmal vor ihm. »Und ich wusste es gleich.« Barton sah Wilson in der Dunkelheit an. »Ich wusste es einfach.«

»Kann ich die Rolle mal sehen?«, fragte Wilson.

Barton schüttelte den Kopf. »Das ist keine gute Idee.«

Wilson legte ihm eine Hand auf die Schulter. »Aus irgendeinem Grund meine ich, dass ich sie sehen *muss*.«

WALDGEBIET IM OSTEN MEXIKOS
117 KILOMETER WESTLICH VON CANCÚN
27. NOVEMBER 2012
ORTSZEIT: 12.20 UHR
UNTERNEHMEN JESAJA – DRITTER TAG

Im Fond des Wagens klingelte ein Handy. Überrascht suchte Wilson den Rücksitz ab und sah das Display neben seinen Füßen leuchten, während es weiter durchdringend läutete.

Helena nahm den Fuß vom Gas.

Wilson sah die Anruferkennung, und sein Herz setzte einen Schlag aus.

»Wer ist es?«, fragte Helena.

»Sie werden es nicht glauben.«

»Wer?« Der Apparat klingelte weiter, während Wilson ihr das Display zeigte. Helena las: *Visblat (Mobil).*

Das Bild des hünenhaften, rothaarigen Mannes trat ihr vor Augen. »Er muss die Soldaten geschickt haben«, schloss sie. Sie schauderte, als sie an den Blick dieser Augen dachte, nachdem er George Washington bewusstlos geschlagen hatte.

Wilson war hin- und hergerissen. Sein erster Impuls war, das

Fenster herunterzukurbeln und das Handy in den Dschungel zu werfen, doch er besann sich. Er drückte den Annahmeknopf und hielt sich das Gerät ans Ohr. Helena griff nach hinten, um ihn davon abzuhalten, doch es war zu spät.

Eine tiefe Stimme erklang am anderen Ende der Leitung. »Sie stecken voller Überraschungen, nicht wahr, Mr. Dowling?« Im Hintergrund war ein beständiges Brummen zu hören.

»Commander Visblat, nehme ich an.«

»Ich möchte Ihnen gratulieren«, sagte Visblat. »Sie haben in Chichén Itzá Erfolg gehabt.« Er lachte sarkastisch. »Einen furchtbaren Erfolg … haben alles ruiniert.«

Wilson schossen tausend Fragen durch den Kopf.

»Aber, Mr. Dowling«, fuhr Visblat ein wenig gefasster fort. »Es tut mir wirklich leid wegen Ihrer Schussverletzung. Das war ein Versehen. Ich hatte diesen Idioten befohlen, Sie zu schonen.«

Wilson warf einen Blick auf den blutigen Verband an seinem Oberschenkel. »Ich bin ganz Ihrer Meinung – mich anzuschießen war wirklich unvernünftig. Mein Bein wird eine Zeitlang brauchen, bis es verheilt.«

Helena bedachte ihn mit einem langen, strengen Blick. »Es ist Visblat, von dem ich Ihnen erzählt habe! Er ist verrückt!«, flüsterte sie. Wilson gestikulierte, sie solle still sein, und sie gehorchte widerwillig.

»Schluss mit den Höflichkeiten«, sagte Visblat. »Wir müssen uns unterhalten.«

»Ich höre.«

»Wir sollten zusammenarbeiten. Ich weiß von Ihrem Auftrag.«

Wilson holte scharf Luft, sagte sich aber, dass das sicher nicht zu hören war.

Visblats Tonfall wurde hart. »Ich brauche Ihre Hilfe, und ich schäme mich nicht, das zuzugeben.«

»Ich höre.«

»Das zweite Zeitportal in Ägypten ist manipuliert worden. Wenn Sie es öffnen, wird es den gegenteiligen Effekt haben. Sie sollten direkt zum dritten Portal weiterreisen. Öffnen Sie es. Das wird zumindest eine positive Auswirkung haben. Es ist nicht perfekt, aber ein Schritt in die richtige Richtung. Ich habe versucht, Sie vor drei Tagen zu erwischen, um Ihnen das zu sagen.«

»Eine Million Dollar Kopfgeld ist eine tolle Methode, um meine Aufmerksamkeit zu bekommen.«

Visblat lachte. »Ich habe versucht, Sie zu schützen! Denken Sie nach – meine Leute hätten Sie einfach erschießen können.«

»Ich höre weiter«, sagte Wilson.

»Wir müssen uns treffen. Um die Sache zu besprechen.«

»Ich werde es mir überlegen.« Wilson schwieg einen Moment lang. Er brauchte Zeit zum Nachdenken. »Ihre Nummer steht hier auf dem Display. Ich werde Sie anrufen, dann können wir ein Treffen vereinbaren.« Es folgte eine lange Pause.

»Nur für den Fall, dass Sie beschließen, nicht anzurufen: Ich werde meine ganze Macht einsetzen, um die Öffnung des zweiten Portals zu verhindern«, erklärte Visblat. »Ich habe keine andere Wahl. Tut mir leid. Rufen Sie mich an, wenn Sie bereit sind. Ich bin noch für zwölf Stunden in Mexiko. Und, Mr. Dowling, falls Sie nicht kooperieren, heißt das für mich, dass wir nicht auf derselben Seite stehen.«

Die Leitung war tot.

Helena schimpfte sofort los. »Sie haben mir verschwiegen, dass Sie ihn kennen!«

»He, he!« Wilson hielt abwehrend die Hände hoch. »Halten Sie mal eine Sekunde die Luft an. Ich habe keine Ahnung, was da läuft. Ich habe nur mitgespielt, um etwas herauszufinden. Ich gebe zu, die ganze Situation ist bizarr.«

»Sie haben ihm verraten, dass Sie verletzt sind! Haben Sie völlig den Verstand verloren?«

»Er wusste es schon!«

»Es war Visblat, der George Washington bewusstlos geschlagen hat! Ich habe ihn erlebt – er ist wahnsinnig! Ich konnte es in seinen Augen sehen. Er hat Ihnen diese Söldner auf den Hals gehetzt, Wilson. Eine Million Dollar! Was immer er will, lassen Sie sich nicht darauf ein. Glauben Sie mir. Treffen Sie keine Abmachung, egal worum es sich dreht.«

Wilson wusste nicht, was er denken sollte.

»Sie sind dumm, wenn Sie es tun.«

»Bitte, Helena, Sie werden nervig.«

»Ein Flugzeug stehlen und es zu Schrott fliegen! Und was Sie in der Pyramide gemacht haben! Ich weiß, dass das Unwetter dadurch ausgelöst wurde! Wenn ich nicht gewesen wäre ...«

Wilson hielt die Hand hoch. »Stopp!«

»... dann wären Sie jetzt tot!«, sagte sie umso lauter.

»Und ich hatte schon angefangen, Sie zu mögen«, meinte Wilson.

Sie blickte ihn eiskalt an. »Ich habe dasselbe Problem mit Ihnen.«

Wilson zeigte auf die Straße. »Wie wär's, wenn Sie einfach nur fahren. Logische Überlegung bringt uns überhaupt nicht weiter.« Er bedeutete ihr, nach vorn zu schauen.

Sie warf die Hände in die Luft. »Ich weiß nicht einmal, wo wir sind.«

Wilson blickte aus dem Fenster nach der Sonne. »Fahren Sie einfach weiter. Früher oder später stoßen wir auf eine gepflasterte Straße. Dann halten Sie sich Richtung Cancún. Bis dahin sind es nur ein paar Stunden.«

»Sie wollen nach Cancún?«, fragte sie ungläubig. Sie dachte an die feinen Hotels und den weißen Sandstrand. »Woher wollen Sie wissen, dass Visblat nicht dort auf Sie wartet?« Sie legte den Gang ein.

»Weil er mit meinem Anruf rechnet. Das konnte ich ihm anhören.« Wilson hatte noch nicht darüber nachdenken können, woher Visblat von seinem Auftrag wissen konnte.

»Auf jeden Fall kann er uns mit Hilfe des GPS in diesem Mobiltelefon aufspüren«, schnaubte Helena.

Sie hatte recht. Wilson warf das Gerät in den Dschungel. Doch vorsichtshalber hatte er sich Visblats Nummer eingeprägt.

26.

Kalifornien, Amerikanischer Kontinent
Mercury Building, Untergeschoss A5 – Mercury-Labor
15. Mai 2081
Ortszeit: 23.10 Uhr
8 Tage vor dem Transporttest

Andre war mächtig stolz, dass er jetzt den Laborkittel des Mercury-Teams trug. Für ihn war das ein Zeichen seines hohen Intellekts und ein Erfolg in seiner Karriere. Allein im Labor stand er vor einer Konduktorenbank, die zu dem Collider-Imploder-Mechanismus gehörte. Davin war längst zu Bett gegangen und hatte Andre zwanzig Aufgaben übertragen, die bis zum Morgen zu erledigen waren.

Die hufeisenförmige Konduktorbank, die permanent summte, war zehn Meter lang und drei Meter hoch. Dutzende weißer fiberoptischer Anzeigen leuchteten in gleichmäßigem Rhythmus an der Frontseite.

Andre war gerade mit der Feineinstellung des Sendemechanismus fertig geworden – der kritische Punkt, an dem die Konduktoren die Leistung auf das Maximum erhöhten, um den Inhalt des Transportbehälters in Partikel zu zerlegen. Er funktionierte jetzt reibungslos. Stirnrunzelnd hakte er wieder eine Aufgabe auf seiner Liste ab.

Das Labor war halb so groß wie ein Hallenfußballfeld. Die gewölbte schwarze Decke war am Rand drei Stockwerke und in der Mitte sechs Stockwerke hoch. Im Falle eines katastrophalen Fehlers – einer Explosion etwa – würde der Raum hydraulisch in sich zusammenstürzen, sodass das Gebäude imstande wäre, die Kraft einer Atomexplosion von vier Megatonnen zu absorbieren. Es war ein Meisterwerk der Ingenieurskunst.

Um vom Rest des Gebäudes unabhängig zu sein, hatte das Labor ein eigenes Belüftungssystem und Stromnetz. Es war zweifellos das ausgeklügeltste Testgelände der Welt. An der Westseite verlief eine dicke Glaswand. Hinter der bombensicheren Scheibe befanden sich diverse Kontrollbereiche und Beobachtungsstände – zu dieser Uhrzeit alle unbesetzt. In jeder Himmelsrichtung gab es einen Notausgang.

Über den Boden ausgebreitet lagen die Komponenten, aus denen nach den Plänen der Schriftrollen die Zeitmaschine zusammenzusetzen war. Weniger als die Hälfte war bislang verbaut worden.

Andre war tief in Gedanken, als ihn jemand unvermittelt an der Schulter fasste. Erschrocken sprang er zur Seite.

»Entspann dich, junger Mann«, sagte Jasper Tredwell. »Ich bin's nur.« Er trug einen grauen Nadelstreifenanzug aus italienischer Wolle und eine rote Seidenkrawatte. Eine Nelke in dem gleichen Rot steckte am Revers.

»Sie haben mich zu Tode erschreckt!«, keuchte Andre. Nervös spähte er nach irgendwelchen Begleitern, doch Jasper schien allein zu sein. »Was tun Sie hier, Mr. Tredwell? Sie dürfen sich im Transportbereich nicht aufhalten.« Bis der letzte Test abgeschlossen war, hatte nur das Mercury-Team Zutritt.

»Mach dir meinetwegen keine Gedanken«, flüsterte Jasper. »Du bist es, der gegen die Vorschriften verstoßen hat.« Seine schwarzen Lederschuhe scharrten leise über den weißen Zwischenboden.

»Ich habe nichts Falsches getan«, widersprach Andre abwehrend.

»Das sehe ich anders.«

In dem Jungen stiegen Zweifel auf. »Aber … was habe ich denn getan?«

»Du erfüllst deinen Teil der Abmachung nicht.«

»Ich habe doch alles getan, was Sie verlangt haben. Ich habe …«

Jasper wechselte das Thema. »Ist das die Zeitmaschine?« Er blickte zu einem dunklen Bereich in der Mitte des Raumes. Dort stand unter einem Tuch verborgen ein eiförmiges Gebilde von doppelter Mannshöhe.

Andre folgte Jaspers Blick. »Ja, das ist die Imploder-Kugel. Sie ist aus Kristall. Das Mercury-Team hat sechs Monate gebraucht, um sie zu bauen. Eine erstaunliche Konstruktion. Ohne die Baupläne aus dem Esther-Buch wäre das überhaupt nicht möglich gewesen.«

»Was sind das für Dinger?« Jasper zeigte auf Titanreifen, die auf dem Boden lagen.

»Inflator-Spulen. Sie rotieren außen um die Imploder-Kugel. Wir leiten mehrere Petawatt Strom hinein, und sie bilden ein schwaches Magnetfeld, das die Elektronenmaterie in der Kapsel hält. Dann kommt das sogenannte Z-Pinching.« Andre ballte die Fäuste. »Die Materie in der Kapsel wird stark verdichtet, damit sie plancksche Temperatur erreicht, die Kerne gegeneinanderprallen und ihre Protonen und Neutronen in Teile zerlegt werden, die als Quark-Gluonen-Plasma bekannt sind. Daraufhin steigt die Temperatur auf über zehn Billionen Grad. Übrigens sind das die gleichen Bedingungen, die eine Mikrosekunde vor dem Urknall herrschten.«

Jasper schaute gelangweilt. »Wann wird das alles fertig sein?«

»In den nächsten zwei Tagen, glaube ich. Mr. Tredwell, was soll das alles? Sie dürfen hier nicht rein, das wissen Sie.«

Jasper machte schmale Augen. »Ich bin bereits hier.«

»Sie bringen uns beide in Schwierigkeiten.«

Jasper drehte sich mit ausdruckslosem Gesicht im Kreis. »Das ganze Zeug muss ein Vermögen gekostet haben.« Er wandte sich wieder dem Teenager zu und kam zum Punkt. »Ich brauche mehr Informationen.«

»Ich habe Ihnen alles gesagt, was ich weiß.«

Jasper trat näher. »Warum ist Mr. Dowling im Vitrinensaal?«

Andre überlegte kurz. »Ich weiß es nicht.«

Jasper beugte sich über ihn. »Ich habe ihn die Schriftrollen lesen sehen.«

»Wilson kann sie nicht lesen«, behauptete Andre kategorisch. »Auf gar keinen Fall.«

»Warum ist er überhaupt noch hier?«

Andre wurde nervös. »Ich bin zu Barton gegangen und habe ihn auf das EEG aufmerksam gemacht, wie Sie gesagt haben. Ich habe ihm gesagt, dass Dowling von der nächsten Phase ausgeschlossen werden sollte. Aber er wollte nicht auf mich hören.«

»Du warst nicht beharrlich genug.«

»Ich glaube eher, ich habe ihn zu sehr gedrängt. Wir müssen vorsichtig sein, Mr. Tredwell. Aber es spielt keine Rolle. Magnus Kleinberg hat die Tests glänzend bestanden. Barton hat also noch einen anderen Gen-EP-Kandidaten. Wir können den Prozess nicht noch weiter verzögern.« Dann kam ihm ein Gedanke. »Nur aus Interesse: Wie haben Sie Wilson im Vitrinensaal gesehen?«

»Über das Überwachungssystem.«

»Das dürfen Sie nicht benutzen, Mr. Tredwell«, protestierte Andre.

Jasper zuckte die Achseln. »Das kümmert mich nicht.«

»Data-Tran zeichnet genau auf, wer sich Zugang verschafft. Wer beim Spionieren erwischt wird, wird strafrechtlich verfolgt. Sogar Sie.«

»Nicht ich«, widersprach der distinguierte Herr. »Aber du solltest dir Sorgen machen.«

Andre war verwirrt. »Wie meinen Sie das?«

»Ich habe dein Passwort benutzt.«

Der Junge wurde blass. »Warum haben Sie das getan?«

Jasper trat einen Schritt zurück. »Wir haben eine Abmachung, junger Mann, und du erfüllst deine Hälfte nicht.« Jasper war vollkommen gelassen. »Keine Angst, Andre, ich sorge dafür, dass deine kleine Indiskretion mit dem Überwachungssystem nicht bemerkt wird. Vergiss nicht, ich habe meinen Einfluss geltend gemacht, um dich bei Enterprise Corporation unterzubringen. Das gibt mir gewisse Rechte an dir. Aber du musst deine Gegenleistung erbringen.« Jasper blickte den Jungen eindringlich an. »Barton hat etwas vor – und ich will wissen, was es ist. Deine Aufgabe ist es, mir dabei zu helfen.«

»Aber warum haben Sie mein Passwort benutzt?«

»Andre, man will uns austricksen. Erkennst du das nicht?« Jasper rückte wieder näher heran. »Hör zu, junger Mann, ich will, dass du Erfolg hast. Du sollst es bis ganz nach oben schaffen. Eines Tages könntest du der Leiter des Mercury-Teams sein, wenn du deine Karten richtig ausspielst.«

Andre verstand sich auf Karten – es war Zeit, sein Ass aus dem Ärmel zu ziehen. »Barton hat neulich etwas erwähnt, das mich überrascht hat«, sagte er unschuldig. »Etwas von einem Auftrag …«

Karin zog ihren Firmenausweis durch den Leser, und die Tür öffnete sich klickend. Sie hörte Stimmen aus dem angrenzenden Raum und erstarrte. Das Labor sollte eigentlich unbesetzt sein. Leise schloss sie die Tür. Sorgfältig in Deckung bleibend, bog sie um die Ecke zu dem Beobachtungsstand, um von dort durch die Glaswand zu spähen. Im Labor standen Jasper Tredwell und Andre Steinbeck. Sie redeten miteinander.

Was tun sie da?, wunderte Karin sich.

Sie wusste, dass selbst den Tredwells der Zutritt zum Transportbereich verboten war. Leider war die Glaswand dreißig Zentimeter dick, und Karin konnte nicht hören, was gesprochen wurde. Aber da es ihre Art war, jede Chance zu nutzen, konzentrierte sie sich auf die Körpersprache der beiden.

»Barton war im Badezimmer«, sagte Andre, »und unterhielt sich mit Mr. Dowling. Ich weiß, das ist ein merkwürdiger Ort dafür. Ich habe gelauscht. Barton sagte etwas von verschlüsselten Daten im Buch Jesaja.« Der Teenager kratzte sich am Hinterkopf. »Vielleicht hat er wirklich etwas vor. Etwas Seltsames. Das Buch Jesaja hat nichts mit den Bauplänen für die Zeitmaschine zu tun.«

»Warum hast du mir das nicht sofort erzählt?«, sagte Jasper verärgert.

Wie aufs Stichwort schwammen Andres Augen in Tränen. »Es tut mir leid, Mr. Tredwell. Wirklich. Ich hatte Angst.« Er schniefte. »Wenn Barton wüsste, dass ich Ihnen das verrate, würde er mich bestimmt rauswerfen.« Der Junge wischte sich die Augen und gab sich Mühe, es nicht zu übertreiben. »Ich würde alles verlieren, wofür meine Mutter und ich so hart gearbeitet haben.«

Jasper durchschaute das Schauspiel sofort; er war selbst ein Meister der Täuschung. Doch wenn es seinen Zwecken diente mitzuspielen, hatte er nichts dagegen. »Vergiss nicht, Andre, dass ich der beste Freund bin, den du hier hast.«

»Ich weiß, Sir. Wirklich.«

»Nun reiß dich zusammen.« Jasper deutete auf die Silhouette der Transportkapsel. »Du hast recht daran getan, es mir zu sagen. Das Buch Jesaja, sagst du? Offenbar steht etwas Wichtiges drin. Du musst für mich herausfinden, was es ist, Andre. Es bleibt nicht viel Zeit.«

»Nur noch acht Tage bis zum Transport«, sagte Andre.

»Ganz recht. Berichte mir so schnell wie möglich.«

»Aber ich habe nicht einmal genug Zeit, um alle Aufgaben zu erledigen, die mir aufgetragen wurden. Und jetzt noch diese ... ich weiß nicht ...« Das war seine Art zu fragen: Was ist für mich drin?

Jasper lächelte verschlagen. »Wenn man Barton etwas tut, das nicht zum Besten der Firma ist, fliegt er aus dem Team. Dann steht es ohne Chef da. Und du wirst gut positioniert sein, Andre. Und mit meiner Hilfe – wer weiß?« Das war die Antwort eines Politikers, der nichts versprach, aber alle Hoffnungen weckte.

Karin beobachtete, wie Jasper zum hinteren Ausgang ging. Zu ihrer Verwunderung führte Andre einen Freudentanz auf, sobald Tredwell verschwunden war, und stieß die Fäuste in die Luft, als hätte er soeben das große Los gezogen.

Da war etwas Seltsames im Gange, und Karin war entschlossen, dahinterzukommen.

27.

CANCÚN, MEXIKO
AMERICANA HOTEL
27. NOVEMBER 2012
ORTSZEIT: 16.16 UHR
UNTERNEHMEN JESAJA – DRITTER TAG

Mit quietschenden Bremsen hielt der schlammbespritzte Geländewagen – aber keineswegs auf einem ungepflasterten, morastigen Weg des tropischen Dschungels, sondern auf der Auffahrt des Americana Hotels, an der Petunien und Studentenblumen in satten, lebhaften Farben blühten.

Ein Portier im weißen Safarianzug mit Goldknöpfen und Tropenhelm eilte zur Fahrertür, um sie aufzureißen. Helena stieg aus und bedeutete dem Mann, zurückzubleiben. »Ich habe einen Hund bei mir«, sagte sie. »Gehen Sie nicht an ihn heran. Er beißt.« Helena stand mit zerschrammtem Gesicht und zerrissenen, schmutzigen Kleidern da.

Der Portier sah den Dobermann und die gebleckten Zähne durch die Scheibe und machte ein entsetztes Gesicht. Helena gab ihm zur Entschädigung einen Zwanzigdollarschein.

»Lassen Sie die Tür zu«, sagte sie. »Ich bin gleich wieder zurück.«

Ein feuchter Wind wehte vom Meer her, doch er war angenehm warm. Helena hatte dieses Hotel ausgesucht, weil sie schon zweimal hier gewesen war, einmal mit ihrem Vater und erst kürzlich zu einem geheimen Rendezvous mit Jensen Hemingway. Sie stieg die Marmorstufen hinauf und betrat das Foyer. Alles war genau so, wie sie es in Erinnerung hatte. Sie war froh, hier zu sein. Wilson lag schlafend auf der Rückbank.

Seine Verletzungen und die holprige Fahrt hatten ihren Tribut gefordert. Helena hoffte, eine sichere Bleibe zu bekommen, ehe sie ihn weckte.

Das Americana war ein stattliches Hotel mit weißen Säulen, die ein breites Vordach trugen, und großzügigen, glasklaren Swimmingpools. Überall standen üppige Palmen. Die Nachmittagssonne schien in das Foyer und warf lange Schatten über das glänzende Parkett. Ein Dutzend Deckenventilatoren sorgten für Kühle. Aus den Lautsprechern erklang leise Musik.

Mit eleganten Schritten, die ihre Unsicherheit wegen ihres Aufzugs überspielen sollten, ging Helena auf die Rezeption zu. Ihre Kleidung war voller Blutflecke, und die Bluse hatte sie vorn zusammengeknotet, weil sämtliche Knöpfe fehlten.

Am Empfang standen zwei Männer in identischen gelb-grünen Hawaiihemden. Helena erkannte einen sofort. Es war Santos Rodriguez, der Hotelmanager. Der braunäugige Herr war selbst in dem bunten Hemd eine distinguierte Erscheinung, und sein gepflegtes Haupthaar glänzte in der Nachmittagssonne. Helena hatte an seiner Gesellschaft immer Freude gehabt, da er Tatkraft und Stil besaß und ein attraktiver Mann war. Er war bekennender Homosexueller, fünfzig Jahre alt, und führte das Hotel wie eine Präzisionsmaschine. Niemand wagte ihn zu verärgern, und alles wurde genau nach seiner Anweisung ausgeführt.

Helena stellte sich vor ihn und sagte: »Santos, ich bin froh, Sie zu sehen.«

Er blickte auf, erkannte sie aber nicht gleich. »Wie kann ich Ihnen behilflich sein, Madam?« Wenngleich mexikanischer Abstammung, war er in England erzogen worden und sprach reinstes Oxford-Englisch.

Helena schob sich die Haare hinter das rechte Ohr, um mehr von ihrem Gesicht zu zeigen, und lächelte bemüht. »Ich bin's, Helena Capriarty.«

Santos sah zweimal hin, als er die charakteristische Handbewegung erkannt hatte. »Madam Helena! Was ist Ihnen zugestoßen, meine Liebe?« In einem Augenblick stand er vor der Rezeption. »Bitte, setzen Sie sich.« Er leitete sie zu einer Sitzgruppe. »Was darf ich Ihnen bringen? Sagen Sie es nur!« Er drehte sich zu dem Rezeptionsassistenten um. »Bringen Sie Madam ein Glas Wasser. Und etwas Eis für die Prellung. Rasch!«

Helena ließ sich in den Sessel sinken. »Santos, ich brauche Ihre Hilfe.«

Er wirkte sehr besorgt. »Selbstverständlich, was Sie wollen. Was ist passiert?«

»Ich habe zwei schlimme Tage hinter mir«, seufzte sie.

»Ganz offensichtlich, meine Liebe.« Santos rief seinem Assistenten zu. »Holen Sie Doktor Wells, sofort.« Er sah sie wieder an. »Haben Sie noch andere Verletzungen erlitten?«

Sie zögerte einen Moment, um sich ihre Geschichte zurechtzulegen. »Wir wurden bei Chichén Itzá von Banditen überfallen. Wir haben Glück gehabt, dass wir mit dem Leben davongekommen sind.«

»Ach, du meine Güte!« Santos nahm das Glas Wasser vom Tablett, das der Kellner brachte, und reichte es ihr. »Hier, trinken Sie etwas.« Er nahm das Eis und häufte es in ein sauberes Taschentuch. »Ist Mr. Jensen bei Ihnen?«

Helena drückte sich die Eiskompresse an die Wange. »Nein, er ist nicht hier. Aber draußen im Wagen wartet ein Freund von mir. Er ist verletzt.«

Santos machte ein noch besorgteres Gesicht. »Soll ich die Polizei verständigen?«

Helena schüttelte den Kopf. »Setzen Sie sich, Santos. Die Situation ist kompliziert.« Sie schaute sich im Foyer um. Kein anderer Gast war zu sehen. »Ich muss dringend meinen Vater anrufen.« Bei dem bloßen Gedanken zuckte sie innerlich zusammen. »Könnte ich ein Telefon bekommen?«

Santos schnippte mit den Fingern. »Ein Telefon. Rasch!« Der Rezeptionist eilte davon. »Was ist mit Ihrem Freund?«, fragte Santos mit einer Kopfbewegung zum Ausgang.

»Gleich, Santos. Zuerst brauche ich eine Bleibe.« Helena hatte nur ein paar Hundert Dollar bei sich, und sie wollte keine Kreditkarte benutzen. Das war der Grund für den Anruf bei ihrem Vater.

»Sie bekommen unsere beste Villa.«

»Danke. Und mein Freund wird ärztliche Behandlung brauchen. Er wurde zusammengeschlagen.« Von der Schusswunde sagte sie nichts; stattdessen hielt sie inne und dachte nach. »Santos, der Wagen da draußen gehört mir nicht. Wir haben ihn den Banditen abgenommen. Sie müssen ihn diskret für mich loswerden. Ich glaube, es ist ein Mietwagen. Können Sie das für mich erledigen?«

»Sind Sie sicher, dass ich nicht die Polizei rufen soll?«

Helena überlegte fieberhaft. Worin war sie da verwickelt worden? Wer war dieser Wilson eigentlich? Welches unheimliche Geschick steckte hinter den Ereignissen, die er an sich zog? Normalerweise wäre sie vor solch einer Situation geflohen – dennoch sah sie sich immer wieder daran festhalten.

Santos fragte noch einmal: »Soll ich die Polizei rufen?«

Helena tauchte aus ihren Überlegungen auf. Wieder schüttelte sie den Kopf. »Nein.«

»Ich kann die Entsorgung des Wagens veranlassen«, sagte Santos nachdenklich.

»Ich werde mich dafür erkenntlich zeigen.«

»Das ist nicht nötig, Helena. Ich bin nur froh, dass Sie beschlossen haben, hierherzukommen. Wir können das Fahrzeug unauffällig an einer Straße abstellen. Weit weg von unserem Haus. Es wird keine Verbindung geben.« Und dann fügte er hinzu: »Ich war einmal Polizist in England, wissen Sie. Zwei Jahre lang.«

Helena stellte sich den eleganten Santos Rodriguez mit blauer Konstabler-Uniform und Helm vor. »Das wusste ich nicht«, sagte sie.

»Ja – nach der Universität. Aber das war kein Beruf für mich.

Zu viel Blut und Härte. Aber so viel kann ich sagen: Ich habe Dinge erlebt, die mich auf die wirkliche Welt vorbereitet haben.«

»Dinge wie dieses?«

»Ganz recht. Aber lassen Sie mich hinzufügen: Diese Bobbys sahen in Uniform schrecklich aus.« Er zwinkerte sie an. Ein Page kam mit einem schnurlosen Telefon und reichte es ihm. Santos gab es Helena. »Wie lange ist es her, dass wir Sie gesehen haben?«

Sie wählte die Nummer. »Ein Jahr, glaube ich. Ungefähr.«

»Mir kommt es wie gestern vor, meine Liebe.«

Schon nach dem ersten Klingeln meldete sich eine Stimme. »Helena, bist du es?«

Helena antwortete eilig: »Bevor du etwas sagst: Mir geht es gut.«

Santos stand auf und zog sich diskret zurück.

»Ich bin krank vor Sorge, Kind!«, platzte Lawrence heraus. »Die Polizei hat mir erzählt, du hättest ein Flugzeug entführt. Sag mir, dass das nicht wahr ist!«

»Ich wünschte, das könnte ich, Dad.«

»Es stimmt also?«

»Bitte, Dad, ich brauche deine Hilfe. Ich habe nicht viel Geld, und ich sitze in Mexiko fest.«

»Mexiko?«

»Das ist eine lange Geschichte.«

»Ich komme dich holen! Wo bist du?«

»Nein, Dad. Ich habe mich selbst hineinmanövriert, ich werde mich selbst wieder herausholen.«

Lawrences Tonfall war streng und herablassend. »Und wie willst du das anstellen?«

»Ich weiß, es sieht schlecht aus, aber du musst mir vertrauen. Ich weiß, was ich tue.« Helena wusste, ihr Vater würde im Nu bei ihr sein, wenn sie ihm die Möglichkeit dazu ließe. Das durfte sie nicht riskieren. Wilson wurde polizeilich gesucht, und sie wollte erst mehr erfahren, ehe sie noch jemanden in die Sache hineinbrachte, erst recht, wenn es sich um einen Kontrollsüchtigen wie ihren Vater handelte.

»Sag mir, wo du bist«, verlangte er. »Helena!«

»Diese Art Hilfe kann ich nicht gebrauchen, Dad. Nur eine Banküberweisung. Zwanzigtausend Dollar.« Es war still in der Leitung. »Ich weiß, was ich tue«, versuchte sie ihn zu beruhigen. »Du musst mir glauben. Ich werde alles erklären, wenn wir uns sehen.«

»Sag mir, in was für Schwierigkeiten du steckst.«

»Ich bin nicht in Gefahr. Nicht mehr.«

»Julia stirbt vor Angst um dich!«

»Bitte, Dad, schicke mir nur das Geld, und alles wird gut.« Sie hielt die Hand über die Sprechmuschel. »Santos, ich brauche Ihre Kontonummer.« Er schrieb sie schnell auf einen Zettel und gab ihn ihr. Helena nannte sie ihrem Vater und sagte: »Überweise es von einem anonymen Konto.« Sie wusste, dass das für ihn nicht schwierig war – er bewegte ständig größere Summen unter der Hand.

Diese Bitte wühlte ihn noch mehr auf. »Helena, *bitte*, lass mich zu dir kommen.«

Sie ließ sich nicht beirren. »Es geht mir gut, Dad.« Es folgte ein kurzer Wortwechsel; schließlich sagte Helena: »Wenn du mich suchen kommst, verschwinde ich. Jawohl. Ich brauche diese Art Hilfe nicht.«

»Wie es scheint, habe ich keine Wahl«, schloss Lawrence resigniert.

»Danke, Dad.«

Ein braungebrannter Mann mittleren Alters und mit Brille eilte an die Rezeption. Er trug Shorts und hatte eine schwarze Ledertasche bei sich. Santos formte mit den Lippen das Wort *Doktor*, und Helena nickte.

»Es tut mir leid, wenn ich dich beunruhigt habe«, sagte sie zu ihrem Vater. »Ich bin in Sicherheit. Bald werde ich dir alles erklären können. Ich rufe dich spätestens morgen wieder an. Alles wird gut, du wirst sehen.«

»Sag mir nur die Wahrheit«, bat Lawrence. »Ist alles in Ordnung?«

Helena dachte an Wilson im Fond des Geländewagens. »Ich werde damit fertig«, antwortete sie und unterbrach das Gespräch.

Houston, Texas
Capriarty Tower, 22. Etage
27. November 2012
Ortszeit: 16.31 Uhr
Unternehmen Jesaja – dritter Tag

Hohe, blau getönte Fenster gewährten über wenigstens zwanzig Meter Breite einen Blick auf das Geschäftsviertel von Houston. Es war ein sonniger Nachmittag mit wolkenlosem Himmel. Lawrences Büro befand sich in der obersten Etage seines Hochhauses. Er lehnte sich in seinem Sessel zurück und blickte auf die Bankverbindung, die er soeben auf einem gelben Zettel notiert hatte. Das war kein Lösegeld, schloss er. Dazu war es zu wenig. Ganz sicher. Helena war relativ ruhig gewesen – der Anruf war nicht unter Zwang erfolgt, so viel konnte er wenigstens sagen. Es war ihr Realitätsempfinden, das seine größte Sorge war. Hatte sie den Verstand verloren?

»Stella, kommen Sie herein!«, rief Lawrence.

Eine schlanke, attraktive Frau in einem roten Kostüm erschien sofort, als hätte sie auf seinen Ruf gewartet. Stella, Lawrences persönliche Assistentin, war Anfang vierzig. Ihr dichtes braunes Haar war schulterlang, ihre Züge wohl proportioniert. Sie war gerissen und schnell, und wenn es etwas zu erledigen galt, war diese Frau eine Magierin. Sie konnte das Unmögliche möglich machen.

Stella hielt Stift und Notizblock in der Hand. »Sir?«

Lawrence streckte ihr den gelben Zettel entgegen. »Ermitteln Sie den Namen der Firma, die dieses Konto unterhält.«

Sie schaute sich die Angaben an. »Kein Problem.«

»Das ist in Mexiko, meine ich.«

Sie nickte. »Wann brauchen Sie die Information?«

Lawrence sah ihr kurz in die Augen. »Gestern. Dann rufen Sie Warren Lewis an – sagen Sie ihm, mein Flugzeug soll in einer Stunde bereitstehen. Das ist wichtig, Stella. Es hat mit Helena zu tun. Ich werde sie finden und nach Hause holen, wo sie hingehört.«

»Noch etwas?«, fragte sie aufmerksam.

»Das ist alles.«

Ehe Lawrence aufblicken konnte, war Stella zur Tür hinaus.

28.

Kalifornien, Amerikanischer Kontinent
Enterprise Corporation, Lagerbereich G2
16. Mai 2081
Ortszeit: 9.25 Uhr
7 Tage vor dem Transporttest

In dem engen Lagerraum roch es nach Staub. Das einzige Licht kam von einer nackten Glühbirne an der Decke. Hunderte Pappkartons waren bis zur Decke gestapelt, die Strichcodes ausgebleicht. Das Klebeband, das viele Kartons zusammenhielt, war brüchig und verknittert. Barton, der im hinteren Ende des Raumes wühlte, zog einen Holzkoffer vom Boden auf, stellte ihn aufrecht und öffnete den Deckel mit einem kleinen Schlüssel.

Darin lag die Kupferrolle von Qumran.

Sie strahlte ein sattes goldenes Licht zurück und erinnerte an einen Staffelstab – eine feste Metallröhre von zwanzig Zentimetern Länge.

»Erstaunlich, nicht wahr?«, sagte Barton.

»Darf ich sie in die Hand nehmen?«, fragte Wilson. Auf Bartons Nicken hob er den glänzenden Gegenstand behutsam aus der Samtverkleidung. Er war ziemlich schwer, viel schwerer, als er aussah.

»Großartige Handwerkskunst«, sagte Barton. Die beiden bewunderten die Kupferrolle wie zwei Frauen ein neugeborenes Baby. »Wenn Sie genauer hinschauen, sehen Sie, dass es keine einzige Naht gibt. Die Rolle wurde in einem Stück geschmiedet. Ein Archäologenteam aus Harvard fand sie einen Meter tief im Boden in einem groben Tonbehälter. Aber sie bestand aus zwei Teilen: einer kupfernen Außenhülle und dieser Rolle, die sicher darin verborgen war. Die Außenhülle war aus drei Blechen von neunundneunzigprozentigem Kupfer gefertigt, dreißig mal achtzig Zentimeter groß, die darumgewickelt waren wie Geschenkpapier. Leider waren sie so stark korrodiert, dass man ein ganzes Jahr lang debattierte, wie die Rolle zu öffnen sei, ehe etwas passierte. Nach vielen Erörterungen, Messungen und Röntgenaufnahmen wurde beschlossen, die Außenhülle in dreiundzwanzig Streifen zu zerschneiden. Sie wurde ans Manchester College nach England gebracht, wo die Hülle mit einer kleinen Kreissäge entfernt wurde.« Barton berührte die Rolle mit dem Zeigefinger.

»Das hier hat man schließlich vorgefunden. Das Team, das die Hülle entfernte, war so überrascht von der Entdeckung, dass aus dieser Rolle über sechzig Jahre lang ein Geheimnis gemacht wurde, während sie vergeblich nach dem Schatz suchten, der einst dem Jerusalemer Tempel gehört hatte. Interessanterweise ist der Text auf der Kupferhülle genau derselbe, den Sie hier sehen, aber wegen der Korrosion war er unlesbar, bis die Hülle aufgesägt und flach ausgelegt wurde.«

Wilson drehte die Rolle in den Händen, und die kleinen Buchstaben fühlten sich unter den Fingerspitzen an wie Blindenschrift. Da er etwas spürte, hielt er sich die Rolle ans Ohr. »Hören Sie das?« Er lauschte. »Ich glaube, sie vibriert.«

Barton lächelte. Er hatte gehofft, dass Wilson das sagen würde. »Ja, die Rolle ist so geschmiedet, dass sie oszilliert wie ein Kristall. Eigentlich ist es eher eine Legierung als reines Kupfer, denn sie enthält eine geringe Menge Titan und etwas Nickel – das Ergebnis ist eine Vibration von 6,5 Hertz. Interessanterweise war diese Vibration, die Sie spüren, der Grund dafür, weshalb ich mich der Rolle zu widmen begann. Es freut mich, dass Sie es ebenfalls bemerken.«

Wilson hielt die Rolle vor sich. Das harte Licht der Glühbirne tat ihrer Schönheit keinen Abbruch. Das Gigabit verschlüsselter Daten, das das Geheimnis der Bücher Esther und Jesaja enträtselte, lag in seiner Hand.

»Nicht jeder spürt die Vibration«, sagte Barton.

Je fester Wilson zufasste, desto stärker nahm er sie wahr.

»Können Sie die Schrift lesen?«, fragte Barton.

Wilson betrachtete angestrengt die winzigen Buchstaben. Indem er alle anderen Gedanken beiseiteschob, übersetzte er nach besten Kräften: *»In der Festung, welche das Tal Achor ist … vierzig …«* Wilson stockte. »Ich kann nicht alle Wörter entziffern.« Da standen Buchstaben, die er nicht kannte.

Barton rieb sich das Kinn. »Versuchen Sie es weiter.«

Wilson konzentrierte sich. *»Unter den Stufen … von Osten her … eine Geldtruhe …«* Wieder ein Wort, das er nicht entziffern konnte. *»Entdeckt?* Das heißt es wohl. *Darin liegen … siebzehn Talente.«*

»Sehr gut, Wilson. Ich bin beeindruckt.«

Wilson ging weiter über den Text. »Vieles kann ich gar nicht lesen.«

»Es hätte mich auch gewundert«, meinte Barton. »Das ist kein Standardhebräisch. Die meisten hebräischen Texte, besonders ältere, sind religiöser Natur. Aber die Kupferrolle ist etwas ganz anderes. Einiges aus dem Vokabular kommt in anderen alten Schriften nicht vor. Daraus wird ersichtlich, dass die Kupferrolle *nach* den anderen Schriften der Qumranfunde entstanden ist. Das ist in einer Hinsicht ganz logisch. Aber das Rätsel ist, wie sie in die Höhlen am Toten Meer gelangt ist. Und darum halten viele sie für eine Fälschung.«

»Das verstehe ich nicht.«

Barton erklärte: »Die Pergamentrollen wurden 68 vor Christus in den Höhlen der Bruderschaft von Khirbet Qumran versteckt, um sie vor den Römern zu bewahren. Zuerst glaubte man, dass die Kupferrolle zur selben Zeit versteckt wurde. Doch eine Radiokarbondatierung des Tonbehälters besagt etwas anderes. Wir wissen jetzt, dass die Kupferrolle mehr als 500 Jahre später versteckt wurde.«

»Dann wusste der, der sie versteckt hat, auch von den anderen Schriftrollen«, schloss Wilson, der sich bemühte, das alles zu begreifen.

»Genau. Die Pergamente waren fast zweitausend Jahre lang weggeschlossen. Die Frage ist, warum die Kupferrolle nach fünfhundert Jahren zu den anderen gelegt wurde. Mir fiel auf, dass die Kupferrolle irgendwie mit den Büchern des Alten Testaments zu tun hatte. Ich stellte später fest, dass das Gigabit verschlüsselter Daten darin die Verbindung war. Wäre die Kupferrolle nicht in den Höhlen am Toten Meer gewesen, wäre ich nie darauf gekommen.«

»Fünfhundert Jahre, das ist eine lange Zeit«, meinte Wilson.

»Ich kann nur folgern, dass die Kupferrolle von der Qumran-Bruderschaft hinzugefügt wurde – sie waren die Einzigen, die die Höhlen kannten. Das ist interessant, weil meine Forschungen darauf hindeuten, dass man 68 nach Christus glaubte, die Bruderschaft habe sich aufgelöst, oder ihre Mitglieder seien ums Leben gekommen. Aber es scheint, dass es die Sekte noch lange nach der Invasion Vespasians gegeben hat.«

»Existiert die Bruderschaft noch heute?«

»Das weiß ich nicht genau.«

»Haben sie vielleicht diese Rolle angefertigt?«

»Auch das weiß ich nicht genau.«

Wilson schaute sich in dem Lagerraum um. »Warum verwahren Sie sie hier?« Es stand nicht einmal eine Wache vor der Tür.

»Niemand weiß, dass dies die echte Kupferrolle ist. Ich hatte ein Duplikat anfertigen lassen und die Rolle im Hauptfoyer ersetzt.«

Wilson spürte wieder die Vibration der Kupferlegierung an der Handfläche. Das Gefühl stimmte ihn irgendwie friedlich.

Barton sprach noch zehn Minuten lang über die Kupferrolle. Er war von ihrer historischen Bedeutung besessen.

Ihre konzentrierte Unterhaltung wurde abrupt unterbrochen, als es an der Tür klopfte.

Wilson war so geistesgegenwärtig, die Rolle hinter seinem

Rücken verschwinden zu lassen, als die Tür aufschwang und ein großer, schlanker Mann im dreiteiligen Anzug hereinkam. Er hatte buschige Augenbrauen, hagere Wangen und ein wissendes Grinsen, das unverkennbar nach Macht stank.

»Jasper«, sagte Barton. »Welche Überraschung!«

»Sie kennen mich«, erwiderte er trocken, »ich bin überall.«

Barton stellte sie einander vor. »Wilson Dowling, das ist Jasper Tredwell.« Wilson wollte ihm die Hand schütteln, doch Jasper gab nie jemandem die Hand.

»Das ist ein interessanter Ort für eine Besprechung«, sagte Jasper in seltsamem Ton. »Ganz der unkonventionelle Barton.«

»Ich gebe mir Mühe.«

Wilson bemerkte die weiße Nelke an Jaspers Revers, die sorgfältig manikürten Nägel, die weichen, biegsamen Hände. Der Anzug war ein tadelloses Beispiel europäischer Schneiderkunst. Seine Schuhe waren auf Hochglanz poliert, und die Krawatte war umwerfend – glänzend weiß mit Fischgrätmuster.

»Wollen Sie nicht hereinkommen?«, sagte Barton.

Jasper betrachtete ihn von oben herab, als käme die Einladung einer Beleidigung gleich. »Ich bin gekommen, um Ihnen etwas mitzuteilen, mehr nicht. Ich habe nicht vor, mich aufzuhalten.«

»Bitte, kommen Sie doch«, versuchte Barton ihn zu überreden. »Wir unterhalten uns angeregt über die Schriftrollen.«

Die Erwähnung behagte Wilson nicht, doch er dachte sich, Barton werde schon wissen, was er tut.

Nach kurzem, scharfem Luftholen stellte Jasper sich zu ihnen. Zu dritt standen sie nun in einem unangenehm engen Kreis. Zu Wilsons Überraschung gaben die zwei sich alle Mühe, ihn zu ignorieren, und so nutzte er die Gelegenheit, sie unverhohlen zu mustern. Dennoch blieb die Beziehung zwischen den beiden Männern unklar, vor allem, wer die größere Autorität hatte. Barton fühlte sich unwohl, das zumindest konnte Wilson spüren, wenn es auch nicht offensichtlich war.

»Was kann ich für Sie tun?«, fragte Barton.

Jasper senkte die Stimme zu einem Flüstern. »Ich bin hier, um Sie zu warnen.« Dann sprach er mit normaler Lautstärke weiter. »Jemand benutzt unerlaubt das Überwachungssystem. Ich meine, wir sollten es abschalten, wollte das aber vorher mit Ihnen überprüfen.«

Barton machte ein überraschtes Gesicht. »Sie glauben, jemand spioniert?«

»Ich habe ein erstes Ergebnis: mindestens sechzehn unerlaubte Zugriffe.«

»Sechzehn! Wer steckt dahinter?«, fragte Barton.

»Wir wissen es nicht genau. Darum müssen wir die Angelegenheit sofort untersuchen. Wer es auch war, er hat seine Identität erfolgreich verschleiert.« Sie schwiegen einen Moment lang. »Die Sicherheit der Firma steht auf dem Spiel.«

»Allerdings«, sagte Barton. »Wir müssen eine umfassende Untersuchung anstrengen. Ich schlage vor, wir ziehen auch die Polizei hinzu.«

Jasper schüttelte den Kopf. »Das ist nicht nötig. Wir können das alleine regeln. Ich halte es für wichtig, jede Einmischung von außen zu minimieren. Das macht es einfacher.« Jaspers Blicke schweiften durch den Raum und blieben kurz an dem offenen Holzkoffer haften.

»Ich vertraue auf Ihr Urteil«, sagte Barton.

»Nun, mehr wollte ich gar nicht sagen.« Jasper wirkte jetzt unbeholfen. »Ich wusste, es würde Sie interessieren, angesichts Ihrer Verschwiegenheit zu Projekt 81-07.« Jasper ging zur Tür und blieb noch einmal stehen. »Nur aus Neugier – was tun Sie eigentlich hier unten?«

Barton brauchte keine Sekunde. »Wir suchen nach ein paar Forschungsunterlagen.«

»Sie bewahren sie hier auf?«

Barton verschränkte die Arme. »Das ältere Material.«

Jasper sah ihm in die Augen, als ob er spürte, dass der Wissenschaftler log. »Verstehe. Ich wollte Sie nur über das Sicherheitsleck informieren. Sie kennen mich ... Sicherheit geht vor. Ich rate Ihnen, wachsam zu sein. Es könnte jemand zusehen.«

»Man muss nur wachsam sein, wenn man etwas zu verbergen hat«, erwiderte Barton.

»Seien Sie nicht albern«, spottete Jasper.

Barton schmunzelte. »Wollte Sie nur auf die Probe stellen, Jasper.«

»Das ist nicht der Augenblick für Scherze«, entgegnete der. »Wahrhaftig nicht.«

»Je eher wir dieser Sache auf den Grund kommen«, sagte Barton ernst, »desto besser für uns alle. Ich denke, Ihr Vorgehen ist richtig.«

Wilson stimmte ein. »Hat mich sehr gefreut, Sie kennen zu lernen.«

Jasper bedachte ihn mit einem kurzen, strengen Blick; dann wandte er sich wieder Barton zu. »Soll ich die Tür offen lassen?«

»Schließen Sie sie ruhig.«

Sie fiel ins Schloss, und bleierne Stille senkte sich herab.

Schließlich sagte Wilson: »Die Chemie zwischen Ihnen ist zweifellos interessant. Wahrscheinlich toxisch, wenn ich mich nicht irre.«

Barton setzte sich auf einen der Kartons. »Das ist schlecht.«

»Wer ist der Kerl?«

»Er ist der Geschäftsführer der Firma. Er steht an zweiter Stelle des Unternehmens. Und um es noch schlimmer zu machen – sein Großvater ist der Vorstandsvorsitzende.«

»Ist er immer so freundlich?«

»Seien Sie froh – Jasper hat Sie besser behandelt als die meisten. Er mag Fremde nicht besonders.« Barton zögerte. »Ich glaube, er weiß, warum wir im Lager sind.«

»Ich hatte die Rolle hinter dem Rücken versteckt«, sagte Wilson, »aber er hat den leeren Holzkoffer gesehen.«

Barton warf einen Blick auf sein Handheld. »Ja, das ist mir auch aufgefallen.« Er überlegte kurz. »Wissen Sie, ich glaube, er hat mir von dem Sicherheitsleck erzählt, um mich zu erschrecken.«

»Warum sollte er das tun?«

»Entweder ist er es, der mich beobachtet, oder er weiß, dass ich es selbst war.«

Wilson war überrascht. »Sie haben es benutzt?«

»Ja. Um Sie zu beobachten, als Sie im Vitrinensaal waren.«

»Sie haben mir nachspioniert?«

»Ja«, gab Barton ohne Scham zu. Er nahm Wilson behutsam die Kupferrolle ab. »Allmählich wird die Entwicklung schwieriger vorherzusehen. Erinnern Sie sich an das Klingeln, bevor wir in mein Badezimmer gingen? Ich habe es in den Computer programmiert, damit er mich warnt, wenn ich beobachtet werde. Diesen Vorteil werde ich jetzt verlieren.«

»Das verstehe ich nicht.«

»Jasper wird das Überwachungssystem abschalten. Eine Beobachtung wird nicht mehr möglich sein.«

»Aber das ist doch gut, oder nicht?«

Barton rieb sich das Kinn. »Nein. Das ist schlecht. Zu wissen, wann jemand mich beobachtet, ist mein größter Vorteil gewesen.«

»Aber *wer* hat Sie beobachtet?«

»Ich bin mir nicht sicher. Und ich kann es nicht riskieren, zu viel Aufmerksamkeit auf mich zu ziehen, indem ich der Sache nachgehe. Das Data-Tran-Überwachungssystem ist sehr sicher, und man braucht einen Gerichtsbeschluss, um Zugang zu den Informationsprotokollen zu erhalten. Das wird Jasper jetzt tun. Und wenn das passiert, werden eine Menge Leute hineingezogen – das können wir nicht gebrauchen. Das ist eine schlechte Zeit für eine Untersuchung.«

»Aber Jasper sagte, sie bleibt intern.«

»Trotzdem werden eine Menge Leute hineingezogen.«

»Zumindest werden Sie herausfinden, wer hier spioniert.«

»Das stimmt.«

Wilson sah, dass er nur zu einem Bruchteil verstand, welchem Druck Barton ausgesetzt war. Es stand so viel auf dem Spiel. »Was passiert, wenn sie feststellen, dass Sie das System auch benutzt haben?«

Barton lächelte. »Ich werde es auf Sie schieben, Wilson. Ich werde sagen, dass ich Sie für ein Sicherheitsrisiko hielt.«

»Wird das genügen?«

»Es wird sie erst mal zufrieden stellen.« Barton legte die Kupferrolle in den Holzkoffer und schloss den Deckel. »Wie gesagt, die Dinge werden immer komplizierter. Von jetzt an müssen wir vorsichtiger sein. Es ist wichtig, dass wir wenigstens einen Schritt voraus bleiben.«

29.

Cancún, Mexiko
Americana Hotel
27. November 2012
Ortszeit: 21.37 Uhr
Unternehmen Jesaja – dritter Tag

Suite neununddreißig war eine freistehende Zweizimmervilla mit eigenem Garten, Pavillon und blauem Swimmingpool. Jedes Zimmer besaß einen Deckenventilator und glänzende Holzböden. Die Ausstattung hatte mexikanisches Flair und war in Gelb und Ocker gehalten. Die Fenster im Wohn- und Schlafzimmer boten einen Panoramablick nach Norden zum Jachthafen des Hotels. Das war ungefähr das, was einen für tausenddreihundert Dollar pro Nacht erwartete.

Helena saß auf dem Bett neben Wilson und schaute weg, als er die Augen öffnete. *Warum ist er in mein Leben getreten?*, dachte sie. Diese Frage wälzte sie seit zehn Minuten. Sie hatte Wilson beim Schlafen beobachtet und sein Gesicht, die Haare, die Hände betrachtet, während sie zu begreifen versuchte.

Als Wilson zu sich kam, wollte er sich sofort aufsetzen, doch ein heftiger Schmerz im rechten Bein beendete die Bewegung, und er griff sich gequält an den Oberschenkel.

»Keine Sorge«, sagte Helena sanft. »Es geht Ihnen gut.«

»Himmel«, stöhnte er. »Das tut richtig weh.«

Helena drückte sich die nassen Haare mit einem Handtuch aus. »Ich habe Sie von einem Arzt verbinden lassen; er hat Ihnen Antibiotika verordnet. Sie liegen auf dem Tisch da drüben. Die Kugel hat offenbar den Oberschenkel durchschlagen.« Helena hatte einen weißen Flanellmorgenrock an. »Ich war besorgt, als wir Sie hereingebracht haben. Ihr Gesicht …« Helena zuckte innerlich zusammen, wenn sie ihn ansah. »Wir müssen noch mal Eis auflegen.« Sie berührte seine geschwollene Wange mit dem Handrücken.

Wilson zog den Kopf weg. »Ist schon gut.«

»Der Arzt sagt, Sie haben Glück gehabt, dass der Knochen nicht getroffen wurde.«

Der Verband saß stramm, und das untere Bein fühlte sich ein wenig taub an, aber der Duft nach Essen, der durch den Raum zog, lenkte ihn gleich davon ab.

»Haben Sie Hunger?«, fragte sie.

Wilson lächelte. »Sie können *tatsächlich* Gedanken lesen.«

»Warten Sie hier. Ich bin gleich wieder zurück.« Helena verschwand nach draußen.

Die Villa war geräumig, das breite Bett warm und bequem. Durch eine Glaswand sah man in der schwarzen Dunkelheit rote und grüne Lichter von den Booten, die im Jachthafen auf dem Wasser schaukelten. Das war das schönste Hotelzimmer, das Wilson je gesehen hatte.

Helena schob einen Wagen mit verschiedenen Speisen herein, von Lasagne bis Nasi Goreng. Sobald das Essen in Reichweite war, schaufelte Wilson sich ein Stück Hühnchen in den Mund, kaute und ließ einen Bissen Brot folgen.

»Sie waren bewusstlos, als wir Sie aus dem Wagen zogen«, sagte Helena.

Wilson bemerkte den blauen Fleck an ihrer Wange. Er zeigte mit dem angebissenen Brötchen auf sie. »Alles in Ordnung mit Ihnen? Ihr Gesicht?«

Sie tastete nach dem Bluterguss. »Ja, es geht mir gut.«

»Wir haben uns mächtigen Ärger aufgehalst, wie?«

»Ja, so ungefähr«, meinte sie. »Wollen Sie mir nun sagen, was vorgeht?«

»Das ist sehr kompliziert …«

»Darin sind wir uns sicherlich einig.«

Der Griff von Helenas Revolver ragte aus der Tasche ihres Morgenmantels, beschwerte den Stoff und öffnete ein wenig den Ausschnitt, sodass ein Teil ihrer linken Brust entblößt war. Sie hatte schöne Haut, wie Wilson schon bei ihrer ersten Begegnung festgestellt hatte. Er zeigte darauf und schluckte. »Sie möchten das vielleicht wieder zuziehen ... nicht dass ich mich beklagen würde.«

Plötzlich verlegen, drehte sie sich weg, um sich den Morgenmantel enger um den Körper zu wickeln und den Gürtel zu straffen.

»Tragen Sie immer diese Waffe mit sich herum?«, fragte er.

Sie warf ihm einen bösen Blick zu. »Wenn Sie nicht auf sich aufpassen, wer soll es dann tun?«

»Eine interessante Sichtweise.«

»Hören Sie auf, das Thema zu wechseln!«, rief sie wütend. »Ich will wissen, was los ist!«

Wilson brauchte einen Moment, um zu schlucken. »Hören Sie«, begann er, »ich sagte doch schon, dass ich nicht weiß, wie ich es Ihnen erklären soll.«

»Damit lasse ich mich nicht abspeisen«, schnaubte sie.

Wilsons Gedanken schweiften zu dem Telefonat mit diesem geheimnisvollen Commander Visblat. Konnte es wirklich sein, dass das zweite Portal manipuliert worden war? Besorgt kam ihm Bartons Rat in Erinnerung: »Lassen Sie sich von niemandem hindern, den Auftrag auszuführen.«

Je länger Wilson schwieg, desto wütender wurde Helena. Schließlich platzte sie heraus: »Wilson, auf Ihren Kopf waren eine Million Dollar ausgesetzt! Sie *müssen* mir sagen, was da läuft!« Ihre Wangen überzogen sich mit dem Rot einer reifen Wassermelone. »Herrgott! Wir könnten jetzt beide tot sein. Sagen Sie mir wenigstens, warum! Ich habe gesehen, was Sie in der Pyramide getan haben. Ich habe es genau gesehen!«

Wilson trank einen großen Schluck Wasser. Er hatte das alles schon gehört. »Sie haben ganz schön Temperament, wissen Sie das?«

»Ich habe es verdient, dass Sie mir die Wahrheit sagen!«

»Wo ist eigentlich Esther?«, fragte Wilson und sah sich nach dem Hund um.

Helena schloss die Augen und kämpfte einen neuerlichen Wutausbruch nieder. »Ich habe sie im Bad eingeschlossen«, sagte sie plötzlich ernüchtert. »Sie hätte fast jemanden vom Zimmerservice angefallen. George hatte recht: Sie mag Weiße nicht besonders.«

»Hören Sie ...« Wilson hatte einen Anfall von schlechtem Gewissen. »Ich bin Ihnen dankbar, dass Sie mich gerettet haben. Das meine ich ehrlich. Ohne Sie wäre ich jetzt geliefert. Wie Sie mit den Soldaten fertig geworden sind, ist bewundernswert.«

Ein schmerzlicher Ausdruck zog über Helenas Gesicht. »So gehen wir mit unseren Fehlern um«, sagte sie. »Wir entwickeln uns.«

Wilson runzelte die Stirn. »Was meinen Sie damit?«

Helena starrte ins Leere. »Nichts«, erwiderte sie knapp und senkte den Blick. »Aber eines steht fest: Wenn ich damals gekonnt hätte, was ich heute kann, stünden die Dinge jetzt anders.«

»Was wäre dann anders?«

»Meine Mutter ... sie wäre noch am Leben.« Sie hob den Kopf und blickte Wilson an, das Gesicht ausdruckslos, starr wie Granit, von trauriger Schönheit.

Wilson drängte seine Neugier zurück und beschloss, ihr keine Fragen zu stellen. Wenn sie darüber reden wollte, würde sie es tun. Also aß er weiter.

Helena verstand nicht, warum sie sich ihm so geöffnet hatte. Der einzige Mensch, mit dem sie je über ihre Mutter gesprochen hatte, war Dr. Bennetswood, und das auch mehr gezwungen als freiwillig.

In dem Moment merkte Wilson, dass er seine Sonnenbrille wieder nicht aufhatte. Kurz überfiel ihn Angst. »Wo ist meine

Sonnenbrille?«, fragte er und tastete zwischen dem Bettzeug. »Ich brauche sie.«

»Warum müssen Sie immer dieses Ding tragen?« Helena schlug mit der Faust aufs Bett. »Ich bin auch offen zu Ihnen!«

Wilson packte ihr Handgelenk und hielt sie fest. »Sie verstehen das nicht – das ist wichtig.«

»Sie sind wirklich furchtbar!« Helena wand sich los, verließ das Zimmer und kam einen Augenblick später mit der Brille zurück, die von ihrer Fingerspitze baumelte. Wilson griff danach, doch sie zog die Hand zurück. »Nicht so schnell! Sagen Sie mir, warum Sie ständig diese Brille tragen müssen. Das sind keine optischen Gläser ... und auf besonderen Schick scheinen Sie auch nicht aus zu sein.« Sie schlenkerte die Brille neckend hin und her. »Falls Sie es noch nicht bemerkt haben, es ist dunkel draußen.«

»Geben Sie sie mir ...«

»Nein! Reden Sie.«

»Warum drohen Sie mir nicht wieder mit der Waffe?«

»Ich könnte es glatt tun!« Sie schleuderte die Brille aufs Bett und stürmte ins Bad.

Erleichtert setzte Wilson die Brille auf und ließ sich aufs Kissen sinken. Nebenan wurde der Fön eingeschaltet. Wilson merkte plötzlich, dass es ihn bedrückte, wie er reagiert hatte. Irgendwann setzte das Brummen des Föns aus, und Helena erschien mit glänzenden goldblonden Haaren.

Ehe sie etwas sagen konnte, kam Wilson ihr zuvor. »Sie werden mir nicht glauben, wenn ich Ihnen erzähle, worum es geht.«

»Nach dem, was ich Sie habe tun sehen, glaube ich alles«, widersprach sie ernst. Die Hände auf den Hüften, stand sie abwartend am Fußende des Bettes.

Wilson räusperte sich. »Ich muss eine Sonnenbrille tragen, weil ich gefährdet bin, wenn die Leute meine Augen sehen.« Er war ganz sachlich. »Ich habe eine Schwachstelle, die die Leute dazu bringt, mich anzugreifen. Ich weiß, das ist schwer zu glauben.« Er rieb sich über das zerschlagene Gesicht. »Was glauben Sie, warum ich in den letzten paar Tagen so oft verprügelt wurde?«

»Ich könnte mir viele Gründe vorstellen.«

»Sehr witzig.« Wilson ließ ein erschöpftes Lächeln sehen; dann wurde er ernster als vorher. »Die Männer in Chichén Itzá haben mich zusammengeschlagen, weil sie meine Augen gesehen haben.«

Ein Gefühl der Übelkeit stieg in Helena auf, als sie an die grausamen Schläge dachte, die er eingesteckt hatte. So etwas hatte sie noch nie erlebt. »Wie kann das sein?«, fragte sie. »Wollen Sie mich jetzt absichtlich verwirren?«

Wilson sah ihr in die Augen. »Die Leute greifen an. So ist das eben.«

»Warum haben Sie dann die Brille abgesetzt?«

»Das war die einzige Chance«, erklärte er ernst. »Die Männer wollten über Sie herfallen.«

»Aber … wenn das so ist, warum habe ich Sie dann nicht angegriffen?«

»Keine Ahnung.«

»Das ergibt doch keinen Sinn.«

»Da stimme ich Ihnen zu.«

»Warum passiert das alles? Und warum jetzt?«

Wilson holte tief Luft. »Was ich jetzt sage, ist die Wahrheit …« Er nahm die Brille ab. »Ich habe an einem Experiment teilgenommen, das schiefgegangen ist.« Er zögerte, schien die Worte nicht herauszubekommen.

»Was für ein Experiment?«, fragte Helena ermutigend.

»Ein Zeitreise-Experiment.«

Sie musste unwillkürlich lachen.

»Es ist wahr.« Wilson hatte mit Zweifeln gerechnet. »Als ich in die Vergangenheit geschickt wurde, ging ein kleiner Teil von mir beim Transport verloren. Deshalb bin ich gefährdet. Mir fehlt jetzt ein Element, und meine Augen haben eine Schwäche. Wer sie sieht, bekommt das Verlangen, mich anzugreifen. Das nennt man trakenoide Reaktion. Menschen sind genetisch veranlagt, Schwaches anzugreifen. Die Männer in Chichén Itzá waren da keine Ausnahme.«

»Und warum tue ich es dann nicht?«, fragte sie.

»Keine Ahnung.« Er zuckte die Achseln. »Ich weiß nicht genug darüber.«

Helena verarbeitete eine Zeitlang, was sie soeben erfahren hatte. Ja, das war die albernste Erklärung, die sie je gehört hatte. Und doch glaubte sie ihm.

»Ich sage die Wahrheit, Helena. Und wissen Sie was? Es ist mir egal, ob Sie mir glauben. Ich habe es jedenfalls versucht.« Wilson wandte sich wieder dem Essen zu.

Helena setzte sich neben ihn aufs Bett. Sie war fassungslos. »Kein normaler Mensch würde sich so eine Geschichte ausdenken.« Minuten vergingen. »Ich glaube Ihnen«, sagte sie ernst und sah ihn an. »Wilson, es tut mir leid, wie ich mich benommen habe. Es ist nur so, dass ich Angst bekomme, wenn ich nicht weiß, was vor sich geht.«

»Das ist alles nicht einfach«, sagte er.

»Was hat dieser Visblat mit der ganzen Geschichte zu tun?«

»Ich bin mir nicht sicher.«

»Sie haben bestimmt nicht mit seiner Frau geschlafen?«

Wilson lachte leise. »Nein.«

»Das ist wenigstens eine gute Nachricht.«

In Wirklichkeit kamen Wilson schon Bedenken, dass er ihr die Wahrheit gesagt hatte. »Eins weiß ich jedenfalls«, sagte er mit Bestimmtheit. »Ich habe Ihnen mehr zugemutet, als ich sollte. Sie wollten wissen, was vor sich geht. Nun, jetzt wissen Sie's. Und wenn Sie Glück haben, bin ich bald weg, und Sie können Ihr normales Leben wiederaufnehmen.«

»Ich kann Ihnen helfen«, bot sie an.

»Ich habe Sie schon genug ausgenutzt.«

»Sie *brauchen* meine Hilfe«, sagte sie resolut. »Es besteht eine Verbindung zwischen uns. Haben Sie mal darüber nachgedacht?«

Das wollte er nicht – er würde sonst schwach werden. Behutsam stieg er aus dem Bett und ging zu einem Stapel ordentlich gefalteter Kleidungsstücke, der auf einem Stuhl lag. Sein Bein pochte sofort heftiger. »Es sind Kräfte am Werk, auf die ich keinen Einfluss habe.« Er zog ein Hemd an, bei dem »Americana Hotel« auf der Brusttasche stand. »Ich muss gehen.«

Draußen in einiger Entfernung sah er Taschenlampen aufleuchten. Nur einen Moment lang. Er schaltete die Nachttischlampe aus und tauchte das Zimmer in Dunkelheit. »Wir kriegen Gesellschaft!«, sagte er hastig und ging in die Hocke, um nach draußen zu spähen.

Helena kam an seine Seite und starrte ebenfalls hinaus, konnte aber nichts entdecken.

»Aktiviere Opossum«, flüsterte Wilson. Alles hellte sich auf zu einer Graustufenskala, und die Geheimnisse der Dunkelheit wurden enthüllt. Am Ende des makellos gepflegten Gartens näherten sich fünf Männer. Sie liefen dicht beieinander und trugen Anzüge.

»Sie sind bewaffnet!«, sagte Wilson. »Kommen Sie, wir hauen ab!«

Helena spähte angestrengt. »Ich kann nichts sehen.«

»Es sind fünf. Sie müssen mir glauben …«

Helena zog sich hastig ihre Hose unter den Morgenmantel und steckte den Revolver in den Bund.

Wilson zog leise die Glastür zur Terrasse auf. »Hier entlang«, flüsterte er, als die Männer um die Ecke zum Vordereingang hetzten. »Schnell, Helena!«

Eine gedämpfte Stimme kam von draußen. »Helena! Öffne die Tür!«

Sie fuhr herum. »Dad?«

»Öffne die Tür, sofort!«

Helena drehte sich zu Wilson um. »Ist schon gut«, sagte sie und hielt ihn von der Flucht ab. »Das ist mein Vater. Warten Sie hier.«

Plötzlich flog die Tür auf, und das Licht aus dem Flur schien ins Zimmer. Wilson war geblendet, als die Bewaffneten hereindrängten.

»Warte, Dad!«, rief Helena. »WARTE!«

Im Badezimmer fing Esther wild zu bellen an.

Es kam ihr vor, als liefe alles in Zeitlupe ab, als Helena einen der Männer anstarrte, die hereingerannt kamen – die dichten schwarzen Haare, der kurz geschnittene Bart, die durchdringenden braunen Augen waren ihr sehr vertraut: Jensen Hemingway.

»Stehen bleiben!«, schrie sie gellend. »HALT!«

»Du hast eine Menge zu erklären«, knurrte Lawrence. Seine Tochter war nur halb bekleidet; der Morgenmantel verhüllte kaum ihre Brust. Sie hatte nur einen Schuh an. Dann fiel ihm der Fremde ins Auge, auf der Terrasse. »Da ist er … schnappt ihn!«, rief er. »Schnell!«

Helena wollte den Leibwächtern ihres Vaters in den Weg treten, doch Jensen war zu schnell. Er schlang die Arme um sie und zerrte sie zur Seite.

»Er ist ein Freund!«, rief Helena.

Drei Leibwächter stürmten an ihr vorbei. Wilson war in Gefahr. Sie würden ihm die Sonnenbrille wegnehmen, sobald sie ihn hatten!

»HAUEN SIE AB!«, schrie sie.

Halb blind vom Licht rannte Wilson stolpernd um den Swimmingpool herum und über den Rasen.

Jensen hielt seine frühere Geliebte fest.

»Du gehst ein hohes Risiko ein«, presste sie durch die Zähne hervor. »Lass mich los, sonst verrate ich alles meinem Vater!« Plötzlich frei, sprang sie von ihm weg, zog die Waffe und feuerte in den Nachthimmel.

»Stehen bleiben!«, schrie sie.

Die Leibwächter erstarrten, und Wilson verschwand in der Dunkelheit.

Esther bellte umso wütender.

Lawrence packte seine Tochter an der Schulter, riss ihr die Waffe aus der Hand und zog den Ausschnitt ihres Morgenmantels zu. »Du kommst mit mir nach Houston, junge Dame. Keine Widerrede!« An seine Männer gewandt: »Na los, sucht ihn!« Er machte eine energische Geste, damit sie die Verfolgung aufnahmen.

Helena blickte ihren Vater unnachgiebig an. »Der Mann hat nichts getan …«

»Er wird von der Polizei gesucht!«

»Er ist unschuldig!«

»Du hast gestern Abend ein Flugzeug entführt, Helena! Du steckst mächtig in Schwierigkeiten.«

»Es steckt mehr dahinter, als du weißt.«

Lawrence bot ein Bild der Sorge. »Helena, setz dich hin! Da drüben, wo ich dich sehen kann.«

»Ganz bestimmt nicht!« Sie stürmte ins Bad und knallte die Tür zu. Sie brauchte Zeit zum Nachdenken.

Lawrence wandte sich an Jensen. »Sie bewachen die Tür!«, befahl er aufgebracht. »Sie geht nirgendwohin!«

Wilson hinkte durch den Sand und watete in das warme Wasser des Golfs von Mexiko. Sein Oberschenkel schmerzte noch mehr, und das Salzwasser brannte in der Wunde. An einem der Liegeplätze war ein schnittiges Segelboot festgemacht. Das schien ihm die beste Fluchtmöglichkeit zu sein, sofern er so weit schwimmen konnte.

Hinter ihm leuchteten Taschenlampen die Gegend ab. Wilson blieb nichts anderes übrig: Er tauchte in die kabbeligen Wellen.

Wie konnte Wilson durch die Zeit gereist sein?

Helena betrachtete sich im Spiegel. Wie sollte das gehen? Als sie ihr Gesicht musterte, befand sie, dass sie müde aussah. So viele Dinge waren in so kurzer Zeit passiert ... und jetzt war Wilson fort. Sie zog ein Hotel-T-Shirt an und steckte es in die Hose. Der Gedanke, dass Wilson nicht mehr da war, machte ihr das Herz schwer. Sie hatte das Verlangen, ihn zu beschützen, und die Intensität ihrer Gefühle erstaunte sie. Und jetzt war er aus ihrem Leben verschwunden, von einer Sekunde auf die andere. Das Ausmaß ihrer inneren Leere war schwer zu begreifen.

Lawrence war gekommen – weil er versuchte, das Richtige zu tun, das war ihr klar –, und alles war verloren. Eben noch hatte sie den Schlüssel zum Verständnis in die Hand bekommen, und dann erschien er auf der Bildfläche und schlug ihn ihr aus der Hand. Und zu allem Überfluss war Jensen auch da. Helena wusste, er würde wütend sein über ihre Wahl des Hotels.

Er war der Leibwächter, dem ihr Vater am meisten vertraute. *Das ist ein Witz,* dachte sie. Aber sie war selbst schuld, dass sie sich mit ihm eingelassen hatte. Sie hätte es besser wissen müssen. Zwei Jahre lang hatten sie ein Verhältnis gehabt, und ihr Vater wusste nichts davon. Julia war eingeweiht, hatte aber Stillschweigen geschworen. Jensen und Helena hatten es ausgiebig erörtert – Lawrences Reaktion auf die Affäre war nicht vorherzusagen. Üblicherweise erheiterte sie der Gedanke, doch jetzt war es eine Komplikation, auf die sie gut verzichten konnte. Inzwischen hatte sie sich weiterentwickelt, war erwachsen geworden.

Plötzlich hielt sie sich am Waschbecken fest – ein roter Dunst schob sich in ihr Blickfeld. Sie bekam eine Vision. Wilson war in Gefahr!

Die Dunkelheit erschien ihr taghell. Wie war das möglich?

Wilson schwamm mit letzter Kraft auf ein großes Segelboot zu. Die Wellen waren kabbelig. Er stand kurz vor dem Ertrinken! Sein Kopf tauchte unter! Dann erreichte er das Boot, gerade noch rechtzeitig, und zog sich mühsam auf das Achterdeck. Das Boot hieß *Nummer 23* und hatte einen hohen Mast mit einem roten Licht an der Spitze. Wilsons Blick schwenkte zum Hotelgelände herum.

Dann endete die Vision.

Helena wollte sich zwingen, mehr zu sehen, doch es war zwecklos.

Wilson war auf einem Boot im Jachthafen.

Helena riss die Tür auf und wollte hinausrennen, aber da stand Jensen vor ihr.

»Aus dem Weg!« Sie versuchte ihn wegzuschieben.

»Du hättest mir nicht drohen sollen«, flüsterte er wütend. »Was, wenn Lawrence dich gehört hätte?«

»Geh weg, Jensen!«

»Was hast du für ein Problem?« Er packte ihre Arme und hielt sie fest.

»Du bist mein Problem. Und jetzt lass mich vorbei!«

»Warum hast du mich nicht angerufen?«

»Ich sagte doch, es ist aus zwischen uns.« Helena wand sich los und lief mit energischem Schritt auf die Terrasse. Ihr Vater stand dort und telefonierte. Als er sie kommen sah, beendete er das Gespräch und griff in die Tasche, um ein oranges Fläschchen mit Beruhigungspillen herauszuholen.

»Die sind für dich.«

Helena zeigte darauf. »Das ist keine Lösung.«

»Wir wollen, dass es dir besser geht.«

Ihr Magen zog sich zusammen. »Pillen führen zu gar nichts.«

Lawrence starrte seine Tochter an. »Dr. Bennetswood sagte, die medikamentöse Behandlung …«

Sie fiel ihm ins Wort. »Du hast gar keine Ahnung, was los ist.« Sie blickte ihm in die Augen. »Ich brauche die Pillen nicht mehr«, sagte sie zuversichtlich. »Die Träume sind vorbei.«

Ein paar Augenblicke standen sie sich schweigend gegenüber.

»Lass mir Zeit, und du wirst sehen, dass ich weiß, was ich tue«, sagte sie.

Lawrence steckte das Fläschchen widerstrebend in die Tasche. »Ich bin nur aus Sorge um dich hier«, sagte er.

Helena beobachtete die Lichter im Hafen. »Ich habe gesagt, du sollst nicht kommen.«

Er runzelte die Stirn. »Helena, du hast ein Verkehrsflugzeug entführt! Dieser Mann, der bei dir war … er hat einen Polizisten getötet. Er ist ein Serienmörder!«

Helena dachte an ihre Visionen und schüttelte den Kopf. »Er hat niemanden getötet.«

Lawrence strich sich frustriert übers Gesicht. »Wo ist das Flugzeug jetzt?«

Sie begegnete seinem Blick. »Wir haben in Chichén Itzá eine Bruchlandung gemacht.«

»Eine Bruchlandung?«

»Ich konnte es nicht ändern.«

Lawrence starrte seine Tochter an. »Wie schlimm ist es?«

»Schlimm. Der Treibstoff ging aus, und wir mussten landen.«

»Hast du den …« Er hielt gerade noch inne. »Weißt du, wie viel mich das kosten wird?« Die Anspannung war zum Greifen. »Ich bin sehr enttäuscht, Helena. Ich hätte etwas anderes von dir erwartet.«

Ihre Erwiderung war mehr berechnend als ernst gemeint. »Es tut mir leid, Dad. Alles war außer Kontrolle. Es ging so schnell. Die Polizei war hinter uns her. Wirklich, ich konnte nichts dagegen tun.«

»Was soll das heißen – uns?«

Sie deutete in die Dunkelheit. »Er und ich.«

Lawrence packte sie am Oberarm. »Du wirst das nie wieder sagen! Verstanden? Das macht dich zur Komplizin! Herrgott, Helena!«

Sie streifte seine Hand ab. »Schon gut, schon gut. Ich verstehe dich.«

Lawrence wandte sich ab und drückte eine Taste seines Telefons. »Das ist nicht gut, Helena.« Er fluchte leise. »Aber dir ist nichts passiert, das ist das Wichtigste.« Er überlegte kurz. »Ich kenne Hanson Manning, den Besitzer von Texas Air. Das wird teuer!« Er sprach mit Stella und bat sie um eine Telefonnummer.

Helena spürte jemanden hinter sich.

»Hat er dir was getan?«, flüsterte Jensen.

»Nein.«

»Und der Bluterguss im Gesicht?«

»Ich sage doch, er hat mir nichts getan.« Sie blickte weiter aufs Wasser.

»Du warst halb nackt!«

Helena drehte sich zu ihm um. »Du hast die Aufgabe, meinen Vater zu beschützen. Ich gehe dich nichts mehr an.«

»Ich kann nicht glauben, dass du hierhergekommen bist, in dieses Hotel. Das ist unser Hotel.«

»O Gott, Jensen! Seit wann bist du sentimental?«

Lawrence beendete sein Telefonat und kam zu ihnen. »Was flüstert ihr miteinander?«

Anstatt zu antworten wandte Helena sich dem Meer zu. Lawrence folgte ihrem Blick und schaute über den Jachthafen. Esther bellte unaufhörlich und kratzte an der Tür.

»Der Hund da drinnen, wem gehört der?«, fragte Lawrence.

»Ich nehme ihn mit nach Houston«, erklärte Helena.

»Ist das *sein* Hund?«, fragte Jensen.

»Er gehört einem Mann in Bordersville, einem George Washington.«

»Wie bist du an das Tier gekommen?«, wollte Lawrence wissen.

Einer seiner Leibwächter kam schnaufend auf die Terrasse gerannt. »Wir haben alles abgesucht«, sagte er. »Er ist verschwunden.«

Jensen spähte misstrauisch in die Nacht hinaus. »Hol alle zurück. Wir umstellen die Villa. Stevens soll an die Vordertür. Ihr beide bleibt hier draußen. Ihr lasst niemanden ans Haus heran, verstanden?«

Sein Untergebener nickte.

Jensen wandte sich an Lawrence. »Ich empfehle abzureisen.«

»Nein. Wir warten bis zum Morgen«, ordnete Lawrence an. »Wir müssen vorher bei der Polizei ein paar Dinge regeln. Wir bleiben über Nacht.« Dann sagte er zu seiner Tochter: »Und du wirst mir Rede und Antwort stehen.«

»Ich werde den Hotelmanager um zusätzliches Sicherheitspersonal bitten«, sagte Jensen. »Dieser Verrückte treibt sich noch irgendwo herum.« Er fing absichtlich Helenas Blick ein. »Wer weiß, was er als Nächstes tut.«

Aber Helena wusste es schon.

In der Ferne bewegte sich ein rotes Licht stetig über das Wasser.

Die großen Segel kräuselten sich; dann blähten sie sich auf, und das Boot fuhr aufs offene Wasser zu. Wilson kam allmählich wieder zu Atem, während er zu den funkelnden Lichtern des Hotels hinübersah.

Da fiel ihm zum ersten Mal der Name des Bootes ins Auge: *Nummer 23.* Also hatte er den richtigen Fluchtweg gewählt. Das Buch Jesaja war das dreiundzwanzigste Buch des Alten Testaments. Es war ein weiterer Wegweiser.

Bartons Stimme klang ihm im Ohr: Es gibt keine Zufälle …

30.

Flughafen Cancún, Mexiko
Capriartys Privatflugzeug
28. November 2012
Ortszeit: 9.00 Uhr
Unternehmen Jesaja – vierter Tag

Die Stirn gerunzelt, legte Helena ihren Sicherheitsgurt an. Seit dem vergangenen Abend hatte sie keine Vision mehr gehabt und fürchtete, dass es damit nun vorbei war.

Jensen, der als Letzter an Bord kam, verriegelte die Tür. Lawrence und die anderen drei Leibwächter saßen bereits an ihren Plätzen. Die Kabine des Bombardier-Privatjets war schmal. Die Fenster waren rund, die Wände mit Holz verkleidet. Die Hälfte der Ledersitze, sechzehn insgesamt, zeigten nach vorn, die andere Hälfte nach hinten. Sie waren in drei Sitzgruppen aufgeteilt. Durch die Mitte verlief ein Gang. Esther, mit einem neuen Maulkorb, saß zwischen Helenas Füßen in der mittleren Gruppe. Sie wirkte verunsichert, doch Helena streichelte sie, bis sie sich hinlegte.

Lawrence lächelte die hübsche junge Stewardess an. »Tomatensaft, bitte.« Er wandte sich Helena zu. »Was möchtest du?« Sie schüttelte zur Antwort den Kopf. »Es hat keinen Sinn, noch weiter verärgert zu sein«, sagte er bestimmt. »Die Sache ist erledigt. Wir fliegen nach Hause. Und du kannst diesen albernen Hund seinem Besitzer zurückgeben.«

Helena hatte den ganzen Morgen kein Wort gesprochen.

»Eines Tages wirst du mir danken«, fügte er hinzu.

Jensen setzte sich ganz nach vorn, mit dem Rücken zu Helena, und gab sich Mühe, sie zu ignorieren. Aber er konnte nicht anders und drehte sich noch einmal um. »Kaum zu glauben, dass Mexiko mir mal gefallen hat.«

Ein langer Seufzer kam über Helenas Lippen, und sie drehte sich zum Fenster und schaute auf die Rollbahn. Den letzten zwei Minuten nach zu urteilen, würde es ein langer, nervtötender Heimflug werden. Draußen jagte ein starker Wind eine Staubwand durch die Luft.

Lewis kam aus dem Cockpit durch den Gang. Der Pilot war Anfang vierzig und trug eine schwarze Hose und ein weißes kurzärmliges Hemd mit vier Streifen auf jeder Schulterklappe. Er schüttelte Lawrence herzlich die Hand und ging wie immer neben ihm in die Hocke, um ihm vor dem Start detaillierte Einzelheiten zu nennen.

Helena kannte den Piloten ihres Vaters gut. Er stammte aus Kanada und war vor sechs Jahren mit seiner Familie von Toronto nach Houston gezogen, um, wie er sagte, seinen Traumjob anzunehmen und eine Bombardier Global Express zu fliegen. Sie war der Inbegriff des Geschäftsflugzeugs und hatte von allen die größte Reichweite und Spitzengeschwindigkeit. Wer sich mit Verkehrsflugzeugen auskannte, wusste sie zu schätzen.

Helena hörte beim ersten Satz noch zu; dann blendete sie aus, und ihre Gedanken schweiften zu Wilson zurück. Sie hatte während der Nacht immer wieder über die letzten drei Tage nachgedacht. Es gab so viele unbeantwortete Fragen, so viele komplizierte Gefühle, die sie nicht verstand.

Die Triebwerke schnurrten, als der kleine Jet ans Ende der Rollbahn kam und auf die staubige Startbahn einbog. Nach einem plötzlichen Schub schoss er mühelos in den klaren, hellblauen Himmel. Es war keine Wolke zu sehen, als er über dem Golf von Mexiko in die Kurve ging und nach Nordosten in die Morgensonne flog. So weit das Auge reichte, war der sattblaue Ozean mit Schaumkronen bedeckt, und ein böiger Wind fegte gnadenlos die Gischt von den Wellen.

Helena lehnte sich zurück. Sie würde bald in Houston sein,

wo das FBI auf sie wartete. Nicht um sie festzunehmen, sondern um ihr Fragen zu stellen, was passiert war und warum. Ihr Vater hatte alles geregelt; in der Hinsicht war er erstaunlich. Er hatte mit Hanson Manning eine Vereinbarung getroffen, der – offenbar unter Druck – zugestimmt hatte, dass Helena eine unfreiwillige Teilnehmerin des Flugzeugdiebstahls gewesen war. Texas Air würde die Versicherung beanspruchen, doch als Bestechung wechselte eine beträchtliche Summe den Besitzer. Da Manning ein harter Verhandlungsgegner war, würde er aus der Sache als Gewinner hervorgehen. Als überraschende Wende der Geschichte blieb Commander Visblat verschwunden, und die Anklage gegen Helena wegen Bordersville wurde fallen gelassen.

Lawrence hatte seiner Tochter immer wieder eingeschärft, keine illegale Handlung zuzugeben. Sie sollte entschieden abstreiten, dass sie ihre Waffe auf den Texas-Air-Piloten gerichtet und ihn aus dem Cockpit eskortiert hatte. Man würde behaupten, dass sie zu diesem Zeitpunkt gar keine Waffe gehabt habe, weil Wilson sie ihr abgenommen habe.

Der Jet erreichte die Reiseflughöhe, und die Stewardess nahm die Bestellungen fürs Frühstück entgegen. Helena beschäftigte sich, indem sie aufs Meer starrte.

Die Zeit verging.

Plötzlich verschwamm ihr die Sicht, und das Gefühl einer telepathischen Verbindung stellte sich ein. Die ganze Nacht hatte sie gehofft, dass es wieder geschehen würde. Aber diesmal war es anders: Ein blauer Dunst umgab das Bild, kein roter.

Wilson lehnte am Steuerrad eines Einmasters mit schwarzen Kevlarsegeln – einer Beneteau-Jacht. Die Wellen waren gewaltig. Während die Jacht in die dunkel türkisfarbenen Wellentäler stürzte, fegte der Wind mit Sturmstärke übers Deck. Die Gischt sprühte hoch in die Luft, wenn der Bug eine Welle teilte, und landete auf der anderen Seite in einem endlosen Kreis, immer und immer wieder.

Wilson fühlte das Ruder unter der Wucht des Windes zittern. Das Salzwasser brannte ihm im Gesicht. Es war belebend und beängstigend zugleich. Er hatte das Meer immer geliebt, aber noch nie so erlebt. Der Wellengang nahm stetig zu, und der Windmesser zeigte vierzig Knoten. Die Segel knarrten, das Boot krängte mächtig.

Helena verspannte sich, als sie die Szene verfolgte. Wenn Wilson einen Teil der Segel reffen würde, wäre das Boot leichter zu handhaben, aber sie hatte keine Möglichkeit, den Rat zu übermitteln. Die Beneteau stieg auf einen Wellenkamm, als Helena in der Ferne eine Insel aus dem Wasser ragen sah. Sie verschwand, sowie sich das Boot ins Tal neigte, um einen Augenblick später wieder zu erscheinen, als der nächste Kamm erreicht wurde.

Wilson hielt hart darauf zu.

Helena verkrampfte die Finger um die Armlehnen. Sie hatte das Gefühl, brutal auf und nieder zu gerissen zu werden. Dann war die Vision schlagartig vorbei. Sie machte die Augen auf und schaute sich ängstlich um. Zum Glück waren alle mit Essen beschäftigt. Helena sprang von ihrem Sitz auf und lief zum gegenüberliegenden Fenster. Wilson war nah – sie konnte es spüren. Da, in der Ferne, lag die Insel, auf die er zuhielt. Sie suchte mit Blicken das Wasser ab. Kein Segler war zu sehen. Er musste direkt unter ihnen sein.

»Dad«, begann sie zuckersüß und legte ihm sanft eine Hand auf die Schulter. »Da drüben ist eine Insel, die ich mir gerne näher ansehen würde. Hast du was dagegen, wenn wir ein bisschen tiefer fliegen?« Lawrence wirkte abgeneigt, doch sie schaltete ihren töchterlichen Charme ein, ehe er ablehnen konnte. »Bitte, Dad, es würde mir viel bedeuten.« Ihre Stimme war wie Sirup. »Wir haben doch keine Eile. Nur fünf Minuten, ja? Mehr nicht.«

Lawrence drohte mit seinem Buttermesser. »Aber nur einen kurzen Blick, junge Dame!«

Helena schloss die Cockpittür, nahm sich ein Headset und setzte sich hinter die beiden Piloten. »Warren, da drüben liegt eine Insel.« Sie zeigte rechts aus dem Fenster. »Ich habe gerade mit meinem Vater gesprochen, wir würden sie uns gerne aus der Nähe ansehen.«

Captain Lewis war sehr entgegenkommend. »Sicher, Helena«, sagte er und schaltete die automatische Steuerung aus.

»Ich habe auch ein hübsches Segelboot gesehen«, meinte sie. »Vielleicht könnten Sie einen Vorbeiflug wagen. Das macht Ihnen doch nichts aus?«

Er drehte den Kopf zu ihr und sagte gutgelaunt: »Ganz sicher nicht. Es wird mir sogar Spaß machen.« Er übernahm das Steuer, um Fahrt zurückzunehmen. »Ich hörte, Sie haben in Mexiko ein kleines Abenteuer erlebt.«

»So kann man es nennen«, meinte sie ausweichend.

»Nun … es freut mich, dass Sie wieder in Sicherheit sind.« Er bedachte sie mit einem flüchtigen Lächeln.

Der Jet flog in sanften Kurven zum Meer hinab, das im Fenster immer deutlicher und blauer wurde. Als sie in einer weiteren Kehre nach Osten flogen, kam ein schwarzes Kevlarsegel in Sicht.

»Das ist es!«, sagte Helena aufgeregt. Die Jacht zog stark zur Seite geneigt durch die Wellen. An Deck war ein einzelner Mann zu sehen. Helena fasste an die Fensterscheibe, als wollte sie hinausgreifen.

Wilson hörte das Flugzeug erst, als es fast neben ihm war. Er wischte sich die Gischt von den Augen und sah es vorbeisausen, sehr tief und nur ein paar Hundert Meter entfernt. Er hatte auf tausend Dinge zu achten; stattdessen klebte sein Blick an der Hand, die gegen die Cockpitscheibe gedrückt wurde.

Er hatte keinen Zweifel, wem diese Hand gehörte.

Ein seltsames Gefühl der Sicherheit durchströmte ihn. Er wusste jetzt, dass Helena ihn überall finden würde, selbst hier draußen auf dem offenen Meer. In diesem Moment brach eine Riesenwoge, eine wahre Wasserwand, über den Bug der *Nummer 23,* hüllte Wilson ein und drohte ihn über Bord zu spülen. Die Wucht des Wassers trieb ihm den Atem aus der Lunge, doch sein Lächeln blieb.

Helena fühlte die Kälte der Scheibe an der Handfläche. Sie war glücklich und traurig zugleich. Die übersinnliche Verbindung zwischen ihr und Wilson war nicht zu leugnen, und das war beruhigend. Sie sehnte sich seine Nähe herbei.

Die Cockpittür schwang auf, und Lawrence erschien in der Öffnung. »Das reicht, Warren«, sagte er gebieterisch. »Man wartet auf uns.«

»Nein, Moment noch!«, widersprach Helena, um noch eine Sekunde herauszuschlagen.

»Ich sagte, das reicht!«, schnauzte Lawrence. »Zurück nach Houston.«

Wilson beobachtete, wie das Flugzeug aufstieg und dem Horizont entgegenflog. *Nummer 23* tauchte in ein neues Wellental. Eine schäumende blaue Wasserwand rauschte über den Bug und raste das Deck entlang auf ihn zu, um seinen geschwächten Körper in den durchnässten Kleidern zu überschütten. Helena war wieder fort – und Wilsons Lächeln ebenfalls.

31.

Kalifornien, Amerikanischer Kontinent
Mount Whitney, Sierra Nevada
17. Mai 2081
Ortszeit: 11.12 Uhr
6 Tage vor dem Transporttest

Ein Wald aus Mammutbäumen bedeckte den Berghang. Ihre kurzen, dicken Äste waren dicht belaubt. In ihrem Schatten war es dunkel. Einige Bäume waren gut fünfzig Meter hoch; ihre Stämme hatten einen Umfang von fünf Metern. Barton sagte, sie seien über zweitausend Jahre alt – die ältesten und größten Organismen der Erde. Wie bei allem machte Barton die Wanderung zu einer Unterrichtsstunde.

Der Leiter des Mercury-Teams lief den steinigen Weg mühelos hinauf. Alle paar Minuten blieb er stehen, den Wanderstock in den Boden gestemmt, und drehte sich nach Wilson um.

»Es ist jetzt nicht mehr weit«, sagte er wieder. »Es wird sich lohnen.«

Sie trugen Wanderausrüstung: weiße Overalls, Rucksäcke, gelbe Survival-Westen, Wanderstiefel. Aber Wilson sah nur äußerlich nach einem Wanderer aus. Er schwitzte und die Höhe – inzwischen 2400 Meter – machte ihm das Atmen schwer. Barton dagegen wirkte frisch.

»Sie hätten mir sagen können, dass es so schwierig wird«, keuchte Wilson. »Dann wäre ich nicht mitgekommen.«

Barton löste die Wasserflasche vom Gürtel und trank einen Schluck. »Sie müssen auf das Unerwartete vorbereitet sein. Das Wichtigste ist die Disziplin, durchzuhalten«, sagte er und ging weiter.

»Wir haben nur noch sechs Tage für die Vorbereitungen«, stöhnte Wilson und betrachtete den Wald. »Ich kann nicht glauben, dass Sie mich hierher schleppen.«

Barton kam die paar Schritte zurück, packte Wilson am Ärmel und zog ihn vorwärts. »Es ist nicht mehr weit.« Er blickte auf sein Navigationsgerät, das er um den Hals hängen hatte. »Keine zwei Kilometer.«

»Ich glaube nicht, dass die Zeit gut genutzt ist.«

Barton ließ ihn los. »Sie ist sogar ausgezeichnet genutzt.«

Nach einer Weile gelangten sie aus dem Schatten des Waldes über die Baumgrenze, und der Weg wurde flacher, als er über ein schmales, einsames Plateau führte, das stufenförmig zu einem fernen Gipfel anstieg. Wilson fiel das Atmen leichter, als fühlte er sich in der offenen Landschaft freier. Die Wärme der Sonne auf dem Rücken tat gut.

Dreißig Minuten lang liefen sie, ohne zu reden.

Nach dem Aufstieg über den steiler werdenden Hang kam Barton als Erster auf dem Gipfel an. Ringsum sah man nur Berge, die wie erhabene Tempel in den Himmel ragten. Wilson taten die Beine weh, als er die letzten Schritte machte. Dann nahm er zum ersten Mal die Aussicht in sich auf. Es verschlug ihm schier den Atem. Das war Natur in ihrer schönsten Pracht. Am blassblauen Himmel stand keine einzige Wolke. Breite, frei dahinströmende Flüsse teilten die Täler. Der Wald war üppig grün, die Luft kühl. Ein Weißkopfadler zog über ihnen seine Kreise.

Es war paradiesisch.

Barton atmete tief durch. »Dieses Gebirge ist entstanden durch die San-Andreas-Störung, die unter uns verläuft, denn hier stoßen die Nordamerikanische und die Pazifische Platte aneinander.« Er zeigte nach links. »Die Pazifische Platte liegt da drüben; sie schiebt sich langsam nach Norden.« Er zeigte nach rechts. »Dort ist die Nordamerikanische Platte, die sich nach Süden bewegt. Das Ergebnis haben wir hier vor uns.« Er war sichtlich begeistert. »Was für eine wundervolle Welt.«

Es folgte ein kurzes Schweigen; dann sagte Barton: »Wilson, ich habe Sie hierher gebracht, um Ihnen das Wichtigste beizubringen, was ich je gelernt habe.«

Wilson drehte sich zu ihm um.

»Richten Sie Ihre Gedanken immer auf das Positive. Das ist unerlässlich. Ich kann es gar nicht oft genug betonen.« Barton war kein bisschen außer Atem. »Ihr Geist kann sich nicht dagegen wehren, was in Ihrem Innern ist. Negativität ist mit Abstand Ihr größter Feind. Versuchen Sie, sich möglichst auf den Augenblick zu richten.« Er schaute in die Umgebung. »Es hat keinen Zweck, Sie auf solch ein Unternehmen vorzubereiten, wenn Sie nicht die richtige Einstellung haben. Dann nützt das ganze Training nichts. Sie müssen sich auf den Augenblick richten.«

Wilson beklagte sich wie ein enttäuschtes Kind. »Haben Sie mich vierzig Kilometer wandern lassen, um mir das zu sagen?«

»Sie ignoranter Kerl!« Barton klang heiser vor Zorn. »Sie müssen begreifen, wie wichtig das ist! Nicht was Sie gelesen haben oder was Sie zu wissen glauben, ist von Bedeutung – sondern wie Sie sich bei dem Einsatz verhalten. Darum sind wir hier. Wenn Sie den Auftrag angehen, wie Sie diese Wanderung angehen, werden Sie versagen!«

Wilson war sprachlos. So hatte Barton noch nie mit ihm gesprochen.

»Ihre Gedanken, Wilson, sind selten auf die Gegenwart gerichtet. Sie schauen immer in die Zukunft, und Sie haben eine Tendenz zum Negativen. Wenn Sie nichts daran ändern, werden Sie den Auftrag verpatzen.« Der harte Blick, den der Wissenschaftler gezeigt hatte, verschwand, und seine Stimme klang wieder freundlich. »Sie haben ein schwieriges Unternehmen vor sich, in physischer, emotionaler und intellektueller Hinsicht. Sie werden in eine andere Zeit reisen. Allein die Vorstellung übersteigt das rationale Denken. Nichts, was wir tun, kann Sie darauf vorbereiten, nur das, was ich Ihnen eben gesagt habe: Seien Sie positiv, zielstrebig und auf den Augenblick gerichtet, dann haben Sie eine Chance.«

In dieser Sekunde änderte sich etwas in Wilsons Psyche. Er schauderte. Es war unerklärlich, so als habe ihn die harte Realität getroffen und sich fest in ihm verankert. Bartons Worte brannten sich in sein Gedächtnis ein. *Positiv, zielstrebig, auf den Augenblick gerichtet.*

Zufrieden, dass er zu Wilson durchgedrungen war, zeigte Barton mit ausgestrecktem Arm auf die Landschaft. »Wenn Sie unter Druck stehen, wenn Sie ihn richtig zu spüren bekommen, dann will ich, dass Sie an diesen Ort hier denken.« Er schwieg ein paar Augenblicke. »Hören Sie auf, die Dinge vorhersehen zu wollen. Nehmen Sie alle Fakten in sich auf, aber lassen Sie Ihre Spekulationen über die weitere Entwicklung.« Er schwenkte den Arm. »Dieses Gebirge besteht seit Jahrtausenden. Es entwickelt sich, und doch bleibt es immer gleich. Das ist sehr tröstlich, und daran sollen Sie sich erinnern.«

Sie setzten sich ins Gras.

»Das Gebirge wird es noch geben, wenn wir beide längst tot sind«, fügte Barton hinzu.

Wilson nahm den Anblick in sich auf, die Berggipfel, die Wälder, die Farbe des Himmels, den Lauf des Flusses im Tal. Er versuchte sich vorzustellen, wie die tektonischen Platten unter ihnen sich gegeneinander verschoben. Und dennoch wirkte dieser Ort vollkommen friedlich. So war es mit vielen Dingen im Leben: Da war mehr, als es den Anschein hatte – man musste nur nah genug hinsehen.

Die nächsten fünf Minuten fiel kein Wort. Wilson bemühte sich, die vielen Gedankengänge zu entwirren, die in ihm wucherten. Er würde an diesen Platz zurückdenken, wenn er in Schwierigkeiten steckte, nahm er sich vor. Doch er fühlte eine überwältigende Furcht, die ihm wie ein Stein auf dem Herzen lag.

»Es ist schwer, positiv zu denken, weil ich nicht verstehen

kann, wieso gerade ich es bin, der den Auftrag ausführen soll«, sagte Wilson.

»Das ist Ihre Bestimmung.«

»Aber was heißt das, Bestimmung?«

Barton lehnte sich zurück und stützte sich auf die Ellbogen. »Ich will Ihnen etwas erzählen ... es hat auch mit den Qumran-Rollen zu tun. Wissen Sie noch, ich habe mal über Flavius Vespasian gesprochen, den römischen Heerführer, der nach der Vernichtung der zwölften Legion nach Judäa geschickt wurde.«

»Natürlich ... als die Schriftrollen in den Höhlen versteckt wurden.«

»68 vor Christus, um genau zu sein. Kaiser Nero setzte Vespasian an die Spitze der Offensive, nachdem dieser einmal eingeschlafen war, während der Kaiser eines seiner Gedichte vortrug. Sie sehen, viele glaubten, dass die Rückeroberung Judäas und die Zerstörung Jerusalems eine undurchführbare Aufgabe sei. Die Juden, angeführt von Josephus, hatten ihre Stärke und Gerissenheit bereits unter Beweis gestellt, als sie die zwölfte Legion vernichteten, und viele im Senat befürchteten, dass Judäa Rom die Weltherrschaft streitig machen würde. Außerdem waren die Mauern Jerusalems hoch und ihre Verteidigung stark.«

»Vespasian wurde also zu einem unmöglichen Unternehmen ausgeschickt?«, fragte Wilson.

Barton lächelte. »Vespasian war ein begabter Heerführer, und er sammelte die fünfte und die zehnte Legion um sich und marschierte auf Judäa. Sein Sohn Titus führte die fünfzehnte Legion von Ägypten heran, und sie trafen sich vor den Mauern Jerusalems. Als ihnen klar wurde, dass sie keinen Durchbruch erzielen würden, ohne enorme Verluste oder sogar die Niederlage zu riskieren, verlegte Vespasian sich darauf, das übrige Land nach und nach einzunehmen.«

»Da wurden dann die Schriftrollen versteckt.«

»Richtig. Auf einen direkten Angriff Jerusalems zu verzichten war Vespasians klügster Schachzug. Er konnte dadurch das

Meiste von dem erreichen, was er in Judäa wollte, weil sich der Großteil der jüdischen Truppen innerhalb der Stadtmauern befand.«

Barton nahm einen Schluck aus seiner Wasserflasche. »Nach der siebenundvierzigtägigen Belagerung von Jotapata nahm er schließlich Josephus gefangen und schickte sich an, ihn als Geschenk für Nero nach Rom bringen zu lassen.« Bartons Augen funkelten. »Jetzt wird es interessant. Josephus verlangte eine Audienz bei Vespasian, die ihm widerwillig gewährt wurde. Dort bezeichnete er sich als Abgesandten des einen Gottes. Er sagte zu Vespasian: Du wirst Kaiser werden, oh Vespasian, du und dein Sohn.« Barton hielt den Zeigefinger hoch. »Doch es gab Bedingungen. Josephus sollte nicht zu Nero gesandt werden, und ihm durfte nichts geschehen.«

»Und was geschah dann?«

»Vespasian hatte keine Aussicht, Kaiser zu werden«, sagte Barton. »Dafür musste man mindestens Senator sein. Trotzdem war er von der Prophezeiung so tief beeindruckt, dass er den Boten Gottes nicht nach Rom bringen ließ. Er hielt ihn weiter in Gefangenschaft, aber in Judäa. Natürlich war Nero außer sich. Das war ein eklatanter Verstoß gegen seine Anordnung. Er wollte Josephus unbedingt durch die Straßen Roms führen und dann öffentlich hinrichten lassen.«

Barton trank noch einen Schluck. »Ehe das Jahr vorbei war, geriet das Imperium in Aufruhr. Nero wurde entthront und beging Selbstmord. So begann eine der unruhigsten Zeiten in der römischen Geschichte. Auf Nero folgte Galba, der von Otho umgebracht wurde. Otho wurde von Vitellius vom Thron gestoßen, und dieser beging am Ende Selbstmord. Während dieser zwei Jahre wurde Flavius Vespasian – mitten im Krieg gegen die Juden – von seinen Soldaten zum Kaiser ausgerufen, im Juli 69 nach Christus.«

»Die Prophezeiung traf also ein?«

»Noch nicht ganz. Der Senat weigerte sich, Vespasian als Herrscher anzuerkennen, und so war er gezwungen, seine ihm treu ergebenen Soldaten aus Moesia, Pannonia und Illyricum zu schicken, um sich den Thron zu erkämpfen. Das Schlachtfeld war Rom, wo seine Truppen auf die Prätorianergarde stießen, die Beschützer der kaiserlichen Stadt, und auf die Legionen Galliens und des Rheinlands. Nach einer erbitterten Schlacht gewannen Vespasians Soldaten schließlich die Oberhand und brannten dabei versehentlich halb Rom nieder. Da dem Senat nichts anderes übrig blieb, billigte er Vespasian als Herrscher. Zur selben Zeit besiegte Vespasian die Juden und brannte Jerusalem nieder – was sein Auftrag gewesen war.«

Wilson war erstaunt.

»Und so begann die Herrschaft der Flavier«, fuhr Barton fort. »Eine der glücklichsten Zeiten der römischen Geschichte. Sie sah die Festigung römischer Macht in Britannien, den Bau des Colosseums und, noch bedeutsamer, die Gründung der jungen römisch-katholischen Kirche. In vielerlei Hinsicht ermöglichte Josephus' Prophezeiung der Christenheit, in der modernen Welt Fuß zu fassen. Und ihm ist es gewissermaßen zu verdanken, dass die Qumran-Rollen heute noch existieren.«

»Was wurde aus Vespasian?«, fragte Wilson.

»Er wurde fast siebzig Jahre alt und starb eines natürlichen Todes. Sein Sohn Titus wurde nach ihm Kaiser – das erste Mal, dass der Purpur vom Vater auf den Sohn vererbt wurde.« Barton lächelte. »Als letzte sonderbare Fußnote der Geschichte adoptierte Vespasian Josephus, und der einstige Feind Roms wurde Flavius Josephus, der den Rest seiner Tage als römischer Bürger verbrachte.«

»Wow! In göttliche Prophezeiungen sollte man sich auf keinen Fall einmischen«, meinte Wilson.

Barton blickte seinem Gen-EP in die Augen. »Ganz genau. Das ist Bestimmung.«

Einen Moment lang war die Schwere in Wilsons Brust vergangen.

Wieder breitete sich Schweigen aus.

Barton betrachtete die Landschaft und sagte schließlich: »Wissen Sie, ich komme seit fünfunddreißig Jahren hierher. Ich habe diesen Platz entdeckt, als ich einen Fluss mit Forellen auskundschaftete, der sich Angel Falls nennt. Da kann man übrigens großartig fischen.«

»Ihr Nachname ist norwegisch, nicht wahr?«

»So ist es.«

»Die Norweger waren doch Fischer, oder?« Wilson hatte den Namen in Data-Tran nachgeschlagen.

»Früher kontrollierten die Ingersons fast die ganze Fischereiwirtschaft Norwegens.« Barton lachte leise. »Der Spaß am Fischen ist bei mir erblich. Fischen Sie auch gern?«

Wilson nickte. »Ja, aber ich hatte kaum Zeit dazu.«

»Ich nehme Sie zum Angel Falls mit, wenn Sie wieder da sind.«

Das war ein nettes Angebot. Denn es setzte darauf, dass er zurückkehrte.

Wieder schwiegen sie eine Zeitlang.

»Haben Sie sonst noch Weisheiten für mich?«, fragte Wilson.

»Ich möchte, dass Sie sich auf das konzentrieren, was ich Ihnen bereits gesagt habe.«

Wilson bewunderte Barton dafür, nie ein Wort zu viel zu sagen.

»Mein Leben wird zusehends besser. Meine Mentoren zumindest«, meinte Wilson, legte sich ins Gras und schaute zum Himmel. »Wollen Sie wissen, was positives Denken ist? Der wird Ihnen gefallen: Ein Mann kommt in eine Bar und macht sich an die schönste Frau ran, die er finden kann. Er sagt zu ihr: ›Wenn Sie erraten, was ich in den Händen halte, werde ich bereitwillig mit Ihnen schlafen.‹« Wilson hatte ein breites Grinsen im Gesicht. »Die Frau ist offensichtlich angewidert von der Anmache und spielt natürlich nicht mit. Also sagt er: ›Kommen Sie, raten Sie einfach mal.‹ Um ihn loszuwerden, antwortet die Frau: ›Einen zwei Tonnen schweren Elefanten.‹ Der Mann späht vorsichtig zwischen seine Hände und sagt: ›Die Antwort können wir gelten lassen – wir haben einen Gewinner!‹ Meinen Sie das mit positivem Denken?«

Barton verzog keine Miene. »Gott steh uns bei.« Nach kurzer Überlegung sagte er: »Nun, vielleicht«, und dann musste er lächeln.

Wilson lachte. »Sehen Sie, ich habe Ihnen doch zugehört.«

»Es scheint so.« Barton legte sich ebenfalls nieder und verschränkte die Hände hinter dem Kopf. »Wissen Sie, als ich anfangs das Buch Jesaja entschlüsselt habe, war ich überzeugt, dass es sich um einen Scherz handelt. Doch als ich weiter übersetzte, wurde unmissverständlich klar, dass alles echt war.« Er fuhr sich durch die spröden weißen Haare. »Ich entschlüsselte etwas, von dem ich wusste, dass es unbestreitbar wahr war – nämlich dass die Zeit sich beschleunigte. Jedes Jahr ging schneller vorbei als das vorherige.«

»Warum ist das so?«

»Dazu muss ich Ihnen eine kurze Physikstunde erteilen.« Barton freute sich, weiter dozieren zu können, und setzte sich auf. »Die Erde ist ein großer Felsbrocken, der durchs All kreist. Sie ist von unserer Atmosphäre umgeben, und diese wiederum von der Ionosphäre.« Barton streckte die Fäuste vor sich. »Die Erde ist negativ geladen.« Er streckte den linken Daumen nach unten. »Der Raum und die Energie, die von der Sonne kommt, sind positiv geladen.« Er streckte den anderen Daumen nach oben. »Das Problem ist, unsere Atmosphäre – die dazwischen liegt – ist ein sehr guter elektrischer Leiter.« Er stieß die Fäuste aneinander und tat, als würden sie voneinander abprallen.

»Elektrizität fließt vom Negativen zum Positiven. Demzufolge gibt es ein kontinuierliches Elektrorauschen in der Atmosphäre. Und diese Schwingung bestimmt viele Gesetze der Natur.«

»Und die Elektrizität in der Atmosphäre kann die Geschwindigkeit der Zeit beeinflussen?«, fragte Wilson.

»Beinahe. Es ist die Magnetfrequenz der Erde, die das bewirkt. Der Grund, warum unsere Atmosphäre eine so große Rolle spielt, ist der, dass die Magnetfrequenz der Erde von der elektrischen Energie kalibriert wird, die aus dem All kommt. Ich habe einige Forschungen angestellt, und dabei bin ich auf die Schumann-Resonanz gestoßen.« Barton erklärte, dass ein deutscher Wissenschaftler namens W. O. Schumann seit Mitte der 1950er Jahre die elektromagnetische Resonanzfrequenz der Erde gemessen hatte.

»Sie müssen enttäuscht gewesen sein«, meinte Wilson.

»Wieso?«

»Sie konnten sie nicht mehr die Ingerson-Resonanz nennen.«

»Auch nicht sehr witzig.« Barton erklärte, wie die Resonanzfrequenz in den letzten fünfundzwanzig Jahren exponentiell gewachsen war. »Sie sehen, die Schumann-Frequenz steht in direkter Beziehung zur Geschwindigkeit der Zeit. Nach dem Buch Jesaja liegt die ideale Frequenz der Erde bei 6,53 Hertz.«

»Das ist die Frequenz der Kupferrolle.«

»Sie haben es sich gemerkt, das ist gut.« Barton stützte sich mit einer Hand auf den Boden. »Wenn die Magnetfrequenz der Erde groß genug ist, beschleunigt sich die Zeit. Sie haben es selbst gespürt. Jedes Jahr vergeht schneller. Aber es gibt noch andere handfeste Anzeichen. Die Erdatmosphäre erwärmt sich. Es gibt mehr Erdbeben, Tsunamis, Vulkanausbrüche, Stürme, Dürren. Das hat alles damit zu tun, dass die Erde sich zu rekalibrieren versucht. Das ist auch der Grund, warum Wale stranden.« Barton hatte eine unendliche Liste an Symptomen parat. »Bei Menschen verursacht das eine Schwächung des Immunsystems, Fehlgeburten, chronische Müdigkeit, verstärkte Aggression und Gewalt.«

»Gewalt?«

»Ja. Jedes Lebewesen, ob Pflanze oder Tier, hat seine eigene

Aura. Die Schumann-Resonanz kann diese Aura gefährden. Nach meinem Verständnis wird man umso gewalttätiger und paranoider, je mehr die Aura von einer signifikant höheren Frequenz durchdrungen wird.«

»Wie hoch war die Schumann-Frequenz vor fünfundsiebzig Jahren?«, fragte Wilson.

»Das ist eine sehr gute Frage. Nach dem Buch Jesaja standen die Dinge zur letzten Jahrhundertwende am schlechtesten. Als ich mir die Daten angeschaute habe, stellte ich fest, dass die Schumann-Frequenz stark abwich. Meine Berechnungen zeigten, dass ein Vierundzwanzigstundentag sich ungefähr wie ein Zwölfstundentag von heute anfühlte. Dann reduzierte die Schumann-Frequenz sich plötzlich auf das normale Maß. Der Grund ist der, dass diese Realität«, Barton zeigte auf den Boden, »auf einer Öffnung der Portale und einer Wiederherstellung der Schumann-Frequenz basiert.«

»Auf welchen Tag fällt es?«

»Ich halte es für wichtig, dass wir unsere Aufmerksamkeit nicht auf Tagesangaben richten.«

»Ist das denn nicht der Tag, an dem ich die Portale öffnen soll?«

»Tatsächlich verhält es sich andersherum. Der Tag, an dem Sie die Portale öffnen, ist auch der Tag, an dem sich die Schumann-Frequenz reduziert. Sie sehen, wir leben in einem holographischen Universum. Alle Zeit existiert simultan.«

»Aber Sie sagten, dass die Schumann-Frequenz schon vor über siebzig Jahren verringert wurde. Warum dann der ganze Aufwand?«

»Weil die Zeit nicht wie eine Schnur ist, die von einem zum anderen Ende verläuft. Alles existiert gleichzeitig, und wir haben die Pflicht, unsere Rolle in der Vergangenheit zu spielen. Ich will Ihnen ein Beispiel geben. Wenn Sie bei dem Auftrag versagen, wenn Sie beispielsweise getötet werden, würde theoretisch alle Zeit in diesem holographischen Universum sofort aufhören zu existieren. Nach meiner Einschätzung würde ein anderes Universum geschaffen, mit einer völlig anderen Geschichte und einer anderen Zukunft.«

Wilson wollte nicht mehr darüber nachdenken – es war zu viel.

»Als Einstein fünfzehn Jahre alt war, stellte er sich eine Frage: Was würde passieren, wenn man sich mit Lichtgeschwindigkeit bewegt und dabei in einen Spiegel schaut? Die Antwort ist: Man würde nichts sehen, weil das Licht vom Gesicht den Spiegel nicht erreicht. Nach meiner Beurteilung wird genau das passieren, wenn Sie keinen Erfolg haben. Alles wird aufhören zu existieren.«

»Wie gut, dass ich nicht unter Druck stehe«, erwiderte Wilson. Seine Gedanken drehten sich im Kreis. »Sehen Sie, ich verstehe das mit der Elektrizität aus dem Raum und ihrer Wirkung auf die Schumann-Frequenz, aber warum ist eine Kalibrierung nötig?«

Barton rieb sich das Kinn. »Sie wird von der Bevölkerungszahl beeinträchtigt.«

»Sie meinen, die Menschen haben Einfluss auf die Schumann-Frequenz?«

»Bei über sechs Milliarden Menschen, ja.«

»Und je höher die Schumann-Frequenz, desto gewalttätiger die Menschen?«, fragte Wilson.

»So scheint es. Und je gewalttätiger und haltloser die Menschen, desto höher steigt die Schumann-Frequenz. Das ist eine schreckliche Spirale.« Barton erklärte, dass die Frequenz durch die Zeitportale justiert werden könnte, um die magnetische Energie auf ein bestimmtes Maß zu kalibrieren. Das gewährleiste die Existenz dieses bestimmten holographischen Universums.

Die beiden sprachen noch zwei Stunden lang über das bevorstehende Unternehmen, den Transportprozess und die Energieportale. Barton griff in die Tasche und zog eine handgeschriebene Notiz heraus. »Hier ist ein Abschnitt des entschlüsselten Jesaja-Buches. Die Rolle wurde im Jahre 24 vor Christus in Qumran geschrieben. Ich glaube, Sie sollten das mal lesen.«

Wilson nahm den Zettel und faltete ihn auseinander.

Für den Reinen sind alle Dinge rein, doch für die, die verdorben sind und nicht glauben, ist nichts rein. Mutter Erde wird in eine Spirale geraten, wenn die Zeit ihr rechtes Maß verloren hat. Das wird eine Zeit des Aufruhrs und Verrats, wenn die Ungerechten die Schwachen berauben. Mutter Erde wird zurückschlagen mit tosendem Wetter, erbitterten Stürmen, sengender Hitze, aber das wird nicht genug sein.

Zu dieser Zeit wird der Aufseher berufen sein, zu stärken, was geschwächt ist. Der Aufseher muss makellos sein, kein Anhänger, aber reinen Herzens, einer ohne offensichtlichen Glauben. Der Aufseher muss an der Herausforderung festhalten, sodass er unter Führung der Klanglehre die Kräfte der Gegenseite überwinden kann. Wie es geschrieben steht, dass das Licht die Finsternis besiegt.

Mit zitternden Händen faltete Wilson das Papier zusammen und gab es zurück. Plötzlich empfand er einen unvorstellbaren Druck.

Barton steckte das Papier ein. »Richten Sie sich einfach danach, dann wird Ihnen nichts passieren.«

Karibisches Meer
130 Seemeilen südlich von San Juan, Puerto Rico
2. Dezember 2012
Ortszeit: 15.23 Uhr
Unternehmen Jesaja – achter Tag

Wilson erinnerte sich, welche Angst er gehabt hatte, als er zum ersten Mal den entschlüsselten Text aus dem Jesaja-Buch sah; ihm war regelrecht schlecht gewesen. Es stand so viel Geschichte hinter dem, was er tat. Barton hatte das Schicksalhafte seiner Reise betont; wenngleich der Gedanke schwer zu akzeptieren war, erkannte Wilson, dass diese Bestimmung real war – das Leben Vespasians war ein Beweis dafür. Wenn er an dessen Aufstieg zum Kaiser dachte, sah er seine Erfolgsaussichten optimistischer.

Plötzlich hörte er ein Zischen.

Er sprang auf und ging zu der Angel, die am Heck ins Wasser hing. Die Spule drehte sich schnell. Der Wasser rings um das Boot war ruhig; ein leichter Wind blies in die Kevlarsegel. In der Ferne ragten Inseln über den Horizont. Wilson zog an der Angel. Die Schnur spannte sich, und ein silbern glänzender Thunfisch sprang aus dem kobaltblauen Wasser. Sein stromlinienförmiger Schwanz peitschte hin und her.

Wilson trug nur Shorts und Sonnenbrille; seine Wunde war ziemlich weit verheilt. Er hatte gut gegessen und wieder etwas zugenommen, nachdem er durch seinen Nachtigall-Befehl Gewicht verloren hatte. Es war heiß, und er verbrachte die Tage mit Angeln und lag in der Sonne, während ein günstiger Wind das Boot stetig nach Osten trieb.

Wilson bekam die Kräfte des Fisches zu spüren, als er ihn mit angespannten Muskeln einzuholen versuchte. Er sprang den Bewegungen der Leine entgegengesetzt auf dem Deck umher und verstand jetzt, warum Barton so gerne fischte. Nach einem guten Kampf zog Wilson den Thunfisch an der Heckwand hoch und an Deck. Er nahm ein Messer und stieß es dem Fisch in den Kopf, wie er es schon viele Male getan hatte. *Nummer 23* hatte reichlich Wasser in den Tanks, aber kaum Lebensmittel in der Kajüte. Er war aufs Angeln angewiesen.

Wilson suchte den Horizont ab. Es waren keine Schiffe zu sehen. Dann blickte er auf den Navigationscomputer. Nachdem er den Golf von Mexiko verlassen hatte, war er südlich von Kuba entlanggesegelt und befand sich jetzt bei den Kleinen Antillen – einem Streifen Koralleninseln, die die Bahamas mit Südamerika verbanden.

Das würde sein letzter Blick auf Land sein, bis er die Küste Marokkos erreichte. Zufrieden, dass er unterwegs zum afrikanischen Kontinent war, legte er sich mit dem Kopf auf ein Kissen und beobachtete das Hauptsegel, das sacht im Wind schlug. Der warme Sonnenschein war wie Balsam für Körper und Seele.

Wilson fragte sich, ob Helena ihn wohl in diesem Moment beobachtete. Es war beruhigend gewesen, sie vorbeifliegen zu sehen. Tröstlich. Er überlegte, ob ihre übersinnliche Verbindung nur aus der Nähe funktionierte, aber das war unmöglich zu sagen.

Das Boot glitt ruhig dahin.

Wilsons Gedanken wandten sich Visblat zu. Er hatte in den vergangenen Tagen zahlreiche Theorien über diesen Mann aufgestellt, von denen viele hanebüchen waren; bei keiner ergab sich ein stimmiges Bild. Noch nicht. Eines war jedoch sicher: Visblat wusste, warum Wilson hier war. Er würde ihn erwarten.

War das zweite Portal manipuliert worden? Er hatte keine Möglichkeit, sich zu vergewissern. Aber fürs Erste war der Plan einfach – den Atlantik überqueren, durch die Straße von Gibraltar ins Mittelmeer segeln, von dort ins Nildelta einbiegen und nach Süden bis Kairo segeln.

32.

Kalifornien, Amerikanischer Kontinent
Mercury Building, Untergeschoss A5 – Mercury-Labor
17. Mai 2081
Ortszeit: 21.12 Uhr
6 Tage vor dem Transporttest

Der Abend war schon fortgeschritten, als Wilson und Barton im Firmengebäude ankamen. Noch in Wanderkleidung betraten sie das hochgesicherte Transportlabor. Barton sah gut aus; der Tag an der frischen Luft hatte bei ihm Wunder gewirkt.

»Da sind wir«, sagte er.

Wilsons Blick wurde sofort von der großen, durchsichtigen Kugel angezogen, die unter einem Punktstrahler dicht über dem Boden schwebte. Sie war von drei glänzenden Titanringen umgeben, die wie silberne Hula-Hoop-Reifen aussahen und auf komplizierte Weise um die Oberfläche zu kreisen schienen.

»Das ist die Imploder-Kugel«, erklärte Barton. »Oder der Transportbehälter, wie ich es nenne.« Ringsherum standen sechsundfünfzig Laserkanonen – Fünf-Terawatt-Partikelzerstäuber – in unterschiedlichem Winkel montiert, die alle auf die Mitte zeigten.

Der Anblick machte Wilson nervös. Nur ein Idiot würde sich in seine Moleküle zerlegen und auf dreihunderttausend Kilometer in der Sekunde beschleunigen lassen. »Vielleicht bin ich wirklich der Richtige dafür«, sagte er. Er ging zwischen den Laserkanonen hindurch und berührte die glatte Außenfläche des Behälters. Sie fühlte sich warm an. »Das Ding vibriert!«

Barton nickte. »Es ist aus Kristall. Wenn es auf die richtige Temperatur erhitzt wird, oszilliert die Kohlenstoffverbindung. Das ist ein Schlüsselelement beim Zeitreiseprozess. Mit der Temperatur des Behälters können wir die Frequenz der Energie im Innern ändern und so die Zeit bestimmen, in die wir Sie schicken.« Barton legte die Hand auf einen der Titanreifen.

»Was hat die Vibration des Behälters damit zu tun?«

»Je höher die Frequenz, desto weiter reisen Sie in die Vergangenheit. Also je heißer der Transportbehälter, desto weiter reisen Sie zurück.«

»Ja, aber wie? Warum?«

Barton legte die hohlen Handflächen aneinander. »Die Erde ist von einem elektromagnetischen Feld umgeben. Der Zeitreiseprozess findet statt, indem man Energie durch das Magnetfeld schickt. Der Transportbehälter erlaubt uns, Materie in reine Energie umzuwandeln und diese Energie in das Magnetfeld zu schießen – und zwar dadurch.« Er zeigte auf ein rautenförmiges Gerüst, das am Ende des Raumes in der Luft hing. Dutzende dicker Stromkabel führten von dort zu einer Reihe Konduktoren. »Diese vier Titanrohre sind stark geladene Magnetpole, die in entgegengesetzter Richtung liegen. Wenn wir sie mit genügend Elektrizität versorgen – ungefähr zwanzig Petawatt –, öffnen die gegensätzlichen Kräfte einen Spalt im Magnetfeld der Erde. Das nennen wir einen Z-Pinch. Theoretisch ergibt sich ein Wurmlocheffekt. Abhängig von der Frequenz der Energie, die hineingeht – das ist der Zeitpunkt der Wiederherstellung.«

Wilson war einer Panik nahe. Nur Bartons Selbstvertrauen und die Ruhe in seinem Blick hielten ihn davon ab, völlig die Nerven zu verlieren.

Barton sagte: »Ihre individuelle Chromosomenstruktur erlaubt uns, Sie hiermit auseinanderzunehmen.« Er zeigte auf die Laserkanonen. »Sie werden Ihre Moleküle in Energie umwandeln, die als Quark-Gluonen-Plasma bekannt ist. Dann werden Sie mit einer verschlüsselten Frequenz in das Magnetfeld der

Erde gesaugt.« Er zeigte auf das rautenförmige Gerüst. »Das ist der Inflator.«

»Sind Sie sicher, dass das funktioniert?«, fragte Wilson zweifelnd.

»Ich habe das nicht erfunden, nur gebaut«, antwortete Barton.

Das war es nicht, was Wilson hören wollte.

Der Leiter des Mercury-Teams lächelte. »Ich bin sicher, dass es gut geht.« Zum ersten Mal schien es, als wäre er unsicher.

Wilsons Mut befand sich im freien Fall. »Lullen Sie mich nicht ein, Barton. Wird es funktionieren oder nicht?«

Barton sah wieder gleichmütig aus. »Nichts ist sicher, Wilson. Aber ich versichere Ihnen von ganzem Herzen: Ich bin überzeugt, dass es funktioniert. Ich glaube, dass wir das Richtige tun. Das ist Bestimmung. Ich würde das nicht sagen, wäre ich nicht davon überzeugt.« Diesmal schwankte sein Gesichtsausdruck nicht.

Wilson starrte auf die Zeitmaschine. Weil er sie nicht durchschaute, jagte sie ihm Angst ein. Das war eine natürliche Reaktion, die sich jedoch nicht abstellen ließ.

Barton, der seine Angst spürte, sagte: »Ich muss etwas gestehen.« Er stand aufrecht und gelassen da. »Es gibt einen zweiten Gen-EP-Kandidaten – jemanden mit den gleichen genetischen Bausteinen wie Sie. Er war mein Ersatzmann für den Fall, dass die Lage sich anders entwickelt hätte.« Barton rieb sich das Kinn. »Ich sage Ihnen ausdrücklich: Ich bin überzeugt, dass Sie der Aufseher sind.«

»Ich bin dafür, dass wir den anderen Kerl rausschicken«, sagte Wilson trocken.

Barton schüttelte den Kopf. »*Sie* sind der Aufseher, Wilson. Ganz sicher.«

Angst und Neugier hielten sich bei Wilson die Waage. »Und wenn es doch nicht funktioniert? Ich meine … das Ganze.«

Barton überlegte kurz und sagte: »Es wird funktionieren. Das Buch Esther wurde …«, er suchte nach den richtigen Worten, »es wurde von Gott selbst geschrieben. Eine bessere Versicherung gibt es nicht.«

»Wir sollten trotzdem in Erwägung ziehen, den anderen Kerl zu schicken.«

Das Labor hatte eine dicke, leicht grünliche Glaswand. Dahinter befand sich der Hauptkontrollraum. Das Mercury-Team war da. Barton freute sich, sie zu sehen. »Es war ein sehr langer Tag«, flüsterte er. »Also passen Sie auf, was Sie sagen.« Er ging mit Wilson einen schmalen Flur entlang, bog zweimal nach links um eine Ecke und nickte ihm ermunternd zu, ehe er die Tür aufdrückte.

Zahlreiche dreidimensionale Hologramme schwebten in der Luft. Alle zwölf Mitglieder des Teams taten Dienst; einige standen, andere saßen. Auf jedem Bildschirm liefen Simulationsprogramme. Stiller Fleiß bestimmte die Atmosphäre.

Davin sah auf, offensichtlich überrascht. »Sie sind wieder da!«

»Wie läuft's?«, fragte Barton.

»Wir sind fast fertig.« Davin steckte sich einen Schokoladenkeks in den Mund. Die halb leere Schachtel lag vor ihm auf dem Schreibtisch.

Lebhaft wie immer sprang Karin von ihrem Stuhl auf und hielt stolz ihr digitales Arbeitsblatt hoch. Ihre kastanienbraunen Haare waren tadellos, ihre Augen strahlten. Als Barton ihre Arbeitsergebnisse nahm, berührte er sacht ihre Hand und blieb in dieser Haltung. Es geschah ganz unauffällig, doch Wilson bemerkte es. Er sah auch den Blick, den die beiden tauschten. Es war ein zu langer, bedeutungsvoller Blick. Barton klatschte in die Hände und beendete den Moment zwischen ihnen.

»Das ist phantastisch!«, sagte Barton zu seinem Team. »Ich danke Ihnen für Ihre Bemühungen. Das war ein sehr schwieriges Projekt, und ich weiß die Opfer zu schätzen, die Sie gebracht haben.« Er legte eine kurze Pause ein. »Ich habe gute Neuigkeiten!« Alle hörten gespannt zu. »Ich habe Wilson Dowling als Transportperson gewählt. Bitte berücksichtigen Sie das bei Ihren Gleichungen. In sechs Tagen werden wir ihn auf eine Entdeckungsreise schicken.«

Es gab einen kurzen Applaus.

Andre trat mit düsterem Gesicht zu Barton und flüsterte ihm ins Ohr: »Ich muss Sie sprechen, unter vier Augen.«

»Was gibt es für ein Problem?«, fragte Barton.

Davin zeigte sich durch das Verhalten des Jungen genauso irritiert.

»Aber gewiss, Andre, gehen wir nach draußen.« Barton zog die Tür auf und deutete auf den Flur. »Sie auch, Wilson.«

»Ich möchte allein mit Ihnen sprechen!«, beharrte Andre.

Barton blieb fest. »Kommen Sie bitte mit.« Er winkte beide durch die Tür und machte sie hinter sich zu. »Nun, was gibt es?«

»Ich kann das nicht vor Wilson besprechen«, sagte Andre. »Es geht um ihn.«

Barton verzog keine Miene. »Wilson, warten Sie bitte da drüben.«

Wilson entfernte sich ein Stück, während hinter ihm ein gedämpftes Gespräch in Gang kam. Zuerst blieb es ruhig, doch die Stimmen wurden lauter und bekamen einen angespannten Tonfall. Andre begann zu jammern und zu klagen; es klang hörbar verzweifelt. Wilson warf einen Blick über die Schulter. Barton stand mit verschränkten Armen da und war überhaupt nicht glücklich. Andre zeigte anklagend in Wilsons Richtung.

Tu mir einen Gefallen, Kind, dachte Wilson. *Sag Barton, er soll den anderen Kandidaten nehmen, dann bin ich dir ewig dankbar.* Er lehnte sich an die Wand und gab sich Mühe, nicht hinzuhören, was gesprochen wurde. Es gab so viel anderes, woran er denken konnte. Zeitreise zum Beispiel; er fragte sich, ob Schmerzen damit verbunden wären. Als er wieder hinübersah, hatten sich auch Davin und Karin zu der Flurabordnung gesellt.

Barton wirkte aufgebracht. »Es tut mir leid, Andre«, sagte er laut, »da gibt es nichts mehr zu diskutieren! Es bleibt dabei.« Er rief Wilson herbei. Dann zog er Andre das Mercury-Schild vom Kittel und sagte zu Karin: »Holen Sie mir Andres Arbeitsblatt. Sofort!«

Sie zögerte einen Moment, dann eilte sie ins Labor.

Wilson schlenderte gemächlich zu den anderen. Es stand nicht allzu gut um die Idylle im alten Mercury-Land.

Andre war blass geworden. »Sie machen einen Fehler«, murmelte er.

»Bringen Sie ihn weg«, befahl Barton.

Alle machten ein finsteres Gesicht, als Davin den Jungen wegführte. Andre sah Wilson in die Augen, als sie vorbeigingen; der Blick schrie seine traurige Wut heraus.

»Was ist denn los?«, fragte Wilson.

Barton war erregt. »Es scheint, wir haben dem jungen Burschen zu viel zugemutet.« Kurz darauf kam Karin und reichte Barton das digitale Arbeitsblatt. Barton prüfte sorgfältig die Seite; dann sagte er: »Karin, kümmern Sie sich um Wilson. Sorgen Sie dafür, dass er in sein Zimmer zurückkommt.« Damit ging er wie betäubt den Flur hinunter.

Wilson wandte sich Karin zu. »Worum ging es eigentlich?«

»Andre wurde aus dem Team entlassen«, erklärte sie kühl. »Er wurde erwischt, wie er das Überwachungssystem benutzte. Was für ein dummer Junge.«

Wilson verstand nicht, warum Barton ihm nicht davon erzählt hatte – sie hatten den ganzen Tag zusammen verbracht. Er musste doch davon gewusst haben.

»Andre war für das Team sehr nützlich«, sagte Karin bedauernd.

Einen Moment lang standen sie schweigend beieinander.

»Wie kommt es nur, dass wir beide immer auf einem Flur herumstehen?«, meinte Wilson, um die Stimmung aufzulockern, und dachte an ihre erste Begegnung an der Pacifica University.

»Ja, es scheint sich zu wiederholen, nicht wahr?«, erwiderte Karin. »War das Ihr erster Besuch im Transportlabor?«

»Ja.« Er blickte ihr ins Gesicht. »Dort sollen offenbar meine Moleküle mit Lichtgeschwindigkeit zerlegt werden. Danke übrigens, dass Sie mich hergebracht haben.« Seine Stimme triefte von Sarkasmus. »Mein Leben war vorher schrecklich langweilig.«

Sie ließ ein makelloses Lächeln sehen. »Kommen Sie mit rein, ich werde Sie herumführen.«

Karin zeigte ihm alles und stellte ihn den Teammitgliedern vor, die er noch nicht kannte. Sie war ein Muster professioneller Freundlichkeit. Es war bemerkenswert, dass sich niemand an Andres plötzlichem Verschwinden zu stören schien. Wilson stand an der Glaswand und schaute in das Labor, wo der Transportbehälter drohend unter einer Reihe Lampen leuchtete. Aus irgendeinem Grund fühlte er sich unwohl.

»Sind Sie nervös?«, fragte Karin.

Wilson starrte die Kristallkugel an. »Wären Sie es nicht?«

Ihr Tonfall blieb heiter. »Das Mercury-Team wird Sie durch die Sache durchbringen.« Wie sie ihre glänzenden braunen Haare zurückwarf, bot sie ein Bild des Selbstvertrauens. »Ich finde, Sie sind sehr tapfer. Ich bin beeindruckt.« Sie musterte ihn von oben bis unten. »Ja, sehr tapfer.«

»Ich glaube, *dumm* trifft es eher.« Wilson kannte die Wahrheit über das bevorstehende Unternehmen und die Reise in die Vergangenheit; Karin würde ihm sicher beipflichten, wenn sie davon wüsste.

»Nein, eindeutig tapfer«, bekräftigte sie, als wollte sie auf die Lebensgefahr anspielen, die damit verbunden war.

33.

Nil, Ägypten
Acht Kilometer nördlich von Kairo
20. Dezember 2012
Ortszeit: 16.40 Uhr
Unternehmen Jesaja – sechsundzwanzigster Tag

Von der Wüste wehte ein unzeitig warmer Wind heran.

In der Ferne malte ein helloranger Sonnenuntergang seine satten Farben an den hohen afrikanischen Himmel, und der gewaltige Nil spiegelte das Bild auf seiner windbewegten Oberfläche. Der längste Fluss der Erde war in dieser Gegend die einzige Lebensquelle. Eine riesige Wasserfläche von mehreren Hundert Metern Breite und über sechstausend Kilometern Länge, so floss er, von den höher gelegenen Nebenflüssen im Süden gespeist, durch acht Länder, ehe er Ägypten erreichte und die Sahara durchquerte, um sich schließlich ins Mittelmeer zu ergießen.

Wie Wilson allein am Ruder der *Nummer 23* stand, in langen Hosen, mit nacktem Oberkörper, Kappe und Sonnenbrille, hätte er eine Reklame aus einem Reisemagazin sein können. Die Fahrt von Mexiko hatte drei Wochen gedauert, und er war braungebrannt und unrasiert, seine Haare länger und von der Sonne gebleicht.

An beiden Ufern standen üppige Baumwollpflanzen; ihre grün-goldenen Stängel schimmerten im Licht. Als Ersatz für die jährliche Überschwemmung des Nils pumpte ein komplexes Bewässerungssystem das Wasser meilenweit ins Inland. Man mochte sich leicht vorstellen, dass es in Ägypten gar keine Wüste gab, doch ab und zu schauten die Sanddünen über das Grün und offenbarten ihre Existenz.

Der Fluss war mit Booten bevölkert, ägyptische Feluken mit breitem, flachem Rumpf und Setteesegeln. Wilson lächelte, als er an den unfreundlich blickenden, alten Männern vorbeikam, die die Boote steuerten. Mit einer Haut wie altes Leder machten sie den Eindruck, als besegelten sie das Gewässer schon ihr Leben lang. Jedem hing eine selbst gedrehte Zigarette von den Lippen, während sie gelassen im Zickzack ihre Fracht stromaufwärts und stromabwärts beförderten.

Wilson stellte sich vor, wie es hier vor Tausenden von Jahren ausgesehen hatte: große ägyptische Kriegsschiffe voller bewaffneter Soldaten, die den Fluss patrouillierten, denn der Nil brauchte permanente Bewachung – vor den Römern im Norden und den Nubiern im Süden, da man auf diesem Weg am leichtesten in das Land eindringen konnte. Doch die Pharaonen schützten den Strom mit großem Geschick, und keinem Heer war je eine Invasion per Schiff gelungen.

Wilson beschwor immer neue Bilder aus der Vergangenheit.

Auf dem Nil wurde rosa Granit, Basalt und Alabaster aus den fernen Steinbrüchen bei Aswan transportiert. Die Materialien wurden in Verbindung mit Sandstein verwendet, der in der Nähe gebrochen wurde, um damit die mächtigen Pyramiden zu bauen. In der Tageshitze zogen Männer, nur mit einem Lendentuch bekleidet, mit Seilen vom Ufer aus enorme Lastkähne. Es musste erstaunlich gewesen sein, eine Wiege der modernen Zivilisation. Doch diese Gesellschaft hatte seit den Tagen der Pharaonen viele Umbrüche erlebt. Die Liste der Eroberungsheere, die dieses Land durchquert hatten, war lang, und die Ägypter hatten viel gelitten – unter den Persern, den Griechen, den Römern, den Türken, Arabern, Franzosen und Engländern. Das Land trug für immer die Narben der Besatzung.

Ein sattes Rot überzog jetzt den Himmel, als die Sonne hinter den Horizont tauchte, und das ruhige Wasser des Nils schimmerte in derselben Farbe. Allmählich drang der Großstadtlärm heran. Kairo, die größte Stadt Afrikas, kam langsam ins Blickfeld.

Eine luxuriöse Motorjacht jagte in Wilsons Richtung heran – eine britische Sunseeker. Das Dröhnen der Dieselmotoren wirkte hier deplatziert. Am Heck fächerte ein breites Kielwasser über dem glatten Fluss aus und zwang die Feluken zu drastischen Manövern, damit sie den Wellen mit dem Bug begegnen konnten. Das war ein Land der Kontraste, fand Wilson, wo die Moderne auf das Altertum traf wie die Wüste auf den breiten Strom.

In der dunstigen Ferne glitzerte ein Dutzend Wolkenkratzer, die das Stadtzentrum markierten. Und Wilson wusste, dass jenseits des Tales, nur zehn Kilometer entfernt, auf einem Wüstenplateau die Pyramiden von Gizeh standen.

Kalifornien, Amerikanischer Kontinent
Mercury Building, Garten
18. Mai 2081
Ortszeit: 8.45 Uhr
5 Tage vor dem Transporttest

Der Tisch war ordentlich fürs Frühstück gedeckt. Wie Barton angeordnet hatte, war alles fettarm und gesund: Müsli, frisches Obst, Joghurt, Vollkorntoast. Es gab sogar Vegemite, damit Wilson sich zu Hause fühlte. Der Duft von frischem Kaffee hing in der Luft.

»Jetzt das zweite Portal«, sagte Barton und tippte mit dem digitalen Marker auf sein Arbeitsblatt, worauf ein detailliertes Diagramm erschien. »Ägypten ist viel komplexer.«

»Wie komme ich von Mexiko nach Ägypten?«, fragte Wilson.

»Das sollte relativ einfach sein. Wir können später noch darüber reden.« Barton drückte den Marker auf das Dokument, und es wurde dreidimensional und bot bemerkenswerte Details wie ein interaktives Video. »Das ist die Chephren-Pyramide bei Kairo. Dieses viertausendfünfhundert Jahre alte Bauwerk ist das zweite Portal, wie im Jesaja-Auftrag gesagt wird. Die nächststehende ist die Cheops-Pyramide. Das sind die höchsten Pyramiden der Welt. Die Cheops ist einhundertachtunddreißig Meter hoch, die Chephren nur ein paar Meter niedriger.« Barton tippte erneut auf das Arbeitsblatt. »Sie betreten das Portal hier via Sphinx.«

Wilson hatte schon viele Fotos der ominösen Sandsteinstatue gesehen: ein massiger, auf dem Bauch liegender Löwe mit ausgestreckten Vorderpfoten und aufrechtem Kopf, der die Züge des Pharaos Chephren trug. Am Rand der Seite erschienen sachliche Informationen:

```
Die Sphinx
Länge: 57 Meter
Breite: 6 Meter
Höhe: 20 Meter
Erbauer: Pharao Chephren, 4. Dynastie,
   2558-2532 v. Chr.
Arabischer Name: Abu al-Hol
   (Vater des Schreckens)
```

»Warum Vater des Schreckens?«, fragte Wilson.

»Es heißt, dass jeder, der die Sphinx berührt, bis in alle Ewigkeit verflucht ist«, sagte Barton. »Die Legende behauptet, dass sich das Tier bei Nacht aus dem Boden erhebt und in der Dunkelheit umherstreift, um die Seelen derer zu verschlingen, die sie zu entweihen drohen. Und das hat einen guten Grund, denn sie ist der Eingang zum zweiten Portal.«

Barton zog eine direkte Linie von der Sphinx zur Chephren-Pyramide. »Das sind mehr als 500 Meter. Sie gehen durch einen geheimen Eingang.«

Der erschien in allen Einzelheiten auf dem Bildschirm.

»Er liegt zwischen den Vorderpfoten hinter der Traumstele. Sie werden sich einige Hieroglyphen einprägen müssen.« Er lächelte flüchtig. »Da Sie bereits Hebräisch gelernt haben, dürfte Ihnen das nicht weiter schwerfallen.

Sobald Sie drinnen sind«, Barton zog seinen Marker unter dem Fußweg durch, »führt ein Tunnel Sie zur Pyramide. Von da an wird es kompliziert.« Er trank einen kleinen Schluck Kaffee. »Sie betreten das Chephren-Labyrinth, eine Reihe von Treppen und Gängen. Es gibt fünf Entscheidungskammern, die Sie erfolgreich passieren müssen, um in die Pyramide zu gelangen – das heißt, Sie müssen Entscheidungen treffen. Sie werden angestrengt lernen müssen, um diesen Abschnitt hinter sich zu bringen, und ich kann Ihnen bei den Fragen nicht helfen, weil ich nicht weiß, wie das Rätsel jeweils lauten wird. Es heißt, die Rätsel wechseln jeden Tag.«

Wie soll das möglich sein?, dachte Wilson. Er schaute auf das Frühstück, doch der Appetit war ihm vergangen. Ihm gingen zu viele Szenarien durch den Kopf.

Nil
Kairo, Ägypten
20. Dezember 2012
Ortszeit: 17.20 Uhr
Unternehmen Jesaja – sechsundzwanzigster Tag

Als Wilson sich dem dämmrigen Ufer näherte, vergewisserte er sich, dass seine Sonnenbrille sicher von dem Gummiband festgehalten wurde. Er holte die Segel ein, und *Nummer 23* glitt zwischen eine Gruppe Feluken und legte sacht am sandigen Ufer an. Wilson sprang an Land. Zum ersten Mal seit Wochen hatte er festen Boden unter den Füßen, und seine Beine begannen zu zittern.

Der Aluminiummast ragte imposant vor ihm auf, und er stellte fest, dass er den Anblick inzwischen liebte. Eines Tages würde er sich genau so ein Segelboot kaufen, wenn er lebend nach Hause zurückkommen würde. Er legte zärtlich die Hand an den Bug, da ihm klar war, dass er *Nummer 23* wahrscheinlich nicht wiedersehen würde; das hieß auch, dass er ein neues Transportmittel würde finden müssen, wenn er in Gizeh fertig war. Wenn Chichén Itzá als Maßstab gelten konnte, würde hier das Chaos herrschen, sobald er das zweite Portal aktiviert hatte.

Autos und Motorroller rasten in wildem Durcheinander durch die Straßen von Kairo, als gäbe es keine Verkehrsvorschriften. Die Menschen eilten die Bürgersteige entlang, zumeist Männer in Anzügen, doch hin und wieder sah man auch einen Bettler, der nur ein paar Fetzen am Leib trug. An den Straßen standen abwechselnd moderne, hell erleuchtete Bürogebäude und heruntergekommene Häuser, die aussahen, als wären sie seit hundert Jahren unbewohnt. Während Wilson zuversichtlich zu einer lauten Straßenecke schlenderte, erschien Kairo ihm in seinen Ausmaßen wie jede andere Großstadt. Gerade darauf hatte er gehofft: lebhaftes, anonymes Treiben, wo er sich bewegen konnte, ohne aufzufallen. Er war im Auftrag einer uralten Prophezeiung unterwegs, sagte er sich, und nichts sollte ihn aufhalten.

Wilson war keine fünf Blocks weit gekommen, als ein stämmiger Mann in einem rot und weiß gestreiften Gewand an ihn herantrat. Er sprach Englisch mit arabischem Akzent.

»Sie brauchen einen Führer, ja?«

Wilson schüttelte den Kopf. »Brauche ich nicht.«

Der kleine Ägypter fasste Wilson am Handgelenk. »Ich zeige Ihnen Sehenswürdigkeiten, ja? Prächtige Stadt. Ja, prächtig! Alt, schön, wundervoll!« Der dunkelhäutige Einheimische war nicht einmal eins sechzig groß und hatte einen gepflegten Knebelbart. Ein roter Fez mit schwarzer Troddel saß schräg auf seinem Kopf. Ihm war deutlich anzusehen, dass er gern aß und trank – nach seiner umfangreichen Taille zu urteilen. Die einer Schwangerschaft im siebten Monat entsprach, schätzte Wilson.

»Bitte, Herr … ich zeige Ihnen Sehenswürdigkeiten«, bot der Ägypter erwartungsvoll an.

Wilson wand sich los. »Nein, danke.«

»Ich bin Farouk Nasser«, sagte der Mann stolz. Er sprach ein bisschen schleppend. »Der beste Fremdenführer von Kairo. Ich zeige Ihnen alles.«

Sein Atem roch nach Alkohol. Farouk war merklich unsicher auf den Beinen. Er zeigte in die Richtung, wo der Fluss lag, und deutete mit den Händen ein Boot an. »Sie sind mit dem Segelboot gekommen, ja? Ich zeige Ihnen die besten Hotels. Bars. *Frauen.*« Er ließ seine dicken Hüften kreisen. Als er sah, dass Wilson sich von seiner sinnlichen Vorführung nicht locken ließ, schlug er etwas Anspruchsvolleres vor. »Eine Tour durch die Altstadt, ja? Pyramiden. Wollen Sie ein Taxi? Ich bringe Sie überallhin.«

»Wie komme ich nach Gizeh?«, fragte Wilson.

Farouk lächelte breit. Seine schiefen Zähne hatten braune Flecke. »Ich bringe Sie morgen hin. *Zuerst* Hotel. *Feines* Hotel!«

Wilson schüttelte den Kopf. »Ich will jetzt zu den Pyramiden.«

»Das ist nicht gut. *Morgen!* Zuerst Hotel.«

Leute eilten an ihnen vorbei.

»Sagen Sie mir, wie ich zu den Pyramiden komme«, verlangte Wilson erneut.

»Nicht gut jetzt!«, wiederholte Farouk heftig. *»Morgen!«*

Wilson machte Anstalten, weiterzugehen. »Wenn Sie mir den Weg nicht sagen wollen, meinetwegen.«

Farouk huschte ihm in den Weg und riss die Arme hoch. »Ich habe Familie, Herr. *Kranke Kinder!* Sie brauchen Essen. Medizin. Wir gehen morgen, ja?«

»Nein.«

Farouk packte Wilson am Handgelenk und hielt ihn fest. »Nachts ist es nicht sicher, Herr!«, flehte er.

Durch sein festes Zupacken erschrocken, riss Wilson sich los, und Farouk geriet ins Taumeln. Er schwankte nach vorn und hinten, rang ums Gleichgewicht und landete doch auf seinem wohl gepolsterten Hinterteil. Bei dem Aufprall sprangen allerhand Münzen aus seinen Taschen und rollten über das Pflaster. Er wirkte ein wenig ratlos, wie er in diese Lage gekommen war.

»Nicht sicher, Herr«, wiederholte er. Ein Wagen fuhr vorbei und tauchte die Straße einen Moment lang in helles Licht. »Viele Soldaten in Gizeh. Keine Touristen«, fügte er hinzu.

Soldaten in Gizeh?, wunderte sich Wilson.

Farouk kroch auf Händen und Knien umher, um sein Geld aufzuklauben.

»Was für Soldaten?«, fragte Wilson und zog den Ägypter auf die Beine.

»Viele Soldaten«, antwortete Farouk vage, während er eine Faust voll Kleingeld in die große Tasche an seinem Gewand steckte. Er klopfte sich den Staub ab; sein optimistisches Grinsen hatte er nicht eingebüßt. »Wir gehen morgen nach Gizeh, ja? Nur bei Tag.«

»Sie bringen mich jetzt hin«, sagte Wilson. »Wo geht's lang?«

Farouks Gesicht nahm einen belustigten Ausdruck an. »Aaah!« Er lachte. »Ihr Leute aus dem Westen seid alle gleich. Ich sage: Nicht sicher, und ihr kümmert euch nicht darum!« Er wedelte mit seinem dicken Zeigefinger. »Kein Gizeh heute Nacht, sage ich … viele Soldaten.« Er trat ein paar Schritte zurück, wobei er noch betrunkener wirkte, drehte sich um und ging in mehr oder weniger gerader Linie den Bürgersteig hinunter.

Etwas Glänzendes in der Straßenmitte auf dem Kopfsteinpflaster erregte Wilsons Aufmerksamkeit. Es schien eine Silbermünze zu sein, wahrscheinlich eine von Farouks. Wilson sah sich unter den vielen Menschen nach dem kleinen schwankenden Mann um und stellte fest, dass er verschwunden war. Er wartete, bis eine Horde Motorroller vorbeigerattert war, dann eilte er auf die Fahrbahn und hob das Geldstück auf.

Es fühlte sich vertraut an. Sehr vertraut.

Es war ein Ägyptisches Pfund.

Die Münze war in makellosem Zustand, in demselben Jahr geprägt wie seine Schicksalsmünze. Auf der einen Seite waren die Pyramiden, auf der anderen, unbeschädigt, das Porträt der Königin von England. Wenn der Zufall etwas bedeutet, dachte Wilson, war er genau da, wo er sein sollte. Er erinnerte sich an das lächelnde Gesicht seines Großvaters. Das war ein gutes Omen. Er ließ das Pfund in seine Brusttasche gleiten und knöpfte sie zu.

34.

Kairo, Ägypten
Westviertel
20. Dezember 2012
Ortszeit: 23.17 Uhr
Unternehmen Jesaja – sechsundzwanzigster Tag

Nachdem Wilson beschlossen hatte, die Hauptstraßen zu meiden, irrte er stundenlang umher. Die abseits gelegenen Straßen Kairos waren zumeist eng, düster und mit Steinen gepflastert. Er bog erneut in eine namenlose Gasse ein und blieb stehen, um den Touristenstadtplan zu studieren, den er unterwegs gefunden hatte. Immer nach Osten laufen, sagte er sich. Vor allem suchte er nach einem Pizza-Hut-Restaurant, das es in der Nähe der Pyramiden geben sollte. Leider war das der beste Hinweis, den sein Stadtplan geben konnte.

Die Gasse wand sich durch ein bürgerliches Viertel, wo viele verschieden gebaute, zweistöckige Reihenhäuser standen, von denen, wenn überhaupt, nur wenige Fenster auf die Straße blickten. Die meisten hatten eine Terrasse auf dem Dach, wo man abends im Kühlen sitzen konnte. Zu dieser Stunde waren nicht viele Lichter zu sehen.

Wilson gedachte, heil zur Sphinx zu gelangen und unbemerkt einzudringen. Waren in Gizeh wirklich Soldaten postiert, die auf ihn warteten?

Er würde den Schutz der Dunkelheit und seine Omega-Programmierung nutzen – *die Sache wird schon klappen,* dachte er, um eine positive Haltung bemüht. Im Dunkeln würde ihn keiner bemerken. Doch im Hinterkopf blieb die Frage, ob das zweite Portal manipuliert worden war. Er hatte sich zwar bewusst entschlossen, Visblats Warnung zu ignorieren, aber sie belastete ihn.

Plötzlich fiel helles Licht in die Gasse, als sich ein Vorhang teilte und eine alte Frau hinter dicken Stahlstäben erschien. Sie musste über neunzig sein. Und ihrem Aussehen nach zu urteilen zum Glück nicht gefährlich.

Dennoch wollte er von ihr nicht gesehen werden und duckte sich unter den Fenstersims, wo er flach atmend ausharrte. Die alte Frau zündete ein Streichholz an und hielt die Flamme mit zittrigen Händen an eine lange, dünne Pfeife. Ihr hageres Gesicht war von einem Netz aus Falten überzogen, ihre Haare waren weiß und flaumig. Um die fleischlosen Schultern trug sie einen roten Umhang.

Sie sieht aus wie Tante Martha, dachte Wilson.

Kleine Rauchwolken zogen hinaus in die Gasse, ein angenehmer Geruch, und Wilson fand, er habe eine bessere Chance, nicht entdeckt zu werden, wenn er an seinem Platz blieb, als wenn er versuchte, sich davonzustehlen.

Als die alte Frau zu Ende geraucht hatte, klopfte sie die Pfeife an den Gitterstäben aus, und die Glut fiel neben Wilson auf den Boden. Als sie die Vorhänge zuziehen wollte, bemerkte sie ihn.

Wilson legte stumm den Zeigefinger an die Lippen.

»Pssst«, machte er leise.

Zur Antwort glitt der Lauf einer Schrotflinte durch die Gitterstäbe!

Wilson sprang auf und rannte im Zickzack davon, um der Alten kein Ziel zu bieten.

Die Waffe donnerte, und eine hellrote Flamme schoss auf ihn zu.

Wilson warf sich auf den Boden. Das Schrot sprengte Löcher in die gegenüberliegende Hauswand, und der Putz spritzte über die Pflastersteine.

Nachdem der Rückstoß die Alte ins Zimmer gezwungen hatte, stieß sie den Lauf ein zweites Mal zwischen die Gitterstäbe. Wilson ergriff die Gelegenheit und machte einen Satz auf sie zu, anstatt weg, wand ihr das Gewehr aus den Händen und warf es zu Boden.

Dann hob er den Zeigefinger an die Lippen. »Ich sagte *pssst …!*«

Einen Moment lang starrten sie sich stumm an.

Ich konnte Tante Martha nie besonders leiden, dachte Wilson.

Plötzlich stieß die Alte einen Schrei aus, der das Blut in den Adern gerinnen ließ – laut und schrill wie der letzte Anflug eines Kamikaze-Piloten. Er war furchterregender als der Schuss aus der Schrotflinte.

In den umliegenden Häusern gingen die Lichter an.

Fenster wurden aufgerissen.

Wilson sprintete zum Ende der Gasse, bog nach rechts ab und stand endlich vor dem Pizza-Hut-Restaurant. Die Türen waren mit Vorhängeschlössern gesichert, dahinter war alles dunkel.

In der Nachbarstraße schrie Kairo-Martha sich die Lunge aus dem Hals.

Wilson überquerte die Straße und rannte direkt in die Sanddünen. Die Stadt hatte sich bis an den Rand des Gizeh-Plateaus ausgebreitet und nur wenige Meter vor den alten Gräberstätten Halt gemacht. Der Anblick zweier gigantischer Pyramiden traf ihn unvorbereitet; sie waren näher, als er geglaubt hatte, und zeichneten sich gegen den Nachthimmel ab. Dass so nah dabei ein Pizza-Hut-Restaurant stand, rief seinen Zynismus wach. Er konnte sich kaum vorstellen, dass die alten Pharaonen das gebilligt hätten.

Die Cheops-Pyramide war die größte und stand am nächsten, dahinter die Chephren-Pyramide, das zweite Portal. Sie war an der scharfen Spitze leicht zu erkennen, da das obere Drittel noch die ursprüngliche Kalksteinverkleidung aufwies.

Die dritte große Pyramide, die des Mykerinos, war von dieser Stelle aus nicht zu sehen. Wahrscheinlich war sie von den beiden anderen verdeckt, da sie viel kleiner war. Ein diesiges Licht strahlte von der Stadt in den Nachthimmel auf, der Mond war nicht zu sehen. Der einzige Stern war der deutlich sichtbare Polaris im Sternbild des kleinen Wagens.

Wilson rutschte eine steile Sanddüne hinunter in die Dunkelheit. Der Sand knirschte unter seinen Füßen, als er auf allen vieren die nächste hinaufstieg und schließlich in die finstere Ruinenstätte hinunterschaute.

»Aktiviere Opossum«, flüsterte er.

Mein Gott …

Die Dunkelheit gab den Anblick der kolossalen Pyramiden in ihrer ganzen Schönheit preis. Sie waren riesig, hoch wie Berge, viel größer als erwartet. Diese Kolosse hatten viereinhalbtausend Jahre lang den Elementen widerstanden. Wilson erinnerte sich an das arabische Sprichwort, das Barton erwähnt hatte: Der Mensch fürchtet die Zeit, die Zeit fürchtet die Pyramiden.

Am Fuß der beiden großen war der flache Wüstenboden von Steingräbern übersät. Es waren Hunderte. Ein alter Friedhof. Die Mastabas, flache Grabbauten von zwei Metern Höhe, waren in senkrechten Reihen angeordnet. Darin waren die Adligen der vierten und fünften Dynastie bestattet.

Drei kleinere Pyramiden, in denen Cheops' Lieblingsfrauen lagen, flankierten die Westseite der Mastabas. Sie waren fünfundzwanzig Meter hoch, wirkten aber im Vergleich zu den großen wie Spielzeuge.

Diesen Weg, zwischen den drei kleinen Pyramiden und den Gräbern hindurch, wollte Wilson einschlagen.

Während er durch den Sand lief, so leise er konnte, schaute er zur Sphinx hinüber, die keine vierhundert Meter entfernt stand und ihn anzublicken schien. Er war stolz auf sich – er hatte es bis nach Ägypten geschafft und konnte den Eingang zum zweiten Portal bereits sehen.

Hoch oben an der Ostseite der Cheops-Pyramide stellte ein ägyptischer Heeresoffizier sein Nachtsichtgerät scharf. Es gewährte ihm perfekte Sicht, wenn auch mit einem Grünstich.

Der Offizier zog hastig das Walkie-Talkie vom Gürtel. »Ich habe die Zielperson identifiziert!«, flüsterte er auf Arabisch, als er Wilson durch den Sand kriechen sah. »Sie ist hundertfünfzig Meter weit nördlich. Kommen Sie in unsere Richtung, auf kürzestem Weg, bleiben Sie in Sichtkontakt.« Er wechselte den Sprechkanal und sagte auf Englisch: »Sir, wir haben etwas.«

Es gab ein leises Jaulen, als er den Finger vom Sprechknopf nahm.

Zwei Soldaten der besten Eliteeinheit der ägyptischen Streitkräfte – Einheit 999, Sondereinsätze und Aufklärung – in Wüstentarnanzügen rannten zwischen den Grabreihen. Mit Nachtsichtgeräten, Headsets und Sturmgewehren. Sie bewegten sich flink und leise.

Oben auf der Pyramide kam eine barsche Stimme aus dem Funksprechgerät. »Haben Sie ihn?«

Der Offizier drückte den Sprechknopf. »Ja, wir haben ihn im Blick. Er ist allein.«

»Der Mann darf nicht verletzt werden«, sagte die dunkle Stimme. »Haben Sie verstanden?«

»Ja, Sir.« Der Offizier nickte. »Ich habe verstanden, Sir.« Er beobachtete zuversichtlich, wie seine Männer sich der Zielperson näherten.

Die imposante Gestalt Visblats stieg hastig in den Fond eines silbernen Wagens. Die Scheiben waren dunkel getönt. »Ich wiederhole: Er darf nicht verletzt werden. Seine Sonnenbrille darf unter keinen Umständen entfernt werden. Haben Sie mich verstanden?« Der Fahrer schloss die Tür hinter ihm. »Halten Sie Mr. Dowling einfach nur fest, bis ich da bin.«

Nach einem neuerlichen Kanalwechsel sprach der Offizier Arabisch. »Er darf nicht verletzt werden. Ich wiederhole. Er darf nicht verletzt werden.«

Die Kommandos der Einheit 999, die Blickkontakt hatten, hielten an und nickten. Ihre Zielperson war nur ein paar Meter entfernt. Sie waren darauf trainiert, in perfekter Abstimmung vorzugehen.

Wilson war völlig überrascht, als zwei Soldaten in sein Blickfeld sprangen. Sie trugen Nachtsichtgeräte. Offenbar hatte Farouk Nasser die Wahrheit gesagt: Die Ruinenstätte wurde von Soldaten bewacht.

Wilson blickte in die Mündung zweier Sturmgewehre.

»Hände hoch!«, schnauzte ein Soldat in gebrochenem Englisch.

»Wir tun Ihnen nichts!«, sagte der andere.

Wilson tat, als könne er wegen der Dunkelheit nichts sehen – die Soldaten konnten es nicht besser wissen, dachte er –, während die beiden sich im Fünfundvierzig-Grad-Winkel näherten.

»Hände hoch!«, wiederholte der Soldat.

Bei einem Hechtsprung auf den nächststehenden Mann riss Wilson ihm das Nachtsichtgerät vom Kopf. Die Antwort war eine breite Salve aus dem Gewehr.

Mit dem erbeuteten Gerät rannte Wilson so schnell er konnte in die Deckung der Mastabas. Er bog nach links ab ... nach rechts ... und hielt auf die Sphinx zu. In der Ferne hörte er das Knattern eines Zweitakters, und die herannahenden Scheinwerfer beeinträchtigten sein nächtliches Sehvermögen.

Sie haben Motorräder!, dachte Wilson erschrocken.

Er bog scharf nach rechts ab ... dann nach links, doch das Motorrad blieb hinter ihm. Alles wurde heller, sodass er schlecht sah. Ihm blieb nichts anderes übrig, als den Opossum-Befehl zu widerrufen.

Plötzlich stolperte er über etwas und stürzte.

Die röhrende Maschine war dicht hinter ihm!

Wilson sprang auf und sprintete verzweifelt weiter. Sein Schatten wackelte vor ihm her. Mit letzter Anstrengung tauchte er in eine schmale Lücke zwischen zwei Gräbern. Das Motorrad würde dort nicht hindurchpassen.

Doch Wilson war in eine Sackgasse gelaufen!

Das Motorrad kam schlitternd zum Stehen und versperrte den Ausgang. Der grelle Scheinwerfer strahlte ihn voll an.

Er saß in der Falle.

35.

KALIFORNIEN, AMERIKANISCHER KONTINENT
MERCURY BUILDING, 2. ETAGE
19. MAI 2081
ORTSZEIT: 19.12 UHR
4 TAGE VOR DEM TRANSPORTTEST

Barton war mit der Frage beschäftigt, wie er die Temperatureingabe für die Transportkapsel reprogrammieren sollte. Darum hörte er kaum zu, was rings um ihn gesprochen wurde. Das Mercury-Team zu täuschen würde nicht leicht sein, das war ihm klar. Sie kannten sich mit sämtlichen Messwerten und ihren Wirkungen aus. Es gab nur eine Möglichkeit, Wilson fünfundsiebzig Jahre in die Vergangenheit zu schicken: Er musste dafür sorgen, dass der Transportbehälter siebzehn Grad wärmer war als angezeigt.

Karin, Barton und Davin saßen auf den blauen Sofas von Bartons »Diskussionsbereich« und tranken grünen Tee, während im Hintergrund die Wellen leise rauschten. Ihre Besprechung dauerte nun schon zwei Stunden. Über ihnen hing ein holographischer Bildschirm. Er zeigte Daten der Transportsimulation, die auf unterschiedliche Segmente verteilt waren.

Davin wusste, dass Barton mit den Gedanken woanders war, und sagte bereits zum zweiten Mal: »Hören Sie mir zu, Barton. Wenn wir Wilson transportieren, ohne eine Veränderung an ihm vorzunehmen, wird er bei dem Prozess sehr wahrscheinlich geschwächt.«

Barton kehrte in die Wirklichkeit zurück. »Entschuldigen Sie. Was haben Sie gesagt?«

»Wilson könnte bei dem Prozess geschwächt werden«, sagte Davin.

»Was würde das nach sich ziehen?«, fragte Karin.

Davin reinigte seine Brillengläser mit einem kleinen Tuch. »Nun, das hängt davon ab, wie weit er durch die Zeit reist.«

Das ließ Barton aufhorchen. »Wieso das?«

Davin setzte sich die Brille wieder auf. »Meine Simulationen zeigen an, dass die Zeit wie ein Filter wirkt. Das hängt mit der Magnetfrequenz der Erde zusammen. Zum Glück schicken wir Wilson nur über eine kurze Distanz. Dreißig Minuten voraus ist fast nichts. Dennoch deuten meine Untersuchungen darauf hin, dass er nach dem Transport Angriffen ausgesetzt sein wird.« Davin stellte sich hinter das Sofa und machte ein paar Tai-Chi-Übungen. Sein Hemd hing über der Hose, sein Kittel war zerknautscht. »Ich habe Berechnungen angestellt.« Davin hielt nach drei Bewegungen inne, offenbar strapaziert von dieser minimalen Kraftanstrengung, und rieb sich den Bauch. »Es besteht die Möglichkeit, dass er optischen trakenoiden Reaktionen ausgesetzt ist.«

Das war das Letzte, was Barton hören wollte.

»Das Militär hat umfassende Studien zu dem Phänomen betrieben«, fügte Davin hinzu.

Karin tippte auf ihrem Handheld und brachte zusätzliche Informationen auf den Bildschirm. »Warum passiert das?«, fragte sie interessiert.

»Die Augen sind äußerst komplexe Gebilde der Signalumwandlung«, erklärte Davin. »Sensorische Bahnen, die sogenannten optischen Trakenoide, die im Auge enden, hören auf, Botenstoffe auf bestimmte Strahlen der Iris abzugeben. Wir interpretieren diese fehlenden Strahlen unbewusst als Angst. Alle Menschen, auch wir drei, sind biologisch darauf programmiert, auf jeden feindselig zu reagieren, der auf diese Weise eine extreme Schwäche erkennen lässt.«

Davin blickte zum Bildschirm hoch. »Das ist ein Urinstinkt. Er geht auf den karnivoren Hintergrund der menschlichen Evolution zurück. Wenn ein Tier verendet, findet in seinen Augen keine Sekretion bei den optischen Trakenoiden mehr statt. Das verstärkt in uns den Wunsch, es zu töten. Das ist der Grund, warum Serienmörder immer wieder den Wunsch verspüren, Menschen umzubringen. Sie werden süchtig danach, diese Reaktion in den Augen zu sehen, kurz bevor der Tod eintritt. In dem Zusammenhang wurde das Phänomen zuerst entdeckt – bei Untersuchungen an Serienmördern.«

Über das Data-Tran-Segment liefen seitenweise vertrauliche Informationen.

Barton hörte gespannt zu und gab sich alle Mühe, seine Aufregung zu verbergen.

»Ich habe darüber mal etwas gelesen«, sagte Karin. »Das ist auch der Grund, warum man jemanden auf den ersten Blick scheinbar grundlos verabscheuen kann.«

Davin deutete auf das Schaubild in der oberen linken Ecke des Bildschirms. »So sieht eine geringe trakenoide Reaktion aus. Wenn es ein Ungleichgewicht oder eine Diskrepanz in den Strahlen der Iris zwischen beiden Augen gibt, kann das eine negative Reaktion hervorrufen. Ein geringes Missverhältnis kann schon durch Krankheit, Stress, Antriebsarmut ausgelöst werden. Aber das ist nichts im Vergleich zu dem, wovon ich hier spreche – die Möglichkeit einer Nullsekretion der Trakenoiden.« Er zeigte auf das obere Ende der Skala. »Die Wirkung wäre unkalkulierbar. Wie gesagt, bei den Streitkräften wurden etliche Untersuchungen durchgeführt.«

Karin gab etwas in ihr Handheld ein. »Warum war das Militär so interessiert?«, fragte sie.

»Man wollte herausfinden, wie sich die Takenoide verstärken lassen«, antwortete Davin. »Sie sehen, die Sache funktioniert auch umgekehrt. Mit den richtigen Modifikationen konnte man Personen erzeugen, deren Anblick Angst einjagt. Der Plan sah vor, Soldaten zu erschaffen, die bei jedem Furcht auslösen, der ihnen in die Augen sieht.«

»Supersoldaten«, flüsterte Karin. Sie verstand das genau.

Barton analysierte die Informationen. »Sie meinen also, Wilson wird gefährdet sein?«

»Nein, ich will das nicht kategorisch behaupten.« Davin zeigte auf das schwebende Hologramm. »Meine Simulationen ergeben eine dreiundzwanzigprozentige Chance für ein geringes Problem. Seien wir froh, dass wir Wilson nicht in die Vergangenheit schicken. Sonst würde die Wahrscheinlichkeit gefährlicher Reaktionen auf hundert Prozent hochschnellen – je nachdem natürlich, wie weit man ihn zurückschicken würde.«

»Dreiundzwanzig Prozent ist nicht schlecht«, meinte Barton. Aber er wusste, dass Wilson bei seiner Zeitreise mit hundert Prozent konfrontiert sein würde.

»Warum erhöht sich die Wahrscheinlichkeit dermaßen, wenn man in die Vergangenheit reist?«, fragte Karin.

»Nach unseren Ergebnissen – Andre hat mit mir zusammen daran gearbeitet – wird es umso schlimmer, je weiter man zurückgeht. Das hat mit der Magnetfrequenz der Erde zu tun, mit der sogenannten Schumann-Resonanz.«

Barton schluckte und versuchte angestrengt, seine Verblüffung zu überspielen.

»Durch den Transportprozess«, fuhr Davin fort, »der das Magnetfeld der Erde als Abschussrampe benutzt, geht ein winziges Element bei der Wiederherstellung verloren.«

Barton war erstaunt. Was hier als Ursache genannt wurde, war genau das, was Wilson bei seiner Zeitreise korrigieren sollte.

Karin sagte: »Wie gut, dass wir ihn nicht in die Vergangenheit schicken wollen.«

Während der nächsten zehn Minuten erörterten die drei, wie die optischen Trakenoide funktionierten, und sahen sich die Daten an, die sie von den Streitkräften erhalten hatten.

»Nur interessehalber«, sagte Barton. »Wie können wir eine trakenoide Reaktion verhindern?«

Davin ließ sich in seinen Sessel sinken. »Es gibt zwei Methoden, die ich empfehlen würde. Eins: Wir können eine molekulare Rekonstruktion von Wilsons DNA vornehmen, um seine Trakenoiden zu verstärken. Aber dafür haben wir nicht die Zeit. Zwei: Wir geben ihm speziell gefertigte Kontaktlinsen. Das ist wohl das Einfachere. Sie wären relativ problemlos herzustellen. Nach dem Transport können wir uns seine Trakenoiden ansehen und sie wenn nötig unter Laborbedingungen verstärken. Ohne Risiko. Es sollte kein Problem sein, sie hinterher zu rekalibrieren, wenn Schwierigkeiten auftauchen.«

»Wenn er die Augen bedeckt, ist er also sicher?«, fragte Barton.

»Eine dunkle Sonnenbrille würde genügen. Alles, was die Iris abdeckt. Permanente Kontaktlinsen sind ein bisschen komplizierter, aber sie sind die Mühe wert. Eine Brille ist zu hinderlich. Sie kann herunterfallen, und dann hätten wir ein Problem.« Davin zeigte auf seine Augen. »Die Reaktion wird nur durch direkten Blickkontakt ausgelöst. Darum würde ich getönte Kontaktlinsen vorschlagen. Wir sollten kein Risiko eingehen.«

Ein Telefon klingelte, und Karin sprang von ihrem Platz auf.

Barton nickte. »Davin, Sie haben recht – auf ein Risiko dürfen wir uns nicht einlassen. Machen Sie sich an die Herstellung der Linsen.«

Karin drückte die Hand auf die Sprechmuschel. »Barton, GM möchte Sie sprechen.«

Barton wunderte sich, blieb aber gelassen. »Sagen Sie ihm, ich bin unterwegs.«

»Er möchte, dass Sie Mr. Dowling mitbringen.«

Barton brachte ein Lächeln zustande – die Sache gefiel ihm gar nicht. »Sagen Sie ihm, wir werden in einer halben Stunde bei ihm sein.« Wie es schien, stellte sich immer gleich ein neues Problem ein, sobald man eines gelöst hatte.

36.

Kairo, Ägypten
Gizeh-Plateau
20. Dezember 2012
Ortszeit: 23.57 Uhr
Unternehmen Jesaja – sechsundzwanzigster Tag

Das Knattern des Motorrads hallte zwischen den Mastabas. Man konnte sich leicht vorstellen, es sei die Stimme der Sphinx. Der Scheinwerfer leuchtete Wilson in die Augen, er streckte kläglich kapitulierend die Arme in die Luft. Der Fluchtweg war versperrt. Er schaute flüchtig an den Grabmauern hoch. Wenn er hinaufkletterte, würden sie ihn dann erschießen?

»Hierher!«, rief eine weibliche Stimme.

Der Scheinwerfer drehte sich ein wenig zur Seite, und der Motorradfahrer kam in den Blick. Helena klappte ihr Helmvisier hoch und klopfte ungeduldig mit der Hand auf den Sozius.

»Na los!«, rief sie. »Beeilung! Uns bleibt nicht viel Zeit!«

Wilson war sprachlos.

»Na los!«, rief Helena noch einmal.

Wilson kam zu sich, sprang hinter ihr auf den Sitz und griff ihr um die Taille. Sie trug schwarze Soldatenkleidung, ein kurzärmliges Polohemd, Hosen mit großen Taschen an den Oberschenkeln und Reitstiefel. An einer Kevlarweste mit vielen Taschen hatte sie zwei Schusswaffen festgeklettet.

»Ich habe überall nach Ihnen gesucht«, sagte sie.

»Zur Sphinx!«, rief Wilson. »Wir müssen zur Sphinx!« Helena schwenkte das Geländemotorrad gekonnt herum und fuhr im Zickzack in offenes Gelände – und in die falsche Richtung. »Da entlang!«, schrie Wilson. »Ich muss zur Sphinx!«

»Es sind überall Soldaten!«, rief sie.

Wilson schlang die Arme umso fester um sie. »Wenden Sie!«

An den Sanddünen blitzte Mündungsfeuer auf. Die anschließende Kugelsalve pfiff über ihre Köpfe hinweg. Zur gleichen Zeit traf das Vorderrad eine halb verdeckte Bodenrinne, riss das Motorrad in die Höhe und katapultierte die Besatzung über den Lenker, dass sie durch den Sand rollte.

Helena sprang katzengewandt auf, zog eine Waffe und feuerte wahllos drei Schüsse in die Dunkelheit, duckte sich hinter eine Mastaba und zog sich den Helm vom Kopf.

»Sie sind schon seit Wochen hier!«, sagte sie wütend. Der Motor der im Sand liegenden Maschine lief noch; der Scheinwerfer beleuchtete die großen Steinblöcke an der Ostseite der Chephren-Pyramide.

Ein Konvoi von drei Fahrzeugen – eine silberne Limousine und zwei schwarze Ford Bronco – raste eine Palmenallee hinunter auf das Gizeh-Plateau zu. Sonst fuhr niemand auf der Straße. Als sie die Anhöhe erreichten, war das Mündungsfeuer bei den Pyramiden zu sehen.

Visblat knurrte in sein Walkie-Talkie: »Was ist da los?«

»Wir haben sie eingekreist«, antwortete der Offizier mit gedämpfter Stimme. Im Hintergrund hallten Schüsse. »Sie werden uns nicht entkommen.«

Visblat war sofort auf hundertachtzig. »Stellen Sie das Feuer ein! Das ist ein Befehl! Er darf nicht verletzt werden!«

»Sie sind zu zweit!«

»Feuer einstellen!«, blaffte Visblat.

Immer wieder peitschten Schüsse durch die Nacht, und eine Leuchtkugel stieg auf. Um das erbeutete Nachtsichtgerät einer Benutzung zuzuführen, zog Wilson es Helena über die Augen und schaltete es ein.

Sobald Helena klar sah, spähte sie um den Granitblock.

»Ich lasse mich nicht festnehmen«, sagte sie entschlossen. »Das sage ich Ihnen. Ich schieße mir den Weg frei, wenn es sein muss, aber ich ergebe mich nicht. Niemals.« In diesem Moment legte sich eine unheimliche Stille über das Plateau.

Die Schüsse hatten seltsamerweise aufgehört.

»Ich muss zur Sphinx«, beharrte Wilson. »Das ist lebenswichtig.«

»Falls Sie es noch nicht bemerkt haben«, sagte Helena. »Da gibt es ein kleines Hindernis.« Sie schaute kurz zu den Männern, die sich in den Dünen verschanzt hatten. »Da sind ungefähr dreißig Soldaten, die mit Ihren Reiseplänen nicht einverstanden sind.«

»Ich gehe trotzdem!«

Helena starrte ihn durch das Nachtsichtgerät an.

»Sie gehen da lang«, sagte Wilson, zur Seite zeigend, »und ich gehe hier lang.«

Helena schüttelte den Kopf. »Nein.« Sie hatte alles aufs Spiel gesetzt, als sie gegen den Willen ihres Vaters um die Welt gereist war, um Wilson zu finden. Es war einfach zu gefährlich hier und es gab zu viele offene Fragen, als dass sie ihn ziehen lassen konnte. Helena steckte in der Sache drin – worum es sich auch handelte – und würde ihren Teil tun.

»Ich muss gehen!«, beharrte Wilson.

»Dann gehen wir zusammen«, sagte sie entschlossen.

»Es gibt einen geheimen Eingang«, erklärte Wilson. »Zwischen den Vorderpfoten der Sphinx steht ein Gedenkstein. Das ist der Eingang, und den muss ich nehmen.«

»*Wir* müssen ihn nehmen«, korrigierte Helena. Sie riss eine Klettverschlusstasche auf und holte eine Tränengasgranate heraus, ein hochexplosives britisches Modell von Pains Wessex. Es war dazu gemacht, den Gegner außer Gefecht zu setzen. »Wir bekommen nur eine Chance, von hier zu verschwinden«, sagte sie. »Sind Sie sicher, dass Sie wissen, was Sie tun?«

»Ganz sicher.«

»Nur die eine Chance!«, wiederholte sie und griff an den Stift, um ihn zu ziehen.

Wilson schwankte nicht. »Werfen Sie sie einfach!«

Helena deutete auf das umgekippte Motorrad. »Auf drei.« Mit einem metallischen Schnappen kam der Stift heraus. »Eins ... zwei ... drei!«

Die Granate wirbelte in die Richtung der Soldaten, so weit wie Helena werfen konnte, und explodierte in der Luft. Ein greller Blitz erleuchtete die Ruinenstätte, begleitet von einem verwirrenden Lärm; dann landete die aufgeplatzte Granate im Sand und verströmte eine Wolke aus giftigem Tränengas, die rasch größer wurde.

Der Granatenblitz erhellte den Fond von Visblats Limousine, als sie sich dem Plateau näherte. »Verdammt! Ich habe gesagt, Sie sollen das Feuer einstellen!«, sagte er und ließ den Sprechknopf los.

Sein Headset knisterte. »Sie versuchen zu entkommen!«

»Das ist Helena Capriarty, diese Schlange – sie muss es sein.« Visblat klopfte seinem Fahrer auf die Schulter und zeigte nach vorn. »Bringen Sie mich zur Sphinx. Schnell!« Er zog seine .44 Magnum aus der Jacke und prüfte das Magazin. Dann drückte er den Sprechknopf. »Schicken Sie Ihre Leute zur Sphinx! Sie sollen sie umstellen! Nicht schießen! Haben Sie mich verstanden? Sie versuchen, zur Traumstele zu kommen.«

Helena richtete das Motorrad auf, schaltete das Licht aus und wartete scheinbar eine Ewigkeit, bis Wilson hinter ihr aufgesessen war. Bei einer Drehung des Handgelenks jaulte der Motor auf; dann katapultierte er die Maschine durch den giftigen Rauch auf die Statue zu. Helena brannten die Augen, und sie hielt die Luft an, um nicht würgen zu müssen.

Überall waren Soldaten – einige krümmten sich, andere waren von dem Blitz geblendet, und niemand schoss. Sie waren kurzzeitig außer Gefecht. Helena beschleunigte, fuhr in eine kleine Senke und an der anderen Seite wieder hinaus.

Als sie aus den giftigen Dämpfen heraus waren, rasten sie auf den dachlosen Bau des Taltempels zu und wichen zwei weiteren Soldaten aus. Noch immer wurde nicht geschossen. Wieder sprang das Motorrad in die Höhe. Helena ging sofort in die Kurve, und sie flogen eine sandige Böschung hinunter zwischen die Ruinen, bis sie vor der Sphinx schlitternd anhielten.

Wilson reaktivierte sein nächtliches Sehvermögen und rannte zwischen den Löwenpranken hindurch. Die Sterne leuchteten hell. Die Sphinx war eine mächtige Statue mit vier Meter hohen Pranken, die man, so stellte Wilson fest, unmöglich erklettern konnte. Der einzige Weg zur Traumstele führte zwischen ihnen hindurch.

Helena ließ das Motorrad fallen, zog zwei identische Colt-Pistolen und wich nervös in die Sackgasse zurück. Wilson warf einen Blick zum Gesicht des Pharaos hinauf. Nase und Bart fehlten seit Jahrhunderten, und die übrigen Gesichtszüge waren stark verwittert. Doch die großen steinernen Augäpfel blickten drohend nach Kairo.

»Abu al-Hol«, flüsterte Wilson. Der Vater des Schreckens.

Helena war neben ihm, die Waffen auf die Lücke zwischen den Pranken gerichtet. »Ich hoffe, Sie wissen wirklich, was Sie tun.«

Eine vier Meter hohe Stele aus rotem Granit stand vor dem Brustbein der Sphinx. Sie war 1396 vor Christus errichtet worden. Die eingemeißelte Hieroglypheninschrift erzählte die Geschichte von Thutmosis IV., einem ägyptischen Prinzen, der im Schatten der Statue eingeschlafen war. Zu der Zeit war die Sphinx bis zum Hals im Sand versunken gewesen. Während der Prinz dort schlief, erschien ihm die Sphinx im Traum und beklagte sich, dass sie vom Sand verschlungen und zerrieben werde. Thutmosis solle Pharao werden, wenn sie zu ihrer einstigen Schönheit zurückkehren könne, indem er die Statue vom Sand befreite und den beschädigten Körper wiederherstellte.

Wie auf der Stele geschrieben stand, erfüllte Thutmosis seinen Teil der Abmachung und wurde innerhalb eines Jahres wie versprochen Pharao.

Wilson betrachtete die Vorderfront der Stele. Sie sah nicht so aus, als hätte jemand sich daran zu schaffen gemacht. Er strich mit den Fingern über die vielen, unterschiedlich großen Schriftzeichen, die die gesamte Oberfläche einnahmen. Wilson errechnete das Datum, berücksichtigte, dass es nach Mitternacht war, und legte danach fest, welche beiden Zeichen er zu suchen hatte. Das erste fand er schnell.

Ein ägyptischer Soldat rannte am Eingang der Sackgasse vorbei. Helena, die ihn gesehen hatte, ging neben Wilson in die Hocke und tippte ihm sacht auf die Schulter. »Sie sind hier«, flüsterte sie.

Nachdem er das zweite Zeichen gefunden hatte, griff er in seine Tasche und holt einen zerbrochenen Bleistift heraus. »Das ist nicht gut.«

Auf die Bemerkung drehte Helena den Kopf. »Was ist nicht gut?«

Er wählte das längere der beiden Stücke und warf das andere weg. »Mein Bleistift ist durchgebrochen.«

Wieder lief ein Soldat an der Öffnung vorbei.

»Was immer Sie da tun, tun Sie es schnell!«, flehte Helena.

Wilson steckte das angespitzte Ende in die Vertiefung, die den Mittelpunkt zwischen den beiden Zeichen bildete. Er drückte ihn so fest er konnte in den Granit, bis es leise klickte.

Jemand rief mit starkem Akzent: »Keine Bewegung! Ihnen wird nichts passieren!«

Wilson schlug mit der Faust auf die Stele. Nichts geschah! Dann rieselte feiner weißer Sand über die Front der Stele.

Visblat schritt auf eine Gruppe Soldaten zu, die sich am Fuß der Sphinx versammelt hatten. Obwohl Zeit eine entscheidende Rolle spielte, wollte er nicht rennen. Er würde dadurch nur unsicher wirken. Ein Offizier mit geröteten, tränenden Augen ging ihm entgegen.

»Sie sind in einer Sackgasse«, sagte er und zeigte auf die Vorderpranken der Statue. »Sie sind bewaffnet.«

Visblat streckte den Kopf um die Ecke, sah aber nur Dunkelheit. »Idioten. Ich hatte befohlen, sie nicht dort reinzulassen«, sagte er. »Geben Sie mir ein Nachtsichtgerät. Schnell!«

Helena erkannte das Gesicht sofort, das kurz um die Ecke starrte. Ihr Puls beschleunigte sich. »Visblat ist gekommen«, flüsterte sie nervös. »Er hält sich schon mindestens zwei Wochen hier auf.«

»Sie müssen mir noch ein wenig Zeit verschaffen«, erwiderte Wilson.

»Was meinen Sie, was ich tun soll? Ihn bitten zu warten?«

»Tun Sie *irgendwas!*«

Helena zielte auf den Tank des Motorrads und drückte ab. Mit einem mächtigen Schlag flog er auseinander, und Flammen schlugen in die Höhe.

Geblendet von dem Feuerball musste Wilson seinen Omega-Befehl widerrufen.

»Sie haben zwanzig Sekunden mehr!«, sagte Helena aggressiv.

Die Hitze des Feuers strömte in die Gasse zwischen den steinernen Löwenpranken. Wilson wandte sich wieder der Stele zu. Der Sand, der anfangs nur träge aus den Fugen gerieselt war, rann jetzt schneller und kräftiger. Dennoch schlug Wilson erneut gegen den Stein, um seinen Fluss zu beschleunigen.

Helena schob ihr Nachtsichtgerät in die Stirn. Hinter dem brennenden Motorradtank sammelten sich Soldaten und bereiteten einen Angriff vor. »Noch zehn Sekunden«, sagte sie und hob die Pistolen. »Dann haben wir ein dickes Problem.«

Der Sand strömte aus allen vier Rändern gleichzeitig. Wilson spürte hinter sich, wie das Feuer rasch kleiner wurde. Plötzlich gab es einen Ruck, und die Stele stürzte nach hinten um.

Ein pechschwarzer Gang hatte sich aufgetan.

Ohne zu überlegen, was er dort antreffen könnte, packte Wilson Helena am Arm und zog sie mit sich durch die Öffnung.

Sie prallten gegen glatte Steinwände und stürzten durch einen senkrechten Schacht. Der Fall erschien endlos. Den Magen halb auf der Zunge, sausten sie durch kalte Finsternis. Schwindelgefühl hielt sie gefangen, der Luftzug pfiff an ihren Ohren vorbei. Allmählich bekam der Schacht einen flacheren Winkel, der Fall wurde gebremst, und sie landeten taumelnd auf ebenem Grund.

Mit einem leisen Knall entzündete sich an der Wand eine Kupferlaterne, in der eine einzelne Flamme züngelte. Ein Stück weiter weg entzündete sich eine zweite. Und nach und nach flammten Lampen auf, so weit das Auge reichte, bis der schnurgerade Gang, der zur Pyramide führte, hell erleuchtet war.

Ein staubiger Dunst hing in der Luft.

»Beim nächsten Mal«, fauchte Helena, »sagen Sie gefälligst vorher, dass Sie mich in ein bodenloses Loch reißen, damit ich mich nicht zu Tode erschrecke!«

»Ich dachte, Sie würden sich freuen«, erwiderte Wilson, während er sich aufrappelte.

»Wenn Sie das komisch finden, dann …« Helena verschluckte die Beleidigung und begutachtete sich. Sie hatten Glück gehabt, dass sie so knapp entkommen waren, das war ihr klar. Sie steckte eine ihrer Pistolen weg und zog das Nachtsichtgerät vom Kopf. Doch es war zersplittert, und sie warf es beiseite. Plötzlich drang irgendein Geruch an ihre Nase. »Hier riecht es seltsam.«

Wilson war bereits losgelaufen. »Das kommt daher, dass wir

seit mehr als viereinhalbtausend Jahren die Ersten sind, die den Gang betreten. Überlegen Sie mal – die Lampen funktionieren noch! Nicht zu fassen! Mein Vermieter schafft es nicht mal, den Aufzug reparieren zu lassen.«

Der geheime Eingang stand offen, und Dowling war verschwunden, stellte Visblat fest. Nachdem er ungeduldig gewartet hatte, bis das Feuer heruntergebrannt war, ging er um das zerstörte Motorrad herum und versuchte, ruhig zu bleiben. »Verankern Sie ein langes Seil«, sagte er und deutete auf die umgestürzte Stele. »Dann werfen Sie es in den Schacht. Lassen Sie niemand anderen hinein. Ich werde bald zurück sein.« Der Offizier bei ihm wirkte beunruhigt.

»Aber Herr! Sie dürfen da nicht hinein. Der Fluch von Abu al-Hol.«

Visblat drehte sich um und blickte ihn an. »Abergläubischer Narr«, sagte er. »Tun Sie, was ich sage. Verankern Sie das Seil, verstanden?«

Von unerklärlicher Angst gepackt, wich der Offizier einen Schritt zurück; er hatte Visblat in die Augen gesehen.

Der wandte sich ab und blickte in das Innere der Sphinx. Von tief unten schien ein wenig Licht herauf. »Tun Sie, was ich gesagt habe.«

Damit verschwand er in der Öffnung.

Der Gang, der unter dem Damm zwischen der Sphinx und der Chephren-Pyramide verlief, führte gut vierhundert Meter genau geradeaus. Am Ende mündete er in einer Kammer unter dem Totentempel. Wilson und Helena waren ein beträchtliches Stück durch die Dunkelheit gestürzt; es war unmöglich zu sagen, wie tief unter der Erde sie sich befanden.

»Am Ende des Ganges stehen wir vor vier Türen«, sagte Wilson, der ein flottes Tempo vorlegte. »Da beginnt das Chephren-Labyrinth.«

»Ein Labyrinth?«

»Ja.«

»Geht das schon wieder los, Wilson. Eine neue Pyramide, ein anderes Land.«

»Wie haben Sie mich eigentlich gefunden?«

»Oh, das war ganz leicht.«

»Durch eine Vision?«

»Eine alte Frau hat in einer dieser Gassen auf Sie geschossen«, sagte sie.

»Ja … Kairo-Martha, die alte Hexe. Sie hätte mich fast umgebracht.«

Helena packte Wilson am Ärmel und hielt ihn auf. »Warum will ein Zeitreisender die Pyramiden der ganzen Welt besuchen? Bitte, sagen Sie es mir …«

»Die Chephren-Pyramide steht direkt auf einem natürlichen Energiespalt«, antwortet er und ging weiter. »Einem gigantischen Energieportal. Und ich bin hier, um es zu aktivieren.«

»Wie viele solcher Portale gibt es?«

»Drei. Dies ist das zweite.« Wilson schwieg einen Moment. Dann fragte er: »Wo ist Esther?«

»Sie ist wieder bei George«, sagte Helena. »Ich soll Sie übrigens grüßen.«

»Wie geht es ihm?«

»Er war damit beschäftigt, die Houstoner Polizei wegen irrtümlicher Festnahme und irrtümlicher Gewaltanwendung zu verklagen. Sollte er den Prozess gewinnen, springt einiges an Geld für ihn heraus. Wenn jemand sich aus einer üblen Klemme herauswinden und sie zu seinem Vorteil drehen kann, dann er.«

Wilson musste lächeln. »Sie sagten, Sie haben Visblat gesehen?«, fragte er, wobei ihm das Lächeln prompt verging.

»Zum ersten Mal vor einer Woche … zufällig auf der Straße in Kairo. Ich nehme an, dass Ihretwegen keiner nach Einbruch der Dunkelheit zur Sphinx durfte.«

»Die Traumstele kann nur bei Nacht geöffnet werden«, erklärte Wilson. »Bei Tag geht es nicht.« Es schien, dass Visblat wirklich über alles Bescheid wusste.

»Ganz Gizeh wimmelt von Soldaten«, erzählte Helena. »In den Medien hieß es, es sei wegen einer terroristischen Drohung. Sie sind kein Terrorist, oder?«

»Das hängt davon ab, auf welcher Seite Sie stehen.«

»*Bitte* … bringen Sie mich nicht noch mehr durcheinander.«

»Natürlich bin ich kein Terrorist.« Wilson hatte nicht den Mut zuzugeben, dass diese Frau ihm drei Wochen lang nicht aus dem Kopf gegangen war. »Trotzdem sind Sie bei mir nicht sicher«, sagte er. »Sie hätten nicht kommen sollen.«

»Sie brauchen mich«, sagte sie bestimmt.

Ein schwaches Kratzen, das zunehmend lauter wurde, störte plötzlich die Stille. Kurz darauf taumelte Visblat in den Gang, nur hundert Meter hinter ihnen.

Wilson und Helena wechselten einen alarmierten Blick.

»Vielleicht brauche ich Sie wirklich«, meinte Wilson, und beide rannten so schnell sie konnten.

Der Gang mündete in eine hell erleuchtete, sechseckige Kammer.

Der perfekt symmetrische Raum besaß eine hohe, spitz zulaufende Decke und Wände aus Sandsteinquadern. Er hatte fünf Eingänge – den, durch den sie gekommen waren, und vier weitere. Die sechste Wand war mit Hieroglyphen bemalt. Die safrangelben Zeichen waren schwarz umrandet und schienen auf einem Steinblock zu rotieren. Es sah verblüffend aus.

Dort stand also das Rätsel der Kammer.*

* Ägyptische Hieroglyphen, ca. 3000 vor Christus, zur Verfügung gestellt von Y. Youssef, Senior Research Associate (Master in Ägyptologie), Centre of Early Christian Studies, Melbourne, Australien

Wilsons Blick huschte zu den vier Ausgängen, über denen jeweils eine Gruppe von Symbolen stand. Die vielen Stunden des Lernens zahlten sich jetzt aus, als er mühelos die Frage übersetzte.

»Geh mit der Morgensonne«, sagte er.

Nacheinander sah er sich die Symbole über den Ausgängen an.

Sie waren leicht zu erkennen.

»Norden ... Süden ... Osten ... und Westen«, sagte er.

Norden, die Richtung des lebensspendenden Wassers des Nils. Süden, wo die Papyrusstauden wuchsen. Osten stand für die Stadt, Leben und Nahrung. Westen, der Friedhof – in Ägypten lagen die Gräber immer auf der Westseite des Nils.

Durch feine Risse in der Decke rieselte Sand die Wände hinunter. Wilson wusste, was das bedeutete – Bartons Warnung war korrekt: Es dauerte nicht mehr lange, dann würde das Labyrinth einstürzen und alles unter sich begraben.

Helena sah Visblat durch den Sandstaubschleier heransprinten. »Beeilen Sie sich, Wilson!«, flüsterte sie drängend.

»Die Sonne geht im Osten auf«, murmelte Wilson. »Das heißt, die Strahlen gehen nach Westen. Das ist die Antwort ... Westen!« Wilson zeigte auf den entfernten linken Ausgang, und zusammen hasteten sie eine endlos erscheinende Treppe hinunter. Dann ging es scharf nach rechts, und sie standen in der nächsten Kammer. Wie zuvor gab es vier weitere Ausgänge, jeder mit Hieroglyphen versehen. In die verbleibende Wand war ein Rätsel gemeißelt.

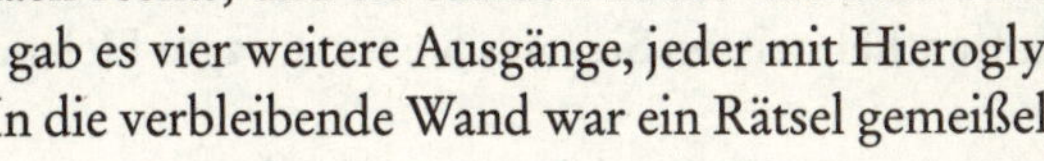

»Was heißt das?«, fragte Helena ungeduldig.

»Der Weg, dem du folgen musst«, übersetzte Wilson.

»Weisheit ... Klugheit ... Glaube ... Macht.«

Visblat stürmte in die erste Kammer und schaute über die Wände.

»Geh mit der Morgensonne«, sagte er. Ohne zu zögern rannte er zu dem Ausgang, über dem »Westen« stand.

Der Weg, dem du folgen musst. Wilson wusste die Antwort sofort. Sie stand im Buch Jesaja. Die Antwort hieß »Glaube«. Es musste so sein.

Der Gang führte über unzählige Stufen aufwärts; dann bog er scharf rechts ab. Helena und Wilson nahmen immer zwei Stufen auf einmal. Als sie die dritte Entscheidungskammer erreichten, war Wilson außer Atem. Wieder hatten sie die Wahl zwischen vier Ausgängen, aber diesmal stand kein Rätsel an der Wand und keine Schriftzeichen über den Ausgängen. Das einzige Unterscheidungsmerkmal bestand darin, dass drei der Ausgänge erleuchtet waren und einer im Dunkeln lag.

»Das ist eine Frage des Glaubens«, sagte Wilson. Er packte Helenas Hand und rannte in den unbeleuchteten Gang. Bei völliger Dunkelheit war sein Omega-Befehl nutzlos, und so tasteten sie sich Meter um Meter voran, um Ecken und Stufen hinauf.

»Hoffentlich wissen Sie, was Sie tun«, sagte Helena leise.

Visblat gelangte in die dritte Entscheidungskammer und lief ohne anzuhalten in den dunklen Gang. Voraus konnte er Helena flüstern hören, und er schrie in die Dunkelheit: »Mr. Dowling, Sie müssen mir zuhören. Sie müssen das Unternehmen abbrechen! Die Pyramide wurde manipuliert! Sie *müssen* aufhören! Sie machen einen Fehler!«

Die heisere Stimme Visblats hallte durch den Gang.

»Hören Sie nicht auf ihn«, riet Helena leise. »Er lügt. Ich kann es spüren.«

Wie konnte er ihnen so mühelos folgen?, überlegte Wilson.

In der Ferne tauchte ein Licht auf, klein wie ein Stecknadelkopf, und das Paar rannte aus Leibeskräften darauf zu. Mit jedem Schritt wurde es heller in dem Gang. Schließlich kamen sie in eine hell erleuchtete Kammer, die den vorigen glich. Hinter den vier Ausgängen war es finster.

Wilson las das Rätsel an der Wand.

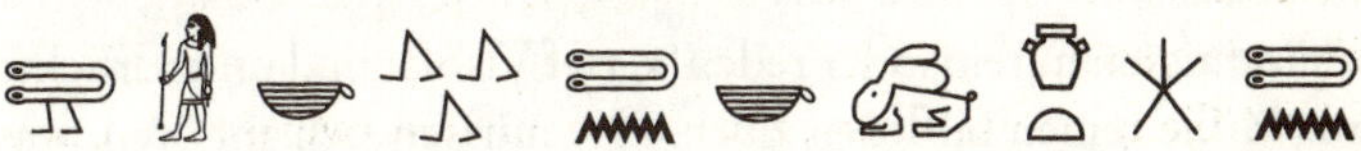

»Du bist eingetreten. Du hast viele Schritte getan«, übersetzte er. »Wo bist du nun?« Hastig blickte er zu dem jeweiligen Türsturz.

»Osten ... Westen ... Oben ... Unten«, las er.

Helena prüfte ihre Waffen. »Welcher ist es?«, fragte sie. »Entscheiden Sie sich!«

Wilson wusste, dass die Sphinx nach Osten blickte. Das hieß, als sie die erste Kammer betraten, blickten sie nach Westen. Von dort rekonstruierte er nach und nach ihren Weg.

Helena horchte auf Visblats Schritte, die durch die Stille näher kamen. Er rannte nicht mehr, lief stattdessen mit ausgreifenden Schritten. Helena richtete die Waffe auf den schwarzen Gang, den Finger nervös am Abzug. Ein feiner Schweißfilm bedeckte ihr Gesicht. Es waren seine Augen, die sie fürchtete, das war ihr klar, und der Gedanke, ihn wiederzusehen, machte ihr Angst.

Die Gänge hatten viele Male die Richtung gewechselt, und Wilson gab sich die größte Mühe, den Weg nachzuvollziehen. Seiner Einschätzung nach waren sie an den Ausgangspunkt zurückgekehrt, nur standen sie jetzt dreißig Stufen höher. Die Antwort musste lauten: oben.

Wilson griff nach Helenas Hand und rannte erneut mit ihr ins Dunkle. Er hätte gern die Zeit gehabt, seine Lösungsschritte noch einmal durchzugehen, um sicher zu sein, doch Visblat war zu dicht hinter ihnen. Sie waren keine zwanzig Schritte weit gekommen, als plötzlich der Boden unter ihnen wegsackte. Eine Falltür! Sie stürzten in rabenschwarze Dunkelheit.

»Wir müssen miteinander reden!«, rief Visblat und unterdrückte mit Mühe seinen hilflosen Zorn. »Sie müssen sich anhören, was ich Ihnen zu sagen habe!« Er betrat die vierte Entscheidungskammer, doch sie war leer. Als er das Scharren auf dem Sandstein hörte, wusste er, welchen Ausgang sie genommen hatten. Er ging kein Risiko ein, trat zurück und las die Hieroglypheninschrift; dann schaute er über die verräterischen Spuren auf dem sandigen Boden.

Helena und Wilson rannten aus dem runden Schacht in eine gleichfalls erleuchtete Kammer. Während ihres Sturzes hatte Helena eine Vision bekommen, die zweite in den letzten fünf Minuten. Inzwischen konnte sie durch Wilsons Augen blicken und gleichzeitig das eigene Bild wahrnehmen.

Mit heftig pochendem Herzen las Wilson die Schriftzeichen an der Rätselwand.

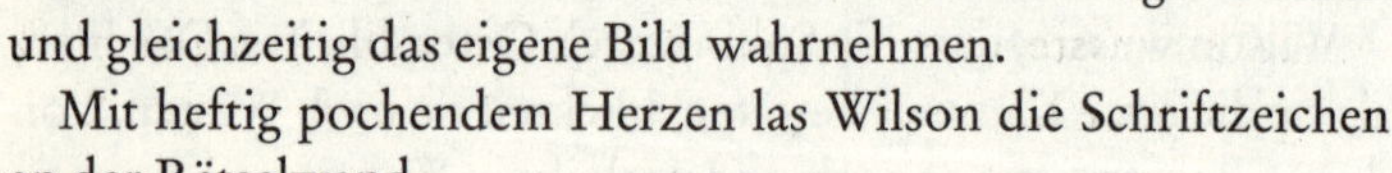

»Der feste Wille wählt den richtigen Weg«, flüsterte er. Vor ihnen lagen vier nicht bezeichnete, stockfinstere Ausgänge. Den Boden bedeckte bereits eine dünne Sandschicht. Plötzlich wurde Wilson klar, dass Visblat überall ihre Fußspuren vorfand. Zweifellos konnte er ihnen deshalb so mühelos folgen. Ohne ein Wort machte Wilson einen Schuhabdruck und wies Helena stumm darauf hin. Sie begriff sofort, und zu zweit hetzten sie zwischen den Ausgängen hin und her, sodass sich ein Durcheinander von Abdrücken bildete, das hoffentlich nicht zu entschlüsseln war.

Wilson sah noch einmal auf das Rätsel: »›Der feste Wille wählt den richtigen Weg.‹ Theoretisch kann ich hier nichts falsch machen.« Zögerlich zeigte er auf einen der dunklen Ausgänge.

Helena machte ein zweifelndes Gesicht. »Meinen Sie wirklich?«

»Sie haben recht, es ist der da!« Wilson ergriff ihre Hand, und sie sprangen erneut ins Dunkle.

Sowie das Paar die Kammer verlassen hatte, stolperte Visblat hinein und schlitterte über den sandigen Boden. Er verzog wütend das Gesicht, als er die vielen Fußspuren sah. Der Sand strömte in feinen Rinnsalen von der Decke und machte es noch schwerer, Wilsons Weg zu erkennen.

»Allmählich glaube ich, Sie wollen nicht kooperieren!«, brüllte Visblat.

Da ihm nichts anderes übrig blieb, las er die Inschrift. Angesichts der undurchsichtigen Frage bekam er einen trockenen Mund. Er hasste diese dummen Rätsel. Wie sollte er auf eine Lösung kommen?

Er verlegte sich auf die nächstbeste Chance und lauschte still. Irgendwann hörte er einen schwachen Laut aus einem der Gänge. Ein erleichtertes Lächeln legte sich auf seine Lippen.

»Meine Männer hätten Sie töten können!«, brüllte Visblat.

»Dass Sie noch leben, haben Sie allein mir zu verdanken! Aber es spielt gar keine Rolle, Mr. Dowling!«

Visblats Gebrüll hallte durch den Gang – und zwei Sekunden später kam der Schall aus der entgegengesetzten Richtung.

Wie konnte das sein?, fragte sich Wilson.

Seine Frage wurde sofort beantwortet, als er um die Ecke bog und in eine riesige Höhle blickte. Sie war gut und gern zehnmal so groß wie der Rasenhof der Universität von Sydney, und der maß insgesamt ein Acre. Die Höhle musste mindestens zweihundert Meter breit sein. Ringsherum brannten Hunderte von Öllampen; ihre Flammen warfen ein geisterhaft flackerndes Licht an die groben Felswände. Unter ihm mündete der Gang auf eine Steinbrücke, die die Dunkelheit überspannte. Es gab noch drei solcher Brücken, zwei links und eine rechts neben ihm, die jeweils fünf Meter auseinanderlagen. Sie hatten kein Geländer.

»Vier Ausgänge, vier Brücken«, schloss Wilson. Das erklärte, warum er Visblats Stimme aus zwei Richtungen gehört hatte. Er ging bis ganz an den Rand und trat einen Steinsplitter in die Tiefe. Er hörte ihn nicht aufschlagen. Der Spalt war scheinbar bodenlos.

Alle vier Brücken führten über den Abgrund und endeten etwa fünfzig Meter entfernt an einer glatt gemauerten Wand. Nach der Größe der Steinblöcke zu urteilen, bildeten sie das Fundament der Chephren-Pyramide. Wilson sah, dass man nur auf eine der anderen Brücken gelangen konnte, wenn man in das Labyrinth zurückging – für einen Sprung waren sie jedenfalls zu weit auseinander.

Helena zog Wilson von der Kante zurück.

»Gehen Sie nicht da raus«, sagte sie.

»Was bleibt uns anderes übrig?« Er löste sich aus ihrem Griff und rannte über den Abgrund auf die andere Seite, wo er die Hände gegen die Steinquader presste, die sein Vorwärtskommen behinderten. Die Länge der Mauer entsprach der Außenseite der Pyramide. *Aber wie komme ich hinein?* Nirgends bot sich ein Hinweis. Keine Zeichen. Keine Hebel. Nur Steinquader.

Er stemmte sich mit aller Kraft gegen die Wand, doch nichts geschah.

Helena kam leichtfüßig neben ihn und richtete die Waffe nervös auf die Ausgänge des Labyrinths. Ihre Befürchtungen bewahrheiteten sich, als Visblats Stimme aus einem der benachbarten Gänge in die Höhle schallte.

»Warum wollen Sie mir nicht zuhören, Mr. Dowling? Warum?«

Helena zielte über den Lauf und versuchte herauszuhören, aus welchem Gang er kommen würde. Es war schwierig, weil seine Stimme von den Wänden widerhallte.

»Ich habe versucht, vernünftig zu sein!«, schrie Visblat. »Oh ja! Aber Sie wollen nicht kooperieren!«

Wilson drehte sich auf der Stelle um. »Ich bin bereit zu reden«, rief er zurück.

»Das gefällt mir nicht«, murmelte Helena.

»Sagen Sie Miss Capriarty, sie soll die Waffe runternehmen!«, verlangte Visblat.

»Tun Sie es, Helena«, flüsterte Wilson.

Sie schüttelte den Kopf.

»Tun Sie es trotzdem.« Wilson drückte den Pistolenlauf zum Boden.

Visblat schlenderte ruhig ins Freie. Er stand am benachbarten Ausgang. Seine Waffe zeigte ebenfalls zum Boden. »Sie können die Hieroglyphen lesen, wie ich sehe. Sehr beeindruckend, Mr. Dowling. Sie haben in sehr kurzer Zeit sehr viel gelernt.«

Visblat sah ein wenig dünner aus als beim vorigen Mal, fand Wilson.

»Sie haben den falschen Weg gewählt«, erwiderte Wilson und grinste selbstbewusst.

Visblat grinste ebenfalls. »Nein, Sie, Mr. Dowling.«

Helena war wie erstarrt, als sie Visblats Augen sah. Ihr Puls raste, ihre Hände waren schweißnass. Sie hatte ein Gefühl im Magen, als würde ihr gleich alles hochkommen.

»Sie haben gesehen, wie der Sand von der Decke rieselt«, sagte Wilson. »Das Labyrinth wird bald einstürzen. Wenn Sie nicht aufpassen, werden Sie immer noch hier drinnen sein.«

»Es bleibt noch reichlich Zeit«, entgegnete Visblat.

Die beiden Männer sahen sich über den Abgrund hinweg an, der die beiden Brücken voneinander trennte, Wilson geschützt durch seine Sonnenbrille.

»Sie machen einen großen Fehler«, wiederholte der ehemalige Polizeichef. »Sie sollten mir vertrauen.«

»Hören Sie nicht auf ihn«, flüsterte Helena, die sich zum Sprechen zwingen musste.

»Sagen Sie mir, was Sie wollen«, rief Wilson, ohne auf die Warnung einzugehen.

»Das zweite Portal wurde manipuliert«, behauptete Visblat. Er klang jetzt ungewöhnlich ruhig, als wollte er seine Rolle oscarreif spielen. »Öffnen Sie es nicht. Gehen Sie direkt zum dritten Portal weiter.«

»Woher soll ich wissen, ob Sie die Wahrheit sagen?«

»Das können Sie nicht wissen.«

»Warum sollte ich Ihnen trauen?«

Visblat lächelte spöttisch. »Weil ich Sie längst hätte töten können, wenn ich gewollt hätte.«

Das überzeugte Wilson nicht so ganz. »Sie sollten Ihre Überredungskünste verbessern.«

Visblat bezwang einen Wutausbruch. »Das Portal wurde manipuliert«, wiederholte er.

»Woher wollen Sie das wissen?«

Es folgte eine Pause. »Ich weiß es eben.«

»Woher?«

»Was spielt das für eine Rolle?« Ein erregter Tonfall schlich sich in seine Stimme, als wäre es mit der Selbstbeherrschung gleich vorbei. Sein rechtes Auge zuckte, ebenso seine Hände und Finger. »Barton Ingerson ist der Grund, weshalb ich hier bin, Sie Narr!«

Wilson war sprachlos.

»Ja! Er hat mich geschickt, damit ich Sie aufhalte. Ha!« Der große Mann benahm sich, als hätte er eben beim Pokerturnier einen Royal Flush aufgedeckt. »Mehr Rechtfertigung ist nicht erforderlich, Mr. Dowling. Barton Ingerson hat mir gesagt, dass das zweite Portal manipuliert worden ist.«

»Sie kommen aus der Zukunft«, murmelte Wilson.

Als Antwort erklang ein irres Lachen. »Woher sollte ich sonst kommen ...«

Wilson kniff misstrauisch die Augen zusammen. »Beweisen Sie es.«

Und Visblat tat es.

»Sie sind ein Gen-EP-Kandidat, Mr. Dowling.« Visblat war wieder ganz ruhig, als hätte er die Frage erwartet. »Es waren nur vierzehn Tage Zeit, um Sie auf das Unternehmen vorzubereiten. Barton Ingerson wusste als Einziger, dass Sie in die Vergangenheit reisen würden. Die anderen Mitglieder des Mercury-Teams glaubten, Sie würden nur dreißig Minuten in die Zukunft versetzt.« Visblat machte die Sache Spaß, das konnte Wilson ihm ansehen. »Sie haben sich alle Mühe gegeben, in nur zwei Wochen alles zu lernen.«

»Wer hat Sie wirklich geschickt?«, fragte Wilson in bewusst zweifelndem Tonfall.

»Wie ich bereits sagte – Barton Ingerson.«

»Und Sie wurden hier Polizeichef?«

»Ich musste mir irgendwie die Zeit vertreiben. Sie haben mich sechs Jahre warten lassen, Mr. Dowling.«

»Trauen Sie ihm nicht«, flüsterte Helena, der die Schweißperlen von der Nase tropften.

»Halten Sie den Mund!«, brach es aus Visblat hervor.

»Barton und ich hatten ein Codewort für ein solches Szenario«, sagte Wilson. »Für den Fall, dass das Unternehmen abgebrochen werden muss. Nennen Sie es mir, und ich tue, was Sie sagen.«

Visblat verzog keine Miene.

»Was ist?«, forderte Wilson ungeduldig.

»Es gibt kein Codewort«, widersprach sein Gegner, dessen rechtes Auge wieder zuckte. »Und ich warne Sie, Mr. Dowling – ich kann solche Spiele nicht leiden.« Eine neuerliche Woge der Feindseligkeit türmte sich auf. »Wenn Sie das zweite Portal aktivieren, wird Barton sterben. Ja, Sie Narr! Sein Leben hängt davon ab, dass es offen bleibt.«

Allein die Vorstellung brachte Wilson ins Trudeln.

»Er lügt«, raunte Helena ihm zu.

Plötzlich war Wilsons Verstand vollkommen klar. Als hätten ihre Worte ihn von dem Gedankenwust befreit, der seine Denkfähigkeit behinderte. Sie hatte recht: Der Mann log.

»Glauben Sie, dass der Zufall ein Wegweiser für etwas ist?«, fragte Wilson.

Visblat schien verwirrt. »Was ist das für eine blöde Frage?«

»Ich wette, Sie kennen nicht mal Bartons Lieblingsplatz zum Angeln.«

Visblat streichelte den Lauf seiner Pistole, als wäre sie eine Katze. »Ich sagte es schon … wenn Sie nicht tun, was ich sage, wird Barton nie wieder angeln!«

»Waren Sie mal auf dem Mount Whitney?«

Visblat ging auf und ab. Er überlegte, wie lange er brauchen würde, durch das Labyrinth zu laufen und den richtigen Ausgang zu Wilsons Brücke zu finden, um ihm Verstand einzubläuen.

Wilson starrte in den schwarzen Abgrund zwischen den beiden Brücken. »Was dagegen, wenn ich Ihnen etwas zeige?« Er hob die Sonnenbrille und blickte seinem Gegner in die Augen.

Doch mit dieser Wirkung hatte er nicht gerechnet.

Ihm wurde es eng in der Brust, und die Knie wurden ihm weich. Er hatte Angst. Lähmende Angst. Das war ein deutlicher Hinweis, dass Visblats optische Trakenoide übermäßig verstärkt worden waren.

»Sie machen mich wütend, Mr. Dowling«, sagte Visblat, der reglos dastand, während der flackernde Lampenschein sein zorniges Gesicht beleuchtete. »Glauben Sie, ich bin empfänglich für etwas so Lächerliches wie eine Trakenoid-Reaktion? Ich bin besser, als Sie jemals sein können!« Visblat schätzte die Entfernung zwischen den Brücken ab. Da er einsah, den Sprung nicht schaffen zu können, trat er einen Schritt zurück und hob die Waffe.

Helena bezwang ihre Angst und hob ebenfalls die Waffe, zielte aber aus den Augenwinkeln, um direkten Blickkontakt zu vermeiden. Als hätte der große Mann ihren Trick bemerkt, richtete er seinen furchterregenden Blick auf sie.

»Na los, erschießen Sie mich! Aber Sie trauen sich ja doch nicht!«

Helena hielt den Blick abgewandt und zielte weiterhin nicht über den Lauf ihrer Waffe. Sie wollte abdrücken, doch irgendetwas hielt sie zurück. Dann merkte sie, dass es an der Vision lag, die sie von Wilson empfing. »Setzten Sie die Sonnenbrille wieder auf«, flüsterte sie. »Tun Sie es!«

»Wir können eine Vereinbarung treffen«, bot Wilson an.

In einem Wutausbruch riss Visblat die Arme hoch und schritt auf der Brücke auf und ab. »Dafür ist es zu spät! Von jetzt an machen wir es auf meine Art!«

»Sie brauchen mich«, sagte Wilson, »sonst wären Sie nicht hier.«

»Das zweite Portal ist manipuliert worden!«, brüllte Visblat. »Wie oft soll ich es denn noch sagen! Wir müssen direkt zum dritten Portal gehen! Ich werde Sie selbst hinbringen!« Er zögerte. »Aber dabei ist kein Platz für drei ...«

Für Wilson ging alles in Zeitlupe über. Visblats Augen. Seine

.44 Magnum. Helena an seiner Seite. Die kalte, schale Luft. Die zahllosen Ölflämmchen an der Höhlenwand. Irgendwie war ihm klar, was passieren würde. Ohne an seine eigene Sicherheit zu denken, trat er in die Schusslinie.

Die Waffe feuerte.

Wilson konnte das Projektil auf sich zufliegen sehen.

Die Kugel schlug dicht unter dem Herzen in Wilsons Brust ein und schleuderte ihn in Helenas Arme. Zusammen taumelten sie bis an den Rand des Abgrunds. Wilson rutschte über die Kante. Helena griff blitzschnell zu und bekam ihn zu fassen. Mit grimmiger Entschlossenheit hielt sie ihn fest, während sein Gewicht sie in die Tiefe zu ziehen drohte.

»Nein! Nicht er!«, rief Visblat voller Entsetzen. »O Gott!«

Laut knirschend wie Mühlsteine begannen die Höhlenwände zu wackeln. Ein Erdbeben rumpelte durch Gizeh – ein Vorspiel zum Einsturz des Labyrinths. Visblat blieb in seiner grenzenlosen Reue nichts anderes übrig, als sich zurückzuziehen. Er hatte seinen Rückfahrschein vernichtet. In einem Augenblick rasender Wut hatte er unwiederbringlich den einzigen Menschen getötet, der ihn aus dieser Welt mitnehmen konnte. Jetzt saß er in diesem Alptraum fest.

»Mein Gott, was habe ich getan?«, murmelte er und wankte aus der bebenden Höhle.

Zitternd vor Anstrengung zog Helena Wilson aus dem Abgrund. Sie wusste nicht, woher sie die Kraft nahm, ihn wieder auf den Gehweg zu ziehen, doch es gelang ihr. Ringsherum bebten die Wände. Die Brücke wackelte. Steinsplitter fielen von der Decke. Helena blickte auf den reglosen Wilson. Sein Gesicht war bleich, seine Brust voller Blut.

Die Kugel war für sie bestimmt gewesen, das war klar.

Ein verzweifelter Schrei brach über ihre Lippen und hallte im Chor mit dem Rumpeln des Erdbebens durch den riesigen

Raum. Sie drehte sich um und spähte in den Nachbargang nach diesem furchtbaren Mann, doch er war verschwunden. Sie hob die Waffe und feuerte hinein, einen Schuss nach dem anderen, um ihre Wut abzureagieren.

Warum habe ich gezögert?, fragte sie sich. *Warum?*

Schließlich war die Pistole leer.

Qualvolle Erinnerungen an das Geschehen vor zwölf Jahren stürmten auf sie ein. Ihre schlimmsten Ängste waren Wirklichkeit geworden. Die Geschichte wiederholte sich in leicht abgewandelter Form. Helena hatte versagt. Auch diesmal hatte sie versagt.

Inzwischen fielen größere Gesteinsbrocken von der Decke und polterten auf die Brücke. Das Beben wurde stärker.

37.

KALIFORNIEN, AMERIKANISCHER KONTINENT
ENTERPRISE CORPORATION, ZENTRALGEBÄUDE
19. MAI 2081
ORTSZEIT: 20.05 UHR
4 TAGE VOR DEM TRANSPORTTEST

»Ich übernehme das Reden«, sagte Barton. Er stieg mit Wilson in den Aufzug und drückte den Knopf für den zwölften Stock. »Wiegen Sie sich nicht in falscher Sicherheit, und behalten Sie einen klaren Kopf.« Der Aufzug fuhr los. »In Gegenwart der Tredwells steht der Transporttest auf dem Spiel. Ich warne Sie, Wilson: Sie können nicht vorsichtig genug sein mit dem, was Sie sagen. Diese Männer sind äußerst scharfsinnig. Sie durchschauen andere mit Leichtigkeit und irren sich dabei selten.«

»Ich verstehe«, sagte Wilson freundlich, obwohl er die Ermahnung schon bei den ersten zehn Malen verstanden hatte.

»Und keine Scherze. Diese Leute haben nicht den Sinn für Humor wie ich.« Barton zog eine Augenbraue hoch, während er seine Haare im Spiegel prüfte und sorgfältig seinen Kittel zurechtzog. »GM schüttelt niemandem die Hand. Er schätzt unnötigen Körperkontakt nicht. Also bieten Sie ihm nicht die Hand. Bei Jasper ist es das Gleiche.«

Wilson fiel ein, dass Jasper ihm an dem Tag im Lagerraum die Hand verweigert hatte.

Barton besah sich noch ein letztes Mal im Spiegel. »Sind Sie bereit?«

»So bereit man nur sein kann.«

Die Fahrstuhltüren öffneten sich, und eine schöne blonde

Frau stand davor. Sie war Anfang zwanzig, eins achtzig groß, braungebrannt und hatte breite Schultern. Zweifellos eine Amazone. Wilson fand, das passte genau zu dieser Firma, trotzdem fiel es ihm schwer, sie nicht anzustarren.

»Schön, Sie wiederzusehen, Barton«, sagte sie freundlich. »Mr. Dowling, willkommen im zwölften Stock. Mein Name ist Cynthia. Ich stehe Ihnen zur Verfügung, falls Sie irgendetwas brauchen sollten.« Sie drehte sich um und glitt durch ein Glaskuppelfoyer auf die breiten Eichentüren des Konferenzraumes zu. »GM hat fünfzehn Minuten reserviert, um mit Ihnen zu sprechen.« Sie trug einen dunklen Faltenrock und eine maßgeschneiderte Bluse, die ihre Figur optimal zur Geltung brachte. »Bitte fassen Sie sich kurz und versuchen Sie GMs Fragen möglichst gezielt zu beantworten.« Ihr Benehmen war absolut professionell; nicht ein Hauch von persönlichen Gefühlen strömte durch ihre genetisch überragenden Adern.

»Kein Problem.« Barton lächelte sie an.

Die Tabletops im Foyer boten prachtvolle Aufnahmen von Blumensträußen. An den Wänden hingen berühmte Gemälde. Wilson erkannte einen van Gogh und einen Picasso. Sie waren unglaublich schön und überstiegen bei weitem die Abbildungen in den Büchern, die er gelesen hatte. *Das Rockefeller Museum muss komplett leer sein!*, befand er. Während er sich umsah, wurde sein Blick von einigen Frauen angezogen, die, alle jung und verführerisch, in dem Büro arbeiteten. Dann wanderte sein Blick auf Cynthias perfekte Hinterseite, die vor ihm hin und her schwenkte. Er biss sich auf die Lippe. In so einem Büro wollte er eines Tages auch mal arbeiten.

Cynthia zog die schwere Eichentür mühelos auf, zeigte ein strahlendes Lächeln und wies in den Raum.

»Danke«, sagte Wilson. »Ihre Bluse gefällt mir.« Das war in seinen Augen die denkbar charmanteste Bemerkung. Sie lächelte ihn an und bedeutete ihm auf höfliche Art, dass er ein Lamm auf der Schlachtbank war.

Am Konferenztisch vor der Glaswand saßen zwei Männer. In der Ferne neigte sich eine goldene Sonne dem Horizont zu und überflutete den Raum mit ihrem sommerlich warmen Schein. Er war ähnlich gestaltet wie Bartons Besprechungszimmer, aber größer und opulenter. Das Firmenlogo prangte auch hier an der Wand hinter einem großen Schreibtisch. An einer Seite befand sich eine Sitzgruppe mit goldfarbenen Sesseln, an der anderen ein Behandlungssessel mit einem Sauerstoff- und Bluttransfusionsgerät.

GM stützte sich auf seinen Elfenbeinstock und stemmte sich von seinem Platz hoch. »Kommen Sie, Barton. Sie auch, Mr. Dowling.« Er war mit einem dezenten grauen Dreiteiler und silberfarbener Krawatte bekleidet. Auf den ersten Blick wirkte er älter und kleiner, als Wilson erwartet hatte. Er hatte eine blasse, durchscheinende Haut und zarte, stark geäderte Hände. Dennoch strahlte er eine jugendliche Energie aus, die so frisch wirkte wie die weiße Nelke in seinem Knopfloch. *Das also ist der mächtigste Mann der Welt,* dachte Wilson. Und offenbar hatte er eine Schwäche für schöne Frauen, nach dem Büropersonal zu urteilen, doch das war nur ein Zeichen von Macht, von der er sicherlich reichlich hatte. Wilson war gespannt auf GMs Benehmen und seinen Intellekt, nur um zu sehen, was ihn von anderen unterschied. Das war eine seltene Gelegenheit.

»Schön, Sie zu sehen, GM«, sagte Barton.

Die Reaktion war herzlich. »Freut mich auch, Barton.« Mit einer Geste zur Seite sagte er: »Mr. Dowling, das ist mein Enkel Jasper. Oh, richtig, Sie haben sich ja bereits kennen gelernt.« Jasper sah neben seinem Großvater wie ein jüngerer Klon aus, zumal er den gleichen Anzug trug, einschließlich der Nelke.

»Wie geht es Ihnen, Jasper?«, fragte Barton.

»Besser denn je, danke.« Die Antwort machte nicht den Eindruck von Aufrichtigkeit.

Wilson lächelte bloß in die Runde.

Da er in die Sonne blickte, konnte er die beiden Männer nicht deutlich sehen. GM setzte sich und lehnte seinen weißen Stock gegen den Tisch. »Bitte, nehmen Sie Platz.« Er machte es sich bequem; dann sagte er: »Sie werden sich wahrscheinlich fragen, warum ich Sie hergebeten habe.« Er trank einen Schluck Wasser. Seine Hände waren ruhig. »Barton, wir kennen uns jetzt schon sehr lange.« Er stellte das Glas behutsam wieder ab. »Sie sind seit vielen Jahren mein bester Mann unter den Wissenschaftlern. Eine der Stärken unserer Beziehung war immer gegenseitiges Vertrauen und Ehrlichkeit. Sind Sie meiner Meinung?«

Barton ahmte GMs Körpersprache nach. »Gewiss.«

»So sagen Sie mir doch, Barton, was hat es mit diesem Mercury-Projekt auf sich, dass Sie sich nun anders verhalten?«

Nach einer Pause antwortete Barton: »Ich kann mir keinen Grund denken.«

»Gar keinen?«

Barton wartete einen Augenblick; dann sagte er: »Ich sehe keinen.«

»Dann will ich meine Frage anders stellen: Wenn die Qumran-Rollen Ihnen in irgendeiner Weise nahelegen würden, die Firma zu hintergehen, würden Sie es tun?«

Barton blieb äußerlich ruhig. »Diese Texte sind vor ein paar Tausend Jahren geschrieben worden, GM. Ich sehe nicht, wie sie uns hier beeinträchtigen könnten.« Das widersprach dem, was Barton Wilson gepredigt hatte – dass alle Zeit nebeneinander existierte –, aber das war nicht der Augenblick, um Einspruch zu erheben.

GM lehnte sich zurück. »Sagen Sie mir eines, alter Freund. Wenn die Texte verschlüsselte Botschaften enthielten, die nach Geheimhaltung verlangten, würden Sie das tun?«

Barton überlegte einen Moment. »Wenn ich überzeugt wäre, dass für Enterprise Corporation keine Gefahr besteht«, sagte er,

»oder für ein Mitglied des Mercury-Teams, würde ich die Information geheimhalten, ja.« Jasper beugte sich zu seinem Großvater und flüsterte ihm etwas ins Ohr. Barton redete weiter. »Bei jedem Mercury-Experiment gibt es ein gewisses Risiko, das es zu beherrschen gilt. Das war immer so. Jedenfalls bei meinen Experimenten.«

»Sie sagen mir also, dass Sie Geheimnisse haben?«

»Wenn ich Informationen zurückhalte, die Sie nicht unbedingt kennen müssen, und Sie das als Geheimnis werten, ja, dann habe ich Geheimnisse. Unsere Projekte sind immer komplex. Ich kann Ihnen nicht alles mitteilen, was passiert, sonst kämen wir mit unserer Arbeit nicht voran.«

»Wie entscheiden Sie, was ich erfahren sollte und was nicht?«

Barton holte kurz Luft. »Sie geben mir das Ziel vor, GM – ich liefere Ihnen immer das Ergebnis. Denken Sie daran, dass wir dieses Unternehmen gemeinsam aufgebaut haben. So ist es immer gewesen, und so wird es bleiben, zumindest was mich betrifft. Das ist einer der Gründe, warum wir so erfolgreich gewesen sind. Sie bezahlen mich, damit ich Lösungen finde. Und das tue ich. Sie haben mich noch nie gefragt, wie ich das mache ... oder wann.«

GM sah ihm in die Augen. »Heute frage ich Sie danach. Sind Sie damit einverstanden?«

Barton zuckte nicht mit der Wimper. »Wenn Sie es wünschen.«

GM drückte auf das Gegensprechgerät an seinem Revers. »Bringen Sie sie bitte herein.«

Die vier Männer saßen schweigend da und musterten einander. Kurz darauf erschien Cynthia mit einer länglichen Holzschachtel in der Tür. Wilson sah gern eine so schöne Frau, aber diesmal war es die Holzschachtel, die seinen Puls beschleunigte. Cynthia stellte sie auf den Tisch, klappte den Deckel auf und nahm die Kupferrolle heraus.

»Verraten Sie mir, was die mit Zeitreisen zu tun hat«, verlangte GM.

Barton blieb einen Augenblick stumm und starrte auf die Röhre. »Wilson wollte sie sehen.«

GM wandte sich Wilson zu. »Warum wollten Sie sie sehen?«

»Er hat sich gefragt ...«, setzte Barton an, doch GM hob die Hand.

»Nicht Sie, Barton. Mr. Dowling kann antworten.«

»Ich habe Barton gebeten, sie mir zu zeigen«, sagte Wilson vorsichtig.

»Warum, wenn die hier doch nur ein Duplikat sein soll?«, fragte GM und hielt die Rolle in die Höhe.

Damit war klar, dass die Tredwells die Echtheit erkannt hatten. Gegen Bartons Anweisung setzte Wilson auf die Wahrheit. »Sie werden feststellen, dass es die echte Kupferrolle ist«, sagte er selbstbewusst.

Der alte Mann verriet keinerlei Überraschung, als er sich Barton wieder zuwandte. »Sie haben mir gesagt, das sei eine Kopie.«

»Wilson hat recht«, gab Barton zu. »Wenn das die Rolle aus dem Lagerraum ist, halten Sie die echte Kupferrolle in der Hand. Ich habe eine Kopie anfertigen lassen und mit dem Original im Foyer vertauscht, damit ich jederzeit Zugang dazu haben konnte.«

»Warum haben Sie das getan?«

»Weil ich die Kupferrolle zu der Zeit für bedeutsam hielt.«

»Und was glauben Sie jetzt?«, fragte GM verschlagen.

»Die Kupferrolle, die Sie in der Hand halten, ist belanglos.«

GMs Blick bohrte sich in Wilsons Augen. »Warum wollten Sie sie dann sehen?«

»Weil sie zu keinem Schatz geführt hat«, antwortete dieser.

»Erklären Sie mir das bitte.«

Barton bot sich höflich für die Erklärung an, und GM war einverstanden. Der Wissenschaftler verbreitete sich ausführlich über die römische Invasion, geführt von Vespasian, und über den kostbaren Tempelschatz von Jerusalem.

»Und diese Rolle führte zu keinem Versteck?«

»Stimmt«, bekräftigte Barton.

»Wohin dann?«

»Ich bin mir nicht sicher, GM. Vielleicht zu gar nichts.«

Das Kupfer blinkte in der Sonne, während der alte Mann die Röhre in den Händen drehte. Wilson fand erneut, dass sie das ungewöhnlichste Museumsstück war, das er je gesehen hatte. Er würde nie vergessen, wie es sich anfühlte, sie in der Hand zu halten – dieses leise Vibrieren. Cynthia nahm GM die Rolle ab und legte sie behutsam auf den Tisch.

»Warum wollten Sie sie sehen, wenn Sie doch wussten, dass die Rolle ein Schwindel ist?«, fragte GM.

Wilson antwortete: »Das ist ganz einfach. Wenn die Kupferrolle ein Schwindel ist, dann vielleicht auch das Buch Esther.«

»Wie meinen Sie das?«

»Wenn das Buch Esther ein Schwindel ist, könnte es mit der ganzen Transportgeschichte ein bisschen heikel werden. Das würde eine große Gefahr bedeuten. Und es würde für mich mehr Geld bedeuten.« Wilson sah zu Cynthia auf – ihrem ausdruckslosen Gesicht nach zu urteilen hielt sie ihn für einen Opportunisten. Doch in dieser Lage war Geldgier vielleicht die sicherste Rückzugsposition.

Barton ging perfekt auf diese Strategie ein. »Das Mercury-Team ist absolut sicher, dass das Buch Esther und die Baupläne darin echt sind, Wilson.«

»Sie vielleicht – ich war es nicht.«

GM dachte eine Weile nach. »Und sind Sie jetzt überzeugt?«

Wilson rieb sich das Kinn, wie Barton es immer tat. »Soweit es möglich ist, ja.«

GM legte eine Hand auf den Knauf seines Stocks. »Ich denke ganz wie Sie, Mr. Dowling. Dieses Zeitreiseexperiment macht mir große Sorge. Und doch weiß ich, dass wir damit fortfahren müssen. Auch ich bin nicht völlig zufrieden, erkläre mich aber einverstanden.«

»Würden Sie in diesen Kristallbehälter steigen und Ihre Moleküle mit Lichtgeschwindigkeit auseinanderreißen lassen?«, fragte Wilson.

GM lächelte. »Nein.«

»Nur aus Neugier: Halten Sie mich für verrückt?«

»Überhaupt nicht. Ich glaube, Sie haben sich auf eine geschäftliche Transaktion eingelassen, die Sie zufriedenstellt. Ich verstehe das. Ich habe das selbst viele Male getan.« GM machte eine Pause. »Es gibt Risiken dabei, das steht außer Frage.« Wieder legte er eine Pause ein. »Darum sind Jasper und ich außerordentlich nervös, was den Transporttest angeht. Um es deutlich zu sagen, wir haben erwogen, die Sache sofort zu stoppen.« Er richtete den Blick auf seinen Wissenschaftler. »Möchten Sie etwas dazu sagen?«

»Nur so viel«, antwortete Barton, »dass der Transporttest für die Firma keine Gefahr bedeutet. Vertrauen Sie mir.« Sein Blick war ruhig. »Die Informationen wurden vor zweitausend Jahren aus irgendeinem Grund in den Text eingefügt. Von einem viel machtvollerem Intellekt als unserem.«

»Das ist es, was mir Sorge macht«, sagte GM.

»Seltsam, aber das ist es gerade, was mich beruhigt«, bemerkte Barton.

GM neigte leicht den Kopf zur Seite. In diesem Moment entschied er unwissentlich über das Schicksal des Unternehmens Jesaja. »Ihr Urteil hat mir immer genügt, Barton. Ich lasse Sie weitermachen.«

»Wir haben noch mehr Fragen, Großvater«, warf der Enkel ein.

»Ich habe es nicht vergessen, Jasper.« Auf GMs Anweisung legte Cynthia die Kupferrolle in die Schachtel zurück und schloss den Deckel. »Sagen Sie mir, Barton, was halten Sie von

Mr. Dowlings Gehirnscan? Augenscheinlich sind seine Alpha- und Betawellen ungewöhnlich hoch. Woran liegt das?«

»Ich habe die Untersuchung eigenhändig wiederholt«, antwortete Barton. »Das EEG-Gerät, das beim ersten Mal benutzt wurde, funktionierte nicht richtig. Die ersten Ergebnisse waren lächerlich – das wusste ich gleich, als ich sie sah. Mr. Dowling ist vollkommen normal.« Barton erklärte eingehend den Defekt des Geräts und wie er ihn behoben hatte.

»Gut«, sagte GM, »das genügt. Ich bin froh. Sprechen wir über etwas Ernsthafteres. Jaspers Untersuchung ergab, dass Sie einer der Leute sind, die das Überwachungssystem verbotenerweise benutzt haben. Das war unklug von Ihnen, mein Freund.«

Barton nahm eine entwaffnende Pose ein, indem er beide Hände hochnahm. »Ich wusste, Sie würden das Thema ansprechen. Ich habe versucht, die Firma zu schützen, GM – ich bin sicher, das wissen Sie längst. Ich habe Mr. Dowling nachspioniert. Mehr nicht. Ich hoffe, Sie werden mir die Indiskretion nachsehen.«

GM blickte Jasper in die Augen. »Ist das wahr?«

»Ja, Großvater, so scheint es.«

»Nun, das scheint mir vernünftig zu sein.« GM trommelte mit den Fingern auf die Tischplatte und überlegte. »Ihnen zuliebe werden wir darüber schweigen, Barton. Nur aus Interesse – warum haben Sie Mr. Dowling dem Herrn aus Europa vorgezogen?«

Jasper fragte: »Wissen Sie, dass es einen zweiten Kandidaten gibt, Mr. Dowling?«

Wilson nickte. »Ja. Ich habe Barton von Anfang an ermuntert, lieber ihn zu nehmen.« Die schnoddrige Bemerkung wurde mit eisigem Schweigen quittiert.

Barton räusperte sich. »Das war nur ein Scherz, GM.«

GM wiederholte die Frage umso ernster. »Abgesehen von Mr. Dowlings Humor, der sehr unterhaltsam für Sie sein muss – warum haben Sie sich für ihn entschieden?«

»Weil er ganz klar die bessere Wahl ist.«

»Wäre er das auch, wenn Sie mehr Zeit hätten?«

»Bieten Sie mir mehr Zeit an?«

»Nein. Beantworten Sie bitte meine Frage.«

Barton sah zu Wilson. »Ich würde mich auch für ihn entscheiden, wenn ich unbegrenzt Zeit hätte.«

»Gut«, sagte GM. »Das wollte ich hören. Jetzt bringen Sie mich kurz auf den neusten Stand, dann können Sie zurück an die Arbeit. Sie haben sicher noch jede Menge zu tun. Die Zeit läuft.«

Barton rieb die Hände aneinander. »Das Mercury-Team bereitet sich darauf vor, in vier Tagen gegen Mittag den endgültigen Transporttest durchzuführen. Mr. Dowling wird um dreißig Minuten in die Zukunft versetzt. Er wird aus der Imploderkugel verschwinden – durch Partikellaser zerlegt – und durch den Inflator ins Magnetfeld der Erde gezogen. Genau dreißig Minuten später wird seine Quark-Gluonen-Energie durch das Magnetfeldportal zurückkehren, und er wird exakt wieder so zusammengesetzt, wie er jetzt ist.«

Wilson rieb sich die Schläfen; der Stress war ihm deutlich anzusehen.

»Das hört sich einfach an«, meinte GM, den Wilsons Reaktion amüsierte. Jasper flüsterte ihm etwas ins Ohr, und der alte Mann zog die Augenbrauen hoch. »Das ist richtig, danke, Jasper. Eine Sache gibt es noch … wir möchten, dass Andre Steinbeck wieder ins Team aufgenommen wird.«

Bartons Gelassenheit löste sich plötzlich auf. »Er hat das Überwachungssystem gegen mich benutzt! Das habe ich selbst festgestellt.«

GM schüttelte den Kopf. »Unsere Untersuchung zeigt, dass er es nicht gewesen ist. Ein anderer hat sein Passwort benutzt. Es scheint, dass Andre unschuldig ist.«

Barton blickte ins Leere. »Wer hat mich dann beobachtet?«

»Das wissen wir nicht.«

»Es gefällt mir nicht, Andre wieder ins Team zu nehmen«, erklärte Barton. »Wir befinden uns in einem heiklen Stadium. Schon die kleinste Fehlberechnung kann unvorstellbare Probleme verursachen. Ich brauche ein Team von Leuten, denen ich trauen kann …«

»Die Sache steht außer Diskussion«, unterbrach Jasper ihn.

»Sie untergraben meine Autorität«, hielt Barton ihm entgegen.

»Das ist ein geringer Preis, den Sie zu zahlen haben, alter Freund.« GM stemmte seinen Stock auf den Boden und stand auf. »Sie haben Glück, dass ich das Experiment nicht abbrechen lasse.« Wie es schien, war die Unterhaltung zu Ende. »Sie werden Andre sofort wieder einsetzen. Leiten Sie es in die Wege.« Er bedachte Wilson mit einem flüchtigen Lächeln. »Ich wünsche Ihnen Glück, Gentlemen. Besonders Ihnen, Mr. Dowling.«

Die Eichentüren schwangen auf, und Cynthia deutete zum Fahrstuhl.

»Hier entlang, meine Herren«, sagte sie.

Nachdem die Tür wieder geschlossen war, verschränkte Jasper die Arme. »Ich bin beunruhigt, Großvater.«

GM stützte sich auf seinen Stock und setzte sich vorsichtig wieder hin. »Interessant, nicht wahr?«

»Wir sollten den Test abbrechen. Es ist zu riskant.«

»Wenn Barton Erfolg hat«, erwiderte GM, »steht uns eine furchteinflößende Waffe zur Verfügung. Stell dir vor, wir haben die Macht, durch die Zeit zu reisen. Das ist unfassbar.«

Jasper starrte mit unbewegter Miene aus dem Fenster. Die Sonne war hinter den Horizont gesunken, und der Himmel bot eine Palette von Rottönen, die mit der Dunkelheit verschwammen. »Ich sehe durchaus den Nutzen, Großvater. Ich frage nur, wie viel Kontrolle wir tatsächlich darüber haben, was vor sich geht. Das beunruhigt mich.« Er tippte sich mit dem Zeigefinger an die Unterlippe. »Barton hat kein Geheimnis vor Dowling. Das ist offensichtlich. Sie wussten offenbar schon, dass wir die Existenz des Duplikats entdeckt haben.«

GM pflichtete ihm bei. »Und der junge Mann zuckte nicht mal mit der Wimper, als er hörte, dass Barton ihm nachspioniert hat.«

»Oder als du den zweiten Gen-EP-Kandidaten erwähnt hast«, fügte Jasper hinzu. »Ich wundere mich über ihre Beziehung, Großvater, und über ihre Motive.«

»Ja, ich auch. Sie sind sich in sehr kurzer Zeit recht nahegekommen. Das ist verblüffend. Sieht Barton gar nicht ähnlich. Gewöhnlich ist er bei Menschen kritischer.« GM trank einen Schluck Wasser. »Sie waren beide sehr beherrscht.« Er dachte nach. »Dowling ist interessant, nicht wahr? Allzu selbstbewusst. Ungewöhnlich ... besonders unter diesen Umständen. Wir müssen ihn irgendwie an den Haken bekommen, mit etwas anderem als Geld.«

»Ich lasse ihn weiter beobachten.«

GM blickte auf die Holzschachtel, die noch auf dem Tisch stand. »Es muss einen Grund haben, warum Barton die Kupferrolle zu seiner Verfügung haben wollte. Was er darüber erzählt hat, war absurd. Er hat dafür einiges auf sich genommen, und das tut er nicht ohne guten Grund. Die Kupferrolle hat eine Bedeutung für ihn ... es muss so sein.« Der alte Mann streckte seinen weißen Stock vor. »Du hast recht daran getan, mir die Sache vorzulegen, Jasper. Finde als Erstes heraus, warum die Kupferrolle so bedeutend ist. Setze jemanden darauf an. Ganz offensichtlich wird uns irgendetwas vorenthalten.«

GM wusste nicht, dass Jasper Andre schon damit beauftragt hatte.

»Bist du sicher, dass du den Transporttest durchführen lassen willst?«, fragte Jasper.

Der alte Mann nickte nachdenklich. »Vorerst lassen wir

Barton weitermachen. Aber zur Vorsicht stellen wir ihn und Dowling unter ständige Beobachtung. Wenn sie etwas im Schilde führen, will ich es wissen.«

38.

Gizeh-Plateau, Ägypten
Unter der Chephren-Pyramide
21. Dezember 2012
Ortszeit: 0.51 Uhr
Unternehmen Jesaja – siebenundzwanzigster Tag

Das unterirdische Beben wurde heftiger. Spalte klafften in der Decke. In einem fort rieselte Staub herab. Die Öllampen fielen eine nach der anderen von den Wänden und wurden vom Abgrund verschluckt, wo ein leises Geräusch von ihrer Zerstörung zeugte.

Die ganze Welt schien aus den Fugen zu geraten.

Helena beugte sich über den blutüberströmten Wilson. Die Kugel steckte in der linken Brust und hatte sein Fleisch zerfetzt. Sie suchte nach dem Puls, konnte aber keinen ertasten. Gleichzeitig versuchte sie, ihn gegen den herabfallenden Sandstaub abzuschirmen. Eine der vier Brücken, die hinterste, scherte plötzlich aus der Verankerung. Sie knirschte, als die Schwerkraft ihre Masse in die Tiefe zog. Gleichzeitig schlossen sich polternd die vier Türen zum Labyrinth.

Helena zog den erschlafften Wilson näher an sich heran. Sie konnten nirgendwohin. Es gab keinen Fluchtweg. Alles bebte und schwankte unausgesetzt. Mit ohrenbetäubendem Krachen brachen die Brücken rechts und links in die Schlucht. Helena war so verängstigt, dass sie sich ermahnen musste, weiterzuatmen. Die Brücke, auf der sie saß, würde zweifellos als nächste abstürzen.

Plötzlich senkte sich Stille herab.

Selbst der Staubschleier in der Höhle schien auf der Stelle zu schweben. Das Beben war vorbei.

Helena hielt Wilson umschlungen und suchte nach einem Lebenszeichen. Sie war monatelang hinter ihm hergejagt, und jetzt lag er leblos in ihren Armen. Eigentlich kannte sie ihn kaum, und doch bestand eine unleugbare Verbindung zwischen ihnen, die jetzt für immer abreißen sollte.

Verzweifelt sah sie sich nach irgendetwas um, das ihr helfen könnte. Nichts befand sich in der düsteren Höhle als die Brücke, auf der sie mit Wilson saß, und die paar Öllampen, die sich noch an den Wänden gehalten hatten. In gewisser Weise glich ihr Entschluss, Wilson zu finden, dieser Brücke, dachte Helena. Sie hatte sich damit gegen sämtliche Schwierigkeiten behauptet, während alles andere in die Brüche gegangen war.

Sie betrachtete Wilsons Gesicht. »Du hast die richtige Tür gewählt, Wilson«, sagte sie tröstend. »Den richtigen Weg.«

Helena fuhr ungläubig zurück, als Wilson langsam die Augen öffnete.

Er atmete und sah sie mit unglücklichem Begreifen an. Wie war das möglich? Sein Hemd war blutdurchtränkt, die Brust aufgerissen.

»Aktiviere Nachtigall«, sagte Wilson und zuckte vor Schmerzen zusammen.

Augenblicklich entspannte sich sein Gesicht. Mit tranceähnlicher Benommenheit setzte er sich auf, riss sein Hemd auf und schob die Finger in die Wunde, wie um zwischen den Rippen etwas hervorzuziehen.

Helena krümmte sich bei dem Anblick, zumal das Blut unablässig aus der Wunde quoll. »*Was* aktivieren? Wie kann es sein, dass du noch lebst?« Sie wich zurück wie vor einem Geist.

Im flackernden Schein der Lampen suchte Wilson in der Wunde. Endlich zog er die Finger heraus, ohne Anzeichen von Schmerzen. Er wischte seinen Fund ab und hielt ihn hoch, dass sie beide ihn sehen konnten.

Es war eine große Silbermünze.

Helena beugte sich heran und versuchte zu begreifen, was passiert war.

Wilson drückte die Hautfetzen sorgfältig wieder an ihren Platz. Nach dieser kurzen Inspektion meinte er, dass seine Rippen gebrochen waren. Als er das blutige Geldstück noch einmal betrachtete, sah er die Delle, wo die Kugel es getroffen hatte.

»Was geht hier vor?«, flüsterte Helena. »Wie können Sie … *wie?*«

Wilson hielt die Münze zwischen den Fingerspitzen. Ein Ägyptisches Pfund – genau das, das sein Großvater ihm geschenkt hatte, seine Schicksalsmünze. Das Rätsel ihrer Beschädigung, über das Wilson sich oft den Kopf zerbrochen hatte, war gelöst.

»Sie sollten gar nicht mehr am Leben sein!«, sagte Helena.

»Die Kugel hat Farouks Geldstück getroffen«, erklärte Wilson. »Sie steckte in meiner Brusttasche.« Er war zwar benommen durch den Heilungsprozess, konnte sich aber gut an das Gesicht des kleinen Ägypters erinnern.

Helena sperrte ungläubig den Mund auf.

»Eine Münze in Ihrer Brusttasche getroffen?« Sie war wie vor den Kopf geschlagen. »Fühlen Sie irgendetwas?« Plötzlich verstand sie, was sie bei einer Vision gesehen hatte. Wilson besaß ein Mittel, mit Schmerzen fertig zu werden. Dadurch hatte er aus dem Krankenhaus fliehen können. Sie saß mit überkreuzten Beinen auf der Brücke und traute sich nicht, sich zu rühren, aus Angst, dadurch aus einem Traum zu erwachen.

Vorsichtig zog Wilson sich das Hemd aus und wischte sich damit das Blut ab. Er sah an sich hinab. Die Wunde blutete kaum noch.

»Fühlen Sie irgendetwas?«, fragte Helena noch einmal.

Wilson riss einen Stoffstreifen ab und wickelte die Münze darin ein. Das Ägyptische Pfund hatte ihn sein ganzes Leben begleitet, und hier war es – mitsamt der Delle von einer Kugel, die ihn das Leben gekostet hätte. Darüber nachzudenken war frustrierend kompliziert. Er steckte die Münze in die Hosentasche.

»Ich muss mich hinlegen«, flüsterte Wilson erschöpft. »Nur für eine Weile.« Er war bleich wie Elfenbein und glaubte, jeden Moment in Ohnmacht zu fallen.

Helena nahm seine Hand und stützte ihn. Bis zu diesem Moment hatte sie vor lauter Bestürzung nicht klar denken können. Halb trug sie ihn zum Ende der Brücke, wo keine Gesteinssplitter lagen, und legte ihn an die Wand der Pyramide, setzte sich neben ihn und bettete seinen Kopf in ihren Schoß.

»Ich bin bei Ihnen«, sagte sie beruhigend. »Ich kann es nicht glauben. Ich bin so froh, dass Sie noch am Leben sind.« Sie war überwältigt von Dankbarkeit, dass ihr diese zweite Chance geschenkt wurde.

Wilson lächelte und hauchte kaum hörbar: »Ich muss mich nur ein bisschen ausruhen«, und versank in Bewusstlosigkeit.

Fünf Stunden später erwachte Wilson aus seinem selbst verursachten Koma. Er lag noch genauso da, Helena saß mit geschlossenen Augen über ihn gebeugt. Ihr Atem strich über seine Stirn, und er genoss einen Moment lang die Nähe ihres warmen Körpers.

Sie schreckte hoch, als er seinen Omega-Befehl widerrief.

»Sie sind wach«, sagte sie schläfrig. Ihr Blick fiel auf ihre Armbanduhr. »Wir sind schon seit Stunden hier. Ich wollte Sie schlafen lassen.«

In Anbetracht der Umstände fühlte Wilson sich erstaunlich gut. Langsam hob er den Kopf und sah sich um. Der Staub aus der Luft hatte sich gesetzt, und es war düsterer geworden, weil die meisten Lampen erloschen oder in den Abgrund gestürzt waren.

Helena betastete Wilsons Brust. »Ihre Wunde?« Die Haut war zugewachsen; nur noch ein roter Rand war zu sehen. »Sie werden es nicht glauben …«

»Ich habe einen Heilungsbefehl benutzt«, sagte er.

Helena versuchte, nicht allzu überrascht auszusehen. »Kann das in Ihrer Zukunft jeder?«

Er setzte sich auf. »Nein.«

»So haben Sie auch den Autounfall überlebt, nicht wahr?«

Wilson nickte. »Das ist ein zerebraler Befehl. Die natürlichen Heilprozesse werden dadurch beschleunigt.«

»Und so können Sie auch bei Dunkelheit besser sehen? Durch einen ähnlichen Befehl?«

»Ja.«

Wilson schaute durch die Höhle, sah, dass die anderen drei Brücken verschwunden waren und auf ihnen eine dicke Schicht Gesteinssplitter lag. Die vier Eingänge zum Labyrinth fehlten ebenfalls; sie waren durch große Steinblöcke verschlossen. Die Höhlendecke gab es nicht mehr, wie in der Prophezeiung angekündigt.

»Das war ein Erdbeben«, sagte Helena. »Gleich nach dem ersten Schuss ging es los.«

»Und Visblat?«

Sie zeigte zur anderen Seite. »Er ist zurück ins Labyrinth gelaufen. Ich weiß nicht, ob er es nach draußen geschafft hat.«

Wilson befühlte seine Rippen und fand die kantige Vertiefung, wo die Münze hineingepresst worden war. »Ich kann nicht glauben, dass Visblat auf mich geschossen hat.«

»Er ist besessen«, meinte Helena. »Man sieht es ihm an den Augen an.«

»Visblat brauchte mich für irgendetwas. Das weiß ich. Sonst hätte er nicht so viel Ärger auf sich genommen, um mich zu schnappen. Ich verstehe das nicht.«

»Er wollte *mich* erschießen«, erklärte Helena und fuhr sich frustriert durch die Haare. »Ich konnte einfach nicht abdrücken.« Visblats furchterregender Blick trat ihr wieder vor Augen, und ihr brach der kalte Schweiß aus. »Ich weiß nicht, wie das passiert ist.« Ihr Atem ging flacher, als sie das Gesicht ihrer Mutter vor sich sah. »Ich war wie gelähmt«, murmelte sie.

Wilson hockte sich auf die Knie. »Sie können nichts dafür. Seine Augen wurden modifiziert. Sie hätten ihn nicht erschießen können, selbst wenn Sie gewollt hätten.«

»Er ist nur ein Mensch!«, erwiderte Helena zornig. »Ich hätte Sie doch beschützen können müssen.« Jeder Muskel ihres Körpers war angespannt. »Ich wusste, dass er schießen würde, aber ich konnte nichts tun!« Sie spürte noch den Abzug am Finger, die Kälte des Stahls. Das war genau die Situation, die sie nie wieder hatte zulassen wollen.

Wilson tat sein Bestes, um die Sache mit Visblats optischen Trakenoiden zu erklären und was beim Militär getan worden war, um das Verfahren zu verfeinern. »Sie hätten gar nichts tun können«, versicherte er noch einmal, doch sie ließ sich nicht beruhigen.

»Das spielt alles keine Rolle. Ich hätte es nicht geschehen lassen dürfen.« Ihr Ton wurde plötzlich vorwurfsvoll. »Visblat aus der *Zukunft,* und Sie behaupten, Sie hätten ihn noch nie gesehen! Er schien Sie zu kennen! Wie viele Zeitreisende sind eigentlich hier?«

»Offenbar einige«, antwortete Wilson sarkastisch. »Und ich bin übrigens ziemlich sicher, dass ich mich an *diesen* Burschen erinnern würde ... Schließlich ist er nicht gerade eine Schönheit.«

Wilsons Blick fiel auf die Grundmauer der Pyramide hinter ihnen. »Haben Sie das gesehen?«, fragte er. Eine glatte schwarze Scheibe aus einer Art Keramik war in Brusthöhe freigelegt worden. Während der folgenden Minuten untersuchte er minutiös die umliegenden Steinquader, um nichts zu übersehen.

Helena nährte derweil ihren Zorn. »Wie hieß denn das Codewort«, fragte sie, »das Barton Ihnen genannt hat?«

»Das habe ich erfunden.«

Sie sah ihn verwirrt an. »Erfunden?«

»Ja.«

»Es gibt gar kein Codewort?«

»Richtig.«

»Woher wussten Sie dann, dass Visblat log?«

»Ich kann Ihnen eines garantieren: Barton hat ihn bestimmt nicht hergeschickt. Wenn er das getan hätte, hätte Visblat gewusst, dass der Zufall ein Wegweiser des Schicksals ist. Diese dumme Bemerkung habe ich zwei Wochen lang zehnmal am Tag zu hören bekommen. Wie auch immer ... Visblat behauptete, Bartons Leben würde davon abhängen, dass das zweite Portal offen bleibt. Das leuchtete mir nicht ein ... auch jetzt noch nicht.«

Wie Helena ihn dort stehen sah, verspürte sie plötzlich das Verlangen, sich zu kneifen. Er war am Leben, direkt vor ihr, mit offenem Hemd und so großspurig, als wäre nichts geschehen. Seine Hose war an der linken Seite blutverkrustet, aber sonst sah er gut aus. Das war bemerkenswert.

»Mal sehen, was passiert, hm?« Furchtlos stieß Wilson gegen die schwarze Keramikscheibe. Ein lautes Knirschen war zu hören, als würden Felsen aufeinandermahlen.

»Warum haben Sie das getan?«, fragte Helena aufgeregt und blickte nach rechts und links. »Immer wenn Sie etwas anfassen, gibt es ein Erdbeben!« Sie sah zu den zackigen Rändern der Höhlendecke und wartete, dass etwas Schreckliches passierte.

Doch es rieselte nur harmlos aussehender weißer Sand aus zwei schrägen, zwei Meter langen Spalten im Mauerwerk. Innerhalb weniger Augenblicke bekam der Steinblock dazwischen Risse und zerbröckelte, bis ein dreieckiger Durchgang freigelegt war, aus dem ein kalter Luftzug wehte.

»Sie machen sich zu viele Sorgen«, meinte Wilson.

»Versprechen Sie mir nur, dass Sie nichts mehr anfassen, bitte.« Leise zischend entzündete sich eine weitere Reihe von Lampen und beleuchtete eine steile, schmale Treppe, die aufwärts in die Pyramide führte.

»Dann sollte ich Ihnen wahrscheinlich nicht von der Portalkammer erzählen«, sagte er. Ohne auf eine Reaktion zu warten, nahm er Helena an der Hand und zog sie den V-förmigen Treppenaufgang hinauf. Sie gingen mindestens hundert Stufen; dann bog der Gang nach links ab, wo ihnen ein grell weißes Licht entgegenschien.

Als sie bei dem dreieckigen Ausgang ankamen, spähte Wilson um die Mauerkante. Die Kammer besaß die Form einer Pyramide mit einer Basis von zehn Quadratmetern. Drinnen herrschte ein phosphoreszierendes, beinahe überwältigendes Licht. An jeder der vier Wände stand eine einzelne Hieroglyphe. Wilson kannte sie gut. »Norden, Süden, Osten, Westen«, sagte er. In der Mitte stand ein hohes Steinpodest in zylindrischer Form, darauf leuchtete eine Kristallpyramide.

»Die Aufgabe«, sagte Wilson, »besteht darin, die kleine Pyramide in eines dieser Löcher zu stecken.« Er zeigte auf die vielen rechteckigen Vertiefungen in der Steinsäule. Es waren über achtzig, sodass sie einem Schachbrett glich.

»Woher wollen Sie wissen, welches Sie nehmen müssen?«, fragte Helena.

Wilson stieg auf das Podest und machte sich bereit, die faustgroße Pyramide aus der Halterung zu nehmen. »Erlöse die Morgensonne«, zitierte er, was bedeutete, dass er wohl eines der zwanzig Löcher an der Ostseite nehmen musste. Wenn er die Kristallpyramide dort platzierte, würde das die Schumann-Frequenz senken und das Magnetfeld der Erde reduzieren. Wenn er sie im Westen platzierte, hätte es den gegenteiligen Effekt.

»Es gibt zu viele Möglichkeiten«, warnte Helena.

In gespannter Konzentration rieb Wilson Daumen und Zeigefinger aneinander und hob die glänzende Figur von ihrem Sockel. Sofort wurde die Kammer in ein rotes Licht getaucht.

»Es wird doch diesmal keinen Sturm geben? Mit Gewitter und dergleichen?«, fragte Helena ängstlich.

»Überhaupt nicht«, antwortete Wilson. Die Kristallfigur vibrierte in seiner Hand. Das Gefühl erinnerte ihn an die Kupferrolle, nur dass sie einen höheren Ton von sich gab.

»Können Sie das hören?«, fragte er. Dabei drehte er sie hin und her, und die Frequenz änderte sich jeweils. So schwenkte er sie über die Öffnungen an der Ostseite der Säule und hatte kurz darauf die Stelle ermittelt, wo das Kristall in der Tonhöhe der Kupferrolle sang. Seiner Schätzung nach 6,53 Hertz.

Instinktiv steckte er die Figur in die entsprechende Vertiefung.

Die roten Wände wurden pechschwarz, und ein unheimlicher weißer Lichtstrahl schoss aus dem Kristall zum Scheitelpunkt des Raumes. Geblendet taumelte Wilson rücklings vom Podest und landete vor Helenas Füßen. Die kurze Säule begann sich gegen den Uhrzeigersinn zu drehen, immer schneller und schneller; der Lichtstrahl schwenkte umher wie ein Suchscheinwerfer. Während sie an Geschwindigkeit zunahm, wurde das Pfeifen, das sie erzeugte, stetig lauter.

Plötzlich ging alles in Zeitlupe über.

Wilson, der das Geschehen von Chichén Itzá noch frisch im Gedächtnis hatte, packte Helenas Arm und stieß sie zum nördlichen Ausgang, doch sobald sie sich näherten, verschwand er vor ihren Augen.

»Da!«, Helena zeigte mit ausgestrecktem Arm.

An der Ostwand war ein neuer Ausgang entstanden. Beim zuckenden Licht des wirbelnden Minischeinwerfers rannte das Paar, von der Verlangsamung der Zeit verwirrt, in den schwarzen Gang, der sich aufgetan hatte. Kaum hatten sie ihn betreten, sauste hinter ihnen ein Granitblock herab.

Die Portalkammer war verschlossen.

Alles war still.

Der Boden neigte sich leicht zur Seite.

In der Ferne war ein schwacher goldener Lichtbogen zu sehen. Wilson strengte die Augen an, um zu erkennen, was das war. Dann sauste ein weiterer Steinblock hinter ihnen herab und verfehlte Wilson nur um Zentimeter.

Der Gang würde nach und nach einstürzen!

Das Paar rannte los. Die Zeit verrann so langsam, dass sie das Gefühl hatten, sich gar nicht zu bewegen. Mit jedem Schritt wurde es heller im Gang, und beim Laufen rieselte ihnen Sand ins Gesicht, der auch in Mund und Nase eindrang und aus feinen Rissen von der Decke fiel, wie sie sehen konnten.

»Schneller!«, rief Wilson.

»Das ist die aufgehende Sonne!« Helena zeigte auf den goldenen Schein am Ende des Ganges. Ihre Stimme war zu einem tiefen Dröhnen verzerrt.

Der Gang führte sie nach Osten aus der Pyramide hinaus.

Er schloss sich systematisch, als ein Steinquader nach dem anderen immer schneller herunterkrachte.

Wumm … wumm … wumm … wumm …

»Schneller, Helena! Schneller!«, brüllte Wilson und trieb sie vor sich her.

Eine Böe fauchte an ihnen vorbei, als sie mit einem Satz ins Freie sprangen und auf einem schmalen Sims landeten, während sich hinter ihnen der letzte Abschnitt des Gangs mit knirschendem Poltern schloss. Sie fanden sich an der Ostwand der Chephren-Pyramide wieder, auf dreiviertel Höhe, dicht unterhalb der Kalksteinverkleidung.

Die Zeit kehrte zu ihrer gewohnten Geschwindigkeit zurück.

Am Horizont stieg die Sonne in den klaren ägyptischen Himmel. Kein Lüftchen regte sich. Das geschäftige Kairo erstreckte sich vor ihnen. Zu beiden Seiten des Nils hob sich grünes Ackerland gegen die Monotonie der Wüste ab.

»Haben Sie gespürt, wie alles in Zeitlupe überging?«, fragte Helena. »Es war genau wie in Chichén Itzá.«

»Ja«, sagte Wilson. Er hatte sich bei der harten Landung die Ellbogen blutig geschrammt. Nun sah er zum Himmel auf, wo sich wie aus dem Nichts ein paar dunkle Wolken bildeten. »Ich glaube, wir müssen hier weg.«

Die Temperatur sank schlagartig, und die Luft wurde feucht. Es donnerte.

»Sie haben gesagt, es gibt diesmal kein Gewitter«, rief Helena.

Wilson blickte die Pyramidentreppen hinunter. »Das war gelogen. Und jetzt los!«

Nur zwanzig Sekunden später ging heftiger, sturmgepeitschter Regen über die Landschaft nieder und tauchte die Welt in dunstiges Grau. Die Luft war mit Feuchtigkeit gesättigt. Wilson und Helena kletterten Stufe für Stufe die Pyramide hinunter. Sturzbäche ergossen sich über die Steinblöcke und trieben die beiden zu größerer Hast.

»So hat es in Gizeh seit zehn Jahrhunderten nicht mehr geschüttet!«, rief Wilson. »Sonst regnet es hier höchstens drei Zentimeter im Jahr!« Die bekam das Plateau jetzt innerhalb von fünf Sekunden ab.

Es donnerte ununterbrochen.

Der Wind fegte in heftigen Böen über die Pyramidenwand.

Die Sturmwolken knisterten wie eine überlastete Batterie.

Der Himmel wurde immer dunkler.

Ein greller Blitz – Millionen Volt – schlug mit ohrenbetäubendem Knall in das Bauwerk ein. Das Regenwasser gab den Großteil der Ladung weiter.

Wilson und Helena wurden kopfüber in die Luft geschleudert und landeten im nassen Sand.

39.

Kairo, Ägypten
Ritz Carlton Hotel
21. Dezember 2012
Ortszeit: 7.00 Uhr
Unternehmen Jesaja – siebenundzwanzigster Tag

Am anderen Ende der Stadt saß Visblat in seiner Hotelsuite im zweiten Stock. Der Raum sah verheerend aus. Umgeworfene Möbel, Lampen und ein Flachbildfernseher lagen am Boden verstreut.

Visblat stand auf, ballte die Fäuste vor Wut und durchmaß das Zimmer, um eine weitere Delle in die Wand zu treten. Dann richtete sein zorniger Blick sich auf die .44 Magnum, die auf dem Nachttisch lag. Er durchlebte noch einmal den Augenblick, wo er abgedrückt hatte.

Ein heftiges Bedauern brannte ihm in der Brust – so, wie seine Kugel in Wilsons Brust gebrannt haben musste.

Warum hat er dieses Miststück geschützt?, fragte er sich. *Sie hat alles ruiniert!*

Er schenkte sich noch einen Scotch ein und kippte ihn hinunter.

Dass er Wilson erschossen hatte, war ein Fehler gewesen, den er für den Rest seines Lebens würde tragen müssen. Visblat blickte zu der Waffe und schätzte seine Möglichkeiten ab. Vielleicht war das der Augenblick, um mit allem Schluss zu machen, überlegte er, und seine Depression siegte über seinen Lebenswillen.

Das war zweifellos der einzige Ausweg aus diesem Alptraum.

Er goss sich neu ein und stürzte den Scotch hinunter, um sich

Mut zu machen. Die Flasche war dreiviertel leer. Während er sich mit dem Ärmel den Mund abwischte, sah er zu der Waffe, die geladen und entsichert dalag, und streckte den Arm danach aus. In diesem Augenblick kam ein ungewohnter Laut von den Fensterscheiben, wie um ihn zurückzuhalten.

Es regnete.

Visblat brauchte einen Moment, um zu begreifen, was passiert war. Mit leicht wackligen Knien ging er zur Balkontür und schaute nach Westen zum Gizeh-Plateau. Ein dichter, grauer Regenschleier fegte über die Stadt. Er spürte, wie sein Puls stieg. Innerhalb von Sekunden verringerte sich die Sicht auf zehn Meter. Es schüttete so heftig, dass der Garten und die Straße vor dem Hotel unter reißenden Bächen schlammigen Wassers verschwanden.

War das zweite Portal geöffnet worden? Das war die einzige Erklärung.

Visblat fiel der ärztliche Bericht wieder ein, den er in Houston gelesen hatte, und ihm dämmerte etwas. Dowlings Verletzungen von dem Autounfall waren als schwer eingestuft worden. Lag der Fall wieder genauso?

Dieser Bastard hat mich ausgetrickst!

Dowling hätte nach diesem Unfall eigentlich nicht einmal imstande sein dürfen zu laufen. Visblat nickte begreifend. Wie es schien, verstand sein Rivale sich darauf, dem Tod ein Schnippchen zu schlagen. *Das ist es!* Barton musste etwas mit ihm angestellt haben … ihm irgendetwas beigebracht haben. In den Schriftrollen mussten Informationen stehen, die Andre übersehen hatte. *Dieser Narr!*

Ein Blitz fuhr aus den Wolken über Gizeh, und das flackernde Licht erleuchtete das Hotelzimmer. Benebelt vom Alkohol trat Visblat auf den Balkon und ließ sich den ernüchternden Regen übers Gesicht strömen. In einem völligen Stimmungswandel streckte er die Arme wie zu einem flehentlichen Gebet zum Himmel aus. Offenbar war Wilson noch am Leben.

Visblat war bis auf die Haut durchnässt, doch ein schamloses Grinsen hatte sich auf sein Gesicht gelegt. Er hatte Grund weiterzuleben.

40.

Gizeh-Plateau, Ägypten
Basis der Cheops-Pyramide
21. Dezember 2012
Ortszeit: 7.02 Uhr
Unternehmen Jesaja – siebenundzwanzigster Tag

Immer wieder schlugen Blitze in die Chephren-Pyramide ein und rissen sie für Sekundenbruchteile aus dem Dunst.

Wilson fühlte, wie Helena ihn auf die Füße zog. Er war erschöpft und wusste nicht so recht, was eben passiert war.

»Stehen Sie auf«, rief sie wütend. »Wir müssen von hier verschwinden!«

Wilson fand das Gleichgewicht, während das strömende Regenwasser seine Knöchel umspülte. Der Wüstensand war mit den Wassermassen, die vom Himmel stürzten, hoffnungslos überfordert. Der Pegel stieg mit jeder Sekunde.

Helena übernahm die Führung und zog Wilson durch das Unwetter, während hinter ihnen die Blitze niederzuckten. Wilsons Gelenke schmerzten, und er fühlte sich wund, als hätte er am ganzen Körper Schläge kassiert. Er war vom Blitz getroffen worden, schloss er. Er erinnerte sich bloß noch, wie er die letzten Blöcke der Pyramide hinuntergeklettert war – dann war der Film gerissen. Schwärze und Stille, bis Helena ihn schreiend ins Bewusstsein zurückholte und auf die Beine zog. Nach Helenas Vorbild hielt er sich beide Hände über Mund und Nase, um bei dem Regen Luft zu bekommen. Sie platschten an der scheinbar endlosen Grundmauer einer weiteren Pyramide entlang, der Cheops, deren Stufen sich in einen Wasserfall verwandelt hatten.

Allmählich trat die Silhouette eines modernen Gebäudes aus dem Regenschleier hervor. Es war genau das, wonach Helena gesucht hatte. Sie rannte auf den Eingang zu und rüttelte an den Glastüren. Sie waren mit einem schweren Vorhängeschloss gesichert. Eine Wand aus schäumendem Wasser rollte auf sie zu wie eine Brandungswelle. Helena zielte und gab einen Schuss auf die Türscheibe ab, die ein Netz von Rissen bekam. Helena trat sie ein, als die Woge den Hauseingang verschluckte. Wilson wurde in die Stille des Treppenhauses gespülte und mühte sich neben seiner Begleiterin die Betonstufen hinauf. Das wirbelnde Wasser strömte immer weiter in das Gebäude, während sie die Treppe hinauf ins Trockene stiegen.

»Das ist ein Museum«, sagte Helena. »Das einzige moderne Gebäude hier. Hier ist irgendein königliches Boot ausgestellt.«

Wilson schmerzte noch immer jede Bewegung.

Von der Treppe gelangten sie in eine weite Halle, in der ein einzelnes restauriertes Boot stand. Das schlanke Schiff war an Masten befestigt. Es war ganz aus Zedernholz, gute dreiundvierzig Meter lang, hatte einen geschwungenen Bug und ein Deck, das sich an beiden Enden elegant verjüngte. Fünf dicke Riemen ragten an beiden Seiten aus dem Rumpf, und am Heck schaute ein langes Ruder hervor.

Der Regen prasselte auf das schräge Glasdach des Museums. Blitze leuchteten durch die Fenster.

Mit triefenden Haaren und Kleidern las Helena ein Kupferschild an dem Podest, wie um sich abzulenken. »Es hat Pharao Cheops gehört«, sagte sie. »Hier steht, dass dieses Boot ihn ins nächste Leben getragen hat. Es wurde 2566 vor Christus als Teil seiner Schätze mit ihm bestattet.«

Die Königsbarke war außerhalb der großen Pyramide in einem dreißig Meter langen Hohlraum eingemauert und in 650 Teile zerlegt gewesen. Nach der Entdeckung und fünf Jahren der Restaurierung war sie in neuer Schönheit in das brandneue

Museum gebracht worden, das genau auf der Stelle stand, wo das Boot so lange verborgen gewesen war.

Draußen tobte noch immer das Gewitter.

Wilson gingen Bilder durch den Kopf, wie das Schiff vor 4500 Jahren, von Sklaven gerudert, langsam den Nil hinunterglitt. Er stellte sich den Pharao mit prunkvollem Kopfputz und Lendenkleid vor. Seine vier Frauen ruhten an Deck. Kleine Kinder, auch sein ältester Sohn Chephren, spielten rings um ihn in der Sonne.

Helena strich sich die Haare aus dem Gesicht. »Was glauben Sie, wie lange das Unwetter noch anhält?«

Wilson wusste es nicht, sagte aber: »Nicht mehr lange.« Mit schmerzenden Muskeln stieg er mühsam die Stufen zur nächsten Besichtigungsebene hoch, die über die gesamte Seite der Halle reichte. Das Boot war prachtvoll, das Holz dunkel wie reife Pflaumen, und jede Verbindung präzise und festgefügt. Auf dem hinteren Deck gab es eine rechteckige Kajüte. Wilson schaute hinein. Sie hatte Chiffongardinen in Rosa und Hellblau und ein niedriges, goldverziertes Bett, auf dem Dutzende Seidenkissen lagen.

An verschiedenen Stellen des Museums rann der Regen durch das Dach und sammelte sich zu immer größeren Pfützen.

»Wenn das Unwetter noch schlimmer wird«, sagte Wilson, »sollten wir hoffen, dass dieses Ding schwimmt.«

Helena dachte daran, wie sie um Wilson getrauert hatte, als er scheinbar tot in ihren Armen lag. Das Gefühl war überwältigend, selbst jetzt noch. Sie betrachtete ihn, seinen Gang, seine nackte Brust, den Bauch, das Lächeln, mit dem er sie bedachte und dabei ein restloses Selbstvertrauen verströmte. Sie fand ihn gutaussehend, nicht mehr enervierend wie sonst. Während sie Wilson in die Kajüte folgte, öffnete sie ihre Kevlar-Weste und ließ sie fallen. Ihre nassen Sachen klebten an jeder Rundung ihres Körpers.

Sie sah ihm in die Augen.

Schon wie sie ihn anblickte, machte ihn verlegen.

»Solange dieses Wetter anhält, können wir hier nicht weg«, sagte sie leise. »Stimmt's?«

»Wahrscheinlich nicht.«

»Dann sitzen wir hier fest?«, stellte sie halb fragend fest.

Wilson blickte durch die Scheiben an der Ostwand. Das Unwetter schien immer noch zuzulegen. Das Dach ächzte und knirschte, als würde es jeden Moment davonfliegen.

»Da könnten Sie recht haben«, sagte er und hatte noch nicht ganz zu Ende gesprochen, als sie die Lippen auf seine drückte und ihm leidenschaftlich die Zunge in den Mund schob. Dann zog sie sich zurück und ließ ihn stehen.

War das nur ein Experiment, um zu sehen, ob er den Kuss erwidern würde?

Helena beobachtete, wie er überlegte.

Ein Wassertropfen kullerte ihr aus den Haaren über die Wange. Sie leckte ihn weg, als er die Oberlippe erreichte, hob die Hände an den obersten Hemdknopf und öffnete nacheinander alle Knöpfe. Der Sturm wütete gegen die Mauern des Museums, während sie sich das militärische Kleidungsstück auszog, sodass sie wie Wilson mit nacktem Oberkörper dastand.

Bei ihrem Anblick waren seine Muskelschmerzen vergessen, und er ließ sich rückwärts aufs Bett sinken. Helena kroch langsam über die Seidenkissen zu ihm und drückte sich an ihn. Ihre Lippen trafen sich zu einem sanften Kuss, der schnell drängender wurde. Der Wind pfiff durch das Dach des Museums, doch die Luft in der Kajüte der Königsbarke war vollkommen still. Nasse Kleidungsstücke wurden eins ums andere ausgezogen und landeten klatschend auf dem Boden. Ihre Haut war heiß und wurde schnell trocken.

Als Wilson mit der *Nummer 23* gesegelt war, hatte er solche Phantasien gehabt – und nun wurden sie wahr. Alles war so natürlich, so unkompliziert, als sie sich aneinanderdrängten und verlangend küssten.

Helena verlagerte ihre Küsse auf seinen Hals und die Brust.

Wilson betrachtete die sanften Wölbungen ihres Körpers, als sie sich bewegte. Einen Moment lang fragte er sich, ob der Pharao seine Frauen auf diesem Bett geliebt hatte. Aber wenn, war es bestimmt nicht mit dem vergleichbar, was er jetzt erlebte.

Helena spürte Wilsons Körperkraft, und das beflügelte ihr Verlangen. Wer war dieser Mann? Wahrscheinlich würde sie es nie ganz erfahren, doch sie fühlte sich zu ihm hingezogen, und je mehr sie sich berührten, desto heißer brannte das Feuer ihrer Leidenschaft.

Hingerissen von Helenas Schönheit hielt Wilson einen Moment inne. Das dunstige Blau ihrer Augen war umwerfend. Er zog sie auf sich, und sie setzte sich rittlings und küsste ihn so leidenschaftlich, wie sie noch nie geküsst hatte. Ganz gleich, was sie sonst noch für ihn empfand, ihr Verlangen nach ihm war überwältigend. Sie wollte ihn jetzt, egal was danach käme – sie wollte nicht länger warten.

Helena streckte sich auf ihm aus, und er glitt in sie hinein.

Sie bewegte sich sanft mit einer Kraft, die Wilsons Sinne überwältigte. Jeder Stoß war reine Ekstase. Helena kratzte sanft über Wilsons Haut und stöhnte voller Lust. Als sie den Orgasmus kommen fühlte, warf sie sich herum und zog Wilson auf sich, sah zu, wie er sie liebte, sie anbetete, sie mit Blicken verschlang. Die Minuten schrumpften zu Sekunden, als die Flut ihrer Vereinigung stieg und zurückwich wie das Meer unter dem Mond. Das Tempo steigerte sich, bis sie eine Welt erreichten, die sie beide noch nicht kannten, während Woge auf Woge der Lust durch ihre Körper brandete.

Es war, als ob jedes Quäntchen Leidenschaft, das Wilson je empfunden hatte, sich zu diesem Moment verdichtete. Teils lag es an der überraschenden Art ihrer Verbindung, teils daran, dass er in den letzten paar Tagen dem Tod ein paarmal knapp entkommen war. Seine Gefühle für Helena hatten sich in einem Maße intensiviert, das ihn erschreckte. Schwer atmend legte er sich neben sie und hielt sie fest.

Plötzlich fühlte er sich entblößt und wollte sie seine Gefühle nicht merken lassen. Doch er konnte nicht ahnen, dass sie in diesem Moment mit seinen Augen sah. Seine Tränen waren kein Geheimnis für sie.

Die Vision verblasste, als die Sonne durch die Wolken brach und auf den Bug des königlichen Bootes schien. Das Unwetter war vorbei, und sie hatten es nicht einmal bemerkt.

»Vielleicht hat dein T-Shirt doch nicht gelogen«, meinte Helena leise.

Wilson konnte sich kein Lachen abringen, und so betrachtete er nur Helenas Hand auf seiner Haut. Er wollte diesen Moment für immer in Erinnerung behalten.

Dann verdichtete sich die Erkenntnis in ihm, dass er eine Grenze überschritten hatte und dass es ein schwerer Fehler gewesen war, mit ihr zu schlafen – ein Fehler, den er zutiefst bereute.

»Warum bist du hier?«, fragte Helena, als reagierte sie auf seine Gedanken. »Du musst es mir sagen.«

Er küsste sie sanft auf die Stirn und versuchte verzweifelt, den Augenblick festzuhalten, doch er hatte sich bereits zurückgezogen.

»Hast du dich je gefragt, warum man das Gefühl hat, dass jedes Jahr schneller vorübergeht?«, fragte er. »Warum die Zeit schneller vergeht, je älter man wird?«

»Oh ja.«

»Es hängt mit der Schumann-Frequenz zusammen. Die Zeit läuft schneller, als es der Fall sein sollte, auch in diesem Augenblick. Und ich wurde geschickt, um sie abzubremsen.«

»Die Pyramiden können die Zeit abbremsen?«

»Sie wurden gebaut, um den Fluss der Zeit im Universum zu regulieren. Sie können die Zeit beschleunigen oder bremsen.« Wilson erzählte ihr vom Buch Jesaja und den Bauplänen für die Zeitmaschine. Er versuchte, ihr das alles in ein paar Minuten nahezubringen, redete über das Mercury-Team, die Qumran-

Bruderschaft und Vespasians Einmarsch in Judäa. Nach allem, was sie zusammen durchgemacht hatten, hatte sie das Recht zu erfahren, warum er gekommen war. Nur die Existenz der Kupferrolle verschwieg er ihr – der Schlüssel zum Verständnis der geheimen Algorithmen. Diese Information war zu kostbar und zu gefährlich, um sie weiterzugeben.

»Darum ist die Welt so voller Gewalt«, sagte er. »Wegen der Schumann-Frequenz. Wenn ihr Wert zu hoch ist, so wie jetzt, kann sie die Leute verrückt machen.«

Helena schoss das Bild ihrer Mutter durch den Kopf. Und sie konnte Wilson nur beipflichten. Die Welt war extrem gewalttätig.

»Und was kommt als Nächstes?«, fragte sie.

»Du meinst das dritte Portal? Es ist in England, an einem alten Druidenplatz bei Salisbury.«

»Stonehenge?«

»Ja.«

»Ich habe mich immer gefragt, wozu das Monument gebaut worden ist.« Zum ersten Mal, seit Helenas Visionen begonnen hatten, ergab alles einen Sinn. Sie war wie betäubt von dem, was sie erfahren hatte.

»Die Maschine meines Vaters steht auf dem Kairoer Flughafen«, bot sie an.

»Wenn ich das dritte Portal öffne«, sagte Wilson in nüchternem Tonfall, »werde ich in meine Zeit zurücktransportiert … in die Zukunft. Dein Leben wird normal weitergehen.«

Wilson versuchte bereits, seine Gefühle für Helena zu vergraben. Das wundervolle Zwischenspiel auf der Cheops-Barke war vorbei. Von nun an war kein Platz mehr für verwirrende Gefühle.

Er machte sich von Helena los und zog sich an. »Komm«, sagte er, »wir müssen gehen.«

41.

Kalifornien, Amerikanischer Kontinent
Mercury Building, Untergeschoss A5, Labor
23. Mai 2081
Ortszeit: 11.44 Uhr
Transporttest

Wilson war nicht bewusst, dass es auf den Tag genau ein Jahr her war, seit er mit Professor Author seine Schicksalsmünze geworfen hatte, als er Barton Ingerson durch einen nackten weißen Gang zum Mercury-Labor folgte. Er trug schwarze Hosen und eine schwarze dreiviertellange Jacke und fühlte sich vollkommen unsicher. Die Sicherheitstür öffnete sich, und sie gingen hinein. Sein Blick wurde sofort von der Transportkugel angezogen, die unter einer Reihe von Punktstrahlern unheilvoll leuchtete. Ihre gebogene, transparente Tür stand offen. Als sie herangingen, konnte er das Kristall leise summen hören.

Barton blieb ein paar Schritte davor stehen. »Ich möchte die Gelegenheit nutzen und Ihnen sagen, dass Sie Ihre Aufgabe erstklassig bewältigt haben. Ich bin sicher, Sie haben nun alle Informationen, die Sie brauchen, um das Unternehmen Jesaja zum Erfolg zu führen.«

»Sollten Sie das unbedingt hier sagen?«, meinte Wilson misstrauisch.

»In unserem Labor gibt es keine Überwachungsgeräte«, versicherte Barton. »Das ist ein geheimer Arbeitsbereich. Hier drinnen können Sie sagen, was Sie möchten.« Er zwinkerte – eine untypische Geste für ihn. »Sorgen Sie nur dafür, dass es keiner von Ihren Lippen ablesen kann.«

Durch die Glaswand sah Wilson das Mercury-Team bei der

Überprüfung des Transportsystems. Karin schaute über ihren holographischen Computer hinweg und begegnete seinem Blick, sah aber rasch wieder weg. Wilson drehte sich um und betrachtete die Kristallkugel. Er konnte sich noch nicht so recht entschließen, die Reise wirklich anzutreten – er musste sich etwas einfallen lassen, wie die Sache sich noch hinausschieben ließ.

»Ich bin neugierig, Barton«, sagte er. »Was läuft zwischen Ihnen und Karin?«

»Was meinen Sie?«

»Sie haben gesagt, wir sollten ehrlich miteinander sein.«

»Worauf wollen Sie hinaus?« Barton blockte das Thema sichtlich ab.

»Ich weiß, was ich gesehen habe.«

»Ich versichere Ihnen, es ist eine rein berufliche Beziehung.«

»Zwischen Ihnen geht etwas vor«, beharrte Wilson. »Und bevor ich in diese Kugel steige, will ich wissen, was.«

»Was reden Sie denn da?«

»Kommen Sie schon! Sie werden in Kürze meine Moleküle zerstäuben, Menschenskind! Und Sie haben gesagt, dass wir ehrlich miteinander sein sollten, bei allem. Ich habe meinen Teil dieser Abmachung erfüllt – jetzt tun Sie mir den Gefallen.«

»Für Ihre Aufgabe ist das völlig irrelevant.«

»Nicht für mich.«

Barton trat näher an ihn heran. »Warum glauben Sie, dass da etwas läuft?«

»Ich weiß es einfach!«, antwortete Wilson selbstbewusst.

»O Gott.« Barton seufzte.

»Das ist doch ganz offensichtlich, Barton.« Wilson beobachtete Karins Gesicht von weitem. »Und ich mache Ihnen keinen Vorwurf. Irgendwie tut es gut zu wissen, dass Sie auch nicht perfekt sind. Das gibt jemandem wie mir ein bisschen Hoffnung für die Zukunft.«

»Glauben Sie, dass auch andere es bemerkt haben?«, fragte Barton leise.

Wilson sah zu dem Team hinter der bombenfesten Scheibe hinüber. »Diese Leute sind hochintelligent, aber zum Glück nicht besonders scharfsichtig, was zwischenmenschliche Beziehungen angeht.«

Barton rieb sich das Kinn. »IQ versus EQ«, sagte er, als wäre damit alles erklärt. »Beim Emotionstest haben Sie außerordentlich gut abgeschnitten, Wilson. Ich sollte mich nicht wundern, dass Sie es bemerkt haben.«

»Also erzählen Sie: Wie lange geht das schon so?«

»Das ist jetzt wirklich nicht der Augenblick, um darüber zu reden. Richten Sie Ihre Gedanken auf das, was Sie zu tun haben. Bleiben Sie konzentriert.«

»Im Moment bin ich für alles dankbar, was mich davon abhält, in diese Kugel zu steigen, Barton. Ich könnte noch stundenlang über dieses Thema reden.«

Barton schaute zur Wanduhr. »Tut mir leid, Wilson. Es ist Zeit, die Reise anzutreten.«

Plötzlich fiel Wilson das Atmen schwer. Bestürzt blickte er auf die leise summende Transportkugel. »Tun Sie mir einen Gefallen«, sagte er. »Sagen Sie mir noch mal, dass alles gut gehen wird.«

Der Leiter der Forschungsgruppe, einer der intelligentesten Männer der Welt, musterte das Transportgerät mit echter Zuneigung. »Ich weiß, was ich tue.«

Wilson musterte die Laserkanonen, die ringsherum standen. »Das hat auch General Custer am Little Big Horn gesagt.«

»Es wird gelingen.«

»Hoffentlich haben Sie recht, Barton. Denn wenn die Sache schiefgeht, werde ich kaum in der Lage sein, Ihnen zu sagen, wie enttäuscht ich bin. Sind Sie sicher, dass Sie an alles gedacht haben? Ich fände es furchtbar, wenn Sie und Ihre Freundin irgendeine Kleinigkeit vergessen hätten und die Hälfte meiner Moleküle nach Pakistan schickten.«

»Denken Sie positiv, Wilson. Denken Sie an das, was Sie erreichen müssen. Ich sorge dafür, dass Sie hinkommen. Vertrauen Sie mir.«

Vertrauen Sie mir. Das hatte Barton neulich auch zu GM gesagt, wie Wilson sich erinnerte. Und da hatte er ihn belogen!

»Tragen Sie Ihre Kontaktlinsen?«, fragte Barton.

»Zum vierten Mal: ja«, fauchte Wilson.

»Ohne die Linsen sind Sie gefährdet.« Barton blickte erneut zur Countdown-Anzeige an der Wand. »Sie müssen jetzt einsteigen, Wilson. Es ist Zeit, dem Schicksal zu begegnen.«

Schicksal. Das Wort hallte Wilson durch den Kopf. Er stellte sich vor, wie Barton sagte: *Es war Wilsons Schicksal, in der Transportkapsel zu sterben.* Er hatte den dringenden Wunsch, sich mit ihm zu unterhalten – über irgendetwas. »Sind Sie nicht wenigstens ein bisschen neugierig wegen meiner EEG-Ergebnisse? Sie haben mich nie gefragt, warum sie so ungewöhnlich sind.«

»Das hätte mich nur beunruhigt«, meinte Barton.

Zum ersten Mal machte Wilson sich wegen seiner Omega-Programmierung Sorgen, sie könnte den Transportprozess stören. Er war überrascht, dass ihm das nicht früher eingefallen war.

»Auf jeden Fall bin ich sicher, dass Sie der Aufseher sind«, meinte Barton zuversichtlich. »Sie haben nicht nur die richtigen genetischen Merkmale für einen Transport, sie haben auch alle Eigenschaften, den Auftrag erfolgreich durchzuführen. Einige dieser Eigenschaften sind ungewöhnlicher als andere. Als ich GM neulich sagte, dass ich Sie auf jeden Fall nehmen würde, habe ich nicht gelogen. Sie wären meine erste Wahl gewesen, unabhängig von den Umständen. Also treffen wir eine Abmachung: Wenn Sie zurückkommen, können Sie mir alles über Ihre EEG-Ergebnisse erzählen und über die Kräfte, die Sie haben. Dann kann ich mich auf etwas freuen. Aber jetzt ist es Zeit für die Abreise.« Er winkte ihn zum Transportbehälter.

»Und Sie können mir – wenn ich wiederkomme – alles über

sich und Karin erzählen«, meinte Wilson. »All die spannenden Einzelheiten. Okay?«

Barton lächelte. »Abgemacht.« Er zögerte und rieb sich das Kinn. »Ach, übrigens … benutzen Sie während des Transports keine zerebralen Befehle. Das könnte Probleme geben.«

Wilson wurde plötzlich schlecht. »Wir hätten vorher darüber reden sollen!«, sagte er aufgeregt. »Ich wusste, das würde Schwierigkeiten geben. Wir sollten die Sache abblasen! Oder ein, zwei Tage hinausschieben. Ja, das würde schon reichen …« Barton legte ihm die Hand auf die Schulter und unterbrach ihn.

»Alles wird gut, Wilson«, sagte er bestimmt. »Denken Sie nur an eines: Lassen Sie sich von niemandem abhalten, den Auftrag zu Ende zu bringen. Bleiben Sie konzentriert.« Sein Blick war ermutigend. »Geben Sie acht beim Einsteigen.« Er deutete auf die Kugel. »Es ist nicht ganz so einfach.«

Wilson schaute auf den Boden. »Es ist seltsam«, sagte er ernst. »Da haben wir eine Zeitmaschine hier, und ich habe keine Zeit mehr. Ist das nicht paradox?«

»Das Gleiche habe ich zu Ihnen gesagt, als sie hier angekommen sind.«

»Ich weiß.«

Barton wollte lächeln, aber sein Gesicht spielte nicht mit. Er nahm die Hand von Wilsons Schulter und blickte ihn an wie einen lang vermissten Sohn. »Wissen Sie was? Ich bin neidisch. Sie machen sich zu einem unglaublichen Abenteuer auf.«

»Sie und Ihre Freundin müssen jetzt gut auf mich aufpassen«, witzelte Wilson und nahm Barton in eine herzliche Umarmung.

»Keine Sorge.« Barton hielt ihn fest. »Es wird schon gutgehen.«

Wilson wusste, dass er sich durch diese Versicherung besser fühlen sollte, doch die Wirkung blieb aus. Die Sekunden verstrichen. Schließlich atmete er tief durch und wappnete sich. Nicht nachdenken, einfach einsteigen, sagte er sich. Mit Herzklopfen kletterte er durch die Titanringe und das schmale Luk in die warme Imploderkugel.

Barton verschloss das Luk und reckte die Daumen nach oben. Nach außen war er ruhig, aber innerlich lief er auf Hochtouren.

Auf der Countdown-Anzeige stand: *5 Minuten 17 Sekunden.*

In weniger als sechs Minuten würde Barton erreicht haben, wofür er über zwei Jahre gearbeitet hatte. Er war erleichtert und aufgeregt zugleich.

Wilson stand allein in der Transportkapsel. Er wollte lachen. *Wie bin ich bloß hierher geraten?*, fragte er sich. Er kam sich vor wie in einem Goldfischglas. Er rückte eine der Kontaktlinsen zurecht. Es war schwer zu glauben, dass sie den Unterschied zwischen Leben und Tod bedeuten sollten. Er lächelte – er ließ sich *freiwillig* von Lasern zerlegen. Das war beinahe komisch. Beinahe.

Barton ging zielstrebig in den Kontrollraum und rief: »Alle Stationen bereit?«

Mit fliegender Hast überprüften die zwölf Mitglieder des Teams ihre Systeme. Alle Augen waren auf den Leiter gerichtet.

»Sieht alles gut aus«, sagte Davin.

Barton näherte sich der Hauptkonsole und stellte sich neben Karin.

»Eine Umarmung?«, flüsterte sie. »Das sieht dir gar nicht ähnlich.«

»Wilson war nervös«, erklärte Barton. »Er fürchtet, wir könnten die Sache vermasseln.«

»Ich wäre an seiner Stelle nicht nervös.« Dann sagte sie mit normaler Lautstärke: »Hier ist auch alles in Ordnung«, und richtete den Blick fest auf die Holographie vor ihr. »Dieses Experiment wird Geschichte schreiben.«

Du ahnst ja nicht, wie sehr, dachte Barton.

Die Temperatur lag 17,5 Grad höher als angezeigt. Barton hatte die diagnostischen Sensoren umprogrammiert – eine verblüffend einfache Lösung seines Problems. Sein Finger schwebte auf dem roten Auslöseknopf. Die Temperatur war perfekt, und der Zeitpunkt war gekommen. Er sah noch einmal zu Davin hinüber.

»Sind wir startklar?«, fragte Barton.

»Alle Systeme startklar«, antwortete Davin.

»Korrekt. Alle Systeme sind startklar«, wiederholte Andre.

Nacheinander gaben die Wissenschaftler ihre Zustimmung. Barton schaute zu Wilson. *Jetzt geht's los, mein Freund,* dachte er. *Jetzt gibt es kein Zurück mehr.* Plötzlich fuhr ihm ein Gedanke durch den Kopf wie eine Offenbarung: *Ich blicke auf den Aufseher.* Nach seiner Sicht bestand kein Zweifel, dass Wilson der Mann war, der in der Qumran-Rolle beschrieben wurde.

Er drückte auf den Knopf. Ein Klicken ertönte, und der Transportprozess begann.

Wilson zuckte zusammen. Barton beobachtete ihn von seinem Platz hinter der bombenfesten Scheibe und machte ein seltsames Gesicht. *Sie haben recht, Barton, ich bin ein Idiot,* dachte Wilson.

Mit einem lauten Gong begannen die glänzenden Titanreifen zu oszillieren. Die Lampen im Labor flackerten. Wilson sah in die Gesichter der Forscher, die ihn ebenfalls anblickten. *Ich wette, sie alle halten mich für einen Trottel.*

»Kann ich es mir noch anders überlegen?«, rief er.

Ein goldener Lichtstrahl schien plötzlich aus der Dunkelheit, und Wilson kniff beklommen die Augen zu. Die erste Energiesalve wurde auf ihn abgefeuert. *Denk an den Rembrandt,* sagte er sich, *an das schlafende Baby und die Engel.*

»Zwei Minuten bis zum Start«, verkündete Andre.

Ein leichtes Lächeln legte sich auf Bartons Lippen, und er erlaubte sich einen Moment lang, die Zeitmaschine zu bestaunen. Er hatte es geschafft! Bei einem Blick über die Anzeigen der Hauptkonsole sah er, dass alles reibungslos lief. *Genieße den Augenblick,* sagte er sich. *Du hast getan, was du konntest.*

Unerwartet wurden die Türen des Kontrollraums aufgerissen, und Jasper Tredwell erschien. Mit langen Schritten marschierte er auf die Hauptkonsole zu und streckte die Arme hoch.

»Stoppen Sie den Test!«, rief er.

»Bringen Sie ihn raus!«, schrie Barton und zeigte zur Tür.

»Ich sagte: Stoppen Sie den Test!«, forderte Jasper. Davin stellte sich ihm in den Weg, doch er war ihm körperlich unterlegen und wurde mühelos beiseitegeschoben.

»Alle machen mit Ihrer Arbeit weiter!«, rief Barton entschlossen. Und zu Jasper: »Gehen Sie bitte! Sie haben hier keine Befugnis!«

»Aber ich«, sagte GM, der plötzlich in der Tür stand. »Stoppen Sie den Test.«

Barton blieb fast das Herz stehen.

»Neunzig Sekunden bis zum Start«, rief Andre.

Wilson sah die plötzliche Aufregung im Kontrollraum. *Was machen denn die Tredwells da?*, wunderte er sich.

Im Hintergrund wummerte es laut, als gewaltige Elektrizitätsmengen aus den Elektromagneten zur Imploderkugel strömten. Eine neue Energieladung traf Wilson. Ihn kribbelte es am ganzen Körper, als die Laserkanonen in aufeinander abgestimmten Sequenzen feuerten.

Barton hatte gesagt, es würde nicht weh tun, aber woher wollte er das wissen? Mit der nächsten Energiewelle wurde das Prickeln stärker.

»Stoppt den Test!«, rief Wilson.

Barton setzte seine ganze Kraft ein, um Jasper von der Hauptkonsole wegzudrängen. »Das können Sie nicht tun!«, flehte er.

»Sie haben einen großen Fehler begangen«, sagte GM verächtlich. »Sie hätten uns die Wahrheit sagen sollen.«

»Ich habe Ihnen die Wahrheit gesagt!«, widersprach Barton.

Der alte Mann zeigte mit seinem Gehstock durch den Raum. »Stoppen Sie alles! Das ist ein Befehl!«

Bei einem Blick auf die Anzeigen sah Barton, dass die Phase bereits kritisch war. »Wenn wir das tun, wird Wilson sterben!«, rief er. »Die Collider sind schon dabei, ihn zu zerlegen! Alle weitermachen!«

Die Titanringe drehten sich immer schneller, bis sie sich in einen silbernen Nebel auflösten. Wilson fühlte ein Brennen auf der Haut, während die Energiewellen ihn trafen. Die Lasersalven nahmen zu. *Stoppt den Test!*, dachte er immer wieder. Doch seine Muskeln rührten sich nicht mehr, und er brachte keinen Laut heraus. Er war erstarrt, wie in Eis eingefroren.

Die Innenwände begannen zu flimmern.

Die Zeit dehnte sich.

Wilsons Atmung setzte aus, und alles wurde schwarz.

»Fünfzig Sekunden bis zum Start«, sagte Andre ruhig.

Die Energiekurven stiegen. Im Kontrollraum begann alles zu zittern wie bei einem Erdbeben. Wassergläser und Kaffeetassen ruckelten über die Tischplatten und fielen zu Boden.

»Leite EF-Vorgang ein«, rief Davin.

Es war Zeit, das elektromagnetische Feld zu öffnen.

Karin hielt den Finger über dem grünen EF-Knopf, doch Jasper winkte sie beiseite.

»Gehen Sie da weg!«, sagte er.

»Drücken Sie den Knopf, Karin!«, rief Barton.

»Sie haben mich belogen!«, sagte GM anklagend.

Barton zeigte auf das rautenförmige Gerüst im Labor. »Karin, öffnen Sie jetzt das Magnetfeld. Drücken Sie den Knopf! Sonst stirbt Wilson!«

Zwei Sicherheitsmänner erschienen in der Tür.

GM zeigte auf Barton. »Halten Sie ihn von dieser Konsole fern«, befahl er.

»Ich habe Sie nicht angelogen, GM«, beharrte Barton und wich zurück. »Das waren Informationen, von denen Sie nichts zu wissen brauchten.«

»Dreißig Sekunden!«, rief Andre.

»Wir wissen über das Unternehmen Jesaja Bescheid«, sagte Jasper. »Wir wissen, was Sie hier tun wollen.«

»Die Information war unwichtig für Sie«, sagte Barton. Die Wachmänner näherten sich vorsichtig und schoben sich zwischen ihn und die Hauptkonsole. »Die Firma wird keinen Schaden erleiden. Ich habe Ihnen mein Wort gegeben.«

»Sie hätten mich von dem Vorhaben unterrichten sollen«, sagte GM enttäuscht.

»Zwanzig Sekunden.«

Die Laser im Labor gingen systematisch auf volle Leistung, und Wilsons Körper zerplatzte in Millionen silberne Moleküle. Beim Anblick seiner plötzlichen Auflösung hielten alle im Kontrollraum die Luft an. Die Wissenschaftler fragten sich: Haben wir versagt? War es Quark-Gluonen-Plasma, auf das sie blickten, oder war es etwas anderes, etwas Entsetzliches?

Barton nutzte den Augenblick und stürzte an den EF-Knopf. Fast hätte er es geschafft, doch die Sicherheitsleute schleuderten den schlanken Mann mit Leichtigkeit zu Boden.

»Es tut mir leid, Barton«, sagte GM. »Ich kann nicht zulassen, dass Sie weitermachen. Es steht zu viel auf dem Spiel.«

»Drücken Sie den Knopf, Karin«, flehte Barton, »sonst ist Wilson tot!«

»Zehn Sekunden.«

»Drücken Sie den Knopf!«

Karins Hand schwebte mit ausgestrecktem Zeigefinger am selben Platz.

»Drücken Sie!«, schrie Barton.

Doch sie tat es nicht.

Zum ersten Mal seit zwanzig Jahren ließ Jasper sich zu einem Sprint herab und stieß Karin beiseite.

Barton wurde am Boden festgehalten und starrte mit verzerrtem Gesicht ins Labor hinunter. GM hatte keine Freude daran, seinen besten Mann so gedemütigt zu sehen. Dennoch blieb er eisern. »Ich muss mein Unternehmen schützen«, sagte er. »Ich habe keine andere Wahl.«

Barton konnte nicht verstehen, warum Karin den Knopf nicht drückte. Er hätte sie am liebsten mit Blicken durchbohrt. Stattdessen verfolgte er, was in der Transportkapsel passierte.

Andre zählte den Countdown. »Zehn … neun … acht …«

Fassungslos über das Geschehen der letzten zwei Minuten standen die Wissenschaftler des Mercury-Teams da und rührten sich nicht. Sie wussten nicht, was sie tun sollten. Die Laser im Labor erloschen, und die Vibration, die den ganzen Raum erfasst hatte, endete. Alles war wieder still.

Das schimmernde Plasma in der Kristallkugel spritzte gegen die Innenwand wie Gischt an eine Felsenküste. Alle wurden Zeuge des Todes von Wilson Dowling, davon waren sie überzeugt.

Davin erwog, einen Sprung an den EF-Knopf zu wagen, doch Jasper bewachte ihn, als würde sein Leben davon abhängen.

»Er wird sterben«, wimmerte Barton.

GM betrachtete ungerührt die leuchtenden Partikel im Transportbehälter.

Andres Stimme drang in die Stille. »Drei … zwei … eins … Zündung.«

Im Labor fing das rautenförmige Gerüst schwach zu glühen an. Dann, mit einem blendenden Lichtblitz, jagten die Partikel aus der Imploderkugel durch den Raum. Das Innere der Raute schimmerte wie Quecksilber.

Die Konduktorenbänke gingen auf volle Leistung.

Fünf Petawatt. Zehn Petawatt. Fünfzehn Petawatt.

Die Zeit verzerrte sich.

Wumm.

Das Magnetfeld öffnete sich, und das Quark-Gluonen-Plasma verschwand.

Dann wurde das Labor in Dunkelheit gehüllt. Kurz darauf flammte die Notbeleuchtung auf, und man sah, wie die Titanringe um den Transportbehälter schwerfällig zum Stehen kamen.

Jasper starrte mit offenem Mund auf die leere Kristallkugel. »Was ist passiert?«, fragte er. Er wandte sich Karin wegen einer Antwort zu, doch sie zuckte nur die Schultern.

»Das elektromagnetische Feld hat sich von selbst geöffnet«, stellte Davin ratlos fest. Er konnte es auch nicht begreifen.

»Sie meinen, der Transport hat stattgefunden?«, fragte Jasper aufgebracht.

Andre studierte die Anzeigen. »Ja … er hat stattgefunden.«

»Wie ist das möglich?«, stieß Jasper hervor. »Keiner hat den Knopf gedrückt. Wie kann das sein?«

GM drehte sich zu den Wachmännern um. »Lassen Sie den Mann los«, sagte er.

Als der Leiter der Forschungsgruppe wieder auf den Beinen stand, verwendete er große Sorgfalt darauf, seine Kleidung zu richten und sich die Haare glattzustreichen.

GM lächelte schlitzohrig. »Das war sehr beeindruckend, Barton. Sie haben den EF-Schalter mit einer Automatik versehen, nicht wahr? Wie immer haben Sie sich auf das Unerwartete vorbereitet.«

»Und das war genau das Richtige. Vielen Dank, GM«, sagte Barton.

»Wir müssen über die Situation sprechen«, sagte GM ernst. »Und wohin uns das geführt hat.«

»Ja.«

»Sie müssen müde sein«, sagte der alte Mann milde. »Gehen Sie schlafen. Wir werden gleich morgen früh darüber reden. Dann können Sie mir alles erklären.«

»Es tut mir leid, dass ich Informationen vor Ihnen zurückgehalten habe«, sagte Barton ernst. »Ich hatte keine andere Wahl.«

Zu seinem Enkel sagte GM: »Wie es scheint, wurden wir ausgetrickst, Jasper. Barton ist nicht ohne Grund unser bester Wissenschaftler.«

42.

Irgendwo über Südfrankreich
Capriartys Privatflugzeug
21. Dezember 2012
Ortszeit: 12.45 Uhr
Unternehmen Jesaja – siebenundzwanzigster Tag

Heller Sonnenschein strahlte durch die Bullaugen des Geschäftsflugzeugs. Im Hintergrund brummten zwei Rolls-Royce-Motoren in perfektem Einklang. Wilson drehte seine Schicksalsmünze über die Fingerrücken, während ihm lauter Wenn-Dann-Fragen durch den Kopf gingen. Sie hatte sein ganzes Leben begleitet. Diese Münze lag in seinem Schreibtisch in der Zukunft, und doch war sie hier, und ihre Reise dorthin begann gerade erst.

Er und Helena waren die einzigen Passagiere in der Kabine. Sie saß ihm gegenüber und studierte sein Gesicht. Als sich das Flugzeug zur Seite legte, glitten die Sonnenstrahlen über die Bordwand. Wilson hatte saubere Kleidung an – schwarze Hosen und ein weißes Pilotenhemd. Frisch rasiert sah er gut aus, wenn auch geistig abwesend. Im Gegensatz zu ihm war Helena angespannt. Ihr Liebesakt auf der Pharaonenbarke hatte starke Gefühle bei ihr wachgerufen.

»Woran denkst du?«, fragte sie.

»An diese Münze«, antwortete Wilson, wollte aber nicht weiter darüber reden. Er schenkte ihr ein kurzes Lächeln, um seinen inneren Aufruhr zu verbergen. Mit ihr zu schlafen war das Sinnlichste und Schönste gewesen, das er je erlebt hatte. Er wünschte sich nichts mehr, als sie wieder in die Arme zu nehmen, doch er wusste, dass das nicht klug wäre. Es gab keine Zukunft für sie.

»Dein Glück hat dich mal wieder gerettet«, sagte sie.

Wilson drückte die Fingerspitze in die Delle der Münze. *Eigentlich das Schicksal,* dachte er, doch es wäre arrogant, das zu sagen.

»Du hast recht, ich habe ziemliches Glück«, sagte er.

»Um ein Haar wärst du tot gewesen.«

Es folgten ein paar Minuten des Schweigens. »Wilson, es tut mir leid wegen Visblat.«

»Bitte, Helena, nicht schon wieder.«

Sie hatte das Gesicht des Hünen vor Augen. »Ich hatte ihn im Visier. Ich hatte ihn genau vor der Mündung.«

»Ich sage doch, du konntest nichts dafür.« Wilson wurde allmählich ungeduldig bei diesem Thema. »Du hast getan, was du konntest. Und jetzt hör auf damit.«

»Mir ist, als hätte ich dich im Stich gelassen.«

Er steckte sich die Münze wieder in die Brusttasche. »Du hast mich nicht im Stich gelassen, okay?«

Drei Stunden lang hatten sie das immer wieder erörtert. Und obwohl Helena durch Wilsons Reserviertheit verstört war, versuchte sie, optimistisch zu bleiben.

»Visblat muss schon länger in meiner Zeit sein«, sagte sie. »Er hat mindestens fünf Jahre für die Houstoner Polizei gearbeitet.« Sie hatten auch über die Gerüchte gesprochen, wonach der ehemalige Polizeichef wegen Mordes gesucht wurde, seit er nach einer Schießerei in der Asservatenkammer verschwunden war.

Es war klar, dass Visblat ein Zeitreisender war, ein Gen-EP – seine verstärkten Trakenoide bewiesen das. Aber die Frage blieb, wer er eigentlich war. Konnte er Bartons zweiter Kandidat gewesen sein? Seltsamerweise kam Visblats Stimme ihm irgendwie bekannt vor, sodass er immer wieder darüber nachdachte. Er konnte ihn nicht zuordnen, glaubte ihn aber irgendwoher zu kennen. Der Gedanke führte ihn zu der Frage, wie es sein würde, wenn er wieder zu Hause ankäme – in die Zukunft zurückkehrte. Welcher Empfang würde ihm bevorstehen? Wie würde die Sache sich auf sein Leben auswirken? Bartons Worte kamen ihm wieder in den Sinn: *Bleiben Sie zielstrebig, positiv, auf den Augenblick gerichtet.*

Wilsons stumme Grübelei brachte Helenas Zorn an die Oberfläche. »Wir müssen darüber sprechen, was passiert ist. Du verhältst dich, als würden wir uns gar nicht kennen!«

Die Vertrautheit von Helenas Körper, der Gedanke, in ihr gewesen zu sein, machte ihn schwindlig. »Es gibt nichts zu bereden«, sagte er.

Sie sah ihm in die Augen. »Du kannst doch nicht leugnen, was passiert ist!«

»Ich leugne gar nichts. Nur du machst eine große Sache daraus. Ich muss jetzt an andere Dinge denken.«

»Du bist wirklich unglaublich!« Helena starrte aus dem Fenster auf die weiße Wolkendecke. »Deine besonderen Kräfte, die du da hast, geben dir nicht das Recht, dich wie ein Arschloch zu benehmen.« Minuten vergingen.

Schließlich versuchte Wilson, Smalltalk zu machen. »Was macht dein Vater eigentlich beruflich?«

Sie atmete tief durch und fand sich mit seiner ausweichenden Art ab. »Grundstückserschließung.«

»Das ist ein sehr schönes Flugzeug.«

»Ich hatte meinem Vater versprochen, mich von dir fernzuhalten.« Helena war flau im Magen. »Ich hätte auf ihn hören sollen.«

Wilson wusste genau, wie sehr er ihr weh tat, und es zerriss ihn innerlich, aber für sie war es das Beste. Er starrte in ihre blauen Augen – die Farbe war unvergesslich. Plötzlich schoss ihm eine Frage durch den Kopf: Warum war diese schöne Frau so erpicht darauf, alles zu riskieren, nur um bei ihm zu sein? Er schloss, dass das ihr Schicksal sein musste.

Da Helena keine Reaktion erhielt, fragte sie: »Und was machst du beruflich?«

»Ich bin Student.«

»Wirklich?« Sie hätte ihn für einen Spion oder einen Regierungsberater oder etwas Ähnliches gehalten. »In welchem Fach?«

»Jura.«

»Diese Welt wird von Juristen ruiniert«, sagte sie, offensichtlich unbeeindruckt. »Sie schaffen nichts als Streit und Papierkram. Es muss etwas Besseres geben. Ich hatte gehofft, dass es in der Zukunft keine mehr geben würde.«

»Wir sind genauso wenig auszurotten wie die Küchenschaben.«

»Sag mal ehrlich«, fragte sie, um das Thema zu wechseln. »Wir kommst du mit dem Stress zurecht, den du bei deinem Auftrag hast? Wenn du die Portale öffnest und so weiter. Oder wenn du durch die Zeit reist.« Schon die Vorstellung, zerlegt zu werden, jagte ihr Schauder über den Rücken.

»Ich denke meistens nicht allzu viel über Konsequenzen nach«, antwortete er.

»Dann wirst du einen perfekten Juristen abgeben.«

Ihre Bemerkung amüsierte ihn. »Das ist komisch.« Wilson mochte sie – er mochte sie wirklich.

Helena dachte an das Unwetter über dem Gizeh-Plateau. Sie hatten am Morgen im Radio gehört, es sei in dieser Region der schlimmste Sturm seit Menschengedenken gewesen – gewaltige Überschwemmungen, Tausende Blitzeinschläge, viele Tote.

»Woher weißt du, dass die Schumann-Resonanz nicht schon wiederhergestellt ist?«, fragte sie.

»Wenn wir eine Cyberconnection hätten, könnte ich das herausfinden«, sagte er wegwerfend.

»Was ist denn eine Cyberconnection?«

Wilson stutzte. »Ein Computer.«

Sie sprang auf und öffnete über dem Pult ein Fach, in dem ein flacher Bildschirm und eine Tastatur zum Vorschein kamen. »Das muss dein Glückstag sein.« Helena setzte sich davor, tippte »Schumann-Resonanz« in das Feld der Suchmaschine ein und drückte die Entertaste. An oberster Stelle der Ergebnisse erschien die Website des Erdbebenzentrums in Berkeley, Kalifornien (NCEDC).

»Das ist es«, sagte Wilson und öffnete die Seite.

Es erschienen zwei Diagramme mit dicken, gezackten roten Linien, die aufwärts verliefen:

ERDIONOSPHÄREN-HOHLRAUMRESONANZ
PARKFIELD, KALIFORNIEN
ARRIVAL HEIGHTS, ANTARKTIS

Er hatte sie beide schon gesehen. Jeweils auf der linken Seite stand die Frequenz in Hertz, auf der unteren Skala das Datum. Für jeden Tag wurde ein Punkt hinzugefügt, der den Wert der Schumann-Frequenz widerspiegelte. Sie hatten die Werte von zehn Jahren vor sich, Tausende von Punkten. Und es gab nur einen Trend: aufwärts. Wilson schaute auf den Skalenwert und erschrak.

»Was hast du gesagt, wie hoch die Frequenz sein sollte?«, fragte Helena.

»6,53 Hertz«, antwortete Wilson niedergeschlagen. »In einer perfekten Welt.«

Helena zog mit dem Finger die Durchschnittswerte nach. Die Werte waren in den vergangenen sieben Jahren dramatisch gestiegen. Sie standen jetzt bei über elf Hertz, vereinzelt bei über dreizehn.

Wilson starrte auf das Diagramm – es war schlimmer, als er geglaubt hatte. Das erklärte, warum diese Welt im Vergleich zu seiner so gewalttätig und unstabil war.

»Warum ist die Frequenz da so schlimm?« Helena zeigte auf die Kurve für das kalifornische Parkfield.

»Mehr Menschen, mehr Angst«, sagte Wilson knapp. »Das ist es, was die Schumann-Frequenz hochtreibt. So ist es immer gewesen.«

»Wenn du in Stonehenge Erfolg hast, was passiert dann?«

»Dann wird ein Magnetenergiestoß durch die Energieportale zurückfließen. Die Schumann-Frequenz wird sich von da nach da bewegen.« Er schob den Finger auf die 6,5 Hertz.

»Das Leben in der Zukunft muss ganz anders sein«, sagte Helena nachdenklich. »All die Rätsel des Lebens sind wahrscheinlich gelöst.«

»Keineswegs«, sagte Wilson und versuchte zu lächeln. »Je mehr man versteht, desto deutlicher erkennt man, dass man nichts weiß.« Der Blick auf die Werte hätte ihn vorwärtstreiben müssen, doch er war eher zögerlich. Wenn er die Schumann-Frequenz korrigierte, würde er in seine eigene Zeit zurückgeschleudert werden und Helena nie wiedersehen.

43.

Flughafen London-Gatwick, England
Capriartys Privatflugzeug
21. Dezember 2012
Ortszeit: 13.52 Uhr
Unternehmen Jesaja – siebenundzwanzigster Tag

Die Bombardier Global Express stieß durch die Wolkendecke. Der Flughafen von London-Gatwick kam in den Blick. Es regnete, und die Lufttemperatur lag bei knapp über null Grad.

Das Flugzeug steuerte die Landebahn 08R an.

Als das Fahrwerk den glatten, nassen Asphalt berührte, setzte brausend der Umkehrschub ein, und der kleine Jet bremste ab und bog in ein privates Rollfeld ein. Er rollte zielstrebig auf eine Gruppe Hangars zu und kam an seinem angestammten Platz zu stehen, wo die Motoren verstummten.

Eine gebogene Treppe wurde zum Boden heruntergelassen, und Wilson streckte den Kopf ins Freie.

Captain Lewis schloss seinen Koffer und gab Helena seinen Pass. »Dafür könnte ich meinen Job verlieren.«

»Sie werden ihn nicht verlieren.«

Er deutete auf Wilson. »Doch, werde ich, wenn Ihr Vater das erfährt.«

»Ich übernehme die volle Verantwortung«, versprach Helena. »Ich werde mit meinem Vater fertig. Sie warten hier, bis ich Sie anrufe. Klar?«

»Aber, Helena ...«

»Ich sagte, Sie sollen hier warten!« Sie wandte sich ab. »Komm, Wilson, gehen wir.« Helena zeigte zum Hangar hinüber. »Er gehört der Gesellschaft meines Vaters. Sein Flugzeug steht hier, wenn er in England ist. Da drinnen stehen Wagen bereit.«

Wilson zog den Reißverschluss seiner Jacke zu. »Warum fliegen wir nicht bis nach Stonehenge?«

»Wir bekämen keine Flugerlaubnis, ohne zu viel Aufmerksamkeit auf uns zu ziehen.« Helena war nicht glücklich darüber. »Und der Zoll würde das Flugzeug durchsuchen. Wir haben drei Leute an Bord, aber nur zwei Pässe. Außerdem brauchen wir sowieso einen Wagen.« Ihrer Miene nach zu urteilen duldete sie keinen Widerspruch. »Ich bin für den Transport verantwortlich und ich sage, so ist es am einfachsten.«

Der Regen wurde heftiger, und Helena rannte über den Platz zum Hangartor. Sie drehte den Schlüssel im eiskalten Vorhängeschloss, schob die Tür auf und drückte auf den Lichtschalter. Der Hangar wurde hell erleuchtet. Die Luft war eisig und abgestanden. An der hinteren Wand der leeren Halle standen drei Autos ordentlich nebeneinander geparkt: ein roter Ferrari, ein silberner Mercedes und ein schwarzer Porsche Turbo.

»Der ist genau das Richtige für uns.« Helena öffnete die Fahrertür des Porsche.

»Helena«, sagte Wilson, bevor sie einstieg. »Ich habe mich wie ein Idiot benommen, seit wir, na ja … du weißt schon. Es tut mir leid. Die ganze Sache zwischen uns hat mich überrascht. *Du* hast mich überrascht.« Er senkte verlegen den Kopf. »Was hältst du davon: Ich bin wieder der Alte, und dann bringen wir die Sache gemeinsam hinter uns. Abgemacht?« Er reichte ihr die Hand über das Wagendach.

Helena blickte verärgert auf seine offene Handfläche. Ihr Atem bildete weiße Wölkchen in der kalten Luft. »Ich bin auch dafür. Bringen wir's hinter uns.«

Wilson hob die Sonnenbrille an und schaute ihr in die Augen. »Keine Sorge, Helena, ich empfinde dasselbe.« Er war sicher, dass sie genau verstand, was er meinte. »Und es bringt mich um, dass ich dich nie wieder im Arm halten kann. Aber es gibt keine Zukunft für uns. Das ist unmöglich.« Einen Moment lang, der sich zu Minuten dehnte, erwiderte sie ausdruckslos seinen Blick.

»Kommst du jetzt?« Damit schwang sie sich auf den Fahrersitz. Der Motor sprang röhrend an. Wilson öffnete die Beifahrertür und rutschte auf den Sitz.

»Du bist genauso dumm, wie ich es war«, sagte er.

»Ich weiß. Jetzt schnall dich an.«

Das Hangartor rollte zur Seite, und diesiger Regen wirbelte durch die Öffnung herein. Als sie breit genug war, schoss der Porsche nach draußen. Die Wischer fegten über die Windschutzscheibe, als er unter der Nase der Global Express hindurchfuhr, beschleunigte und sich dem Flughafengebäude näherte.

Captain Lewis blickte dem schwarzen Sportwagen durch das Cockpitfenster nach.

Zweihundert Meter vor der Flughafenausfahrt hielt der Porsche. Der Motor grollte drohend im Regen. In der Mitte der Straße stand das Wachhäuschen des Sicherheitscheckpoints. Mindestens drei Leute taten Dienst, die alle automatische Waffen trugen. Aus dem Straßenbelag ragten Metallzacken wie Saurierzähne, die im Boden verschwanden, sobald die Schranke hochging.

»Sie werden nach unseren Pässen fragen«, sagte Helena. »Sie sind nicht gestempelt, darum überlass das Reden mir.« Sie hatte eine genaue Vorstellung, wie die Sache ablaufen sollte. »Das Timing wird entscheidend sein.«

»Es tut mir leid, Helena«, sagte Wilson.

»Halt den Mund, Wilson. Ich werde dich nach Stonehenge bringen, aber lass mich in Ruhe.« Sie atmete tief durch. Zwei Wagen näherten sich mit eingeschalteten Scheinwerfern der Ausfahrt. Helena beschleunigte und überholte. Es regnete stärker, und die Wischer passten ihre Geschwindigkeit automatisch an. Der Porsche kam als Erster an den Schlagbaum, die anderen Wagen reihten sich dahinter auf.

Seine Papiere gegen den Regen abschirmend, lief ein Wachmann ans Fahrerfenster. Er trug ein dunkelgrünes Regencape mit Kapuze und eine Maschinenpistole am Schulterriemen. Helena reichte ihm die beiden amerikanischen Pässe. Der Mann sagte kein Wort, als er kurz auf die Fotos schaute und dann in den Wagen spähte.

Helena blickte ihn breit lächelnd an.

»Die sind noch nicht gestempelt.« Den Wachmann schien es zu stören, bei diesem Wetter draußen zu stehen. »Sie waren noch nicht beim Zoll? Ihre Wagenpapiere bitte.«

Helena tat überrascht. »Oh nein. Mir wurde gesagt, ich soll gleich hierher fahren!« Sie reichte die verlangten Papiere nach draußen.

Der Wachmann verglich die Autonummer mit dem Fahrzeugschein – es war eindeutig ihr Wagen. Er zeigte auf das Nordterminal. »Ich kann Sie nicht ohne Stempel durchlassen, Madam. Sie müssen zuerst zum Zoll.« Er gab ihr die Ausweise zurück.

Helena versuchte ein schüchternes Gesicht zu machen, was ihr sehr schwerfiel; dann legte sie den Rückwärtsgang ein. Die weißen Rücklichter flammten auf, doch inzwischen standen wenigstens drei Wagen hinter ihr. Das kollektive Zurücksetzen würde mühsam werden, genau wie sie es geplant hatte.

Der Wachmann winkte sie nach vorn. »Fahren Sie raus und kommen Sie drüben wieder rein, Madam.« Er zeigte auf die andere Seite des Wachhäuschens. »Gehen Sie direkt zum Zoll. Ich sehe Sie dann auf dem Rückweg.«

Es lief genau nach Plan. Die Schranke hob sich, und Helena legte den Gang ein und trat das Gaspedal durch. Der Motor heulte auf, die Räder drehten durch, und der Porsche jagte in einer Gischtwolke die Ausfahrt hinunter und bog auf die Straße.

Der Wachmann rannte ein Stück hinterher, aber der Wagen war rasch außer Sicht.

Helena schmunzelte.

»Wieso habe ich den Eindruck, dass dir das Spaß macht?«,

sagte Wilson, den die Beschleunigung in den Sitz drückte. Der Wagen bremste kurz ab und nahm eine scharfe Rechtskurve. Wilson schlug das Herz auf der Zunge. »Fährst du immer so?«

Im Augenblick war es Helena völlig gleichgültig, was Wilson über sie dachte. Doppelt so schnell wie erlaubt näherten sie sich der M25. Wie aus dem Nichts erschien ein Streifenwagen in einer Seitenstraße und nahm die Verfolgung auf. Seine Scheinwerfer strahlten in den dichten Regen. Helena schaltete herunter und überlegte sich den besten Weg durch die überfüllte Kreuzung vor ihr. Anhalten kam nicht in Frage. Mit einer Hand am Steuer scherte sie auf die Gegenfahrbahn aus und sprang mit hoher Geschwindigkeit in die Lücken der Autoschlange.

»Ich habe schon die eine oder andere Verkehrsregel übertreten«, räumte sie ein.

Wilson zuckte jedes Mal entsetzt zusammen, wenn sie um Haaresbreite einem Zusammenstoß entgingen, während Helena quer über die Kreuzung fuhr und mit aufheulendem Motor die Autobahnzufahrt nahm. Ein Blick in den Rückspiegel zeigte, dass der Streifenwagen verschwunden war.

Helena grinste spöttisch. »Guter Schachzug, findest du nicht?«

»Keine Ahnung«, antwortete Wilson. »Ich hatte die ganze Zeit die Augen zu.« Sie fuhren jetzt mit mehr als zweihundert Stundenkilometern durch den Autobahnverkehr, der stillzustehen schien.

»Wir sind noch ein paar Stunden von Stonehenge entfernt«, sagte Helena. »Mit diesem Wagen können wir jeden abhängen, wenn es sein muss.«

Wilson drehte den Kopf und musterte ihr Profil. »Du bist erstaunlich.«

»Oh, ich wünschte, es wäre so.«

»Du bist immer so … unerschütterlich.«

»Du meinst meine völlige Missachtung von Menschenleben?«

»Nein, natürlich nicht.«

»Was dann?«, fragte sie ein wenig wütend.

»Das war anerkennend gemeint.«

Helena sah Visblats Gesicht vor sich und biss die Zähne zusammen. »Ich hätte den Bastard erschießen sollen, als ich die Gelegenheit hatte!«

»Warum fängst du immer wieder davon an?«

»Weil ich Dämonen in mir habe!«, stieß sie hervor. »Darum!«

Wilson war perplex. »Was meinst du damit?«

»Ich bin schon mal in der Situation gewesen«, sagte sie. »Vor etlichen Jahren. Und ich habe mir geschworen, dass ich so etwas nie wieder zulassen werde.« Wilson legte ihr beruhigend die Hand auf die Schulter. Helena versuchte sie abzuschütteln, doch Wilson ließ sie nicht los. In Wirklichkeit wollte sie seine Hände spüren; das war der einzige Grund, weshalb sie nicht anhielt und ausstieg.

»Erzähl mir, was passiert ist«, sagte er.

»Ich war siebzehn«, begann sie zögernd.

»Erzähl weiter.«

»Meine Mutter und ich gingen zu einer Musicalaufführung in die Stadt, ins Palladium. Sie spielten *Les Misérables.* Wie passend«, meinte Helena sarkastisch. Sie jagte den Porsche über die Autobahn und blickte stur geradeaus. »Es ist seltsam, aber von der Vorstellung weiß ich fast nichts mehr.«

Wilson hörte zu und hielt den Mund.

»Wir waren so dumm«, sagte sie. »Unser Wagen sollte uns kurz nach elf abholen. Wir gingen durch den Hinterausgang, um dem Gedränge auszuweichen, und wurden in der Gasse überfallen.« Helena traten die Bilder des Geschehens vor Augen. Es war, als wäre sie wieder dorthin versetzt worden. »Ein paar Männer kamen auf uns zu … bloß ein paar Betrunkene, dachte ich damals. Sie fingen an, uns zu schikanieren.« Ihr lief es eiskalt den Rücken hinunter, und sie hatte Mühe, weiterzusprechen. »Ich weiß nicht, wie es genau gewesen ist, aber die Handtasche meiner Mutter wurde aufgerissen, und ihre Pistole flog heraus. Sie landete vor meinen Füßen. Ich sehe sie noch auf dem Pflaster liegen …« Das Bild der 9mm Luger verfolgte sie seit zwölf Jahren.

»Ich habe sie aufgehoben«, sagte sie. »Ich hätte sie retten können …« Helena hob die rechte Hand und zielte auf die Windschutzscheibe, als hielte sie die Waffe in den Fingern. Der Porsche wurde rapide langsamer. »Ich versuchte abzudrücken.«

Helena schaltete zurück; dann beschleunigte sie erneut. »Ich geriet in Panik«, sagte sie zornig. Kurz verlor ihr Gesicht jeglichen Ausdruck. »Meine Mutter schrie, ich solle weglaufen. Ich höre sie noch immer.« Helenas Züge verzerrten sich. »Ich habe abgedrückt, aber es löste sich kein Schuss.« Tränen traten ihr in die Augen, und dann konnte sie nur noch flüstern. »Ich war so dumm. Der Schuss ging nicht los, weil die Waffe gesichert war.«

Sein Herz klopfte mit ihrem im Takt, als Wilson ihr den Nacken massierte. Tränen kullerten Helena über die Wangen.

»Ich bin nur davongekommen, weil ich die Waffe hatte. Meine Mutter nicht. Am nächsten Tag wurde sie gefunden. Die Männer hatten sie vergewaltigt und ermordet.«

Jetzt verstand Wilson vieles an ihr. Es war, als hätte sein nebulöses Wissen über sie Gestalt angenommen: die Waffen, das Bedürfnis, stets die Kontrolle zu behalten – das alles war mit einem Mal begreiflich. Er schaute sie an, und sie drehte ihm den Kopf zu. Das Mitgefühl für sie bestärkte ihn umso mehr in seinem Entschluss, die Schumann-Frequenz zu korrigieren. In ihren nassen Augen sah er eine Hilflosigkeit, eine Verletzlichkeit, die er noch nie gesehen hatte. Er würde die Szene nie vergessen: Wie sie ihn ansah, die Eindringlichkeit ihrer Gefühle … den unaufhörlichen Regen … die dämmrige Landschaft, die an den Fenstern vorbeizog.

Wilson griff in die Tasche und holte die ägyptische Münze hervor, die eine so wichtige Rolle in seinem Leben gespielt hatte. In ihr verbanden sich Vergangenheit und Zukunft. *Das Schicksal.* Er rieb die eingedellte Oberfläche zwischen den Fingern. »Helena, ich möchte, dass du sie behältst.«

Wilson erklärte ihr, wie er das Geldstück in der Zukunft bekommen hatte und wie es zu seiner Omega-Programmierung gekommen war.

»Das ist meine Schicksalsmünze«, sagte er. »Ich gebe sie dir, damit unser beider Zukunft miteinander verbunden ist.« Er schwieg einen Moment. »Ich möchte daran denken können, dass du sie hast.« Er drückte ihr das Geldstück in die Hand und schloss ihre Finger darum.

Miteinander verbunden reicht nicht, dachte Helena. *Warum musst du unbedingt gehen?*

»Alles hat seinen Grund«, sagte Wilson wie als Antwort auf ihre stumme Frage. »Das ist Schicksal. Und ich bin froh, dass du Teil meines Schicksals bist.«

Helena verließ die M25 und fuhr auf die M3. Die Regentropfen perlten über die Scheiben. Der Himmel wurde dunkler. Während der nächsten zwanzig Minuten sprachen sie kein Wort. Wilson ließ die Hand in Helenas Nacken.

44.

Salisbury Plains, England
A344, zwei Meilen von Stonehenge
21. Dezember 2012 – *Nullpunkt*
Ortszeit: 15.49 Uhr
Unternehmen Jesaja – siebenundzwanzigster Tag

Der kürzeste Tag des Jahres, die Wintersonnenwende, neigte sich dem Ende zu. Durch einen Riss in den Wolken überschwemmte die untergehende Sonne die Landschaft mit Rot. Mit hoher Geschwindigkeit flitzten zwei Scheinwerferkegel über den Horizont, tauchten hinter einen Hügel und erschienen erneut in der rötlichen Glut, als der Wagen durch die englische Landschaft raste.

Der Porsche jaulte, als er nach und nach heruntergeschaltet wurde, und hielt schließlich vor einem hohen, verschlossenen Tor. Die Stoßstange an der Absperrung, schob er sich durch leichtes Gasgeben voran, bis das Tor aufsprang. Die Scheinwerfer strahlten gegen den frühen Sonnenuntergang an, während der Wagen an einem modernen Fremdenverkehrsbüro vorbei über einen großen Parkplatz fuhr.

In der Mitte einer grasbewachsenen Ebene befand sich die berühmte Stonehenge-Anlage, eine Kultstätte, deren Zweck seit Jahrtausenden in geheimnisvollem Dunkel lag. In drei konzentrischen Kreisen standen dort etwa siebzig Megalithen aufrecht da. Sie waren bis zu acht Meter hoch und wogen angeblich fünfzig Tonnen. Große Tropfen aus Stein, wie Barton es ausgedrückt hatte. Die größten hießen Sarsensteine, und einige trugen noch den Deckstein. Davon waren nur neun an ihrem ursprünglichen Platz geblieben.

Der Porsche rollte bis an den Rand des Asphalts, von wo die Scheinwerfer das alte Bauwerk beleuchteten. Andere Wagen standen nicht da. Sie waren die einzigen Besucher. Helena schaltete den Motor aus, im Wageninnern war es still. Die unheimliche Anlage des dritten Portals war nur hundert Meter weit weg.

»Der Name *Stonehenge* kommt von dem altenglischen *Stanhen Gist*«, erklärte Wilson. Er betrachtete die im Dämmer liegende Steinformation. »Das heißt ›hängende Steine‹. Als der Bau begonnen wurde, war das Rad noch nicht erfunden. Er zog sich über tausendfünfhundert Jahre hin.«

Wilson stellte sich vor, wie es vor fünftausend Jahren ausgesehen haben mochte: eine Wiesenlandschaft und Steinzeitmenschen in Fellkleidung, die mit der Errichtung der Steine begannen. Das war eine Aufgabe, die viele Jahrhunderte, viele Lebensspannen in Anspruch nahm, während die Verantwortung von einer Generation auf die nächste übertragen wurde, noch bevor hier ein Wort geschrieben wurde.

»Wer hat das gebaut?«, fragte Helena. »Die Druiden?«

»Nein«, antwortete Wilson. »Die Megalithen standen schon zweitausend Jahre, bevor es keltische Druiden gab. Die Anlage wurde von drei bestimmten Stämmen errichtet. Als Erstes von steinzeitlichen Ackerbauern um 3100 vor Christus. Sie hoben die ersten Gräben aus und brachten die ersten Steine her. Um 2000 vor Christus wurden die Ackerbauern von den Glockenbecherleuten verdrängt. Sie haben ihren Namen von den Tonbechern, die sie ihren Toten ins Grab gelegt haben. Und schließlich haben 1600 vor Christus die Wessex-Leute den Bau fertiggestellt, auf dem Höhepunkt der Bronzezeit.

Einige dieser Steine wurden von den Preseli-Bergen bei der Südspitze von Wales zweihundertfünfzig Kilometer weit geschleppt. Die Sarsensteine, die ganz großen, stammen von den Marlborough Downs, zweiunddreißig Kilometer nördlich von hier. Sie wurden auf einem Schlitten gezogen, der über sechs oder sieben dicke Baumstämme lief – ein sehr mühsames Vorgehen. Man schätzt, dass bis zu sechshundert Männer gleichzeitig damit befasst waren – eine erstaunliche Anzahl.«

»Unglaublich«, sagte Helena und spähte durch die Windschutzscheibe.

»Die Archäologen hatten immer Schwierigkeiten, zu erklären, wie die Decksteine hochgestemmt wurden: allein mit Muskelkraft einen fünfzig Tonnen schweren und vier Meter langen Stein in die Höhe zu wuchten und präzise in die Verzapfung zu führen.«

»Die meisten Decksteine sind heruntergefallen«, bemerkte Helena. »Ist das ein Problem?«

»Der ganze äußere Ring, der Sarsenkreis, hatte einmal Decksteine, und der innere Steinkreis, der Trilithon, hatte fünf.«

»Was ist mit ihnen geschehen?«

»Stonehenge war einem schrecklichen Vandalismus ausgesetzt. Bestimmte Leute wollten seine uralte Macht brechen.«

»Wird das Portal trotzdem funktionieren?«

»Soweit ich weiß, steht die Anlage auf einer natürlichen Energiespalte, die zum Mittelpunkt der Erde führt. Die Anlage selbst ist nur die Aktivierungsstelle. Sie sollte noch funktionieren.«

Der Sonnenuntergang verwandelte sich von schön zu spektakulär, als die roten Strahlen durch das Monument schienen und eine Gerade durch die Mitte zweier hoher Steine bildeten.

Wilson hielt bei dem Anblick den Atem an. »Sieh dir dieses Lichtspiel an«, sagte er begeistert. »Das ist phantastisch! Siehst du, wie die Strahlen genau da durchgehen? Das ist das Trilithontor. Heute muss der kürzeste Tag des Jahres sein.«

»Der 21. Dezember«, sagte Helena nachdenklich. »Ja, das ist richtig.«

Das erklärte, warum sie ganz allein waren. Der National Trust hatte bestimmt, dass Stonehenge während jeder Tagundnachtgleiche und Sonnenwende geschlossen blieb, um unerlaubte Rituale zu verhindern und die Stätte vor Schäden zu schützen.

Wilson dachte über die Bedeutung des Datums nach. Es war genau der Tag, an dem er hier sein sollte. »Zuerst wurde Stonehenge gebaut, dann die Pyramiden von Gizeh, dann die Pyramiden auf Yucatán. Gemeinsam bilden sie ein komplexes Energiesystem, das die Geschwindigkeit der Zeit auf unserem Planeten verändern kann.«

Helena betrachtete, wie die Megalithen sich gegen den dunkler werdenden Himmel abhoben. Es war klar, dass das Ende von Wilsons Reise kurz bevorstand.

»Wir brauchen nur das Portal zu aktivieren«, sagte er, »und alles wird gut.«

»Sollen wir hinfahren?«

»Es ist sehr wichtig, dass du dich von dem Sarsenkreis fernhältst«, sagte Wilson warnend. »Das ist ein hundertfünfzehn Meter weiter Grasplatz. Ringsherum verläuft ein Graben, in dem sich die sechsundfünfzig Aubrey-Löcher befinden. Das sind Vertiefungen im Boden, zwei Meter breit und einen Meter tief. Sie haben alle den gleichen Abstand. Weder du noch dein Wagen sollten in der Nähe sein, wenn das Portal aktiviert wird.«

Helena saß ruhig da. »Es sieht kalt aus da draußen.« Sie blickte auf das Thermometer am Armaturenbrett. Vier Grad Celsius.

»Es sieht nicht nur kalt aus«, meinte sie.

»Ich muss den sogenannten Schlüsselstein finden«, erklärte Wilson. »Er befindet sich im äußeren der drei Steinkreise, im Südwesten.« Kaum hatte er ausgesprochen, verschwand die Sonne hinter dem Horizont, und schwarze Dunkelheit senkte sich wie eine weiche Decke herab. Wilson spähte in die Umgebung. »Es sieht still aus, nicht wahr?« Er griff nach dem Türöffner.

»Warte …«, bat Helena. »Das ist vielleicht die letzte Gelegenheit, sich zu verabschieden.« Verlegenes Schweigen breitete sich aus.

Wilson wusste nicht, was er sagen sollte. Ihm schossen

hundert mögliche Szenen durch den Kopf. Er drehte sich zu Helena hin. Die Armaturenbrettbeleuchtung schien in ihr Gesicht. Er wollte nicht darüber nachdenken, dass er sie verlassen musste.

»Danke, dass du mich gerettet hast«, flüsterte sie.

»*Du* bist es, die *mich* gerettet hat.«

Sie blickten sich an. Unglücklicherweise konnten sie nichts tun, um ihr Schicksal zu ändern. Helena beugte sich vor und küsste ihn. Der Kuss war zärtlich und kurz.

Wilson, der nicht weiter darauf eingehen wollte, blickte wieder zu der Kultstätte hinüber. »Diese Zeitmaschine da draußen sieht ein bisschen primitiver aus als die, mit der ich gereist bin.«

Schüchtern lächelnd nahm Helena seine Hand und hielt sie fest. »Diese ganze Reise mit dir war verrückt, aber ich möchte dir sagen … es war die schönste Zeit meines Lebens. Ich werde mich immer fragen, wie es hätte werden können, wenn du geblieben wärst.«

Wilson betrachtete den Verlauf der Schattenlinie in ihrem makellosen Gesicht, ihre goldblonden Haare, ihre sinnlichen Lippen. *Ich auch, Helena … das verspreche ich … ich auch,* dachte er, brachte aber kein Wort heraus. Er drückte die Tür auf, und eisige Luft wehte ins Wageninnere. Wenn er sich jetzt nicht zusammenriss, würde er niemals gehen.

»Du hast recht«, sagte sie enttäuscht, weil er keine Antwort gab. »Bringen wir's hinter uns.«

Die Scheinwerfer malten lange Lichtflecke in das nasse Gras.

Zornig, da er nicht zugeben konnte, wie ihm zumute war, stieg Wilson aus dem Wagen. Die Kälte schnitt augenblicklich durch seine leichte Kleidung, als hätte er nichts an. Die Hände in den Hosentaschen, ging er auf die Mitte der Anlage zu.

Nachdem Helena beide Pistolen überprüft hatte, knöpfte sie sich die Jacke zu und folgte ihm. Der eisige Wind pfiff ihr um die Ohren, sodass sie teilweise nichts hörte. Dann war sie plötzlich hellwach – sie glaubte sich beobachtet! Sie rannte an Wilson vorbei in die Deckung der Sarsensteine. »Wir müssen vorsichtig sein«, rief sie.

Wilson stapfte weiter, zu aufgewühlt, als dass er sie beachtet hätte. *Nichts wird mich abhalten, das Tor zu öffnen!* Mit diesem Gedanken verstieß er gegen eine von Bartons ehernen Regeln: »Setzen Sie nie voraus, dass Ihr Schicksal gesichert ist. Wenn Sie das tun, geht alles in die Brüche.«

Wilson streckte die Hand aus und berührte den vier Meter hohen Sarsenstein, einen von zwei Pfeilern, auf denen ein ebenso wuchtiger Deckstein ruhte.

Helena spähte nervös nach allen Seiten. »Selbst auf die Gefahr hin, dass ich theatralisch klinge: Ich habe ein schlechtes Gefühl dabei.« Der eisige Wind fuhr über das kurze Gras – er war gerade laut genug, um nahende Schritte zu übertönen.

»Wenn Visblat hier wäre«, meinte Wilson, »wüssten wir es schon.« Er wandte sich wieder dem Stein zu. »Ist dir aufgefallen, dass jeder Stein ein bisschen anders ist?« Er lief furchtlos weiter in den Kreis hinein.

Helena kniff die Augen gegen das Scheinwerferlicht zusammen. Sie standen hier wie auf dem Präsentierteller. Langsam glitt sie in die völlige Schwärze eines Schattens.

»Das ist der Trilithon«, sagte Wilson, als er im inneren Steinkreis angekommen war, der nur zehn Meter Durchmesser hatte. Er streckte die Arme zur Seite aus und schaute nach links. »Die Mittwintersonne geht dort unter.« Er sah nach rechts. »Und die Mittsommersonne geht dort auf. Und das da ist der Altarstein.«

Helena schaute ihm aus dem Dunkeln zu.

»Das heißt, der Schlüsselstein ist der da.« Wilson ging auf einen hohen, klotzigen Megalithen des äußeren Steinkreises zu. Sein Schatten kroch über den Boden und reckte sich die raue Oberfläche hinauf. Mit Bartons Informationen im Kopf schaute er den Sarsenkreis entlang, um die Stationssteine zu finden.

»LAUF!«, schrie Helena plötzlich. »WILSON – LAUF!«

Wilson griff in die Tasche und setzte sich seelenruhig die Sonnenbrille auf. Er drehte sich um und sah die Silhouette eines hünenhaften Mannes vor den Scheinwerfern des Porsche stehen.

Mit pochendem Herzen blickte Helena zu Visblat hinüber, blieb aber in der Dunkelheit hinter einem Steinblock stehen – man konnte nicht wissen, wie viele Leute er bei sich hatte. Wie um ihr alles noch schwerer zu machen, schoben sich Bilder aus Wilsons Perspektive vor ihr Blickfeld.

Visblat hängte sich lässig sein Nachtsichtgerät um und richtete seine Waffe auf Wilsons Brust. »Sie sollten tot sein, Mr. Dowling, und dennoch sind Sie hier.« Er deutete zur Seite in die Dunkelheit. »Sagen Sie Miss Capriarty, sie soll nicht schießen. Ich bin nur hier, um mit Ihnen zu reden.«

Helena, die auf Visblats Kopf zielte, beschäftigte nur eine brennende Frage: Würde sie abdrücken können, wenn es sein musste?

»Nicht schießen, Helena!«, rief Wilson. »Lass uns hören, was er zu sagen hat!«

»Ich will Sie nicht hindern, das Energieportal zu öffnen, Mr. Dowling.« Visblat senkte die Waffe. »Im Gegenteil.« Gemessen an den Umständen machte er einen entspannten Eindruck.

»Was wollen Sie dann?«, fragte Wilson.

»Zuerst … wie haben Sie das gemacht? Hatten Sie eine kugelsichere Weste an?«

»Ja. Ich hatte eine Weste«, log Wilson überzeugend.

Ein gekünsteltes Lächeln glitt über das Gesicht des hünenhaften Mannes. »Scheint so.« Es folgte eine lange Pause. »Mr. Dowling, ich möchte Ihnen ein Angebot machen.«

»Ich höre.«

»Öffnen Sie das dritte Portal, und wir kehren gemeinsam in die Zukunft zurück.«

»Sagen Sie mir zuerst, wer Sie sind«, forderte Wilson.

Visblat schüttelte den Kopf. »Sie werden feststellen, wer ich bin, wenn wir wieder zu Hause sind.«

Wilson glaubte immer noch, ihn von irgendwoher zu kennen. Seine Gesten kamen ihm bekannt vor. »Ich weiß, wer Sie sind«, sagte Wilson.

»Sie wissen gar nichts«, höhnte Visblat.

»Sie haben gesagt, das zweite Portal sei sabotiert worden. Sie haben gelogen.«

»Sie haben irreparablen Schaden angerichtet, Sie Idiot! Sie haben Barton Ingerson auf dem Gewissen.«

Wilson rutschte das Herz bis in die Magengrube. »Was meinen Sie damit?«

»Barton ist tot«, kam die nüchterne Antwort. »Darum bin ich hier.«

»Wie ist er umgekommen?«

»Sagen wir … er hatte einen bedauerlichen Unfall. Manche behaupten allerdings, es war geplant.«

»Er wurde ermordet?«

Ein Lächeln stahl sich auf Visblats Lippen. »Ich will es einmal so sagen. Drei Tage, bevor er getötet wurde, wurden meine unschätzbaren Dienste wieder einmal angefordert. Ich habe das immer für einen seltsamen Zufall gehalten. Und jetzt haben Sie sein Schicksal besiegelt, Mr. Dowling. Sie hätten auf mich hören sollen. Sie sind ein Idiot! Ich hasse Idioten!«

»Wer hat Sie geschickt?«, fragte Wilson. »Nennen Sie mir den Namen.«

Die Frage rief bei Visblat ein irres Lachen hervor. »So werden Sie nie dahinterkommen.«

»Trau ihm nicht!«, rief Helena aus der Dunkelheit.

»Sie halten sich da raus!«, brüllte Visblat. »Sie haben schon genug Schaden angerichtet!« Dabei schlich er zwischen den Steinen umher, trat mal ins Licht, mal ins Dunkel und versuchte, ihre Deckung zu finden.

»Warten Sie«, sagte Wilson. »Ich bin bereit, über Ihr Angebot nachzudenken.«

Er wusste, Helena wäre dem Commander wehrlos ausgeliefert.

»Ich hätte Sie beide töten können, wäre es mein Plan gewesen«, sagte Visblat zornig.

»Sie hätten es fast getan.«

Bei der Bemerkung blieb er stehen. »Ich habe nicht auf *Sie* geschossen!« Visblat lachte. Es sollte vertrauenerweckend klingen, doch es hörte sich irre an. »Ich habe versucht, Sie zu *retten!*«

»Sie sind schon viel zu lange hier«, sagte Wilson und trat entschlossen auf ihn zu. »Sie sind durchdrungen von der Schumann-Frequenz.« Das war zweifellos die Ursache seines Wahnsinns. Die Menschen, die in dieser Zeit geboren waren, konnten dem Einfluss in gewissem Maße entgegensteuern, doch Visblat, der aus der Zukunft kam, fehlte dafür die Kraft. »Sie haben zu lange damit gewartet, die Portale zu öffnen. Sie hatten versucht, das Gizeh-Portal zu öffnen – daher kannten Sie den Weg durch das Labyrinth. Sie wollten es, konnten es aber nicht.«

»Das ist Ihre Schuld!«, platzte Visblat heraus. Er starrte auf seinen Schatten, der auf einen der Steine fiel, und versuchte verzweifelt, sich zu beruhigen. »Sie halten sich für clever, nicht wahr? Und Sie haben recht, Mr. Dowling. Ich kann die Portale nicht öffnen. Ich habe zu lange gewartet.« Er rang sich einen freundlichen Tonfall ab. »Ja, sonst hätte ich es schon getan.« Sein Gesichtsausdruck verhärtete sich. »Darum werden wir zusammen zurückreisen.« Er war ruhig, so ruhig wie in Kairo vor der Öffnung des zweiten Portals.

»Nur aus Neugier: Was springt für mich dabei heraus?«, fragte Wilson.

»Sie werden die Wahrheit über Ingersons Tod erfahren.«

»Die werde ich sowieso erfahren.«

»Wenn Sie mich zwingen, hierzubleiben, werde ich zum

Monster«, sagte er schäumend vor Wut. Er hielt eine hohle Hand an den Mundwinkel, wie um ihm etwas zuzuflüstern. »Man kann nicht wissen, was ich alles tun würde. Ihre Freundin …« Er spähte in die Dunkelheit. »Sie wissen schon, was ich meine.«

Helena sah durch Wilsons Augen in Visblats Gesicht, als stünde er direkt vor ihr.

»Helena!«, rief Wilson. »Es ist Zeit, dass du gehst! Du musst tun, was ich sage!« Wilson wusste, dass jeder, der sich im inneren Steinkreis aufhielt, wenn das Portal sich öffnete, in die Zukunft transportiert würde. »Begib dich außerhalb des Sarsenkreises, Helena. Das ist wichtig!« Er glaubte, sie weglaufen zu sehen.

»Sie haben die richtige Entscheidung getroffen«, sagte Visblat.

Nebel kam auf und zog über das Gelände, sodass die Umrisse verschwammen. Wilson zitterte, doch er wusste nicht, ob vor Angst oder nur vor Kälte. Ohne seinen Gegner weiter zu beachten, wandte er sich dem Schlüsselstein zu. Er untersuchte sorgfältig jede Vertiefung darin und wartete so lange, wie er konnte.

Um das Portal zu öffnen, musste der Schlüsselstein gedreht werden. Man musste ihn zu dem Stationsstein herumschwenken, der die Bahn der Mittwintersonne im Osten markierte. Es gab fünf solcher Steine, kleine, nur mannshohe Megalithen, am äußeren Rand des Sarsenkreises. Jeder bezeichnete einen bestimmten Punkt am himmlischen und lunaren Horizont.

Visblat wurde ungeduldig. »Nun machen Sie schon!«

Wilson trat hinter den Schlüsselstein und legte die linke Handfläche daran. Sowie der Kontakt hergestellt war, begann der Stein zu vibrieren. Ganz sacht drückte Wilson dagegen, und der Stein drehte sich in eine neue Stellung. Es knackte wie aufplatzende Maiskörner, als der Megalith einen tiefschwarzen Glanz bekam. Wilson schaute zu dem Stationsstein am äußeren Rand: Er schimmerte ebenfalls.

Der Boden begann zu schwanken.

Die Vibration wurde so stark, dass Wilson und Visblat sich breitbeinig hinstellen mussten, um das Gleichgewicht zu wahren. Dann ging es los: Die Megalithen von Stonehenge rumpelten in einem unheimlichen Tanz auf ihren Plätzen. Von unsichtbaren Kräften gepackt, rasteten sie wieder ein und stellten sich gerade, wobei sie noch einmal kurz aufleuchteten.

Während der Bewegung dieser riesigen Steinblöcke wichen Wilson und Visblat an entgegengesetzte Stellen des Trilithons zurück. Das unablässige Knirschen steigerte sich unerwartet zu einem lauten Nachhall, der Wilson in den Ohren schmerzte.

Da war etwas nicht in Ordnung.

Ein herabgefallener Deckstein versperrte die Ausrichtung des inneren Kreises, und die unterirdische Mechanik geriet unter zunehmenden Druck.

»Der hält alles auf!«, rief Wilson, der über den Megalithen hinwegstieg und die unnatürliche Vibration spürte. Der Stein war so tief in den Boden eingesunken, dass nur noch ein Drittel herausschaute. »Wir müssen etwas unternehmen!«

Visblat legte seine Waffe hin und griff mit seinen mächtigen Händen um die Kanten. Wilson sah ihm in die Augen, während sie gebückt nebeneinanderstanden. Er hätte nie geglaubt, dass es zu solch einer Situation kommen würde.

»Hier sind magnetische Kräfte am Werk, die uns helfen werden!«, sagte er. »Auf drei dortrüber hieven.« Er zeigte nach rechts. »Eins … zwei … drei!«

Unter Einsatz ihrer ganzen Kraft stemmte das ungleiche Paar sich gegen das Gewicht des Steins. Der vibrierte zwar umso heftiger, rührte sich aber nicht vom Fleck. Visblat gab als Erster auf.

Wilson horchte auf die magnetische Energie, die sich im Boden aufbaute. Es hörte sich an, als würden sich Eisenträger verbiegen. »Noch einmal!«, drängte er. »Wir müssen zusammenarbeiten! Strengen Sie sich an!« Ohne ein Wort legte Visblat noch einmal seine ganze Kraft hinein.

Flüsternd gab Wilson einen Omega-Befehl. Er grub die Finger tief in die feuchte Erde und griff um die unteren Kanten. Sie stemmten gleichzeitig, und der Deckstein löste sich langsam aus dem Boden … dann kam er plötzlich frei. Die beteiligten Kräfte schickten ihn kopfüber ins Gras.

Mit einem mahlenden Geräusch schob sich der letzte Abschnitt des Trilithons an seinen Platz.

Visblat sprang zu seiner Waffe und drückte Wilson die Mündung vor die Brust. »Wie haben Sie das gemacht?«, fuhr er Wilson an, völlig perplex, und riss ihm die Sonnenbrille herunter. »Sagen Sie mir, wie Sie den Schuss überlebt haben. Ich habe das Blut gesehen! Sie hatten keine kugelsichere Weste an! Und Ihre Kräfte! Was hat Ingerson Ihnen beigebracht?«

Helena entsicherte ihre Colt-Pistole und zielte auf Visblats hysterisches Gesicht. Sie wollte schießen, spannte den Finger um den Abzug, doch sie war wie erstarrt, als hätte sie Beton in den Adern.

Wilson durchströmte Angst; er brauchte all seine verbliebene Kraft, um sich aufzurichten. »Bedenken Sie, dass ich der Einzige bin, der Sie nach Hause bringen kann«, sagte er.

»Das Portal ist offen«, widersprach Visblat. »Ich brauche Sie nicht mehr!«

Helena blickte zwischen den Steinen durch; zugleich sah sie durch den roten Dunst mit Wilsons Augen. Visblat war wahnsinnig. Eindeutig. Sie rief ihre Erinnerungen an die schrecklichen Umstände von damals wach, um die lähmende, unnatürliche Furcht niederzuringen. Das hilflose Gesicht ihrer Mutter trat ihr vor Augen, und irgendwie schaffte sie es, den Finger krumm zu machen.

Die Kugel traf. Visblat kippte hintenüber.

Doch aus dessen Waffe löste sich ebenfalls ein Schuss.

Wilson wurde getroffen. Die Kugel durchschlug ihn wie ein

kalter Speer. Er krümmte sich zusammen, während warmes Blut sein Hemd rot färbte.

Helena sah es aus der Wunde strömen. »Wilson!«, schrie sie. Ihr Bann war gebrochen. Sie bewegte sich vorsichtig von einer dunklen Stelle zur anderen auf ihn zu. Plötzlich donnerten zwei Schüsse durch die Steinkreise. Die Scheinwerfer des Porsche zersplitterten, und alles versank in Dunkelheit.

»Sie haben mich niedergeschossen!«, brüllte Visblat. Seine linke Schulter war taub, und er lachte leise in sich hinein. Dann schob er sich sein Nachtsichtgerät vor die Augen. »Sie haben mich niedergeschossen, Miststück!«

Gefangen in der Dunkelheit, schloss Helena die Augen und betete.

Visblat spähte nach seiner Schulter. »Das haben Sie gut gemacht! Zur Belohnung werden ich Sie umbringen ... ganz langsam.« Angestrengt kam er auf die Beine und ragte über dem reglosen Wilson auf. Er stieß ihn mit dem Fuß an. »Wie haben Sie diesen Klotz bewegt? Sagen Sie es mir!«

Visblat sah sich um – Helena war nirgends zu sehen. »Sie hätten abhauen sollen, als Sie es noch konnten!«, rief er in die Dunkelheit. Eine Hand auf die blutende Wunde gedrückt, begann er, die Steine nacheinander abzusuchen. »Ich kriege dich, du Schlange!«

Die Drohung hallte von den Felsblöcken wider.

Helena stand mit dem Rücken an einem schwarzen Megalithen, die Pistolen hilflos vor sich gestreckt. Sie sah absolut nichts. Kein einziger Stern stand am Himmel. Sie war blind – völlig hilflos. In diesem Moment füllte ihr Blickfeld sich mit einer lebensrettenden Vision. Wilson hatte sich aufgesetzt und seinen Opossum-Befehl gegeben. Er blutete stark.

»Das ist Ihre letzte Chance, Visblat! Geben Sie auf!«, rief sie.

»Das ist ein viel zu interessantes Spiel«, erwiderte er.

Helena schrie in verschiedene Richtungen: »Ich warne Sie, ich kann Sie kommen sehen!« Ihre Hände zitterten. Sie war schweißüberströmt. *Ich habe keine Angst*, sagte sie sich. *Überhaupt keine.*

»Das ist genau wie an dem Abend, als Ihre Mutter umgebracht wurde«, rief Visblat zurück. »Sie wurde vergewaltigt, nicht wahr? Ja. Ich habe es in der Zeitung gelesen. Das muss sehr schlimm für Sie gewesen sein.«

Helenas Angst war plötzlich vorbei, ihre Hände ruhig.

Visblat umrundete jeden Megalithen und spähte durch sein Nachtsichtgerät in die grün getönte Umgebung. »Ja, ich weiß über den Abend Bescheid. Palladium, nicht wahr? Sehr traurig. Sie und Ihre Mutter gingen durch die Gasse. Soweit ich weiß, war es Ihre Schuld …«

Helena trat furchtlos aus ihrer Deckung. Sie konnte sich selbst und Visblat durch Wilsons Augen sehen. Der Hüne ragte vor ihr auf. Sie zielte so gut es ging und gab ohne Zögern acht donnernde Schüsse ab. Beim Licht des Mündungsfeuers sah sie, wie die Kugeln in Visblats Brust einschlugen. Er wurde gegen einen Sarsenstein geschleudert und rutschte zu Boden. »Niemand spricht ungestraft über meine Mutter«, sagte sie leise.

Wilson konnte sich nicht länger aufrecht halten und kippte zur Seite.

Die Vision verlosch.

Helena schoss weiter, um sich im Dunkeln zurechtzufinden, und gelangte schließlich zu ihrem Wagen. Sie schaltete den Warnblinker an. Ein helles oranges Licht beleuchtete zuckend ihren Weg, als sie zum Trilithon zurücklief. Sie hatte nur einen Gedanken: *Ist Wilson noch am Leben?*

Wie schon zweimal zog sie den Verletzten an sich und hielt ihn in ihrem Schoß geborgen.

»Bitte, du darfst nicht tot sein«, sagte sie schluchzend. »Bitte …« Helena presste die Hand auf seine Wunde, um die Blutung zu stillen. »Wilson, kannst du mich hören? Du musst den Heilungsbefehl geben. Hör mir zu …«

»Hab ich dir nicht gesagt, du sollst gehen?«, flüsterte er.

Ein gequältes Lächeln legte sich auf ihr Gesicht. »Ich tue doch nie, was du sagst.«

Die Zeit schien sich zu verlangsamen.

»Sag den Heilungsbefehl. Du musst!«

Ein stechender Schmerz fuhr Wilson in den Unterbauch. Er hustete Blut; es rann ihm aus den Mundwinkeln. »Keinen ... Omega-Befehl«, sagte er stockend. Das könnte sich negativ auf den Transport auswirken, erinnerte er sich – Barton hatte ihn davor gewarnt. Wilson nahm Helenas Hand. »Bring mich da drüben hin.« Er zeigte auf den Altarstein in der Mitte des Trilithons. »Es bleibt nicht mehr viel Zeit.«

Im Schein der Warnblinkanlage zog Helena ihn durchs Gras und legte ihn neben den liegenden Megalithen. »Du musst den Heilungsprozess in Gang setzen«, drängte sie.

Wilson hustete erneut Blut. »Du musst jetzt gehen«, wimmerte er. »Verlass den Sarsenkreis.«

»Ich gehe nicht.«

»Du musst ...«

»Ich bleibe!«

»Das Portal wird nicht funktionieren, wenn du bei mir bist.« Das war eine Lüge, aber Wilson wusste, dass sie beim Transport getötet würde. Nur ein Gen-EP konnte das überleben. Er ließ ihre Hand los und schob sie weg. »Geh, Helena!«

Ihr Instinkt drängte sie zu bleiben.

»Bitte, Helena. Du musst tun, was ich sage«, stöhnte er unter Schmerzen.

Mit dem Gedanken, dass sie sein Gesicht zum letzten Mal sah, küsste sie ihn zärtlich auf den Mund. Dann stand sie auf und blickte ihm in die Augen, um dieses Bild für alle Zeit im Gedächtnis zu behalten. Schließlich drehte sie sich um und rannte zwischen den Steinen hindurch, den Geschmack seines Blutes auf den Lippen.

Wilson sah sie im pulsierenden Licht verschwinden. Er wartete, so lange er konnte, ständig auf der Schwelle zur Bewusstlosigkeit; dann hob er die Hand und drückte sie auf den Altarstein.

Ein goldener Glanz erstrahlte.

Über ihm donnerte es.

Helena stand neben ihrem Wagen am Rand des Parkplatzes. Durch einen roten Dunst sah sie Wilsons Hand, wie sie das Portal aktivierte. Ihn selbst konnte sie nicht sehen. Über den dunstigen Himmel zuckten die ersten Blitze. Sie griff in die Tasche und holte seine Schicksalsmünze heraus.

Ein Blitz schoss aus den sich zusammenballenden Wolken und schlug krachend in einen der Sarsensteine ein, der daraufhin von nadelfeinen Lichtblitzen leuchtete, als würde aus seinem Innern eine elektrische Ladung entweichen.

Es donnerte ohrenbetäubend.

Binnen Sekunden wurden die Megalithen einer nach dem anderen vom Blitz getroffen und begannen Funken zu sprühen.

Der Trilithon summte.

Helena fühlte es in jeder Faser ihres Körpers.

Plötzlich schwand ihre Vision.

Die Wolken teilten sich und umkränzten ein paar Sterne, die am Himmel funkelten.

Ein Bündel magnetischer Energie schoss empor.

Erschrocken von dem kalten Leuchten drehte Helena sich weg, als ein zweites Strahlenbündel daneben auffuhr, dann noch eines und noch eines. Sie kamen aus den Aubrey-Löchern rings um den Sarsenkreis. Innerhalb von Sekunden bildeten alle sechsundfünfzig Bündel einen Lichtdom, der hoch in den Himmel ragte. Die Umgebung war kilometerweit erleuchtet. Der Lichtdom setzte sich in Bewegung und rotierte gegen den Uhrzeigersinn.

Alles ging in Zeitlupe über.

Das Portal öffnete sich.

Für den Bruchteil einer Sekunde wurden mit ohrenbetäubendem Knall Norden und Süden vertauscht. Übernatürliche Energie schoss aus den Steinkreisen empor, und das kalte Leuchten strömte in einer ständig wachsenden Fontäne in allen Richtungen zum Horizont.

45.

Salisbury Plain, England
Stonehenge
22. Dezember 2012 – Nullpunkt + 1
Ortszeit: 8.04 Uhr
Unternehmen Jesaja abgeschlossen

Wie vorausgesagt hatte die Zeit der Fische geendet und die des Wassermanns begonnen. Ein neues Bewusstsein durchdrang alle Wesen. Eine Zeit neuer Humanität und Freundschaft war angebrochen. Die Magnetkräfte des Portals waren entfesselt worden und hatten das Ausmaß der menschlichen Gewalt, des Argwohns und des Hasses verringert, die sich durch zweitausend Jahre religiösen Streits, zwei Weltkriege und viele Hundert andere Konflikte entwickelt hatten. Das Immunsystem der Menschen war wieder gestärkt, ihr Schlaf gesund. Die Zeit war auf ihre einstige Geschwindigkeit gebremst. Ein normaler Tag erschien fast doppelt so lang wie früher.

Helena machte die Augen auf und sah ein schwaches Farbband am östlichen Horizont. Ein Sonnenaufgang im Mittwinter. Sie hatte mehr als vierzehn Stunden im Gras gelegen. Seltsamerweise war ihr weder kalt noch war sie müde. Es war ein eigenartiges Gefühl, als wären es nur ein paar Minuten gewesen. Wohlbefinden durchströmte ihren ganzen Körper. Sie stand auf. Die Warnblinker leuchteten noch immer.

Helena schaute zu den alten Megalithen hinüber. Sie hatten sich in ihre normale Position zurückgedreht.

Habe ich mir alles nur eingebildet?, fragte sie sich und blickte sich verwirrt um.

Von dem Gebilde angezogen, bemerkte Helena, dass die

Aubrey-Löcher noch schwelten und feine graue Rauchfahnen in die frische Morgenluft stiegen.

Als sie sich weiter näherte, entdeckte sie auch die kaum noch erkennbaren Überreste Visblats. Sein Körper war zu weißer Asche geworden, die der Wind davontrug.

Bei diesem Anblick erfasste sie Angst um Wilson.

In dem Moment, als sie den Trilithon betrat, stieg die Sonne über den Horizont, und ihr goldenes Licht ergoss sich über die Landschaft. Helena kniff geblendet die Augen zusammen, als die Strahlen auf den mittwinterlichen Stationsstein fielen, der einen langen schwarzen Schatten über die Stelle warf, wo der verwundete Wilson in der Nacht gelegen hatte. Dort, auf dem Altarstein, war der Abdruck einer Hand zu sehen, der sich tief und glatt in den Stein geätzt hatte. Helena fiel auf die Knie und legte die Finger in die Vertiefung.

Das Portal hatte sich geöffnet, und Wilson war fort.

46.

Kalifornien, Amerikanischer Kontinent
Mercury Building, Untergeschoss A5 – Labor
20. Juni 2081
Ortszeit: 5.21 Uhr
28 Tage nach dem Transporttest

Allein im Mercury-Labor scannte Davin das Barcodeschildchen mit dem Laserstift. Nachdem er geprüft hatte, dass die Beschreibung korrekt war, ging er zum nächsten Gerät über. Unter dem Deckmantel strikter Geheimhaltung wurde alles eingesammelt; der Zeitplan war eng. Kabel lagen zusammengerollt am Boden; die Fünf-Terawatt-Collider waren in Kartons gepackt. Die Imploder-Kugel und der Magnetfeldgenerator standen noch an ihrem Platz – sie waren noch nicht demontiert, weil ein spezieller Kran erforderlich war, um sie zu bewegen.

Davin empfand zunehmende Mutlosigkeit, wenn er auf den abgesperrten Bereich blickte, wo der Unfall sich ereignet hatte. Um tragbare Pfeiler war gelbes Absperrband gezogen. Wieder sah er den reglosen Barton am Boden liegen.

Was für eine Tragödie. Er hatte nicht nur seinen Teamleiter verloren, sondern auch einen Freund. Um seine Trauer zu bezwingen, tat er, was er am besten konnte: arbeiten. Er tippte mit dem digitalen Stift auf sein Handheld und zog das nächste Geräteteil heran.

Aus dem hinteren Bereich des Labors hörte er lautes Knacken. Langsam stand er von seinem Platz auf. Das Knacken wurde lauter. Seltsam, hier sollte eigentlich alles abgeschaltet sein. Die Geräusche kamen vom Titaninflator an der Wand. Plötzlich erloschen die Lampen, und innerhalb der Raute bildete sich eine unstet leuchtende Fläche, die ihr unheimliches, kaltes Licht in den Raum verströmte.

Das System war aktiviert!

Davin lief zwischen den hoch aufgestapelten Kartons zum Kontrollraum und hämmerte wild mit der Faust gegen die Scheibe. Zorn wallte in ihm auf. Er war nicht bereit, noch irgendwelche Pannen hinzunehmen.

Hinter der Glaswand arbeiteten einige seiner Kollegen konzentriert an den holographischen Bildschirmen. Von Davins Hämmern drang kein Laut zu ihnen durch.

Irgendwann blickte Andre auf. »Wer hat das Licht ausgemacht?«, fragte er. Die anderen drehten die Köpfe zur Glaswand.

Sie sahen Davin, der aus vollem Halse schrie. »Der Magnetfeldgenerator ist aktiviert!« Er zeigte hektisch auf das Gerät. »Schaltet ihn ab!«

Schweigen.

»Sagen Sie schon, hat jemand ihn eingeschaltet?«, fragte Andre.

»Er ist gar nicht angeschlossen«, antwortete ein Kollege.

Andre blickte zu Davin und zuckte die Achseln. Die Situation war klar – niemand im Kontrollraum hatte etwas damit zu tun. Davin drehte sich zu dem schimmernden Energiefeld um. Das passierte offenbar von selbst.

Andre wählte eilig eine Nummer und sagte ins Mikro: »Ich bin's. Sie sollten lieber hierherkommen. Wir haben ein Problem.« Er lauschte. »Ja, es ist ernst, sonst hätte ich nicht angerufen.«

Die Imploderkugel summte immer lauter.

Davin presste sich die Hände auf die Ohren, um das schmerzhafte Geräusch zu dämpfen. Die Lampen im Kontrollraum flackerten erneut.

Es blieb keine Zeit, zum Notausgang zu rennen.

Plötzlich schoss ein dünner Energiestrahl aus der Raute durch das Labor zum Transportbehälter. Quark-Gluonen-Plasma – Davin hatte es schon einmal gesehen. Als er ein Brennen auf der Haut spürte, hechtete er hinter die Konduktorenbank, die Barton das Leben gekostet hatte. Die Imploderkugel füllte sich mit einem leuchtenden, durchscheinenden Nebel. Mit einem Mal war das Labor in Dunkelheit getaucht.

Es war totenstill.

Davin stand vom Boden auf und blickte zum Transportbehälter.

Im Kontrollraum starrten alle offenen Mundes herüber. Das Team war an solche Überraschungen nicht gewöhnt.

Wieder hämmerte Davin gegen die Scheibe. Er hatte Brandblasen auf Stirn und Wangen. »Schalten Sie die Notbeleuchtung ein!« Er zeigte auf die Hauptkonsole. »Einschalten!«

Ein Kollege begriff und schlug auf den Schalter. Es wurde halbwegs hell.

Davin wagte sich vorsichtig durch den Laborraum, während ihm Vermutungen durch den Kopf schossen. Der Nebel in der Kristallkugel verzog sich nach und nach, und die kauernde Gestalt wurde erkennbar – Wilson Dowling, nackt in einer Blutlache.

Davin drehte sich zum Kontrollraum und schwenkte die erhobenen Arme über Kreuz, zum Zeichen, dass dringend medizinische Hilfe gebraucht wurde. Das Signal löste hektische Betriebsamkeit aus, da jeder etwas beitragen wollte. Mit der kodierten Freigabetaste öffnete Davin die Tür am Fuß der Transportkugel. Blutüberströmt fiel Dowling heraus.

Ein Team Rettungssanitäter eilte ins Labor. Andre blickte zur Wanduhr und merkte sich die genaue Zeit. *Ich wusste, dass das passiert,* dachte er. *Wir haben zu lange gewartet.* In diesem Moment stürmte Jasper durch die Tür und direkt auf ihn zu.

»Was ist los?«, wollte er wissen.

»Wir haben ein kleines Problem«, antwortete Andre.

»Was für eins?« Jasper spähte ins Labor.

»Es scheint, dass Dowling zurück ist.«

»Was soll das heißen, er ist zurück?«

Andre verschränkte resigniert die Arme. »Er ist wieder da.«

»Wie ist das möglich?«

»Er war blutüberströmt«, flüsterte Andre.

Es war nicht zu erkennen, was passierte; sie sahen nur die Rücken der Sanitäter. Doch gemessen an ihren hektischen Bewegungen stand es schlimm um den Verletzten.

»Ich habe Ihnen gesagt, dass das passiert«, hielt Andre ihm vor. »Wir haben nicht schnell genug gehandelt. Und jetzt haben wir ein noch größeres Problem.«

47.

Flughafen London-Gatwick, England
22. Dezember 2012 – Nullpunkt + 1
Ortszeit: 11.02 Uhr
Unternehmen Jesaja abgeschlossen

Es war ein wunderschöner englischer Wintermorgen. Nirgends war eine Wolke zu sehen, und der Himmel erschien blauer denn je. Helena bog in die Zufahrt zum Sicherheitscheckpoint ein und hielt vor der Schranke, um dem Wachmann ihren Pass hinzuhalten. Es war ihr völlig gleichgültig, ob man sie festnehmen würde. Der Beamte schob seine Maschinenpistole auf den Rücken und blätterte durch ihre Dokumente.

Er sah nirgends einen britischen Stempel. »Sie verlassen das Land?«, fragte er lächelnd. Er sprach mit irischem Akzent und äußerst höflich.

Helena nickte.

Der Wachmann sah sich um, ob niemand ihn beobachtete; dann gab er die Papiere zurück. Sein Instinkt sagte ihm, er sollte diese Frau durchlassen. »Vergewissern Sie sich nur, dass Sie auf der Passagierliste stehen.« Er blickte ihr fest in die Augen.

Helena gab sich Mühe zu lächeln, doch ihre Miene veränderte sich kaum.

»Gute Reise«, sagte er.

Der Capriarty-Jet wartete an derselben Stelle, wo Helen ihn am Abend verlassen hatte. Die Hangartüren standen weit offen. Helena fuhr hinein, stellte den Motor ab und saß benommen da. Seit gestern war so viel passiert, dass sie wie betäubt davon war.

Ich möchte wissen, ob Wilson überlebt hat, dachte sie. *Aber er muss überlebt haben.*

Captain Lewis' Stimme drang in ihre Gedanken.

»Ich bin froh, dass Sie wieder da sind. Ich habe mir Sorgen gemacht.« Er blickte auf die defekten Scheinwerfer. »Was ist passiert?«

Helena antwortete nicht.

»Wo ist Ihr Freund?«

Ein paar Sekunden dachte sie angestrengt über eine Antwort nach. »Ich weiß es nicht.«

»Geht es Ihnen gut?«

»Es war eine lange Nacht«, sagte sie im Tonfall der Erschöpfung. Plötzlich strömten ihr Tränen übers Gesicht, aber sie weinte nicht um Wilson. Helena wusste, es war Zeit, loszulassen, Zeit, nachzugeben. Die Dämonen in ihr, die sie seit dem Tod ihrer Mutter mit sich herumgetragen hatte, waren endlich besänftigt.

Captain Lewis suchte in seinen Taschen und reichte ihr ein sauberes Taschentuch. »Heute ist ein so schöner Morgen. An einem solchen Tag sollte man nicht traurig sein.« Er wusste nicht, was er sonst sagen sollte.

Helena war mit ihren Kräften am Ende. »Bringen Sie mich nach Hause, Warren.«

Mit langsamen Schritten geleitete er sie zum Flugzeug. Er hatte Helena noch nie so aufgelöst erlebt. »Ihr Vater hat angerufen, als Sie weg waren«, sagte er. »Aber keine Sorge, ich habe Sie gedeckt.«

Helena nahm nur die Hälfte von dem auf, was er sagte.

Als sie nichts erwiderte, fügte er hinzu: »Haben Sie den Gewittersturm in der Nacht gesehen? Es war faszinierend.«

Wilson fände das witzig, dachte Helena.

Alle paar Minuten starteten und landeten Verkehrsflugzeuge; ihre Turbinen dröhnten im Hintergrund. Captain Lewis redete weiter, als sie die Treppe zum Flugzeug hinaufstiegen. »Ich werde den Zoll informieren, dass wir abfliegen. Wir sind in Null Komma nichts von hier weg. Ich habe schon aufgetankt, alles ist startklar.« Er verschwand ins Cockpit.

Helena ging in die Hauptkabine und direkt an den Computer. Als sie die Entertaste drückte, leuchtete der Bildschirm auf. Die Internetseite war noch dieselbe. Da stand: Erdionosphären-Hohlraumresonanz, Parkfield, Kalifornien und Arrival Heights, Antarktis.

Helena wischte sich erneut die Tränen ab und setzte sich, um sich die Diagramme anzusehen. Sie hatten sich enorm verändert. Die Schumann-Frequenz war gesunken, wie Wilson angekündigt hatte, auf unter sieben Hertz. Es schien, als wäre alles wieder im Gleichgewicht.

»Du hast es geschafft«, flüsterte Helena. Aber eigentlich hatte sie nichts anderes erwartet.

Sie lehnte sich zurück und betrachtete die ägyptische Münze. »Das ist alles, was mich an dich erinnern wird«, flüsterte sie. Sie hatte Blut an den Fingern – Wilsons Blut. Eines Tages würde die Münze den Weg zu ihm finden. In fünfundsiebzig Jahren würde sie in seiner Schublade liegen und eng mit seinem Leben verbunden sein. Es war tröstlich zu wissen, dass nicht alles vorbei war. In gewisser Hinsicht fing alles erst an.

48.

Kalifornien, Amerikanischer Kontinent
Krankenhaus, 3. Etage (Zimmer A3)
26. Juni 2081
Ortszeit: 11.45 Uhr
34 Tage nach dem Transporttest

Durch die halb offenen Fenster fiel warmer Sonnenschein ins Krankenhauszimmer, und ein lauer Wind wehte den feinen Duft von Sommerblumen herein. Wilson machte die Augen auf. Noch schläfrig sah er jemanden am Fußende des Bettes stehen. Er rechnete mit Barton, musste aber überrascht feststellen, dass es Professor Author war.

»Ich kann es kaum erwarten, Ihre Geschichte zu hören«, meinte Author mit fragendem Blick. »Also erzählen Sie: Wie haben Sie diesen Schuss abbekommen?«

»Wo bin ich?«

Der Einstein-Doppelgänger machte eine ausholende Geste. »Bei Enterprise Corporation.«

»Was tun Sie hier? Wo ist Ingerson?«

Author blickte ihn ratlos an. »Ich kenne keinen Ingerson, aber eines weiß ich: Die Leute hier sind übergeschnappt! Sie glauben, ich bin Ihr nächster Verwandter. Dabei sehe ich eindeutig besser aus als Sie.« Der Professor setzte sich auf die Bettkante. »Aber ich kann Ihnen sagen, man hat hier gewisse Vorteile. Sie haben mich mit einem Flugzeug hergebracht, alles erstklassig – Limousine, feines Hotelzimmer, französisches Bett. Hummer Thermidor zum Abendessen.« Er küsste seine Fingerspitzen. »Köstlich! Wissen Sie, wo wir gerade davon sprechen … diese hinterhältigen Blutsauger wollen mich manipulieren. Sie wollen etwas von mir. Und Ihrem Zustand nach zu urteilen, hat es mit Ihnen zu tun.«

Wilson blickte sich um. »Wie lange bin ich schon hier?«

Der Professor zuckte die Achseln. »Junge, sie haben mich vor drei Tagen hierher gezwungen. Ich habe keinen blassen Schimmer, was los ist. Ich hatte gehofft, Sie könnten es mir sagen. Sie haben uns übrigens eingeschlossen. Kein gutes Zeichen. Und wo sind Sie eigentlich in den letzten Wochen gewesen? Ich habe Ihre dämliche Plauderei vermisst.«

Obwohl Wilson sich matt fühlte, strengte er sein Gedächtnis an. Er hob den Kopf und sah zwei Deckenkameras, die auf ihn gerichtet waren. Alles wurde beobachtet – Author wurde benutzt, damit er ihm einen Reisebericht entlockte. Warum sollte man sie sonst zusammen einschließen?

»Ich will Barton Ingerson sprechen!«, rief Wilson. »Haben Sie verstanden? Ich will ihn sofort sprechen!«

»Wer ist dieser Barton Ingerson?« Author blickte hinauf zu den Kameras. »Sagen Sie mir, was hier vor sich geht.«

»Ich will Barton sprechen, sofort!«

Die nächste Stunde verging quälend langsam. Wilson achtete darauf, weder die Firma noch das Unternehmen Jesaja mit einem Wort zu erwähnen. Wenigstens hundert Mal sagte er: »Ich werde Ihnen alles später erzählen, Professor.«

Authors hilfloser Zorn erreichte ein unkontrollierbares Ausmaß. Er trat gegen die Tür. »Ich kann nicht glauben, dass sie uns hier einschließen! Schweinehunde! Ich hasse es, eingeschlossen zu werden! Was wollen die überhaupt? Was können die denn wollen?«

Es klickte in der Tür, und sie schwang auf.

Davin Chang kam vorsichtig herein und gab sich Mühe, gelassen zu erscheinen. Er hatte üble Brandblasen im Gesicht; es sah sehr schmerzhaft aus. Nur innerhalb des Bereichs seiner dicken Brillengläser war die Haut unverletzt. Wilson fiel wieder ein, dass Chang es gewesen war, der ihm vor dem Transport die nicht funktionierenden Kontaktlinsen gegeben hatte.

»Schön, dass Sie kommen«, sagte Wilson und setzte sich auf.

Die Antwort war ebenfalls wohlüberlegt. »Freut mich, Sie wiederzusehen, Wilson.«

»Sie brauchen uns hier nicht einzuschließen!«, fuhr Author ihn an, während er wild mit den Armen fuchtelnd durchs Zimmer stürmte. »Was für ein Krankenhaus soll das sein? Ich lasse mir eine solche Behandlung nicht gefallen! Ihr seid allesamt Verbrecher! Gierige Verbrecher!«

»Professor, das reicht«, unterbrach Wilson die Tirade. Er blickte dem Mercury-Mitarbeiter in die Augen. »Wo ist Barton? Ich möchte ihn sofort sprechen.«

»Ich bin hier, um Ihnen alle Fragen zu beantworten, die Sie vielleicht haben.«

»Die ich *vielleicht* habe? Wo ist Barton? Ich muss ihn dringend sprechen.«

»Tut mir leid«, sagte Davin, »ich habe strikte Anweisungen.«

»Wo ist er?«

»Er ist nicht da.« Davin rückte behutsam die Brille auf seiner verbrannten Nase zurecht.

Wilson musterte das Abzeichen an Davins Kittelrevers: ein schwarzes Dreieck mit einem Stern in der Mitte – der Rang des Teamleiters. Bartons Rang.

»Ich sehe, Sie wurden befördert«, sagte Wilson ruhig.

»Ich kann nur auf zulässige Fragen eingehen«, erwiderte Davin.

»Wie lange bin ich schon hier?«, fragte Wilson.

»Seit sechs Tagen.«

»Wie lange war ich weg?«

»Ihre Zeitreise hat achtundzwanzig Tage gedauert.«

Das war genau die Zeitspanne, die er in der Vergangenheit verbracht hatte. Bartons Berechnungen waren also richtig gewesen.

Author sperrte vor Staunen den Mund auf. »Eine Zeitreise? Was reden Sie da?«

»Wo ist Barton?«, fragte Wilson. »Geht es ihm gut?«

»Ich sagte schon: Er ist nicht da.« Davin räusperte sich; er war offensichtlich nervös. »Sie sind vor sechs Tagen zurückgekehrt. Als Sie in der Transportkapsel landeten, hatten Sie eine Schussverletzung im Magen. Unsere Ärzte haben Sie ins Koma versetzt, um Ihren Zustand zu stabilisieren. Zuerst lagen Sie in einer Luftdruckkammer, dann in einer Ionisationskabine, um den Muskeltonus wiederzuerlangen.« Es klang wie abgelesen. »Wir haben Ihre Trakenoiden auf das normale Maß reduziert. Als Sie plötzlich im Labor erschienen, waren wir alle ziemlich überrascht. Der Magnetfeldgenerator hätte gar nicht funktionieren dürfen. Dennoch war es so.« Es folgte eine lange Pause.

»War's das?«, fragte Wilson ungeduldig.

»Ich soll Sie informieren, dass hier jeder über das Unternehmen Jesaja Bescheid weiß«, fügte Davin hinzu.

»Das ist ziemlich offensichtlich.«

»Die Tredwells sind auf dem Weg hierher.« Davin rückte noch einmal seine Brille zurecht. »Ich sollte Sie nur vorbereiten. Sie werden Sie einiges fragen.«

»Ich habe auch ein paar Fragen!«, platzte Author heraus. »Dieser Brandblasenheini ist offenbar geistig verwirrt! Eine *Zeitreise!* Würde *bitte* jemand mit mir reden? Ich habe ein Recht zu erfahren, was …«

»Nicht jetzt, Professor«, fiel Wilson ihm ins Wort.

»Sie werden gleich von einem Ärzteteam untersucht«, sagte Davin. »Die Tredwells wollen sichergehen, dass keine Gefahr von Ihnen ausgcht.«

»Darum haben sie zuerst Sie zu mir reingeschickt. Sie Glücklicher.« Wilson hätte liebend gern gestritten, doch ihm blieb nichts anderes übrig, als zu kooperieren. »Na schön, Davin, lassen Sie die Ärzte rein. Und dann … plaudern wir mit den Tredwells. Ich freue mich schon darauf.«

Author beugte sich dicht zu ihm heran. »Junge«, flüsterte er. »Wenn Sie mir nicht sagen, was los ist, werde ich gehen.«

»Ich erzähl's Ihnen schon noch, Professor. Versprochen.« Wilson zog sein Krankenhaushemd auseinander und schaute an sich hinunter. Die Stelle der Schusswunde war noch kräftig rosa. Er verzog das Gesicht bei dem Gedanken an die eisige Gefühllosigkeit, die er von der Taille abwärts empfunden hatte. Das hoffte er nie wieder erleben zu müssen.

Schließlich kamen drei Ärzte ins Zimmer und stellten ihn zwanzig Minuten lang mit allen möglichen Geräten auf den Kopf. Wilson rang sich eine gewisse Höflichkeit ab, doch seine Geduld wurde arg strapaziert. Irgendwann riss er einem der Ärzte die Krankenakte aus der Hand und sah sich die Werte an; dann warf er sie zum Zeitvertreib dem Professor zu.

Die Ärzte versuchten, sich das digitale Dokument zurückzuholen, doch der Professor wich ihnen ständig aus. Es sah aus wie eine Nummer von Zirkusclowns, wie die drei in ihren weißen Kitteln bei ihrer Jagd ständig über die Füße der anderen stolperten.

»Bitte!«, sagte einer. »Sie müssen uns die Papiere zurückgeben!«

»Haltet ihn fest«, rief ein anderer.

Author duckte sich und entkam erneut. »Sie sehen doch, dass ich lese.« Nach drei Runden durchs Zimmer wurde Author endlich in eine Ecke gedrängt, doch er machte Anstalten, den Handheld zu zertrümmern, wenn die Ärzte noch näher herankämen.

»Geben Sie das zurück!«, rief jemand im Befehlston.

Jasper Tredwell stand in der Tür, hinter ihm der vornehme GM. Sie trugen beide schwarze Nadelstreifenanzüge mit einer seltenen schwarzen Nelke im Knopfloch. Alles deutete darauf hin, dass Barton in ernsten Schwierigkeiten steckte.

GM hob seinen Elfenbeinstock und zeigte damit auf Wilson. »Sie haben uns eine Menge zu erklären, Mr. Dowling. Wo sind Sie während der letzten achtundzwanzig Tage gewesen?«

»Wo ist Barton?«, fragte Wilson energisch.

»*Sie* werden auf *meine* Fragen antworten«, erwiderte GM kalt.

»Ich rede mit niemandem außer Barton.«

»Barton ist tot«, sagte GM kalt.

»Er wurde vor zwei Wochen tödlich verletzt«, führte Jasper näher aus.

Wilson fühlte sich plötzlich vollkommen kraftlos. Obwohl er mit diesem Ausgang gerechnet hatte, war die Bestätigung ein Schock. Visblat hatte die Wahrheit gesagt.

»Wie ist es passiert?«, wollte Wilson wissen.

»Es geschah im Mercury-Labor«, antwortete Jasper. »Ein verrückter Unfall.«

Wilson hörte förmlich Visblats Stimme in seinem Kopf: Wenn Sie das zweite Portal öffnen, wird Barton sterben.

»Es war kein Unfall«, sagte Wilson. »Barton wurde ermordet.«

Niemand verzog eine Miene.

GM wandte sich an die Ärzte. »Lassen Sie uns allein. Sie auch, Davin.«

Wilson hielt Author auf. »Bleiben Sie bitte hier«, raunte er ihm zu. Doch der Professor flüsterte zurück: »Ich würde lieber gehen, wenn's recht ist«, und wollte zur Tür.

Wilson sprang aus dem Bett und packte ihn beim Kragen. »Ich brauche einen Zeugen. Bleiben Sie hier!«

»Warum unterstellen Sie, dass Barton ermordet wurde?«, fragte GM.

»Weil es so ist!«, antwortete Wilson spitz. »Dessen können Sie sicher sein.« Wilson gab sich stark; in Wirklichkeit jedoch kam er sich wie ein verirrtes Kind vor. Es gab so viele Dinge zu begreifen, so viele Blickwinkel zu beachten. Sein Herz raste. Er war einer Panik nahe. Er sah sich einer Verschwörung gegenüber – das hatte Visblat ebenfalls gesagt.

»Sie haben Fragen, GM, und ich ebenfalls. Aber die Sache

wird Zeit brauchen.« Wilson rieb sich die Stirn. Er hatte ein Gefühl, als stünde sein Gehirn vor dem Platzen.

»Wissen Sie, was Ihr Streifzug mich gekostet hat?«, fragte GM. »Sie haben sich an der Zeit zu schaffen gemacht. Ihre Anwesenheit hier beweist das. Und eine Folge ist der Tod Bartons. Ist Ihnen beiden wenigstens ein einziges Mal der Gedanke gekommen, dass es falsch sein könnte, was Sie tun?«

Wilson sah Bartons Gesicht vor sich. »Nicht eine Sekunde.«

Die nächsten zwei Minuten drehte das Gespräch sich im Kreis, und GM überhäufte ihn mit Anschuldigungen, während Wilson versuchte, Zeit zum Nachdenken zu schinden.

»Warum sollte ich Ihnen Zeit lassen?«, fragte GM.

»Barton war mein Freund.«

»Sie haben ihn nur zwei Wochen lang gekannt«, schnaubte Jasper.

GM stieß seinen Gehstock vor Wilsons Füßen auf den Boden. »Ich werde nicht nachgeben! Sie werden mir meine Fragen beantworten!«

»Sie haben versucht, meinen Auftrag zu sabotieren«, erwiderte Wilson anklagend.

»Das habe ich nicht!«, widersprach GM.

»Sie haben einen zweiten Zeitreisenden geschickt, damit er mich aufhält!«

GM wich einen halben Schritt zurück. »Bestimmt nicht!«

Wilson blickte dem alten Mann prüfend in die Augen. »Dann sind Sie wohl nicht ganz auf dem Laufenden, GM«, sagte er ein wenig herablassend. »Von Ihrem Labor aus wurde noch jemand geschickt. Aus dieser Zeit. Darum weiß ich, dass Barton ermordet wurde. Das wurde mir in der Vergangenheit unmissverständlich gesagt.«

»Das ist absurd«, murmelte Jasper.

»Das wurde Ihnen gesagt?«, fragte GM.

»So ist es. Ich habe es erfahren, ehe ich hierher zurücktransportiert wurde.« Wilson schwieg einen Moment. »Ich sehe die

Sache so, GM: Sie haben zwei Möglichkeiten.« Er hob den Zeigefinger. »Sie können mir vertrauen, dann erfahren wir beide die Wahrheit. Oder«, er hob den Mittelfinger, »Sie bleiben mein Gegner, und ich verrate Ihnen *gar nichts.*« Er blickte den Alten fest an. »Ich brauche achtundvierzig Stunden.«

»Wozu?«

»Der Drahtzieher von Bartons Tod ist noch hier«, erklärte Wilson. »Wenn wir unsere Karten richtig ausspielen, können wir ihn entlarven.«

»Wir verhandeln nicht«, sagte Jasper entschieden. Er flüsterte seinem Großvater etwas ins Ohr, doch der winkte ab.

»Ich bin bereit, Ihnen die verlangte Zeit zu geben, Mr. Dowling«, sagte GM.

»Achtundvierzig Stunden also. Zwei Tage sind angesichts dieser Intrige nicht viel. Aber die Wahrheit ist mir wichtig.«

Es folgte ein längeres Schweigen.

Schließlich sagte GM mit eindringlichem Blick: »Ich möchte *jede Einzelheit* erfahren. Dieses Arrangement macht uns zu Partnern. *Verstanden*?«

Dem Anschein nach hatte GM nicht so ganz das Sagen gehabt. Und nach Bartons Charakterisierung des Vorstandsvorsitzenden war das keine Situation, die ihm passte.

Wilson konnte endlich ein paar klare Gedanken fassen. »Ich brauche Zugang zu allem und jedem in diesem Haus. Zu den Qumran-Rollen, Bartons Dateien, zum Überwachungssystem.« Er überlegte. »Und ich brauche Professor Author als Assistenten.«

»Wir können Dowling doch nicht an alles heranlassen«, wandte Jasper ein. »Das ist nicht richtig!«

GM wandte sich an seinen Enkel. »Die bloße Tatsache, dass die Zeitmaschine noch funktionierte, beweist, dass hier etwas vorgeht, von dem wir nichts wissen. Wie hätte der Inflator sonst starten können? Mr. Dowling hatte damit nichts zu tun, oder?« Zu Wilson gewandt fragte er: »Brauchen Sie sonst noch etwas?«

»Ich brauche einen Platz, wo ich in Ruhe nachdenken kann«, sagte Wilson. »Einen Hubschrauber. Damit er mich zum Mount Whitney bringt. Das ist es, was Barton tun würde.«

GM lächelte leicht. »Ja, das würde er, nicht wahr?« Doch sein Lächeln verschwand abrupt. »Ich lasse Sie von einem Sicherheitsteam begleiten.« GM blickte auf seine Uhr. »Das ist eine persönliche Sache für mich, Mr. Dowling. Ich will die Wahrheit erfahren.« Der alte Mann hinkte hinaus, seinen Enkel auf den Fersen. »Wir bleiben in Kontakt«, rief er noch über die Schulter.

Sobald die Tredwells gegangen waren, brach es aus Author hervor. »Zeitreisen! Aufträge! Morde! Wissen Sie überhaupt, wer die beiden Burschen waren? Das waren die Bosse von Enterprise Corporation!« Er zeigte auf die Tür. »Mit denen macht man keinen Handel! Denen droht man nicht!«

Wilson winkte den Professor in das angrenzende Bad.

»Da können wir nicht raus«, stöhnte er. »Das habe ich schon ausgekundschaftet.«

»Entspannen Sie sich«, sagte Wilson beruhigend. »Im Bad gibt es keine Überwachungskameras.« Er zog die Tür zu.

Author packte Wilson bei den Schultern und schüttelte ihn unsanft. »Jetzt verraten Sie mir endlich, was hier läuft! Sonst vergesse ich mich!«

»Zuerst will ich Sie etwas fragen«, sagte Wilson. »Wenn Sie einen Befehl benennen sollten, einen zerebralen Befehl, der es Ihnen ermöglicht, im Dunkeln besser zu sehen, welchen Namen würden Sie sich dafür aussuchen?«

»Haben Sie den Verstand verloren?«

»Bitte, Professor!«

Der kleine Mann verzog das Gesicht.

»Wie würden Sie ihn nennen?«, fragte Wilson unnachgiebig.

»Opossum!«, flüsterte. »Das wissen Sie doch!«

Visblat hatte von den Omega-Kräften nichts gewusst. Das bewies, dass Author nicht in die Intrige verwickelt war. »Haben

Sie irgendjemandem von meiner Programmierung erzählt?«, fragte Wilson.

Author machte ein Gesicht, als hätte er in eine Zitrone gebissen. »Natürlich nicht! Ich verabscheue dieses Unternehmen! Die wollen nur meine Forschungsergebnisse an sich reißen, erinnern Sie sich?«

Während der nächsten halben Stunde erklärte Wilson, so viel er konnte. Er würde einiges entschlüsseln müssen, und dabei wäre Author genau die richtige Hilfe – er war gewitzt, und Wilson wusste, dass er ihm trauen konnte.

»Sie haben gesagt, es gab einen zweiten Zeitreisenden«, sagte der Professor. »Wer war es?«

»Das ist eines der Dinge, die wir herausfinden müssen.«

»Sie wissen es nicht?«

»Nicht genau.«

»Aber Sie sind sicher, dass dieser Barton umgebracht wurde.«

»Ganz sicher.«

»Nur aus Neugier: Wie wollen Sie dahinterkommen, wer es getan hat?«

»Indem ich ihn zwinge, sich zu verraten«, sagte Wilson. »Bartons Mörder kann nicht wissen, wie viele Informationen ich habe.«

»Ich wünschte, wir hätten ein paar Zigaretten«, sagte Author gedankenverloren. »Sie wissen, welche ... die tödlichen. Die sind viel befriedigender.« Ein paar Minuten verstrichen. »Es ist seltsam, aber irgendwie erinnert diese Unterhaltung mich an den Abend, an dem wir Ihre Schicksalsmünze geworfen haben. Wissen Sie noch?«

»Oh ja.«

»War die Omega-Programmierung nützlich?«

»Professor, Sie müssen den Jesaja-Text für mich entschlüsseln«, sagte Wilson. »Das ist absolut entscheidend. Wir müssen herausfinden, warum jemand verhindern wollte, dass alle drei Portale geöffnet werden. Das ist der Schlüssel zu dem Ganzen.

Wir können später noch über die Omega-Programmierung reden. Abgemacht?«

Der Professor beugte sich dicht heran. »Was für ein tolles Abenteuer Sie hinter sich haben.« Er rieb sich über sein dickliches Gesicht, als wollte er seine Begeisterung bändigen. »Zeitreisen sind also möglich! Phantastisch!« Er grinste schief. »Ich weiß, dass Sie die Wahrheit sagen, Wilson ... Sie könnten sich niemals eine so unterhaltsame Geschichte ausdenken.«

»Können Sie den Jesaja-Text entschlüsseln?«, fragte Wilson drängend.

»Wenn dieser Barton den Algorithmus anwenden kann, kann ich es auch. Kein Problem.«

Doch der Professor irrte sich gewaltig.

49.

KALIFORNIEN, AMERIKANISCHER KONTINENT
MOUNT WHITNEY, SIERRA NEVADA
27. JUNI 2081
ORTSZEIT: 16.35 UHR
35 TAGE NACH DEM TRANSPORTTEST

Wilson zündete ein Streichholz an und hielt es an die Zigarette. Der Wind kam von hinten und wehte eine beständige Rauchfahne in die Gebirgslandschaft, die sich in der Ferne verlor. Wilson war nicht allein – ein zehn Mann starkes Sicherheitsteam in dunkelblauen Uniformen war rings um ihn und den Hubschrauber ausgeschwärmt.

Oben auf dem Gipfel des Mount Whitney konnte er nicht anders, als philosophisch zu werden. Barton hatte gesagt, dass hier alles gleich bleiben werde. Das kam ihm jetzt umso inhaltsschwerer vor, als Barton tot war und nur die Erinnerung an ihn an diesem wunderbaren Ort geblieben war. Wilson betrachtete den hohen grünen Wald und den langsam dahinströmenden Fluss, der sich im Tal ein Bett gegraben hatte. Eine weiße Wolkenbank zog sich über seinem Kopf zusammen.

In dem Moment drängte sich das Bild von Helena in seine Gedanken. Er hatte versucht, nicht so oft in Erinnerungen an sie zu schwelgen, doch nun schlich sich ein Lächeln auf seine Lippen. Sie fehlte ihm. Es tat einfach gut, an sie zu denken. Er fragte sich, wie ihr Leben wohl weiterging. Er korrigierte sich: weitergegangen war. Wenn sie noch am Leben wäre, dann wäre sie jetzt sehr alt. Er fragte sich, ob sie Kinder bekommen und geheiratet hatte und ob sie glücklich geworden war. Er brauchte seine ganze Entschlusskraft, nicht in den Archiven zu graben und ihre Geschichte ans Licht zu befördern. In einer Hinsicht wollte er nicht wissen, was aus ihr geworden war. So lebte sie in seinem Gedächtnis weiter als schöne, bewundernswerte junge Frau, mit der es ihm vergönnt gewesen war, auf seiner Reise durch die Vergangenheit zusammen zu sein.

Hoch oben über den Bergen legte sich ein Adler schräg in den Wind. Wilson musste daran denken, was Barton gesagt hatte: *Es hat keinen Zweck, Sie auf solch ein Unternehmen vorzubereiten, wenn Sie nicht die richtige Einstellung haben. Dann nützt das ganze Training überhaupt nichts. Sie müssen zu jeder Zeit positiv denken. Sie müssen sich auf den Augenblick richten.*

Wilson inhalierte einen weiteren Zug und konzentrierte sich auf seine Aufgabe. Er würde sein Bestes geben müssen, wollte er das Rätsel um Bartons Tod lösen. Er nickte. Positiv denken, sich auf den Augenblick richten.

Wilson hatte einen Plan, der aber keineswegs narrensicher war. Auf GMs Forderung hin hatte er an alle Beteiligten eine Mitteilung verschickt und darin seinen Auftrag und den Verlauf seiner Reise dargestellt. Das war der erste Austausch in der geistigen Schlacht zwischen ihm und dem Mercury-Team. Doch er hatte es nicht mit gewöhnlichen Menschen zu tun. Sie gehörten zu den scharfsinnigsten, findigsten Geistern der Welt. Die Frage war: Würde er die Wahrheit mit den Informationen, die er besaß, aufdecken können?

Denk positiv, befahl er sich.

Indem er die Szenarien durchdachte wie ein Schachspieler seine Züge, engte er den Kreis der Verdächtigen ein. Nur eine Handvoll Personen hatte die nötigen Mittel gehabt, um sein Unternehmen zu torpedieren, und genauso wenige die Möglichkeit, einen Gen-EP in die Vergangenheit reisen zu lassen. Um das zu bewerkstelligen, brauchte es mehr Leute, höchstwahrscheinlich das gesamte Mercury-Team. Dass der Inflator angeschlossen gewesen war, bewies, dass jemand das System vor kurzem noch benutzt hatte.

Wilson dachte an seine Schilderung in dem Rundschreiben an die Mitarbeiter. Nebenbei hatte er Helena Capriarty erwähnt, aber nicht unter ihrem richtigen Namen. Ihre übersinnliche Verbindung und ihre Unempfänglichkeit für eine optische trakenoide Reaktion musste er erst noch begreifen. Ihre Beteiligung aufzudecken war die einzige Möglichkeit, mehr über die Sache herauszufinden. Andernfalls würden die Antworten mit Geheimhaltungsstufe versehen.

Wilson dachte eine gute Stunde lang über das Problem nach.

Je mehr Leute involviert waren, desto größer waren seine Aussichten, die Verschwörer zu entlarven. Auf dem Gipfel sitzend ließ er sich den Wind um die Ohren pfeifen und dachte an seine Zeitreise wie an einen Traum. Es gab keinen besseren Vergleich. Die Schumann-Frequenz war am 21. Dezember 2012 – am Tag seines Rücktransports – wiederhergestellt worden, und die Zeit erschien wieder ausgedehnt, nicht zusammengedrängt. Er hatte seinen Auftrag ausgeführt; er hatte seinen Teil getan. Doch er war entschlossen, jeden Anflug von Selbstgefälligkeit zu unterdrücken. Er wollte herausfinden, wer Barton ermordet hatte und warum. Erst dann durfte er wirklich zufrieden sein.

50.

KALIFORNIEN, AMERIKANISCHER KONTINENT
ENTERPRISE CORPORATION, ZENTRALE, 12. STOCK
28. JUNI 2081
ORTSZEIT: 19.35 UHR
36 TAGE NACH DEM TRANSPORTTEST

Als Wilson das letzte Mal an dieser Stelle stand, hatte er Barton bei sich gehabt – einen Mann, der seltsamerweise sein ganzes Leben beeinflusst hatte. Diesmal jedoch war Wilson allein und stand ohne Bartons Führung vor einer großen Herausforderung. Jetzt hatte er niemanden, auf den er zurückgreifen könnte, und er fühlte sich jämmerlich unvorbereitet. Er holte tief Luft und zwang sich, an die Gebirgslandschaft zu denken. Das Ergebnis war sicher, sagte er sich: Die dreizehn gefeierten Genies hinter dieser Tür hatten keine Chance gegen ihn. Er lächelte. Zwischen einer positiven und einer dämlichen Haltung verlief eine dünne Grenze, befand er.

Er drückte die Türflügel auf.

Der Sitzungsraum des Vorstands war voller Leute. Alle saßen wie verlangt ordentlich auf ihren Plätzen. Die Gespräche verstummten augenblicklich, als Wilson den Raum betrat. Die Atmosphäre war angespannt. Davin, Andre, Karin und Jasper saßen vorne nebeneinander, hinter ihnen in zwei Reihen die übrigen neun Mitglieder des Mercury-Teams. Zwei Plätze waren leer – einer neben Professor Author und einer am Kopf des Tisches, der für GM reserviert war.

Der entspannende Duft frischer Blumen hing in der Luft. Draußen senkte sich die Sonne zum Horizont, und der Himmel bekam eine leichte Färbung.

Wilson kam mit Absicht über eine Stunde zu spät. Er hatte es so lange hinausgezögert, wie er es nur wagte. Jede Sekunde zählte; Author brauchte Zeit, um die Schriftrollen zu entschlüsseln.

Wegen der Wartezeit waren alle angespannt.

Es gibt immer einen Hoffnungsschimmer, dachte Wilson, der wusste, dass die Verschwörer noch mehr Druck verspürten als alle anderen.

Seit dem Transporttest traf er zum ersten Mal das gesamte Mercury-Team an. Jeder grüßte ihn bei seinem Eintreten auf die eine oder andere Art; selbst Andre hob mechanisch die Hand. Ohne eine Miene zu verziehen, ging Wilson zum anderen Ende des Tisches, zog sich einen Stuhl heran und setzte sich. Er musste die anderen glauben machen, dass er die Wahrheit bereits kannte.

Der Professor hatte einen kleinen holographischen Bildschirm vor sich, auf dem seitenweise Daten vorbeizogen. Alle paar Augenblicke tippte er einen Befehl ein, starrte auf das Ergebnis und tippte etwas Neues. Dicke Schweißperlen standen ihm auf der Stirn. Wilson hatte ihn noch nie so gestresst gesehen.

»Wie läuft die Entschlüsselung?«, flüsterte Wilson.

Als letzte Zuflucht benutzte Author Data-Tran, um die Algorithmen von der Kupferrolle anzuwenden. Die Entschlüsselung hatte sich als viel schwieriger erwiesen als erwartet. Und Data-Tran war zwar nicht so sicher, wie sie es gern gehabt hätten, doch sie waren auf seine Verarbeitungsleistung angewiesen.

»Ich brauche mehr Zeit!«, flüsterte Author nervös. »Das ist so verwirrend!«

Wilson hatte Herzklopfen. Da er nicht wusste, warum Visblat die Öffnung des zweiten Portals hatte verhindern wollen, tappte er im Dunkeln. Diese Information war die wichtigste. »Tun Sie Ihr Bestes, Professor«, sagte Wilson und versuchte, beruhigend zu klingen, doch er konnte seine eigene Aufregung kaum noch unterdrücken.

Die Tür von GMs Büro schwang auf, und der alte Mann legte

einen königlichen Auftritt hin. Er trug einen schwarzen Anzug mit weißer Krawatte. Die blonde Amazone Cynthia schritt an seiner linken Seite, eine schöne Brünette an seiner rechten. Sie bildeten ein eindrucksvolles Trio – zwei äußerst gesunde, junge Frauen, die einen äußerst alten Mann hereingeleiteten. Sie brachten GM zu seinem Sessel, und ohne ein Wort nahm er am Kopf des Tisches Platz. Seine Eskorte zog sich still zurück und schloss die Bürotür hinter sich.

GM blickte auf seine Uhr; dann schaute er düster in die Runde. »Das ist kein guter Start.« Er beugte sich drohend vor. »Mr. Dowling, ich schätze es nicht, wenn man mich warten lässt. Sie haben es nur meiner Neugier zu verdanken, dass ich diese Sitzung überhaupt noch stattfinden lasse.« Er stellte seinen Stock zwischen die Knie und gab das Zeichen anzufangen.

Die Verärgerung des alten Mannes war ein notwendiges Risiko gewesen. An diesem Tag sollte es für niemanden angenehm werden. Wilson musterte die Teammitglieder in ihren geschniegelten Laborkitteln. Dann fiel sein Blick auf Jasper in seinem grauen, teuren italienischen Anzug, an dem eine rote Krawatte und eine rote Nelke prangten. Interessanterweise war es das erste Mal, dass Wilson die beiden Tredwells unterschiedlich gekleidet sah.

»Es ist wirklich schade, dass Barton nicht hier sein kann, um das mitzuerleben«, meinte Wilson.

Er beobachtete reihum die Gesichter. Nichts.

»Wir alle haben Ihr Rundschreiben gelesen, Mr. Dowling«, sagte Jasper. »Sie haben außergewöhnliche Behauptungen aufgestellt. Ich hoffe sehr, Sie können sie belegen.«

GM bedeutete Jasper zu schweigen. »Fahren Sie fort, Mr. Dowling.«

Wilson trommelte mit den Fingern auf die Tischplatte; dann sprach er die Versammlung an. »Sie fragen sich wahrscheinlich alle, warum dieses Treffen anberaumt wurde. Die Antwort ist einfach: Es geht darum, Bartons Mörder zu finden.«

»Um diese Frage zu klären, wurde eine Ermittlung angestrengt«, erklärte GM tonlos. »Mit dem Ergebnis, dass er einen Unfall hatte.«

»Ich werde beweisen, dass Barton ermordet wurde«, sagte Wilson selbstbewusst. »Überdies werde ich aufdecken, wer für seinen Tod verantwortlich ist.« Er wechselte mit jedem einen Blick. »Und diese Person ist hier anwesend.« Gemurmel setzte ein. »So ist es!«, versicherte Wilson. »Der Drahtzieher des Mordes befindet sich in diesem Raum!«

GM verschaffte sich Gehör. »Ich bitte mir Ruhe aus!« Das Gemurmel verstummte rasch. »Mr. Dowling hat das Wort, bis diese Situation zu meiner vollen Zufriedenheit gelöst ist. Aber ich warne Sie, Mr. Dowling. Ich bin jetzt schon schlechter Laune. Ihre Zeit ist kurz und meine Geduld dürftig. Wenn Sie sich mit allem geirrt haben, werden Sie und Ihr seltsamer Freund es sein, die in Schwierigkeiten stecken.«

Author tauchte aus seiner Konzentration auf. »Welcher seltsame Freund?«

GM klopfte mit seinem Stock auf den Boden. »Fahren Sie fort, Mr. Dowling!«

Author, der schon mehr als genug unter Druck stand, wandte sich wieder seiner kleinen Tastatur zu, auf der er hektisch tippte – er hatte keine Zeit, eingeschnappt zu sein.

»Barton war der Beste«, begann Wilson, um Zeit zu schinden. »Er war selbstlos, ein großer, unorthodoxer Denker und gab sein Wissen großzügig weiter. Ohne ihn ist die Welt viel ärmer geworden. In gewisser Weise schulden wir alle ihm Dank. Umso mehr ist es unsere Pflicht, die Situation ernst zu nehmen.« Wilson schoss unheilvolle Blicke durch den Raum. »Wie Sie in meinem Rundschreiben gelesen haben, wurde ich in die Vergangenheit transportiert. Barton hat den Transportbehälter entsprechend manipuliert. Mein Auftrag war, die Schumann-Frequenz zu korrigieren.«

Seine Worte stießen auf Schweigen.

Wilson fasste Author an der Schulter, der auf dieses Zeichen hin eine Taste drückte. Über dem Tisch erschien ein dreidimensionales Bild, das die Messwerte zur Schumann-Frequenz des NCED zeigte. Sie reichten hundertzwanzig Jahre zurück. Wilson sagte: »Bitte achten Sie besonders auf den 21. Dezember 2012, den Nullpunkt, wie wir inzwischen alle wissen.«

An diesem Datum war der Wert stark gesunken, von 11,2 auf unter sieben Hertz. Seitdem war er wieder auf 7,45 Hertz gestiegen.

»Die Kurve hat sich nicht verändert«, sagte Jasper. Er blickte Bestätigung heischend zu Karin hinüber. »So ist sie immer gewesen.«

»Jasper hat recht«, pflichtete sie ihm bei. »Die Kurve ist unverändert.«

»Genau darauf kommt es mir an«, sagte Wilson und zeigte auf das Schaubild.

Davin nickte.

»Möchten Sie das erläutern, Davin?«, bat Wilson.

Davin räusperte sich. »Lieber nicht.«

»Ich bestehe darauf.«

Davin rang nervös die Hände. »Ich kann nur schließen, dass unsere Realität darauf basiert, dass die Portale vor ungefähr siebzig Jahren geöffnet worden sind. Die Stürme in Mexiko, Ägypten und England damals passen zu Wilsons Rundschreiben. Deshalb ist für mich klar, dass der starke Abfall der Schumann-Frequenz durch die Schritte ausgelöst wurde, die er unternahm, um zurücktransportiert zu werden.«

»Aber war die Kurve vorher nicht genauso?«, fragte Jasper.

»Davin?«, bat Wilson.

»Die Kurve hätte sich nur geändert, wenn er die Portale *nicht* geöffnet hätte.«

Ein langes Schweigen setzte ein. Schließlich sagte Wilson zu GM: »Barton hatte mir erzählt, dass Sie eine Beeinflussung der Vergangenheit fürchteten und die Auswirkungen, die dies auf die Zukunft haben würde. Diese Kurve beweist, dass diese Realität«, Wilson machte eine weit ausholende Armbewegung, »von Dingen abhängt, die genau so und nicht anders geschehen sind.«

»Sagen Sie mir, warum die Schumann-Frequenz immer wieder ansteigt«, wollte GM wissen.

»Dowling hat hier keinerlei Fachwissen«, unterbrach Jasper.

»Ich würde gern hören, was er zu sagen hat«, konterte der alte Mann.

»Es ist die Furcht«, antwortete Wilson. »Die Schumann-Frequenz steigt, weil Millionen Menschen Angst haben ... vor der Zukunft, vor den Behörden, voreinander.« Wilson erinnerte sich, was er gefühlt und gesehen hatte. »Zeitungen und Fernsehsender nehmen alles Schlechte und Ungerechte der Welt, bauschen es auf und pumpen es in die Köpfe der Menschen zu Hause, als wäre das Schlechte die Regel. Und wieder passiert es – hier in diesem Moment. Bei der vorigen Jahrhundertwende hat sich jeder, den ich getroffen habe, ständig gefragt, was er verlieren könnte, und über die Schlechtigkeit der Welt gegrübelt. Alle fürchteten sich und haben es nicht einmal begriffen. Unbewusst lebten alle in Angst. Und ihre Angst wurde umso größer, je mehr sie sich zu schützen versuchten.« Er legte eine kurze Pause ein. »Die Schumann-Frequenz wird unzweifelhaft von der Angst in die Höhe getrieben. Das menschliche Gehirn – ein sehr wirksames elektrisches Gerät – trägt dazu bei. In einigen Fällen kann dies sogar das Funktionieren unseres Planeten gefährden, wenn das richtige Volumen gegeben ist.«

»Das Problem der Angst verstehe ich gut«, sagte GM. »Wenn man Leuten Angst einflößen kann, hat man Macht.«

»Ganz meine Meinung, GM. Und Macht war das Motiv für den Mord an Barton.« Wilson beugte sich vor. »Ich war nicht der Einzige, der in die Vergangenheit transportiert wurde. Von Enterprise Corporation wurde ein zweiter Gen-EP geschickt, der mich aufhalten sollte. Ich werde ihn gleich identifizieren.«

Angesichts seines überwältigenden Selbstvertrauens blickten sich alle mit ausdruckslosen Gesichtern an.

»Ich brauche jetzt die Information«, flüsterte Wilson dem Professor ins Ohr. »Sonst bin ich aufgeschmissen.«

Author tippte seine Antwort in sein Display: *Ich brauche mehr Zeit!*

Wilson blieb nichts anderes übrig, als ein Wagnis einzugehen.

»Jasper Tredwell, Sie sind unbestreitbar in die Verschwörung verwickelt«, gab er bekannt.

»Ist das eine Beschuldigung?«, fragte Jasper.

»Lediglich eine Tatsache.«

»Er führt sich auf wie ein Staatsanwalt«, sagte Jasper zu seinem Großvater. »Wir sind hier nicht im Gerichtssaal. Und ich stehe nicht unter Anklage.« Jasper zeigte auf Wilson. »Wir sollten die Sache beenden, bevor Mr. Dowling meinen guten Namen in den Schmutz zieht.«

»Sie sind darin verwickelt«, wiederholte Wilson energisch. »Und ich werde es beweisen.« Er tippte Author auf die Schulter. »Das zweite Bild bitte.«

Doch Author war mit angespanntem Gesicht auf sein kleines Display konzentriert. Ein einzelner Datenstrang, den er analysierte, schien eine weitere Schriftrolle einzuschließen. Er konnte nicht begreifen, wie das möglich war.

»Jetzt bitte«, sagte Wilson. Als Author endlich die Bitte hörte, drückte er auf eine Taste, und ein weiteres Hologramm erschien über dem Tisch. Jasper war darauf zu sehen; darunter befand sich eine Zeitangabe: 21. Mai 2081, zwei Tage vor dem Transporttest.

Jaspers Augen weiteten sich, doch ansonsten blieb er ruhig. »Beenden Sie diese lächerliche Scharade, ehe Sie sich völlig zum Narren machen.«

Doch Wilson redete weiter. »Das Überwachungssystem enthüllt, dass Sie, Jasper Tredwell, die Kontaktlinsen in Davins

Labor ausgetauscht haben.« Die Aufnahme zeigte, wie der Geschäftsführer die Linsen, die mit Wilsons Namen bezeichnet waren, gegen ein anderes Paar auswechselte.

Jasper zeigte auf den Bildschirm. »Die Aufnahme ist aus dem Zusammenhang gerissen.«

»Ohne diese Linsen«, fuhr Wilson unbeeindruckt fort, »war ich durch trakenoide Reaktionen gefährdet. Ich hätte dadurch ums Leben kommen können. Warum haben Sie das getan?« Es folgte eine Pause. »Ich werde es Ihnen sagen«, fuhr Wilson ein wenig leiser fort. »Weil Sie nicht damit gerechnet haben, dass ich zurückkehre und Ihre Beteiligung an der Verschwörung aufdecke. Sie haben nicht geglaubt, dass das für Sie zu einem Problem werden könnte.«

»Das habe ich allerdings nicht geglaubt.«

An seinen Enkel gewandt, sagte GM in eisigem Tonfall: »Du hast ohne meine Zustimmung gehandelt, Jasper.«

»Das ist nicht der Rede wert, Großvater. Wenn Mr. Dowling in die Zukunft gereist wäre, wie wir angeordnet hatten, hätte für ihn keine Gefahr bestanden. Das war nur eine Vorsichtsmaßnahme.«

»Sie wussten da also schon, was wirklich geplant war?«, fragte Wilson.

Jasper wirkte vollkommen gefasst. »Ich habe es vermutet. Jedenfalls ist das alles irrelevant. Das heißt ja nicht, dass ich Barton getötet habe. Und Sie selbst sind offensichtlich noch am Leben. Also, welches Verbrechen soll ich begangen haben?«

»Fahren wir fort, einverstanden?« Wilson gab sich weiter selbstbewusst. »Es ist Zeit, den zweiten Zeitreisenden zu enthüllen.«

Niemand rührte sich, keiner verzog auch nur eine Miene.

»Erinnern Sie sich an Magnus Kleinberg, den zweiten GenEP-Kandidaten?« Das Bild eines hünenhaften, rothaarigen Mannes erschien über dem Tisch. Der Anblick machte Wilson noch immer nervös. »Weiß jemand, was mit ihm passiert ist?«

Andre rutschte unbehaglich auf seinem Sitz hin und her.

»Mr. Kleinberg ist seit drei Wochen verschwunden«, sagte Wilson. »Drei Tage, bevor Barton im Mercury-Labor starb. Ein interessanter Zeitpunkt, finden Sie nicht?« Das war ein entscheidendes Stück der Beweisführung.

GM machte ein besorgtes Gesicht. »Deuten Sie an, dass Mr. Kleinberg der Zeitreisende ist, der Sie aufhalten sollte?«

»Ganz genau.«

Eine Gruppe von Aufnahmen kam auf den Schirm. Zeitungsberichte von 2008 bis 2012 mit Fotos von Commander Visblat, dem Ebenbild von Magnus Kleinberg.

Die Schlagzeilen lauteten: *Neuer Polizeichef ernannt. Polizei jagt Serienmörder. Visblat vermisst.*

»Wie Sie hier sehen können«, sagte Wilson, »ist Kleinberg unbestreitbar der andere Zeitreisende. Und das lässt nur auf eines schließen.« Er blickte die Mitglieder des Mercury-Teams der Reihe nach an. »Sie haben ihn in die Vergangenheit geschickt.« Die Beschuldigung stieß ebenfalls auf Schweigen. »Wie weit haben Sie ihn zurückgeschickt?«

Die Gesichter blieben ausdruckslos.

Schließlich sagte Andre: »Außer Ihnen wurde überhaupt niemand mit dem Transportgerät verschickt.«

Wilson blickte auf das Hologramm. »Was Sie hier vor sich sehen, besagt aber etwas anderes, nicht wahr? Kleinberg war der Mann, den ich in der Vergangenheit getroffen habe.«

»Es sind mehr als zwanzig Petawatt nötig, um den Magnetfeldgenerator zu betreiben«, wandte Davin ein. Er tippte etwas in sein Handheld und übermittelte ein Schaubild mit dem täglichen Stromverbrauch des Mercury-Labors auf das Hologramm. Der letzte Spitzenwert war zum Zeitpunkt von Wilsons Transport angezeigt.

»Außer Ihnen ist keiner durch das Portal gegangen«, bekräftigte Andre.

»Nun, Mr. Dowling«, trompetete Jasper, »es gab keinen

zweiten Zeitreisenden!« Dabei war sein Blick die ganze Zeit auf Author gerichtet. Er wusste, dass Wilson etwas Entscheidendes fehlte. »Ihre Theorie ist zusammengebrochen. Bei diesen beiden Männern, Kleinberg und Visblat, muss es sich um eine zufällige Ähnlichkeit handeln. Sie sind nicht ein und derselbe.«

Das muss Kleinberg sein, beharrte Wilson im Stillen. Und doch sprachen die anderen Indizien dagegen. Wie war das möglich? Wilson schwirrte der Kopf ... und dann kam ihm plötzlich die Erleuchtung. »Kleinberg wurde noch gar nicht fortgeschickt, nicht wahr? Es ist geplant, aber der Transport hat noch gar nicht stattgefunden! Er ist noch hier! Darum war der Magnetfeldgenerator angeschlossen ... Sie haben den Transport vorbereitet!«

Wilson sah den Wissenschaftlern an, dass er die Wahrheit erkannt hatte.

»Das ist widersinnig!«, sagte Jasper heftig. »Großvater, ich verlange, dass die Sicherheitsleute geholt werden. Ich habe genug von dieser albernen Theorie eines zweiten Zeitreisenden. Mr. Dowling hat nicht den geringsten Beweis dafür. Sieh dir die beiden an: Sie wissen unverkennbar nicht, was sie tun. Sie suchen noch immer in Data-Tran! Wir sollten umgekehrt *sie* zur Rede stellen! Mr. Dowling ist es, der hier gegen Bestimmungen verstoßen hat. Rückblickend betrachtet hätten wir Geduld haben müssen, ja, Großvater. Wir hätten gar nicht erst mit einem natürlichen Gen-EP arbeiten dürfen, mit einem Unbekannten wie ihm. Wir hätten einen eigenen Kandidaten umändern ...«

Jaspers Tirade stockte mitten im Satz.

Karin hatte ihn sacht an der Hand berührt und ihm kurz in die Augen gesehen. Das geschah sehr unauffällig, doch Wilson hatte diese Art der Kontaktaufnahme bei ihr schon einmal beobachtet, an jenem Tag im Kontrollraum, als sie bei Barton gestanden hatte. Sie hatte Jaspers Redefluss unterbrochen, aber warum?

GM drückte auf das Gegensprechgerät an seinem Revers. »Cynthia, lassen Sie ein Sicherheitsteam heraufschicken.« Nach ein paar Sekunden platzten zwei Uniformierte in den Sitzungsraum. Sie mussten bereits draußen gestanden haben.

Jasper zeigte über den Tisch auf Wilson. »Nehmen Sie diesen Mann fest!«

Die Uniformierten näherten sich, in der Hand eine Elektroschockpistole und elektronische Handschellen.

GM rief den Männern zu: »Bewachen Sie den Ausgang!« Er zeigte auf die Flügeltüren. »Das ist ein Befehl.« Die beiden Uniformierten machten ohne Zögern kehrt.

Jasper machte ein verwirrtes Gesicht. »Was tust du?«

»Sei still.« GM machte eine höfliche Geste zu Wilson. »Bitte fahren Sie fort, Mr. Dowling.«

»Der Inflator ist zur Zeit angeschlossen, weil das Mercury-Team die Absicht hat, Kleinberg in die Vergangenheit zu schicken. Verstehen Sie? Sie haben den zweiten Zeitreisenden noch gar nicht transportiert.«

»Er ist also noch hier?«, fragte GM, der sich Mühe gab, alles zu begreifen.

»Wenn außer mir bisher niemand transportiert wurde, muss es so sein«, erklärte Wilson.

GMs bohrender Blick richtete sich auf die Wissenschaftler. »Sie bereiten einen weiteren Transport vor?«

Plötzlich stieß Author die Faust in die Luft.

»Ich hab's!«, stieß er hervor und wirkte zutiefst erleichtert. Data-Tran hatte seine Berechnungen endlich abgeschlossen. »Ich hab's, Wilson!«, rief er noch einmal.

Wilson atmete tief durch. Er wusste, wie viel von diesem Augenblick abhing. »Warum wollte Visblat nicht, dass das zweite Portal geöffnet wird?«, fragte er und hoffte auf die entscheidende Antwort.

»Wenn die Schumann-Frequenz gestört ist, sind Zeitreisen möglich. Aber wenn sie korrigiert ist – das heißt, unter 8,1

Hertz liegt –, wird eine Zeitreise durch das Stonehenge-Portal unmöglich.«

Der Professor ließ sich erschöpft in seinen Sessel zurücksinken. Er hatte sechsunddreißig Stunden ununterbrochen gearbeitet, um dies herauszufinden. Dann raffte er sich noch einmal auf, zupfte Wilson am Ärmel und tippte etwas in sein Display: *Übrigens habe ich noch etwas anderes festgestellt. Wir müssen uns unterhalten!*

Wilson ignorierte die Mitteilung. Er konnte erst einmal nur an eines denken: Da die Zeitreiseroute geschlossen war, würde er Helena nie wiedersehen. Einen Moment lang vermochte er sich nicht auf seine Umgebung zu konzentrieren. Helena war ein für alle Mal aus seinem Leben verbannt.

»Das Unternehmen Jesaja zu stoppen bedeutet, die Zeitreiseroute passierbar zu halten«, schloss GM, der jetzt genau verstanden hatte.

Wilson wurde aus seinen Gedanken gerissen. »So ist es, GM.« Wie ein Schuldirektor wandte er sich an die anderen. »Andre, du weißt, wo Kleinberg ist, nicht wahr?« Der Junge blieb still. »Karin, würden Sie mir sagen, wo er sich aufhält?« Doch sie saß stumm da. Wilson zuckte die Achseln. »Bietet sich jemand freiwillig an? Kleinberg kann nicht weit sein. Und wenn ich ihn finde, wird er mir sagen, wer sich seiner Dienste versichert hat.«

Wilson blickte sie nacheinander an.

Andre wurde zusehends nervöser.

»Andre, das ist deine letzte Chance«, sagte Wilson. »Sag mir, wo Kleinberg ist! Die Wahrheit kommt so oder so ans Licht.«

Andres Blick huschte zur Seite, zu Jasper und Karin, als suchte er nach einer leitenden Hand. »Wir sollten es ihm sagen«, sagte Andre mit zittriger Stimme. »Er wird es sowieso …«

Karin beugte sich heftig nach vorn und schlug dem Jungen ins Gesicht. Es knallte wie ein Peitschenhieb. »Reiß dich zusammen«, fauchte sie. »Merk dir, dass du ein Mitglied des Mercury-Teams bist. Denk daran, was auf dem Spiel steht.«

Andre kauerte sich zusammen wie ein Welpe.

»Du wirst einen klaren Kopf bewahren«, fügte sie hinzu.

In der nun einsetzenden Stille blickte Wilson Karin an – und da sah er es. Ihre Augen!

Seine Nackenhaare richtete sich auf. Plötzlich wurde ihm alles klar. Er trank einen großen Schluck kaltes Wasser. Seine Hand zitterte.

»GM, möchten Sie die Wahrheit wissen?«, fragte er.

Der alte Mann richtete sich gerade auf und wappnete sich. »Allerdings.«

Wilson stellte sein Glas behutsam hin. »Kleinberg hat zu mir gesagt, dass Barton sterben würde, wenn ich das zweite Portal öffne. Mir ist jetzt klar, was er wirklich damit gemeint hat.«

Jasper lockerte seine Krawatte. »Seien Sie vorsichtig, Mr. Dowling.«

»Jasper, es tut mir leid, aber alles deutet direkt auf Sie«, sagte Wilson.

Jasper stand auf. »Das höre ich mir nicht länger an.«

»Sie waren es, der meine Kontaktlinsen ausgetauscht hat.«

GM zeigte mit dem Stock auf seinen Enkel. »Setz dich hin! Ich möchte hören, was Mr. Dowling zu sagen hat.«

Jasper spähte zu den Wachmännern hinüber. Er ballte in hilfloser Wut die Fäuste, als er sah, dass er nicht hinauskonnte, und gehorchte widerstrebend.

»Bartons Tagebuch wurde aus dem Data-Tran-System gelöscht«, sagte Wilson. »Alles ist verschwunden. Das erfordert einen sehr hohen Zugangscode und eine Menge Geschick. Sie haben die Befugnis, so etwas zu tun, und Ihr Motiv war, Bartons Einfluss auf GM zu unterlaufen.« Wilson setzte zum Todesstoß an. »Sie haben Andre gebeten, die Jesaja-Rolle zu entschlüsseln, noch bevor ich transportiert wurde. Wir haben seine Notizen im Firmensystem gefunden. Und wie es scheint, haben Sie ohne

Zustimmung Ihres Großvaters gehandelt. Folglich hatten Sie das Motiv und die Mittel, mich und Barton zu töten und das Unternehmen Jesaja zunichtezumachen.«

Jasper war sprachlos.

»Und dennoch sind Sie nicht der Drahtzieher des Ganzen«, sagte Wilson. »Alles deutet auf Sie, ja. Aber Sie sind nicht Bartons Mörder.«

Jaspers Anspannung ließ schlagartig nach. »Gott sei Dank.«

»Wer ist es dann?«, fragte GM.

»Jemand, der so intelligent ist, dass er den Jesaja-Text entschlüsseln kann. Jemand mit ausreichend Befugnis und Kenntnis, um Bartons Tagebuch zu löschen. Ein Mitglied des Mercury-Teams, das so viel technisches Können hat, dass es Barton im Labor eine Falle stellen kann, die nicht einmal er vorhersehen konnte. Jemand, der so ehrgeizig und gerissen ist, dass er die Vorteile der Zeitreisen erkennt.« Wilson starrte die vier Personen an, die in der vordersten Reihe saßen. »Es ist ein Mensch, der alles tun würde, um zu bekommen, was er will.«

Wilson zeigte über den Tisch.

»Karin Turnberry, Sie haben Barton Ingerson getötet.«

»Das ist lächerlich«, widersprach sie gelassen. Ihr Gesicht verriet keinerlei Bedrängnis. »Sie wollen nur alles durcheinanderbringen.«

Wilson lächelte. »Sie sind es, Karin.«

»Warum hätte ich Barton Ingerson umbringen sollen?«

»Um sich der Hilfe des Mercury-Teams zu versichern.«

»Und wozu?«, fragte sie kühl.

»Nur so konnten Sie sie zu einem weiteren Zeitreiseexperiment bewegen.«

»Das ist absurd …«

»Sie haben die Fähigkeiten und Intelligenz, die alten Texte zu entschlüsseln«, fuhr Wilson fort.

»Die hat hier jeder«, erwiderte sie, äußerlich immer noch ruhig.

»Wer außer Ihnen kennt den Aufbewahrungsort und den Zugangscode von Bartons Dateien? Sie hätten sie leicht löschen können, wenn Sie gewollt hätten.«

»Das konnte jeder mit ausreichender Zugangsbefugnis«, hielt sie ihm entgegen.

»Sie hatten unbeschränkten Zugang zum Mercury-Labor. Niemand kennt den Magnetfeldgenerator so gut wie Sie.«

Karin hob beide Hände und zeigte sich endlich ein wenig bewegt. »Und wenn schon. Das heißt noch lange nicht, dass ich Barton getötet habe. An diesem Punkt löst Ihre Anschuldigung sich ohnehin in Luft auf. Ich hatte gar keinen Grund, Ihr albernes kleines Unternehmen zu stoppen. Warum sollte ich?«

Wilson wandte sich wieder Jasper zu. »Darum haben Sie die Kontaktlinsen ausgetauscht, nicht wahr? Weil Karin Ihnen davon erzählt hat. Sie hat Sie darum gebeten, stimmt's?«

Jasper sagte nichts.

»Und wenn schon!«, rief Karin. »Das beweist gar nichts. Die Ermittlungen zu Bartons Tod haben nichts ergeben. Jeder von uns weiß, dass es im Labor keine Überwachungseinrichtung gibt.«

»Sie haben Barton ermordet«, sagte Wilson. »Sie haben es wie einen Unfall aussehen lassen. Ihr Ziel war, die Mithilfe des Teams zu erlangen, um die Vergangenheit zu manipulieren. Lassen Sie mich raten … Sie haben ihnen weisgemacht, sie könnten Barton retten, wenn sie mitmachen. Deshalb haben Sie Kleinberg hinter mir hergeschickt – um die Zeitreiseroute offen zu halten.«

»Sie haben keinerlei Beweis«, beharrte sie.

»Oh doch, Karin. Kleinberg wird bestätigen, dass Sie sich noch *vor* Bartons Tod seiner Dienste versichert haben. Das beweist, dass Sie alles geplant haben. Das war Ihr entscheidender Fehler.«

Sie blieb gefasst. »Was nützt mir die Zeitreise-Idee, wenn ich sie nicht selbst nutzen kann?«

»Ich bin froh, dass Sie mich gefragt haben.« Wilson blickte zu Davin. »Sagen Sie mir, Davin: Wie lange würde es dauern, um Karin in einen Gen-EP-Kandidaten umzuwandeln?«

»Sechs Wochen«, antwortete er kleinlaut. »Vielleicht weniger.«

»Ist das leicht zu bewerkstelligen?«

»Halten Sie den Mund!«, fauchte Karin ihren Kollegen an. »Er will Sie nur reinlegen!«

»Keine Sorge, Davin«, meinte Wilson. »Ich kann es an Karins Augen sehen – der Gen-EP-Prozess wurde bereits eingeleitet, nicht wahr?« Ihre Augenfarbe hatte sich leicht verändert. »Wir können auch die Sicherheitsaufzeichnungen durchsehen, wenn Ihnen das lieber ist.«

Davin blieb nichts anderes übrig, als zu gestehen. »Ich habe mit ihrer Umwandlung vor zwölf Tagen begonnen. Sie hat gesagt, sie möchte eine Zeitreise machen, um Barton das Leben zu retten!«, erklärte er, als wolle er sich verteidigen. »Als Verstärkung für Kleinberg! Ich hatte keine Ahnung, worum es ihr wirklich ging.«

Andre starrte Karin an. Nachdem er knapp außer Reichweite gerückt war, sagte er vorwurfsvoll: »Sie haben Barton an dem Tag ins Labor geschickt! Ich weiß, was Sie mit dem Magnetfeldgenerator gemacht haben! Ich weiß, wie Sie ihn reingelegt haben.« Dann stammelte er: »Ich … ich … werde Sie nicht mehr decken.«

Jasper stieß seinen Stuhl zurück. »Tut mir leid, Karin, Sie stehen alleine da.«

Wilson hatte nur noch eine Frage. »Wo ist Magnus Kleinberg?«

»Im Testlabor im zweiten Stock«, sagte Davin. »Er lernt.«

Karin applaudierte. »Ich hoffe, Sie sind jetzt zufrieden, Mr. Dowling. Sie haben alles ruiniert – Sie und Ihre kleinen Geheimnisse. Jetzt kann Barton nicht mehr gerettet werden. Ich hatte vorgehabt, ihn zurückzuholen! Ich habe ihn geliebt! Ich hatte eine Affäre mit ihm. Erst als er Sie kennen lernte, hat er angefangen, mich zu belügen.« Dann begriff sie, dass sie zu viel gesagt hatte. Sie wandte sich GM zu und schenkte ihm ein strahlendes Lächeln. »Wir müssen die Lage erörtern.«

Der alte Mann hielt ihrem Blick stand. »Bestimmt nicht.«

Wilson stand auf. »Karin Turnberry ist für den Tod von Barton Ingerson verantwortlich.«

»Nehmen Sie sie fest«, befahl GM.

Die Wachmänner legten ihr Handschellen an.

GM wandte sich seinem Enkel zu. »Wir werden uns unterhalten müssen, mein Junge.«

Die Uniformierten wollten Karin Turnberry zur Tür zerren, doch sie blieb stehen und riss sich los.

»Sie sind alle an Bartons Tod schuld!«, rief sie anklagend. »Sie alle!« Dann wurde sie gewaltsam ins Foyer befördert.

Wilson presste sich die Finger an die Schläfen. Selbst wenn Karin vorgehabt hatte, Barton zu retten, gab es keine Garantie, dass es ihr wirklich gelungen wäre. Und dass sie bereit gewesen war, ihn umzubringen, um ihr Ziel zu erreichen, zeigte ihren starken Willen, selbst durch die Zeit zu reisen. Das war ungewöhnlich, fand Wilson. In gewisser Weise war es ihr zu verdanken, dass er das Unternehmen Jesaja zu Ende geführt hatte. Wäre Kleinberg nicht in Stonehenge gewesen, hätte sich das dritte Portal vielleicht gar nicht geöffnet. Es war wie im Buch Esther, überlegte Wilson. Dort ging es um Verrat. Barton war verraten worden von jemandem, dem er vertraute – wie König Ahasveros von seinem Minister Haman. Dann dachte Wilson an Helena. Eigentlich war sie der Grund, warum er Erfolg gehabt hatte. Ohne sie hätte er es nicht geschafft.

»Ich möchte Ihnen danken, Mr. Dowling«, sagte GM. »Dass Sie das Unternehmen Jesaja durchgeführt haben, ist eine bemerkenswerte Leistung. Wir alle sind Ihnen sehr dankbar.«

»Wir haben trotzdem noch ein Problem«, meldete Author sich zu Wort. Alle Blicke richteten sich auf ihn. »Was ist mit Magnus Kleinberg?«

Davin verstand sofort. »Er hat recht. Kleinberg war tatsächlich in der Vergangenheit, obwohl wir ihn noch gar nicht mit der Zeitmaschine transportiert haben.«

»Das ist allerdings ein Problem«, meinte Andre nachdenklich.

»Sein Transport war erst in drei Tagen geplant«, sagte Davin.

GM legte die Handflächen auf den Tisch. »Ich bin neugierig auf Ihre Lösung, Mr. Dowling. Was meinen Sie, was wir jetzt tun sollten?«

Wilson wusste, dass es nur eine Möglichkeit gab. »Kleinberg muss seine Rolle als Visblat wieder aufnehmen. Er muss in die Vergangenheit reisen und sechs Jahre vor mir ankommen. Zu diesem Zweck muss alles, was heute hier vorgefallen ist, absolut geheim gehalten werden. In der Vergangenheit wusste Visblat nichts von meiner Rückkehr in die Zukunft. Sie müssen dafür sorgen, dass es so bleibt. Alle Zeit existiert simultan«, stellte Wilson heraus und zitierte Bartons genauen Wortlaut. »Und wir sind verpflichtet, unsere Rolle in der Vergangenheit zu spielen. Wir haben keine andere Wahl.«

GM besiegelte die Entscheidung sofort. »Dann machen wir es so. Wir schicken Kleinberg zurück – streng geheim. Und so, als wäre Mr. Dowling nie zurückgekehrt.«

Nachdenkliches Schweigen breitete sich aus.

»Ich hätte da noch eine Frage«, sagte Wilson in die Stille hinein. »Davin, warum hat mich die Frau, die ich in der Vergangenheit kennen gelernt habe, nicht angegriffen, als sie mir in die Augen geschaut hat?«

Davin überlegte kurz. »Sie hatte blaue Augen, nehme ich an.« Er nahm seine Brille ab und putzte sorgfältig die Gläser.

Wilson starrte ins Leere, als sähe er Helena vor sich. »Ja.«

Davin rieb sich das Kinn. »Das ist ein außergewöhnlicher Zufall, aber ich kann nur schließen, dass sie ebenfalls ein Gen-EP war. Nur das würde die trakenoide Reaktion ins Leere laufen lassen. Eine andere Erklärung fällt mir nicht ein.«

Wilson wusste sofort, dass es stimmte. Es war ein Fehler gewesen, sie von Stonehenge wegzuschicken. Sie hätte mit ihm reisen können. Und jetzt würde er sie nie wiedersehen.

»Ist Ihre Frage damit beantwortet?«, wollte GM wissen.

Wilson nickte. »Ja, vielen Dank.«

»Sie haben mich sehr beeindruckt«, stellte GM fest. »Wir alle waren beeindruckt. Barton hat den richtigen Mann für das Unternehmen ausgewählt.«

Davin pflichtete ihm bei. »Sie hatten die idealen Eigenschaften.«

»Und Sie sind viel gewitzter, als wir dachten«, fügte Andre hinzu.

Wie seltsam, dachte Wilson. Sein einziges Geheimnis war jetzt noch seine Omega-Programmierung. Die hatte er von Anfang an unbedingt verbergen wollen.

Nun ließ sich auch Jasper widerstrebend vernehmen. »Ich gebe zu … Barton hat den richtigen Mann gewählt.«

Auf seinen Stock gestützt, erhob GM sich langsam von seinem Sessel. »Enterprise Corporation wird sich erkenntlich zeigen, Mr. Dowling. Sie sind jetzt ein reicher Mann. Und soviel ich weiß, gibt es da auch noch dieses …«

Cynthia kam mit einem großen Plexiglasbehälter ins Zimmer. Darin lag der Rembrandt.

Wilson schaute den Säugling an, der so friedvoll schlief, während seine Mutter über ihn wachte, beschützt von den Engeln im Dunkeln. Dann zog es seinen Blick zum Fenster, wo die Abendsonne einen goldenen Schein an den Himmelsbogen warf.

Sonnenuntergänge können atemberaubend sein, einfach umwerfend. Und das war zweifellos so einer.

Sechsunddreißig Tage, nachdem alles begonnen hatte, war das Unternehmen Jesaja abgeschlossen. Die Schumann-Frequenz war wiederhergestellt und Bartons Mörder entlarvt. Doch Wilson war niedergeschlagen – die Zeitreiseroute war geschlossen und Helena für immer verloren.

Ehe er sich von diesen Gedanken freimachen konnte, beugte Author sich zu ihm hinüber.

»Sie sind ein wahrer Sherlock Holmes. Sehr beeindruckend, wirklich. Aber bevor Ihnen die Komplimente zu Kopf steigen«, jetzt flüsterte er so leise, dass Wilson ihn kaum noch verstehen konnte, »Data-Tran hat beim Entschlüsseln noch etwas anderes gefunden.« Er zeigte unauffällig auf sein Display. »Eine Verbindung zum Esra-Buch, dem fünfzehnten Buch des Alten Testaments.« Seine Stimme klang ernst. »Offenbar gibt es einen weiteren Auftrag für den Aufseher, Wilson. Es ist noch nicht vorbei.«

Die größten Abenteuer sind nicht die,
die wir suchen, sondern die, die uns zuteil werden.

– Barton Ingerson